法蘭克·薛慶 Frank SCHÄTZING

die Meere

NACHRICHTEN
AUS EINEM
UNBEKANNTEN
UNIVERSUM

野人

高中老師推薦

陳嘉英｜台北市．景美女中．國文科教師

西方文學中有關海洋的作品，內容大體包括細膩的自然生態課題、歷險故事以及對海的愛戀情懷，其中，最負盛名的當推畢爾羅逖的《冰島漁夫》、海明威的《老人與海》和梅爾維爾的《白鯨記》，然而，在這些作品中，海洋終歸只是表現人性的舞台。

這本書結合科普知識性、自然書寫的書，因為故事性十足、文字中帶有畫面的小說敘述方式，而大量削減專業說明的瑣碎單調、環保議題的教條式宣告，使得閱讀成為充滿趣味與意義的旅行。隨著作者旁徵博引、詼諧幽默的筆調，非但由小見大、觀微知著，更縱看古今、俯察東西，例如：談鯊魚，他是從中國人嗜魚翅料理說起，繼而搬出電影《海底總動員》來，帶讀者見識了德國燻鯊魚麵包、因高利潤而掀起的魚翅黑幫，最後又頓轉筆鋒，來到鯊魚的習性研究。

台灣四面環海，對於海洋，一般人對海洋生物與環境的認識卻極淺薄。有了這本取材多元化、寫作風格鮮活巧妙的百科全書，要窺探海洋神秘面紗下的另一個世界，何患不能？

王皆富｜高雄市．高雄女中．圖書館主任

《海》這本書架構於豐富的知識性資料，再透過有別於傳統教科書的敘述方式，作者以輕鬆活潑的口吻帶領讀者暢覽生命的起源—海。從閱讀的過程中，除了驚歎作者在生物領域學識的淵博外，也讓我們獲得生物在演化過程的概念。而作者在最終章所提的過度捕撈以及海洋污染等問題，更能引人深思，在演化的過程中，我們人類要追求「人定勝天」呢？還是「天人合一」？總體而言，個人認為《海》和《群》都是值得一再閱讀的好書。

高中老師推薦

陳正昇｜台中市．台中女中．物理科教師

只要耐心看完這本《海》，你會恍然大悟以下這個非常明顯的事實，那就是：物理、化學、生物、地科等這些在我們的功課表上分門別類的科目，在大自然的真實懷抱中並沒有明顯的分隔虛線。法蘭克．薛慶以其非凡的巧筆以及驚人的想像力將這些看似獨立的科目變成一幅渾然天成而且緊密貼合的大拼圖。如果你已經讀過《群》，那你一定要看看《海》。

《海》是《群》的一條漏網之魚，而且是一條會讓你拍案驚歎的大鯨。相信我，在時光機還沒有發明之前，如果你想要回到40億年前，來一趟地球的生態演化之旅，看看這本「海」絕對是比較安全而且物超所值的方法。

陳怡儒｜台北市．中山女高．地理科教師

似乎是按照著時間順序而來的。前天、昨天、今天、明天和後天。把事發始末交代清楚，只是總有超乎預料的，套句作者法蘭克．薛慶的一段話：原本預計寫150頁的一本書，反而洋洋灑灑花了三、四倍的篇幅，把海洋和人類起源的編年史撰寫出來。但也總歸因於這樣的意外，讓我可以閱讀到法蘭克．薛慶的最新力作《海》，本質上為科普類，但閱讀起來是超乎想像地連貫性的有趣，像是一部歷史小說一般，以文學描述性的寫法，把自大爆炸以來的歷程，以生動的口吻敘述出來。對於地球上的演變：包含物種的出現、水分子的重要性、海洋的孕育……到目前全球矚目的大氣與海洋的對話——聖嬰現象和氣候異常，都以不同場景讓人歷歷在目。若是加上多一點想像，多一點以往所學的基礎知識，更明確地說，《海》是一部關於地球演化的紀錄片，而且是一部非常考究的紀錄片，對於每個場景中所需提供的背景知識，是非常精準且科學性的，若以出場的角色來看，不論是魏格納或克卜勒更都是科學界中響噹噹的代表人物。所以《海》是非常值得閱讀的，其內容中隱含了生物、地理、地科等的環境科學概念，把人文和科學以一種新穎的寫作方式做結合，每一段落都具有其出現的意義，也以多重的尺度和觀點來了解環境。最末，我想提出：我非常喜歡法蘭克．薛慶在本書串場中所善用的手法與觀點，那就是「生命的歷史同時也是一部死亡的編年史。我們可以從正反兩方面來看待這個問題。」在演化中，也許帶有許多意外和突然，有太多難以解釋的原因和現象，然而，觀點與思考角度的多樣與不同去求對任何事物的「真」，我認為這就是科學的意義和本質，而且也是本書想要傳遞出來的重要訊息。

高中老師推薦

林月貞
台北市・北一女・國文科教師

盧宜安
台北市・建中・國文科教師

簡仁彥
台北市・師大附中・化學科教師

徐志成
台北市・麗山高中・物理科教師

詹志超
台北市・延平中學・國文科教師

洪明地
基隆市・基隆二信高中・國文科教師

朱秋欣｜台中市
台中一中・圖書館主任、生物科教師

陳幸信
台中市・台中一中・國文科教師

涂進萬｜南投市
暨大附中・圖書館主任、英文科教師

李建嶠
彰化市・彰化女中・圖書館主任

方壯剛｜彰化縣
溪湖高中・地球科學、物理科教師

謝文華｜台南市
台南一中・圖書館主任、歷史科教師

王美霞
台南市・台南女中・學務主任

張德豫
高雄市・高雄高工・生物科教師

張雲翔
宜蘭市・宜蘭高中・歷史科教師

陳翠黛｜新竹市
新竹女中・圖書館主任、國文科教師

高中老師推薦

汪惠玲｜新北市・新莊高中・地球科學教師

《海》這本書不只是談海，它談的是水、大氣、地球、天體與生物之間的纏繞糾結，是地球系統數十億年演化的史詩。法蘭克・薛慶以深入淺出的文字讓眾多科學家的研究心血得以披露給一般大眾，它讓我們對於生我、育我的地球有追古溯今的認識，了解地球的獨特性，也指出生物與人類在這個環境中共處的問題，他留下了問題與線索，讓我們自己去尋求答案……是身為地球人不得不看的好書。

王光正｜新北市・板橋高中・地球科學教師

目前的國內教育常把各種學科知識分門別類教給下一代，但這樣卻破壞了學習的完整性及延續性。《海》這本書不但融合了自然科學領域內的各種知識，同時也以淺顯的文字，談天般的語法，像歷史小說型式地敘述繽紛的自然界，不斷地滿足好奇心，也激發出新的好奇心，可以說是高中生必讀的優良課外讀物，也是一般大眾認識地球環境歷史的好書。

曹奕翔｜花蓮縣・海星高中・物理科教師

因為喜歡海，所以從台北搬來了花蓮。每次看海，都有不一樣的感覺，而這本書更讓我以一個面對生命的態度去了解海洋。《海》這本書以科學的知識為架構，而用故事的方式敘述它的演進，內容充滿了人與自然的關係及倫理，值得一讀。

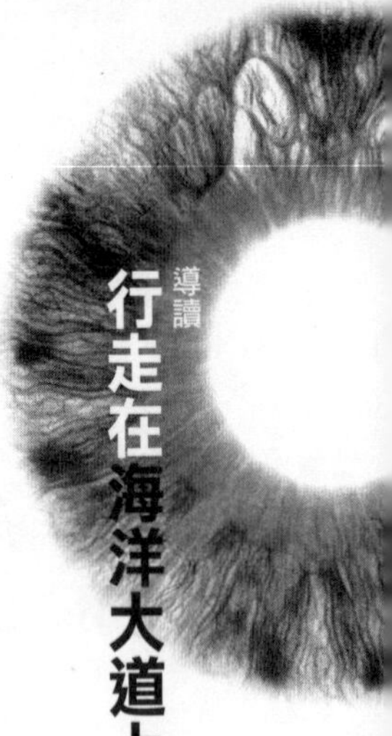

導讀

行走在海洋大道上

方力行（海生館前館長、現任正修科技大學講座教授）

你可以想像這本《海，另一個未知的宇宙》是一對科學精神和文學浪漫緊緊擁抱的連體嬰，你也可以想像它是兩條紅、綠花色完全不同的蛇，相互纏繞，難捨難分地攜手前進，但是最重要的是，你讀它的時候，腦中要有一個非常想知道海洋中古往今來到底發生了什麼事的求知渴望，心中卻要懷著文學家說故事時，無拘無束，飛揚跳脫的輕柔情懷，才有辦法從第一頁讀到最後一頁。

我自己看這本書時，則猶如走在法蘭克．薛慶為世人所搭建的一條「配有玻璃的水下林蔭道」上，從遠古海洋的誕生開始，一直連接到將來未知的世界，邊走邊看著窗外眾生的出生與幻滅。一路上有驚訝，有感歎，但更多的是慶幸自己能進入這條海洋大道中，看清來路與前程，並在喜歡的場景前徜徉踱步。

從書一開始時，在〈前天〉，薛慶就為科學書籍下了一個謙遜但真實的註解：**「科學中從來不存在絕對之說，它只是無限接近的藝術」**，我則覺得「書」本身就是一種生命體，讀者，甚至作者，都應該瞭解，書中的資訊原本就會再成長、進化、變形（重新詮釋），甚至淘汰，就像生物一樣，它通常是以最適合當時環境的面貌呈現，但絕不是「最好」的。也正因為如此，當我看到這本書中許多資訊的表達有不同角度時，產生的反應或許不再是批判，而是更進一步求真的好奇。

生命從「昨天」開始，當偶然形成的有機分子突然開始「故意而重複」複製自己時，海洋中無法遏止的演化史詩就壯麗地往前寫了。它其實進一步衍生出了全球的歷史，因為主流論述還是認為陸地上的生物源自海洋中。不過薛慶努力收集了各家學說，再加上他文學筆觸的渲染性，給了我們繽紛多變的炫爛與迷惑，這種風格在一般講究知識傳遞的科普書籍中是極為少見的。不過那又如何呢？他引用的理論基本上都是有證據、有所本的，其中的真實性或不真實性，和許多主觀的、自戀的、自以為是的「簽名裝飾著我們文憑的人」一般無二，只是後者以道貌岸然的口吻說出，以衛道者的心情辯護自己，但卻忘記了知識的本質並不是在創造信仰，而是在喚起人們對更多知識的好奇、探索與追求。

我並不希望讀者全盤接受薛慶的所言所述，就個人看法而言，他其實有滿多論點是加了許多想像和太遠的、不夠嚴謹的連結。不過，我真的很喜歡他對古代海洋生態的描述，三葉蟲、海蠍、菊石、奇蝦，盾皮魚、腔棘魚、蛇頸龍、滑齒龍、依拉絲莫龍、龍王鯨、巨齒鯊……等等，以及這些生物之間相互逃避、捕食的驚奇故事。在這之前鮮少有人對牠們的生態習性、生活行為立書作傳，頂多就是學術期刊中對放在博物館裡一堆冷冰冰化石所做的科學論述。為此，我曾花了十年的時間發展虛擬實境的展演技術，好在屏東國立海洋生物博物館的世界水域館裡，重現世界第一場、觀眾可身歷其境、體驗遠古海洋生態的海底劇場。唉！可惜叫好勝於叫座。而今看到薛慶在這本書中講述活靈活現的故事，許多主角都和海生館中每天演出的角色系出同門，真是心有戚戚焉。這不正是真正的海洋古生物教育嗎？觀眾歡天喜地地逛博物館！讀者愛不釋手地翻科普書！

〈今天〉的世界真實多了。潮汐、海浪、洋流、海嘯，甚至貫穿各大洋間的溫鹽環流，清楚說明了海洋的律動，以及它所孕育的大千世界裡，千千萬萬生命間環環相扣的生態脈絡，其中的珊瑚礁是現知海洋中生物多樣性最高的生態系，多采多姿，也最為大家耳熟能詳。

倒是有關深海的描述，值得多用些心去讀。深海是近十年來在海洋生物研究方面進展最快，也收穫最多的領域之一，誠如書中所言，海洋占地球面積三分之二，其中五分之四是深海，但所有人類和潛水機器人實地考察過的海底地殼加起來只有五平方公里，不過千萬分之〇．一六，就好比外星人只看到人的一根寒毛，卻要描述人的全貌一般，真是所知有限，更是潛力無窮。不過我非常希望人們在探索了這個尚是「無限未知」的深海世界，獲得了豐盛的生命知識饗宴之後，不是另一個掠取和滅絕的開始，而是如何保護、合理利用永續共存的美麗新世界。

薛慶在〈今天〉的章節中，透露了許多人文的情懷，或許真正發生在自己身邊、看得見的事，更能讓人有所感觸吧！他說浮游生物隨波逐流，就像追逐虛榮的人在「美元的潮流」中沉浮，現在可能要改成「歐元潮流」了；他說「只要我們永遠希望在異類身上發現人性化的東西，我們就永遠無法理解外星人或虎鯨」，真是給許多不自覺、濫用同理心、自以為是萬物之靈的人一記當頭棒喝。對自然界的萬事萬物，我們必須有人性，必須有責任感，必須同情，必須寬容，但千萬不是自以為是，自我中心的主觀判斷表現。

他說「我們得學會區分智慧和智能」，真有見地！智慧是寬廣高遠，洞燭機先，創造幸福，防患未然；智能或許只能找眼挑錯，逗趣搞笑，左閃右躲。讀到這裡，你會不會覺得和現今自己周遭所見所聞的人，頗有似曾相識之感？

努力再努力，我們終於來到了〈明天〉。明天是什麼樣子呢？薛慶給了讀者許多的希望，從海洋中找到能源，從海洋中找新藥，從海洋中找到食物，從海洋中找新的居所，甚至到其他的星球上去尋找海洋！但是我覺得他一直想傳達兩個想法：科技和夢想會給我們新的希望，而自然和演化，則永遠會給我們意外，真是兩條無法融合，紅、綠各異，但一直相互纏繞著前進的詭異的蛇呀！

〈後天〉在這本書中已是餘韻了。經過了前面溯古貫今，波瀾壯闊的大風大浪，後天的文字只是讓我們在收斂沉澱、回歸現實時，再做一些提醒似的反省和洗滌，並且努力地想在最後一分鐘，為讀者保留下一盞希望的火種。

真有趣呀！一本這麼大部頭的海洋科普文學，遍搜了古往今來有關海洋物理、化學、生物、地質、工程、環保資訊的書籍，卻用如此多的文人情懷、人文關懷，以及若有似無的科幻想像情節，如纏七彩雜色的絲縷般，揉合在一起，的確給人全然不同的閱讀經驗。或許作者在寫這本書時不自覺地反映了他自己的人生，多采多姿，充滿驚奇，不循舊規，卻不虛此行。

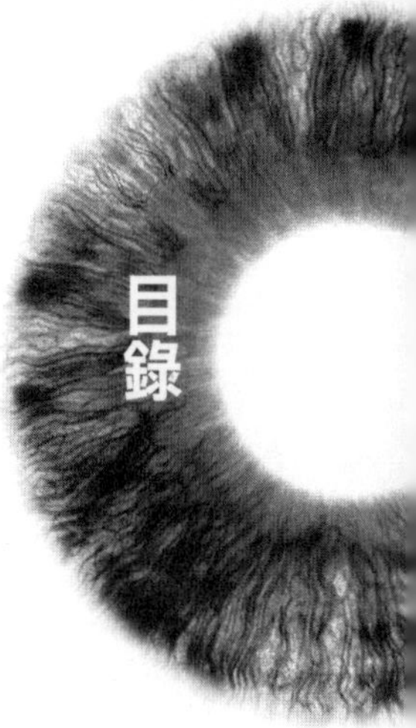

目錄

前天 VORGESTERN

昨天 GESTERN

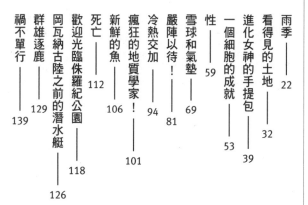

今天 HEUTE

明天 MORGEN

後天 ÜBERMORGEN

附錄

Åås, så svinger vi på seidelen igjen — hei skål!

來！我們喝掛吧！乎乾啦！

——飲酒歌（挪威語）

本書獻給兩位好友：索羅和洛伊

＊本書位於左頁末的註解均為繁體中文版編註。

＊文中標記著重號，即為附錄中〈名詞解釋〉詞條。

前天
VORGESTERN

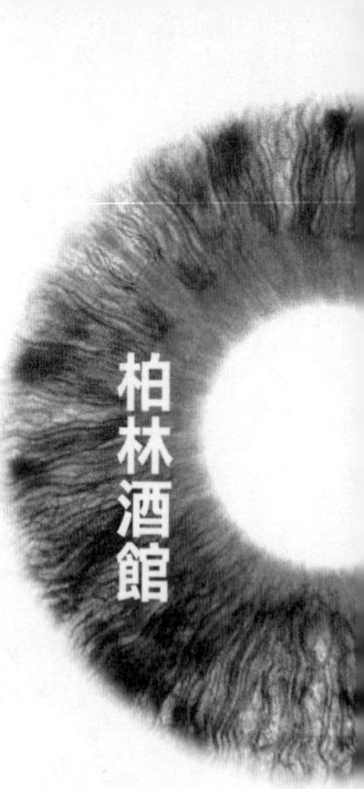

柏林酒館

前天。前天發生了什麼事？

凌晨四點，有三個男人在柏林萊蒂森酒店的酒吧裡喝酒。掐指算來，這已是一年前的事情了，但下面的一段對話又似乎剛在兩天前發生。

「你為《群》做了那麼多調查研究，後來都用上了嗎？」漢納斯問道。

漢納斯是科學雜誌《PM》的主編。他端著酒杯，心裡帶著一個要求。

「其中一部分，十％到二十％。」我答道。

「那就是說其中的八十％都沒用上，真可惜。你有沒有興趣為我們寫點什麼？很簡單的工作，只需翻翻你的資料就行了，寫一些關於海洋的精采文章。」

我的手裡也端著一個酒杯。男人們舉杯時通常慷慨大方。

「當然，」我說，「寫點什麼呢？深海技術？水力發電廠？洋流？巨浪？珊瑚礁？演化、生命的起源、微生物、寒武紀時期的物種多樣性？還是鯊魚？」

「對，就寫這些。」

「寫多少呢？」

漢納斯猶豫了片刻。「不一定只寫一篇文章。我的想法是連續三、四篇，寫一個系列。」

我在腦子裡將這個建議思忖了一番。

「好，」我說，「為什麼不呢！」

「算起來也不過五十到六十頁稿子，」赫爾格出神地喝著馬丁尼伏特加，一邊說道。赫爾格經營基彭霍爾&維馳出版社。「這堆稿紙，篇幅夠出版一本書嗎？」

赫爾格說話的樣子，彷彿他依然在深思熟慮。但我瞭解自己的朋友，我知道，此刻他的想像早已結出了美麗的花朵。「你想把它做成《群》的姐妹作？」

「差不多。」

「一本小書，薄一點，方便攜帶。」

「對，因為經常有人提問：《群》中到底有多少是真的？哪些是真實的，哪些是虛構的？這本書寫出來的話，我可以回答一部分問題；然後，參加下屆萊比錫書展。」

「你知道萊比錫書展是什麼時候嗎？我們想給你一年的時間。」

「不就只是一本小書嘛，頂多一百五十頁，沒問題。」

我們又喝了點酒。**伏特加是一種奇怪的東西，它的成分包括稻穀、酒精和解決問題的良方**。這一夜，我們的思緒所向披靡。

漢納斯覺得這個主意很好，赫爾格也覺得不錯，我也這樣認為。接著，我就開始在啤酒墊和餐巾紙上勾勒這本書的目錄。

目錄很長。

而且愈來愈長。

我原本想解釋一下，海洋裡的生物如何產生，如何從單細胞發展成多細胞，再從多細胞發展到今天的程度，然後就能……

不對，錯了。首先要說明水是怎樣到地球上來的。也就是說得從這顆行星的形成開始，然後談到生命的變化和效應、演化和環境的彼此影響，以及其他……直到人類開始活動的時代。這本書第一部分講述過去，第二部分描述現在，第三部分展望未來。關鍵是，我得分毫不差地繪出當今海洋生物的全景圖，釐清生物之間錯綜複雜的依附關係，但這些關係在一滴水中就……

對，考察「水」是首要之務，還有洋流，以及受到月球影響的潮汐活動……

有趣。如果沒有月球，地球會是什麼樣子？也許會有另外一種大氣層，因為……

關鍵是大氣層。無論如何我都得寫一個關於微生物的章節，它們會借助陽光釋放出氧氣……

太陽。宇宙。銀河系。其他行星上是否也有海洋呢？那裡也會有生命體嗎？地球之外的生命體看起來說不定像寒武紀的生物……

寒武紀！必須寫一章寒武紀。那時有著貨真價實的怪物，比如奇蝦，那可是寒武紀時期的大白鯊……

哦，對了，鯊魚……

「這可不是本小書，」赫爾格評論道，「這是一部史詩。」

「沒關係，我能寫出來。」

「你確定嗎？我們說的是一年。書展幾乎就是後天。」

「他已經做過研究了。」漢納斯溫和地說。

「正是。我能寫完！我寫！到後天還有不少時間，我明天就開工。」

「好，乾杯！」大家都很開心。

喝了這杯酒也就等於蓋了章，跟簽字畫押一樣。前天我做了一個承諾，而這種承諾，是只有凌晨四點還坐在酒吧裡的人才會做出來的承諾。

前天。前天怎麼了？

大爆炸！

前天，宇宙從一個「點」誕生，大約在一百三十七億年前。至少我們看到的是這樣。宇宙延展開來，生成地球，我們就生活在上面。根據宇宙的標準，這就是昨天。它影響著我們如今的存在，彷彿它剛剛才發生。不到一秒鐘前，人類才響亮地對世界喊了一聲「我思故我在！」

十二個月在我的感覺中彷彿只是兩天前，又彷彿是永恆的一半。十二個月前，我寫下了本書第一章的第一句話。

原本我預計寫一百五十頁的，結果變成了洋洋灑灑的四百六十四頁：這是一部海洋和人類起源的編年史，一部我這輩子最想說的歷史，說給自己和其他人聽。這部歷史章節繁多，我在近千頁的《群》中，僅僅用了其中一小部分。

它起始於約一百三十七億年前，那時，時空和物質突然拓展開來，裡面布滿形成太陽、行星和海洋的基本粒子。它起始於柏林的一家酒吧，起始於你開始閱讀的這一刻。它總是一再重新開始，每次都略有不同。形形色色的理論或彼此指責，或友好共處，資料和事實像棋盤上的棋子般被來回挪動。每次一有新的認識，我們就會更加迫切地問自己：**我們從哪兒來？我們將面臨什麼？該怎麼辦？每個人的腦袋都在不斷發生思維的大爆炸，生成銀河、星星、行星和生命。**我們不停地根據行為選擇來調整自己的知識水準，我們想理解，想歸類，想得出結論，想找到自己，或至少想找到一本《地球人使用手冊》，學習如何與這個已經變樣的家園打交道——這個家園，大部分都座落在深度達到海平面以下十一公里的地區。

不，《海，另一個未知的宇宙》並非一種關於終極結論的智慧。這種結論永遠都不會產生。很多次，我都想以最新的有效版本重新去講述海洋和人類在地球上所扮演的角色的故事。在學校裡，我們以為教師講授的知識就是絕對的知識。但科學中從來不存在絕對之說。它是無限接近的藝術。它不是下定義，而是圍繞；不劃定界限，而是創造過渡；不信教條，而相信發展。它無法證實什麼，只能透過剔除變數而得出一個盡可能清晰的認識。嚴格定義的話，連自然法則也只是一種假說。如果每次鬆手，蘋果都掉到地上，當然會產生一種絕對性的說法。但是，這些相關法則全都來自於相同的實驗，直到現在，這些實驗依然毫無例外地得出同樣的結論。

不，你在這本書中找不到絕對真理，找到的只是一個可能性極高的故事，這種可能性是在世界範圍內研究的暫時本質。例如，本書附錄中地質學時間軸上的年份並非絕對數字。上網查一查，你就會發現，地質年代的起始時間是有變化的，甚至有時會多出一個時期，比如近幾年發現的埃迪卡拉紀（Ediacaran）。請你暫且不要追問最終的資料，因為你什麼也找不到。每次有新的認識時，座標的尺度都會發生變化。附錄裡的「地質年代表」是專家們最近達成的共識。或許你也聽說過關於霸王龍的討論。這種巨型蜥蜴的相貌幾乎每月都會被修改，人們一會兒說牠是瘸腿的食屍動物，一會兒說牠是賽跑健將和充滿活力的捕食者，甚至有專家認為牠是食草動物。

因為網友對同一事件總是各執一詞，所以有人認為網路讓人變得愚昧。但事實絕不是這樣。早在網路誕生之前，人們對事實就各有各的看法了，只不過我們在學生階段對此瞭解很少，我們沒有比較的機會，只有一位向我們傳授「神聖真理」的教師。今天我們能不斷對比，從不同的觀點中抽取自己的見解。透過接觸知識和概念重整，我們能看到見解形成的過程。

我們歷史的全景圖有模糊的角落，這一點毫無疑問。

但正因為如此，它看起來才如此壯觀華麗。歷史上最美妙的油畫裡，有許多正是出自印象派畫家之手。莫內、希斯里、畢沙羅或雷諾的主題，都是通過觀賞者的想像才精確化的，而並非借助畫筆的準確描摩。現代人闡釋世界的方法也類似這些圖畫，沒有什麼是僵化固定的，萬物都在運轉。許多人因此而感到不安，我卻覺得鼓舞人心。積極主動地參與認識過程，不是比被動接受一些磐石般牢固的事實還要有趣嗎？運動中有變化，變化中有機遇，模糊中有未來的真理。我們的各種認識——包括現有物種和已消失物種的外貌和行為、自然現象、因果關係、人類的角色和人類物種的未來——都在呼吸著，發展著，經歷蛻皮、成長、變形、成形。透過好奇、開放與想法，每個人都被邀請一起跟蹤和塑造這一過程。

這本書不是教科書，也不是宣言。它並不宣揚任何資訊，它是一部驚險讀物。地球的發展史充滿離奇曲折的緊張故事，期間發生的事件其實並不複雜，一點也不無聊。只是有些人喜歡把它弄得複雜而無聊。這些人大家都認識。他們的簽名裝飾著我們的文憑，當然為我們簽名的還有另外一些人，在這些人的課堂上，即使下課鈴響了，我們仍會繼續坐在那兒認真聽講。他們是了不起的敘述者、冒險家和時空穿梭者。

本書的目的很簡單：令你愉快，激起你想瞭解更多的興趣。你可以隨心所欲地閱讀它，跳著讀，或一口氣讀完。大多數章節都自成一體。

我的建議是，我們一起回溯，盡量接近原點，從那裡起步，跟著時間飄蕩。在某些地方，你也可以闔上眼睛打個盹，或者打電話跟朋友聊天；比如在穿越物理和化學的無底深淵時，這些內容會出現在〈進化女神的手提包〉這一章節中；某些學術考察是不可避免的，或許你恰好樂在其中；譬如三十五億年前的一隻原始細胞裡有什麼玩意兒？這樣的問題也很有趣。如果你認為這一路上接觸的離子、同位素、大分子、醣、脂肪、酸和鹼等專有名詞太多，那就儘管恍神沒關係。等真正有趣的故事開始時，我會叫醒你的。沒有人會為你打分數。我們在旅行，旅行就是要放鬆。

書中會不時出現一些概念，這些概念的解釋有時到後文才會出現。有時你讀到一個已經解釋過的概念，卻再次問道：這是什麼？這時你不要往前翻，而是往後翻。書後的名詞解釋列出了大部分概念的解釋。如果希望對某一主題瞭解得比我更多，或想知道本書出版時還未發表的最新研究結果，您也可以根據人物姓名或專有名詞所附加的英文原文，上網搜尋。

前天。前天怎麼了？

對了，大爆炸。

我們對大爆炸瞭解得並不多，只知道它極有可能發生過。人們以一些美妙的展示表現了大爆炸後的最初幾秒。關於這一瞬間，宇宙的誕生——所謂的「奇點」——人們無法以已知的物理法則進行解釋。時空與物質爆炸之前的大前天發生了什麼，為什麼會發生大爆炸，也沒有人能說清楚。我對此反正一無所知。

不過我能告訴你昨天發生了什麼。

昨天
GESTERN

進化女神*必然心滿意足，否則她不會沉睡了漫漫三十億年。

或許進化女神已對自己的成就深感驕傲，覺得無需再上一層樓。當然，大分子的細胞膜的確是一大發明，頗能令人浮想聯翩。然而漫漫三十五億年中，她為何只造出了單細胞生物？沒有任何更複雜的生命形式，沒有腿，沒有牙齒、眼睛，哪怕是一些勉勉強強分出了上下身的爬行生物？為什麼進化女神停滯了這麼久，才繼續衝勁十足地著手生命的試驗，創造出愈來愈複雜的有機體？

似乎她此刻才意識到自己已誤了完工的期限。

上帝抱怨道：「請妳看一下訂單，我的訂單上寫著：寒武紀初期就應有霸王龍。什麼？妳只造出了貝殼和蝸牛？還不趕快幹活去！」

生命歷史中並不存在什麼演化訂單。

或許我們可以換一種方式來提這個問題。為什麼進化女神創造的生命日趨複雜？其實大自然的發展並沒有呈現明顯的「進步」趨勢，雖然我們一廂情願地以偏概全。當然，人類比單細胞動物要聰明，然而人類也更為脆弱。複雜性令我們身心虛弱，只要氣溫稍有變化，或股市稍稍低潮一些，我們就已不堪負荷。然而細菌卻不畏嚴寒酷熱，能經受火山爆發、彗星撞地球式的大災難，無論是在滾燙的深海溫泉還是南極的冰天雪地，無論是在岩石中還是在你的麵包裡，細菌都能隨遇而安。總之，**細菌比人類活得更瀟灑**。牠們其實才是完美的演化終極產品。然而出於某種原因，演化還是選擇了繼續向前走，一直走到細胞生命開始寫作、閱讀為止。

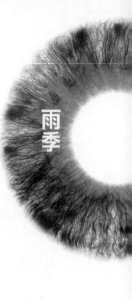

要弄懂這個問題，我們先得瞭解進化女神的本來面目——演化是無數偶發事件下的犧牲品，她從未自己想過要去創造生著蟹螯、長著有柄眼，或繫著亞曼尼領帶的生物。當然，讓細胞量產是一項偉大的壯舉，這一點毋庸置疑。但話說回來，演化從過去到現在所做的一切，無一不是既有條件帶來的後果。而這些條件又完全聽任地球的指揮——地球就像喜怒無常的女明星，時而六親不認，時而溫柔可親。有時它還要求人們在遵從其絕對權威的前提下持續改造自然環境。

面對各種氣候、地質乃至宇宙條件的影響，演化不得不經常有所行動。因此，想到進化女神在長達三十億年的時光中一直成功地製造著單細胞生物，人們不能不驚歎莫名。因為以一切可能的方式打擊萌芽中的生命，一直是年輕地球的一大嗜好。而且，細胞並非從一開始就是細胞，其中還涉及到時間速度以及因果循環等問題，尤其……

就此打住！

一無所有——一百三十七億年前宇宙大爆炸

我們還是先往回走，走到最前端，走到大爆炸之前。你看見什麼了嗎？沒錯，一無所有。之所以一無所有，是因為那時還沒有宇宙，然而虛無恰恰覆滅了自己。人類在丈量自己時，不僅要考慮長、寬、高等資料，還應考慮到自己的「使用期」，正像所有的物品一樣。然而大爆炸之前並不存在時間，換言之，時間還沒溜進宇宙。沒有時間，就沒有時間中的過客。

然而大概在一百三十七億年前，一件不可思議的事情突然發生了：一無所有的虛空中驟然誕生了時間和空間，兩者開始迅速延展。面對這一事件，就連史蒂芬·霍金**也難以說明清楚。

* 學術上的正確說法應為「演化」，在本書中，「進化女神」只是「演化」的擬人化暱稱，並強調後文「一廂情願地以偏概全」的嘲諷意味。

** Stephen William Hawking，被譽為繼愛因斯坦之後最偉大的物理學家之一，以研究「宇宙大爆炸」和「黑洞」著稱。

接下來，無數事件以驚人的速度相繼發生，即使只是探討年輕宇宙生命的頭三秒，人們就得窮盡書海。然而如果你認為那只是一段事件「繁多」的時期，那可得小心了。我們完全有理由相信，那時的時間速度比今天要高出多倍。想像一部以快動作鏡頭拍成的電影——電影中的動作與正常時間中的動作一模一樣，只是一切都快了三倍。這種快節奏的播放速度類似一種時間的高速度，而電影中的角色卻完全不會因此手忙腳亂。在他們眼中，一切並無異樣。而且，即使他們知道自己只是電影裡的角色，並看見了觀眾所在的世界，他們仍會認為我們所在的世界比他們要慢三倍。

時間是一種相對現象，它受制於形形色色的因素影響。重力會令時間摧折、緊縮、彎曲或回返。今天，時間在宇宙的不同區域以不同的速度流淌。各個宇宙時區的人均會認為自己體驗的時間才是絕對時間，只有一個獨立於時間之外的觀察者才會發現其中的巨大區別。

因此，一個過程的快慢，或一段時期的長短其實只是觀察者的一家之言——換言之，一個時間測量者的一家之言。然而直到今天，「獨立於時間之外的觀察者」依然只是高等數學的假設物，因此我們只能滿足於自己的片面性，將三十億年視為一段漫長無比的時期。反正那時根本沒有人來確立時間的標準，因此「快」「慢」之類的概念完全可有可無。長短並無意義，三秒和三十億年之間並無區別。

時間長短的計量其實並不依賴於時間單位，而是取決於事件的豐富度。這點我們均有親身體會。在無聊至極的場合——譬如岳父在婚禮致辭時，或政客對尖銳問題作答時——十分鐘漫長得如同荒蕪沙漠。然而情意綿綿的夜晚卻如流星般稍縱即逝。這樣看來，**三十億年的單細胞生命或許只是區區瞬間，而開天闢地的三秒卻是一輪永恆**。因此，人們不能因為地球歷史中的主要角色是細菌，就指責進化女神怠忽職守。這種看法實在有失偏頗。

再回到大爆炸的話題上。時空繼續擴展充盈，而宇宙則漸漸冷卻。其實冷卻也是一個相對概念。攝氏五千度或許已酷熱無比，電子在這樣的溫度中瘋狂飛轉，然而即便這樣的速度也無法逃脫質子的吸引力。

因此，一個電子總是圍繞著一個質子運轉，這樣才產生了氫原子。

大爆炸之前，宇宙無限稠密且均勻。而在此之後，物質間產生了縫隙，光能借著物質傳播。而且，由於光子能夠穿越固體微粒，因此它們無需衝撞或撕扯物質。這樣一來，物質終於獲得了長久性的結構。氫構成了雲，雲愈積愈大，愈積愈沉，最後終於不堪重負而塌陷收縮。

群星產生了，它們像窯爐一樣，蓄積著巨大的壓力，以致內部的氫都融合成氦。三個這樣的氦原子核在一起便生成碳。碳原子核繼續融合氦，就會變成氧。正是在這樣的過程中，今日宇宙的基本元素一一形成，世界開始熠熠生輝。

隨著宇宙的冷卻，愈來愈多的空間變成了荒蕪的沙漠。恆星之間充滿著虛空，漂蕩著無數自由的微粒。星體散發的強烈紫外線阻止了一切可能的邂逅。然而氣態星雲中的情況卻恰恰相反。那裡的物質密度如此之大，無論是紫外線還是任何其他光線都無法滲入。因此星雲總是墨黑一團，且寒冷無比——攝氏零下兩百四十度，這樣的寒冷恰好能夠形成分子，而這樣的密度更適合產生星體。

無數新星體相繼誕生。許多恆星走到了生命的盡頭，由於自身的重力而不斷向內塌陷收縮，直至達到最高密度。其後果只有一個——一場華麗的爆炸。這場爆炸將熾熱的恆星氣體甩向宇宙太空，甩向宇宙誕生時產生的氫分子雲，而氫雲十分樂意接納死去恆星留下的沉重玩意兒*。於是，在十億個未成熟的銀河星系中，氫與氧初次邂逅。兩種元素不斷融合，直到在冰冷塵粒的表面形成了一種全新的分子。

水。

點燃新火爐——太陽系形成

九十億年的時光匆匆流逝。星辰誕生，星系形成，像宇宙之輪一樣生生不息。幼年時期的宇宙環境並

* 指原子量較為大的元素，包括氧、碳等元素。

不理想，星星們吵嚷不休。我們的星系（銀河系）也是爭奪好地盤的戰鬥者之一，它與鄰居們衝突不斷，野心勃勃且態度惡劣。無數次衝撞最終造出了一團物質豐裕的黑色雲狀物。或許一顆相鄰恆星的爆炸也幫了一下忙。無論如何，雲狀物不斷萎縮，終於在內部點燃了一個新的火爐——太陽。那些沒有熔化的物質，尤其是塵灰構成的氣體，開始圍繞著新的大火爐旋轉運移。正是這種旋轉的離心力使得這一氣體和物質的混合體沒有被其他年輕的星體吞噬。反之，這個灰塵雲團卻不斷向外擴張，並形成了一個由岩石和冰粒組成的巨大平滑的圓盤。

原始行星盤。

一個帶有中軸的圓盤。

水也在不斷旋轉的太陽之霧中飄移並凝結成冰。中軸附近的溫度高達攝氏一千兩百度，因此水在此處是很難停留的。只有在岩石內部的水才能保存下來，岩石外部的水都會化為蒸氣。圍繞太陽形成的內環由岩石構成，這些岩石一塊又一塊地緩緩結合，從很小的塵粒開始，互相衝撞，然後永不分離。漩渦狀的塵霧中雷電交加。物質不斷地結合成愈來愈大的團塊，形成無數小行星般大小的岩石，而每一塊岩石都在靠近其他岩石。

如果有人打算寫一首具有終極意義的愛之歌，那麼他或許應考慮將其獻給重力。它才是獨一無二的吸引力！我們的太陽誕生約一百萬年之後，原始行星盤附近的塵粒中誕生了三十顆小行星，它們是太陽的寵兒，圍繞著太陽運轉，在狹窄的空間中相互競爭。某些時候，它們會狹路相逢——有些行星會離開自己的軌道，沿橢圓形軌跡向對方靠近，最終以每小時幾萬公里的速度相撞。只有大行星能承受撞擊的壓力，並吞噬了小行星。

一億年的時間就這樣流逝了，太陽的內環上終於誕生了四個階段性贏家，這四顆行星你爭我奪，力圖奪得唯一一份光輝的未來，其中的三個心滿意足地占據了不太有利的地盤，有兩顆行星尤其靠近太陽，第四顆稍遠，然而最終的贏家只有一個──第三顆行星，我們的地球。

早期的地球是炙熱的地獄！它經常接待一些小小的「不速之客」，在外來星體不斷撞擊的過程中，這顆行星漸漸成長。它吸收了外來星體內部的液化水蒸氣，將它像大衣般披掛在自己外部。嬰兒階段的地球，質量只有今天的三分之一，幸而有那些飛來飛去的宇宙物質不斷使它壯大。地球面臨的挑戰者日益增多，質量愈來愈大，水愈來愈多。然而這時，一顆巨大的星體忽然朝地球迎面而來，大得令地球無法將它一腳踢開*。

忒伊婭（Theia）是一顆火星大小的小行星，在偶然間撞上了地球。撞擊造成的殘骸飛向了宇宙。在廿四小時之內，地球周圍竟形成了一圈碎石環。後來，大部分碎片仍然回歸年輕的地球，與其融為一體，為這個新世界添磚加瓦。另外一些碎片在重力的作用下聚集成團，構成了地球的盟友──**月球**。如此，地球才通過宇宙動亂的考驗，獲得屬於自己的衛星。

原本的世界末日竟變成了新的起點。

與忒伊婭相撞後，我們的行星變得更穩定、巨大和有力。當然時間又經過了五億年，直到當時的大火球──今天令我們安居樂業的地球──獲得了一層較為穩定的外殼。由於來自外界的撞擊從不間斷，有機分子很難結合，然而地球卻也因此獲得了自己的內部結構。各種不同重量的元素隨著岩石和流星降臨在地球表面，沉重的鐵元素由於引力聚集在地核中，而較輕的物質則圍繞地核形成了不同的地層。

無數氣體爭先恐後地從炙熱的熔岩流中逃逸出來──二氧化碳、氮氣、氨氣、甲烷，當然最主要的還是水蒸氣。整個太陽系的外層籠罩著一層由物質塊、顆粒物、碎片構成的球狀雲霧，水正是在其中誕生的。太陽內環的變動尚未平息，遠離陽光的地方又出現了新的行星。它們形成時留下的大量殘骸由等量岩

* 月球形成的四種理論之一「撞擊說」。其他三種為月球是從地球分裂出來的「分裂說」；月球行經地球時距離太近而被地球擄獲的「擄獲說」；以及地球和月球屬於同一個星塵雲團的「同源說」。

石和冰塊構成，這就是彗星。

彗星衝向地球，替代了地球在「忒伊婭大衝撞」中失去的水分。

蒸氣層再次變稠密，直到它們牢牢地覆蓋了地球。隨著蒸氣層密度增加，接二連三的爆炸所產生的熱量愈難離開地球。行星變成了一個蒸籠，其表面開始熔化，耀眼的紅色岩漿淹沒了一切。地球表面溫度高達攝氏一千兩百六十度，氣壓相當於一百個大氣層。行星表面覆蓋著兩片大洋，其中一片由水蒸氣構成，底下則是會漸漸吸收上方蒸氣的岩漿海。此時若有新的岩塊撞擊地球，蒸氣層也不會變厚，因為熔岩會立刻吞噬剛產生的蒸氣。

後來，這些「太空導彈」愈來愈少。

天氣預報——攝氏三百度的傾盆大雨

地球剛誕生時曾有一層薄薄的大氣，然而當時的地球又小又輕，引力還不足以使大氣層與不斷干擾地球的太陽風暴抗衡。年輕的大氣層很不穩定，在產生月球的那次大衝撞中，大氣層被甩入了太空。而現在的形勢則好多了。行星已擁有足夠的重量，能夠防止新生的炙熱蒸氣層遁入太空。由於流星雨變少，地球漸漸擁有了一個固定的表層，氣候也漸漸涼爽，也因此產生一種陌生的新現象——下雨。

傾盆大雨！

然而，稱之為雨或許並不恰當。

沒有任何一家電視台膽敢播放這樣的天氣預報。大雨溫度超過攝氏三百度。在一百個大氣層壓力、這樣的溫度下，水才能凝結成雨。大雨持續下著，這一終極惡劣氣候持續了幾千年。

大氣層中的所有水分都落到了地球表面，一．五億兆噸的雨水轟轟烈烈地傾瀉下來。第一次大降雨之後，地球冷卻了，雲層產生，新的雨水又降下來。然後又有了雲，又有了雨。雲，雨。日復一日，年復一年，幾百萬年就這樣過去了。

水是一種罕見的分子聚合物，其內部一片混亂，彷彿羅比・威廉斯演唱會的前幾百排歌迷。水的誕生多虧了氧缺少兩個電子。因此氧進入原始雲層後，得找到兩顆氫原子，從而變成了一個兩極分子，一端陰性，另一端陽性。這便是水分子，其質子對和電子對喜歡吸引其他水分子中和自己不同的另一面，並互架橋樑。這種氫鍵橋很微弱，遠不如分子中原子之間的吸引力。單是高溫便能擊潰這種橋樑。然而在適當的條件下，水分子之間能夠發生一觸即斷的短暫結合，每一秒鐘的結合次數高達幾十億次，這是一場無窮無盡的分子輪舞，一片混亂，卻綿綿不斷，結果便是產生流動的水。

當時還沒有可觀的山脈，地球就像月球一樣，渾身布滿火山口，整個行星的地表漸漸全部沉入水下，只有最高的火山頂才露出水面。此外，降雨還將大氣層中的二氧化碳沖了出來，二氧化碳便與凝固的岩漿發生了反應，釋放出岩漿內部的礦物質。這樣，海水中才有了鹽——我父親曾哄騙我說，海水之所以鹹是因為水手在用鹽抹早餐蛋時掉入了大海。我當時並未接受這一說法，然而一個六歲的孩子也無法用更好的理論來反駁他。

一片原始海洋出現了，這片海中沒有任何生命。

沒有人能在那樣的海洋中游泳。海水的溫度極高，平均深度達三・五公里，與地球六千五百公里的半徑相比，這種深度實在不值一提。海洋的水來自太陽內環的天體和從寒冷的遠方飛來的彗星。兩種水擁有不同的年齡和來源。某些分子產生於太陽系誕生之前，某些產生於恆星之間。在降臨地球之前，這些被凍結成冰塊的水分子一直在太陽系的外側游蕩。然而無論來自何處，它們現在已融為一體。

水不停地澆灌著地球。

火山的側面漸漸被侵蝕。雨水將玄武岩沖入了由眾多炎熱島嶼環抱所蓄積的水中，海底的沉積物不斷加厚。沉積物質日漸增多，重量高達幾百萬噸，終於，海底下薄薄的地層崩塌、熔化了。一些熔岩流回到了地層上方，和不斷增厚的沉積物層融為一體，並與其發生反應，變成了一種即將完全改變世界面目的物質——花崗岩誕生了。

花崗岩比玄武岩輕，質地卻極為堅硬。新的岩塊中不斷產生大塊花崗岩，某些岩石竟與瑞士國土大小相當，某些則只有孩子們的操場大小。剛開始時，這些岩石都埋在水下，後來，浮力原理讓它們浮出了水面，因為它們比海床物質的密度更小。因此，**四十億年之前，第一批島嶼終於冉冉升出海面**，這些島嶼不再是火山爆發的產物。

隨著島嶼的浮現，原始海洋的時代結束了。

新一輪循環開始了，舊的土地腐化，新的土地誕生，這一過程持續了幾百萬年。幾公里厚的沉積層壓在玄武岩構成的海底上，更輕巧的花崗岩島嶼不斷成長，開始與沉重的周遭環境抗衡。最後，島嶼周圍的地殼終於裂開了。陸地從海底湧上來。這是一個不斷重複的漫長過程，海面下薄薄的地殼不斷破裂，新的熔岩流入了沉積物，而花崗岩質的土地不斷擴張，直到它們彼此相遇。狹路相逢後，每一塊陸地都不甘示弱，於是它們被緩緩流動的海洋地殼擠在一起，在赤道附近連成一片巨大陸塊。這片廣袤的陸地被稱作超大陸，在之後的幾百萬年中，類似的超大陸不斷湧現。然而這依然不是地球今日的面貌。

距離我們時代廿五億年前，超大陸基本上只包括今天的北美和澳大利亞，以及非洲和早期歐洲的一部分。世界史上的第一塊大陸是一片空曠死寂的岩石沙漠，到處是耀眼的岩漿，很難稱得上賞心悅目。

然而，海洋深處卻在悄悄動作著。

分子開始舒展筋骨，互相試探，結成聯盟。隨著超大陸的第一塊板塊浮出水面——那是四十億年前的事情了——大自然又獲得了一個新的幫手。這位幫手一直耐心等待著，等待最厲害的宇宙衝撞漸漸平息。

當然，荒寂的地球依然不時迎來一些大大小小的不速之客——小行星墜入海洋，撞擊大海，小型隕石，其中有些大小相當馬洛卡島和西西里島。然而地球已度過了最可怕的煉獄時代。新來的幫手環視地球一圈，充滿幹勁。此時，她相信生命的創造已萬事具備，於是她開始著手工作。

這位幫手就是進化女神，她早已胸有成竹。

正如每一位優雅的淑女，她帶著一個手提包。

看得見的土地

你們想看進化女神的手提包？沒問題！然而在此之前，我們還需好好研究一下地球的結構。因為正是這承載著古老地球的力量導致了地球的分裂。如果大自然沒有送給我們的行星一帖重要處方——板塊構造，地球上永遠不可能出現生物。

向地心出發——不斷移動的地球結構

如果你小時候讀過儒勒·凡爾納的小說《地心歷險記》，那麼你或許已和他一起經歷了一次驚心動魄的地心之旅。然而在真實的生活中，這樣的旅行其實沒有那麼浪漫。要深入地球的心臟，我們需要一種配備強勁空調的抗高溫旅行器，而且沿途完全沒有風景可看。

在凡爾納的小說中，科學家們在地心發現了迷宮般的洞穴群、地底海洋和罕見的巨大蘑菇，電影版本還為故事添加了各式各樣的滑稽角色，最後整個團隊在一次火山噴發時，沿著火山口衝上了地面。從史前的死亡之地中沿著燃燒的火山口飛出來，然後毫髮無損地落到大海裡，這位法國人的想像力實在是令人歎為觀止。

然而事實上，我們完全不可能以這種方法逃出虎口，更不可能享受如此舒服的降落過程。相反地，我們要借助一個超級大鑽頭才能深入地球的岩石圈中，衝破這層堅不可摧的地殼，而且在七十至一百公里深處時，溫度將會上升到令人難以忍受的程度。

岩石圈的海洋地殼與大陸地殼好似漂浮在一片奇特大洋上的島嶼，**軟流圈**是緩慢移動的滾燙岩石構成的較具流動性*的層圈，其厚度能達到兩百公里，而地殼的一部分就像糖漿上的巧克力片一樣，在其上流動著。倘若我們的旅行器能夠承受這一座攝氏一千兩百至一千五百度的高溫爐，那麼我們才能穿越軟流圈。

下一個挑戰則是地函，以及隨之而來的更酷熱的高溫。地函厚達兩千八百六十公里，比軟流圈更黏稠，它同樣以每年幾公分的速度向前移進。然而令我們苦不堪言的不僅是高溫，同時還有巨大的壓力。但我們勇敢非凡，不畏困難，克服了這一關，終於在單調的紅色岩漿簇擁下抵達了一處光芒四射的地域——地核的外部。

在此之前，我們一直在岩石中穿行，而現在我們抵達了液態金屬的王國——外核，這裡的金屬主要是鐵，還帶有少量鎳。到了這時候，你大概得用濕手巾擦臉了。在接下來兩千兩百五十公里的路途中，溫度將達到非人道的攝氏四千度。然後，我們的鑽頭撞上了有趣的東西——某種堅硬的物質。

誰住在這裡？

沒有人。地球的內核阻止了我們：內核與外核的成分都是金屬，然而內核是固態金屬。這裡的強大壓力不允許任何物質流淌、移動。為了抵達凡爾納的地心，我們還得再次啟動鑽頭，往下鑽六百一十公里，然而這一工作不做也罷。地核酷熱無比，中心的壓力高達三千六百千巴，從地質學意義上而言當然非常有趣，但對於遊客而言，其無聊程度不亞於沃爾夫斯堡的夜色。

因此我們還是打道回府為妙。

走了這一趟，我們畢竟還是知道了以下這些事實——地球的部分是液態，內部一直運動不息，溫度奇高，且壓力足可殺人。這是一個以慢動作緩緩沸騰的地獄。我們就生活在這一地獄的表面——我們之所以

＊ 軟流圈位在地函上部，原本就是高溫熔融的岩漿，再因地函主要組成礦物之一的斜方輝石對於水的溶解度突然降低，較多的水便保留在組成上部地函的橄欖岩中，軟流圈的黏滯度因而比地函其他部分更小，流動性更高，岩石圈便能在其上發生漂移，形成地殼變動。

能生存，是因為薄薄的地層沒有完全封閉，而是被分成了碎塊，在軟流圈的岩漿大洋上漂浮。

如果地球不是這樣皸裂粗糙，將會發生什麼狀況？請你想像蒸鍋中的雞蛋。這是一場力的爭奪，氣體想逃逸出來，而物質停滯不前，蛋殼遭受著上下左右的各方壓力。這還只是一個普普通通的早餐雞蛋。如果你在將雞蛋放進沸騰的水之前沒有在殼上敲開一個小洞，那麼雞蛋會爆炸。只有這樣，它才能放出蒸氣，並在幾分鐘之後變成固態，獲得一種新的穩固性。

地球的原理亦然。當然，不同之處在於人們不能剝開地球的外殼，將其切碎，塗在麵包上，因為地殼之下依然上演著各式各樣的鬧劇，內部和外部的紛爭無休無止。一個封閉的地殼必須要如同橡膠一樣靈活，才能承受住這樣的調節。因此岩石圈絕不能一動不動，所以自然女神好心地將它切成了小型地塊，各自漂流，偶爾聚首，互相推擠、抬升，平衡自己內部的壓力。

閱讀地圖的幻想家——被嘲諷的「大陸漂移說」

除了美國中西部的一些地區——在那裡，達爾文演化論就足以招致慘禍——今天的人們已普遍接受了板塊構造說。然而二十世紀六〇年代時，很多地質學家仍然不相信板塊能夠移動。

其實早在二十世紀初期，一位德國極地研究者就已向人們證明，自然女神才是謎語的發明者。一九一〇年某日，阿爾弗雷德．魏格納（Alfred Wegener）神色凝重地瞪著世界地圖。他發現，南美和非洲大陸似乎能夠合起來。於是他詳細考察了地球上所有的島嶼和大陸，最後他堅信，這些島嶼陸地無一不是來自一塊遠古時期分崩離析的巨大陸地。

差不多同時期，古生物學家也有重大發現——來自大洋兩岸的遠古生物化石具有相同特徵。非洲動物怎麼可能去過南美？用什麼交通工具？如果是植物的枝葉，或許還有可能，風把它們沿著海水吹過了大洋，可是鱷魚和蠍子也能這麼好運嗎？對於魏格納而言，這一點就是遠古大陸存在的鐵證。那是當時唯一一塊首尾相連的大陸，生命在其中自由流散到了各個角落。魏格納將這一巨大陸地命名為「整塊大陸」，由於科學家們多多少少有一種奇怪的強迫症，非要把一切事物都譯成希臘或拉丁語，因此遠古大陸就變成了「盤古大陸」(Pangaea)——*Gaea*為大地，*Pan*為整體。

幻想家總免不了遭人譏諷的命運。魏格納的論點讓他飽受嘲諷，然而他並不氣餒。其實在文藝復興時代，已有眼尖的聰明人透過地圖得出了類似的結論，可是要讓學術圈明白這一點，實在太過困難。

當時流行的是奧地利地質學家愛德華·休斯(Eduard Suess)的坍縮論。根據休斯的觀點，早期的地球溫度極高，且體積十分龐大。在幾十億年的時光中，地球的部分熱量被輻射出去，因此溫度漸漸降低，體積也逐日減小，宛如一個皺巴巴的蘋果，內部坍陷成一團。休斯宣稱，山巒正是由此誕生，大地向內收摺，形成盆地，這樣水才開始流淌，彙成海洋。

而魏格納則反駁道，皺蘋果無法表現出大陸的結構。一個熱度均勻流失的行星應均勻坍陷，雖然會形成摺皺，卻不會變得崎嶇不平，滿身瘡口。此外，魏格納還指出，人們已證實花崗岩比海底岩石輕，因此，大陸不會像坍縮論認為的那樣沉入海底。它們會一直漂浮在海面上，不可摧毀，永不沉沒。

一九一五年，魏格納公開了他的「大陸漂移說」。不出所料，這本《大陸和海洋的起源》(*Die Entstehung der Kontinente und Ozeane*)激起了人們的熱烈討論。休斯憤怒地批駁魏格納，他呼籲道，正派的地質學家不應理睬此人——阿爾弗雷德·魏格納並非科班出身，只是天文學家和氣象學家。然而板塊構造說很快地深得人心，坍縮論的教皇只能甘拜下風。令人惋惜的是，魏格納沒能好好享受自己的成果。一九三〇年，在五十歲生日的那一天，由於寒冷的天氣或心肌梗塞，魏格納在格陵蘭去世——這位勇敢而有遠見的研究者畢生從未真正自圓其說過。有時他宣稱太陽和月亮的重力導致陸地分離，有時他又幻想兩極到赤道之間存在一種牽引力，因此，所有陸地都週期性地向赤道靠近。

倘若這位板塊構造說之父手頭有衛星的測量資料，能夠長期觀察地球表面，相信休斯的坍縮論立刻就會自行坍縮。透過測量資料，我們瞭解到：大陸每年會移動三到五公分的距離。可憐的魏格納卻因此被人諷刺為童話叔叔，令人聯想到《一千零一夜》和《格林童話》作者，但或許也能因此找到一些慰藉——講童話故事的人也能贏得世界聲譽。

魏格納對地球內部的情況知之甚少，否則他會意識到，板塊移動的始作俑者是地函中的對流。地函岩漿在地底不停翻滾，溫度不斷上升。而溫度愈高，它們的比重就愈小，愈容易向上移動。為了保持平衡，溫度較低的岩漿因比重較大而不斷下沉，這樣一來，對流循環才能一直持續下去。岩漿不斷上升，為自己開闢道路，直到它們與海底的水發生作用，衝破海底，形成幾百公尺深的裂谷，熔岩流從這裡呼嘯而出，在冰冷的海水中凝固，增加了海底的質量，並擠壓著海底。這一分水嶺的兩邊都漸漸隆起了一些透氣的山岩——中洋脊——由於新的熔岩不斷湧出，海底也開始緩緩漂移。

直到今天，這一過程依然持續不休。遠離裂谷後，海底開始緩緩冷卻，變得更堅固，更平坦。幾百萬年後，它和陸地不期而遇，由此產生了一個重要的問題——何去何從？

既然海底很不安分，人們自然不能在這裡興建海灘城市。然而我們已知道，陸地比海底更輕——所有陸地重量的總和只占地球重量的〇．四%。因此，沉甸甸的海洋地殼鑽到了大陸板塊下方，擠進了地函，然後熔為一體。這一現象被稱為「隱沒」。

有一個證據是：大陸的內核已有三十五億年歷史，而最古老、完整海底的年齡卻只有兩億年。和陸地不同，島嶼是海底的一部分，跟著海一同漂來漂去。再過幾百萬年，蘭札羅特、福門特拉等島嶼會和摩洛哥相撞，在撒哈拉以西的海濱大陸邊緣撞成碎片。因此你大可不必猶豫，有機會的話趕緊再去加納利群島轉一轉。

然而並非所有大陸邊緣地區都會出現隱沒帶。相反的，地質學認為，大陸邊緣也有活動和穩定之分。我們可以想像一個陸地四面受敵的情況，譬如東臨大西洋，西接太平洋的美國，兩片大洋的海底都在不斷漂移。換言之，美國受到兩邊的擠壓。在活動式大陸邊緣兩側的板塊總是一上一下地互相推擠，而穩定式大陸邊緣則是兩側板塊和平共處、相安無事。在穩定式大陸邊緣地帶，較淺的大陸棚向海洋延伸出去，積聚沉積物慢慢形成新的陸地，而另一方面，強烈的板塊擠壓會在活動式大陸邊緣沿岸形成弧狀護城河般的海溝和城牆般的火山島鏈，並發生強烈的地震。每當兩塊板塊因長期碰撞而終於碎裂時，就會發生地震。這時，大範圍破裂的海床則會回彈，而正是這種現象造成了二〇〇四年底的南亞海嘯事件*。

在我們舉的例子中，美國大陸——更精確地說是美國所處的北美板塊——被擠向西移，在太平洋中與另一塊向東移動的板塊相撞。這種力與力的抗衡令美國人很頭疼。美國西海岸的居民們一直在等待一場「巨震」，也就是一場可能吞沒舊金山、洛杉磯和溫哥華的毀滅性大地震。事實上，整個太平洋周圍的海岸都屬於主動式大陸邊緣區，即地震多發區。

據我們瞭解，世界的大板塊有七個，此外還有一些小型板塊。就外表而言，這些板塊令地球看起來宛如一塊摔碎的聖誕巧克力球。由於地球的這種形貌，曾經有家大報紙小心翼翼地探討一個問題——地球是否將在不久的未來分崩離析？那張報紙將一個滿身裂紋的地球置於頭版，看起來彷彿再有一次小地震，整個世界就會裂成碎片。

然而請你盡可能放心，正是這些裂紋維持著地球的穩定。板塊相撞造成的地震其實只是小動盪，可以說是正常的地質運動。否則我們的行星早就灰飛煙滅了。

順便提一句，這種構造循環同時也有利於人們的美麗。它能夠令捕獲岩——來自地底兩百公里深處的岩石——堆積在大陸火山的喉部，連瑪麗蓮夢露都是捕獲岩的崇拜者！當然她從未聽說過捕獲岩。她只知道人們能用這種岩石來做什麼，正是這一點令她對捕獲岩大唱讚歌——捕獲岩是鑽石的主要來源。

* 兩個長期處於擠壓的板塊，不斷碰撞而碎裂，這時原本緊繃的壓力忽然減輕，原本下陷的海洋板塊就會忽然反彈，像是一根原本彎曲的棍子沒有壓力後會回彈變直一樣。在板塊回彈的作用力下，引起海水大範圍震動，因而引發海嘯。

當然，地質構造不僅能令陸地不斷組成新的格局，在地殼運動中，海洋也同樣經歷著滄海桑田的變換。在海洋底部，巨大的板塊四處漂散，沿著中洋脊裂谷產生了一條數百公尺深、六萬公里長的山脊，這是世界上最大的山脈。隨著地質結構的每一次變化，海流也在變動，海洋和陸地生物的生存條件也會隨之改變。這是因為海洋在很大程度上影響著氣候。這一點我們隨後還會探討。

那麼現在，你可以一窺進化女神的手提包了。裡面充滿了生命！

單細胞動物占據海洋之後，生命開始抽枝發芽，關於這一過程的理論著作簡直汗牛充棟。演化生物學家和分子基因學家能夠有理有據地說明：多細胞生物如何誕生，為什麼古生代初期有機體會長出牙齒、鉗子和甲殼，為什麼每個人都應該在自己的相本裡放一張海口蟲的照片——海口蟲是脊椎動物的祖先，曾經生活在寒武紀的淺灘中，看起來有點像遠古時代的白香腸。

然而當人們提出「雞和蛋」的問題時，情況就複雜了。到底誰先誰後？先有新陳代謝還是先有細胞？如果沒有新陳代謝，細胞怎麼可能產生？而如果沒有細胞，新陳代謝又如何發生？從無機物到有機物，從有機物到有生命的物質，其間的分水嶺到底在哪裡？

生命究竟是從何時開始存在的？

真的有這個分水嶺嗎？

創世紀的想像——尋找人和猩猩共同的祖先

無數宗教都為這問題找到答案——神靈為死寂的物質注入了生命，神採用的工具類似於一種軟體，也俗稱靈魂。獲得靈魂後，神所造的物體站起來，伸展身體，然後開始歌頌上帝的功德無量。事實上，這種創世紀的想像的確令人心情舒暢。老實說，誰願意承認自己是細菌，或一種史前香腸狀魚類的後代子孫？

這裡存在一個棘手的問題——如果演化的過程平坦無阻，沒有發生任何突變，那麼人類和動物之間不應存在那些我們津津樂道的巨大差異。而且根據上述觀點，**人類並非生命的終極產品，而只是一個中間階**

段，是生命目錄中無數變體中的一種。雖然人類具有驚人的認知能力，然而從基因上而言，我們只是生命鏈條上的一個中繼點，而這條鏈條的歷史延伸到四十億年之前，通向一個前途未卜的未來。

我們暫且假設上帝的「靈魂造物說」成立，那麼接下來，我們得自問一句：生命是否就等於靈魂，而動物是否也有靈魂？因為這是一個必然的結論——生命以靈魂的形式被注入死寂的物質，這樣物質才不再是無用的廢物。既然猩猩也在雨林中生存、呼吸、撓癢，這就說明，牠們同樣也被上帝注入了靈魂。

很多宗教領袖都指出，真正的靈魂包括良知、倫理道德感受以及區分善惡的能力，因此猩猩的靈魂和人類完全不可同日而語。然而另一方面，這些信徒卻又篤信只有上帝的氣息才能創造猩猩，雖然這些動物根本不懂得去尊重神的恩賜，寧願大啃香蕉也不願說一聲謝謝。無論如何，所有神學家在我提到的上述觀點上完全保持一致——猩猩也有靈魂，但牠們的靈魂不能永生。

同樣的情況還適用於捲毛狗、金倉鼠、鯡魚、蛔蟲等一切爬來游去的生物，牠們在靈性上跟人類都不是同一掛的。在這方面上，我們盡可心安，到了天堂後，我們終於不再受到蚊子、壁虱和蠍子的騷擾。

儘管如此，還有兩個待解的難題。首先，回溯人類發展的歷史時，我們發現：歷史愈往前，我們的祖先就愈像猩猩。顯然不存在一個從非人類到人類的分岔點。幾十年來，人類學家們一直在尋找這個著名的消失環節——人猿和人類篤定的共同祖先。

今天的人們認為，黑猩猩是我們最近的親戚，正是出於這個原因，我們才喜歡給牠們穿褲子，戴傻呼呼的帽子。人類和黑猩猩的基因具有九八．七%的相似性。邏輯上，兩者在遠古時代的森林中必然曾有過共同的祖先。根據分子生物學家探討得出的觀點，這個祖先應該生活在約六百萬年之前。他們相信，此後不久，這一生物就分化成了黑猩猩和人類物種——俗稱永生靈魂的載體。原則上，人們認為這是一條線性的發展線索，就像汽車的生產線一樣。

然而人類畢竟不是賓士S級產品。根本沒有人找得到這一共同祖先的遺體。

一九九四年，有人在衣索比亞發現了四百四十萬年前的史前人類的化石，這些化石被命名為「拉密達猿人」。人們歡欣鼓舞，宣稱終於發現了那條消失的環節。四年之後，人們又挖出了比拉密達猿人早八十萬年的「拉密達猿人亞種」的牙齒和骨骼，然而兩者均不是人類的始祖。

二〇〇〇年在肯亞被發現的「千年人」，也沒有資格自稱為後來的黑猩猩和人類的唯一祖先。「千年人」的鋒頭現在又被在中非查德發現的最古老的頭蓋骨「撒哈人猿查德種」蓋過了。據稱，「撒哈人猿查德種」早在六百五十萬年前就嘗試過直立行走。

這些古代的先生們究竟更接近猩猩還是人類，目前還不得而知。然而有一點是肯定的——人類和人猿並沒有一個唯一的共同祖先。原始人的發展、猿類到人類的過渡是一個流動的過程，發生在不同的時間和不同的地點。**毋庸置疑，非洲是人類的誕生地，然而誕生人類的搖籃卻遠遠不只一個。**

此外，原始人也分化出了一些種類，如南方古猿和衣索比亞種。不知何時，原始人忽然抬起了自己鼓鼓的頭顱，一晃眼成為盧多爾夫人、巧人、直立人、智人，在世界歷史中留下了自己的足跡。其中還有一種「智人中的智人」，他們非常偶然地一直堅持到了今天，證據顯示，他們是唯一一支出於認知目的從土裡挖掘自己祖先的原始人後裔。

總而言之，人猿和人類之間並沒有一個明顯的分水嶺，其發展的線索也不是一條直線。法蘭克福的研究者弗里德曼．施勒克（Friedemann Schrenk）也認為：

「在幾億年生物演化的歷史中，任何新的發展線索都不會獨出一脈，而是擁有諸多根源和無數變體。而人類的演化又怎麼會例外呢？」

因此，目前人們的看法是：六百萬到八百萬年前，非洲的氣候發生突變，熱帶雨林覆滅，大量的平原都變成了草原。在此之前，人猿一直在樹林中跳來跳去地討生活。某些人猿已學會了沿著樹枝垂直攀爬的本領，然而只是極少數。

隨著植被的消失，跳來跳去的時代也結束了，這時，獨特本領使牠們保住了性命——在地面上，目光所及的範圍愈廣，察覺猛獸的時機就愈早。自此之後，牠們開始用後肢行走，空出雙手從事其他活動，例如使用工具。那麼，此時的人猿是否已演化成人類了呢？石斧是上帝對我們的饋贈嗎？很遺憾，黑猩猩也會用小棍子掏美味的蟲子吃。

工具的使用並非一蹴而就，而是一個逐步發展的過程，它刺激大腦的活動。直立行走的猿人被迫變得愈來愈聰明。

在接下來的幾百萬年中，非洲出現了各種各樣的猿人新變種，他們或互相殘殺，或成對結盟，發展出自己的文化。有些物種被淘汰，有些適應了變幻莫測的環境，創造力不斷增強，愈來愈接近人類。人猿開始直立行走、發明各式各樣的石斧……

現代人類學未料到生命竟如此花樣迭出，他們的研究均建立在經典的譜系上。然而生命則是一叢盤根錯節的灌木，在這團混沌中，動物和人類的界限已全然模糊，不可分辨。

到底誰獲得了永生的靈魂？

就像動物和人類的區別一樣，有生命和無生命的差異也同樣模糊不明。細胞有靈魂嗎？為什麼沒有呢？上帝的造物藍圖中必然也有小小的單細胞靈魂的一席之地。然而細胞並不是從天而降的，它們擁有一段悠久而奇妙的歷史，經歷了各種各樣的發展階段。如果人們固執地堅持靈魂說，那麼每個分子也應擁有靈魂，只要它們行為正派，也能進入天堂——當然，到了這一步，大多數宗教都會撤退了。

那麼，到底什麼是生命？如果真能找到一個可信的答案，相信不僅僅演化生物學家會歡呼雀躍，在我看來，這幾乎是世間最刺激的問題。就像永恆、最大和最小、起始和結束現象一樣，這個問題將我們置於一種類似的境地中。

當我們丟棄慣用的刻度尺，不再用它來測度時空時，我們面前會展開一個新宇宙，這裡不存在任何突如其來的轉變，找不到任何因果鏈條，只有一團各種因果前後交互糾結的混沌——這是一個萬物流變的宇宙。

要評判生命和生的價值，這一認識非常關鍵，因為它能夠讓那些笛卡兒主義者啞口無言——這些人篤信著名理性主義者笛卡兒的觀點，認為動物只是機器。笛卡兒對人類和動物做了明確的區分，他認為非人類的生物缺乏一切思考和感覺的能力。很多哲學家都高高興興地繼承了他的觀點，如黑格爾認為動物只是一種供人類驅使的工具。

多年來，笛卡兒的這種觀點漸漸被扭曲成了赤裸裸的人類中心論的犬儒主義。一位法國哲學家的內心信念在後人手中竟變成了一種藉口，人們藉此推託自己的道德立場，進行動物試驗，開辦大規模養殖場。這也說明在樹立倫理典範時，純自然科學的觀念對我們的幫助頗為有限。在倫理行為中，無論科學家還是神學家都無法為我們提供正確的方向。況且我們的道德標準僅僅依賴於一個倫理尺規，不幸的是，每個人心中的尺規都有所不同。

海洋裡的混亂宴會——生命的起點

無論如何，我們畢竟還是知道地球上何時出現有據可查的生命。最古老生物的化石來自三十五億到四十億年前。這一資料來自單細胞生物的發現——最早的生物，其形貌被印在岩石上。然而這些發現卻不能告訴我們生命發展的起點。要確定這樣的起點，我們需要一把尺規——其刻度是我們自己後加的。事實上卻不存在這樣的尺規。而且，遠古的生命很有可能經歷過多次獨立的發展過程，或許有幾百萬次。

在進化女神發明細胞膜之前，人們無法記錄這樣的過程。因此我們只能在黑暗中摸索，那是真正的黑暗，因為深海就是一片黑暗。深海環境使得複雜分子的結合能夠更早發生，因此，生命物質的誕生很有可能發生在深海之中。

生命是聯姻的產物。如果弱小的分子結構總是一直老死不相往來，很難發生化學作用，而四十億年前的地球環境也並不適合這樣的聯姻。當時，海洋包裹著整個世界，海水深度平均達到十公里，在這樣的海洋中，碳和氫剛剛陷入了愛河，下一個小行星就已呼嘯而至，棒打鴛鴦。羅密歐和茱麗葉慘遭拆散，只得各自飄零。

那時的地球是一個蒸籠，不斷有新的東西被扔進來。熔岩等熱流令海水沸騰不止，可怕的閃電撕裂大氣層，愛情在這樣的環境中毫無容身之處。

深層海洋區的環境也不盡如人意，在洶湧滾燙熔岩的壓力下，海洋地殼分離，漂移。熔岩冷卻後，形成多孔的枕狀結構，水滲入地底後又邂逅了滾燙的岩漿，被煮沸，再次噴出來，像高達攝氏四百度的沸騰噴泉一樣從剛剛成型的海底噴出來。這些水將炙熱的地底下所有的氣體和礦物質都帶了出來，如氫、硫化氫、氨等。在自由的水流中，這些物質和熔化的金屬——如鐵、銅、鋅、鎳——發生了化學反應，形成了硫化金屬鏈。

這一過程導致了兩個結果：一方面，噴出來的水被染成了黑色。海洋地質學家已多次研究過這樣的噴口，並借助強光燈將其拍攝了下來，在錄影上，我們的確能看見一股沸騰的混濁液體強勁地噴湧不止。另一方面，噴湧到一定高度後，這些黑色的混合物又落回了海底，沉澱在一起，圍繞噴口形成了一個煙囪，隨著時間的流失，這些煙囪的高度達到了五十多公尺。這些噴口被稱為「培養基煙囪」或「黑煙囪」。

即使在未來，深海地區也無法貫徹禁煙活動。水流不斷上升回落，循環不止。今天，這些煙囪周圍有很多寄生物活動著，然而在冥古代，那裡也還沒有產生任何爬行或游泳的生物。

還沒有。因為這些煙囪的外側邊緣沉積著很多硫化鐵的細微氣泡。

生命就在這些氣泡中！

當時，周圍海水的溫度約在攝氏二十度到三十度之間。氣泡中狹窄空間的溫度高達攝氏一百度，充滿各種化學物質，全是滾燙海水噴發時帶出來的。就像所有擁擠的空間一樣，這些物質開始聊天，產生好感，而小氣泡防止了大海再次棒打鴛鴦，它們終於交上了朋友。

化學聯姻發生了，並維持了下來。氣泡中充滿了能量，這樣的環境更有利於分子的結合。氫和碳這對苦命情人終於締結連理。終於，以碳元素為基礎的結合發生了，這是生命產生的決定性條件。

進化女神這位勤勞的員工投入了工作。她從硫、氧、氫和碳中創造了活躍的醋酸，而醋酸又激發了檸檬酸的循環。這一循環或許是一切新陳代謝循環中最關鍵的一個，因為正是它促成了生命基本元素的產生。氮和醋酸又帶來了胺基酸。到了這一步，沒有在生物課上打瞌睡的人們應該會精神一振了。胺基酸？這個我知道。是的，生命的基本元素開始成形了。胺基酸結合在一起，構成了縮胺酸，而縮胺酸又組合成了長鏈的蛋白質。

啊，蛋白質！這就是生命了嗎？

很難說。但它們肯定是有機結合物。其中有很多碳水化合物，生命的一切條件都具備了。然而我們看到的依然只是積木，不是成果，成果應大於各個零件的總和。進化女神還有一些工作。

她多麼勤奮啊！在她的管理下，氣泡中的生物工廠有了極大的生產力。各種各樣的新物質爭相湧現。四種碳氮化合物組成了環狀，產生了對我們影響深遠的核酸鹼基，它還被稱作腺嘌呤、鳥嘌呤、胞嘧啶或尿嘧啶。核酸還需要一些新朋友——於是核糖來了，還有磷酸。這些物質組合成了一個長長的著名分子「核糖核酸」——簡稱RNA。

這種新型的酸不僅能夠提高胺基酸的反應靈敏度，同時還能進行自我複製。此外，它還需要一種特別蛋白質的協助——酵素，幸而它能夠自己生產酵素。最後產生的新型RNA能夠自己製造蛋白質。這樣的循環生生不息。

這時，腺嘌呤、鳥嘌呤、胞嘧啶和尿嘧啶們已學會了說話，它們的語言是無聲的，更類似於一種密碼：每三個鹼基組合成一個字母，這個字母會將一個胺基酸指派給一個蛋白質，這樣一來，胺基酸會獲得一個固定的秩序。

不同的組合格局會帶來不同的字母，而胺基酸也會以相應的序列進行編排。

在不斷的改變過程中，蛋白質的工作能力不斷得到提高。進化女神做得得心應手。她的一切工作環節都遵循一種殘酷的選拔原則——蛋白質如果不是為了不斷複製RNA而貢獻出大量心力，說不定已經被進化女神淘汰出局。適應能力最強的物質才能留在競技場，而其他的則被扔進了歷史的垃圾桶。

放蕩不羈的原始大洋深處是一個所有人都參與的大型混亂宴會，甚至在舒服的硫化鐵泡沫中，剛開始的階段也頗為混亂，然而現在，秩序產生了。

風流的生活終於結束了！現在，我們想變成魚、鳥和人。請遵守秩序。

某一天，尿嘧啶休息了一下，或許它只是睡著或蹺課了，無論如何，一種與尿嘧啶結構相似的鹼基——胸腺嘧啶——占據了尿嘧啶的位置。同一時間，核糖抱怨自己丟失了一個氧原子。看起來這些只是微不足道的小事。然而這件事的後果卻十分嚴重：一個無比穩定的新分子產生了，它有一個長得嚇人的名字，沒有人能說出這個名字，因此今天我們一般只採用它的簡稱：DNA——去氧核糖核酸。

DNA委實是一場革命，然而為此它不得不犧牲自己的本性。作為基因碼的記憶體，DNA成了不可取代的角色，然而它為此卻失去了催化功能；也就是說，它不能自行將這些編碼轉化成蛋白質。它需要RNA的翻譯，兩者相攜相伴，一同走過了一段日趨複雜的道路。

啊，是的，生命！這就是生命了吧?!

目前看來是的。在上述過程的某一階段，生命產生了，產生在這些字裡行間。

我們甚至可以宣稱細胞的誕生，當然它還沒有獲得細胞膜。但這個細胞已五臟俱全，甚至開始了第一輪新陳代謝。此時，我們依然身在黑煙囪的足下。在這個龐然熱泉邊，生命開始運轉。滾燙的化學混合物依然噴湧不止，為氣泡裡的物質提供能量。有營養的物質經由細孔穿越硫化鐵外殼，轉變成蛋白質與醣，而無法再利用的物質則被排放掉。作為健康消化的結果，進化女神發明了排泄。

某些新產生的大分子勇敢地離開了氣泡，踏上了漫遊世界的征途。有些離家出走的傢伙命運坎坷，被拋進了凶險莫測的大海，而有些則駐留在煙囪壁上小小的細孔中。我們可以將它們稱為「原始細胞」，此時，它們開始繁衍後代。它們適應各種各樣的環境，無論條件好壞、溫度暖熱，或周圍的酸鹼性。進化女神不都提醒過我們了嗎？

順應時勢者昌。這些物質適應了環境，原型生命的各種變種迅速增多。

史前時代的熱鬧上海——原始細胞有了細胞膜

我們來拜訪一下這個煙囪吧。它是一個五十六公尺高的龐然大物，裡面不斷湧出黑色的雲狀物。在煙囪的外壁上，一個規模赫然的原始細胞群成長了起來，這是冥古代和史前時代的上海。新的碳化物不斷產生，RNA不斷變異，這些鹼基字母正在書寫著歷史。這時，在煙囪左方的第七六四五二個氣泡中，兩個分子鏈打算一起闖一番大事業。它們圍著彼此走了幾圈，彷彿有些猶豫，它們不知道這一步將大大加快生命發展的步伐嗎？為什麼還要猶豫，勇者必勝！來吧，看看結果怎樣……

煙囪突然開始戰慄。憤怒的抱怨聲此起彼伏。煙囪壁上出現了裂縫，整個岩漿平原都陷入了震動。地下的噴流變得愈加強烈。煙囪頂部開始鬆裂，塊狀物落下來，摔到煙囪底部上。短短幾秒之內，氣泡之城已被摧毀，煙囪壁上驟然出現了一條幾公尺長的裂縫。突然之間，一切都在顫抖。這是對小上海的致命一擊。煙囪開始坍塌，在地震帶來的巨大氣流的壓力下完全崩裂。廢墟零落如雨，整個基地的繁華之境頃刻間萎謝，就像巴別塔一樣。

地震漸漸平息後，繁榮的煙囪大都市只剩一片廢墟。所有氣泡都被摧毀，而氣泡居民都被捲入了巨大的海流。失去了自己的保護傘之後，原始細胞擴散到了原始大洋中，那些野心勃勃、要幹一番大事業的細胞也免不了相同的命運。我們永遠無法知道，兩個分子鏈的結合到底帶來了什麼。硫化鐵的膜層不僅為它們的發展提供了催化劑，同時，這些氣泡也是那些早期生命的身體，而現在，那些生命永遠流失在海水中。在海洋的這一部分，大自然終於戰勝了生命。

然而不必擔憂。這種災難簡直是家常便飯。但對進化女神而言，這些情況就像是薛西弗斯式不斷重複上演的麻煩。進化女神，一個井井有條的淑女，一想到自己要不斷從頭開始，心裡不禁覺得十分難受。

只要原始細胞還住在硫化鐵氣泡中，生命發展的希望就會十分渺茫。熱流和地震遲早會扼殺這些煙囪，今天，如果能夠預知自然災害，我們還能疏散城市。遺憾的是，原始細胞還不懂得排隊逃離城市。它們不會收拾自己的細軟然後逃到內陸。地震發生時，它們甚至都不懂得稍微移動幾步，它們和自己的城市血肉相連，不可分開。

在這種絕望的境地下，進化女神想到了自己的手提包。

我們不得不承認，手提包是人類文明最偉大的成果之一。我喜歡將手提包視為進步的工具。毋庸置疑，它展現了女性物種的優越性——如果有人仔細研究過手提包裡的內容，那麼他一定會贊成我的觀點。手提包守護著女人最真實的自我，換言之，從手提包即可讀出她們的性格密碼。令我們男人永遠驚異不解的是，為什麼我們從餐廳洗手間出來後根本沒有任何改變，而女人們出來後卻煥然一新，光豔照人？問題的答案就藏在手提包裡。

男人們的家當都在鼓鼓的褲袋裡——車鑰匙、錢和香菸，而女人們竟能隨身帶著一大堆緊身衣，以免在重要的關頭措手不及。她們像變魔法般從包包裡拿出一本記事本，寫下約會日期；寬大的錢包能裝下卡片、零錢、小便條和照片。爭奪好男人時，她們的武器庫包括髮梳、髮蠟、香水、眼線筆、指甲油和唇膏，這些是她們攻城掠地的能量。手提包的內袋裡還放著隱形眼鏡、看書用的眼鏡和一本好書，放著耳環、鑰匙鏈、內褲、備用的尼龍絲襪、阿斯匹靈，以及眾人皆知的避孕藥。除此之外，還有手機，男人們經常將手機放在夾克上的小袋裡，而女人則不然。

毫無疑問，如果遇上火災或洪水，或突然要在陌生的地方過夜，女人們遠比男人們準備充分。因為她們有萬能的手提包，《歡樂滿人間》的仙女保姆瑪麗·波平絲甚至從自己的袋中取出了一個完整的衣架，因為擔心好衣服放在衣櫃裡會起皺。

如果沒有手提包，女人無疑會倒退好幾步，落到男人目前的發展階段。如果沒有手提包，女人的基因編碼會喪失殆盡。那時，女人不得不像男人一樣，將日常用品四處擺放，亂七八糟，而且大部分物品只能放在家中。她們得到處找東西。那時，女性的奇蹟將成為歷史，現實問題百出。

如果女人的手提包破了，那麼事情就很有趣了：這一刻，袋子女主人的真面目將被揭示，她的內心世界將會掉得滿街都是，或落進小水溝，或被汽車壓扁。一個晚上的時間溜走了。「我是誰？」這位女士臉上的表情彷彿這樣說。我還是人嗎？我還是生命體嗎？不，我只是一個沒有了手提包的女人，連原始細胞都不如。我的熔岩煙囪坍塌了，我被拋到了生存之外，被拋進了冥古代！

進化女神意識到，硫化鐵氣泡中的各種有機結合物和大分子需要某種能夠將它們封在一起的東西，這樣即使離開火山煙囪的故鄉，它們也不會走散。因此，進化女神創造了一些原始細胞，那是一種油脂，就像一件有彈力的大衣，能夠將細胞內部包圍起來。這樣，一種雙層膜產生了，它能夠允許某些分子通過，同時又能將水隔離在細胞外部。這是一層小小的外膜，它能夠脫離煙囪的束縛，在廣袤的海洋中悠游，同時又能將細胞內部的東西留在自己身邊——這對細胞的生命能力具有極大意義。

演化出細胞膜，令生命能夠自由四處擴散，而不必擔心大自然的可怕威力。如此，一切複雜生物的基本條件已準備完畢。一個裝滿基因資訊的小包，一個實用的小包。這就是進化女神的手提包。

細胞已完成了。

這種膜囊不斷發展，帶來了形形色色的結果。各式各樣的細胞產生了，我們稱之為真細菌。這些細菌具有極強的忍耐力，然而某一個變種細菌的抵抗力更為強悍：即所謂的古生菌，它們由堅固的外膜包裹，由於其特殊的結構和抵抗力，它們能夠抵禦極端的氣溫，並提高了酸的濃度。嚴格說來，古生菌並非細菌，它們的新陳代謝與真細菌不同，因此其學名為「古菌」。

史上第一次「人口」爆炸——細胞發展史

真細菌和古菌共同構成了原核生物（Prokaryota）的家族。「*Karyon*」是希臘語中的「核」，而原核生物則是細胞核演化出來之前的細胞。當時的細胞還沒有核。手提包裡的東西亂糟糟擠成一片，不過沒有關係。最關鍵的一點是，真細菌和古菌從現在開始能夠自由地向海洋四處擴散。

生命力更強的古菌幾乎散落到各個角落，開始迅猛繁殖，占領了多個熱騰騰的海底泉、火山岸和含鹽量極高的淺水海域。真細菌雖更為挑剔，但它們的家族也在急速壯大。原核生物的陣容在短短的時間內不斷增大，簡直堪稱史上第一次「人口」爆炸。上述說法所採用的理論由格拉斯哥環境研究中心（Environmental Research Centre Glasgow）的米歇爾．羅塞爾（Michael Russel）和杜塞爾多夫的威廉．馬丁（William Martin）共同提出，同時也是目前關於生命起源的最有說服力的理論。事實上，關於此類的理論層出不窮。在過去的幾十年裡，科學界一再提出不同的模式來解釋細胞發展的歷史。然而其中最精確、最合情合理的理論還是這一種。

胚種論也很流行。這可能是埃里希．馮．丹尼肯（Erich von Däniken）最推崇的一種理論，因為根據這一觀念，生命來自太空，生命力十足的細菌孢子來自無垠的宇宙，隨著隕石的冰塊來到地球。人們對這些細菌孢子進行科學研究，外星的朋友們一定會很開心。在某種程度上，胚種論可能也不無道理，很遺憾的是，他們無法回答關於這些外星細胞是如何產生的問題。或許其他星球上的過去和現在也充滿著黑煙囪。

毫無疑問的是，在五億年的漫漫歲月中，地球不斷遭受外來者的轟炸——甚至那些尾部由無比細微的塵狀物構成的彗星也不例外，這些彗星帶有很多有機物質，碳氫化合物、氮鹼基、胺基酸、氧、甲醛和氫氰酸。當太空冰雹漸漸平息後，某些彗星掠過地球時並沒有墜入海中，而只是用尾巴輕輕拂了一下我們。幾萬兆的化學物質以這種方式溶入了海水中。因此，太空外來客並沒有對地球的生命做出太多貢獻。至於是否有有機物隨著它們來到地球，相當值得懷疑。

在這個領域，有一個概念我們都很熟悉：原始混沌。這個概念的背景是化學家史坦利·米勒（Stanley Miller）於一九五三年進行的一次實驗。他的看法是：海水被汽化後作為雨水重新落回地球，這是一個眾所周知的循環。每次有水分子逃脫時，純粹的水蒸氣就會升起，離開那些被海水融化的物質。這一循環不斷地重複著。

海中的風暴不斷掀開海面，與原始大氣層中的氣體建立了一種巨大的接觸面：碳、氫、氧和硫。這樣一來，海水中溶解的物質日益增多，新分子開始被生產出來。水不啻是全世界通用的溶解劑。數以千計的各種結合產生了，它們被地球內部的熱量、被海面上雷暴的電子暴、被太陽的紫外線吞噬。然而它們的數量和種類依然不斷壯大，史前混亂的地球變成了進化女神的遊戲室。

米勒相信，史前地球的雷暴扮演著極為重要的角色。

為了論證自己的理論，米勒在一個燒瓶裡裝了製造人工閃電的電極，然後將沸騰的水、甲烷、氨和氫的混合物導入燒瓶。這些混合物的成分類似於熱泉的噴湧物。閃電帶來了極高的電流，令各種物質互相發生反應。證據顯示，在短短幾天之內就產生了胺基酸——米勒踏上了科學怪人之路，創造了生命的基礎。然而他無法說明，這些零件是如何在波濤洶湧的大海中連成整體，並合成高級分子的。目前米勒的理論是，這些結合應該發生在一些平靜的水域，如池沼、水窪、風平浪靜的海灣，然而他自己對這一解釋也不甚滿意。

另一種理論認為，生命產生在洋冰上，在化學物質豐富的氣候下，洋冰中的凹洞為原始細胞的誕生提供了條件。然而根據這種說法，生命產生的年代將會大踏步地延後：三十七億年前，地球上並沒有冰塊。

另一種理論認為，生命的搖籃是淡水湖；也還有人相信生命並非誕生在水中，而是出現在岩石中，或地下晶體岩中。

或許每種說法都有自己的道理。

可以肯定的一點是，為了培養一個原始細胞，周遭環境必須提供某種良好的可能性條件。而當時的地球正處於出生前的陣痛之中！天文學家弗雷德・霍耶（Fred Hoyle）質疑：這幾乎相當於龍捲風在廢車場吹出一輛勞斯萊斯的機率。而英國動物學家和演化研究者W・H・托爾普（William Homan Thorpe）補充道，**生命產生的機率相當於猩猩在瞎按打字機時打出一篇莎士比亞作品的機率**。在兩種情況下，偶然性具有同樣重要的作用。

然而反過來說，人們也可以理直氣壯地懷疑究竟是否有這樣的偶然性；或許事實是，一切已被嘗試殆盡，該來的終究會來。兩個科隆人在科隆相遇的機率或許很大，而兩個科隆人在南極邂逅的可能性同樣也有，只是低於前一種情況而已。

我們可以想想：三十億年是否是一段漫長無比的時間。

我們也可以再想想：三十億個三十億年的嘗試是否就能獲得夠多的成果。

人們或許會這樣認為，但進化女神會說，那算什麼，我還沒有開始呢！這樣說來，生命的誕生到底是非常可能還是非常不可能的事件呢？到了本書的最後一部分，我們會踏入太陽系以外星球的陌生海洋，那時我們再回頭探討這個問題。現在，我們先停留在地球上的水域中。

一個細胞的成就

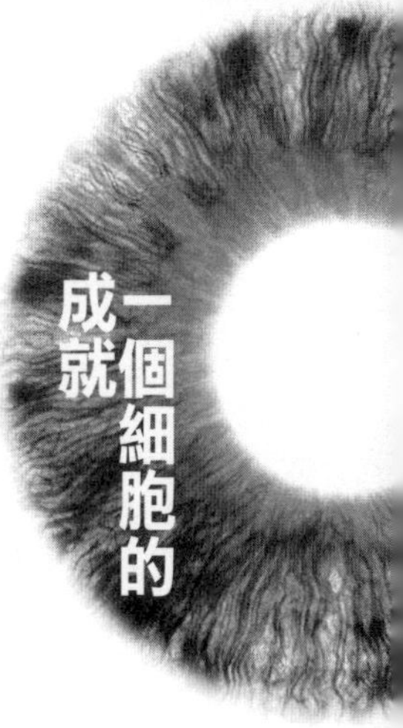

如果將兩隻兔子放在一個從未有過兔子的陌生星球，那麼牠們必然會迅速繁殖，很快造出一個龐大的兔子家族。澳大利亞人開始警覺了。兔子的性愛極為簡短。也就是說，當一隻雄兔和一隻雌兔交尾時，牠會在她的耳畔輕聲安慰道：「不要害怕，一點都不疼，怎麼樣，不疼吧？」兔子的繁殖極有效率，牠們的性愛之悅如此短暫，後代卻浩如煙海。兔子不注重愛撫，愛撫對於牠們而言只是例行公事，絕不拖沓。結束之後，牠們會在一邊休息。兔子不得不大量繁殖，因為牠們不喜歡死亡，卻不幸成為各種肉食動物的盤中飧。因此牠們的策略便是以量取勝。因此嚙齒目動物才能在演化中穩穩占據一個地盤，從來不需為節育器、避孕藥和避孕套之類的玩意兒費心。

顯而易見，繁殖不僅僅是為了樂趣。我們雖然有理由指責進化女神為人過於死板，但是她這樣做有自己的想法。如果年輕的單細胞動物還得向另一個單細胞的父親提親，那麼我們或許永遠不會存在。

地球上第一批新陳代謝的生物甚至根本沒有性愛，要不然一切就太複雜了。單說熱身吧：今天不行、你不是我喜歡的類型、我今天頭疼、十分鐘之後有客人要來、不能在這裡啊，親愛的……什麼，老天，難道我們能在人來人往的海洋裡親熱嗎？

古菌和真細菌則選擇了另一條路——分裂。一個細胞分裂成兩個與母體相同的新細胞。如此看來，DNA似乎是永恆不滅的，因為它總能炮製出自己的翻版，而翻版又會繼續生產自己的翻版……永無止息，所有的翻版都具備和母體相同的化學能量。因此，化學家將它們稱為戰勝時間的分子。每一次分裂的時間約為二十到三十分鐘。單細胞的數量就這樣不斷增加，到了某一天——就像澳大利亞的兔子一樣——

細胞占領了世界。

它們改變了周圍的環境。

此時，一些古菌開始在新陳代謝中將甲烷排出自己的體外。甲烷是一種溫室氣體。大量的甲烷進入大氣後，會造成地球溫度的升高。原始大氣層接收了釋放出來的甲烷，並將其保存了起來。今天，由於自由的氧氣，大部分進入大氣層裡的甲烷會在十年內慢慢消失*。但那時的甲烷分子卻能夠存在一萬年。它們滲入了當時遍布地球的水蒸氣、二氧化碳和氮氣，剛剛冷卻下來的地球又開始升溫。然而這一次，地球沒有變成大火爐，卻形成了一種適合生命滋長的氣候環境。而且一定分量以上的甲烷甚至能產生冷卻作用，因為它的分子組合成鏈狀，能夠製造出一種削弱太陽輻射的蒸氣。

無論如何，原始細胞開始蓬勃生長，同時它們還能以自己的排泄物和殘骸為其他細胞輸送能量。依然還有一些原核生物生活在海底，然而它們已不再依賴於海底的熱泉。眾多原核生物聚集在海面附近的水域。火山島嶼附近有很多含硫豐富的溫泉，很多原核生物都以溫泉中豐富的鹼性物質為養料，同時也發現了一種新的、用之不竭的豐富能源，這種能源來自於太陽系的中心，向地球輸送著光和熱。

進化女神的第二項偉大工作便是光合作用。

沒有光合作用，我們便無法呼吸。只要海洋依然沸騰不止，海底的玄武岩依然熊熊燃燒著，那麼大氣層就會充滿儲存熱量的二氧化碳。經年累月的大雨將很多鈣、碳酸鹽沉澱物沖進了大海。那些在火山上累積幾百萬年的物質聚集在海洋中，這些物質包括鐵、鎂及各種矽化物。尤其大氣中的氮在這裡保存了下來。在原始大氣層下，人類絕對無法生存，當時的大氣相當於今天金星的環境。

在二十五億年前，海洋中發生了一場巨大的變動，其影響遍布整個地球，並完全改變地球的面貌。這一變革的始作俑者卻是小小的藍綠藻，它們學會一種天才的手法。嬉皮們未能完成的偉業——只依靠空氣和愛情生活——它們以自己的方式實現了。

它們依賴光而生活。

光本身並不僅是一種亮度。光由光子組成，光子是一種沒有身體，卻能量極強的微粒，它們以各種不同的光波與我們相遇。聰明的進化女神暗自思忖著：光或許能為生命做點什麼，於是光子在藍綠藻的內部遇到特殊的薄膜時，能量便被儲存在那裡。這一過程稱為光合作用。這層薄膜的功能類似一種蓄電池，它儲存了陽光。第二個階段是暗合作用，此時能量發生化學變化，得以從水和二氧化碳中製作出醣，即碳水化合物，這便是細菌的營養。於是這一組合完成了。

如此而已。

「氧」竟是個問題?!——第一次物種滅絕

一些聽起來簡簡單單的事情實際上非常複雜，在這一過程中，分子發生了各種變化，尤其水被分隔了。（給那些希望瞭解得更詳細的人：在光合反應中，一些電子被削弱了，細菌意圖更換這些電子，於是它四處尋找，最後在豐富的H_2O中找到了電子。而為了獲得水的電子，細菌不得不將水分裂為氫和氧。）

直到此時，氫一直是化學反應的一部分，它的作用並不顯著。它負責促成二氧化碳物合成，主要存在鐵和水當中。然而現在，它終於自由了。剛開始時，它和從海底火山湧出的硫、鐵進行了新的組合，這些硫鐵元素在結合中被氧化。這樣一來，鐵不再能溶解，只能聚合成長長的分子鏈，由於自身重量，它又落回到深海中並沉澱起來——今天我們大多數鐵礦都來自那個時期。

然而事實證明，藍綠藻無疑是當時的兔子家族。在那些陽光充足的平坦水域，它們製造了大量的自由氧，以致很多氧已無法留在水中，而是化為氣體進入了大氣。這樣一來，整個行星的表層都被氧化了。礦

＊在現代，甲烷會跟空氣中的水蒸氣與羥基（OH）的單鍵氧發生反應，形成甲基（CH_3）。原始大氣缺乏氧，因此缺乏這種反應，使得甲烷分子可以停留很久。

石——即紅色鐵礦——見證了這一過程，透過這種赤鐵礦我們可以想像到，當時的地球曾鏽跡斑斑，彷彿一輛老汽車。但是問題其實並不在這裡。

什麼？氧曾是一個問題？

很遺憾，的確是這樣。藍綠藻只對氫感興趣。氧對於它們而言毫無用處，因此慘遭拋棄。這些壞蛋，破壞環境的冷酷罪人，狼心狗肺的下毒者，它們只在意自己的利益。它們當時沒頭沒腦的行為替當時的生物帶來了滅頂之禍。

或許進化女神自己也沒有預料到，發明細胞膜和光合作用會引發這樣的結果。正是她求新求異的嗜好造成了第一次物種滅絕。然而這位女士並沒有太多同情心，不會多愁善感。事已至此，木已成舟，她沒有哀歎，而是想辦法將生命引入全新的軌道。

飢餓的結果——藍綠藻變成葉綠體

她花了長時間苦思冥想：接下來應如何處理真細菌。

真——什麼？

複習一遍：真細菌（Eubacteria），它和古菌都沒有細胞核，因此我們統稱為「原核生物」。它們是第一批細胞生命，後來的細胞變體都由此而出，分別適應了自己所在的環境，其中也包括冒冒失失造成氧氣污染的藍綠藻。

二十多億年前，一些瘋狂的原核生物決定不再甘於同類的平庸，它們不斷生長，生長，個頭遠遠超過了同類。這些巨型傢伙感覺到一種迫切的飢餓感。它們雖改變了自己的細胞壁，然而作為海洋中的新貴，一層細胞壁無法滿足需求，它們需要第二層。內部的細胞壁負責守護它們的基因組織，而外壁則構成了一種類似外部胃的組織，供它們生活。很快，它們開始無所顧忌地吞噬周圍那些不幸進入自己捕食範圍的東西。無數細菌都慘遭這些比自己身形大一萬倍的捕食者的毒手。在這些大胃王手下，一切都岌岌可危。這些飢餓的獵手最終進入了我們的教科書，它們是三分天下的先輩：動物、植物和菌類。

那麼人類呢？不好意思，人類納入動物門下。

Eu在古希臘語中意為「好」。今天的社會有好人，當時的地球上也有好細胞，換言之，有細胞核的細胞，虧得它們有細胞內膜才幸而被生出來。在膜囊內，大分子和遺傳訊息DNA揉成一團，DNA被劃分為形形色色的染色體，以便將遺傳特徵輸送到外部外膜中。

然而為了茁壯成長、飽食終日、獲得第二層細胞膜，真細菌還得付出代價——失去了光合作用的能力。而光合作用當時正值流行的巔峰。無數年輕有為的時髦藍綠藻在淺水域穿來穿去，在光天化日之下大肆繁殖，到處亂扔氧氣。

漸漸地，那些大傢伙們開始覺得若有所失，擔心自己走上了絕路。於是它們改變了自己的習慣。它們吞下那些呼吸陽光的小細菌之後，並不予以銷毀，而是提出了一個交易。這些吸氧的小細菌在真細菌細胞膜的保護下，它們教會了自己的房東如何和氧氣打交道，教會它們學會使用太陽的能源。

這一刻，史上第一次出現了同居現象，科學上將其命名為細胞**內共生**。也可稱為第一號公寓。

真細菌大家庭的成員不會爭執，也不會亂扔東西。平心而論，藍綠藻畢竟改變了世界的面貌。這些年輕氣盛的細胞後來發展成了葉綠體。今天，葉綠體是綠色植物中所有光合作用的催化劑。它們利用色素或葉綠素來儲存陽光，並將陽光輸送到各個光合作用膜處*。在這裡，就像我之前所說的那樣，陽光被轉化成了醣；植物的生長需要醣分。那些沒有被直接消化的醣被儲存起來，以便日後轉化成醣**。在某種程度上，它們也能在夜間借助暗反應，進行這種化光為生命能源的藝術。

* 光合作用的光反應在葉綠體的類囊膜上進行，吸收光能轉為化學能，進行水的分解，產生氧、ATP等物質。

** 光合作用暗反應在葉綠體的基質上進行，吸收二氧化碳將光反應產生的物質，轉化為三碳醣，再轉化為葡萄糖儲存起來。

此時，一切水陸植物的祖先終於誕生了：綠藻。綠藻的出現引發了一輪新的循環。愈來愈多的氧氣被釋放，物種的演化發展愈加迅猛。直到三億五千萬年前，地球上物質的生長和消耗逐漸平衡，這時，氧氣才占據了約五分之一的大氣層。因此我們必須對藍綠藻表示衷心的感謝和讚賞，幸虧它們，我們才有了這二十一%至關重要的元素。

光合作用對我們的貢獻還不止如此，它保護我們倖免於太陽的迫害。太陽的毀滅性射線一直狠狠地折磨年幼的地球，陸地上的生命幾乎無法滋長。因此，**生命的歷史必然由海洋來書寫，因為只有海底深處才能為生命提供搖籃**。然而大量氧氣湧入大氣層時，太陽的紫外線有可能撕裂這層氧氣，幸好臭氧構成了一層保護傘，遺憾的是，由於人們的冒失行為，今天的臭氧層已出現破洞。

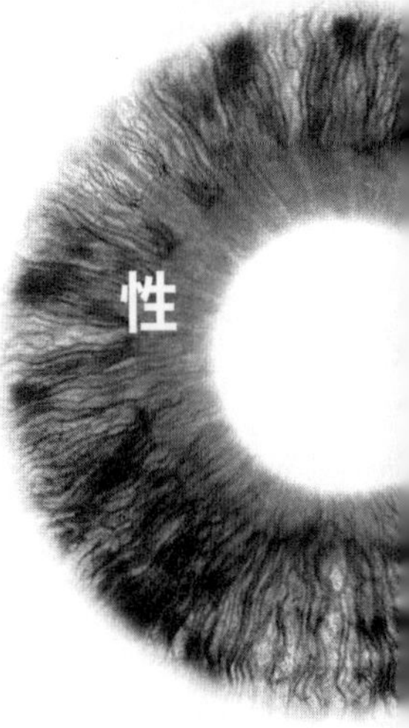

性

親愛的，我們來談一談性……

正如上文所言，進化女神起初對性並沒有太大興趣。對她而言，細胞的分裂繁殖似乎更有可行性。當時進化女神做了很多試驗，造出了無數令人眼花繚亂的基因變體，有些變體很壯實，充滿希望，有些則弱不禁風。在這樣的情況下，如果一個細胞能夠適應當時的生存條件，且勤勞不懈地將自己的遺傳基因複製下去，將是非常有意義的事。

但是細胞的分裂也有缺點。就拿分裂的速度來說：太快了。你可能聽說過一個關於米粒的傳說。這個故事的背景有時被說成中國，有時又是印度。兩個國家都自稱發明了象棋遊戲。我們且以印度版本為準，這個故事是說，印度國王謝爾汗著迷於象棋遊戲，非常想結識發明象棋的人。因此他的軍隊搜遍了全國，最後找到了一個名叫布迪蘭姆的老人，一位數學老師。這位老人被帶到國王面前，並受到極尊貴的待遇。謝爾汗宣布，老人可以要求一份獎賞，因為他的天才發明為國王的生活帶來了快樂，國王願意賜與他一切他要求的事物。

這位老師要求國王讓自己考慮一段時間。第二日，他告訴國王，自己只是一個平民，只想要一些米：在棋盤的第一格中放一粒米，第二格放兩粒，第三格放四粒，第四格放八粒，第五格放十六粒，一直放到最後一格，每一格中的米粒數都應是前一格的兩倍。

謝爾汗很生氣，覺得對於一個國王而言，這樣的賞賜簡直微薄得可憐。他認為自己的慷慨遭到了侮辱，然而君無戲言，因此他答應了老人的請求，每一天都賞他一些米粒，數量是前一天的兩倍。這個乘法遊戲讓他深感無聊，又有些惱火。到了第十天，他賜給老人五百一十二顆米粒，已夠吃一頓晚飯。到第十二格，米粒數已增加到兩千零四十八顆，然而這也不算多。第二週之後，國王依然沒有什麼感覺：第十四格中放的米粒數為八千一百九十二顆，這算什麼？然而，象棋大師統計了一下自己至此得到的米粒數，竟已有一萬五千三百五十九顆，這時國王才開始疑心。他沒有預料到這樣的結果。看起來老傢伙的收穫一點也不少。然而國王總是國事繁忙，又有後宮佳麗，不久就淡忘了這件事。

到了第六十四天，象棋大師臉色蒼白地來到國王的大殿中，結結巴巴地稟告說，賞賜的米粒已無法集齊。國王搖搖手，絲毫不信。他平生從來沒有欠過別人的債，而他的賞賜只是一袋米而已——好吧，或許是幾袋米。完全不必大驚小怪。怎麼會出問題？

象棋大師只好嚎啕大哭，並叫來了宮廷的數學師傅。師傅向謝爾汗解釋道，一面棋盤由六十四格組成，如果以兩倍數計算米粒的話，可以用一種指數來表示，不幸的是，這一指數很快水漲船高，變成了天文數字。到了第二十一天時，國王已欠布迪蘭姆一百多萬粒米，當時還沒有到棋盤的一半。

謝爾汗很不高興，他這才漸漸意識到自己的處境十分不妙。於是他開始計算這筆債務，然而其數額實在大大超過了他的支付能力，難道老傢伙要把他一把掏空？

「我們會盡最大的能力來支付你。」國王硬著頭皮說。

數學師傅搖搖頭。

「這筆債已不在你的能力之內，陛下。整個王國的米粒也不夠這個數。如果你信守諾言的話，請買下全世界的土地，將它們全部變成稻田，你還得抽乾所有的海洋河流，讓北極融化。當你將所有的這些土地都種上稻穀之後，或許才有可能滿足布迪蘭姆的願望。」

「到底有多少粒米呢？」謝爾汗問道。

「18,446,744,073,709,551,615粒。」數學家說，「恕我冒昧，陛下，你破產了。」

要瞭解情況，我們可以稍稍換算一下：一百公克米大概有四百粒。這樣算來，布迪蘭姆的賞賜相當於461,168,601,843噸稻穀——幾乎是今天世界稻穀年產量的八十%。

然而集權君主制有一個附帶的好處：君主可以隨心所欲的砍臣子的頭。因此，在這種局勢下，必然有人建議謝爾汗以斧頭來抵債。毫無疑問，老人肯定願意為了自己聰明的腦袋而放棄幾顆傻米粒。然而沒有人知道他的動機：他好端端地為什麼要那麼多難以保存的米粒？

這位老人顯然缺乏經濟頭腦，但他無疑有驚人的計算能力。只需一張六十四格的棋盤，以一粒米起家，就足以摧毀整個帝國。平心而論，這個國王的腦袋的確不怎麼好。類似的故事也發生在澳大利亞：一群長耳朵的兔子差點毀了整個國家。同樣，如果單細胞生物無限分裂下去，數量瘋狂增長，那麼很快它們也會走到末日。如果以六十四次分裂為一週期的話，那麼一個單細胞生物在兩天之內就會分裂出幾兆億個分身，而這些分身又會在接下來的兩天內繼續分離出幾兆億的後代。雖然單細胞生物個頭不大，但也不可小覷。有人計算過，如果它們毫無顧忌地繁殖下去，那麼幾天之內，整個地球就會完全被它們覆蓋。

精采！最早的造物竟自己悶死了自己。

兩性戰爭——多細胞受到青睞

當時的地球上依然火山爆發不斷，小行星頻頻來訪，還有獨一無二的發明，如氧氣時代，令九十%的生物很快一命嗚呼。可是這樣的發展無比緩慢，需要幾百萬年的時間。毋庸置疑，該有人來管管了。

進化女神首先規定：對所有的細胞不能一視同仁。這一措施在某種程度上緩解了當時的問題，令地球倖免於爆炸，然而人口依然擁擠不堪。這樣想來，手提包的主意似乎變得不那麼可愛了。

想一想，手提包及其裡面的內容每半個小時就會自我複製一次……

太可怕了。所有的盛宴都會在轉眼間煙消雲散，自助餐台上全是手提包，通往洗手間的路上也全是手提包，無數唇膏、眼影堵塞了我們的城市。到了那個時候，或許我們的大氣層也充斥著高濃度的香水，只有卡爾・拉格斐這樣的時尚大師才有勇氣用鼻子呼吸。

進化女神思忖著：應該再往前走一步，阻止細胞的自我分裂。可是如果這樣做的話，它們該怎樣繁殖呢？有沒有一個兩全其美的解決方法？比如說它們可以繼續自我分裂，但應有不同的特點——還有一個更好的辦法：讓它們兩兩相遇，然後共同製造下一代！

不錯，的確不錯！應該讓各式各樣的細胞先約會，再兩兩繁殖。只有一對細胞建立了聯繫，繼續分裂才有可能。

那麼在這兩個細胞中，究竟哪一個才能分裂呢？

嗯。這樣也不行。約會策略雖然能夠緩解細胞的瘋狂分裂繁殖，但是問題依然存在：最後產生的依然是完全一模一樣的分身後代。但即便如此，雙性細胞的主意聽起來依然不錯。

這時，進化女神突然眼前一亮！

如果讓一種授精和一種受孕性別的細胞共同繁殖，那麼產生的後代將綜合父母雙方的遺傳基因。這個嬰兒細胞將成為一個全新的、獨立的個體，與父母並肩存在。它繼承了父母雙方的基因，卻又超出了兩者之和。就這樣，我們無限自豪地宣布：健康的細胞寶寶誕生啦。

進化女神不需要完全摒棄分裂繁殖原則，反之，她只須拋棄單細胞生物即可，多細胞生物才是重要角色。我們不知道進化女神究竟如何邁出了她天才的第三步。或許當時有些細胞雖然能夠分裂繁殖，然而分離出來的兩個細胞寶寶卻不能完全分開，而是像連體人一樣形影不離。這樣的雙細胞成為了一種獨立的生物，它繼承了父母的雙倍基因，同時又不容易發生變異。而雙細胞又分離出四細胞、八細胞……直到無窮無盡。

然而進化女神還有別的打算。她的目標是特殊化。因此她採取了一個舉措：只有某些特定的細胞才能進行繁殖。為此她又修改了分裂過程，取消了對稱分裂，因為在此之前，一切分離出來的細胞都與母體具有完全相同的特徵。自此開始，新的細胞雖然與長輩的基因密碼相同，卻是完全不同的個體。隨著時間的流逝，這一過程漸漸演變成了有等級的工作。只有大型細胞才能繁殖自我——它們生出胚細胞，而胚細胞有簡單的基因碼，它們透過減數分裂形成——即所謂的成熟分裂。有兩種不同的胚細胞：卵子細胞個頭較大，永遠駐守在自己的載體中，而精子細胞個頭嬌小，行動靈活，能夠離開自己的載體，為卵子授精。

大概在十五億年之前，兩性戰爭就已爆發——同時開始的還有細胞聯盟的歷史，細胞們開始爭城占地，吵鬧不休。兩性的革命其實在元古代就已爆發，並非在英國的伍德斯托克。

其實，雙性受精的原則並不是什麼新發明。早在細菌時代，性已是家常便飯，細菌們雖然沒有雄雌之分，卻懂得交換自己的基因資訊。它們的外殼上有線狀的肢節，能夠運送基因。這些細菌能夠很快地穿透對方的外殼，然後植入自己的基因資訊。整個過程無關快感，唯一的目的只是彼此交流基因，使自己的物種類型日趨複雜。

紅色女王之爭——戰戰兢兢的生存之道

原則上，細胞分裂甚至比奧地利阿爾卑斯多夫的近親繁殖還糟糕，因為複製出來的細胞完全一樣，如果外部環境突然惡化，那麼它們會全體死亡。距今二十五億年前的氧氣中毒事件就是一個很好的例子：物種的生命總是命懸一線，多次與滅頂之災擦肩而過。

更高等的生命之所以能夠誕生，還得歸功於當時的局面——細胞終於不再只有一種。當時出現了各式各樣的細胞，其中的某些細胞捱過了大災難。也就是說，基因的混雜有百利而無一害：有機體各行其道，開枝散葉，愈來愈多的物種適應了外部環境。直到今天，細菌們還在進行這種原始性愛，然而其結果卻令人頭疼不止：透過這種性愛，它們能夠對抗生素具有免疫力，令我們的生命岌岌可危。這是一場無窮無盡的戰爭。

演化生物學家將這場戰爭稱為「紅色女王之爭」。

路易斯．卡羅寫過一篇《愛麗絲鏡中奇遇記》——《愛麗絲夢遊仙境》不為人知的續篇。這個故事中，愛麗絲邂逅了紅色女王——一顆性格古怪的棋子，借助黑暗的力量統治著她的王國。在她的地盤中，時間和空間都失去了效力。有一次，紅色女王要求和愛麗絲賽跑，然而不管她們如何努力，卻怎麼都不能邁出原地一步。紅色女王跑得像魔鬼一樣，愛麗絲模仿她的動作，然而兩人依然在原地踏步。

「難道周圍的東西在和我們一起跑？」愛麗絲絕望地喃喃自語，然後一頭趴倒在草地上。

「唉，」她對同樣氣喘吁吁的紅色女王說，「在我住的地方，如果人要到另外的地方去，像我們剛才那樣跑步就可以了。」

紅色女王搖著頭說：「你們真懶！在我的國家，如果你想待在原地不動，就得拚命往前跑，如果你想去別的地方，就得以兩倍的力氣拚命跑。」

令人驚訝的是，紅色女王的理論恰好說明了**演化的最高原則：原地踏步者必將被淘汰**。達爾文雖然提出了演化的優勝劣敗原則，卻忽視了這一點。他認為物種之間的權力關係最終會達到一種平衡。然而事實證明，人們津津樂道的自然「平衡」其實只是一廂情願。大自然從未有過平衡。在大自然的各個前線上，戰火永遠熊熊燃燒，經久不息。無論一個物種適應周圍環境的能力多麼優秀，它必須永遠保持警惕，因為敵人同樣具有優秀的適應能力。贏家永遠憂心忡忡，因為競爭者的隊伍永遠在不斷壯大。所有人都絞盡腦汁，花招迭出，無論是物種之爭，還是演化和大自然之爭，沒有任何一家能夠真正笑傲江湖。

生命之所以成為可能，是因為物種學會了隨機應變，先找到安家之地——黑煙囪，然後再離家出走。接下來，它們又學會將陽光轉化成能量。必要時，它們還對大氣層出手，改善周邊環境，雖然它們差點因此招來了滅頂之災，而進化女神一直孜孜矻矻地尋找新的途徑。

生命的歷史中沒有永遠的贏家，只有暫時的勝利，轉眼間競爭者便會趕上來，超過領先者。唯獨播撒病菌的細菌擁有極強的應變能力，醫藥業無論如何發達，卻永遠追不上它們的步伐。地球上所有的生物都避不開這輪驚心動魄的優勝劣敗，能夠保住自己的地位，就已經是很了不起的成就。

只有找到最佳的應敵策略，某一物種才能暫居上風。放眼望去，無數個紅色女王簡直充斥了整個宇宙。幾乎所有的自然變故都發生得突如其來。從沒有人提醒過細菌：釋放氧氣對於大多數生物而言都是一個瘋狂得無以復加的主意——當然，幸虧有細菌的這一舉動，人類才能存在。如果那些已滅絕的生物在死後還能抱怨一兩句，它們必然會破口大罵進化女神，怪她犯了許多愚蠢的錯誤。然而實際上，進化女神從來不犯錯，當然，她的行為也永遠不會完美無缺。

進化女神從來沒有陷入死胡同，一切只是看問題的角度。

眾多物種紛紛死去，此話不假，然而它們活了多久真有那麼重要嗎？

恐龍活到了六千五百萬年前，而智人直到十萬年後才學會使用湯匙，這差異真有那麼關鍵嗎？

所有物種誕生在地球上，在有生之年曾追隨著世界的步伐，這才是人們最應關注的問題。

在遙遠的某一天，地球將會被太陽——太陽無疑也是一個胖乎乎的紅色女王——吞沒。那時，大自然中的生命將再次歸於塵土……或再次破土而出。或許早在那一天來臨之前，人類就已經掌握了星際航行的科技，我們將和外太空紅色女王們爭鬥不休，逼得她們無路可走。畢竟，我們也是紅色女王。

和有限的生命賽跑——創造優質基因

回到我們剛才的話題上——在元古代，物種只有借助紛繁複雜的基因多樣性才有可能保住自己的小命。因此，性變成了一件很有意義的工作。不可否認，性是一份辛苦的差事，常常令人失望，有時甚至粗暴不堪。人們費時費力，還得掏錢吃昂貴的晚餐，然而作為混合基因的程式，性的確再適合不過的。

透過這種方式，遺傳基因中的缺陷——不再像細胞分裂一樣一對一地傳到下一代身上，而是在不斷的混合中被漸漸剔除。每一代人的基因和分子結構與祖輩都不太一樣。這一過程愈快、愈穩定，寄生物和細菌就愈難消滅個人或整個人類。

性以多樣性為目的，它令人們更有效地利用環境和能源。因為畢竟人人有別，不會發生眾人哄搶一塊地盤的局面。此外，由於一樣米養百種人，人們的口味也會有所差異，有人欣賞藍眼睛，有人欣賞灰眼睛——各有所愛。今天的世界中，九十九．九％的非植物生命都有性愛行為。

或許有人會嚴肅地問：為什麼女人不能像蚜蟲那樣獨自傳宗接代？蚜蟲甚至還能自我分裂，就像四千萬年來一直過著愜意的無性生活的輪蟲那樣——起碼牠們是這麼宣稱的。可是話又說回來，從來沒有一隻輪蟲能有幸成為宇宙先生或登上《花花公子》的封面。我們還是老老實實地承認吧：性愛有很多優點，如果沒有性，我們的存在會喪失很多樂趣。

單性繁殖和無性繁殖當然可以考慮，然而這樣的生活畢竟缺乏熱力。而且我們也知道這一選擇的後果：一模一樣的生物。在與紅色女王的賽跑中，這些生物很快就會被遠遠甩在後方。**因此進化女神才創造了兩種性別，讓他們不斷揉合自己的基因和性格，製造出更優質、更新穎的結晶，因此世上才會出現不會倒車的男人，出現不懂得傾聽的女人。**

真細菌和細菌喜結同胞連理之後，演化成了更先進的物種，將多細胞生物推上了歷史的快車。它們體內的細菌變成了粒線體，這些粒線體至今依然生活在動植物和菌類的細胞中，彷彿小小的化學加工廠，將氧、醣和脂肪轉化成能量。

當時很多單細胞生物都具有驚人的活動能力，某些體內生成了一些蛋白質骨架，因此能透過收縮動作來移動身軀。此外，這些蛋白質的功能還類似於肌動蛋白和肌球蛋白，就像人類身體上的肌肉組織一樣。還有一些單細胞生物有鞭毛，就像小小的螺旋槳一樣推著它們運動。進化女神嘗試了令人目不暇給的動力系統，這些對多細胞生物提供了極大的方便，因為它們即將登上生命史的舞台。

那麼，最早的多細胞動物到底是什麼模樣呢？

它們的相貌恐怕令人不敢恭維。身體應該是長長的條形。作為真細菌的複製體，在海中四處馳游的流浪生活讓它們受益匪淺。由於它們個頭不小，因此能夠躲過獵食生物的毒爪，畢竟那些捕食者對它們有些望而生畏。另一方面，這些生物很快結成了聯盟，因為它們的集體愈大，鞭毛也會相應增多。隨著時光的流逝，這些複製生物漸漸演變成了獨立而複雜的生命，它們開始授精繁殖，在自己的體內孕育下一代。

局勢頃刻間翻轉：受精卵子的分裂速度遠遠低於自由的單細胞生物——在人類身上，卵子的一次分裂大約需要十六小時。最重要的一點是，分裂出來的子細胞彼此截然不同。多細胞生物已不再是微生物的聚合體，相反地，細胞們正在同心協力地推動有機體的發展——這才是多細胞生物賴以生存的奧祕。幾次分裂之後，胚胎已形成了不同類型的細胞，這些細胞雖然具有同樣的基因編碼，卻各有所長，能對自己的DNA進行功能編制。

一個生長了五個月的人類胚胎擁有約兩百種不同的細胞，各個細胞的功能都已被預先設定。某些細胞將成長為眼睛，有些成為手臂，有些則是骨骼或血細胞等等。同樣的基本條件將轉變成不同的有機組織。

正因為多細胞生物擁有形形色色的不同細胞，地球上的生命才沒有被自己扼殺。身體的某個有機組織發展完畢時，會停止其分裂能力，保持優美的造型，完成各種困難的工作，而繁殖的任務只落在卵子的肩上，只有卵子才擁有完整的基因資訊。

除此之外，性愛還給這個世界帶來了自然死亡現象。在此之前——除了外部環境帶來的毀滅性影響——細胞基本上永恆不滅。而身體細胞則會漸漸衰老、死亡，因此某一天，整個有機身體也會隨之覆滅。原始海洋中的生命永恆不死，而到了這一刻，生命被賦與了界限，這是進化女神向地球拋出的救命索，如不這樣，整個星球會被擠爆。

為了在宇宙中占據一個位置，享受呼吸、飽食、性愛以及半生之福，生物需要支付代價：生命的有限性。

海龜能活到兩百年之久，而螻蛄的生命則宛如朝露。而無論是海龜還是螻蛄都不會因為自己的年歲長短而大動干戈，唯獨人類會這樣做，因為他們被賦與了思考能力，這種能力時時挑唆他們，讓他們怨天尤人。其實，渴望長生不老是一種十分愚蠢的願望。如果大幅度地拉長人的生命，那麼所有人都會成為永遠的退休銀髮族。

統計學者曾經計算過，如果一個人每天開兩個小時的車子去上班，那麼在一生之中，他總共得花六個月的時間等紅燈。這應該已是極限了。而且，如果長生不老的話，總有一天我們會看完所有的電影，到了一千歲時，我們最終會忍無可忍，謀殺喋喋不休的老伴，被送進監獄。

人人為我。無數細胞，一具軀體。性愛，死神。在三十億年的漫漫時光中，進化女神絕對沒有坐視不管，她的成就令人歎為觀止。到目前為止，地球上的生物依然是一些小不點。最早的多細胞生物個頭很小，而且大部分都不幸早夭。它們的生存如履薄冰。剛剛打算成家立業，天氣預報就送來了壞消息。

雪球和氣墊

約十四億年前，真細菌的演化終於告一段落，當時的地球上還沒有大塊陸地。露出海面的陸地大約只占整個地球面積的五％，新生的大陸還躺在海面之下。平均算來，當時的海洋深度低於今天。歷史見證了第一塊超大陸——克諾大陸（Kenorland）——的崛起和離開。

大約在十億年前，巨大的陸地破水而出。度過了兩億年的萌發期之後，這些陸地終於初步構成了地球母親的形貌。當然，那時的地球和今天完全兩樣。又有一塊名叫洛蒂尼亞（Rodinia）的超大陸也隨後誕生了，然而地球進入冬眠期後，這片陸地也瓦解了。因為又在一億年之後，地球上發生了一件很不尋常的事情。這件事大大影響了生命的發展。

冰封的世界——暖化加速冰河期到來

地球變冷了。

其實，冰河期並不是什麼奇怪的事情。冰河期就像討厭的岳母一樣，時不時偷襲一下地球，頤指氣使半天之後又揚長而去。據我們目前的瞭解，最早的冰河期大概發生在廿三億年之前。嚴格說來，一個大冰期是由數個連續的冰河期－間冰期循環所構成的。如果天氣預報又聲稱「這一季太冷」時，你千萬別生氣。我們正生活在兩個冰河期之間，雖然所有人都篤信「全球氣候變暖」，雖然布希總統也一心一意想把冬季大衣扔進歷史堆裡。

事實上，距今最近的冰河期大約發生在一萬至一萬一千年以前，從地球的歷史看來，幾乎只是眨眼前的事，而下一輪冰河期也已迫在眉睫。至於確切時間，我們目前還不知道。根據預測，大概在五千至一萬五千年之後。奇怪的是，目前的溫室效實際上加快了冰河期到來的步伐。

我們還應瞭解的一件事情是，墨西哥灣暖流——多虧了這股暖流，歐洲人才能享受如此溫暖的氣候——並非在「流動」，而是受到了一個龐然大「泵」的吸引。溫暖的水比冷水輕，因此暖流會在上方。流到北方後，水流的溫度會發生較大幅度的下降。溫暖的墨西哥灣海流漸漸冷卻，流到格陵蘭之前時，最終由於自己的重量而演變成了沉降流，墜落到三公里深的格陵蘭盆地底部。然後這股深水海流再由此流回到南部。另一個造成水流下墜的原因是它的含鹽度：含鹽較大的水比淡水更重。

地球的氣候變暖時，北極的冰川會開始融化，而冰川由淡水構成。融化的冰川將稀釋北方海水的含鹽量，這樣一來，海水會變輕，無法下墜，也無法形成對流，此時，墨西哥灣暖流將不再長流不止。

拋開即將來臨的冰河期不談，經歷了約六個冰河期之後，地球已經心有餘悸。然而元古代末期的冰河期對所有生物卻是一記毀滅性打擊。今天，我們發現一些巨大的冰川碎石塊，並將碎石稱為冰磧。澳大利亞的冰磧最高可厚達六公里。上世紀中期，人們在世界各地發現多塊冰磧岩。據考證，這些碎石塊應來自同一時期——八至六億年前，這些發現證實了我們的猜測：當時的地球被重冰覆蓋。我們還考察過其他區域的冰磧，結果令人跌破眼鏡。顯然，當時被冰封的並不僅僅是某些區域，而是整個地球——地球變成了一個閃閃發光、龐然無比的宇宙雪球。

剛開始時，人們或許會覺得難以置信。即便有各種科學佐證，雪球假說聽起來的確有些瘋狂。我們無法想像，究竟是什麼造成了這種規模的全球冰河期。

科學計算證明，一旦南極和北極的冰塊進入了緯度三十度的區域，地球就會完全冰封。因為南北極的冰塊能夠反射陽光，將大部分熱能送回宇宙中，也就是說，被反射的陽光愈多，地球的溫度就會愈低。從某一程度開始，全球冷卻的趨勢將無法阻擋。因此，純白色的地球並非聳人聽聞。然而如果這種假說正確——地球該怎樣才能重振旗鼓呢？

學界一直在激烈爭論的一個問題是：所謂的瓦蘭吉爾冰期（Varanger-Eiszeit）*真的冰封了整個地球嗎？是否有少數地區倖免於難呢？贊成完全冰封說的科學家認為，大氣中的二氧化碳完全有能力逆轉局面，將完全冬眠的地球喚醒。

證據顯示，當時有一些大型火山探出了冰雪盔甲，向大氣層釋放了大量的二氧化碳。一般情況下，二氧化碳會和鈣發生反應——這些鈣產於風化的岩石中，然後被河流帶入海洋——生成石灰，可是既然陸地已被冰雪覆蓋，鈣當然也不例外。於是大氣層中的二氧化碳愈積愈多。幾百萬年後，大氣的二氧化碳含量終於達到了今天的三百五十倍，於是地球的溫度開始上升，赤道附近的冰塊終於開始消融，一輪新的生命循環開始了。最上方的冰面開始蒸發。由二氧化碳和水蒸氣構成的外衣令地球溫度驟增。冰雪退出陸地後，大量含鈣的石塊露了出來，與大氣中過量的二氧化碳發生反應，形成巨大的石灰沉澱物，今天人們正是借助這些石灰塊才能猜測當時的情況。

而反對雪球假說的人則指出，完全的冰封會扼殺一切生命。況且，那些為地球解凍的大量二氧化碳根本不可能在短時間內進入大氣。這一過程需要三千萬至四千萬的時間。而等到那一天，多細胞生物早已灰飛煙滅。

人們各執一詞，爭論不休。擁護雪球說的人反駁道：我們還應考慮到那些首先解凍的區域產生的水蒸氣，考慮這些水蒸氣和二氧化碳的共同作用。這些人認為，在當時產生的溫室條件中，溫度在很短的時間內就已達到了攝氏五十度，這樣的溫度完全能夠解凍地球。而有些人則懷疑水蒸氣和火山二氧化碳對全球暖化的作用，認為甲烷才是造成碳元素增多的主要原因。

事實上，在瓦蘭吉爾冰期，海洋沉澱物中的確儲存了大量甲烷水合物。目前，這些甲烷水合物正在融

* 這個地質時代也稱為「成冰紀」（Cryogenian），距今約八億五千萬～六億三千萬年間。

化，在它們的作用下，地球將很快變成一個大烤箱。

這一說法雖然得到了反對派的認可，然而依然有人堅持認為，赤道附近應該存在一個狹長的無冰區，在這一地區中，有機生物還能繼續光合作用。這是被大多數人所接受的一種理論。當然還有另外一種可能的情況：冰河期中，生命又回到了自己的搖籃中——海底的液態熱泉。無論如何，它們在那裡度過了一段不錯的時光。

古生物學家伯恩德－迪特里希・埃德曼（Bernd-Dietrich Erdtmann）——我們在下文還要談到他——從這種假設中推出了很誘人的結論。誠然，冰河期之後的生命獲得了極大發展，光合作用展現了自己的巨大作用。真細菌之所以能夠活下來，完全是因為它們的粒線體能夠承受氧氣。因此，第一批多細胞生物完全依賴太陽的營養才生存了下來——當然，在無冰區。

目前已經沒有人懷疑地球曾經大雪封山——不管是一百%還是九十%。現在的問題是「為什麼」。以下為你列出了一些理論：

當時的陽光沒有今天強烈，其輻照程度比現在低六%。的確沒錯，然而冰河期之前的太陽也是差不多一樣，因此一個行星絕不會在一夜之間被凍成雪球。

或者：來自太空的星際塵霧橫阻在太陽和地球之前，吞噬了光與熱。

或者：火山大舉爆發，令世界陷入一片昏暗。

或者：罪魁禍首是各個大陸，因為我們都知道，陸地不肯乖乖待著不動，總是移來移去。當所有的陸地都聚集在赤道時，海流無法攝取足夠的熱量，當洛蒂尼亞超大陸崩塌時，局勢才終於發生了改變。

類似的理論還有很多。有人認為是因為地軸發生了傾斜。實在無法自圓其說時，人們總會怪罪那些來自太空的超級大流氓——宇宙導彈，它的確為地球上的生命帶來了不少問題和苦難。這些都自有其道理，或許正是在所有這些因素的共同作用下，地球才會完全冰封。然而毋庸置疑的一點是，進化女神創造的孩子們非常驚險地躲過了這場災難。如果沒有真細菌和光合作用，我們今天或許依然還住在火山煙囪裡——這還只是最好的假設。

六億年前，瓦蘭吉爾冰期終於結束——隨即而來的是一個新的時代，關於這一時代，我們直到最近依然所知甚少。

歡迎來到伊甸園——埃迪卡拉紀

在這裡，我們又見到了老朋友——進化女神的蝦兵蟹將。陽光普照在海洋上，淺水區的海底也見到了天日。生命蠢蠢欲動。看起來顯然有不少生物都從冰河期中成功逃生。古菌、細菌和真細菌們揉揉眼睛，將寒冷逐出了自己的細胞膜，然後開始考慮下一步的計畫。

此時，藍綠藻的黏液已覆蓋了海底，海面上則長出了毛茸茸、密麻麻的紅藻。一些海生藍綠藻在海岸找到了安家之地，建起了真正的巨型城市——今天我們還能有幸一飽眼福。疊層石，這種粗大柱狀而有著波浪狀分層的石灰岩逐日向上增生。這些都是藍綠藻的殖民地，也被稱為微生物層。它們還能加工陽光和浮游物，分離出碳酸鹽。這些碳酸鹽形成了沉積物。每一層石灰都在加高這些建築。疊層石城市的規模日益壯大，城市的主人穩穩坐在最上方，不斷進行光合作用，辛勤地生產石灰岩。

史前的城市建築業早在三十五億年前就已出現。疊層石屬於地球生物構建的首批工程，而石灰之城及其建築者更是大大提高了大氣中的氧氣含量。龐貝已沉入水底，總有一天威尼斯也會被水淹沒，但是今天的人們依然能發現繁華的疊層石城市，譬如澳大利亞西部的鯊魚灣。這些傢伙的確懂得建築！目前，聯合國教科文組織已將鯊魚灣列入世界自然遺產。藍綠藻如果得知這一喜訊，肯定也會歡欣鼓舞。

瓦蘭吉爾冰期之後，進化女神開始快馬加鞭地工作。未來霸主的祖先已經各就各位：動物、植物和菌類。菌類早已宣布自己不再依賴真細菌，然而另外兩族此時還有些猶疑不決，不知道自己究竟想成為動物還是植物；不知道自己究竟是動物還是植物？還是什麼其他玩意兒？

其實，人們在最近幾年才劃歸出了埃迪卡拉紀這一地質學時代。在此之前，人們對前寒武紀最後九千萬年發生的事情幾乎一無所知。沒有人知道是什麼導致接下來的寒武紀突然生機蓬勃，物種競放。

根據正式的紀年史，寒武紀開始於距今五億四千兩百萬年之前，隨著進化女神的一聲令下，無數種高等有機生物彷彿憑空一躍而出，牠們有腳有眼，長著鉗子、甲殼、鰓、鰭、內臟，且胃口極好，對友善的鄰居們虎視眈眈。究竟是什麼事件引發有機生物如此令人咋舌的出場，如此突如其來的發展？這就好像一些穿著獸皮的原始人，剛才還嘟嘟囔囔地揮著大棒在樹叢中亂跑一氣，下一秒突然變成刮了鬍子的現代人，坐在飛機中向外招手致意，嘴裡還說著一些「我思故我在」、「$E=mc^2$」的聰明話。必然有某件事導致了這一轉變，**那是一個沉入歷史的王國，它在單細胞和複雜的動物世界間架起橋樑，在短短幾百萬年的時間中，這些動物已畫出了上百個藍圖。**

很遺憾的是，化石並非十分可靠。堅硬的物質能夠在沉積物中完美地保存下來，而柔軟的物質轉眼間就被打家劫舍的細菌們吃得乾乾淨淨。到寒武紀之前，多細胞動物無一不是軟乎乎的傢伙。然而還有一些例外情況。這些柔弱的傢伙經常被掩埋起來——對於科學界而言，這無疑值得慶幸，這樣我們才能瞭解它們軟弱的一面。

事情是這樣的：瓦蘭吉爾冰期結束時，傾盆大雨將大量聚集的二氧化碳沖出了大氣，並將各個大陸變成了一片泥濘沙漠。大型雪崩不時發生，雪塊從陸地轟轟烈烈地流入大陸棚的海洋中。誰要是運氣不好，恰好碰上一次這樣的雪崩，就會被急流帶走，封存起來，不受細菌和寄生物的干擾。由一些甲殼綱的化石證明，這些生物在窒息之前曾嘗試過從這些突如其來的雪塊中逃生。慘遭掩埋的生物有些正在蛻皮，有些在做愛，還有些正在吃飯，或在享受午後的小盹。古生物學家們卻很希望找到這種高死亡率的事故地點。在閃電般的封存過程中，柔軟的肌體被保存了下來，這樣專家才能夠直接研究某種本已消失的物種。

相較之下，一般的海洋生物化石比較難保存下來。海中的傢伙們雖然總是在海底度過生命的最後一刻，卻很少享受到土葬的待遇。海洋板塊在移動的過程中潛入了大陸板塊之下，進入軟流圈中，在那裡帶著所有墳墓一同熔化，然後永遠消失。海床很少與大陸邊緣發生衝撞並褶曲成山，加入大陸的陣容——若是如此，化石數量一定非常可觀。阿爾卑斯山脈和落磯山脈就是這樣誕生的，因此人們才能在陸地上發現很多早已消失的海洋生物的化石。

早期生物高死亡率的發生地之一是南澳大利亞的弗林德斯山脈，這可能是人們最不會猜到的一個地方。早在二十世紀初期，德國地質學家就全面考察了當地的埃迪卡拉山區，然而他們並沒有意識到自己發現了什麼。只有澳大利亞人雷吉納爾德．斯普里格（Reginald Sprigg）發掘出真正的寶庫。在曾經構成了淺海區海底的沉積物中，他發現了一些不明生物留在石頭上的印記。

埃迪卡拉岩層的岩石可追溯到六億年前，也就是地球再次暖化的時候。本來斯普里格負責的是一項完全與此無關的考察任務：研究古老的鉛礦。他是礦業專家，主要在一些古生物學家足跡罕至的地區工作。然而斯普里格對化石頗有慧眼，他發現的東西看起來像一堆小煎餅、羽毛和葉片，全都沒有甲殼或其他堅硬的身體組織。這些化石無疑屬於多細胞生物——或套用專業術語「文德階生物群」。那是一些海蜇、珊瑚、水母和腔腸生物，可是沒有任何一個和後來出現的動物有任何相像之處。那麼接下來是什麼生物？不明飛行物？

之後的幾年中，人們就這些化石的真實面目進行了激烈的爭論。目前，人們在全球各地又有不少新的發現，從加拿大的紐芬蘭、英國，一直到俄國都不例外，這些有機物大多獲得了自己的名字。

狄更遜類擬水母長得像一個會游泳的、加熱後的立體唱片，基本上無法類比今天的任何一種生物。查尼歐類海筆石動物是葉片形狀，以一種類似鬱金香的足部支撐自己，固定在地面上。帽森類擬水母就像漂浮的熱氣球或旋轉木馬的頂部結構一樣，能在查尼歐類海筆石動物中從容穿梭。查尼歐類海筆石動物在水中輕盈地漂流，金博拉蟲在牠們之間艱難地跋涉，長著一個長長的、可彎曲的象鼻，背部有柔軟的甲殼，看起來神似坦克。也有些人覺得金博拉蟲長得像被嚼碎的軟糖，軟糖上還戴著各式各樣的頭盔。

埃迪卡拉岩層的化石有一個很大的缺點：化石都被埋在一些粗顆粒的沉積物中，細節上不免有所缺憾，然而卻能激發人們無窮的想像。比如說，*Pteridinium*和恰尼蟲究竟是什麼玩意兒，竟能長到兩公尺長？根據其脈絡狀的殘留物，人們猜想那是一些蕨類植物，根部如同鐵餅一樣扎在地面上——*Pterdinium*在希臘語中的含義是「盤根錯節的蕨類」。無論如何，起碼它們還能令人聯想起什麼。在這個疑雲重重的時代，很多生物完全不為人所知。那些玩意兒到底是蠕蟲，還是煎魚排？還有一種在納米比亞褐色岩石上發現的生物，人們根本搞不清楚那到底是動物還是植物，甚或兩者都不是。

德國地質學家阿道夫．塞爾拉赫（Adolf Seilacher）是備受爭議的人物，對埃迪卡拉地區的動物看法獨具一格。他是圖靈根的古生物學教授，曾在耶魯大學講學，一九九二年還獲得瑞典皇家學會頒發的克萊福獎。九〇年代末期，塞爾拉赫將動物的誕生時間向前推算了至少十億年。雖然他沒有否認前寒武紀中出現了軟體、海綿等早期生物，但他堅信，埃迪卡拉紀中的那些光怪陸離的生物是進化女神的一場幻夢——盡是一些龐然巨大的單細胞生物，身體扁平，心地善良。幸虧它們的體態寬展，能夠從海洋中攝取養分。這些生物的身體可被分成多個蓄滿水的、逐個縫接的小單位，似乎沒有內外器官之分，更沒有嘴巴、腸道和肛門。

塞爾拉赫研究這些稀奇古怪的生物愈久，就愈覺得似曾相識，直到某一天，他終於恍然大悟：原來是氣墊！進化女神發明了氣墊。這些生物與常見的橡膠氣墊床唯一不同的地方在於，它們是活生生的生命。

毋庸置疑，甲殼綱、魚類、禽鳥，以及其他各種動物並非由氣墊演化而來，而且我們也從沒見過使用活塞呼吸的人類。這一點塞爾拉赫很明白。進化女神嘗試了一些孕育生命的新途徑。塞爾拉赫教授相信，除了菌類、植物和動物三大王國之外，史上還有一個文德階生物群時代，正如某些自恃「永垂不朽」的物種一樣，這個王國也沉入了歷史的深潭。

持這一看法的塞爾拉赫為自己招來了不少敵人，這些人認為塞爾拉赫的觀點宛如天方夜譚。六〇年代時，人們還在埃迪卡拉岩層的化石中發現了一些骨骼狀的針形生物，很類似現代的海綿動物。而金博拉蟲很顯然應是蝸牛的祖輩，只是外殼較軟而已，且完全具有被烹製成美食的天分。戲水的旋轉木馬則被視為水母動物的祖先；「煎魚排」很可能是最早的蠕蟲。

人們甚至還發現了最早的環節動物、節肢動物，以及棘皮動物。人們還在岩石間發現了斯普里格蠕蟲的化石，看起來類似一條輪胎的印記，頭上還戴著一個帽子，有人聲稱，斯普里格蠕蟲也不過是一種環節動物。

塞爾拉赫則叱之為「荒唐」，他認為文德階生物群是極為獨特的生物，「此時尚無多細胞生物，因為文德階生物群的外觀太奇特了，若稱它們為現代動物的祖先實在不妥，倒不如說多細胞生物是踩著這些生物的足跡成長起來的，就像後來的哺乳動物擺脫了恐龍的陰影才發展起來一樣。」而紅色女王可能會補一句：「原地踏步者必將被淘汰。」這樣看來，**文德階生物群肯定偷懶了一會兒，因此被逐出了賽場。或許是因為太心慈手軟了。牠們是軟軀體動物*嘛，也難怪。**

到底誰說得有理？

我們還是來看一看早期的海洋。當時的海洋並非完全深不見底。在地球暖化的過程中，世界各地的海平面都在升高，湮沒了海拔較低的海岸區域，形成了一些脾氣溫和、廣袤無垠的淺海區。這是一個真正的伊甸園，沒有戰爭，沒有喧囂，沒有人會對鄰居「動口」。

吃與被吃？什麼意思？什麼叫自相殘殺？不，氣墊生物們從來沒有這樣的念頭。牠們親密無間，隨風

* Soft-bodied organisms，這裡講的軟軀體動物指的是「無外殼亦無骨骼」的動物，並非生物門類中的「軟體動物（Mollusca）」，為避免混淆，譯為「軟軀體動物」。

吟唱，如果有手臂的話，甚至還會彼此擁抱。這些長得宛如游泳唱片的生物們暖洋洋地沐浴在陽光中，田園味道十足。牠們心地純良，各行其道。活在海底的生物將自己固定在地面上，因為海底鋪著一層滑溜溜的「毛毯」。牠們體寬只有幾公釐，從沉積物中攝取養分，互不干擾。藍綠藻、海藻和菌類共生共滅，謙讓食物，相親相愛。你是否已感動得熱淚盈眶了？

美國地質學家馬克．麥那林（Mark McMenamin）在他的《埃迪卡拉樂園》中就描述了這樣的景象。他認為，當時最高等的生物均過著一種平靜和諧的生活，直到約五億四千五百萬年前，一些強悍的武裝分子終結了它們的生命。

這些乖巧的海洋生物沒有嘴巴和食道，牠們究竟如何生存？麥那林和塞爾拉赫都相信複雜的生命經歷了兩輪發展。麥那林猜測流動的海水中有豐富的營養物，此外，這些微生物團體已經放棄了自己的斗篷，只用外面的皮膚來消化食物。透過翻捲自己的外皮，牠們也能向前運動。

如果塞爾拉赫和麥那林的觀點成立，那麼埃迪卡拉紀的確是另一種生物的時代。如果牠們堅持存活下來，那麼今天的世界或許充滿了聰慧的大型單細胞生物，而亞曼尼的時裝就不再由模特兒們穿著在伸展台上招搖，上場的反而是氣墊生物。其實氣墊生物也有一些好處——誰要是惹了我，我就放他的氣！可是話說回來，像這樣大刀闊斧地改寫演化史，肯定會給自己惹來麻煩。

隨身帶著氣墊的細胞——動物的祖先

反對氣墊說的人指責塞爾拉赫等人沒有睜大眼睛好好去看。縱然軟軀體動物無法在粗糙的石英岩中留下清晰的影像，也不能憑此編造出一堆「智慧外星生物」說。這些生物明顯生有觸鬚、生殖腺、鰓、頭和腸子。這些先生們應該先把眼鏡擦乾淨，不要胡說八道，那些不是動物是什麼？

非常有趣。塞爾拉赫或許最終只能接受，那些只是後期生物的祖先而已。在很長一段時間內，埃迪卡拉時期生物與寒武紀的生物擁有相同的生存環境，因此前者很有可能是環節動物、水母和珊瑚的祖先。

和埃迪卡拉生物群並肩發展的還有動物。

根據塞爾拉赫個人的考證，動物的誕生或許更早於前者。研究者們在中國南部發現了一些前寒武紀動物胚胎的陡山沱岩層，那是一些灰藍色的微型細胞球，有些正在分裂，有些即將成長為動物的雛形。既然已有這些動物，為什麼還要在同時造出另外那些奇形怪狀的生物呢？況且，巨型單細胞動物原本長得並不稀罕，譬如塞爾拉赫就曾寫到：生在深海的丸殼亞綱就是今天的一種巨型單細胞生物，它長著多個細胞核，細胞骨架能讓它支起半個身體。它的個頭與埃迪卡拉生物群相似，並且具有塞爾拉赫提到的原始動物的氣墊狀結構。

目前，愈來愈多的人認為這種所謂的氣墊生物為動物。這種說法成立與否引出了另外一個同樣棘手的討論：寒武紀是否發生過一次物種大爆發？

塞爾拉赫最近承認，某些奇特的有機物的確有可能是海綿的祖先。然而他和麥那林依然代表學界的少數派力量，堅信存在過另一支生命發展的脈絡。而且塞爾拉赫還解釋了為什麼這些生物後來從地球上消失了，他所用的觀點恰恰卻是反對派的意見：這些軟軀體動物被吃得一乾二淨。

對此麥那林感到非常遺憾，因為：「一種智慧生命形式被扼殺了，它與今天的生命截然不同。埃迪卡拉生物群是生命的第二次試驗，這種生命形式大幅提高了其他行星上有智慧生物的可能性。」

他的看法或許並不正確。**人們可以選擇該如何展現聰明才是適當的。太過善良的人難免遭人毒手。**無論如何，紅色女王可不是一個善主！

二〇〇四年五月，埃迪卡拉時期被正式晉封列名地質紀年史，即六億三千萬年前到五億四千兩百萬年前之間的前寒武紀階段。同時，埃迪卡拉時期還標誌著元古代的結束。元古代是寒武紀之前的第二個階段，第一階段是在二十五億年前結束的太古代。至於元古代這個概念是否還有意義，尚有待討論。翻譯後的元古代意思是「動物之前的時代」，而這一說法早就站不住腳。動物的歷史早已開始。

這裡還剩最後一個問題。如果塞爾拉赫描述的那些生物的確與後來的生物沒有血緣關係，那麼我們又回到了最初的問題：一切如何在一夜之間發生？雖然進化女神從古到今一直神通廣大，但魔法好像並非她的強項。因此地質學家和古生物學家普遍認為，進化女神引爆了一個生態大炸彈，即寒武紀的物種大爆發。很多人都贊同這一觀點，當然，其反對者的陣容同樣壯大。

誰知道呢？

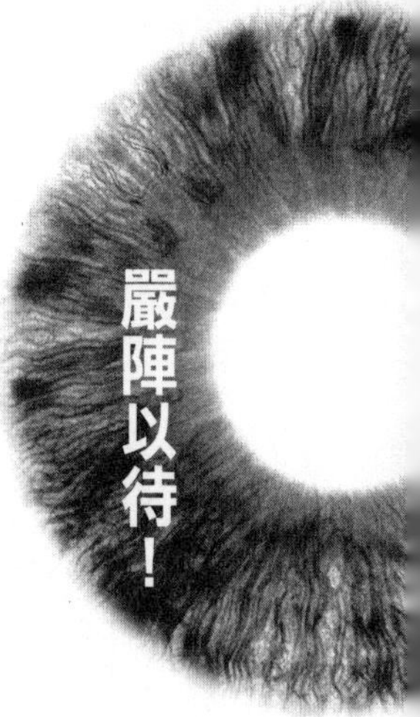

嚴陣以待！

那本是一個平常無奇的日子。

一輪光芒四射的太陽從水面升起，連水底都被曬得暖洋洋的。此前的幾週中，天空一直烏雲密布，傾盆大雨下個不停，小小的淺海區氣氛陰沉。而現在，三葉蟲的眼睛終於感受到了明媚的陽光。陽光在粗糙的沙粒間映射著，海面上波光粼粼。就一種幾百萬年前才取代了沒有四肢和器官的軟軀體動物而言，三葉蟲的相貌的確值得肯定。牠那每一顆凸起的眼睛約由五百至上千個晶狀體構成，這些晶狀體彼此相鄰，讓牠的視覺影像鮮明而完整。牠的很多夥伴並沒有這樣美麗的眼睛。有些傢伙眼睛中的晶狀體散漫無序——這樣的話，怎麼可能以理智的目光看世界？還有一些很快又丟失了自己的眼睛，盲目地爬行在寒武紀早期的世界中。

誰來午餐——三葉蟲歷險記

可是小小的三葉蟲卻與眾不同！今天，牠剛剛褪下了以前的外衣，現在正頂著全新的外殼四處閒逛，嶄新的鎧甲在陽光中熠熠生輝，然而這層甲殼還沒有完全硬化，因此，聰明的三葉蟲懂得躲在石頭底下。可是陽光卻將牠引誘到了外面的世界。牠那橢圓形的鎧甲下面是十五對長著鰓的足肢，堅硬的頭盔上還裝備著小刺，因此牠能夠靈活地在蕨類植物和洶湧的海藻間穿行。擁有這麼多合作無間的腳，小三葉蟲應該感到自豪才對，然而三葉蟲卻不懂什麼叫驕傲。牠的感覺很遲鈍，最多懂得什麼叫「愜意」，大多數情況下牠總是很惶恐，而且永遠飢腸轆轆。飢餓驅走了一些恐懼，牠知道自己怎麼也吃不夠。今天，三葉蟲朦朦朧朧地預感到自己會有一頓大餐。

三葉蟲的觸鬚能夠探測環境，區別最細微的水壓差異，分辨壓力究竟來自水流還是經過的生物。牠那兩片塊狀的尾巴激動地顫抖著，觸鬚上的味覺探針發現了一頓美食。在不遠的地方，有一種條狀的東西正躺在沙間，一動不動。三葉蟲猶豫了一下，終於抵擋不了香味的誘惑，向那東西跑去。那是最美味的腐肉！三葉蟲並不是害怕捕獵，然而如果能夠省去費時費事的埋伏工作，豈不更好。多少次，牠還得忍受沙子的味道。現在，牠該好好享受一頓美食了，趁著還沒有人打算來吃牠的時候。

小三葉蟲正準備用餐時，天空忽然陰暗了下來。一個巨大的東西從天而降，完全堵住了牠的視線，兩個針狀的鉗子朝牠撲來。這一刻，三葉蟲完全無須思考——當時牠也不會思考。基因告訴牠接下來應該怎麼做。在電光火石的一瞬間，就在魔爪伸來的一瞬間，牠蜷成了一個球。牠身體的四個部分上有彼此吻合的凹槽，能夠將牠的內部保護得密不透風。當捕食者即將抓住牠時，牠已變成了一個棘手的小刺球，唯獨牠的眼睛還在眼瞼下窺視著。牠看到的情況很不妙。

不管這個捕食者是何方神聖，牠肯定和自己一樣飢餓無比。

這下糟糕了。要是牠的甲殼再硬一些就好了！蠢蟲子，都是牠害得小三葉蟲忘了自己的處境，放鬆了警戒。牠感覺自己被抓了起來，然後，牠的面前出現了一張巨大的圓嘴巴，裡面長著尖尖的牙齒，牙齒後面裂開了一個大洞，這就是牠生命的終點了，可憐的牠，每日在覓食、風暴和火山爆發之間苟活著。這些柔軟的小腿、觸鬚和美麗的眼睛都將被吞噬，直到一絲不剩，甚至沒有人會記得牠。

不行，絕對不可以！必須要想一個辦法，否則以後的寒武紀就會失去三葉蟲了。

就在那張垂涎欲滴的大嘴咬住牠的最後一刻前，牠突然以迅雷不及掩耳的速度伸長身體，那對牙齒驚險地從牠身邊擦過。那個大傢伙似乎沒有預料到獵物會如此反抗，或許牠太過性急了。現在，小三葉蟲逃脫了魔爪，掉進沙中，拚命逃跑。而捕食者狠狠甩了一下尾巴，趴下來，緊追不捨。真是一個驚心動魄的早晨！本來這是一個多麼美妙的一日，順利蛻皮、在陽光中漫步、偶遇美食。結果卻差點掉進了一個能咬碎三葉蟲鎧甲的大嘴裡！前景實在不妙。

怪物的魔爪伸來了。

然而命運卻是慈悲的。小三葉蟲命不該絕，在最後一刻溜進了一塊扁平的、長滿細菌的石頭下面。凝固的熔岩在這裡形成了一種九曲迴廊般的多孔結構，而那個巨型獵人完全無法鑽進來。緊追不捨的捕食者立刻止步，以免撞上岩石。三葉蟲失去了蠕蟲，卻救回了生命。

一般情況下，這個故事會在捕食者的食道中終結，然而今天我們講的故事比較溫情。在寒武紀的海洋中，長著牙齒的生物是最大的惡棍，而三葉蟲做事從來沒有計畫，更別說B計畫了。如果我們的三葉蟲個頭能再大一些，鎧甲更堅硬一些，那麼大怪物可能就不敢對牠下手了。無論如何，有一點不容質疑：如果查爾斯·沃爾科特（Charles Walcott）的馬沒有在一九〇九年八月突然站立不動，我們絕對不會知道這樣的戲劇性故事。

發現鎧甲鬥士——寒武紀物種大爆發

沃爾科特一八五〇年生於美國紐約，童年時的他就對化石充滿濃厚興趣。雖然他沒有接受過高等教育，然而他一生主管過三個重要的國家級科學機構：史密森尼研究中心、美國地質調查局和國家科學院，連總統都希望成為他的朋友。然而他的馬卻不管他多麼有名氣。牠不願往前走，自然有牠自己的原因。牠身上馱著沃爾科特，眼前則是一片泥石流帶下來的岩石塊。

當時沃爾科特正和家人朋友一同在加拿大落磯山脈探險、搜集化石。陰雨霏霏，山區空氣令探險隊筋疲力盡，而將近六十歲的沃爾科特早已不是少年。然而這位勇敢的地質學家還是跳下馬，開始清理面前的路障。這時，他的目光落在一塊岩石碎片上。

沃爾科特愣住了。

那塊碎石從中一裂為二，裂開的部分上蹲著一個形狀奇特的龍蝦狀生物。不，不是蹲著，而是被石化了，那東西看起來其實並不是很像龍蝦，起碼不像我們一般用沙拉醬和檸檬汁烹飪的龍蝦。這個生物長著觸角，那觸角向後彎曲，與身體相比顯得十分巨大；角上分四個叉，牠身體節節相連，體側長著一些帶著鰓的細腳。沃爾科特將這個小動物命名為「*Marella splendens*」，意思差不多是「美麗的馬瑞拉」。他興奮莫名地在石堆中繼續搜索，妻子、兒子、朋友們都上來幫忙。他們一共發現了幾千個生物的遺體，有些像「美麗的馬瑞拉蟲」那樣保存得很完整，有些只剩下碎片。全是一些稀奇古怪的東西：瞪得大大的複眼、甲殼的碎片、觸鬚、螯針、螯、腿部殘肢，以及一些看起來完全不像動物的玩意兒。

「我們發現了大批葉足甲殼類生物。」一九〇九年八月三十一日，沃爾科特在日記中寫道。本來他根本不想離開那道山口，然而天氣愈來愈壞，他只好放棄。直到一九一〇年夏天，他才回到了博捷斯頁岩，即泥石流傾瀉下來地區的上方。

經過調查研究，沃爾科特證明這些頁岩層已有四億八千八百萬至五億四千兩百萬年的歷史，來自於寒武紀，那正是地球大洪水的時代，一切生物都生活在海洋中。早在一八七六年，沃爾科特就證明了三葉蟲屬於節肢動物，並因此一舉成名。接下來，他更是聲名大噪：到一九二四年為止，他和助手們一共搜集了六萬五千塊化石，發現了一百多個物種。

直到今天，博捷斯頁岩依然是寒武紀化石的最重要發現地之一，它孤孤單單地躺在加拿大卑詩省的翡翠湖國家公園中，周圍群山起伏。目前聯合國教科文組織接管了這一區域，只有研究人員才可進入，方圓十二公里以內無人居住。這裡不僅保存了有機物身體堅硬的部分，同時也留存了一些軟組織。顯然，這些生物就像埃迪卡拉時期的氣墊一樣被埋在泥石流之下。

沃爾科特帶領的研究小組找到一些很像蠕蟲和水母的生物，發掘出觸鬚和腸道組織——這些可以告訴我們，器官的主人在英年早逝前吃些什麼。此外還發現很多毛皮類的外殼和果凍般的肉組織。這些生物曾經生活在赤道上的溫暖淺水域中，離一個巨大的暗礁不遠。發生泥石流時，它們被沖走，埋在暗礁的下方。有些化石上有一些黑色的斑點，似乎巨大的壓力將它們體內的液體擠了出來。

看起來，單細胞和低等多細胞生物統治了世界三十五億年之後，終於發生了一場物種大爆發。轉眼之間——幾百萬年在地球史中不過是匆匆一瞥——地球已成為新型高等生物的家園。

沃爾科特並不知道有埃迪卡拉時期之說。因此他無須在氣墊和動物之間做兩難選擇，讓自己身陷在我們前面提過的那場棘手的大爭論中。當然他也會心生疑慮：為什麼世界會驟然一變，各種尖牙利齒的鬥士們突然占領了整個海洋？他選擇將頁岩中的生物劃歸到動物類。

沃爾科特最大的貢獻在於，他意識到了寒武紀動物的重要性——幾乎所有地球上的現代生物都可以在這裡找到自己的原型，雖然這些原型的模樣有點像外星人。沃爾科特幾乎為每一種奇形怪狀的生物都找到了牠們在演化史上的位置。只有一些殘體令他有些摸不著頭緒，判斷上難免有誤。譬如，他在研究一些熟悉或陌生有機物的大雜燴時，不小心漏掉了一種極為有趣的生物。第一眼看過去，彷彿是兩隻小蝦、一個水母似的環狀物，還有一個條狀的煎餅在聊天。幾個傢伙緊緊貼在一起，親密得近乎荒唐。然而仔細看過去，那些小蝦顯得非常奇怪，因為牠們似乎沒有內臟。那個環狀物似乎由一些鋸齒狀物構成，而小煎餅看上去類似一個被壓扁的海參。在這個混亂的局面前，沃爾科特只能放棄。

直到五十年後，英國古生物學家哈瑞・維廷通（Harry Whittington）才靈感突發，指出那不是四個動物，而是一個，這才揭開了這塊頁岩之謎。他將這些殘體與其他一些發現的生物做對比，最後得出了一個驚人的結論：那塊煎餅是一具條形軀體的一部分，上面長著翅翼般的環節，還有一個強有力的尾巴。而被沃爾科特誤認為是小蝦的部分原來是螯爪，兩個環節狀的巨鉗，內部是鋸齒結構。此外，那個環狀物也並不是水母，而是一個圓形的大嘴，裡面長著一圈尖利的牙齒，這個大傢伙就是用自己的爪子將獵物送進自己的嘴裡。

維廷通將這種生物稱為奇蝦，幼年的奇蝦就能長到三十公分高，成年後能長到兩公尺。在一個以十到二十公分為標準身材的時代，這樣的個頭的確令人望而生畏。奇蝦幾乎什麼都吃——如果獵物不能在三秒鐘之內躲到岩石下面的話——尤其喜歡捕食三葉蟲。你肯定猜到了：讓小三葉蟲灰頭土臉逃跑的就是這個大傢伙。

埃迪卡拉時期是一片平靜的樂土，而跨入寒武紀之後，生命卻面目大變，開始武裝自己。新世界的口號是：吃或被吃。從此時開始，世界開始戰火不斷。奇蝦、歐巴賓海蠍、歐登蟲不僅學會了堅壁清野，還為自己配備了一些可怕的武器。雖然寒武紀的動物後來也在歷史中煙消雲散，但牠們的生存哲學儼然流傳了下來：要麼你吃我，要麼我吃你。

雖然並非所有的寒武紀生物都是狠角色，但基本上每一個都是嚴陣以待的鬥士。對於人類而言，那個時代的一舉一動就彷彿是發生在遙遠的星球上。比如說，沙中出現了一個以波浪狀前進的生物，看起來很像一個金屬外殼的城際列車和吸塵器的合體。那生物的身體圓滾滾，身上長著一根彎曲靈活的管狀體，末端卻是一根鋸齒狀的鉗子，放到任何一個工具箱中都不顯突兀。在那根管狀體的上方，五隻有柄眼炯炯瞪著四面八方。

一九七二年，在一次科學研討會上，人們第一次重新建構的完整的歐巴賓海蠍樣貌。當時，聽眾的反應是哄堂大笑。在場的一位古生物學家說，進化女神造這個傢伙的時候，一定剛吸了大麻。他這樣說當然有所偏頗。今天我們對進化女神更為瞭解，知道她從來不吸毒，永遠都頭腦清醒，大權在握。她對歐巴賓海蠍的愛就像一隻雌蜘蛛對孩子的愛一樣。換句話說，當貪吃的小吸塵器大限到了之時，她會毫不猶豫地將牠從生命的名單上勾掉。我們應該心存感激：如果長著五隻眼睛，配眼鏡可是一大筆開銷！

浮游蟹蝦的天敵是歐登蟲。歐登蟲像一個會游泳的鞋底，長著一張極為女性化的弧形大嘴，尖牙利齒，底盤上還有兩隻類似眼睛的凹溝。雖然牠相貌無奇，胃口卻大得驚人；酒杯狀的海綿長著尖尖的螯針，在泥漿裡穿行；而先光海葵——海葵的前身——則隨著潮汐搖曳生姿。海裡還有一種很特別的生物微網蟲，長得像蠕蟲，身下卻有十幾隻橡膠般的觸足。這個傢伙無頭無尾，前進的那一段似乎是頭部。雖然這個生物沒有長眼睛，旁人卻總覺得牠一直在瞪著自己：牠的體側有一些圓形的結構，直到今天我們還不知道那究竟是肌肉還是鎧甲。牠經常和帽天山蠕蟲狹路相逢。帽天山蠕蟲是一種小蠕蟲，腿上長著觸角，是長腳的美麗馬瑞拉蟲。這些早期的蝦兵蟹將舉止風度翩翩，難免要引起古蟲的興趣。古蟲像一個長著槳狀尾巴的潛水艇，這種尾巴原本只有盾皮魚才有。伊爾東缽則長得像降落傘，牠優雅地經過某地時，被一隻靠近的奇蝦發現，而後者正在考慮，究竟馬瑞拉蟲還是古蟲更符合牠的胃口。一不小心，兩個獵物突然都不見了，無奈間，牠的有柄眼只好盯上了微瓦霞蟲（Wiwaxia）。微瓦霞蟲有點像一座鱗片狀的小山丘，身上插著向上彎曲的長劍。牠像蝸牛一樣在海底沉積物中鑽來鑽去，嘴巴藏在肚子下面。能撬開這個長刺的堅果嗎？捕食者決定以積極的態度來面對人生。於是，這隻寒武紀中最奇特的生物開始逃亡。怪誕蟲彷彿是達利的畫中物，像一條踩著彎曲高蹺的蛇，背部的刺和腿一樣長。多少年來，無數古生物學家被牠逼到了瘋狂的邊緣——牠動不動就將自己的上下體對調。海裡到處有堅甲的有爪動物——長腳的環形動物，牠們在海綿和海葵間穿來穿去，腿上的鉗子將海綿拉得像四層海綿一樣，並用鋒利的牙齒咬碎牠們的外部肌膚。

噩夢？其實也沒那麼糟糕。和今天差不多，只是不太一樣而已。

吃與被吃的世界——突破現狀是唯一生存法則

演化生物學家最感興趣的問題是，為什麼進化女神會在寒武紀初期突發奇想般地改變生物的面目：比如說左右對稱的身體結構和鎧甲。在此之前，多細胞動物一直是軟綿綿的傢伙，就像毛毛蟲一樣，最多有一千個細胞。

少數某些生物似乎學會了為自己的基因分派各種不同的任務。這樣牠們能夠長得更大，身體的不同部位能履行被設定的職能。後來的所有多細胞生物之所以獲得了對稱的身體構造，是因為長著眼睛、嘴巴和肛門的游泳或爬行生物在運動時需要保持穩定。

只有蘇格蘭的羊長得令人側目，人們說牠左邊的前後腿比右邊的要短，這樣才能方便牠在高地的陡坡上保持平衡。蘇格蘭的酒保喜歡大談如何抓害羞的羊。整個過程需要三個男人的參與：一個從後面接近，嚇唬牠逃走，另一個則守在前面大吼大叫，讓牠陷入恐慌，這樣當牠突然一轉身時，就會因為自己奇特的身體結構而失去重心，滾進山谷中，被第三個蘇格蘭人擒獲。

英國遊客往往不知道自己盤中的褐色肉片原是被切開的羊胃，裡面填著內臟、燕麥粥和洋蔥。他們看見這種奇形怪狀的東西，總是大吃一驚，只想回到左右對稱的英國羊身邊。因此，對稱的身體好處很多，所以我們才把寒武紀之後的動物稱作左右對稱動物。

一個比較難回答的問題是：動物的甲殼從何而來？當時的軟軀體動物該不會是突然找到了一個神祕的武器庫：嗨，真酷，我要這些鉗子。

是嗎？好吧，那我就拿鎧甲。

呸，那東西對你沒用，看看這些鋒利的假牙，我一口就把你的蠢甲殼咬碎了。

唉，才不可能的，我早就一錘子把你掃到天涯海角了。

或許問題的答案還在瓦蘭吉爾冰期中。在幾百萬年的時間中，浮游的大冰塊從大陸上刮下了無數噸沉積物，並將其帶進了海洋中。六億年前，海洋的底部應該布滿了冰川冰磧岩。其實在今天，冰川依然不時將一些沉積物帶到南極洋的海底。瓦蘭吉爾冰期也是如此。我們知道，雪球理論的一個重要證據是人們在世界各地發現的冰磧岩，這些冰磧岩在元古代末期時覆蓋了海底，並隨著板塊運動來到了陸地附近。當地球表面幾乎完全被冰雪覆蓋，海水冰凍達一千五百公尺深時，生命正岌岌可危。世界的大多數區域都已無法進行光合作用。雖然有證據顯示赤道附近的一些地區沒有結冰，但當時的大多數生命還是面對著一個嚴峻的抉擇：要麼滅絕，要麼突破。

除了博捷斯頁岩，中國也是地質學家和古生物學家的樂土。人們在揚子台地（Yangtze Platform）附近發現了一些原始腹足類和早期腔腸動物，除此之外還有大量的節肢動物、鱟、海蠍、螃蟹，和龍蝦的祖先。幾乎所有這些蟲子都來自澄江化石群。奇蝦、歐巴賓海蠍、微瓦霞蟲以及一萬五千多種三葉蟲生物都被永恆封存在石頭中。中國中南部的揚子台地相當穩固，幾乎是寒武紀和前寒武紀化石的天堂，因為這裡的某些區域很久以前曾是細粒沉積物為主的海床，化石的細節得到了良好的保存。

多年以來，德國應用地質科學院的古生物學家伯恩德－迪特里希．埃德曼也參與了此領域的研究。他猜測，冰河期中，某些生物重返了海底的熱泉，然而他並不認為這是退步的舉動。相反地，有機物只是改變了自己的新陳代謝過程。海底營養豐富，且溫暖如春。然而黑暗中的生活畢竟比不上陽光明媚的礁石海面。那些大煙囪並不會永遠保暖，煙囪熄火後，生物們就得搬家——沒有地圖，沒有導航系統，在不見天日的幽暗海底搬家！運氣好的話，牠們或許能找到新的家園，然而其他移民也會紛至沓來，搶奪生存空間和資源。這些都是牠們未曾經歷過的生活。

埃德曼認為，事實上死亡的前奏卻加快了物種的發展進程。群雄逐鹿，強者獨尊，可是所謂的強者不正意味著求新求異的能力嗎？軟軀體動物柔若無骨，彼此相敬如賓，而瓦蘭吉爾冰期的倖存者卻長出了體外骨骼、下顎、牙齒、螯爪、觸角、角質鰭、腿，有些甚至長出了眼睛。

不時有一些絲絲縷縷的光線滲入海洋，而滾燙的熔岩有時也能點亮幽深的海底。此時，一切超越旁人的特點都對自己有利。

生存之爭是陌生的事件，因此，生物只能選擇向前大跨一步。更何況，在一個外部條件極為惡劣的行星上，甲殼能夠為生命提供保障。當時的海洋依然電閃雷鳴，火山爆發不斷。

在揚子板塊的黑色頁岩中，埃德曼和他的同事米歇爾．施坦納博士發現了三葉蟲的祖先。他們在黑煙囪的殘餘物中發現了早期的軟軀體動物和細菌墊。中國科學家在相同領域發現了珊瑚蟲的螺旋形小胚胎，這些胚胎成熟後應曾寄居在一些硬質的管道中。

此外，一個中美合作的調查小組在陡山沱岩層中發現了一些身體結構左右對稱的生物，這些生物最少生活在寒武紀物種大爆發的五千萬年前。*Vernanimalcula*（春天的小動物）應在瓦蘭吉爾冰期的末期就長出了食道，消化器官的左右兩側帶有對稱的空腔，甚至有可能長出了眼睛。埃德曼相信，在深海熱泉邊，生命開始掙扎不息，並引發了寒武紀的物種大爆發——如果只有一次爆發的話。

而這一理論的反對者則認為，早在甲殼動物出現之前，地球上就已產生了結構複雜的多細胞生物，而這些生物之所以未能倖存下來，是因為牠們慘遭了無處不在的細菌的毒手。因此，進化女神並沒有發明一群硬邦邦的生物，而只是為那些赤裸裸的後生動物穿上了衣服。然而這種說法其實有待商榷，我們現在也知道，在某些條件下，軟軀體動物具有很強的生命能力。

贊成物種大爆發說的研究者們還有另外一種看法：在澳大利亞的南部，人們發現了一個直徑為九十公里、已存在五億九千萬年的凹坑。因此很可能是一次隕石撞地消滅了大部分單細胞生物，從而為複雜生命的發展創造了空間。但這種看法目前還頗受爭議。

甲殼生物迅猛發展的原因也可能是鈣元素的快速增多。在寒武紀初始階段有一個稱為「托莫特期」*的地質時代，所謂的「小殼類生物」(small shelly fauna)就來自於這個時期。剛開始時是一些披著金屬甲殼的小動物，也有軟體動物的祖先。

從時間上來說，這種解釋和紐約州大學的科學家提姆．羅溫施坦的看法很相近。提姆．羅溫施坦分析了眾多五億四千四百萬年之久的鹽晶體中的海水，並將其與後來時期的海水做了對比。在不到三千萬年的時間內，海水中的鈣元素含量增加了兩倍。原因很明顯：全球冰封期結束後，陸地開始腐蝕。大量含鈣的沉積物進入了海洋，此外，解凍期使海平面不斷上升，很多地帶變成了淺水海域。碳酸鈣是甲殼的重要成分之一。冰河期之前，地球上的碳酸鈣尚不足以武裝所有生物。而隨著生存環境的改變，一些物種滿懷感激地接受了這一饋贈，變成了堅硬的裝甲車，而另一些生物——尤其是單細胞生物——卻漸漸走向了滅亡。這或許能解釋當時的物種滅絕現象。**或許，只有當前輩們退出舞台時，新的生命才能粉墨登場吧。**

最早的外骨骼可能只是對抗自然威力的防身之物，然而後來，生物們卻開始學會啃咬叮刺。賽跑由此開始了，然而其速度或許並不像我們一直以為的那樣迅捷：想想時間的相對性吧。個人對時間的看法並不值得提倡，因為大家都以一種平均主義的目光來測量世界。我們會覺得，在同樣長的一段時期內，有時事件紛紛不斷，有時又寂然無聲，毫無動靜。事實其實是反過來的。事件鍛造著、拉伸著時間。

原地踏步者必將被淘汰——物種藍圖雛型齊備

鑑於早期地球的環境條件，複雜的生物、對稱的身體、甲殼，以及生物多樣性並無存在的必要。因此，地球靜靜等到了三十億年。只有當需要革新時，生命才開始發展。改革發展正是如此。突然之間，按部就班的進步停止了，取而代之的是爆炸式的劇變。

人類的歷史中也有類似現象。想一想我們的祖先學會直立行走花了多長時間：幾百萬年。後來人類又花了幾千年來享受騎馬或坐馬車，可是在短短幾百年的時間中，交通工具竟發生了徹頭徹尾的變化。

某人發明了汽油發動機之後，一場變革開始了。一六九〇年，法國人丹尼斯・帕蓬（Denis Papin）製作出了高壓蒸汽機的原型，這一機器在一七一二年透過湯瑪斯・紐克門（Thomas Newcomen）得到了改進。幾十年之後，在一七六五年，瓦特極大改善了蒸汽機的性能，並引發了一場工業革命。恰好一百年之後的

＊ Tommotian，托莫特期就是依據當時一種原始頭足綱托莫特螺（Tommotia）而得名的。

一八六〇年，比利時人埃特尼・里諾（Etienne Lenoir）將自己製造的第一個煤氣發動機裝在三輪汽車上。之後一個名叫尼可拉斯・奧圖（Nicolas Otto）的科隆人創立了狄茲（Deutz）汽車公司，並在一八七六年與眾所周知的格特列・戴姆勒（Gottlieb Daimler）和威廉・邁巴赫（Wilhelm Maybach）生產出了新款四程循環燃氣發動機，十年後，戴姆勒將這一發動機應用在車輛的驅動系統中。汽車的歷史只有短短一百二十年之久，然而想想在這麼短暫的時間裡有多少令人難以置信的發展：F1、噴射機、空中巴士、太空梭……

新聞傳播業的歷史也有類似現象，最早的傳播者是馬拉松運動員菲迪皮德斯（Pheidippides），此人跑了四十公里的路程，為的是向雅典人通風報信。而今天，我們已有了網路。或者拿摩爾定律為例，此定律描述了電腦科技的發展速度。該定律是說，一個積體電路上的電晶體的數目每兩年翻一倍，其運作的速度亦然，這一趨勢會一直持續下去，直到電晶體的隔離層只有幾個原子那麼厚。到了那個時候，科技的發展將走上另一條道路——或許是量子電腦。此時，科技發展將以另一個指數來表示。

毫無疑問，幾億年之後的生物在研究我們歷史的時候，會把網路的發展視為一場技術大爆炸——他們也會疑惑，為什麼在人類六百多萬的歷史中，會突然出現如此出乎意料的一次大跳躍。這一現象和寒武紀物種大爆發一樣。時間的長短並不重要，關鍵的是不斷變化的外部環境以及由此誕生的指數。寒武紀生物的武裝速度與二十世紀下半葉的核能軍備擴充的速度一樣。我們應該還記得：原地踏步者必將被淘汰。**證據顯示，寒武紀中出現了所有現代的動物種類及其分支，一切面對未來的藍圖均在這一時期被繪製完畢。**你還得知道，每個人都應該在自己的相本裡放一張海口蟲的照片。

九〇年代中期，中國科學家在澄江發現了這種蠕蟲狀生物的遺體。他們發現的東西看起來很像是葉片的葉脈結構。很顯然，這種東西支撐了生物身體的內部結構：第一副內骨骼！肌節是一種類似肌肉的身體構造，牠們前後排列成一行，形成了一個核心的「脊索」——脊椎的原型。這個動物還長著一副從韌帶上生成的背鰭、六對細細的鰓、心臟、主動脈，甚至還有一個大腦，就牠那纖細的身體而言，這個腦袋的規模委實不小。牠的外部形狀看起來類似一條文昌魚，圓圓的嘴可以幫助牠從水中過濾浮游生物。

你能想像牠的樣子嗎？好的，現在你可以開始流淚了：這個傢伙便是我們所有人的祖先。也是你的祖先。

從此刻開始，勤奮的進化女神開始夜以繼日地工作，直到今天依然不知疲倦。我們還是希望她不要突發奇想，把以前積攢下來的假期一起用掉。

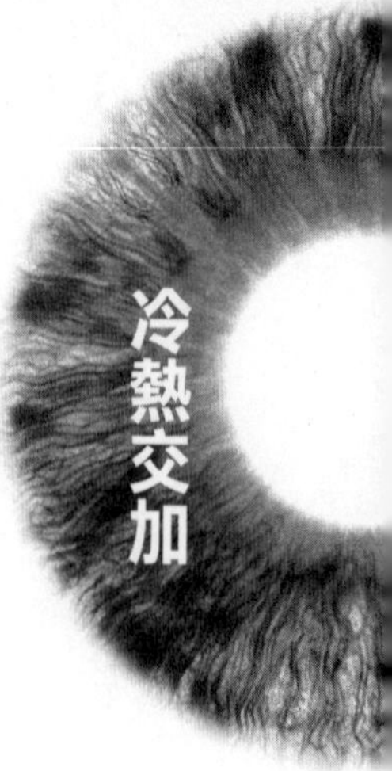

生命是虛榮的，背信棄義的。是的，它渴望被發現！同時，它又喜歡小祕密。關於生命登陸的時間，學界莫衷一是。確定無疑的一點是，生命登岸的那一日應發生在很久很久之前。在很長一段時間裡，人們一直相信生命在四億四千萬年前的志留紀登上了陸地，然而地質學和古生物學研究永遠在追逐證據，每有新的發現，原先的研究局面就會發生變化，往往是在一夜之間，之前的理論就失去了效力。學界只能忍痛咬牙承認：每次發現新的化石，即便最篤定無疑的事實也會有全盤崩潰的危險。本書也並不奢望成為絕對真理，相反，這本書只是二〇〇六年的一個縮影。

逃出奧陶紀擁擠的海洋——浮游生物「開疆闢土」

我們已瞭解到，寒武紀出現了一些異乎尋常的新事物。比如說腿足和眼睛。早在埃迪卡拉紀，已有某些生物形式長出了極小的根足，能夠在海底款款迤邐而行，牠們還擁有對光敏感的細胞。生出了甲殼之後，這些運動部位的結構更趨複雜。腿具有多種功能，既能追逐自己的午餐，也能在自己變成午餐時逃之夭夭。此外，動物們還能逃脫可怕的自然災害。在大多數情況下，獵手和獵物的時間都不多，因此當然是腿多者獲勝。所以三葉蟲才大大咧咧地長著十五對腿；而其他傢伙的腿腳還在襁褓中呢。

既然長了腿腳，當然要出去走動走動。比如說，有些傢伙想去加拿大看看。當然，五億年前的地球上還沒有加拿大，所謂的加拿大只是一汪不知名海洋的海灘而已。我們在安大略湖附近的地區發現了一些原始度假者的足跡，這些足跡被永遠封存在沙石中，清晰可見，研究者不難推測出足跡的主人：這些離家飄零的生物是原始螯蝦。視覺上，這些小先鋒有點像土鼈，長著尾巴和附足。證據顯示，牠們成群結隊地逃離了海洋。海洋中永遠危機四伏，因此，牠們只得無奈地登上了陸地，這一舉動並不情願，更何況那時的陸地乏善可陳。然而陸地卻能令牠們避開那些無法登陸的敵人們。

目前，研究者認為，生命大約於五億四千萬年前踏上了乾燥的陸地。此外人們還在後來的奧陶紀中發現了最早的陸地植物痕跡——可能是維管植物，至於究竟是什麼，目前尚無定論。這些植被對高爾夫球愛好者沒有什麼吸引力。植被或許一直生長在海岸附近的岩礁上，上面鍍著一層輕柔的深綠色。目前所有的證據顯示，奧陶紀是孢子植物的誕生期。

進化女神在寒武紀中辛苦勞動了半天之後，現在開始細細打磨自己的造物。奧陶紀開始於四億八千八百萬年前。這一時期的氣候狀況很有意思。在兩份知名雜誌上發表的文章中，我曾分別發現了以下截然相反的敘述：「奧陶紀是地球最寒冷的時期之一。」以及「當時的氣候十分溫暖，或許是地球上最溫暖的時期之一。」事實上，這兩種說法都有道理。

志留紀開始於四億四千四百萬年之前，在那之前的四千四百萬年中，地球比之後的任何一個時期都更溫暖。而到了奧陶紀的尾聲，炎熱潮濕的氣候突然來了一記大逆轉，再次變得寒冷刺骨。那些談論自然平衡的生態浪漫主義者很有必要去查一查地球歷史的沉浮，看看每個時期的總體天氣情況。**大自然包羅萬象，遠甚於單純的平衡。大自然不時從一個極端跳到另一個極端，就像冰河期造成物種滅絕一樣。**

在溫暖的時代，生命迅速茁壯成長，海綿、刺胞動物、海蜇、蠕蟲、腕足動物、棘皮動物、文昌魚和甲殼綱家族的人丁日漸興旺。新的藍圖也產生了，並引發了奧陶紀初期最重要的事件：廣闊的海洋被占領了。

稍等。海洋不是早就被占領了嗎？當海洋中出現了生物之後，為什麼那些傢伙只聚在海岸附近和淺水區，還沒有進駐到其他所有的水域呢？

其實很簡單。舉個例子說，你想出門吃飯。你可能會在城內或去附近的村莊尋找一家不錯的餐廳，可是你絕對不會穿越大沙漠或冰雪霏霏的南極洲去找飯吃。奧陶紀的初期也是如此。海岸附近的岩礁和火山口為早期生物提供了豐富的食物，在這種條件下，為什麼還要巡游廣闊的海洋呢？大陸棚上有大量微生物能夠消化的食物，因此細菌趨之若鶩。這些細菌是生存在地表生物們的美食，而這些生物又是其他動物的獵物。

群落環境宛如國際大都市，擁有基礎設施，有麵包房、肉店、公寓，甚至健身房。這並非開玩笑：今天的很多海洋生物不時會造訪礁石，享受一些搞清潔的魚類服務——那裡甚至還有牙醫，這些牙醫可比人類的同行們更有責任感。水中的牙醫會完全鑽進病人的嘴巴裡，清除牙齒裡的剩飯殘羹和寄生物。今天的世界上有科隆、巴黎和洛杉磯等各式各樣的大都市，而這些群落環境卻不會常常更換自己的基地，因為居民們喜歡守著安逸的生活，只有當外界災害摧毀整個城市時，牠們才去尋找新的落腳處。

當時的深海中沒有美食，因為食物鏈還未形成。

海面附近有靠陽光過活的浮游紅藻、綠藻和棕藻，此外，海潮中也有很多自由自在的細菌生物，可是這些對三葉蟲或海蠍沒有什麼吸引力，因為牠們喜歡踏著堅實的土地行走。可以說，如果沒有一群筆石動物引起了生物的興趣的話，廣袤的海洋到今天或許依然是一片荒蕪。

筆石動物是什麼？

是一種生物，長得十分類似今天的珊瑚蟲。這些傢伙大多數時間都守在自己的小殖民地上，一動不動地待在小小的囊鞘中。只有這些囊鞘保存到了今天。封存在岩石中的筆石動物，外觀看起來很像書寫在石頭上的象形文字，因而得名。在奧陶紀初期，這些象形文字般的生物慢慢離開了穩固的海床，進駐到廣袤的大洋中，開始迅速繁衍。它們的食物是海中的藻類和單細胞生物，其小小的觸鬚可以從海水中過濾出自己的美食，無論如何，這些筆石動物被視為最早的浮游生物。不僅僅因為它們開發了一片全新的生活空間，它們同時也為更大型的生物開闢了大海的荒原，自此之後，這些生物能夠以浮游生物為食而生活了。遠洋中的所有生命都得歸功於浮游生物的奉獻，如果沒有牠們，食物鏈根本無法成形。對於鯨類而言，浮游生物很類似我們的洋芋片，只不過比洋芋片要健康得多罷了。

奧陶紀還出現了第一批雙殼綱的軟體動物＊。這些雙殼綱的二枚貝與腕足動物可不一樣，腕足動物只是因為同樣有兩片殼，所以看起來像牠們。你在海邊或海鮮店有機會的話可以仔細觀察：如果兩片殼像汽車兩側的車門一樣互相對稱，就是雙殼綱——例如蛤仔或海瓜子。腕足動物，比如海豆芽，則是單片殼自己就左右對稱，但兩片殼形狀大小不相同，開合如同汽車的引擎蓋。腕足動物與雙殼綱最大的區別是前者長著肉乎乎的足部，牠們借助這樣的足部將自己固定在海底或礁石上，或帶著自己勇敢前行，而雙殼綱則優雅地將一切都藏在內部。

珊瑚也是奧陶紀的重要事件之一，它們構成了巨大的礁石，為各種各樣的生命群落提供了居留地。魚類也漸漸增多，雖然牠們還沒長出頜骨，只能被稱為無頜魚。牠們生活在海底附近，在泥濘中碌碌謀生，壓根兒沒有想過自己那些長著頜骨的後代會在歷史中扮演多麼重要的角色。或許因為面對著諸多龐然大物，牠們有些自慚形穢吧。很多大傢伙在牠們面前游來游去，比頭還大的觸手得意洋洋地搖擺著，這些烏賊是奧陶紀的祕密君主，就像所有的帝王一樣，牠們令人望而生畏，當然，牠們也戴著王室氣派的王冠。精確算來，這個王冠最長可達八公尺。只有這些「王冠」保存到了今天。一般情況下，權杖總是比自己的主人活得更長久。

首次發現那些石灰管狀物的化石時，人們完全不知所措。等到幾年之後，人們才知道這些長達幾公尺的狹窄管套下曾生活過烏賊。請你想像一下：一隻烏賊在自己巨大的眼睛上方竟戴著一頂長長尖尖的奇特禮帽。聽起來雖然很好笑，但這些小紳士卻的的確確是凶猛的龐然大物。當時很多其他的烏賊都有流行的

＊ Bivalvia，實際上，寒武紀就已經出現一些原始的雙殼綱了，不過雙殼綱在奧陶紀才開始興盛。

捲曲外罩，相當時髦新奇。很顯然，進化女神在這裡受時裝設計的影響很大，她也不願意讓這些多臂的戴禮帽模特兒們消失在歷史中。今天，我們看到的烏賊已脫下了帽子，唯獨鸚鵡螺作為活化石留存了下來，在南非的海灘上招搖過市，如果到了其他地方，牠只能算是一個不合時宜的傢伙。

宇宙怪物遮陽計畫——第二次物種滅絕

本來，一切可以像寒武紀一樣如火如荼地繼續進行下去。

不幸的是，在奧陶紀到志留紀的過渡階段，再次發生了大規模的滅絕事件，原因是暖氣壞了。大約四億四千萬年前，三分之二的物種都慘遭凍死。其實，當時的生物應該已適應了冰冷的氣候，此外，牠們也遠比被冰河期整慘了的小小的軟軀體動物更高等。到底在這個冰河期發生了什麼事件，使得地球上的物種第二次大規模滅絕呢？

堪薩斯大學的天文學家阿得利安・麥樂特（Adrian Melott）認為事情肯定不會太簡單。他很疑惑的是，為什麼持續了幾百萬年熱帶氣候的地球突然再一次冰雪茫茫？根據主流說法，罪魁禍首是一顆邪惡的隕石。一個十到十二公里大小的小行星或隕石的威力相當於一百億顆廣島原子彈，能在地球上掀起巨大的灰塵。這層濃厚的煙塵緊緊裹住地球，於是在無數年的時光中，陽光再也無法射進來。當灰塵聚積到幾公分厚的時候，世界上的溫度已大幅度下降，無數動植物都一命嗚呼。

然而麥樂特百思不得其解的是，為什麼只有那些生活在水面附近的生物——如三葉蟲——慘遭毒手？三葉蟲應該是首當其衝的一批生物，而生活在深水中的生物卻安然無恙地度過一劫。於是麥樂特和他的研究小組開始研究當時的三葉蟲化石，結果發現了一個令人瞠目結舌的事實。

物種滅絕的始作俑者很可能不在地球上，而是來自宇宙深處的一個怪物。一顆超新星導致了生命的死亡。

要理解這種說法，我們得先離開地球，將目光投向宇宙。

只有當一顆恆星的內部融合反應帶來的壓力和自己的重力達到平衡時，恆星才能保持穩定。如果只有自身的重力，恆星會不斷向內坍縮。只有當它不斷從核心向外輻射能量時，才能避免坍縮的發生。一個瀕臨死亡的恆星將經歷各個階段，在這些階段中，它的燃料會緩緩耗盡，最後膨脹成一顆紅色的巨星。它的內核會坍縮導致一場巨大的爆炸，外殼則會在這場爆炸中四散紛飛。

我們可以用望遠鏡來觀察遙遠宇宙中的超新星。超新星看起來並不像一場大爆炸，而像一個新恆星的誕生——因此我們稱其為新星。超新星的光度會在頃刻間增加到原先的幾十億倍，無數伽瑪射線進入太空，大多數沿著其旋轉軸的方向。這些射線和物質也被拋進了宇宙的深處。

當地球運行到一顆鄰近的超新星的轉軸方向上時，只需一道伽瑪射線就能在幾分鐘內完全摧毀地球的臭氧層。突然之間，地球承受的紫外線輻射增長了五十倍。雖然水能夠抵擋宇宙射線，但只有一定深度的水下才是真正安全的地方。這種說法才能解釋海面附近生物大規模死亡、深水區卻安然無恙的現象。此外，超新星還令地球外部蒙上了一層厚厚的灰幕，造成地球溫度大幅度下降。一切就這樣發生了。這一輪冰凍期持續了五十萬年，冰河期結束後，我們抵達了時間旅行的下一站：志留紀。

在很長一段時間中，沒有人願意相信伽瑪射線的假設。而今天的人們都知道，僅一顆鄰近的超新星爆炸就足以毀滅地球。目前我們還無需操這份心。現在的威脅來自於離我們一百五十光年處的一顆白矮星HR 8210*。這顆白矮星很有可能在不久的將來爆炸，而一百五十光年委實只是咫尺之遙。不過即便如此，我們也無需現在就開始急急建造海底城市——地質學意義上的「不久的將來」指的是幾億年的時間。況且宇宙一直在不停膨脹。等到爆炸發生的那一天，或許我們已經拉開了一個安全距離，能夠避免伽瑪射線之

* HR 8210是一個雙星系統中的白矮星，當其伴星變成紅巨星時，伴星外層物質會受重力影響流向白矮星。當白矮星的質量超過自己本身所能承受的範圍時，就會發生爆炸。

害。

麥樂特的理論目前還頗受爭議，這一點並不奇怪。超新星遺留了很多宇宙塵霧和黑洞，然而其產生的時間已無法確定。此外，麥樂特也認為，距當時的大爆炸已經太久，銀河系本身也在不停旋轉，要找到證據實在不亞於大海撈針。

因此，海洋的歷史同時也是太空的歷史。萬宗歸一，西加拿大的印第安人則說，*hishuk ish ts'awalk*。沒有外太空就沒有現在的地球。**太空塑造著地球，並不停地在地球上銘刻下自己的足跡。**

瘋狂的地質學家

古老的居爾特人不知道自己的名字竟會被用來命名地球的一個時期。奧陶紀的名字來自威爾斯北部勇敢的奧陶人部落，而志留紀則來自南部的志留勇士。很奇怪，地質學家怎麼會這樣取名字？寒武紀囊括了地球四千兩百萬年的歷史，而其名字竟出自北威爾斯的羅馬名。難道是因為寒武山產生於寒武紀嗎？

孩子需要名字。有些名字還是有意義的：比如說石炭紀就是地球的某個時期，關於這個時期，我們以後還要提到。石炭就是碳，之所以這樣命名，是因為石炭紀的碳儲量無比豐富。這才說得通嘛！可是志留紀和石炭紀之間的泥盆紀名字，卻來自於英國德文郡*，毫無疑問，德文郡是個好地方，我們並非想冒犯德文郡的尊貴住戶們，可是令人困惑的是，地球上的魚類時代和英國郡、奶油蛋糕以及達特穆國家公園的小野馬有什麼關係？會不會有一天，我們也將不顧一座高盧村落的激烈反抗，硬要用它的名字來命名一個幾百萬年歲月的時代？歐拜力克斯會怎麼評價阿斯泰里克斯這個名字？地質學家都瘋了嗎？

事實上，為地球的時期和生物取個合適的名字用於科學考察並非易事。比如說，在埃迪卡拉紀的小山上發現的化石為前寒武紀末期的生命狀況提供了很多新的資訊，為我們填補了一道缺口。當然，我們可以以研究的對象為標準，將這個時期取名為「軟蛋時期」或「大食管時期」，可惜這樣的名字即使用拉丁文說出來都顯得很愚蠢。況且，這個稱謂根本就不符合當時的情況。

雖然埃迪卡拉紀的生物主要是塞爾拉赫發現的醜陋氣墊生物，但當時的地球上還有其他居民，比如說

* 台灣使用的地質年代名稱多沿用日本所翻譯的漢字音譯，「泥盆」的日語發音De-Bon近似德文郡Devon。相同形式的譯名還有寒武Can-Bu、奧陶Oo-Do、志留Shi-Ru和侏羅Jyu-Ra等。

細菌、古菌和早期多細胞生物。此外，當時的氣候有自己的特點，火山爆發、隕石撞地、大陸漂移和大氣的構成等等。在取名的時候，我們究竟應如何取捨？難道要把所有的因素都囊括進來嗎？不可能。那我們還不如用岳母或戀人的名字來命名這些時期呢。

命名的困境表現了地質學時間軸上的一個關鍵弱點：地質時間軸令我們的世界觀失真。我們只看見每個時期的新現象，而其他的內容卻被進步所抹滅了。單細胞生物之後是多細胞。兩者之間還有寒武紀初期慘遭「放氣」的氣墊生物，接下來崛起的是甲殼生物的王國。轉眼之間，所有生物都變得牙尖嘴利，張牙舞爪。隨著第一批生物登上陸地，演化的主要工作也結束了，剩下來的只是一些偶然的零星細節。最晚到爬行的蜥蜴出現之後，海洋中的傻瓜們已不再是舉足輕重的角色。這種情況一直持續到人類的崛起，人類自恃為萬物之靈，煞有介事地為所有其他的生物取名。

地質學有一個很大的弱點：**直到今天，地質學家們依然無法繪製一幅生命的全景圖，並在這一共同時間軸的座標上界定每一物種的意義**。地質學告訴我們的是一個以時間分段的歷史。一個時代取代了另一個時代。比如說，我們知道三億六千五百萬年前第一批在陸地上漫步的生物是一種名叫魚石螈的胖傢伙，這種生物吸引了我們所有的注意力，以致我們忘了，在同一時間，海洋中也在發生重要的事件。很少有地質學家提到昆蟲時代。大致上來說，魚石螈和三葉蟲、原始魚類、首批陸地植物和早期爬行動物出自同一時期。魚石螈登陸之前，陸地上已活躍著千足蟲、蜘蛛和蠍子，可是不知為什麼，相較於節肢動物，人們就是對爬行動物更感興趣。

甚至當昆蟲學習飛翔時，我們依然沒有注意牠們，因為蕨類植物、哺乳爬行動物正在努力前行。當然，要綜觀每一個時代的全局並非易事，但我們起碼得試一試。否則，人類永遠不會明白自己在生命的名冊上到底占據了怎樣的位置。

人類不知道，自太古代以來，我們一直生活在細菌的帝國中。細菌統治著整個世界，細菌之下則是蟻類和飛蝗。我們只是龐大物種庫中的一個變體，一個物種。人類的目光十分短淺，因為我們只看得見大型複雜生物，以為只有牠們才是成功的生命。然而這種視角是錯誤的，它將我們引向危險的結論。

這樣看來，我們很有必要用威爾斯的一些小地名——如蒙默思、布雷肯、格拉摩根——來命名一個地質時期。在這些地方，志留勇士們曾於西元四十八年英勇抗擊過羅馬人。我們離小小的高盧村根本沒有那麼遙遠。倫敦地質協會的主席羅德里克・莫契森爵士為志留紀取了這個名字，是因為他根據志留人部族地區的岩石形態來描述相關時期的地質特徵。這個名字成了居爾特人的榮耀——同時，它也能幫助我們更好地縱觀地球歷史的全貌。

誰是志留紀大哥——海陸猛獸伸展台

還是回到過去的時代吧。

冰雪融化之後，地球再次陽光明媚。海平面又一次上升，淹過了大陸的某些區域。志留紀的特點是廣闊的熱帶淺海區中——尤其在今天的北美和北歐地區——長出了無數珊瑚礁。在這些地區以及澳大利亞，我們今天依然能找到很多當時的大塊含鹽沉積物，這些沉積物是洪水退去後留下來的。陽光充沛的大陸棚海洋是生命的理想搖籃——包括陸地上的生命。我們基本上可以確定，最早的菌類、海藻以及原始蕨類是在潮濕的低窪和海岸地區出現的。小小的甲殼綱生物們就在這些植物間游來游去，這些長著複眼的傢伙將成為甲蟲、蜘蛛、壁虱和蟑螂等等。牠們不再使用鰓呼吸，而是使用氣管——氣管是一些充滿氣體的交錯管道，多虧有這個器官，牠們才能真正脫離水的環境。相較於幾乎無重力的海洋，陸地上的重力更大，而穩固的外骨骼支撐著牠們。

這些的確值得一提，水下的故事愈來愈多姿多彩。

然而生命還需要補充一些什麼。進化女神帶著一頂護士帽，細心呵護著那些死裡逃生的動物們。而海洋的建築師——珊瑚——開始籌劃新的建築方案，雖然方案的規模不小，然而卻和苔蘚蟲和節肢動物的殖民地一樣容易受創。這些殖民地都在大災難中毀壞殆盡。然而漸漸地，海百合和海星再次遷居到珊瑚礁上——簡言之，所有那些逃離了大屠殺的倖存者都探出頭來，看看外面的世界是否恢復平靜。

外面很平靜。更妙的是，新的臭氧層將致命的紫外線濾除在大氣層之外，為萬物的復興提供了良好的環境。

志留紀是地球的休養生息期。筆石屬動物重新占領了海洋，發展出了各式各樣的變體。三葉蟲也恢復了生氣，可惜的是，牠們再也沒有恢復物種大爆發前幾百萬年的興旺。就連那些頂著長禮帽的時髦烏賊也差一點被超新星一舉殲滅。現在，淺水和深水區依然有烏賊群的身影。牠們有火箭一樣的助力裝置，長著鸚鵡般的大嘴，從不放過任何一個誤入自己勢力範圍的獵物。從目前看來，牠們依然是海洋中的大哥。

陸地上也不乏與烏賊勢均力敵的惡名昭彰的角色。

志留紀中也出現了大型節肢猛獸，牠們當中個頭最大的是板足鱟類動物。

想像你捉住一隻蠍子，然後用一根擀麵棍將牠碾平成一張油門踏板。那時的大型節肢猛獸就是這個模樣：一面油門踏板，帶著一條尖尖的尾巴。蠍子長著八隻小小的點狀眼睛。這些眼睛並不惹人憐愛。因此，你在那顆大大的圓形腦袋上裝了兩隻相對大一點的眼睛，這樣牠看起來很像一輛被壓平的越野車。同時，你縮小了牠那對鉗子，並將牠的腿部向前移了一些，這個傢伙的比例變得極不協調，大部分身體都拖在後面，彷彿是長襬拖地的婚紗。可是即使這樣，牠也不能激起你的同情，反而更令你厭惡。接下來，你又在牠的左右體側加上一些飛鏢狀的瘤子。這時，你才最終對這個小怪物表示滿意。牠一共十公分長。你希望牠能更壯實一些，因此把牠變大了幾倍。

這個壞蛋是幹嘛的？牠肯定會咬你——本來你造牠也是為了咬人的嘛——因此你將牠空運到志留紀的水中，讓牠去騷擾當時的生物。當然，那些被騷擾的生物們會勃然大怒，幸運的是，牠們和你之間隔著四億四千萬年的重重時光，只能望洋興歎。

板足鱟亞綱動物有各種型號：S、M、L和XXL。最大的有兩公尺長。在地球的歷史中，唯獨志留紀中出現過如此龐大的節肢動物。不難想像，這些巨大的獵手能夠在陸地上橫行一時，然而牠們速度緩慢，根本無法穿越原始沼澤追捕滿心好奇的時間旅行者。

根據牠們的相貌，我們也稱之為海蠍，而事實上，板足鱟亞綱動物的確和今天的蜘蛛和蠍子有緊密的血緣關係。那些沉積物中的無頜魚難免遭受這些凶狠捕食者的毒手，因此進化女神才送給這些沒有長顎骨的小傢伙堅硬的頭盔胸甲，然而縱然如此，牠們和軟體動物、螯蝦小蟹以及其他匍匐的小動物依然是大蠍的盤中美食——有時，一隻板足鱟亞綱動物能吃掉一個真正的花花公子。

提到花花公子，我們想到的是情聖卡薩諾瓦、甘特．薩克斯和《花花公子》雜誌創辦人休吉．海夫納。而志留紀的花花公子名字遠沒有這麼響亮，相較於上述各位先生，牠們名字的優勢只在於其長度：一種介形亞綱生物學名叫 *Colymbosathon ecplecticos*，這是一種小型貝蝦，長著鰓、眼睛和腿，腿上的凸狀物即是牠的陽具——那不僅是歷史最為悠久的陽具，與身體的比例來看，牠也是史上最長的陽具。

Colymbosathon 很敏捷，直譯過來後，這個名字的意思是「長著大陽具的游泳健將」。在一百五十至兩百公尺深的水中，牠逍遙遨遊，襲擊小動物，四處尋找腐肉。我們不知道牠究竟有多少個情人，然而情聖的名聲並非僅僅取決於「身體優勢」。因此，這個洋洋得意的傢伙最終也滅絕了。活該。

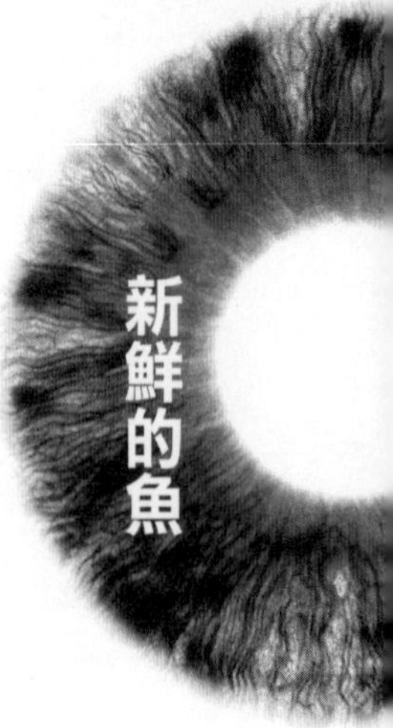

新鮮的魚

到過法蘭克福自然博物館的人會在「魚展示廳」中看到很多恐龍、猛獁象和鯨類。陳列櫃中還放著各種真真假假、大大小小的魚類標本，牠們目瞪口呆地盯著虛空，彷彿不知道自己為什麼會身在此處。這些「鱗」琅滿目的展覽令人印象深刻，然而最吸引觀者目光的卻是一個又大又黑的傢伙。

人們爭相觀看的是一個龐大無比的大腦袋，這個大腦袋被放在展館中間的基座上，看起來彷彿是石頭雕成的。近前看去，才發現這個看似雕塑藝術品的東西原來是一片灰色岩石般的甲殼。甚至那長得十分靠前的眼睛也很像披掛了盔甲的眼鏡——戴著這種原始隱形眼鏡，牠的眼睛和大腦袋渾然一體。這個傢伙的牙齒雖少，卻尖利無比。若是有人心情不錯，將頭伸進這張五十公分長的大嘴當中，應該會猜想到：只需稍稍一合上顎骨，他就會當場喪命。

此時，恐懼的人們只能慶幸自己生得「逢時」，不過他們依然不知道這個凶猛的傢伙究竟是何方神聖。是齊格菲*的長著鱗片的好夥伴？這個傢伙也可能是一種蛇怪，就像哈利波特中的怪物一樣——恐怖的密室中，一條憤怒的巨蛇四處尋找導致自己斷子絕孫的罪魁禍首。或者我們不小心誤入了《星際大戰》導演喬治．盧卡斯的道具室了？也有可能。所有的猜想都有可能，最不可能的說法是：那是一條魚，一條潛伏在海底、貪婪地盯著上方獵物的大魚。

泥盆裡的盎然生機——陸地上的森林

我們且跳一步——三億九千萬年前的泥盆紀的一個下午。海洋的南海岸上正下著毛毛細雨。太陽時不時露一露臉，掀起一角蔚藍的天。亞熱帶的氣候就是這樣，沒有大風大浪。風很輕，南部的岡瓦納大陸由非洲、南美、澳洲和南極結合而成。這塊陸地和赤道附近的勞拉西亞大陸正緩緩靠近，而小小的海洋也隨之變得日漸狹窄。不久之後，這片海洋就會完全消失。在地震和火山爆發的推波助瀾下，島嶼正在集結，第一批山巒拔地而起，峽谷和內海也漸漸成形。所有陸地都在努力接近彼此，它們的周圍是無邊無際、熱乎乎的海洋。阿爾弗雷德・魏格納提到的巨型大陸——盤古大陸——正漸漸甦醒。

第一批苔蘚、藻類植物在海洋不斷沖刷的岩石上生根發芽之後，這裡發生了很多事情。植物演化出孢子後，終於將自己的根據地擴展到了海岸之外的領域。內陸中也出現了植被。早期的針葉植物、莖類植物、蕨類，以及一切高等的孢子和苔類植物在廣闊的濕地中蓬勃成長。最早的樹木也站了起來，彷彿要嘗試一下被進化女神特許的巨人症。在泥盆紀的末期，這些植物長成了一片蕨類植物之林，高度竟達三十公尺。在茂密的森林中，一切無翅膀的昆蟲爬來爬去，活蹦亂跳，這片森林呵護著牠們，養育著牠們。泥盆紀不啻為古植物研究者的天堂，同時也是蜘蛛恐懼者的地獄。因為此時的蜘蛛也發育得十分茁壯，那可是人類最親密的朋友！

和盔甲盾皮狹路相逢——鯊魚剋星

這日的下午，一隻裂口鯊正在離水面很近的地方閒逛。牠體態壯偉，長達兩公尺，彷彿是來自廿一世紀的遊客。志留紀中出現了第一批鯊魚，當時的鯊魚體型還較為嬌小，胸前長著刺狀的魚翅。目前所發現最古老的完整鯊魚遺體來自四億九百萬年前，這個傢伙名叫「棘手的騙子」（*Doliodus problematicus*），身長只有五十到七十公分，雖然被視為「棘手」，但在旁人看來，牠的問題或許還不算大。鯊魚大家庭的歷史或許比我們想的更悠久一些。牠們是泥盆紀主要三種魚類之一：泥盆紀無疑是軟骨魚、硬骨魚和盾皮魚的黃金期。

＊北歐英雄傳說中的一名屠龍勇者。

在化石收藏家看來，鯊魚的確是十分可惡的傢伙，因為牠們十分吝嗇，只給後人留下自己的牙齒。在細菌、蟹蝦和蠕蟲生物的分食之下，軟骨魚的骨骼很快被吃盡，剩下的東西被水沖走。泥盆紀中期的鯊魚和我們今天看到的已十分相似。牠們能分辨出最細微的氣味和水壓差異。憑著這種能力，牠們能很順利地找到獵物，也能在自己的天敵到來之前溜之大吉。當然，這些鯊魚是飢腸轆轆的傢伙——這本書中，所有傢伙都很飢餓。被沖碎的礁石會隨著水緩緩移動，那裡面有很多日常美食：小魚、肺魚和腔棘魚。礁石的緊下方聚集著一群長得很像標槍的烏賊，依然戴著尖頂帽子。這些烏賊也是鯊魚的獵物，然而那個長著觸鬚的透明橡膠般的玩意兒不在鯊魚的菜單上。畢竟牠還沒有餓到要吃這種怪傢伙的程度。礁石旁邊的珊瑚較少，在這裡，一條泥盆紀的鯊魚碰到了自己的獵物。

一叢扇形珊瑚的陰影中有些動靜。是個小傢伙，長著尾巴和魚翅，從頭到尾都傳達著「來吃我」的資訊。

鯊魚朝珊瑚游過去。

哎呀！

這麼說吧：如果這隻裂口鯊在早上能決定今天齋戒，我們或許還能將牠的故事繼續講下去，認識牠的孩子們，會看著牠慢慢變老，教導自己的重重重孫要憶苦思甜地懷念著泥盆紀。

可惜牠沒有做爸爸的命。等待牠的是另一種東西，那個傢伙一動不動，連鯊魚那敏感的身體都沒有發覺牠的存在。這一刻，這個傢伙狠狠將自己巨大的尾巴向前一甩。鯊魚反應很快，試圖後退幾步，離這個半路殺出的程咬金遠一些。一個一百八十度的大拐彎後，牠朝上方竄游離開。

敵人根本不可能按兵不動。一個巨大的身體逼向前來，堵住了鯊魚的去路，接下來，一波巨大的壓力將鯊魚推向了珊瑚礁。鯊魚驚慌失措地想溜走——太晚了。一個長著甲殼的圓腦袋在牠面前咧開了大嘴，漩渦毫不留情地將鯊魚捲進了鋒利的牙齒間。然後，那個傢伙閉上了嘴，消滅了鯊魚，咬碎了牠的軟骨和腦殼。

至此為止，一場鬧劇結束了。這個龐然大物大吃了一頓。今天吃的是鯊魚，柔軟，新鮮。不錯，很合口味。服務生，買單吧！

就這樣，我們又回到了森肯堡博物館（Senckenberg）裡。那個裹著盔甲的大玩意兒的確是一條魚的腦袋——當時體型最大的脊椎動物。因此，這種魚有很多有趣的特點。這個危險的蒙昧主義者是一個趨同現象的極佳例子，因為進化女神有個不太好的習慣，總是生產大量相同的東西，換句話說，她喜歡用不同的手段獲得相同效果。事實上，這種生物的牙齒並非牙齒。起碼不是人類那樣的牙齒。這些獠牙狀的東西其實是一些甲殼，它們外表類似裂齒和臼齒，扮演的也是牙齒的角色。

順便提一句，鯊魚本來也沒有牙齒。這句話絕非戲言！進化女神為鯊魚造的皮膚像砂紙一樣粗糙，因為上面覆蓋著層層齒狀的小甲殼，也稱作盾鱗。離顎骨愈近鱗片愈大，而嘴中的鱗片則構成了著名的左輪手槍狀牙齒，後排的牙齒平時折合不用，到必要時才會被啟用。仔細看去，我們會發現，這些所謂的牙齒，其排列和身體上的鱗片一模一樣，也就是說，鯊魚的牙齒其實就是嘴裡的皮膚。雖然只是皮膚而已，一旦被碰到還是難免斷手斷腳，因此依然令我們害怕。

進化女神不會照本宣科，如果需要從現有的條件中獲得最佳結果，她總會採取新奇而高級的解決方式。就拿眼睛來舉例，進化女神就有諸多發明，雖然目的都是為了透過視覺來增強信號，但她卻採取了各式各樣的構造。有些眼睛和我們的十分接近，比如鯨魚的眼睛。另外一些，譬如昆蟲的複眼或蜘蛛、蠍子的單眼，就和我們大相逕庭。這些相似的系統保持著完全的獨立，並不互相依賴。不過話說回來，目前的科學家又開始尋找一種所有眼睛的起源基因。被懷疑的對象是一種名叫 Pax-6 的基因，人們懷疑，這組基因就是進化女神創造所有生物眼睛的基礎。不過目前尚無定論。

就森肯堡博物館中的大怪物而言，進化女神做了一個決定：用這個傢伙本身的獨特盔甲來做牠的牙齒。這個大傢伙是一隻鄧氏魚（*Dunleosteus terrelli*）。雖然叫這個名字，但牠與老鄧或小鄧其實沒有什麼關係，這個名詞來自美國古生物學家大衛·鄧克爾（David Dunkle），由於他發掘了這個大腦殼，因此就命名為

「鄧克爾的骨頭」——很可愛的雙關語，因為挖出了這個大玩意兒之後，他的骨頭肯定又瘦又疼。

除了軟骨魚類之外，鄧氏魚屬於泥盆紀的第二大魚類——盾皮魚。跟牠們狹路相逢可不是什麼好事，連大鯊魚都會這樣告訴你——如果身在極樂世界的牠們能和我們交談的話。這個盔甲巨獸不僅吃鯊魚，甚至連儀表堂堂的烏賊都不放過。按理說，烏賊也並非善主，可是面對一個身長十公尺、垂涎欲滴、張著血盆大口的傢伙，儀表堂堂根本沒有任何優勢。這個獵手的牙齒像斧頭一樣鋒利，頭部和胸膛均全副武裝，完全沒有可進攻的弱點，牠的尾巴上沒有盔甲，卻肌肉結實，是幫牠發起可怕進攻的引擎。牠的腦袋和脖子之間的關節很靈活，因此這個史前的機械戰警能夠輕易張開自己的兩顎，頃刻間便將獵物嚼食一空。

法拉利戰勝機器戰警——進化女神的實驗

奇怪的是，為什麼這樣一個大怪物不待在海洋裡作威作福，反而淪落到博物館裡？

因為鯊魚最後還是戰勝了自己可怕的敵人，奪得了勝利。雖然鄧氏魚裝備先進——一般說來，魚類是泥盆紀最高等的生物——但正是這種獨特樣貌為牠們招致了禍害。牠們雖長於閃電戰，追擊獵物的速度卻十分有限。牠們沒有分叉的尾鰭，而且身披沉甸甸的盔甲，很難稱得上是游泳健將。而鯊魚卻機智靈活，有高明的戰鬥策略，隨著時間的推移，鯊魚漸漸從笨重的巨人手中奪得了勝利的果實。

此時又有第三個群體加入了這場持久的競爭中。泥盆紀中的原始硬骨魚發展得五花八門，有輻鰭魚、肺魚和腔棘魚，這些均是魚類到兩棲動物的過渡階段。牠們的胸鰭和肚鰭內均長著骨頭，很適合演化成腿足。和盾皮魚一樣，人們在很長一段時間內一直以為這種魚類已絕跡，然而一九三八年，我們在馬達加斯加發現了牠們的後代，重新找到了腔棘魚。

泥盆紀的魚類大小各異，形形色色。有些住在礁石上，另一些則生活在沉積物中，以蠕蟲和軟體動物為食，有些魚靈活敏捷，有些則沉著泰然。如果從聖經出發，泥盆紀應是創世紀的第五日——造魚之日。

虧得有這一日，我們才有了今天的番茄醬鯡魚、壽司和鯖魚。

隨著泥盆紀的結束，鄧氏魚和大多數盾皮魚也走到了終點，要不然牠還能給人們上一上課。這些魚類的體格早已是一個問題。如果只有十公分長，那麼無論裝備如何精良，也無法和板足鱟亞動物的大鉗子抗衡。而海蠍和螯蝦、菊石、箭石、鈣質海綿、珊瑚、海百合、三葉蟲、貝類、節肢動物、螺螄、細菌、古菌和海藻卻規模龐大。

獵手和獵物都在與紅色女王競賽。

一方不斷發展自己的武器，另一方則堅持確保自己的防禦系統。海百合長出了劇毒的觸鬚，魚類磨尖自己的牙齒，節肢動物則打磨自己的鉗子。所有生物都為了軍備競賽而摩拳擦掌。

生命正在以令人咋舌的規模茁壯成長，無論是在廣袤的海洋還是海岸。

然後，在一個美麗的日子，兩棲動物蹣跚著爬上了陸地，綠茵茵的陸地風光無限，營養豐富，令牠們心花怒放。就這樣，我們走進了哺乳動物和爬行動物的歷史。兩棲動物的上臂有小小的骨骼，這樣牠無須用肚皮貼著地面爬行，這是一隻真正的四足生物。

是什麼讓這個傢伙離開了自己出生的家園？是不是因為鄧氏魚以及同黨把牠們的生活弄得危機四伏呢？或是因為牠們最早的水陸棲居地——環礁湖——的水被蒸發了？或是因為這些兩棲動物輕信了謠言：擱淺在岸邊的魚要比活魚味道鮮美？或是因為牠們想吃昆蟲？還有一種理論，偶爾曬曬日光浴能夠讓肢體更靈活，提高身體溫度，令捕食過程更輕鬆有效。這些說法或許都有一些道理。然而毋庸置疑，兩棲動物的登陸有一個無比簡單的原因。

因為牠能夠登陸。

嘿，兩棲動物！最近還好嗎？向牠揮揮手吧。我們還是繼續待在水中，以後會偶爾上來看一看牠的情況。不要擔心，牠會成功的。

死亡

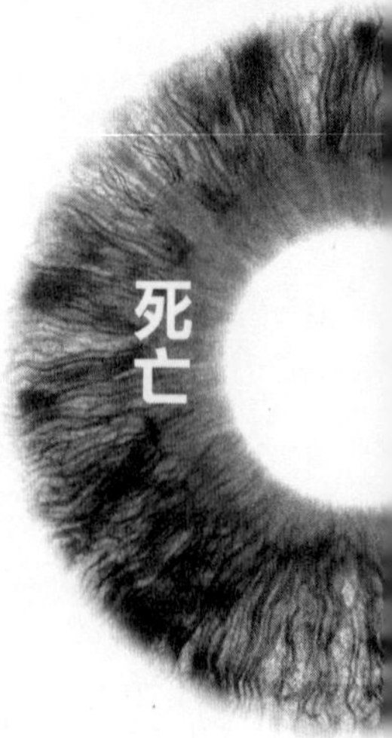

生命的歷史同時也是一部死亡的編年史。我們可以從正反兩方面來看待這個問題。死亡或許是生命的結束，或是生命的開始。進化女神告訴我們：兩種說法都很正確。最撫慰人心的想法是，我們並非真正地結束了，而是讓些位置給新來者。演出結束後，我們就得離開舞台。其他人——我們的子孫，或是新型生命，會接替我們演出，如果我們一直霸著舞台不走，新人根本無法上台。

三億六千萬年前，泥盆紀的世界彷彿被消音似的，半數的海洋生物滅亡了，熱帶地區的生命甚至折損了四分之三。

最著名的犧牲者便是盾皮魚，牠們完全從生命的地圖上消失了。剩下的生物們如履薄冰。奧陶紀的大災難曾令節肢動物差點遭滅頂之災，然而牠們後來還是慢慢恢復了元氣，結果又在泥盆紀中再次遭難。身為礁石的建築師，珊瑚蟲也驚險無比地逃脫了滅族的厄運，筆石動物卻從此消逝了。菊石類也遭受了很大損失，無頜魚只剩下一個種族——牠們的後代發展成了今天的八目鰻或盲鰻。

我們不知道究竟是什麼原因敗壞了泥盆紀的盛宴。當時岡瓦納大陸的大部分區域都覆上了冰層，一些證據顯示，問題來自太空。地球極有可能撞上了一顆隕石。又一次。然而情況還會更糟。

驚愕！巨蟲國——石炭紀多氧時代

三億六千萬年前到兩億九千九百萬年前的那一階段稱為石炭紀。正如前文所言，這個時期的名字得自當時儲藏了地球上第一批碳資源。地球的這一段歷史以及後來的二疊紀有兩個典型的發展特點。

一方面，所有的陸地最終聚集一起，構成了盤古大陸，四周被一片唯一的海洋「原始大洋」所包圍。唯獨東邊的忒修斯海像一把楔子一樣釘在大陸上，忒修斯海是一片大洋，其中點綴著星羅棋布的島嶼。

這場地質角力導致了日本群島、南極山脈，以及烏拉山脈的誕生。此時，地球的北部形成了一些內海和湖泊，隨著陸地的融接，脫離海洋的水域則漸漸乾涸。南部盤古大陸的大部分區域都被冰山覆蓋，而西部——尤其是今天的南歐和北美區——則出現了大規模的乾燥荒漠。

古老的山脈漸漸風化、消逝……

赤道附近則形成四十公尺高的熱帶雨林，那裡泥沼遍布，蕨類和松類植物蔥蔥鬱鬱，最早的針葉植物、石松植物也誕生了，鱗木和封印木尤其繁盛——多虧當時茂盛的植物，才有現在豐富的碳資源。

在這個炎熱潮濕的世界中，植物長得枝繁葉茂，令人眼花繚亂。當時還沒有開花的植物，也沒有嗚嗚啾啾的禽鳥，只有昆蟲享受著幸福的生活。陸地漸漸變得茵茵綠綠。隨著南部冰川的日益增多，海平面下降了，很多熱帶的淺水域變成了乾地，留下了大範圍的鹽質荒漠。直到石炭紀行將結束時，地球的溫度才緩緩回升，冰川再次融化，水位重新升高。

第二個值得一提的進步是，氧的含量升高到了三十五%，可能是當時數量迅速增長的植物的功勞。因此，一切都隨之欣欣向榮。在石炭紀，漫步森林或許並非一件美事。你不時會踩到幾隻兩公尺長的蜈蚣，或在翅翼長達七十公分的蜻蜓前望而卻步。如果不幸遇到野豬般大小的蜘蛛，整個森林可能都會迴盪著你的驚叫聲。這一時期的所有生物都得了巨人症，後來恐龍也得了這種病，由於長得太重，跑都跑不動。然而氧氣含量的增加也有好處，不僅促使生物新陳代謝率加速，也提高了昆蟲氣管的擴張能力。飛行的夢想——或噩夢——終於成真。想一想翅翼七十公分長的蜻蜓……

海洋中的霸主則是古烏賊——菊石。貝類生物四處可見，鈣藻和海綿辛辛苦苦地建起了無數礁石。新的物種不斷湧現，軟骨魚類、硬骨魚和其他同類率先進駐了淡水區。河流中潛伏著很多棘魚綱生物，因此建議大家暫且放棄泛舟遊湖的打算。這段時期，魚類的演化可圈可點，牠們將在二疊紀繼續演化。二疊紀是中生代之前的時期，而中生代承接古生代而來，起始於兩億五千萬年前。二疊紀始於大約兩億九千萬年前，繼寒武紀的物種大爆發之後，二疊紀開始得如夢如幻，也結束得轟轟烈烈。

那是一個可怕的結束。

其實，石炭紀之後的地球發展得很不錯。烏賊們長得非常結實，占領了盤古大陸的海岸和忒修斯。節肢動物和珊瑚一樣也是辛勤的建築師。一切蓬勃待興。甚至連單細胞生物都對自己的身材有所不滿，演化成了五公分長的筳科有孔蟲（Fusulinidae，又稱紡錘蟲）。長啊，長啊，長啊。如果一切都這樣順利進行的話，或許今天通勤的人們會乘坐雙層蜈蚣上下班，而上流社會則會騎毒蜘蛛出門散步。傍晚時分，家裡養的壁蝨會牽狗出門散步，人們還可以坐噴射機大小的蜻蜓去馬洛卡，這種交通工具不需要跑道就能夠垂直升降。而蚊子會長得像蒼鷹一樣，不怕任何殺蟲劑；機智的旅行社則會組織滅蚊特警團，用大口徑武器來消滅這些可惡的傢伙；獵人的小屋中將不再掛著鹿角，而是觸鬚和複眼；龍蝦可用來拆除房屋，而人們得用捕鯨的魚叉來對付鯡魚。

誰是肇事者——二疊紀物種第三次滅絕

到了二疊紀，巨人症突然痊癒了。

這一變故的「罪魁禍首」是西伯利亞的火山，本來那裡的氣候就不怎麼宜人。

兩億五千萬年前，盤古大陸的東北部有一個大冰櫃。那時的地球，火山爆發頻頻，就像今天的反恐主義行動一樣。西伯利亞一直是熔岩滾滾，炙熱逼人，如同魔戒之王索倫占據的黑暗魔多。火山的黑暗之王深覺自己遭到不公平待遇，一直怨氣沖天。為什麼那些愚蠢的生物只在雨林裡打打鬧鬧？或在海洋裡？為什麼牠們不去別的地方，比如來我這裡？我們這些西伯利亞的火龍難道配不上牠們嗎？沒什麼生物願意加入我們？那好，我們也不讓你們有好日子過：誰也不許活！就這麼辦。哈哈哈哈。

雖然地球曾有一小段時間氧氣含量上升，但到了古生代的晚期，氧氣含量似乎又大幅度減少。伯斯科技大學的一個研究小組在澳大利亞也有類似發現。今天的大氣中氧氣含量為二十一％，而當時的含氧量竟從三十五％劇跌至十六％，更糟糕的是，熱帶地區的氣候熱得人七竅生煙*。由於兩極的冰凍氣候，當時的海平面顯然有所下降。聚集在淺水區的有機生物隨之浮出水面，與大氣發生化學作用，消耗其中的氧氣。因此，氣候不斷在兩個極端間徘徊。

而西伯利亞的火山是一切的始作俑者。

二〇〇五年初，美國華盛頓大學的古生物學家彼特·瓦爾德（Peter Ward）在南美和中國研究了一些岩石。南美的岩石出自二疊紀的大陸，中國的岩石則來自海洋。瓦爾德認為，西伯利亞的火山爆發引起了劇烈的氣候變化。在陸地集結合併的過程中，海流就已經出現異常變動，再加上火山爆發，一切秩序驟然崩潰。在一千萬年的時間中，豐繁的物種再次開始寂滅，剛開始時速度較為緩慢，而隨著生態系統不斷衰弱崩塌，最後一發不可收拾。

在此之後，所有人都知道，西伯利亞是二疊紀的流氓。然而我們不知道是什麼原因導致了火山爆發。瓦爾德認為，大氣由於蒙上了火山灰和硫化物，氣候才會變冷。冰山愈來愈多，海平面下降，如此便產生了他所猜測的那種效應。然而，西伯利亞的小小火山真的能造成整個地球的災難嗎？

當然。瓦爾德表示，他的身後還站著很多其他的研究者，當然這些學者的理論和他的理論或許不盡相同。烏特勒支大學的古植物學家漢克·威舍（Henk Visscher）相信火山爆發摧毀了一部分臭氧層。臭氧空洞早在以前就曾造成令人痛心的災難。而來自伯斯的學者則提出了另一個因果鏈的說法：在火山爆發和陸地衝撞的共同作用下，海流的逆轉替排出硫化物的細菌軍團提供了便利。這些細菌的排泄物進入了水流和大

* 二疊紀中期之後因季節性（乾、濕期）的變化甚大，使得當時的內陸缺乏水的調節而成了不毛之地。

氣，毒害了當時大多數有機物，令它們無法適應新的環境。

在今天的西伯利亞，我們可以找到兩億五千萬年前的大塊火山岩層。這些岩層告訴我們，這片土地曾一度漂流在一片熔岩的海洋上。一種極為可能的情況是，火山爆發釋放的氣體在幾千萬年的時間中緩緩毒害著整個地球。地球是一個交互影響的系統。各個因素相互作用、影響。

關於當時生命的慘澹狀況，研究者們莫衷一是，然而「慘澹」卻是不爭的事實。有人認為，九十五%的動植物都在那場災難中消失了；也有人認為，陸地上二十五%的脊椎動物都不幸夭折，爬行動物甚至折損了七十%。可以肯定的是，在海裡，約有半數的無脊椎動物、四分之三的兩棲動物和幾乎所有的爬行動物，總計九十至九十五%的海洋生物都慘遭厄運。而持懷疑態度的人認為，這樣一場大災難的始作俑者不可能僅僅是火山爆發。應該還有其他原因。或許是一顆「好客」的隕石？反正這種事也不是一次兩次了。

幾年之前人們還堅信，當時有一顆直徑在六至十二公里的太空外來客墜落在當時的海洋中，撕裂了海底，釋放了大量的硫化物質，令海水中充滿了對生命有害的二氧化硫。研究在匈牙利、日本和中國發現的二疊紀沉積物時，人們也的確發現了大量硫和鍶的同位素。

除此之外，巴基球（Buckyballs）也為隕石說提供了證據。巴基球是一些形成於物種大滅絕時期的球狀碳分子，其中儲藏了一些奇特的氣體混合物，而這些混合物並非來自地球大氣。因此可以猜測這些物質來自太空，就像南極的某些金屬一樣，這些金屬來自兩億五千萬年前，一般只存在於隕石中。在隕石的作用下，地震和火山爆發頻頻，酸雨摧殘著世界上大部分植被，扼殺了海洋中幾乎所有的生命。

或許那顆隕石沒有墜入海洋，而是撞上了陸地？可是我們並沒有發現當時撞擊造成的隕石坑，而且事實證明，陸地生命遭受的厄運顯然比隕石撞地要嚴重得多。

美國西北大學的格雷格瑞．利斯金（Gregory Ryskin）和俄勒岡大學的格雷格瑞．雷塔拉克（Gregory Retallack）也認為隕石墜入了海洋。然而他們對這一過程有自己的看法。兩人均認為罪魁禍首是甲烷。利斯金猜測隕石激化了一種鏈式反應，使得大量甲烷進入了大氣：「海洋很容易就聚集了大量的甲烷，這些甲烷的威力相當於地球上所有核武器威力的十萬倍。這樣必然會造成物種的大滅絕。」

利斯金認為，一顆小隕石即可引發這一效應。只需稍微有一點動靜，甲烷水合物的穩定性就會被破壞。西伯利亞當然是一部分原因，而太空手榴彈的威力則是另一部分，兩者的共同作用導致了災難的降臨。這一觀點得到了世界各國學者的贊成，畢竟強烈的火山爆發並非新現象，以前就不時發生，卻並非次次造成九十%物種的滅亡。正如對地球歷史的各種爭辯一樣，這一問題至今依然懸而未決。蘇黎世瑞士科技大學的古生物學家沃爾夫岡·施巴茨認為，氧氣匱乏與物種滅絕並無關係，因為二疊紀中根本沒有太多需要大量氧氣的溫血動物。

在某種程度上，陸地上的植物卻是物種滅絕過程中的贏家。它們成功倖存了下來，繼續開枝散葉，摸索著走進了中生代——陸地生物的時代。

海洋則變成了只是眾多生命的家園之一。

歡迎光臨侏羅紀公園

長著奇特複眼、高度演化的三葉蟲或許曾想像過：一個沒有三葉蟲的世界會是什麼樣子？災難解決了牠們的疑問：一個沒有三葉蟲的世界。三葉蟲完蛋了。雖然牠們一再死裡逃生，但最終還是在二疊紀末期走向了滅亡。對化石收集者而言，這並非壞事，這些人經常找到三葉蟲化石。可是我們會因此痛苦，虛榮心隱隱作疼，因為地球根本不在乎誰踩在自己身上，三葉蟲也好，人類也好。

大自然是無情的，它操控著一切可能性，只關心自己的感覺。天才的創造者——進化女神對此心知肚明，我們還滿心以為她是慈祥的母親。有時候，她看起來的確很慈祥。為了保住某一物種，她會採取一切措施。如果一切都無濟於事，她就會冷冷轉過身去，放任物種滅絕。

甚至史上規模最大的一次物種滅亡也不會讓她懊惱，對她而言，這其實意味著一種鞭策。她還有許多工作，此時陸地生物成了她的寵兒。盤古大陸形成之後，陸地生物紛紛向四面八方遷徙，適應不同的生活區域。在三疊紀，即距今兩億年前的那段時間，兩棲動物已有了長足發展，無須長久待在河流、湖泊和池塘中去繁殖下一代，而已真正成為陸地上的一員了，後來牠們發展成了類哺乳動物的獸孔目和兩棲爬行動物。

登陸行動開始——爬行動物的有力雙腳

在很長一段時間內，獸孔目曾是陸地上的霸主，牠們的體格雄偉，其中一部分甚至成功演化成溫血動物。牠們顯然是演化的寵兒。如果換一種局勢，真正哺乳動物大概會從牠們演化而來，而爬行動物則會繼續慘澹經營自己的未來。然而這時候獸孔目的處境非常糟糕。由於牠們大量死亡，勢力被削弱了，幾乎無法繼續存活。相反的，兩棲動物中的另一支，爬行動物卻推出了一項具有革新意義的偉大綱領：

「我們決定變成恐龍。恐龍的意思是『恐怖的蜥蜴』，真是個蠢名字，不過也只能隨它去了。關鍵是，我們可以擺脫反動的兩棲害蟲分子，擺脫海洋中的納粹分子，再也不必進行水中產卵這些見鬼的工作。獸孔目已經完蛋了。牠們一度想變成哺乳動物，其中一些甚至已經長出了獸皮，呸！呸！我們跟牠們不一樣，我們宣告脫離水域，我要與哺乳動物的帝國主義競爭主導權。以後遇到哺乳動物要格殺勿論！革命萬歲！」

你一定注意到了，爬行動物的時代正值地質史的少年期，因此牠們的表達方式並無太多新意。憤怒的年輕恐龍就是這樣，腦中充滿理想。

「接下來的計畫是，首先從小處著手。要敏捷靈活地占據重要戰略地點，自下而上地推進革命。一項重要工作是改變大家的外形。例如腿，大家疲於奔命，因為四隻胖胖、短短、笨重的腳而跌跌絆絆。這種狀況不能再繼續下去。我們的老祖宗兩棲動物對此負有責任，牠以前就這樣蹣跚走路，牠是來自海洋的古老魚類，海裡的一切都比陸地上好，可是現在我們不應留戀過去，長吁短歎。如果想跑得快，那麼從此以後我們就要直立起來，用後面兩條腿奔跑──嗯，起碼是我們當中的某些分子。有些傢伙情願拖著四條腿慢吞吞走路。就這樣，每個人視自己的身體情況而定，不過直立行走是我們的口號！我們在發展方面是相當靈活的。小的依然小，大的變得更大，還有一些成員，比如滄龍和魚石螈，願意回到海洋，在那裡革命。」

你剛好目睹了一次侏羅紀小規模戰鬥的策畫過程。戰鬥的號角已經吹響，沒有人能置身事外：

「現在談一談食物。我們曾以為四足動物吃植物，而兩腳動物吃肉，這就是說兩腳動物能吃四足動物。當然，最初是這樣，但之後我們也可以調換。每個人都可能成為他人的獵物，沒有優惠待遇。這樣下去，我們總有一天會變成地球的統治者，大約一億五千萬年後，我們會演化成兩腳動物──高智商的爬行類生物，我們將建造城市，駕駛太空船──這聽起來怎麼樣？嘿，說點什麼，上帝老爹！我們正在書寫歷史呢。」

聽起來不錯。

逃回海裡——用肺呼吸的魚龍霸王

其實早在三疊紀早期，第一批魚龍生物就已經在海洋中捕獵了。值得一提的是，那些從海洋遷移到陸地的生命此時折返了海洋。因為陸地上的生存似乎並不比海洋中更容易。相反地，大家總是希望充分利用現有的可能性，包括將動物、植物和菌類，從對水的依賴中解放出來，令它們適應乾燥的生存環境，同時再讓陸地居住者變回水下居民。

兩百年前，研究者們挖掘出了最早的魚龍骨骼化石，並以為那是大魚的殘骸。當時的人們還不知道恐龍的存在，根本想不到會在陸地上找到這一大型水下居民的祖先。可是這些化石看起來也不像是真正的魚，因為牠們的眼睛太大，脊柱太粗壯。魚並不需要如此結實的脊柱，那麼這些傢伙到底是什麼呢？牠們那尖尖的、整齊的牙齒令人聯想到鱷魚。直到一八二四年，牛津大學的地質學家威廉．巴克蘭德（William Buckland）才科學地將第一隻恐龍描述為斑龍，此後事情才漸漸清晰起來。大家臆想中的魚其實是蜥蜴。可是牠們是如何進入水中的呢？牠們跟魚類生活在同一時代嗎？隨著時間的流逝，人們的觀念發生了一個大逆轉：爬行動物起源於魚類。如果是爬行動物的話，牠們應該是在陸地上活動的。為什麼這些傢伙看起來又有些像魚了呢？

目前我們認識了中生代各個時期的各種魚龍生物，問題漸漸有了答案。牠們占據了一些被大型海洋食肉動物棄之不用的小空間。最古老的兩種化石，即歌津魚龍和巢湖魚龍，牠們看起來很像蜥蜴，只不過已經沒有腿，身上長的是魚鰭。就像腔棘魚一樣，牠們的四肢必須構成手骨和足骨，才能將自己的主人帶到陸地上，而這些骨骼在水中會萎縮，以至漸漸消失。同時，牠們的胸椎也會縮短，變成了短短的圓盤。

歌津魚龍還沒有具備這種新脊柱的優點。牠懶洋洋地在淺水域游來游去，長長的脊柱令牠的移動就像蛇一般蜿蜒有致。人們可能會認為牠們比游水的蜥蜴靈活得多。然而事實卻恰恰相反。因為若像蛇一般的遊走會令軀體十分疲憊，這種移動會消耗巨大的能量，還不如蹦蹦跳跳的速度。

後來的魚龍卻像海豚一樣游得優雅從容。正是這一點——靈活性——令這些大傢伙受益匪淺。粗短的脊椎骨使得魚龍的軀體不易彎曲，因此尾鰭只需搖擺幾下，就可以使整個身體以很快的速度前進，前面的鰭負責掌握方向。畢竟誰也不願意長時間追逐自己的晚餐，而且天上不會憑空掉下餡餅，所以對海洋蜥蜴而言，快速、節能的行動方式對生存至關重要。出於這一考慮，進化女神對尾鰭傾入了許多愛心，她採取了典型人類工程學的鐮刀形狀，就像鯊魚的尾鰭一樣，此外，進化女神還慷慨地送了一個尖尖的背鰭。

從遠處看，魚龍會讓人想起彈珠遊戲機——孩子們的壞朋友，只不過魚龍的尾鰭是豎立著。當然，不會有人願意讓自己的孩子在魚龍出入的水域裡游泳。

一九九一年，在加拿大卑詩省發現了迄今為止最大的魚龍標本，二十三公尺長，根據牠們的食量，小孩子們可能只是牠的飯後甜點。不過也有體積小一些的標本。牠們的身體輪廓是流線型的，身形發生變更之後，牠們再也無法拜訪陸地上的祖輩，無法產卵並由太陽孵化，因此牠們只能產下活生生的下一代——嬰兒在媽媽體內就已學會游泳了。

再也沒有任何蜥蜴像魚龍有如此適應水底世界的天賦。其實牠幾乎和魚一樣，雖然兩者有一個本質性的不同：魚龍是用肺呼吸的。

「我去呼吸新鮮空氣」這句話並非是後來的鯨類名言，而是生活在苦海中的海洋恐龍率先喊出的。之所以說是苦海，是因為一方面牠們生活在水面附近，但牠們的主食菊石和箭石動物卻只在水底活動。魚龍跟鯨一樣喜愛烏賊，但烏賊是害怕光線的無賴，喜歡待在深水域。牠們甚至可能連海蜇都吃。

為什麼原先的陸地居民竟養成了吃清湯淡水、黏呼呼玩意兒的口味，對美食家而言，這是一個永遠解不開的謎，但要回答這個問題其實也相當簡單。跟魚相反，牠們必須喝水，而且要喝淡水。可是海裡哪裡有淡水呢？狡猾的兩棲動物卻有辦法。烏賊和海蜇身體中絕大部分都是水——而且是淡水。也就是說魚龍進食時也等於同時在喝水。乾杯，祝胃口好！

侏羅紀晚期，魚龍就像一噸重的大眼魚龍一樣，能潛入一千五百公尺的深海，在那裡，牠那對高度感光的大眼睛起了很大作用。此外牠也吃那些在波浪上玩耍的天真懵懂的鳥類。大家不要覺得奇怪，其實鯊魚也經常和這些冒失的鳥禽鬥法。很多奇妙的攝影都展示了一隻鳥戲弄大白鯊的場面。大白鯊露出水面，伸嘴去咬那隻看似傻乎乎的獵物，然而在最後一刻，獵物卻恰好飛出了牠力所能及的範圍，然後又再次降落在水面上。於是白鯊又展開新一輪攻擊，小鳥則又開始了新的把戲。鳥兒的戲法肯定讓鯊魚們瘋狂。當然經過多次類似的勇敢嘗試之後，一些鳥兒最終還是成了鯊魚的腹中之物。

呼吸不到空氣──海中生物的浩劫

三疊紀、侏羅紀和白堊紀被視為恐龍的時代，加起來共約一億八千六百萬年，在這些年中，魚龍、上龍和蛇頸龍三足鼎立，爭奪海洋統治者的寶座。可是真正的王者其實一直在幕後。我們依然生活在細菌的時期，然而即便是細菌也不能百分百確保自己的安危。如果真有一個統治者，那麼它就是陰險狡詐、時時出其不意的大自然，就像一億八千一百萬年前一樣。

我們來看一看德國南方的巴登－符騰堡。

我們身處侏羅紀，即一億四千六百萬年前的那段時間。這片土地依然浸在水中，被平均一百公尺深的溫暖的大陸棚海洋覆蓋。沒有人煙，也沒有炊火，只見為逃脫一群魚龍而閃電般疾馳而過的銀色輻鰭魚。離此不遠處，幾百條魚躲在暗礁之下，啃吃著細菌層，這些細菌層堆積得極具藝術性，上面還覆著一層被陽光曬得斑斑點點的鈣鹽。

這裡還有一群魚龍活動著，但是這些傢伙剛在六十公尺深的水底享受了一大群箭石，沒有興致繼續進食。幾隻看起來不知所措、緊張不安的鯊魚，戰戰兢兢地與牠們保持著距離，終於，其中一隻鯊魚朝著一條魚龍潛近並嗅了嗅，而魚龍從容溜開，試圖逃跑。鯊魚的速度更快，不過鯊魚還是在最後一刻失手了。牠真幸運。在剛剛那條魚龍潛入的海底暗礁中，布滿著數不清的貝類，以及大大小小、種類各異的螃蟹。牠們僵硬地行走在貝類之間，每當有貝殼張開，就試圖把螯伸進去。

這裡是一片樂土。

這些島嶼以後將漸漸向歐陸靠攏，當然身處此地的海洋中還是有一定風險的，不過大家同時也能各取所需。水流帶來了養料，陽光下和深水域簇擁著許多浮游生物，巴登－符滕堡是一個能過日子的地方。

向東走七百公里，我們來到了同時期的忒修斯海（古地中海）。這裡的環境有所不同。我們現在的地中海在當時還是一片大海洋。地殼再次開始了活動。盤古大陸逐漸開始分裂，東邊的岡瓦納大陸從這裡飄移離去，這片古陸與後來的非洲已非常相似。北部的勞拉西亞大陸也分裂了出去，邊緣被撕裂。許多小海洋形成了——其中也包括巴登－符滕堡——所有這些小海域都與忒修斯的海洋之母有著某種聯繫。

數公里深的漆黑深海中蘊藏著大量白色物質，它們在攝氏四度的冷水和強大的壓力作用下保持著恆定狀態。這種物質是天然氣水合物，是由生物作用而產生的沼氣受水分子籠住而呈冰晶狀態，並凝縮成原本體積的一百六十四分之一。我們正在見證這種奇特物質的瓦解過程。瓦解的具體原因尚不明朗。或許是由於大陸分裂的地質活動而引起的一次海底地震，或者是附近大陸棚的一次滑動。或許因為隨著大陸的分裂，更溫暖的深層海水抵達了忒修斯海。無論怎樣，天然氣水合物突然開始大面積瓦解。它們並不是溶解，而是膨脹到了原先的一百六十四倍大！強大的氣泡衝破了海底，使海水中充滿無數硫化氫，並逕直衝向表層海水。更糟糕的是，這種有毒氣體吞食了周圍的所有氧氣，席捲了整個水柱*，令表層海水的溫度節節升高。這種難聞的混合氣體的一部分洩露到了大氣層中，另一部分分散到了周圍的海水中，被洋流帶走，運送到各個島嶼和淺海中。

* 在此指水從表面到底部立體垂直延伸的總量。

這時，有毒氣體被帶到了巴登－符滕堡。

後果是災難性的。

魚類死亡時，我們看到牠們的鰓不斷開合著，試圖從水中抽取出已不存在的氧氣。不久，亞熱帶的海洋從天堂變成了死亡陷阱，海中漂浮著數不清的屍體。有毒氣體依然在繼續擴散。一切生命都走向了死亡。魚龍對富含氧氣的海水的依賴性較低，牠們迅速游到海水表面，期待新鮮的空氣，然而在那裡等待著牠們的同樣是毀滅。

海中恐龍陷入了恐慌。海水上方沉積著厚厚一層有害氣體。魚龍的尖嘴一次又一次衝破波浪，張開下顎，嘗試用任何可能的方法呼吸空氣，然而空氣已不復存在，只剩下劇毒的化學混合物。於是大多數魚龍也窒息而亡，僥倖存活的則被餓死，因為已找不到任何可吃的東西了。

巴登－符滕堡毀於一旦。

二〇〇二年，蒂賓根的古生物學家米歇爾．蒙特納里（Michael Montenari）率領的團隊在巴登－符滕堡偶然發現了一個面積約四十平方公里的大墓地。無數驟然出現的魚龍化石令研究者不知所措。一般說來，大象和一些鯨魚會尋找死後的棲息所，原始箭石的化石像魚雷一樣，成千上萬地堆積在洞穴中，這些化石被不同方向的洋流運到了洞裡，被海水長時間翻來倒去，直到牠們堅硬的邊緣磨成了圓形。魚龍的骨頭十分脆弱，卻沒有這樣的磨損，此外，牠們的化石老幼混雜，亂七八糟地堆在一起，彷彿是在突然之間一同遭受了滅頂之災。

一億八千一百萬年前並沒有發生物種大滅絕。在此之前的一次大滅絕發生在兩億五百萬年前三疊紀向侏羅紀的過渡期。而這次的大死亡並不像二疊紀末的那場大災難。但即便如此，大多數類哺乳爬行動物以及半數的海洋生物，如菊石、貝類、蝸牛和各種浮游生物，都丟了性命。陸地上的最後一批獸孔目和爬行動物也未能倖免，甚至恐龍也損失慘重，不過最終還是死裡逃生。

這一次似乎又有一顆隕石襲擊了海洋，但人們依然沒有發現隕石坑。不過話說回來，海底的年齡一般都不超過兩億年，因為海底一直動盪不安，不斷重生。

蒙特納里研究證明，一億八千一百萬年前，一場海嘯席捲了海洋，這場海嘯的強度遠遠超過了任何海底地震的威力。蒙特納里在施瓦本和英國的島嶼上發現了夾帶生物殘骸、厚達三十公分的泥漿層，這就是那場海嘯的證據。只有一個龐然大物才能築成如此規模的水牆。一切證據顯示，上天摑了愛爾蘭西部一個耳光，引起了一場強度二十級的恐怖海底地震。海嘯的浪濤很可能高達數百公尺，海浪捲起了大水柱，將海洋掏了個底朝天。

我們回到魚龍猝死的話題上。根據對礦物質的研究，蒙特納里最終證明了沼氣是造成魚龍死亡的幕後黑手。憐憫這些可憐的魚和牠們的獵手時，我們還得知了另一個令人毛骨悚然的事實：沼氣不僅僅可能是百慕達神祕事情的起因，同時還有可能危及我們的命運。總有一天，我們或許會和這些寧靜淺海的居民一樣，遭受同樣的災難——甚至在不遠的未來。

但是生命原本就是波折不斷的過程。總有一天，我們會告別這個世界。進化女神絕不會為我們後繼無人而頭疼。然而就算三疊紀末有大多數兩棲動物和蛙科動物死亡，兩棲動物依然盡顯了自己堅不可摧的本色。牠的後代將會給時代打上烙印，在麥克．克萊頓卓越的小說《侏羅紀公園》中重現了這個時代。直到今天，兩棲動物的家族依然繁榮：蛇和蠑螈穿行於世界歷史中，鱷魚和巨蜥蜴風采依然，觀賞龜則過著寧靜的家居生活。

貓王活著。詹姆士．狄恩活著。吉姆．莫里森和吉米．罕醉克斯活著。這關誰的事呢？兩棲動物比所有人都長壽。

岡瓦納古陸之前的潛水艇

某天，一位古生物學家偶然發現了箭石動物的化石，當時大叫了一聲：「該死（Donnerkeil〔德文〕）！」從此以後，箭石在古生物學家的行話中就被稱為「該死的」*重溫一下：箭石是頭足綱動物，和菊石一樣是現代烏賊的祖先。區別在於：菊石的手足較多，而且有低利房貸，因此得了不少好處，蓋了漂亮的房子——碳酸鈣外殼，那是像蝸牛殼一樣的旋形外殼，通常看起來很美觀。菊石就住在這樣的卷形房子中，眼睛和觸鬚從殼口伸出來，身體的後半部分則安安穩穩地待在家裡。

相反，箭石是長形的，像今天的大王烏賊。相比於菊石，牠們的手臂數量不多，身後有八個或者十個觸鬚，大眼睛呆呆傻傻，身體似乎沒有任何防護。但若有誰以為牠是團果凍，咬上一口，那他的牙醫可有事做了。箭石的骨架長在身體內部，那是一根子彈形狀、棍棒一樣堅硬的管子，這是侏羅紀橡皮動物唯一遺留下來的特點。

菊石和箭石都讓地質學家笑得合不攏嘴，因為已發現的菊石和箭石化石數量十分可觀。菊石幾乎稱得上是化石大亨。我們可以根據牠們的外殼確定岩石的年齡，並推算當時世界的情況。侏羅紀中，這些長觸鬚的居家主義者的種類多得幾乎數不清，牠們懂得利用水下的每一個生存空間。你若在忒修斯海中潛水，那幾乎會時時碰到牠們。你可能會驚歎菊石的品種如此豐富，直到某隻偶然經過的薄片龍咬你一大口。不過對於時間旅行者來說，這樣的潛水不會對你的身體和生命造成任何後果，我們可以安然無恙地在侏羅紀深處漫遊，甚至參觀當地居民的房子。去某個菊石家做客。你難道不是一直希望這樣嗎？

那就漫步進來吧。

菊石的家非常精緻。事實上，菊石只生活在門廳中。換言之，牠住在一間寬敞的起居室裡，那是前方第一個房間，必要時牠可以完全縮回到房間裡。起居室後面是寬闊的——更確切地說是蜷曲的氣殼，這是菊石外殼主要部分，分成幾個小房間，裡面充斥著血管和推進外殼的氣體。

有時菊石會在那些小房子裡灌滿水，以便安全快速地到達欲前往的深處。牠們採用這種方式平衡自己的體重，在海中漂浮。如若隨身攜帶著物品，那牠的體重自然會增加，這時牠們又放出一部分水，以便上升。你對這種做法或許並不陌生：是的，潛水艇採用的相同原理。

菊石是中生代的潛水艇。氣殼中氣體和水的比例會隨著不同的水深和重量的改變而發生細微調整。此外，隔間結構還有一個優點。鯊魚、魚龍和其他食肉動物習慣小口地咬牠們的下顎抓到的獵物。這樣一來，菊石外殼的一部分會破裂，體重變輕，但儘管如此，牠依然能夠正常上浮。尤其小一些的菊石更從中獲益匪淺，牠們習慣在海底嗅探食物，經常會不小心陷入某隻飢餓蟹蝦的螯爪間。侏羅紀有很多蟹蝦。和菊石一樣，牠們也在不斷演化成凶狠的新品種。

菊石的小丈夫——進化女神的無用之用

潛水艇菊石怎樣繁衍後代呢？《海神號》導演沃夫岡·彼得森知道嗎？小說家儒勒·凡爾納知道嗎？生物學告訴我們：當然是透過性交。潛水艇式的性交。

這種性交法讓我們大開眼界。侏羅紀早期，誰若是陪一個菊石姑娘去約會，一定會目瞪口呆，因為他看不到別人。菊石小夥子遲到了嗎？直到他更仔細地望過去，才會發現兩個菊石原來正在交配，只不過這位男士是一個小矮子。科學家稱之為雌雄二態性（Sexual dimorphism）。

身為繁殖的主動方，雄性動物實在很不起眼，比雌性動物小很多，簡直是微不足道。一些現代烏賊女

＊原意為雷電，引申為遭逢意外時的罵語，同時也是箭石的西方俗名，「雷電石」在古代因其外型被認為是天神之箭——即雷電——的化石。

士們的先生剛好只有妻子的二十分之一大小。目前的深海琵琶魚(深海鮟鱇魚)更為誇張，小先生吸在他的意中人身上，更確切的說，吸附在她的生殖器部位，直到他和她完全融合，甚至接受她的血液循環。作為對忠誠丈夫的獎賞，她餵養他，帶著他一起遊山玩水——她也沒有別的辦法。

丈夫們竟是寄生蟲？

別著急。不能相提並論，天下之大，無奇不有。或者，親愛的女讀者，你能想像和一個只到腳踝般高的男士共度一個熱烈的愛之夜嗎？當雄性動物只剩最後一個功能——令雌性動物受精時，進化女神才會將他變小。他不承擔任何教育任務，不去覓食，不參與討論和娛樂，只須獻出自己的精子，除此之外他什麼也不能做，只需待在一位女士的屁股上，靠終生養老金過活。

菊石曾一度統治過海洋。很簡單，因為牠們陣容龐大。同樣的，浮游生物和單細胞生物也是統治者，就像今天一樣，憑藉牠們的數量。在幾百萬年的時間中，菊石譜系中占統治地位、兩公尺長的食肉動物變成了敏捷的浮游生物捕食者。可惜白堊紀末期時，由於地球上的浮游生物稀少，牠們也一命嗚呼。但牠們是侏羅紀的主角，是勞拉西亞大陸、岡瓦納大陸以及東盤古大陸之前的潛水艇艦隊。直到今天，我們依然能描繪出牠們的模樣，因為牠們後繼有人——上文提過的鸚鵡螺。

箭石比菊石要高等一些。如果一天到晚攜家帶眷，行動終歸不太靈活。所以箭石把家藏在體內，這樣牠們才擁有了流線型的外形以及一對附加的鰭，可以像火箭一樣行動，甚至能夠捕食敏捷的獵物。牠的觸鬚附近張開著兩個角狀的頜骨，迄今為止，這還只是烏賊的獨家特徵——著名的鸚鵡嘴。儒勒．凡爾納在科幻小說中就已描述過這個又尖又長的鸚鵡嘴如何緊緊咬住船員，咬碎貝類和蟹殼的場景。箭石很難消化，然而這卻不能幫助牠們免遭海中大蜥蜴的吞食。化石是會說話的，所以我們才知道，魚龍跟我們一樣，把牡蠣整個吃進去，之後再吐出殼來。胃消化不了的東西會被再吐回海裡，這種情形下箭石只能「該死」了。

凶殘的烏賊嚐起來也同樣令人作嘔。

群雄逐鹿

究竟誰是海洋的統治者？菊石還是箭石？

這麼說吧，吃得最多的就是霸主；反過來，被吃得最多的也是霸主。

白堊紀始於約一億四千五百萬年前，是古代巨蜥類歷史上三個篇章中的最後一篇。六千五百萬年前，白堊紀突然戲劇化地終止了，若非如此，哺乳動物的演化幾乎不可能實現。

哺乳動物是古代巨蜥類動物的同時代競爭者，兩者都想奪得優等地位，不過當時的哺乳動物還只是一些獐頭鼠目的角色，個頭在老鼠到哈巴狗之間，成天想著如何悄無聲息地行動。而活躍的蜥蜴類則演化得極快，學習飛翔，爭相長高，採摘顯花植物，並且不時下水換換菜單。魚龍長時間以來凌駕在魚類和其他滑溜溜的水中動物之上，然而早在侏羅紀時，家族內鬥就已漸漸成形。鰭肢蜥蜴潛入海中，跟魚龍爭奪正在滅絕的最後一批菊石。蛇頸龍和薄片龍四處巡邏，白堊紀變得相當擁擠。

倘若你在一億年前站在國際太空站的甲板上環遊地球的話，你會驚訝地發現，那時的大陸分布基本上已和今天的相同。大西洋擴張，北美洲和南美洲向西漂移。美國的北部和歐洲仍藕斷絲連，忒修斯海的形狀改變了，將歐洲島嶼從非洲分離了出來。今天的地中海僅是往日溫暖的忒修斯海的可憐殘片。在白堊紀時期，忒修斯海中的物種數量達到了巔峰。

陸地上則形成了完全嶄新的食物網，顯花植物的繁榮吸引了昆蟲和鳥類，而牠們的蛋又誘使哺乳動物心懷不軌。

進化女神玩得很起勁！

物種幾乎在一夜之間跨了一大步，所有想像得到的生存空間都被占領了。四條腿的迷惑龍（舊稱雷龍）和腕龍伸長脖子去咬軟嫩的樹葉，最後牠們的脖子拉得比身體還長，甚至長過大樹的樹梢。因此吞嚥食物就比較費時，吃進去的綠葉要經過很長的路途才能抵達胃部。兩條腿的恐龍則磨利牠們的牙齒，不再重視前肢的作用，它們因而萎縮了。暴龍霸王龍的前肢變得很小，就算是發現了鮮美的食草動物也無法開心地鼓掌。可是牠們的頭有小汽車那麼大，強有力的顎部長滿了匕首狀的獠牙。

擁擠的天堂——白堊紀角力戰場

群雄逐鹿，天下大亂。

一些傢伙終於受不了這樣的壓力，逃到了海裡，以各種策略去適應水中的生活。魚龍幾乎完全接納了魚雷狀構造，而鰭肢恐龍卻堅持自己的本色——除了笨重的尾鰭，一個真正的恐龍應擁有尖尖的尾巴。至於後肢，好吧，後肢也可以稍做改動，但不要鰭，最好變成介於兩者之間的玩意兒，鰭狀肢可以，四條肉的、長長的鰭狀肢，像鰭一樣有用，借助它們，恐龍還可以爬到岸上產卵。至於頭部，最好變成流線型，但不要太過火——要保持恐龍的本色！

牠將許願卡交給了進化女神。

進化女神覺得要求很合理，於是勤奮地造出了一堆鰭肢恐龍，特別是上龍。這個新型食肉動物不像魚龍那樣能飛速穿越海洋，而是像鳥類那樣揮動著四個鰭肢游動，實際上，牠們是在水中飛翔。休息的時候，牠們的鰭還可以獨立滑翔，和今天飛機的機翼非常相似。

進化女神送給牠們一副相當堅固的骨骼，肌肉還對骨骼進行了相當專業的加固，這樣牠們有力的四肢可以站立起來。為此付出的代價是僵硬的背部——這一點我們都知道，但牠們學會了以優雅來掩飾僵硬。幾百萬年的時間裡，牠們的脖子縮短了，下頷愈來愈大，這樣牠們逃命的時候，就能溜得飛快，並且還具有能和大鯊魚、魚龍抗衡的咬力。

白堊紀初期，一隻三公尺長的魚龍生活在能透進陽光的表層水面，牠很機靈，不時瞄一眼海洋深處，因為時常會有漆黑的大傢伙從那裡浮上來，閃電般地衝向高處捕食。匆匆一瞥下，今天的人們可能會把這個侵略者看成一條鯨，但事實上牠是一隻滑齒龍。長達二十五公尺的滑齒龍是史上最大的上龍。連大白鯊的祖先和滑齒龍生活在同一時期，都對牠的牙齒望而生畏，並在暗地裡偷學滑齒龍的捕食策略。也或許是滑齒龍偷學牠。但無論如何，兩者都樂於玩偷襲遊戲——突然出現，敏捷而奮力地一咬，品嚐，然後又迅速消失，伺機而動，直到獵物力氣盡失，牠再返回，補上致命一擊。

白堊紀晚期，滑齒龍滅絕了，取而代之的是短頸龍，體長十一公尺、酷似鱷魚的怪獸，牠和同樣大小的克柔龍使海洋變得危機四伏。牠們瓜分天下，短頸龍占據了北美的海岸，而克柔龍則在水下肆虐，大開殺戒。牠那三公尺長的腦袋摧枯拉朽，可以擊碎一切龜殼，任何菊石的外殼都無法抵禦那落錘般的力量。

白堊紀時的氣溫又升高了，冰雪融水淹沒了澳大利亞的海岸，廣闊的海洋為巨大的魚群提供了更多活動空間。克柔龍不僅搶奪了魚龍的獵物和生命，使得魚龍情況慘澹，就連小型上龍也未能倖免，因此小型上龍只好逃到淺海海域。這也令蜥蜴們開始緊急戒備。雪上加霜的是，牠們還得應付自己的奇特同族——蛇頸龍。今天，我們還能在一些模模糊糊的照片上窺見蛇頸龍的風采。如果尼斯湖水怪真的存在，目擊者的描述真的可信，那麼尼斯湖中應住著一條快樂的蛇頸龍，有一天早晨牠起床後，喊著一聲：「大家都在哪兒呢？」結果卻發現所有同類都滅絕了。

和酷似鱷魚的短頸龍不同，某些蛇頸龍看起來像野雁和海豹的混合體。牠們的身體整個看來像是一隻耶誕節的烤鵝，加上一條小小尖尖的蜥蜴尾巴，其實更像鳥的尾巴。蛇頸龍擁有鰭狀肢，當牠伸長脖子擺動它們的時候，看上去和大雁的翅膀並沒有什麼不同。倘若我們看到一群蛇頸龍在城市上空兩百公尺的地方遷徙的話，或許會把牠們當成候鳥。當然牠們體格巨大，長著四隻翅膀。牠的肩膀上伸著一條柔韌的長脖子，脖子上是一個小小的腦袋，蛇頸龍只吃小魚小蝦，牠用整齊的彎彎牙齒將小魚蝦從水中過濾出來。

白堊紀鼎盛期的標誌應算長喙龍。陸地上的長喙龍是蹣跚行走的笨重傢伙，喜歡對人哞哞大叫，到了水下，牠能像魚雷一樣潛入大海深處，將大王烏賊背在身上。

你在上白堊紀所能見到的最奇異的傢伙或許就屬薄片龍了。

這個名字聽起來像個軟腳蝦。十九世紀中期，英國的古生物學家迪恩・考尼拜爾（Dean Conybeare）認為，薄片龍酷似「一條長龜殼的蛇」。我們如果要祝福薄片龍的話，一般會祝牠們脖子不痠疼，因為牠的脖子絕對是整個身體最長的部分。如果牠來拜訪，首先會探著那顆小小的、長滿牙齒的頭仔細看看我們，接下來是一段八公尺長看似沒有盡頭的脖子。當我們剛以為自己邀請了一條眼鏡蛇來做客時，脖子後面忽然會冒出一個圓滾滾的、長六公尺的身體，一下打破了主客間的尷尬氣氛。人們必須給這位客人吃許多魚，還要慷慨地留出大空間給牠，因為那條像蛇一般的脖子很不安分，不小心就會打破什麼東西。古生物學家猜測，由於薄片龍的特殊結構，牠並不喜歡潛到深水中，而是在表層水面活動，頭部伸在水面外，以便必要時可以迅速出擊。薄片龍也是當時的統治者之一。

薄板龍（或薄片龍）的三個家族因為能長到十二至十四公尺長而夙負盛名。似乎這樣的個頭還不夠令人滿意，白堊紀末期出現了一個陰險的傢伙——滄龍。牠們都是海洋中的霸主，每個都希望當老「大」。

順便提一句，我很不喜歡這些名字，真的很不喜歡！

直到今天我還弄不明白，為什麼恐龍就不能乾脆叫做「志明」或「春嬌」，或者「抓魚者」也不錯。這又是一個命名的困境，就像命名地質年代的困境一樣。人們一般用拉丁語來命名，不過如果你不巧發現了一個新的物種，而且你正好叫加利波蒂，那麼，這個物種就很有可能被命名為加利波蒂龍。中國人沒有講拉丁文的傳統，因此所有在澄江地區發掘的化石都以中文來命名。海口蟲——我們所有人的祖先，就是在海口附近被發現的。我們還算幸運，幸好那隻蟲不是在「巴布亞紐幾內亞」或是在「波士尼亞－赫塞哥維那」附近挖掘出土。

滄龍的拉丁文學名*Mosasaur*也來自其發現地。一七七〇年，人們第一次在荷蘭馬斯垂克附近發掘出了體長十六公尺的怪獸，它擁有鱷魚般的顱骨，於是命了這個名字，意思是「來自默茲河的大蜥蜴」＊。一開始人們以為出土的是巨型鱷魚的殘骸，然而牠的四肢並不很符合這一論斷，其次，這個傢伙身體相當長，接近一條傳說中的怪物大海蛇。今天人們知道，滄龍和蛇、蜥蜴有很近的血緣關係，正是牠令魚龍心灰意冷，最終決定退出演化的舞台。水下的滄龍看起來一定極其優雅——如果我們面對不斷逼近的滄龍，還能依然保持著審美心情的話。牠是爬行動物帝國的最後一批大型海洋肉食動物，牠們之後，這一家族的人丁再也沒有這般興旺。

失手?!——恐龍全軍覆沒

這時，某件事發生了，一場災難從天而降。

幾乎沒有一個問題像恐龍滅絕的原因一樣，激起了古生物學家如此熱烈的討論。不過這個問題本身就是錯誤的。因為除了恐龍之外，還有其他動植物曾大量死亡。

六千五百萬年前，一個時代結束了，長時間以來，我們一直心高氣傲地將它看作是親愛的進化女神的一次失手。我們說，恐龍太胖太笨了，看上去很土氣，不惹人喜愛，牠們必須捲鋪蓋滾蛋。直到幾年前人們才開始認識到，恐龍是地球歷史中的長住客，至少有一億五千五百萬年，因此這絕對不是進化女神的失敗。古生物學家認為，不管是在水裡還是在陸上，恐龍都是極為成功的物種。倘若沒有那場悲慘的變故，那麼牠們一定能夠演化成足以與人類媲美的物種——高智商蜥蜴。某一天牠們會踏上月球，然後大吼一

＊ *Mosa*就是「默茲河」的拉丁文名字，而「馬斯垂克」則是「默茲河穿過」的意思。附帶一提，若是用中文音譯，*Mosa*音近「謀殺」，薛慶知道的話不知作何感想？

聲：「一隻恐龍的一小步，是整個恐龍類的一大步。」令人不寒而慄的是，一個流光溢彩的時代最後竟落得如此悲劇的收場。

十九世紀初，法國科學家喬治．居維葉（Georges Cuvier）第一次找到了清楚證明恐龍大量死亡的跡象，當時他仍相信那是上帝的意旨。居維葉是這樣猜測上帝的，「上帝定期拿走市場上的貨品，然後用新貨取而代之，而這些後代就得強迫自己適應環境」，差不多就像我們現在習慣比爾．蓋茲的產品一樣。居維葉認為，因為這個目的，上帝總是一再給萬物降下巨大災難。順便提一下，其中一場災難也沖走了智人——原始洪荒時代來臨。

然而正像我們所看到的那樣，情況恰恰相反。物種滅亡是因為不能適應產生變化的環境，只好為那些能適應環境的新物種騰出空間。有時物種也能憑自己的能力改變周遭環境，就像製造氧氣的細菌一樣。兩者其實是一體的兩面。正如我們之前所說，死亡也意味著新的開始。我們的星球上有不斷漂移的板塊，有劇烈變化的氣候，有亞熱帶的炎日當空，也有兩極的寒冷刺骨，再加上勤奮的火山運動——這樣的星球也不斷要求進化女神隨時調整思路。這一點我們也得時時銘記在心，因為一方在製造氧氣的時候，還有人在釋放大量的二氧化碳。

從表面看來，白堊紀時期的世界猶如伊甸園。溫度適宜，物種豐富，植被迅速生長。菊石精心裝扮其螺旋狀外殼的紋飾，我們完全可以說這是一種頹廢。也在這一時期，讓所有小學生心驚膽顫的粉筆儲量大大增加——都是浮游生物惹的禍——單細胞動物死亡後，外殼在海底大量沉積，並且在那裡累積了密密麻麻的碳酸鈣*。嚴格說來，今天我們用來塗寫黑板的粉筆其實是微生物的殘骸，但這種事還是不要告訴孩子為妙。

然而第二眼看過去，地球其實並沒有那麼漂亮。盤古大陸已分裂，岡瓦納也在解體。印度向北遷移，南美向西，澳大利亞大陸與南極大陸業已分手，洋流只得另外取道；全球海平面上升，淹沒了大片陸地；

落磯群山合為一個完整的山脈，安地斯山脈成形；非洲推擠著歐洲，擠壓忒修斯海，此時海岸之間已不再遙不可及。當然，地質構造的壓力使地球動盪不安。可以想像一下，幾百萬年間，地球一直很不安分，恐龍堅持了如此之久，幾乎是一個奇蹟。

另一種觀點同樣要修正。當我們說恐龍活了一億五千五百萬年時，給人的印象是每一個物種都驕傲地存活了一億五千五百萬年。事實上，中生代的若干物種都只堅持了幾百萬年，然後就被其他物種接替了。其中生活在三疊紀初期的類哺乳四足動物水龍獸與上白堊紀時期巨大的兩足肉食性恐龍就少有相似之處。

單單談論恐龍存活的時間並不能切中問題的要害。我們還得花些功夫研究一下那些鮮少被提到的其他物種：地底下是尖鼻哺乳動物經常活動的地方；天空屬於會飛的蜥蜴類，但中生代晚期已有大量的鳥類在森林上空盤旋了；而且如果那時的人們打算造一艘方舟，就不得不再多造三艘給昆蟲；鯊魚抗議了：我們也存在！蟹、腕足類、貝類、菊石、箭石以及有孔蟲，都有權利要求至少和恐龍同等重要的地位。憑什麼叫恐龍時代？其他物種群起抗議了——

難道只有死後才能出名嗎？一隻腕龍跟五百五十億隻跳蚤相比算得上什麼？

我們還是接著談「死亡」。

在恐龍類著名的死亡話題上，人們腦中還存有一些糊塗的觀念，這也是我們要思考的問題。

為了搞清楚這個問題，我們還是去大自然中找答案。想像一下：一隻黃蜂、一隻蜘蛛、一隻蜜蜂、六隻蚜蟲和一大一小兩隻蒼蠅和睦地分享著花園桌子上一平方公寸的空間。牠們相處得正如膠似漆時，你拿起了一個蒼蠅拍，將這個小團體打得稀里嘩啦，所有動物都在這閃電一擊中丟了性命——簡直是一次小規模的屠殺。原因很明顯：牠們都在錯誤的時間出現在錯誤的地點，你摧毀了一場糊塗的集會。

然而你可能會驚異地發現一種新狀況：大蒼蠅死了，小的依然活著；蚜蟲雖然蹦走了，但後面的蜘蛛

＊ 即白堊，這時代的名稱由此而來。

彷彿什麼都沒發生；蜜蜂頭暈目眩，黃蜂卻無辜地問：「出了什麼事？」

事實上，著名的白堊紀——第三紀過渡期正是這種情況。

當白堊紀過渡到第三紀時，眾多物種紛紛死亡。陸地動物凡是體長超過一．五公尺的都消失了，九十五%的浮游生物也慘遭不測，貝類和腕足類更是舉族滅亡。會飛的爬行動物則永遠失去了起飛的能力。令人吃驚的是，鳥類卻幾乎毫髮無損；雖然所有的海洋爬行動物都命喪黃泉，淡水裡的鱷魚和大海龜卻倖存了下來；鯊魚也輕鬆脫險，而所有菊石和箭石都成了犧牲品。這次大規模的死亡事件似乎帶著一種「灰姑娘」原則——好豆子撿進盆裡，壞豆子吞進肚子。奇怪的是，植物世界的損失不大，雖然死了一些顯花植物，但大部分森林蕨類植物依然鬱鬱蔥蔥。

為什麼會出現這種局面？

關於恐龍的滅亡，演化史學家長時間以來一直認為，這些傢伙死於牠們自身的頹廢，就好比古羅馬的滅亡一樣。這些趾高氣揚的傢伙們長著甲殼、犄角和毒刺，因此大多數都有椎間盤的問題，大腦退化到近乎遲鈍，在某種程度上可以說牠們過於笨拙，甚至不會直線走路。這種看法當然不對。

約莫白堊紀末，恐龍擁有最大的腦容量，比如傷齒龍。漂漂亮亮的甲殼當然也有自己的用處。一些研究者認為，雌性蜥蜴的荷爾蒙紊亂是造成後代退化的原因，還有人聲稱酷斯拉有便祕問題，因為油性植物都消失了。有一種理論認為，微生物和傳染病才是罪魁禍首。這當然是一種可能性，可是到底怎樣的超級傳染病能使所有恐龍類物種都消失呢？即便是禽流感也不會傷及所有禽鳥；當瘟疫在人類之間肆虐時，我們的表親黑猩猩不就免遭其害嗎？

最近流傳著這樣一種傳言：小型哺乳動物吃光了恐龍的蛋。這當然也是可能的。

但人們不禁會問：為什麼牠們之前不吃蛋？為什麼吃了這麼多蛋後，牠們的肚子竟沒有撐破？即便今天，烏鴉也沒有因為松鼠的大胃口而滅絕。就算食肉動物真的有問題——不僅吃肉，牠們連屠夫也不放過——但就連霸王龍這種殺戮機器也不是傻瓜，不會笨到耗盡所有資源，而且老實說，牠根本就沒這個本事。一種令人毛骨悚然的想像是：一場蟲災吃盡所有的葉子，所以食草和食肉動物都相繼餓死。毫無疑問，毛毛蟲能摧毀一個人的神經，但牠們能一下子吞噬地球上所有的葉子嗎？

如果將生物因素排除在外的話，我們就得考慮氣候因素了。假設中生代末期時，大氣中的氧氣含量減少，二氧化碳含量升高。小型哺乳動物和鳥類還能夠適應這種變化，但巨大的恐龍卻因為缺氧而不幸死亡。這令人想起了溫室效應。其實學界在研究上白堊紀時，推斷當時全球的火山運動增多。西伯利亞不就因此才惡名昭彰的嗎？火山運動很有可能令氣溫升高，透過化學途徑將氯氣排入了大氣層，從而破壞了臭氧層。

稍等，臭氧……

這是我們比較熟悉的話題了。在此之前，一顆超新星曾破壞了地球的臭氧層。是不是又冒出了一顆超新星？六千五百萬年前，這顆超新星的威力波及了地球，是不是像某些學者猜想的那樣，紫外線導致所有恐龍都失明了？然後，由於當時還沒有導盲犬，牠們過馬路時都亂闖紅燈，然後……

正經說來，這些因素我們也考慮到了。最後，有人提了一個問題：請問陽光是如何使一隻躲在陰暗海底的魚龍失明的？

關於下一個可能性，你可以猜三次。

五〇年代，美國的諾貝爾獎得主哈羅德・尤里（Harold Urey）設想了這樣一種情景：一個和哈雷彗星一樣大小的隕石——直徑十至十五公里——砸向陸地或海洋，引發了一場全球範圍的災難，譬如排山倒海的海嘯或強烈的地震，在此之後，地球度過了一個核爆後的冬天。

一九八〇年，科學雜誌刊登了一篇另一位諾貝爾獎得主的文章，這篇文章支援了哈羅德・尤里的設想。物理學家路易斯・阿爾法瑞茲（Luis Alvarez）在白堊紀向第三紀過渡期的岩石中發現了濃度極高的銥，這種元素只出現在隕石裡。這樣的含銥層在全球範圍內都能找到。阿爾法瑞茲推測，一個直徑十公里的大天體曾撞擊過地球，他甚至找到了撞地的地點。自此之後，人們一直在討論這顆隕石，更準確地說，爭論它導致的後果。為了避免長篇大論地介紹這場爭論，同時又能向你描繪一下學界對這顆死亡之石的探討，我將簡短地向你介紹一下過去五年中發表的一些主要觀點。

稍等，在我們一頭鑽進年鑑之前，還有一項通知：有袋目動物鄭重聲明，牠們在七千萬年前就在岡瓦納大陸上定居了。關於恐龍時代，就此囉嗦這麼多。

現在我們開始吧！

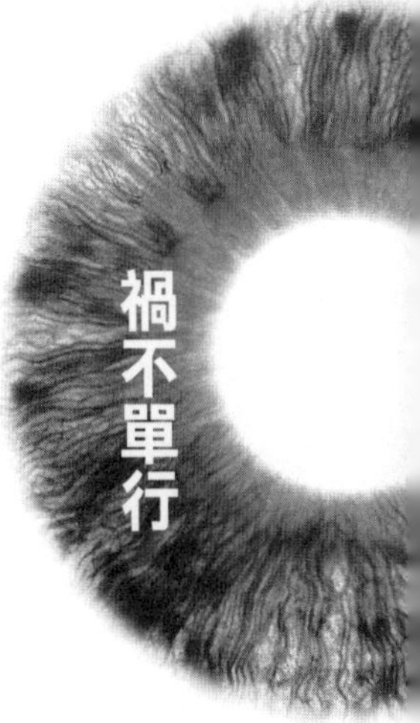

禍不單行

眾多行星成形的過程中，大量建築材料沒有派上用場，而在重力的作用下被甩到太陽系的外部。從那時起，永恆的黑暗與寒冷中的宇宙裡，一直有幾十億個由塵埃、岩石、和冰物質構成的大大小小天體，它們圍繞成一個無形外殼，將太陽系牢牢包裹了起來。

一九五〇年，荷蘭天文學家揚・亨德里克・奧特（Jan Hendrik Oort）找到了那些週期性回歸的彗星的誕生之所，奧特雲（Oort Cloud）也由此得名。雲團中的碎塊物質不斷相互傾軋，並受到相鄰星球的重力影響——地球在古代巨蜥的腳步下顫抖時，情況也是如此。在相互碰撞的過程中，一些碎塊物質被甩出了雲團，之後在太陽系中作週期運動。大約六千五百萬前，在距木星一・五光年的地方，一個這樣的顆粒物被拋了出來，然後火速朝地球飛來，它沒有在最後一刻轉彎，而是以每秒二十五公里的速度撞上了墨西哥猶加敦半島的海岸。

猶加敦半島，二〇〇〇年上半年：科學家們研究了直徑兩百公里大的希克蘇魯伯隕石坑（Chicxulub crater），他們認為這裡正是隕石撞擊之處。根據周圍奇特的環形結構，可以推斷出當時衝擊波的巨大威力。周圍的沉積物在轉眼之間變成了類似石質顆粒的液態物，那是一片顆粒的海洋，呈波浪狀向外擴散。倫敦帝國大學環境地球科學與工程學院的葛瑞斯・柯林斯（Gareth Collins）透過電腦模擬撞擊效果，並對被撞擊地區出現的突起和環形結構等特殊地貌做了清楚的解釋。柯林斯認為，那次撞擊本身並不足以引起大量的物種死亡，在此之前，地球氣候的變化和頻繁的火山運動早就已經為恐龍的滅絕拉開了序幕。

猶加敦半島，二〇〇一年：動物和植物皆因中毒身亡，無一倖免。雖然一顆隕石擊中了墨西哥，但不到十公里的直徑不足以揚起「核爆之冬」的大量塵埃。透過蒸發，碳酸鹽和硫酸鹽被釋放到了大氣層中，在那裡與水結合而成劇毒的硫酸。數年來這些動植物沒有任何庇護，遭受酸雨的襲擊，最後落得這一眾所周知的悲慘下場。

猶加敦半島，二〇〇一年中：不，隕石是罪魁禍首。在戲劇性的八千至一萬兩千年間，地球的歷史上發生了兩次大規模的物種滅亡。雖然我們已證明有劇烈的火山運動，但是週期至少為五十萬年。在這種局勢下，生命尚還可以勉強支持下去，只有在遭受巨型隕石撞擊之後，它們才毀於一旦。

加州，二〇〇一年下半年：加州大學的天文學家研究了行星系過去一億年中的運行，偶然發現了其運行軌道的一些異常現象。最明顯的一點是，地球在當時也偏離了自己的運行軌道。那些以不同速度圍繞太陽旋轉、並不時接近地球的行星干擾了奧特雲內部的重力平衡。所以，那些毀滅性的隕石和小行星——這一點目前仍有爭議——才會調轉方向，狠狠地撞到地球上。正如雞和蛋的關係那樣，這個問題還沒有明確答案。到底是撞擊改變了地球的運行軌道？還是地球運行軌道的改變才誘發了撞擊？

二〇〇一年末：隕石的直徑明顯大於十公里，它撞破了地球的表層，引起周圍物質的劇烈燃燒，燃燒出的碳酸鹽和硫酸鹽岩石與水融合而成致命的雨水。此外，大量的塵土進入了大氣層，遮蔽地球長達數年。毒雨和核爆之冬的共同作用令生命瀕臨絕境。

二〇〇二年：科學家凱文·鮑伯（Kevin Pope）是希克蘇魯伯隕石坑的主要發現者之一，他對「塵土遮蔽論」做了一些修改。他認為，要遮蔽全球的陽光並同時使光合作用停滯，所需的塵土量應遠遠大於隕石自身能夠釋放出的塵土。誠然，這次衝擊之後引發了全球範圍的大火，森林熊熊燃燒，大火將巨量的煙塵送入了大氣層並遮蔽了陽光。

二〇〇二年：幾乎是同一時間，生物學家和古生物學家估測，那次撞擊中，三分之二以上高度演化的昆蟲種類慘遭滅絕，食物鏈轟然解體。相反，演化程度稍低的節肢動物卻倖免於難，數量愈來愈多。可以確定的一點是，生態系統不是緩慢地崩潰，而是在瞬間遭受了毀滅性的打擊。

二〇〇二年中：不，導致物種滅絕的原因並非隕石一項，七千萬年前，地球的平均溫度從攝氏二十五度下降到攝氏十五度，那時物種的命運就已昭然若揭。古代的恐龍尤其無法適應寒冷的氣候，隕石無疑令牠們的境遇雪上加霜。

二〇〇二年下半年：亞利桑那大學的大衛・克瑞（David Kring）和西南研究所的丹尼爾・杜爾達（Daniel Durda）在電腦上模擬當時的情境。他首先推算了直徑十公里的大天體在撞擊後可能造成的影響。結果令人心驚，這種撞擊釋放出的能量比廣島和長崎兩顆原子彈爆炸的威力還要多出一百億倍。燃燒的碎塊被拋入大氣層，在接下來的幾天內落回地球上，引燃了赤道附近大部分的森林，印度和北美也燃起了大火。那些沒有回到地球上的碎塊在大氣層中與微粒雲結合，使地球溫度升高，引發溫室效應，令火焰愈燒愈烈。克瑞還考慮了地球自轉的影響，最後他得出結論：大範圍的火災在數天之內生出了巨量的二氧化碳，釋放進大氣層，再加上水蒸氣和碎裂的硫酸鹽和碳酸鹽岩石，氣候發生了劇烈變化，扼殺了最後倖存下來的幾乎所有生物。

依然是二〇〇二年，波泰士隕石坑（Boltysh crater），烏克蘭：很早以前，人們就找到了這個直徑二十四公里的隕石坑，但迄今為止，它的形成時間依然不為人所知。一般認為它至少是在距今七千萬年前形成的，而最近有人猜測這次撞擊也可能發生得更晚一些，或許和希克蘇魯伯隕石坑形成於同一時間。動植物的大量死亡真的只是一顆大隕石所造成的嗎？有科學家提出疑問：「為什麼不可能是一次隕石雨呢？或許其中有些隕石墜入了大海。」這一理論的迷人之處在於，它解釋了整個地球如何能在極短的時間內被大清洗了一次。一場隕石雨禍及整個地球，而由於這些隕石大小不同，造成的災害規模也各異，這也解釋了為什麼某些物種完全慘遭滅門，而另一些卻奇蹟般地倖免於難。

二〇〇三年：人們重新分析了太空梭奮進號二〇〇〇年拍攝的影像資料之後，對希克蘇魯伯隕石坑的研究更往前邁進了一步。雷達資料顯示了隕石坑的結構和特性。愈來愈多的人認為，猶加敦半島發生的隕石撞地是唯一能解釋物種滅絕的理由。

二〇〇三年中：賓夕法尼亞州立大學的彼得．威爾夫（Peter Wilf）反駁了「隕石撞地之前的氣候變化已對古代蜥蜴類生物造成不利影響」的說法。他認為，氣候時時在變化，甚至能更加強烈。威爾夫和他的團隊研究了白堊紀晚期的植物化石，並記錄下幾乎所有微小的波動。撞擊前的一百萬年前，恐龍還生活在完美的溫暖氣候中。

二〇〇三年中：一派胡言！一顆撞擊猶加敦半島的隕石絕不會是全球性死亡的唯一原因，紐西蘭地質學和核科學研究所的克里斯．豪里斯（Chris Hollis）如此堅信。他認為，在此之前的很長一段時間裡，氣候已逐漸變冷了。豪里斯的團隊以紐西蘭在白堊紀時期的地理位置為證，那時紐西蘭距南極僅約一千五百公里，事實上島上的物種折損情況並不十分嚴重。豪里斯以此證明，紐西蘭島上的生物早已習慣了低溫氣候和有限的日照，相反地，赤道地區的物種卻過於依賴陽光。當然他承認，撞擊前的短時間內，地球氣溫又有回升；如果沒有那顆隕石，恐龍或許能繼續存活下來。

二〇〇三年下半年：專家借助隕石坑內的太空沉積物碎片推斷出希克蘇魯伯隕石的年齡。專家斷定，這些碎塊是一位真正的瑪土撒拉*，年齡在四十億歲以上，是地球誕生的見證者。但是就連這些碎塊也不能解答隕石撞擊猶加敦半島的具體時間，以及此次撞擊的威力。

二〇〇四年，突尼斯：烏爾比諾大學的義大利專家西蒙．加羅迪（Simone Galeotti）在化石中找到了證據，證明那次撞擊造成全球變冷，在五至十年的時間裡，地球沒有獲得一絲陽光。因此在之後的兩千年裡，地球冰冷刺骨。只有那些對能量需求不高的小生物才能在這樣的環境中勉強求生。

二〇〇五年，學界依然分成兩大陣營：災難派和鋪墊派。災難派認為——就像其命名一樣——一次不尋常事件導致了恐龍的驟然滅絕。而對於鋪墊派而言，這種解釋未免太過簡單了。牛津大學的古生物學家大衛・諾曼(David Norman)在書中指出，恐龍是「一步步走向滅亡」的。鋪墊派著重強調白堊紀向第三紀過渡前的全球氣候變化，他們認為，氣候變化可以解釋兩種現象：因過於寒冷而造成恐龍的滅亡，哺乳動物因適應良好而勝出。植物生長的變化現象也支撐了鋪墊派的說法，雖然他們自己對氣候波動的原因也莫衷一是。我們比較肯定的一點是，在白堊紀的末期，海岸線大大後移，火山活動增多。陸地漂移，洋流改變，這些對氣候產生了影響，譬如風暴的強度。此時氣候很可能發生了劇烈變動。那些先前一直是亞熱帶氣候的地區突然出現了季節更迭，對於喜熱的恐龍而言，這種天氣實在難以忍受。

然而，所有人都贊同這一說法：一顆隕石撞擊了地球，並引發了很不樂觀的效應。

這顆隕石是生物滅絕的唯一原因嗎？或者它只是一根導火線？這一問題至今沒有得到令人滿意的答案。宇宙的問題在於，它很少能提供明顯的因果關係鏈。在無數因素相互作用的網絡中，尋找「起因」的努力只是徒勞，因此我們無法隨心所欲地去預測或控制地球上的事件。

我們之所以研究白堊紀末期的生物滅亡，主要是因為它呈現了我們的未來中可能會發生的類似事件。我們很想知道那時發生了什麼，以便更好地為未來的災難做好準備。

然而科學只是一種「接近」的藝術。不要輕信別人的觀點，也不要固守陳規。人類雖能專心致志地觀察，同時卻又不乏主觀臆測。資深學者十分懷疑我們的論證能力。這種論證難道不是對相同經驗的疊加，然後歸納為一個眾所周知的結論嗎？

我們永遠無法完成足夠的實驗，無法真正證明什麼，因為理論上而言，這些實驗是沒有盡頭的。

不過事實也不像聽起來那麼糟糕。我們雖不能「證真」卻很會「證偽」。獲取資訊的藝術在於摧毀資訊。這就像一位用大理石毛坯雕刻一頭獅子的馬其頓雕刻家一樣。剛開始時，他並沒有試圖雕一隻獅子，而是扔棄所有看起來不像獅子的部位。這是一種精巧而獨特的工作方式。

*《聖經》中的老祖宗，活到九百六十九歲。

只有在不斷的拋棄中，結果才能漸漸現出輪廓。

演化走的也是同樣的路。在到達某個成熟階段之間，未出生的嬰兒是沒有手的，只有鰭狀的肢體。在此之後，我們知道，預設好的細胞死亡規則開始發揮效力。更確切地說，是鰭狀物的各個部分開始彼此分開。換句話說，進化女神並沒有真正創造出手指，而是讓許多細胞組織消失，直到最後只有手指留了下來。同樣的道理，科學就是不斷地排除那些完全不可能的情況，從而證明之前累積的知識。這種驚人的方法令科學得以改善自己的假說，不斷接近真實情況。

然而科學永遠無法證得確定無疑的真理。

地球依然災難不斷，無休無止。

鯨的日子

座頭鯨的迷人歌聲裡有怎樣的含義?我們對海豚神祕的微笑又瞭解多少?一頭虎鯨穿過大海是為了傳遞什麼資訊?一條三十三公尺長的藍鯨的腦子裡藏著哪些原始的智慧?神祕的海洋哺乳動物能告訴我們什麼?

神祕的傢伙們,注意!牠們說:「嗚呼!」

牠們想告訴我們:我曾是一隻狗,或者說,我曾是一種看起來既像狗也有些像牛的東西。我曾是偶蹄類的剛毛小猛犬,一個演化的暴發戶,一個在星光慘澹的侏羅紀公園之後走出歷史陰影的哺乳動物。我既沒有和太空生物交往,也不打算治癒自閉兒童,或在電視劇中扮演小丑,沒有人會認真思量我嘶啞的吠聲。誰要是懷著一股「自由意志」的狂熱回到過去,打算一睹獵場中驕橫跋扈的虎鯨的風采,他們大概只能看到我。那時我已出生,在巴基斯坦的淺水裡打滾,在河流和小水塘裡捕獵小動物,並試圖根據水下聲波的傳遞調整我的聽力,這真是非常棘手的工作。老實說,我在水下的聽覺很差,其實在水上也不怎麼樣,不過還是足以讓我不致被人唾棄為大傻蛋。否則的話我不可能拿到這份工作。

什麼工作?哦,變成鯨魚!一種瀕臨滅絕的寵物,其地位在壽司和宗教替身之間。好吧,巴基鯨(巴基斯坦鯨)、古鯨們,你們成功了。

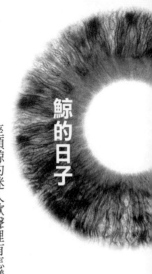

嗚呼!

認親聽證大會——重返海洋的哺乳動物

當然並不是所有鯨類都可以追溯到巴基鯨身上,就像爬行動物的擴張不能僅僅歸功於某一天爬上岸的那隻有趣的兩棲動物一樣。

進化女神在日記中的〈海洋哺乳動物〉章節中的第一段描述了一種小型陸地哺乳動物，牠的耳朵——還帶著貝殼——開始漸漸適應水下的生活。

巴基鯨擁有一個充滿液體的內耳和鼓膜，外耳則是乾燥的，這是陸地生物聽覺器官的典型構造。為了避免耳朵進水，牠會把外耳緊閉，但這樣一來，聲波就無法傳到內耳。不過巴基鯨學會透過顱骨來聽水下的聲音。這是一種權宜之計。事實上這個可憐的傢伙本事不少，可惜都不精。牠能感知到水下的聲波，但很微弱；如果在水面上，牠一般只能聽見低頻的聲音。牠游泳的本事也差強人意，能徒步穿過泥沼和海口尋找食物，但跑得也不快。從外表看，人們無論如何也不會以為牠是一頭鯨，倒不如說牠更像小紅帽故事中的那隻狼——被花園的水管澆得濕淋淋的狼。

不過若往牠大嘴巴裡瞧瞧，我們可以看到牠的牙齒排列已和今天的齒鯨很相似了，老鼠般的小尾巴至少看起來有希望在將來演化成錨爪。

關於巴基鯨具體的生存時間，人們還不是很確定。據估計，牠生活於距今五千兩百萬到四千八百萬年前。當時的地球一如既往地動盪不安。澳大利亞與南極地帶徹底分離，轉而尋找更溫暖的水域。印度碰上了亞洲，一場大衝撞，結果形成了西藏地區的高山。忒修斯海的面積愈來愈小，漂移到淺海地帶和封閉的盆地附近，一些陸棲的居民經常鼓起勇氣去海裡逛逛，不時享受一頓海魚大餐。

今天的分子生物學家和生物形態學家都在研究鯨魚的親緣關係。生物形態學家認為一種已滅絕的有蹄類動物——中爪獸——是鯨類的直系祖先，而分子生物學家則將同時期的河馬看作鯨魚的叔叔或阿姨。最新在巴基斯坦挖掘出土的骨架似乎證實了分子生物學家的看法。可以肯定的是，古鯨並非只發源自單一支部族，而是由很多同時的支系同時發展而來。

我們所發現最古老的鯨化石是一塊下顎，其主人生活在距今五千三百五十萬年前的喜馬拉雅山南部，因而牠只好得到一個令人抓狂的名字：蘇巴都喜馬拉雅鯨──可憐這隻死去的鯨無法對此表示抗議。至於蘇巴都地層的喜馬拉雅鯨是否的確是所有鯨類的祖先，屬於巴基鯨家族？學界至今尚未達成共識。

陸行鯨如果知道自己被稱為「游泳的步行鯨」，大概也會表示不滿。據估計，陸行鯨出現的時間比巴基鯨晚五十萬年，不過陸行鯨並非後者的直接後裔，兩者更像是表兄弟。陸行鯨長達四公尺，見者過目不忘。牠的外表並不像狼，而更容易令人聯想起被剃光了毛的祥龍福哥──如果你沒有讀過麥克．安迪《說不完的故事》的話，或許會覺得牠像海獺和鱷魚的雜交。牠游泳時像海獺，躺在亞熱帶炎熱的海邊或者淺水裡時又像鱷魚，全身只有鼓鼓的眼睛探在水面上。在這裡，我們還瞭解到陸棲動物下海的另一個原因。不僅僅因為食物鏈擴大了，水也為動物的偽裝提供了新的可能性。

如想有幸成為陸行鯨的獵物，你必須靠近牠的水域。牠的腳太長，而且還長著蹼，非常不適合尾隨獵物。因此牠過著守株待兔的生活，耐心地等候獵物出現。

牠正等著你。

昨天你和一隊時間旅行者到達這裡，正好來到了這片湖邊。巨大的昆蟲──有些嗡嗡叫著，有些成群結隊──掠過水面。附近的叢林裡，一隻蜘蛛正努力地將一隻冒失的青蛙包在蛛網裡。鳥兒們正在樹林中舉行一場壯觀的音樂會。幾隻小羚羊四處遊蕩，幾乎已經忘記了被冠恐鳥逮住的危險，剛才冠恐鳥那斧頭般的鳥喙已咬斷了一隻小羊的脊柱。所有動物都忙得很，只有陸行鯨一動不動地窺伺著，一半身子浸在水中，另一半則隱藏在岸邊高高的蘆葦裡。一層薄薄的霧氣漫過水面，聞起來像植物腐爛的味道。你熱得滿頭大汗。整個上午，你的探險隊一路奔波，漸漸地，你的注意力開始分散。

你沒有發現陸行鯨。牠也沒有看見你。

你離得太遠，但牠可以聽見你的聲音，雖然你竭力放輕腳步。牠的下頜緊貼地面，可以感受每一次輕微的顫動。對牠而言，你的腳步聲不啻於你大喊大叫著跳波爾卡舞時發出的聲音。牠那水獺般的棕色短毛和泥漿融為一體，就算你在牠身邊絆倒，也不會一下子就發現牠。那長著觸鬚的深色鼻子抽動著，深深吸取著你的氣味。再往前走一公尺就夠了，牠可以猛地向前一躍，抓住你，把你拖進水裡，死死抓著不放，直到你停止掙扎為止。進食時牠會把你拖到乾燥的地方，這些良好的行為舉止歸功於牠身上陸棲哺乳動物的一面。

然而正當牠身體緊繃，蓄積全部力量準備縱身一躍的時候，探險隊長卻忽然大聲招呼你去喝杯咖啡。你受寵若驚地接受了邀請，朝相反的方向走去，你沒看見這隻傷心的陸行鯨奮力縱身一躍，卻一頭跌進泥漿裡，趴在你的腳印上。當你再次轉身時，牠已迅速消失在出現的地方了。假如你能看見牠游泳，觀看牠軀體的移動，你一定會驚歎牠的優雅。這種優美會讓你想起鯨魚。不過你要去喝咖啡了。雖然咖啡對身體不好，不過它能保護你免受悲慘的折磨。

在澳洲叢林裡，每年都有人以類似的方式命喪鱷魚之口。非洲那些在水邊飲水的動物經常突然被鱷魚襲擊，然後被拖到水下。

有一段有趣的影片資料向我們展示了一次突襲失敗的場面。那是一隻長頸鹿永生難忘的經歷：某一天，牠彎下長長的脖子把嘴伸進水裡解渴時，頭部突然被兩塊強有力的頷骨鉗住。然而正如我們在錄影中看到的那樣，這隻鱷魚錯估自己的能力。長頸鹿被嚇得屁滾尿流，猛地向高處一甩頭，由於牠的頭高度十分可觀，於是那隻愚蠢的鱷魚也被一起扔出了水面，並依據圓周運動的物理法則被拋到了附近的樹梢上。長頸鹿流著鼻血溜走了，鱷魚則坐在樹枝中，思考著如何回到水裡。我們可以向埃里溫電台發問：鱷魚會飛嗎？回答：原則上是可以的。

所以還是變成鯨魚比較好。

重新出發——熱鬧第三紀

你注意到五千萬年前大自然的繁榮景象了嗎？在災難性的彗星撞地之後，地球上發生了什麼？很簡單。就像平常一樣：生命重新開始。

災難過後，地球進入了第三紀，進化女神又開始埋頭工作。她或許猶豫了片刻：應不應該再去養一養恐龍？可如果這樣的話，她又得重新創造牠們。不過幸好一些小爬行類動物、壁虎和大蜥蜴存活了下來，還有幾隻鱷魚。這些就足夠了。霸王龍和牠同類的餓吼聲總是讓人心煩意亂，而哺乳動物給人的印象則要文雅得多，個頭也不會大得嚇死人，而且花園裡還有很多工作用得上牠們。

進化女神繫上了圍裙。彗星撞地球的一百萬年後，她讓赤道附近的一部分熱帶雨林重新矗立了起來，更加繁茂，種類也更豐富。在其他一些地方，重建工作持續的時間更長一些，但那裡後來也長出了蕨類、針葉樹木以及顯花植物。顯花植物幾乎有些迫不及待了，它們抽枝散葉，流光溢彩，果實豐美。生命愈發健康。

始新世——距今五千六百萬至三千四百萬年前——的早期，由於沒有巨蜥的干擾，偶蹄類和奇蹄類的數量呈現爆炸性的增長，活躍在各個區域。哺乳類和鳥類剛開始時生長緩慢，後來也漸漸演化成更龐大、現代的物種。

始新世之後地球氣候溫和，某些區域為亞熱帶氣候。沒有森林的地方形成了草原、熱帶稀樹草原和濕地，生命愉快地適應著所有這些變化，地球上出現了豬、貘、河馬，蝙蝠，最早的貓、狐狸、海狸、駱駝、小馬，以及狼、熊、赤鹿的祖先，奇怪的短頸長頸鹿，鬣狗和劍齒虎，牠們在漸新世和中新世安身立命。在上新世——距今五百三十萬年前的一段時間——大象已開始拖著沉重的步伐跨越亞歐大陸了。進化女神也沒有忘記青蛙、老鼠、蛇，天空屬於鳥類，泥土依然是節肢動物和微生物的地盤。

海洋裡——當巴基鯨和陸行鯨向海洋邁出躊躇的第一步時——生命也恢復了元氣，儘管大自然不斷任性地打擊牠們。彗星撞地球一千萬年後，由於溫度升高和板塊移動導致了一連串反應，兩兆噸的甲烷釋放到海水和大氣中。整片海洋「翻江倒海」，三分之二以上生活在海底的有孔蟲和有鈣化外殼的原生動物死亡了，氣候又發生了劇烈變化，深海突然變成了地獄，先前冰冷的海水變成了攝氏十五度的溫水，而海水上層則出現了完全新型的物種。全球高溫持續了約三萬年，然後又花了十二萬年的時間重建平衡。

四千七百萬年前，無處不在的藍綠藻釋放了大量的囊藻毒素。囊藻毒素是一種環生肽類毒素，它為水中和陸地上的動物帶來了災難。今天的人也不會飲用帶有藍綠藻製造的有毒泡沫水，否則會當場倒斃，或至少性命垂危。那時，慘遭厄運的不僅是水下居民，甚至也包括飛到水面上解渴的鳥類和蝙蝠。

不過水中的故事依然繼續著。巴基鯨的發現證明了古鯨足以適應新環境。人們還發現了偶蹄類，牠們的頸部消失了，頭部和軀幹像海獅一樣接在一起，身體緊湊而堅硬。隨著時間推移，牠們的尾巴變成了錨爪，後腿變短，前肢變寬，成了鰭狀肢，原先用於掌控方向的尾巴變成了功能日益健全的推進器，後腿的用處愈來愈小。有些古鯨沒有海獺大，有些卻長到了幾公尺長。

條條大路通羅馬——漸新世各擁一片天

我們來看一看三千五百萬年前的世界。

南極大陸和所有陸地完全絕交，選擇地球的最南端作為自己的據點。自此以後，它常年冰天雪地，只有稀奇古怪的生物們——如企鵝和科學家——才能忍受這種環境。居民們成日睡眼迷懵，因為黑夜持續長達六個月。我們在後面的文章中會對地球上的第六大洲有更多的介紹，而現在，擦亮你的眼睛，看看那些在始新世夢想成為大白鯨的灰狼們的成果。

時光機將你的探險隊帶到了漸新世，這是一個開放生活的時期。森林面積縮小，大片的土地沙化，氣溫下降了。大動物們在茂密的森林裡沒有施展空間，現在終於有了自己的舞台。大陸間的橋樑被切斷之後，地球上不同地區的生命也走上了不同的道路，利用新的自由努力成長。

現在你站在那裡，想向陸行鯨問一聲好，這傢伙一直杳無音信。詢問過熟悉地情的負鼠後，你來到了海灘上。那裡飛濺著忒修斯海的浪花。陸行鯨已離開了牠的小湖泊，向更深的地方前進。你若有所思盯著水看。這個潑辣的扁平足傢伙現在過得怎麼樣？牠雖然試圖咬你，但誰會在意這點小事呢？

你興致勃勃向那些浪花走去，突然間，地面陷了下去。海洋向你襲來，腳下的地面消失了，你開始感到一絲惶恐。這一切都是你自己的錯。老天！難道探險隊長沒有警告過你不能獨自行動嗎？你愈陷愈深，划動著雙手，猛烈地蹬水，想重新回到水面上。你的眼前舞動著氣泡，身下的藍色宇宙一望無際。

那是一個驟然變得昏暗的宇宙。

驚訝萬分的你緊貼水面，漂浮著。角膜的曲率無法讓你清楚看見水下的動靜，可是你還是覺得有一些大東西在你旁邊游來游去。那長長的頭部遠遠看去像一條蛇。牠有兩個胸鰭，後面是一個很長很長的巨大身體。你警覺地意識到，這個龐然大物正轉著眼睛打量你，思忖著這東西能不能吃。牠半張開的嘴裡排列著圓形的臼齒，臼齒前面是錐形的獠牙。顯然，你並不太能引起牠的胃口。這個大傢伙從你的身邊游過，腹部淺色，背部則是斑駁的深色。這個傢伙能一口吞下好幾輛小汽車。最後，一隻正在緩緩游動的比目魚進入了牠的視線，這個龐然大物衝上去，然後消失在陰暗的大海裡。

你歎為觀止，同時快速地衝上了水面，將新鮮的空氣吸進疲憊的肺裡，終於回到了陸地上。這個巨獸可能足足有十八公尺長。濕淋淋的你上氣不接下氣地找到了探險隊，報告自己的經歷時，你才得知自己剛剛和陸行鯨重逢了。數百萬年來，這個傢伙稍稍有了些改變：牠長成了一隻龍王鯨，搖身變成這個時代最龐大且最危險的海盜。

與巴基鯨和陸行鯨不同的是，龍王鯨更能適應大海。現在，鯨魚在水下的聽力已非常出色，只是牠們沒有學會利用聲波定位。龍王鯨雖然演化到了這一步，卻也付出了一定代價：牠喪失了在空氣中的聽覺能力，龍王鯨雖能呼吸空氣，卻已經無法覺察陸地上的訪客。

實際上，牠已完全不能在陸地上生存了。牠的後肢只剩下極小的一部分，唯一的作用就是在交配時可以令同伴保持穩定。龍王鯨的交配姿勢有些特別——一對相愛的龍王鯨筆直立在水中，肚皮相貼，頭部伸向水面。雄性龍王鯨最長為二十公尺，比雌性龍王鯨稍長一些，雌性龍王鯨一般為十五公尺長。

除此之外，龍王鯨還有很多令人吃驚的特點，尤其是牠的身體結構，原因在於龍王鯨雖然屬於鯨類（縱使牠的名字很容易讓人聯想到恐龍，但卻不是蜥蜴類），但牠長著陸棲猛獸的牙齒，令人想起白胖胖的海蛇或者巨大的海鱔。如今，鯨魚的身體比例已經發生了很大的變化，頭部占整個身體很大的比例，抹香鯨的頭占整個身體比例的三分之一。而龍王鯨的頭部卻只占整個身體的八分之一。

關於龍王鯨的游動方式，人們的瞭解極為有限。作為一隻真正的鯨，牠應該透過尾鰭的上下擺動來游動，然而鑑於長條形的身體，牠更常像蛇一樣蜿蜒前行。或許牠會根據自己的心情選擇兩者中的一種。我們都知道，就像現在的鯨魚一樣，龍王鯨這樣的龐然大物也常會被寄生物所擾。海蝨和著生的螯蝦黏在牠巨大的肚皮上，令龍王鯨感覺很不舒服。因為牠沒有手來驅趕寄生在自己身上的這幫無賴，於是只得游到海底，在貨幣蟲石灰岩*上摩擦自己的身體——貨幣蟲是生長在珊瑚上的一種大型有孔蟲。此外，龍王鯨還能夠像蛇一樣彎曲自己的身體——令人窒息的一幕，尤其是對比牠從前的窩囊樣子時。龍王鯨沒有任何對手。就連海鯊——大白鯊的祖先——也只有在餓傻了的情況下，才會冒著被吃掉的危險去攻擊龍王鯨。大魚、海豹、小海牛、烏賊、小矛齒鯨，牠們都成了這個永遠飢腸轆轆的龐然大物的盤中飧，牠甚至連陸地上的動物也不放過。

啊！龍王鯨還會攻擊陸地上的動物嗎？

答案是肯定的。除了龍王鯨，虎鯨也這樣。虎鯨潛伏在南美洲的海岸邊，衝出激浪，將海灘上的小海獅拖入海裡。這樣的攻擊場面簡直令人難以置信。表面上看起來，彷彿是大海將海獅吞噬了。小海獅的後面冒起了水牆一樣的波浪，巨浪中，一個黑色的身影若隱若現。巨浪消失後，黑影現形了，牠那白森森的尖牙插在獵物的咽喉上。血和浪花構成了一個地獄，小海獅被拋上了空中，在驚恐和疼痛中，牠慘叫著一頭鑽入深水裡，虎鯨緊隨其後，一口將牠咬住，然後帶著自己的戰利品消失在浪花間。

雖然這種攻擊方式十分刺激，但對於進攻者來說，這個作法卻有致命危險。如果虎鯨對形勢的估計稍稍有一點錯誤，力量不足以及時返回海裡的話，牠自己就會成為海灘上的展示品。龍王鯨的情況也是如此。無止境的大胃口令牠不斷去環礁湖和河道裡尋找獵物。曾經浩瀚的忒修斯海已經所剩無多，雖然仍橫在非洲、歐亞與印度大陸之間，但距離已大大縮水。另一方面，它淹沒了很多低矮的地區，令生物來到了溫暖的大陸棚上，而大陸棚則一直延伸到紅樹林沼澤和河流那裡。

一隻搖搖擺擺蹚水的天真小熊很可能會成為龍王鯨的獵物。不過這隻龐然大物自己也常常會變成犧牲品。長達十五至二十公尺的大海蛇本該盡可能地待在深水處。而漸新世的河流與現在的摩澤爾河或萊茵河完全不可同日而語。當時，環礁湖和河道裡生活著各式各樣的生物。一隻本來想渡河去對面灌木叢的小鳥就很可能成為鯊魚、鯨魚和鱷魚的獵物。

在鯨魚的演化過程中，忒修斯海和它的盆地、海灣、環礁湖以及富含營養的水流產生了不可估量的作用。然而好景總不常。幾個大陸繼續靠近，阿拉伯半島與歐亞大陸連在一起，非洲的西北角與西班牙逐日親密。新的海流帶來了寒冷的海水。今天的鯨類都青睞冷水，而古鯨們卻受不了寒冷，最終悲慘地去世了。**這就是生活，就算天下無敵，你也總會面對一個敵人，那就是大自然。**

然而進化女神知道應如何處理這些龐然大物。她打算讓大傢伙與小傢伙們通婚，在冰冷的南部海洋

＊ 埃及吉薩金字塔的建材就是貨幣蟲所形成的石灰岩。

中，小生物們其實已找到了稱霸的方式：數量驚人的浮游生物。於是進化女神打算造一批新型鯨類，這種鯨魚沒有牙齒，取而代之的是「鬍鬚」，這樣牠們就可以用過濾的方式去抓那些微生物。當然，那些長牙的鯨也可以繼續參與競爭，因此我們現在才可能看到小抹香鯨、虎鯨和海豚。稱霸了一千五百萬年以後，龍王鯨只得乖乖讓賢。從地球的發展史看來，牠在位的時間並不算久。但還是比人類至今為止的統治期多了九百萬年。

那天，海洋消失了

科西嘉。地中海的夢之島，風景如畫之地，潔淨的海灘和岩礁海岸，通向水晶般海灣的階梯。你吃過早飯，與漂亮賓館的經理寒暄了幾句後，從賓館走下來，在尼古餐廳訂了晚餐的位子，這個餐廳的肉湯遠近馳名。你覺得有些困乏，昨夜真的喝了兩瓶當地的葡萄酒嗎？能怎麼辦呢？那是一個滿天星斗的美妙夜晚，而且你的門前就是海洋。你在環礁湖裡游了一兩遭後，又會覺得神清氣爽了。

穿上運動短褲，帶上毛巾，你漫步過鮮花盛開的花叢，來到木質樓梯，它蜿蜒曲折地通向岩礁海岸。很快你就會滿眼綠意，看到清晨陽光中的金色大海，你將跳進清涼的蔚藍海水中，視線能及海底，成群的小魚啄食石頭上的海藻，之後，你會在陽光下打個盹兒或者讀上幾頁書，然後……

你呆若木雞地站住了。

大海所在之處竟是一片碎石遍布的陡峭原野，梯地之下是一片幾乎沒有盡頭的低地。你不知所措地掃視著湖泊、荒原、連綿丘陵和森林。你不再身處一個島嶼上，而是站在一片至少兩千五百公尺高的崎嶇高原上，俯視著整個大陸。你看見在西北邊有許多隱在雲霧中的模糊黑影，一個巨大山脈在那裡高高聳起。在縹緲的遠方，一個圓錐狀的高原拔地而起。你站著，目瞪口呆，自問：誰在一夜之間把這裡變成這樣？你轉過身，旅館已經消失了。四處沒有絲毫文明的痕跡，只有荒草叢生的大地，令人緊張的蟲鳴聲，灌木叢中窸窣作響。無情的太陽炙烤著你，你覺得很害怕。

對不起！我貿然把你帶回了五百萬年以前。

生物一如既往地演化著，並無新鮮之處。但海洋的歷史並不只是一部生命誕生和消逝的編年史。整片海洋也會消失。或許是由於大陸之間的推擠和結合，或者因為海洋被蒸發了。譬如說，地中海的歷史就是忒修斯海的歷史。中生代時，廣袤的忒修斯曾在盤古大陸的東方隔開了勞拉西亞古陸和岡瓦納古陸，然而透過大陸的移動，這片海洋日益萎縮，最終成了殘片。阿爾卑斯山和亞特拉斯山脈成了它們今天的樣子。最晚在盤古大陸東部前端、非洲和印度結合在一起時，忒修斯海就停止了它的擴張。隨後剩下來海洋位於歐洲和非洲北岸之前——和今天的地中海已很接近。西面的兩塊陸地的前段互相毗鄰，形成了直布羅陀海峽。地中海的海底動亂不安，被吞噬，傾軋，被撕裂，最後摩洛哥和西班牙之間的海峽暫時結合了起來，而忒修斯海的剩餘部分從大西洋上分離了出來。

一九八五年，來自凱西斯的職業潛水員亨利・考斯特（Henri Cosquer）在馬賽灣海下三十七公尺深的地方發現了通往一個洞穴的通道。他潛了進去，發現洞穴的內部是向上延伸的。洞穴潛水是一種很危險的舉動。

九〇年代中期時，我曾有機會在尤卡坦考察錯綜複雜的鐘乳石岩洞，這些岩洞向陸地內部延伸了千餘公尺，每隔一定距離，洞穴中就有一處拱形頂，這是僅有的幾個可以讓人浮上水面的位置。洞中的天地令人難以置信，陽光穿過土層照進來，光束射進水中。拱形頂為蝙蝠群提供了居所，牠們掛在頂壁上，對喋喋不休的潛水者置若罔聞。人們感覺自己彷彿在穿越磨光的玻璃。

在大多數情況下，我們還是在通道中行走，此時唯一的光線來自安全帽上的燈，光束照亮了黑暗中奇異的鐘乳石，人宛若身在一座鐘乳石造的大教堂。我們輕搖著鰭板前進，心裡懷著隨時命喪此地的恐懼。探索洞穴的先驅者們用彩色的尼龍繩標記了錯綜複雜的道路，這樣我們可以跟著走，前提是我們得看到它們。因此洞穴潛水者的噩夢就是燈光熄滅。在沒有燈的情況下，人們還有一種可能性：摸著繩子走，如果有人沒找到繩子，或繩子斷掉，那麼只有運氣極好的傢伙才能找到出口。唯一的機會是，游到附近的一個拱形頂，等待救援隊的到來。

那時我們有三個人，一個領路的印第安人、一個年輕的加拿大人和我。兩個小時以後——我們早已踏上回去的路了——加拿大人的燈突然熄滅了，他為了拍照而走在我們後面幾公尺遠的地方。他感覺周圍突然一片漆黑，等到眼睛適應黑暗後，他才看到了我們，可是在此之前，他已陷入極大的恐慌，試圖向上爬。但周圍並沒有可以攀爬的物體。我們處在一個儲滿了水的通道裡。他一頭撞在頂上，急速呼吸，雙手亂揮。我們兩人一同努力才讓他平靜了下來，然後印第安人換了燈。這個插曲結束後，我們不再專心觀光，而是注意出口。

亨利．考斯特是一個勇敢的男人，他在一九八五年勘察洞穴時，裡面並沒有引路的繩索。洞穴一直延伸到一百五十公尺深的地方，像一個狹窄的管子，洞穴的盡頭是一個被水淹了一半的岩洞。

考斯特多次探索洞穴，行為很謹慎。考察工作進行得緩慢而全面，他研究了曲折的通道和交叉的孔穴，剛開始時，他沒有預料到自己工作的意義。六年後，人們在他閃光燈下的照片中發現了手印、沾著泥土的指痕和圖紋。有人在岩壁上畫了馬、鹿、山羊和一些奇奇怪怪的東西，還有一個既像企鵝又像海豹的生物。考斯特發現了一個石器時代的藝術博物館，它形成於兩萬七千年前，八千年之後，這個展館獲得了永生。裡面一共有一百二十五處圖畫，部分是炭粉畫，另一部分刻在岩石上，這些畫喚醒了一個時代，那是上一次冰河期之前的一個時代。考斯特推測，應該還有更多被水湮沒的藝術作品。

毫無疑問，當洞穴裡仍有人居住的時候，裡面一定是沒有水的。透過對岩石的研究，可推斷出當時的海岸比今天長十公里左右，而且那時海平面大約比現在低一百二十公尺。很明顯地，地中海的水位出現過很大的變動。

一九七〇年，考察船格洛馬．挑戰者從阿爾及利亞普羅旺斯盆地發掘出一些深海岩芯，並推測出當時海水位變動的幅度*。人們在海床底下的地層中發現了厚達兩、三公里的蒸發鹽（例如岩鹽、石膏和硬石膏）

* 這段故事的經過可以參閱許靖華博士的《古海荒漠》一書。

層和碳酸鈣層，這說明最受遊客青睞的地中海水位不僅經常變化，甚至曾完全乾涸。

這是因為地中海是一片孤立的海洋，缺少週期性海流系統提供的永久海水，從古至今，唯獨英吉利海峽才可以給它補充新鮮的海水，這是大西洋的一份慈善捐贈，對它極為重要。因為它的表層海水在地中海氣候的作用下不斷蒸發，而由於鹽分不能一同蒸發，剩餘海水的密度愈來愈大，水位便會下降。大西洋補給了這一虧空，可是如果英吉利海峽閉合的話，地中海的海平面就會日益下降，海水更鹹，兩千年之後，它將變成一片荒原，科西嘉島和薩丁尼亞島將會成為千餘公尺高的山巒。你站在高處看到的西北方陡峭山脈當然是法國南部的海岸。尼斯和坎城將會變成偏遠的山村，巴里亞利群島的海濱也會關閉，因為這樣的群島大概只能吸引登山家萊因霍爾德．梅斯納*了。

你再仔細看一看！遠處的錐形岩石是馬約卡島，就像是世界上最孤獨的手槍。

河流從大陸流入海洋時，它是凶悍的瀑布，飛流直下，將深深的峽谷削成陡壁，當然這是它蒸發之前的故事。這樣，各種沉積物進入了鹽質荒漠，包括五彩繽紛的沖積沙、腐殖土以及碎卵石。隨著時間的流逝，一些強壯的植物在這裡定居下來，一些動物也爬了下來，在乾涸海洋的海底安家，然而這裡畢竟不是富饒的土地。事實上，海洋乾涸使大量物種死去，因為所有水中生物突然發現自己站在乾地上。因此格洛馬．挑戰者在岩芯內找到的沉積物層裡幾乎布滿了浮游生物的殘骸。

這一幕為德國科幻小說家沃夫岡．耶施克爾（Wolfgang Jeschke）提供了小說的素材。由於海底蘊藏了豐富的原油儲備，因此在他的小說中，一個美國士兵乘時光機回到了上新世，想透過巨型石油管道將石油運送到歐洲。不幸的是阿拉伯人也有同樣的想法，因此史前世界爆發了一次核戰，人類的發展也由此走上了另一條道路。書中有這樣一幕：作戰的一方炸開了封閉的直布羅陀，大西洋的海水像瀑布一樣以驚人的速度注入盆地，大約三百萬平方公里的土地在數百年內又被填滿了。

當你嚇得臉色蒼白，手上掛著浴巾，呆若木雞地瞪著粉色的荒原時，這一切就發生了。在離你幾百公里之處，大西洋的海水以每秒十七．五億噸的速度呼嘯而下。當然並沒有人放置什麼炸彈，在幾百年時間裡，大西洋給這道大壩造成了太多的衝擊，終於導致它裂開了。地中海被灌滿了，而你——謝天謝地——你又回到了現在。恐懼結束了，你的眼前是一片閃亮而熟悉的大海。

你如釋重負地吁了口氣。

剛才的一切只是夢境嗎？當然是一場夢，一場惡夢。地中海怎麼可能會乾涸呢！你搖著頭去游泳，呼呼喘氣，大笑著拂起額前的濕髮，愉快地決定明年再來這裡度假。

當你流著汗在路上跋涉時，英吉利海峽又變得狹窄了一些。

現在的世界就是這樣。閉合的正在裂開，裂開的又正在閉合。

目前，大西洋的通道正在緩慢地封閉。沉澱物堆積在一塊，將地中海得來不易的新鮮水源堵在外面。目前地中海水的蒸發量已大於大西洋的補給量，鹽濃度幾乎為千分之三十八，這是很高的濃度。所有證據都顯示海峽將重新封閉。如果沒有大西洋的補給，每秒鐘將有七千萬噸的海水被蒸發。地中海的海面每年將下降一公尺，直到再次乾涸。

不過沒有關係，你仍然可以預訂明年的度假計畫。在地中海乾涸之前，你還有機會好好享受一段時間。

＊ Reinhold Messner，登山家，世界上第一個不仰賴輔助氧氣即可對全球十四座海拔超過八千公尺的高峰完全攻頂的人。

殺手之死

巨齒鯊很餓，從前牠飢餓時很快就能找到食物，但那個時代早已遠去了。並不是因為食物缺少。牠正在日益虛弱，最後只剩下絕望的力氣。

儘管如此，這種力氣依然足以奪走海豚的生命。但那也已是從前的事了，牠跟海豚之間有一次不那麼愉快的邂逅。

一群海豚竟然狂妄地襲擊巨齒鯊。不知道牠們發了什麼瘋，或許是為了保護下一代，或許是不願意分享獵物，無論如何，牠們突然宣戰，並用尖尖的口鼻撞擊牠的肚子，也許是感覺到了牠的虛弱，否則在其他時候，只有精神錯亂的傢伙才敢攻擊一隻成年巨齒鯊。

巨齒鯊或許是生病了，但畢竟還是一條十六公尺長的鯊魚。可是海豚還是對牠發動攻擊，直到牠捕獲其中一隻海豚，兩三下把牠撕裂，才嚇退了其他海豚。但是捕殺這隻海豚讓牠變得更為虛弱。這條老巨齒鯊已不再那麼靈活，每次左轉時都會疼痛，甚至每當嗅到氣味，頭部有節奏地來回擺動時，也會突然感到一陣不適。

牠緩緩地在深藍色的海水中游動，希望自己的器官能捕捉到希望的信號。五十一歲的年紀，已算是老邁的鯊魚，然而感覺器官依然運作良好。唯獨眼睛有些模糊——當然，牠的眼睛從來沒有特別敏銳過。

牠那強壯身軀兩側的感應器官依然可以感應到細微的動靜，感覺到方圓一百公里內獵物的游動，感覺到遠方魚群心臟的跳動。牠的皮膚分布著黏液腺，能夠感應大海裡的任何變化。每一條游動魚划水時都會製造出壓力。巨齒鯊感覺到了，就像是有人在呼喚著。牠一直知道是誰在呼喚，知道那個傢伙有多大，游得有多快，是否正因為疼痛而掙扎，焦躁不安地四處亂竄，或正在張開魚鰭交配。任何游動的動物一旦被鯊魚盯上，幾乎很難逃出生天。

如果獵物受了傷，哪怕只流了一點血，散發出的氣味也很容易被鯊魚嗅到。牠的頭開始有規律地左右晃動，尋找氣味比較濃的地方。**一百五十萬個水分子中哪怕只含有一個血分子，巨齒鯊也會立刻感覺到。**

就算獵物沒有流血，巨齒鯊也可以透過牠們的排泄物進行追蹤。緊張的魚會排出一種讓獵人喜歡的物質。這種物質正表現出魚受到威脅時的恐懼，兩者相爭，弱者必敗。然而牠很討厭同類的屍體腐爛後散發出的臭氣。遲早有一天，牠也會發出這種臭氣的，不過暫時還不會。

在現階段，巨齒鯊還是難以戰勝的。

老兵的輓歌——巨齒鯊背水一戰

敏銳的感覺告訴牠，自己正在接近海濱地帶，這個地方並不怎麼討人喜歡。牠的世界是深邃廣闊的大海，只有在海平面一百公尺以下的地方，才有家的感覺。

突然牠感到一場劇烈的振動，振顫在腦海中形成了一幅景象。前方深處有一片暗礁，暗礁裡藏著豐富的生命。一群魚被獵手盯上了，一些體型較大的動物在暗礁附近繞來繞去，從動作來看，牠們應該就是獵手。有呼叫聲傳入了耳朵，獵手正在互相交流。牠們一定是鯨魚。

這時牠聞到了一股氣味，那味道有魔力般的吸引力，那是新鮮血液的香氣，從遠處飄過來，但已足夠啟動牠體內的導航系統了。牠游向左邊，在下一個暗礁的底部向右拐，接著再向前游，然後抵達了一塊珊瑚礁的後方。牠到了。

目的地是一片物種豐富的區域。一片朦朧中，巨齒鯊接近了一面頂部平坦的峭壁。這片暗礁位於水下大約十五公尺的地方，離陸地有幾公里遠。當冰層不斷蔓延，海水被冰封之後，這樣的海洋已非常罕見。

兩百多萬年前，上新世與更新世更迭的時候，地球再次變得很冷。與冰河期一樣，整個世界的海平面都下降了，厚達幾公里的耀眼白色盔甲覆蓋了山嶺和高地，乾旱的極地沙漠不斷向前推進，溫暖的陽光被反射到宇宙之中，海洋溫度隨之降低，赤道附近的平均溫度也僅為攝氏五到十度。這裡是僅存的一片生命綠洲，所有生物都被趕到這裡來了。

冰川在向赤道行進的過程中填平了大洋的底部，大部分南極生物也隨著消亡了。生活在那裡的大部分海綿、海星及其他無脊椎動物不能在自由的水中繁殖，只能在海床，可是海床隨著冰川的蔓延消失了。大量的冰塊積壓到深淵帶，使所有生命窒息而亡。雖然海星有許多手和細足，但卻沒有腿和鰭，無法迅速遷移到危險係數低一些的區域。

生活在寒冷北極的生物也無法很快適應環境的變化。例如生活在北極的海百合，由於新陳代謝緩慢，平均壽命是生活在熱帶的同伴的十倍，然而牠們很少發生性行為。赤道地區的海百合一年繁殖一次，而寒冷地區則十年一次。因此冰河期結束之後，北極地區的生物密度需要很長時間才能恢復到原來的狀態。一些遷移出去的生物將離開深海，返回原來的生活環境，而另一些則會留在新的世界中。至於冰河期什麼時候才能結束，這是一個不好回答的問題——反正海星和巨齒鯊都不會理睬。

冰川來臨的時候，只有少數逃向深海的難民能成功脫險。然而牠們的數目說少也不少，因此進化女神只好採取嚴格的移民政策。遷徙的生物經常淪為其他生物的食物，只好改變自己原來的飲食習慣。如果不想被吃掉，就必須設定好自我保護機制，隨時保持戒備狀態。誰都不能丟三落四，必須不斷地磨練自己。

沒有哪個地方比暗礁更富含生命。

巨齒鯊那十五噸重的身體輕盈地滑向峭壁的時候，大個頭的牠並沒有為這塊地區感到特別興奮。峭壁頂部平坦的地方對牠而言過於狹窄。其他時候，牠根本沒有興趣去錯綜複雜的暗礁中追捕獵物。然而飢餓改變了一切。該怎麼行動呢？是等待，還是寧願被割傷也要為自己弄點吃的？巨齒鯊明白，牠的生命仰仗著這片暗礁。

起先牠還不敢游到上方的平地，只是緊緊地挨著岩礁游，試圖透過照射下來的陽光發現可以吃的東西，或者一些危險的生物。漸漸地牠接近了鯨正在捕獵的地方，不，應該是剛才捕獵的地方。血腥味愈發濃重，遠處傳來呼嘯聲和歌聲。以往的經驗告訴牠，這些動物吃飽了。

這一刻，牠的感覺是對的。一群虎鯨從那裡游了出來，黑白分明的軀體如同箭一般衝進了深邃大海中，巨齒鯊小心地向下沉了一沉。儘管自己體型比虎鯨大，卻不敢襲擊牠們。與海豚相遇的教訓依舊活躍在記憶中，讓牠的側腹發疼。牠躲在峭壁的庇蔭之下，儘管血腥味愈來愈重，強烈地刺激著牠。血氣是從暗礁的頂部散發出來的。一頭巨齒鯊竟要進入淺水區，但好在牠能有所收穫。

虎鯨遠去後，牠慢慢地游出來。一群銀色的魚在上面的珊瑚叢中愉快地悠游著。牠們並沒有意識到這個龐然大物逼近了，好在牠並不感興趣。闖入這樣一群魚中並沒有什麼用，只徒然使牠們散開，散成無數條小魚。而獵手根本不知道該去追逐哪一條魚，只有憑運氣看能不能捉到一條逃竄者。不值得，牠必須保存體力。旁邊有一隻流血的動物，牠已看到自己的下場。血並不僅僅是血，那是脂肪和營養的味道。是鯨魚的血。虎鯨的獵物很可能是一些小型的海洋哺乳動物，也可能牠們和一條巨鯨合力捕到了什麼。對於一條巨鯨來說，上面的水位太淺了。

掃了平地一眼，一切印證了牠的猜想，巨齒鯊的捕獵興趣高漲起來。牠的嗅覺和味覺遠比眼睛敏銳得多，只要一聞就弄懂了局勢。

平地的表面瀰漫著模糊的紅霧，中間夾雜著一些身體碎片。不遠處有一塊裂開的岩石，那裡擠著一些奇特的生物，每一條都有兩到三公尺長。顯然當虎鯨到來的時候，牠們亂成了一團。其中一些在平地上喪生了。倖存者遲疑了片刻，漸漸從岩石中游出來。從外形上來看，牠們是一種長相像海象的鯨。噘起的上唇上豎立著觸鬚，上翹的嘴角邊冒出兩根向後彎的牙，雄性的右牙格外長，更像是一枝矛，差不多占整個身體的三分之一長。

這些鯨歪著脖子，用獠牙掀起海底的沉積物，尋找小型無脊椎生物。為了吃到食物，牠們必須側著身，因為獠牙會妨礙自己的行動。牠們不慌不忙地勞動著，每當開墾成功的時候，就津津有味地吞食下烏賊、貝類、蠕蟲等獵物。突起的前額說明牠們具備回聲定位的能力。牠們或許已發覺了巨齒鯊的到來，但問題在於，牠們並沒有意識到巨齒鯊帶來的危險。

巨齒鯊甩了一下自己四公尺高的尾鰭，開始了進攻。

牠的下顎順勢咬住了最前面的那隻。深紅色的血瀰散開來。其他的鯨立即向遠處竄去，試圖與這個怪獸保持距離。巨齒鯊游出一條曲線，重新回到暗礁。牠的戰略目標就是使這些獵物受驚，從而削弱牠們的力量。

和所有鯨一樣，巨齒鯊也有這個物種的弱點：小心謹慎，避免正面交鋒，因為受傷的風險太大。這些小鯨雖然構不成威脅，但巨齒鯊已學會了謹慎。在牠的鼎盛時代，連那些懂得還擊的巨鯨都不是牠的對手。這個龐然大物的一擊是非常可怕的，連成年的巨鯨都會被打得眼昏耳聾。然而現在……

牠等待著。重傷的動物虛弱地掙扎，試圖逃脫，卻完全失去了方向感。血從腹部噴湧出來，牠已經不行了。巨齒鯊知道自己可以毫無風險地進攻了，牠已做好準備。

就在這一刻，一隻動物從身邊優雅地掠過，後面還跟著兩隻。這些插隊者的身長是巨齒鯊的一半，與巨齒鯊有著驚人的相似外形。牠們衝進紅色的雲霧中，撕咬著受傷的鯨。巨齒鯊憤怒而失望地緊隨其後，用堅硬的頭骨狠狠撞了其中一位入侵者，將其甩到一邊，遠離鯨的屍體，而另外兩隻正在大口撕咬獵物。戰利品被瓜分了，而牠竟一無所獲！這時出現了更多小鯊魚，一同圍攻那些驚恐的鯨。牠們從各個方向發起攻勢，用牙齒咬住肥美的脂肪，然後搖晃著腦袋將肉撕咬下來。

這片平地儼然成了喧囂的地獄。

巨齒鯊竭力試圖認清形勢。大團的血霧散開，水中瀰漫著濃烈的血氣。牠的眼前就是鯊魚和鯨被撕碎的軀體，一隻鯨的肚子從身邊沉下去。牠掉轉身體，想去咬住那塊肉，然而兩隻入侵者行動更快，已經開始撕咬那塊殘骸了，這時第三隻鯊魚來到了牠的側面，向前一竄，對牠正面進攻。

巨齒鯊慌忙後退，那隻鯊魚卻在最後一刻竄到側面，撞上了牠的腦袋，劇烈的疼痛立刻傳遍全身。巨齒鯊翻了個身，牠再次聞到了血腥味，但這次的血並不是來自鯨。那是自己的血。失意的巨齒鯊更添一份恐懼。牠必須離開這裡，游到足夠遠的地方，以便恢復體力。所以只好尾鰭一掃，離開了這場大屠殺，越過暗礁的邊緣，逃進廣闊的深藍色海水中。牠右側的腦袋感到了一股從未有過的劇烈疼痛，只有左眼能看見東西，右眼裡充滿暗紅色的血。牠向深處游去，突然有東西狠狠撞了一下。一隻入侵者敏捷地從身邊升起，繞過牠，圍著牠打轉。另一隻從下方接近，撞牠的肚子，很快咬了一口。

大量出血！看起來巨齒鯊已成了獵物。牠應該感到很恐懼。

然而牠只覺得無比憤怒！

牠受夠了！這幾個星期以來幾乎沒吃什麼東西，生命裡充滿了痛苦，體力正在消失，自己畢竟還是海裡的統治者。一個王者的統治地位受到了威脅，牠或許會戰死，但這絕不意味著結局必然是成為暴徒的腹中物。當然巨齒鯊在此時並沒有真的想到自己的君王身分或等級制度，就像從未思索到物種演變一樣，牠只是突然回憶起自己曾有的優勢地位。

沒有人可以肆無忌憚地噬咬牠的肚子，還從牠的鼻子底下搶走獵物。

牠轉了個身，用巨大的尾鰭將一隻鯊魚打暈。這隻鯊魚被甩開，並向下翻滾了一陣。另一隻鯊魚再次向這隻流著血的龐然大物發起進攻，然而牠承受不了巨齒鯊火山爆發般的怒火。巨齒鯊猛地甩開了牠，也留給牠一道深深的傷口。這隻鯊魚翻了一個筋斗，試圖逃跑，卻毫無意識的游向了巨齒鯊的方向，還沒來得及轉開，龐然大物的牙齒就已經插進牠的肚子。巨齒鯊以每平方公分三千克的巨大壓力咬碎了鯊魚的頜骨、肌肉和軟骨，咬掉了牠的尾部。

另一隻鯊魚甦醒過來，眼睜睜看著戰友被咬成了兩半，猶豫了片刻之後，不知道自己是應該和巨齒鯊一起飽餐一頓，還是立即逃走。牠躊躇的時間太長，巨齒鯊那隻完好的眼睛已經盯住了牠。雖然大傢伙腦袋的另一側流著血，但只用一隻眼睛毫無表情的一瞪，就足以讓這隻鯊魚嚇得要命。牠竄來竄去，卻無法逃開巨齒鯊的追逐。牠試圖回到暗礁的平地上，同伴們正在那裡捕殺鯨魚。

然而巨齒鯊更快。不費吹灰之力就游到逃亡者的上方，將牠逼回深海。

恐懼令鯊魚沿著峭壁飛竄，牠知道巨齒鯊就在自己後面，水波的壓力推著牠。然後，牠感覺自己被抓住了，被壓在岩礁上，石頭劃破了牠身體的側面，碎石塊劈里啪啦地砸到牠頭上。牠停住了，轉過身，看到一張紅白相間的大嘴。這是牠在頭顱被這隻突然變成獵手的獵物咬碎之前，看到的最後情景。

巨齒鯊顫抖著放開了死鯊魚。

急需營養的牠必須吃掉獵物，然而牠的意志突然鬆懈了，原本恢復的體力再次離去，牠對剛才發生的事情感到恐懼。這是一場大屠殺！在與這些勇猛的小傢伙的戰鬥中，牠甚至並沒有贏得勝利。牠往更深處潛去，經過了一群晃動著觸角的寄居蝦、隨波起舞的海葵、一群彩色小魚、海百合、海膽、海綿和貝殼，游向廣闊的大海。牠的行為是無意識的，飽受折磨的身軀漸漸已感受不到疼痛，開始失去意識。牠的聽力依然很好，知道身後高處戰場上傳來的廝殺聲變得愈來愈輕了。

巨齒鯊一直游，直到頭腦恢復了平靜。那隻完好的眼睛望向海面。牠已擺脫了那些鯊魚，現在必須進行狩獵了。上方，波光粼粼的海水像一張熠熠發光的面紗，清澈透明，牠看見上方有一片由尾鰭和魚鰭形成的陰影。只要輕巧地上竄，就能咬住那些動物，讓這些犧牲品毫無招架之力。這次身邊沒有其他傢伙來爭搶獵物。牠要飽餐一頓。巨齒鯊感到祥和而寧靜。就是現在！去攻擊那些搖擺的尾鰭，用牙齒捕捉這些活蹦亂跳的動物，最後將牠們大口吞下，飽餐一頓。巨齒鯊在腦海中想像著這樣的一幕，一邊慢慢地下沉，漸漸地，牠驚訝地發現自己並沒有飽的感覺。牠要繼續游，一直游，去狩獵。

然而牠再也游不動了。

在八百公尺深的海底，牠重重地栽下來，一團泥漿盤旋揚起。當第一批鰻魚和清道夫來到這裡，將這隻海洋的統治者分解並送入物質循環軌道時，這具強壯的軀體已經沒有一絲氣息了。

無敵勇者遜位之必要——災難是演化的動力

群雄逐鹿的時代。

每當我們思考進化女神的作品時，總會遇到同樣的情形。她似乎抱著一種陰險的心理，一邊去創造統治者，最終又推翻牠們。為什麼集所向披靡特點於一身的生物竟會滅絕呢？為什麼要將沒有天敵的獵手從自然競爭中淘汰掉？難道這位女神具有泰坦情結*嗎？為什麼她創造出所有時代中最大的鯊魚，然後又在幾百萬年後讓牠再次消失？

巨齒鯊是電影的寵兒，有關牠們的影片簡直多不勝數。最近，德國人以羅夫・姆勒為主角，拍了一部真正的爛片，演員的演技如此差勁，以致人們看到每一位主角被吃掉時都心懷感激。至於巨齒鯊物種為什麼會變得如此巨大，為什麼能成為眾鯊魚的著名表率，電影並沒有反思這些問題，而實際上，這才是所有人最感興趣的問題。**我們經常高度評價一個消亡的物種，緬懷牠們，將其衰亡歸因於環境的變動。**這其實是錯誤的，環境並不算變動。正如前文所言，自然界中並不存在平衡。宇宙、太陽系、地球、生命，乃至任何一個有機體的歷史都是相互適應的歷史。隕石和抓老鼠的貓一樣只是一種小災難，只不過威力略有高低罷了。

* 泰坦是希臘神話中力量強大的巨人神族，擊敗天空神烏拉諾斯並取而代之，但仍敗給了宙斯率領的奧林匹斯諸神而遜位。作者以祂們來比喻那些一度攀到生態頂點卻終將被淘汰的物種。

一個我們更應該去瞭解的問題是，**物種消逝時誕生了什麼**。

如果我們知道新型物種出現的原因，那麼我們就能預見牠們將在何時因為怎樣的原因而消失。假設一個行星上樹木的樹葉離地面很遠，那麼進化女神就可能會造出一些脖子很長的生物。很有意思，這些生物的脖子將愈變愈長，然後進化女神會解決牠們的供血問題，讓身體其他部位與長長的脊椎協調一致，形成結實而柔韌的結構，而這種腦袋遠離心臟、遠離地面的動物將漸漸適應其奇特的身體結構。

什麼事件將導致這種生命走向末路呢？食肉動物？通常情況下，食肉動物負責調節生態，而不是讓某個物種滅絕。不，小丸子說，如果這些長脖子糊裡糊塗地把所有的樹葉都吃掉，那就完蛋了，因為牠們也沒有辦法低頭吃草。另一種情況是樹愈長愈高，牠們的脖子只得愈來愈長，無論如何這種說法聽起來都很荒唐。小新說，其他一些不太笨拙的食草動物學會了爬樹吃葉子的能力。這些新動物有鋒利的爪子，能爬到樹枝的高處，牠們根本不需要為了維持新陳代謝而擁有消耗很多能量的可憐長脖子。

事情基本上就是這麼簡單。

新物種的出現是由於專業化的需要。世界變得愈複雜，就愈需要更多的專業技能。打個比方，無尾熊只吃桉樹葉。但如果全世界的桉樹葉都脫落了，那麼小無尾熊的命運就可以想見了。如果說創造一種熊只為了根除桉樹，確實有些誇張，但如果沒有人去吃桉樹葉子，世界會怎麼樣呢？被桉樹占領？桉樹會帶來世界末日嗎？

因此，我們需要一種吃桉樹葉的動物，還得吃的不多不少，此外我們還需要一種喜歡吃無尾熊的生物。自然界中有各種複雜而專業的生物，專業並不是牠們的弱點，而是因為只能如此。每一個小空間都應有生物居住，只有這樣，自然生態才能保持平衡，所有生物都在不停演化，成千上萬的紅色女王狂奔不停。

如果沒有災難，就沒有必要自我演化。如果一切都原地不動，就沒有必要產生新型態的生命。生物不可能返回伊甸園，不可能返回亞當和夏娃的天真時代。蛇——或稱隕石、海嘯、冰河期、火山現象和沼氣——迫使他們踏上了高度演化之路。

這樣看來，被逐出伊甸園是發生在人類身上最美妙的事情。「驅逐」造就了現代的、富有創造性的、技術熟練的人類。人是一種複雜非凡的生物，也是一種非常缺乏抵抗力的物種。

進化女神能夠面對任何一種新的挑戰。她一下子造出長脖子，一下造出兩公尺長的臼齒，或者造出一種愛吃桉樹的動物，一下子造出人類，一下子又造出了十五公尺長的鯊魚。她不斷在造物的器官上精益求精，獵手和獵物競相提高自己的技能，藉以獲得更多的能量，以便維持愈來愈少的功能，到了某一天，一切都失去了意義和效果，世界就陷入複雜性的危機。自然界已無法承受這些物種。牠們的出色能力同時也導致自身的毀滅。

天下無敵是發生在一個物種身上最可怕的事情，因為牠們會因此停止演化，我們已經看到了故步自封的紅色女王有何下場。從這個角度來看，演化往往是災難的結果。一場小災難才能夠促進生命的創造力，所以進化女神很喜歡混亂的世界，也因此，物種愈強大，其倖免於難的可能性就愈小。

簡單有機體則更容易從災難中生還，雖然它們的外表不夠性感。最善於適應外界的藝術家是原始物種，它們能生還純粹是機會主義。微生物通常滿足於微生物的生活，它們總是濕濕軟軟，沒有外形，彎彎曲曲，不會因為一本好書或普羅旺斯的美酒而激動莫名。在任何地質年代，人們都可以發現它們的身影。而那些相貌堂堂、體格結實的生物卻常早早夭折。

當然我也相信，美麗而複雜能為人帶來很大樂趣。人類或許是進化女神所創造出來第一個能學會擺脫其控制的物種。我們將拭目以待。

人們日日捕鯨，而鯨魚之所以變得愈來愈大，就是因為巨齒鯊。根據小丸子說，巨齒鯊滅絕的原因可能有兩個。第一，鯨魚滅絕了。第二，出現了一種吃巨齒鯊的大傢伙。兩個原因都不太合乎實際。相反地，小新的說法更有道理，他意識到，與其增加脖子的長度，還不如不要長脖子，轉而演化出能夠攀爬的爪子。

換句話說，創造體型更龐大的巨齒鯊並不是答案。身為大鯨的獵手，巨齒鯊沒有任何天敵，牠對物種演化貢獻良多，可是在同一時間，世界上又出現了一個物種，牠們與巨齒鯊如此相像，以致長期以來，人們一直認為牠們是由巨齒鯊發展而來的。牠們的名字叫做大白鯊（*Carcharodon carcharias*）。一般習慣將整個鯊魚家族都歸類為鯊魚目。如今我們知道，大白鯊有獨立的演化歷程。因此將已滅絕的鯊魚都納入了噬人鯊屬（*Carcharocles*），巨齒鯊也被歸為噬人鯊，牠的確名副其實——長著尖利巨牙的鯊魚。

剛才從垂死的巨齒鯊口中搶奪獵物的正是一群大白鯊，牠們是比巨齒鯊更有效率的獵手。此外，齒鯨也在覬覦巨齒鯊的位置——黑白分明的虎鯨最喜歡灰鯨和駝背鯨的幼仔，也會獵捕成年的藍鯨和鰭鯨。然而巨齒鯊依然是難以匹敵的王者。正值盛年的巨齒鯊能夠擊退任何大白鯊，而在虛弱狀態下，牠只能提高警覺。然而大白鯊消耗能量較少，牠們更快、更靈活，整體裝備更先進，這些讓牠們走到了食物鏈的頂端。

有一種稀有鯨魚長著向後彎的長牙，也是巨齒鯊的重要菜單之一。這種海牛鯨被稱為「彷彿能用牙齒行走的鯨」，身體笨拙，是今天的一角鯨的祖先，看起來很像白鯨。牠們也是與巨齒鯊爭鋒的大白鯊的理想獵物。無論如何，巨齒鯊最終逝去了——直到生命的最後一刻，牠依然維持著自己的王者身分，巨齒鯊的統治時期從距今兩千五百萬年前持續至一千萬年前。

最近一段時間，人們在太平洋挖掘出一些巨齒鯊牙齒，根據這些牙齒的情況，有人猜測巨齒鯊現在可能依然存活著。我們不排除最後一批巨齒鯊可能一直存活到距今一萬年前的末次冰河期結束，在這一時期，人類正在穿越海洋。很有可能，今天的深淵帶還有巨齒鯊的後代。人們一直以為腔棘魚已經滅絕了，直到一九三八年，一條腔棘魚活靈活現地躍出了南非海岸水面。假如巨齒鯊的後代真的仍活著，我們應該為牠們獻上那些一直試圖喚醒牠們的電影編劇，並建議牠不要再拋頭露面。

時間的記憶——歷史目擊者

我們穿梭過去世界的時間之旅結束於一場大冰河期中。在講到地球霸主的時候，我們必須要回顧一下這段時期。我們可以運用犯罪心理學的基本原理，把「如果想要瞭解藝術家，就必須觀察他的作品」改為**「如果想要瞭解霸主，就必須觀察他的帝國」**。巨齒鯊生活在自己的帝國中，牠是外界環境的選擇，是被選中的王者，選民中也包括牠的獵物，牠們幫助牠實現了統治。只要周圍的環境及其臣民的態度不發生變化，牠將是永遠的統治者。一旦環境有變，牠的寶座就會動搖。而冰河期就是一場深刻的變革。

巨齒鯊大多在溫度宜人的海水中獵捕，從地質史看來，牠的帝國處於上第三紀，確切地說是溫度適中的中新世和上新世。那時候大白鯊已出現了，但良好的生存條件讓牠們還可以友好共處，互不干擾。那是一個人人富足的時代。

上新世幾乎是一個天堂。隨著海洋漫開，忒修斯海的縮小，海潮的路線發生了變化。大量養分從極地地區分散到各個地方，浮游生物大量擴張，構成了豐富的食物鏈。我們今天所知的所有鯨類都是在這幾百萬年間演化出來的。

今天的沙漠和草原地帶那時依然是茂密的熱帶雨林，廣闊的大草原為大量獸群提供了空間。在一片欣欣向榮之中，一隻吱吱叫的小猴子從樹上砰然跳下，抹去了眼中的茫然，變成了人類。

但我們也知道伊甸園的故事。沒有人主動地去咬知識的蘋果，這顆果實是被強行塞給人類的。蛇是冷酷的動物，牠們從寒冷的極地爬出來，迫使生命聚到一起商量新的戰略。當外界環境開始變得不太舒適時，王者巨齒鯊失去了牠的權位，雖然進化女神賦予了牠提高身體溫度的能力。巨齒鯊雖然不是溫血動物，卻能讓體溫高於周圍環境的溫度，這是包括巨齒鯊在內的鼠鯊目大鯊魚的特點。牠能透過肌肉運動提高血液的溫度，從而變得敏捷。然而這種新陳代謝非常消耗能量，而體型較小的大白鯊比其龐大表兄消耗的能量要少得多。

某一天，大冰塊覆蓋了地球。這時我們就得提問了——或許已有人問過這個問題。

究竟什麼是地質年代？

地質學家和古生物學家採用怎樣的標準來劃分歷史？時間原本是不分段的。它不像劇本般確定了節目的場次和持續時間。時間的帷幕是人們後來加入的。人們必須依時間劃分戲劇的場次，以便描述。那麼這些刻度是如何產生的呢？

這個問題其實很容易回答。地質時代是兩個重要事件之間的時間段。如果沒有重大事件，我們就無須劃出一個時間段。如果一個時間段過長，我們會試圖透過幾個重大事件來劃分，例如一個新物種的出現。**地質學的刻度其實也是災難的編年史**。大部分時代都是結束在生物的悲鳴和戰慄中。二疊紀末期，大量生物滅亡，然後是三疊紀和中生代。白堊紀以恐龍及其他許多物種的滅絕結束，然後是新生代。新生代的尾聲則伴隨著氣候變化、隕石、大規模死亡和毀滅。兩百萬年前，氣候再次變冷的時候，第四紀開始了。第四紀又分為大規模冰凍的更新世和從一萬一千年前末次最大冰期結束一直持續至今的全新世。

打住，今天有些人說，這種說法不對。第四紀始於一百九十萬年前。不，又有人叫嚷著說，兩百三十萬年前冰河期就開始了。胡說，又有人跳出來說，要更早一些，從兩百六十萬年前開始，而全新世從一萬年前才開始，而不是一萬一千年前，冰河期到那時才結束。

所有人都有道理。

我們所受的教育一直教我們幻想自己知道事情的正確答案。但進入地質學這個題目時，你會發現每個年代都被賦予不同的起始和終結時間。雖然我們有官方的正式年代劃分，但有效期一般只持續到鑽探和化石帶來的新發現。想一想關於白堊紀末隕石的眾說紛紜，或最近剛剛確立下來的埃迪卡拉紀吧。時間刻度一直在變化中，並不戲劇化，但很模糊。因此「大約、大概」以及「也許」這些詞深受地質學家的喜愛。我們所知道的一切都可以重構。

三葉蟲逃脫厄運或巨齒鯊一命嗚呼時，並沒有目擊者在場。歷史是一種關於趨近的科學。在科學家的聚會中，千萬不要進行世紀千年之爭。不管恐龍是在六千五百萬年前還是六千五百五十萬年前翹了辮子，反正牠是活不過來了。關於某物種生存時代的爭論也是一樣，我們永遠只知道大概。在〈進化女神的手提包〉那章中我們得知，關於人類誕生時代的說法也是眾說紛紜，誰知道呢——也許世界上現在還有巨齒鯊呢，比在我們噩夢中出現的還要多。

我們確切知道的是以下這些內容：

第三紀末期，氣候逐漸變冷。大約、也許、大概一百七十萬年前，在第四紀的初期，地球每年的平均溫度下降到攝氏十度，深海溫度為攝氏一．五度。緊接下來的是目前我們知道的最後一次冰河期，共分為四個大冰期，都是以河流命名的：古薩冰期（六十四萬年前至五十四萬年前）、民德冰期（四十八萬年前至四十三萬年前）、里斯冰期（二十四萬年前至十八萬年前）和沃姆冰期（十二萬年前至一萬年前），沃姆冰期在兩萬年前達到了高峰期，將德國中部的夏天變成了冰天雪地。在此期間，冰塊也有消退的時候。偶爾還會出現小冰期，例如十七世紀初，北部的冰川一直向南推移，過程長達一百五十年。

在冰河期中，三分之一的陸地被冰凍的雪覆蓋，沒有人願意去海中游泳。攝氏四到十二度的冰冷海水或許只適合芬蘭的沿海居民和冰島的明星們。北大西洋的一部分也被凍住了，浮冰一直延伸到摩洛哥和葡萄牙。海平面開始下降，陸地上的尼安德塔人和智人迅速演化到最高等形態。如果惡劣的環境沒有促進我們祖先大腦容量的快速發展，今天的我們不會如此聰明。要想存活，就必須要去適應。隨著最後一次冰河期消退，海平面再次上升，阿爾卑斯山的雪線也向上退了一千多公尺。

正如上文所提到的，今天我們生活在冰河期之間，因為極地依然被冰封著。某一天，極地的冰川會消失，然後又在遙遠的將來再次返回地球。我們完全有理由擔心全球海平面的上升，因為它會全盤改變我們的生活習慣，然而從地球歷史的角度來看，這只是微不足道的小事。

在我們時間之旅的最後一刻，讓我們欣賞欣賞當時那些奇特的生物吧，比如咀嚼海草的樹懶和南極無齒海豚，這種海豚吃烏賊就像我們吃牡蠣一樣。某些生物對我們而言顯得很奇特，除此之外，那時的海底世界幾乎和今天無異。陸地上的長毛象、乳齒象和劍齒虎瀕臨滅絕時，海洋中的生物正在演化，無論是二十一世紀初還是在此之前，牠們一直保持著這一狀態：一個未知的宇宙。

請戴上潛水鏡，穿上潛水服。我們要去海底了。

今天
HEUTE

月球背後

準備好了嗎？我們要升空了。

說來抱歉，你得先當上太空人，才能獲取許多關於大海的資訊。比如說，我們可以登陸月球，然後在回望遠處地球的時候得出結論：如果沒有月球，這樣的航行壓根就不可能實現，因為沒有月球，首先就不會有太空人，沒有太空人就不會有人造火箭，也不會有人提出美國人從未登陸月球的陰謀論，什麼都不會有，更不會有像我們這樣的人——會對「大海和月球到底有什麼關係」這個問題追根究柢的作家。

首先，大海會向月球鞠躬，換句話說，大海不自覺地為月球所吸引。我們還記得遠古時代的那次大衝撞，那時忒伊婭這顆脫軌妄為的巨型小行星撞上了地球，差點造成同歸於盡的慘事。幸好地球逃過這一劫，增加了重量，而且從此有了形影相隨的小夥伴。月球自己也有質量，雖然遠遠小於地球，不過已經足夠給地球施加點影響了。

等等，什麼叫質量？

就物理學而言，質量意味著物體具有慣性，也就是說，物體對自己運動狀態改變的反抗。你可以想像一下，帕華洛帝和一個骨瘦如柴的男高音新秀站在舞台邊，兩人都不願意先登台，這時假如你用力推那個瘦傢伙一把，他就會改變位置，跌跌撞撞來到聚光燈前。假設這人的體重是五十二公斤，那麼你讓他動起來的力量，就足夠讓這五十二公斤重的物體登台去面對觀眾。如果你用同樣的力量對付帕華洛帝，那他會幾乎文風不動地待在原地。我雖然不知道這位世界頂尖的男高音有多重，但可以肯定，要想在他身上達到和在那個瘦傢伙身上同樣的效果，就得用上更大的力量，因為帕華洛帝的質量大得多，因此慣性也強得多。

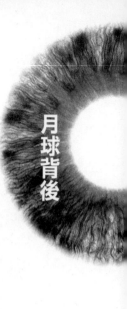

對天體而言，這意味著：天體愈重，慣性就愈大，我們稱之為慣性質量。如果天體突然克服了自己的慣性開始運動，要讓它停下來就需要力量——它動得愈快，需要的阻力就愈大。愛因斯坦相對論有個重點，就是正確指出質量和能量之間的對應關係。正如義大利的男高音明星一旦開始手舞足蹈，我們將很難讓他們停下。

根據愛因斯坦的理論，質量有一個驚人的效果。它沉重地貼在時空上，使其凹陷，從而產生重力。這就好比你展開一條毛巾，將一顆蘋果放在上面，蘋果的重量會在毛巾上壓出一個淺坑，如果你將同樣大小的鉛球放在蘋果旁邊，因為它比蘋果重，所以會造成一個較深的坑，而蘋果也會因此滾進這個深坑。質量龐大的物體，如月球和行星，也有類似的現象。時空就是我們這裡的毛巾，月球等於蘋果，地球則相當於鉛球。接下來要談的都是大質量的物體。

你完全有理由問：**為什麼月球沒有撲通一下掉到地球上呢？**這裡還涉及另一個現象：圓周速度。天體持續移動，如果動能和移動速度足夠的話，較重天體的吸引力會受到制衡，即較輕的天體會以固定的距離繞著較重的天體旁轉。在賭場也能觀察到這種效應。在輪盤遊戲中，根據自然律，在邊緣有斜坡的圓盤裡小球會滑向中心，但只要它保持一定的速度，就會留在外緣。這其中有兩種作用力，一種是重力，將小球引向低處的中心；另一種是速度，讓小球保持直線運動以遠離中心。結果我們便得到了一個平衡公式：這兩種力一同作用的結果，就是小球繞著圓盤中心跑。還有另一個公式是，你百分之百會以破產的狀態離開賭場，所以千萬不要嘗試這個實驗。

地球和月球也會構成這種平衡，因此月球小姐並不會掉落到我們頭上，或者飆飛到太空的茫茫深處。事實上，月球的確朝我們墜落，但同時又試圖以每秒平均一‧四公里的速度逃向太空。在這種拉鋸戰之中，它既和我們拉開了距離，又不會棄我們而去。不過它與地球的距離和它在自己軌道上運行的速度，都是不斷變化的，這就是所謂的「克卜勒定律」。這個定律是十六、七世紀之交的德國天文學家克卜勒發現的，他將太陽系的行星運動歸結為三大定律：

一、行星運動的軌跡為橢圓形，太陽便位於橢圓的焦點之一。（簡而言之，行星以橢圓形軌跡繞著太陽轉。）

二、太陽和某行星連成的直線，在相等時間內掃過的面積相等。（說得簡單點，離太陽近的時候會運行得比較快。）

三、行星運行軌道半長軸的三次方，和公轉週期的二次方之間，其比例是恆定的。

我體內的水會不會受月球影響？——月球與潮汐

適用於行星的規律，也適用於月球，因此月亮有時離地球近些（約三十五萬六千公里），有時離地球遠些（接近三十八萬五千公里）；離地球近的時候，速度會稍微快些，一旦離遠了，就會稍稍減慢速度。月球環繞地球一週約需廿七天多，質量是地球的〇．〇一二三倍。所有這些因素對地球都有可觀的影響，因為重力是雙向的，不僅地球在吸引月球，月球也同樣吸引著地球。由於月球是兩者中較小較弱的一方，所以它並不奢望地球會繞著它旋轉，然而它會引起地球上的一些運動，甚至地表會被它抬高四分之一公尺，而首當其衝的正是海洋。月球調整著潮汐，所有水體在朝向它的那一面都會形成潮峰，而在對立的一面會形成另一個潮峰。

剛開始我們可能會疑惑：這第二個潮峰從哪裡來的呢？畢竟那裡沒有第二顆月球。但如果考慮到另一個因素：地球的離心力，這個問題就容易理解了。要知道，地球雖然有一個中心，但地球本身並不是真正繞著這個中心在自轉。更準確地說，地球和月球在相互作用中形成了一個總體系統，這個系統圍繞著一個共同的重心，重心的位置偏離地球中心數千公里遠，所以地球的運行顯得有點晃晃蕩蕩的，就像喝醉了酒。這個晃蕩的結果，就是在背向月球的一面會形成第二個潮峰。

有點複雜嗎？更麻煩的還在後面呢。

在月球小姐圍著地球轉的時候，離心力還將它的運行軌跡拖向太陽，因為太陽的質量巨大，若依據克卜勒定律，這個軌跡就會形成一個橢圓形。太陽對地球也有重力，但強度只有月球對地球的三分之一。隨著距離太陽的遠近以及周圍其他行星的排列（其他行星本身的質量也有影響），這個重力會有所差異。無論如何，親愛的太陽在這場重力角逐中扮演著重要角色。

日食時，海面經常會上升，因為此時太陽、月球和地球處於一直線，所有重力會疊加在一起，引發大潮。而當這三者構成一個直角，且地球位於頂點時，太陽和月球的重力就會相互抵消。也可以說，太陽奪走了月球的能量，這時地球的潮汐會減弱。

地球上的水體受宇宙力量左右，所以那些根據月球小姐訂定日期的人認為，**人在滿月的時候會被拉向太空**。人體的三分之二確實都是水，只是將這個重力公式套用到人身上的時候，它的影響十分微弱，幾乎可以忽略不計。月球對太平洋的重力和月球對史密斯小姐的重力畢竟還是兩回事，對後者而言，更危險的可能是早餐甜點對她重力的影響。而且，我們什麼時候見過人繞著雞蛋轉，並墜落到雞蛋表面上去呢？

海洋就不一樣了。在我們對愛因斯坦和克卜勒的世界稍做瞭解之後，你現在應該知道海洋會被月球吸引，而且海洋也會施加作用於月球，這就像有一條橡皮筋將兩者捆綁在一起。此外，月球雖然約每二十七天會繞地球一周，但地球自轉的速度卻要快一些，因此潮峰並不會總是正對著月球，還必須繞過大陸，克服海底摩擦的阻力，才能到達它該在的位置，所以潮峰總是遲到。因此它們也會影響月球的旋轉，每一年月球都會離開我們三．二八公分——以前它和我們靠得更近。因為那時大陸還是一整塊，漂移的速度比現在慢，所以海水能夠更快追隨月球的位置。如今非洲、歐洲、美洲、大洋洲、亞洲和眾多島嶼阻礙潮水行進，所以地球和月球之間的距離才會日益拉開。我們的地球目前正處於黃金期，也就是說，再過四十五億年之後，它就會飛進太陽裡，到那時月球將縮成天空中一個小點，再也不會有人為其長吁短歎，因為那時人類早已不存在，那些能朝著這顆漸行漸遠的衛星長嗥的狼族也已消逝。

不過早在這一天到來之前，地球與月球的關係已發生變化。正如我們所看到的，兩個潮峰都在持續延緩地球的運轉，如此一來，地球每年都會轉得慢一點：確切地說是〇．〇〇二秒。這一效應會漸漸累積，二十億年之後，持續的剎車將會使地球大大減慢速度，以致它必須使出吃奶的力氣才能轉上一轉。到那時，一切將多麼不同！誰要是想玩通宵，就得連著鬧上九百六十個小時。

像今天這種風和日麗的白天，也會持續同樣長的時間，不過光是四百八十個小時就足夠讓人從酒醉中清醒了。加長的日和夜會導致急劇的溫差，然後所有的山脈都會風化，我們將生活在大穹頂下，或在巨型的活動城市裡追逐陽光。吸飽了一個月的能量之後，植物夜晚會匍匐在地上，仰賴自己儲存的能量為生。動物則會分化為日行性和夜行性，且兩方永不會相遇——如此倒是方便彼此共用洞穴。展望這樣的未來時，人們不禁會問：**如果地球完全失去了月球，將會怎樣呢？**

天文學教授內爾．柯明斯（Neil F. Comins）把沒有月亮的地球叫做「單球」，他在《如果沒有月球怎麼辦？可能的地球之旅》（*What If the Moon Didn't Exist?: Voyages to Earths That Might Have Been*）一書中，對沒有月球的地球做了清晰的描述。他考慮的出發點是：忒伊婭沒有和地球碰撞，而是和地球擦肩而過，甚至根本沒有出現，因此地球並不會吸收到多餘的物質，我們所信任的月球也沒有從碎片中形成。

如果沒有安詳的月球，我們也將無法聽到卡爾．恩斯林（Karl Enslin）讚美月球的歌聲。當然，這也算不上什麼損失。但是買鞋會變得很麻煩，試鞋時，人們可能得套上六至八隻笨重的鞋子，因為我們可能會多長出幾條腿。然而，那個世界很可能不會有人類——至少還沒有出現，因為進化女神不太喜歡單球上的工作環境，她或許要到一億年後才會來上班。

除此之外，我們還應瞭解，在忒伊婭撞到地球之前，地球的自轉速度要稍快一點，大約是現在的三倍。那時一年有一千零九十五天，而且三倍快的轉速致使大氣層產生劇烈的湍流。「抓緊了！」如果有個可憐人想在這樣的星球上站穩腳跟，肯定會有人對他這樣大喊，好在那時地球上還沒有人類。

在忒伊婭和地球撞個滿懷後，新生的月球才開始了它橢圓形的旅程，同時它還透過對潮汐的控制讓地球降低速度。月球剛出生時，與地球的距離很近。夜幕中它閃閃發光，引發潮汐及強有力的潮峰，正是這些潮汐使海洋與陸地互相交換養分。

如果沒有月球，這一切都不會成為事實。

那時，只有太陽才能引發潮汐運動，但它距離我們比月球遠了四百倍，對海洋的影響微乎其微。如此一來，海洋與海岸地帶間的養分運輸就不會開始，高等生物的誕生也不會成為必然，這些生物更不會在光合作用普及後在海陸之間茁壯成長，甚至生命的最初形態——最早的細胞能否生成都是問題。水不斷攪拌，海岸的礦物質不斷被沖刷，這樣才孕育出足夠的生命能量；如果沒有漲潮退潮，這過程根本無從談起。

第二點，根據柯明斯的看法，在與忒伊婭相撞之前，地球披著一件厚重的外衣，這件外衣的主要成分正是火山噴發出來的二氧化碳。隕石撞擊地球之後，一部分的有毒溫室氣體甩進了宇宙，如此一來，大氣層變得較稀薄，更容易接收後來釋放出的氧氣。假如沒有這次碰撞，生命必將很難誕生。儘管在如此艱難的情況下依然可以進行光合作用，但大氣層卻無法提供足夠的氧氣，以持續促進闊葉「光合作用工廠」——即陸生植物的生長。

郝思嘉終於留住了白瑞德——沒有月亮的地球

柯明斯的理論看似令人信服，清楚明瞭。脫韁的地球飛快自轉，一天大約僅有四到五小時，惡魔般的颶風連續不斷在大陸和海洋上空怒吼，而且「單球」上沒有崇山峻嶺，因為早就被持續的冷酷暴風磨為平地了。可以肯定的是，大海也不能通航，三十公尺高的巨浪會打消任何人出海的念頭。永無寧日的「單球」將非常不適合生存，暴風翻騰咆哮，雷聲與激浪不斷較量，沙子挾帶石塊猛烈拍打赤裸的岩石，發出震耳欲聾的巨響，更別提連綿不絕、聲如擊鼓般的大雨了。「單球」上不僅氧氣含量不足，此外，要在時速數百公里的大風中生存，還得擁有強壯如牛的心肺功能才行。

儘管如此，在柯明斯的單球上還是可以形成生命，甚至發展出高等生命來，只是看起來較為不同罷了。

假設你是一個單球人，那麼你的祖先肯定不會爬樹，因為單球上沒有東西能夠直立，只會有像苔蘚類和蔓生植物這類結實且緊挨著地面的植物將自己的根深深扎進土壤裡，如此才能對抗大自然的暴力，而柔軟的大葉片將很容易被撕裂。

同樣地，動物和其他生物也都如此，想像一下生長在大風下的生物吧，牠們一定都長得十分低矮。像《亂世佳人》的郝思嘉這類纖瘦的美女，還沒喊完三遍「塔拉！」*就被大風給吹跑了。單球上的郝思嘉會被壓得很矮，皮膚堅硬且長繭，長著六到八條有勾爪沒肌肉的腿，唯有這樣她才能牢牢抓緊地面。這麼一來，她絕不可能歡快地奔向白瑞德船長，只能以極緩慢的動作爬向他。與情人互望時，她還得一層層睜開眼皮，這也是對抗沙塵暴的必要手段之一。而當他最後以蝸牛般的速度離開她的時候，她也大可不必在背後一遍遍呼喊他的名字，因為身處巨大的噪音中，根本就說不了話或我們能懂的某種語言。兩人告別時，他透過一連串尖銳的聲頻（我們姑且稱之為聲波）說「坦白講，親愛的，我根本一點都不在乎妳」，郝思嘉必須過濾現場的雷聲和怒吼聲，才能聽懂這句話。

我們猜測，單球人之間是透過光進行交流，因此單球上的郝思嘉應該會有一條長而有力的尾巴，尾巴末端附著有生物性發光的菌類，而且她很可能不只有一條尾巴。光的信號就是這些身披厚重鎧甲的靈魂間相互交流的載體，就像深海的魚類也會發光一樣。這種高難度的光語言，又怎麼會難倒聰明伶俐的單球人呢？只是隨著地區的不同，辭彙也有所變化，所以掌握了數種語言的人就可以輕鬆地自吹：「看，我多亮啊！」夜間的約會也令人歎為觀止。單球的夜晚很黑，伸手不見五指，任何閃爍著銀光的燈籠都不能穿透黑暗，反正一切都包裹在厚厚的雲霧中。

海裡又是什麼樣的情形呢？

沒有多樣化的海洋生命，也就不會有陸棲生物。儘管單球上的大海缺少養料和溶氧，但根據羅素（Michael Russell）和馬丁（William Martin）的說法，早期有機物的形成歸功於地球內部化學成分的供給，而非依賴潮汐。深海的熱液噴口裡並無氧氣，氧氣是後來才釋放出來的。而潮漲潮退必然加速了生命的演化，因為它們將氧氣和礦物質輸送到深水區。但光合作用的革命是在水面上進行的。至於高等生物究竟在單球大海的哪種深度誕生？靠氧氣生存的魚類是否存在？大家對這些問題的看法各有不同。此外，簡單生物也只須依賴甲烷和硫生存，所以即使氧氣不足，進化女神肯定也有辦法創造出高等生命。

令爭論更加激烈的問題是，在忒伊婭小行星撞上地球之前，原始大氣層是如何形成的？時下的模型認為那時地球只有稀薄的有毒大氣層，且不斷受太陽風侵擾，因為地球的質量還不夠為自己編織一件氣體外套。這時候，太空壞蛋反而為我們做了一件好事。沒有碰撞，地球就不會增加質量，也就不會形成穩定的大氣層。那時的地球外部可能充滿氦氣、氫氣，內部則充滿質量較大的二氧化碳。可以想像，當時的生命也可能一直留在大海深處，為自己找到別的出路。

學界對此看法不一。法國天文學家賈克·雷斯卡（Jacques Laskar）認為，沒有月球就不會有生命。根據他的理論，地球如果沒有月球的穩定重力，就會受到太陽和其他行星的重力場所影響，走得踉踉蹌蹌。這種說法並不奇怪，所有天體的自轉軸都會發生一定的晃動，地球也一樣，儘管晃動的幅度幾乎微不足道，然而這種輕微的搖晃卻足以引發地球的冰河期。沒有月球，地球就不會晃動，而是像金星一樣，每隔幾百萬年就會翻個身，赤道和南極的位置會對調，氣候的變化也會造成滄海桑田，這些都不是適合生命存活的良好環境。

有科學家認為柯明斯描述的景象過分誇張了，當然，潮汐會變弱，但沒有月球的話，地球的公轉也會

＊郝思嘉的莊園名稱。

變慢，這是由太陽決定的。柯明斯回應說，這種情況也有可能，但即便如此，一天最多也不會超過八個小時。對那些有趣的活動而言，這樣的一天還是太短了點，短到單球人剛把八隻腳的鞋帶繫好，就得再解開鞋帶回家睡覺了。

無論如何，擁有月球這個疤臉夥伴還是值得我們高興，可是美國數學教授亞歷山大．阿比安（Alexander Abian）卻在九〇年代初提出應該炸毀月球，丟幾顆小核彈過去，這個疤臉傢伙就能被打回原形——一堆廢墟。這樣一來，地球的自轉軸就能穩定，魔鬼般的颶風也將一去不復返，到處都是鳥語花香，撒哈拉沙漠將可以建造高爾夫球場，成為氣溫宜人的美妙療養勝地，全世界都會因此歡呼雀躍，地球的自轉速度也不會變快，因為畢竟已經慢下來了。

那麼，我們該把月球扔到哪兒呢？這不成問題，透過精確定位，被炸飛的月球能恰好掉到太平洋。可是這樣的話，所有的海岸城市都將面臨海嘯帶來的滅頂之災啊，這個嘛……總要有一點犧牲吧。當阿比安在十一月份還能穿著運動短褲和T恤的時候，他會漸漸忘記那些城市。

關於阿比安的話題，我們就談到這裡吧！

海面的坑窪

讓我們在月球上再待一會兒。

當你身穿太空衣站在安靜的月球表層，你會驚歎不已。閃著藍光的地球在月球的地平線上遙遙升起，一切都令你著迷。你的目光游移在閃亮的海平面上，眼前的海面就像抛了光似地光可鑑人。當然，在月球上看不到海浪，印度洋、太平洋和大西洋看上去波平如鏡，其實它們確實如此平坦，幾乎和度假勝地托斯卡尼一樣平坦。

啊？

不不不，我沒有失眠，也沒有喝酒，更沒有嗑藥。大海並非平整的，忘掉那些所謂「海平如鏡」之類的說法吧。海面會凹陷成山谷，也會高聳成連綿起伏的山巒。注意了，這裡說的可不是海浪。海洋是龐大山峰的集合，所以在橫越大西洋的航行中，人們一天內經過的高度差就可能高達一百三十公尺。

印度洋比北大西洋低很多？——高低不平的海「平面」

現代衛星技術讓我們有機會認識美麗地球的真實面貌：就像一顆坑坑疤疤的雞蛋。八〇年代，美國海軍曾將一顆名為Geosat的雷達衛星送到靠近極地的軌道運行，以測繪全世界海洋表面的地形。人類早已注意到海平面的高度並不一致，由於雷達並不能穿透水面，只能從水面反射回來，就像從混凝土建築上反射回來一樣，因此這個方法能夠提供非常精確的資料。但是沒有人料到Geosat衛星最後揭示出的結果是，海平面高低不平，既有高地，也有平原。印度南邊的海平面比北大西洋低一百七十公尺，澳洲北部的海平面則較之高出八十五公尺，大西洋沿岸更是一道綿延巨大的海洋山脈，海洋各處的海平面高度差常多達十公尺左右。圖形顯示的結果似曾相識，一天，一些科學家突然醒悟過來，這個令人難以置信的圖像正是深海海底地形的藍圖，雖然不夠精細而略嫌粗略，卻正顯示了海底的構造。

這個結論實在太驚人了，原來我們只要研究一下表面的測繪資料，就能大概瞭解海洋底部的情形。

可是，是什麼導致此一結果呢？花費了一番功夫，終於找到答案，原來它是由各種因素造成的，其中最重要的原因大概就是重力了。

我們之前提過質量的定義及其帶來的一連串影響，物體的質量愈大，重力也就愈大，這種現象不但適用於天體，也同樣適用於地球表面和內部的任何物質。任何有質量的東西都擁有自己的重力場，並透過其重力場與其他物體發生作用，海底也同樣以這種方式吸引著海水。如果海底的質量增加，譬如在海底放置一座山，那麼這個位置的重力也會相對增強。**有人會以為大海就是地球上的窪地，然而令人驚訝的是，事實恰好相反，海水既會突出形成高峰，也會凹陷成為低谷，深海盆地上的海平面會下沉。**因此，人們不用下水也能瞭解海底大概的狀況。

但事與願違，這種方法有其美中不足之處。因為有些低矮的海平面上也會形成高峰，雖然那裡的海底平坦，沒有任何突起的地貌。一番苦思後，這一現象也被順利解釋為重力的效應。因為海洋地殼離誕生地——中洋脊愈遠，年齡就愈大，溫度也會相對降低。溫度一旦降低，密度也會變得更大。煎過雞蛋的人都知道迅速降溫的結果，這時煎蛋會變得很扁，但質量並沒有減少。失敗的小煎蛋跟成功的大煎蛋一樣重，差別只在於小孔多寡而已。同樣的道理，中洋脊新凝固的熔岩比已冷卻的古老海底有更多孔。進一步研究顯示，在一些相關地區，被擠壓過的古老岩石構成的平坦地區與雄偉宏大的海底山脈質量相同。

希臘的水域就是海底地貌對海水表層產生影響的最好例子。你可以比較一下科林斯運河（Korinth）和帕特瑞港（Patras）的海平面，後者比前者低了七公尺。在克里特島南方的海洋橫貫著一道長而平坦的海洋山谷，其實是海面下有一條深海海溝，海溝由層層疊疊的地形構成。與此類似的還有位在印尼西面和紐西蘭北面的菲律賓高原，你不必出海就能看到海溝。日內瓦湖看上去如此波平浪靜，然而湖面也是高低不平，日內瓦這邊比湖對面的蒙特勒（Montreux）還要高上兩公尺呢！

那麼著名的「海平如鏡」說呢？如果你的地下室地面凹凸不平，你可以採用組合地板，這樣就可以克服不平整的現象，而得到一塊完整而平坦的地面。然而很遺憾的是，我只能讓砌牆工和泥水匠的幻想破滅，因為組合地板也同樣會受重力影響，只是誤差會很小，甚至水平儀自己都被愚弄了。海洋和組合地板一樣，都受到地球重力中心垂直方向的重力，也就是我們常說的地心引力，這也說明了另一個問題：除了純數學之外，地球上不存在兩條互相平行的直線。兩名立正站好的士兵之間的距離是一公尺，看起來是非常完美的平行線，但實際上兩人之間還是有一個角度，因為他們並非有各自的重力中心，而是被同一個重力中心所吸引。商業上慣用的計量儀器根本不能反映這種微乎其微的傾斜度，它們同樣也受到同一個地球的重力吸引，所以會造成種種假象，比如告訴我們大海是平的。當你站在一艘船的甲板上時，立刻就會成為重力場特性的「犧牲品」，連同你的體液，你的重心是指向地心，而大海、船、以及你本人都是傾斜的，然而在你眼前卻伸展著一道平整得完美無瑕的地平線。此外，因為海水的斜坡相非常平坦，你也不會有上上下下的顛簸感。我太太薩賓娜很少乘船旅行，連她都向我保證坐船是一種寧靜的旅程。

造成海面坑窪的原因還有一個，就是洋流，我們以後會進一步談論這一點。海洋裡潛伏著直徑達數百公里的巨大渦流，就像你在家放洗澡水的時候會看見一道小小的漩渦，漩渦的中心有一個小洞，海洋巨型漩流的中央也有這種凹陷，它的周圍也是突起來的。海洋漩渦就像天體宇宙中的漩渦狀星雲一樣不斷旋轉，而它本身又是更大漩渦的一部分，而更大的漩渦又組成更大的巨型漩渦，永無止境。最後，人們終於察覺整個大洋都在旋轉，赤道以北的漩渦順時針旋轉，赤道以南的則逆時針旋轉，而且愈近極地旋轉得愈快。這時，決定性的因素已不是重力，而是地球的自轉。

大西洋就有這樣的巨型渦流，它的中心稍微西斜，因此朝向北美洲的方向前進，壓過岸邊的墨西哥灣暖流，將它攔截住，然後高高揚起，由於摩擦漸漸增大，洋流速度放緩，同時間，其速度又受強風和北太平洋水下逆流的影響而加快。幾種力相互抵消，根據動量守恆定律，圓周運動除非受外力作用影響，否則不會改變自身的運動狀態。

大氣層似乎對海平面的高低也會產生作用。因為空氣也是有重量的，高低氣壓區會以不同的方式對海洋發生作用，對海水表面的高度進行一定程度的按壓。

自二〇〇二年起，Jason一號衛星開始追蹤調查海洋地貌的精確結構。它配備了微波輻射計、雷射反射器和全球定位系統，測量物體的精確度最小可達四．二公分，並且能檢測洋流，研究氣候、大氣層和海洋三者間的相互影響。二〇〇八年，修繕一新的Jason二號將接替一號的任務。到那個時候，人們將更加深入瞭解一些至今未能解開的謎團，譬如為什麼北大西洋的重力比印度洋大等問題。僅僅是海底的地貌結構圖並不足以解釋這些顯著的差別，或許我們只能繼續努力研究，製造抗熱性能優越的地心探測器，然後仔細探索地心一番，看看到底是什麼造成了不同地區的密度差異。單單地核就能引發海平面的許多反常現象，但是大家都知道，我們不得不放棄地心之旅，只能再一次將目光投向太空。歐洲的Grace和她的美國雙胞胎Champ這兩座太空探測器，目前正在共同重新測量地球的重力場。研究者還希望藉此瞭解一些時常提及的相關問題，例如海平面坡度的實際情況，但確定無疑的只有一點：大氣暖化對不同地區的影響並不相同。

你依然站在船的甲板上信誓旦旦地說：地平線的確是筆直伸展的啊，哪有什麼高山溝壑啊！好好好。就算你說的有道理吧，因為你現在又遇到一個難題了。

轉過身看看。

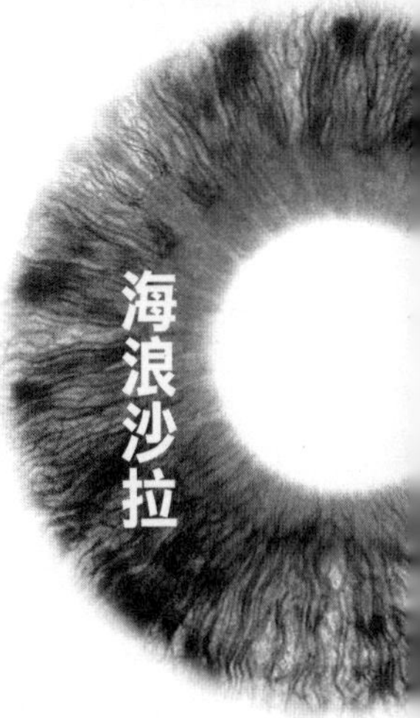

海浪沙拉

風是浪的心愛情郎，
從湖底搖得水波激蕩。
人的靈魂啊，
你深浩似水！
人的命運啊，
你飄逸如風！

這是歌德先生的觀感，他是兼具自然科學和文學詩歌造詣的大師。讀了這首詩，誰不會淚眼矇矓呢？

再來一顆催淚彈吧！

人的靈魂
深浩如水：
由天而降，
復返蒼穹，
再落大地
永恆無休。

啊！真是情真意切，我們的內心油然升起一種渴望，渴望站在船頭，讓禮服下襬隨風輕輕擺動。這位擁有高超修辭能力的內閣大臣對海平面凹凸起伏的情況可能瞭解不深，但對蒸發原理還是比對鹹水湖的湖水瞭解得清楚一些，在詩歌中他提到了海浪成因的一個重要原理：**風啊，它追求著浪花！他為人類對水的永恆珍愛賦予了浪漫的激情，以抑揚頓挫的手法達到了藝術的成就**。這是一種永久的追求，一種對自然力永不停息的愛撫：柔和的，戰慄蕩漾的潮水，激進的序曲，呼嘯恣意的上漲，然後是高潮的轟鳴，最後衰竭漸弱，在靜默中漸漸平靜下來的波浪，真是一顆催淚彈，一片……輕柔晃動的湖面。

呵，浪漫主義嘛。

一個激情跌宕的時代，一個酷愛大海的時代。大概就在那時吧，華格納用翻騰的海浪召喚《漂泊的荷蘭人》，《萊茵的黃金》也水流如注。里奧多夫的《魔湖》講述了內陸湖水的魔力，而德弗札克的《水妖》從水中探出濕淋淋的頭。從來沒有任何事物像水一樣，將人類存在的矛盾心理刻畫得如此細緻入微，就連欽欽作響的森林也不能像水一樣，將善與惡、狂喜與爭執、愛與恨如此協調地融為一體。

你剛才還看著地平線，兩腿叉開，手扶欄杆，端詳著強有力的海浪滾滾而至，一會將船托起，一會又拉著它下沉。海洋如此巨大，卻並不令人畏懼。現在你帶著對寧靜的期待轉過身，突然看見一片深深的灰綠色，你愣住了，夜晚降臨了嗎？黃昏這麼快就消逝了嗎？很快你就會明白了，漸漸迫近的絕不是晚上，而是一面波濤洶湧的水牆。這道浪約三十公尺高，這是一道陣線，一道難以越過的陣線，因為它的陡峭，也因為它在高度上已經遠超過你的船隻。這個龐然大物無情地向你壓過來，它會吃掉你，這是肯定的。大海將會吞噬你，接著發生的事情就不敢想像了。我知道，這不是一個學習的好時機。但在此刻，我們還是需要瞭解一下基礎物理知識。別害怕，我會在最關鍵的時候救你回來。

在宇宙空間待了一段時間後，我們應該對海洋認識更多。我們知道月球是如何引發地球上的潮汐運動，也探索了海洋結構起伏不平的祕密，最後我們登上一艘船在暴烈的大海中航行。我們對未知宇宙的探索成績可觀，頭髮上淌著水，暴風把夾克吹得呼呼作響，嘴角結上了一層鹽。我們身邊是電影《火鉗酒》中醉醺醺的波摩爾教授*，他脫下鞋嚷道：

「現在要問一個蠢問題，什麼是海浪呢？」

地球上最大的風有多大——風的原理

對啊！老師，為什麼水面不是平的呢？歌德就發現了這一點，他在《水上精靈之歌》（*Gesang der Geisterüber den Wassern*）中已經點出答案：風是浪的始作俑者。回答正確，可惜詩人緊接著犯了一個原則性的錯誤，他將風打到了水底：從湖底攪得水波激蕩。不不不，並不是這樣的，風雖然只在表面運動，但已足夠推著我們坐在小船上漂蕩了。

波摩爾說，最好從頭解釋。

那好吧，「什麼是風？」形成風首先要有兩個條件：一個是大氣層，也就是有一定密度的氣體混合物；另一個是要有幫大氣層加溫的太陽，也就是要讓空氣粒子處在相對較高的能量環境中，這樣它們就可以四處運動，拉開距離，減小混合物的密度。當然，地球上的大氣並不是均勻受熱和冷卻的，地球的一面可以幾個小時沒有受到太陽照射，另一面則有不同程度的受熱，如北方的氣溫比赤道地區低。而且雲層也控制著能量的分配，空氣處於不同強度的運動狀態和密度狀態中，就會形成所謂的高壓區和低壓區，這也是著名的氣象專家和天氣預報主持人任立渝成為氣象專家的祕訣所在。

自然界中充滿均衡效應。低壓區就是空氣氣壓比周圍地區低的區域，相反，高壓區的特徵就是氣壓相對較高，在這裡，氣團大幅下降，氣溫較高，結果就是濕度降低，天空晴朗無雲。所以高壓區很受我們喜愛，當地面上的空氣密度變大，下沉的氣團就會飄散到周邊的低氣壓區，產生平衡，這也是熱力學第二定

* 火鉗酒（Feuerzangenbowle）是傳統上德國人過聖誕節或年節時會飲用的酒，由紅酒、果汁、香料和浸過蘭姆酒的糖塊熬煮出來的酒精飲料。在電影《火鉗酒》中，波摩爾（Bömmel）是一位作風自由的教授。

律的要求。根據這個原理，所有的空氣粒子應均勻分布。比如說三個小孩分六個小布丁，每個孩子都得分到兩個小布丁，否則就會發生激烈的爭吵。

因為這一均衡原理，大氣層總是處在持續運動中，它會從一處流動到另一處，我們把這種流動叫做風。風的強度則與高低氣壓區間的空氣密度差有關。我們可以把它想像成一道斜面：上面是高氣壓區，下面是低氣壓區；如果兩者差不多高，那麼空氣粒子就會順著斜面溫和滑動，這樣我們就能感到一陣舒適的微風，差值愈大，斜面就愈陡，空氣就會飛流直下，這種情況就會產生暴風。由於物理原因，風的加速度有一個上限，它的時速不可能超過五百二十公里。但是如果有誰為此而感到欣慰，那他簡直就是個傻瓜。二〇〇五年八月，一場颶風將紐奧爾良變成了水世界，當時的風速只達這個上限的一半而已。

風掃過地面的時候會產生摩擦，地面抵抗風時，兩者就得進行一番角力。儘管颶風可以將大樹連根拔起，也可以將房屋夷為平地，但地面也在抵禦風的力量，直到將它完全遏制住。

水的情況則有所不同。

水分子間的結合比較不穩定，風吹過水面時，水會蕩起波浪。風並不能影響深水區，但能讓水面的水分子產生運動。值得注意的是，水分子的位置並沒有改變。風可以連根拔起大樹，將樹捲入氣流，再從不同地方把它扔下來，卻不能這樣對待水。水依然會待在自己原來的位置上，或許只是翻了個筋斗而已。每個小朋友都知道，如果在水波漣漣的湖面上放一艘玩具小船的話，小船會在原地打轉，如果有風來推動水，小船就不會這樣。向前運動的只是水波的形式，水分子的運動只是一種集體振盪，它們漂到上層或沉到下層，與周圍的水分子發生碰撞，令鄰居也加入這種圓周運動。微風能夠引起漣漪的波紋，風吹得愈起勁，波的峰頂愈高，隨之出現更長的波長。

理論上，既然風能夠掀動水，那麼水中應該出現一道幅度愈來愈大的波浪，比如說這條波浪漂向西方，那麼東方的海盆裡的水就會逐漸減少。然而事實上，只有強勁的風才能產生巨浪，大海可不會這麼容易就被趕走。在這裡，均衡原理也十分重要，根據熱力學第二定律，流體會填補周圍新增的空間，重力則一直將水分子拉向地心。因此，颶風雖然能夠一次掀起高達十五公尺的海浪，產生巨大的波谷，但很快地隨著風暴消失，一切又回到平均狀態，波形也會變得更平坦，直到最終——當然是在完全無風的狀態下，重合成一條直線（當然，自然界並不存在絕對的直線，就像我們感覺不到風的時候，還是存在著很小的空氣流動）。

德國人當然不會被大西洋颶風所打擾，但陸地也經常受暴風襲擊。為什麼小村莊的池塘裡不會出現十五公尺高的大浪呢？答案很簡單，浪的高度是由波長決定的。海洋中的巨浪表現了與其相應的波谷，必須要有足夠大的水面才能為巨大的波長提供用武之地，而波谷的高度總是與波峰相同，所以水也要夠深才行。小村莊的池塘一定不會有大西洋大，這對鴨子們來說無疑是個好消息，否則牠們不僅會經常暈船，更吃不到老婦人餵的麵包了。

之所以稱為波峰，是因為波浪和山一樣，側面也是傾斜的。平緩的波浪其實並不多見，波浪也會隨著時間變得陡峭。你在海灘躺上一個小時，就能體會到這種現象。水分子不是被風推著在海面上運動，而是跟著大轉輪運動。與此同時，你也明白波形會一直傳播下去，傳播速度由風速決定，但風只能影響水的表層，就算是破壞力驚人的世紀颶風，最多也只能影響到二百公尺深的水域。海底漸漸向陸地攀升時，波浪就會擠壓那裡的水分子，它們會在空中翻幾個筋斗，說不定還會跌個倒栽蔥。此時水分子的運動軌道發生了變化，變得平坦或呈橢圓形，接下來發生的事件類似於車輛追尾，下面的水波速度慢了下來，上面的則繼續迅速運動。這時所有的分子就形成不同的層次，水波也不斷增高，變得愈發陡峭，上層的水分子朝陸地運動，下層卻無法快速跟進，最後超出坡度的極限。當浪高超過水深的一．三倍，速度就會明顯慢下來，最終塌陷，濺成水花，漩渦散盡，攪起一灘沙子，成為永遠的歷史。

小新已經能夠深入思考關於長頸鹿的真理和謬論了，現在他站在海灘上嘲笑說：全是胡說八道。小新認為，波浪完全能夠運送水滴，因為每隔幾秒鐘就有浪花撲到他的腳邊，浸濕了沙灘後又退回遠方，接著又是下一陣浪花。

小丸子認為，剛才提到的風的原理也有問題。比如今天吧，風是從陸地吹向海洋，所以應該是把浪吹跑才對，然而它卻打濕了小新的腳。如果說水分子和小玩具船都在原地運動，那麼在海面漂流的木頭又是如何到達岸邊的呢？或者說，沉船遇難者的瓶中信是如何漂到岸邊呢？

孩子們真聰明。

事實上，水分子就像在足球場看台上的人浪一樣，壓根兒沒有挪過屁股，但有時候球迷們會被迫一個踩一個站成人梯，當這個人梯倒下來的時候，其中肯定還有幾個改變自己的位置。水也是這個道理，海邊的浪愈推愈高，直到拍打到岸邊消失為止。這時候，也只有當海浪塌陷灑到平地上的那一刻，水才被傳遞了，然後水分子在受重力作用退回大海前，會濺灑一些在海灘上。正因為如此，聰明的小新才會濕了腳。

相較起來，小丸子的問題比較棘手。哪怕人站在一座圓形的島上，不管站在何處，浪花永遠是正面拍打著海岸，答案只有風知道，而友好的風告訴了我們。

風在空曠的大洋上推著海浪，海洋置身於一個能量場中，水中的能量和空氣中的聲波很相似，它不受水面的波浪運動影響：能量會向各個方向等量傳播。儘管現實中流向各個方向的水，吹向各個方向的風，都會造成方向不斷改變的亂流，但運動到陸地邊時，整個系統都會停下來，島的四周就是這種情況。浪花希望繼續前進，卻受到了阻力，所以它就在這坍塌了。

小丸子對這個解釋並不是很滿意，因為如果風是從西邊吹過來，那麼它對西海岸的影響應該要大於東海岸啊。

是這樣沒錯，所以我們才有衝浪天堂和保護措施周密的海灣。事實上，只有當風以直線方向吹向海岸時，浪花才會正面拍打海岸，在其他地方，浪花會斜向地接近陸地。海底緩緩向上延伸時，海浪一段段地拍上來，離陸地最近的海浪剎住不動時，其他部分依然保持著之前的運動速度，後面的海浪運動到停止的地方時也會降速。就是這樣後浪推著前浪，漸漸地，波浪會改變方向，直到與海岸線平行。因此，不管風怎麼吹，海浪總是正面拍打著海灘，只是此時它拍打出的海浪聲更輕柔一些罷了。如果海浪在直接登陸之前與地面沒有任何接觸，比如在地勢陡峭的海岸邊，我們就可以發現一些角度傾斜的浪花。

那麼浮木呢？它為什麼不待在原地？為什麼漂流的瓶子會抵達岸邊，讓千里之外的可憐海難者得到救援，然後一切皆大歡喜？

小丸子妳聽著，還有另一個因素起了作用：即便海浪不傳遞水滴，水還是會被推動，並且改變位置，原因就在於均衡定律。水要流動，它在全世界潺潺不息地流淌著，它讓洋流保持著運動，也導致各地的瓶子和罐頭漂到孤島，遇難者好不容易撈起它們，卻遺憾地發現自己沒有開罐器。洋流是個複雜的問題，我們將在下兩章跟它一起環遊世界。

三姊妹對上修士——各種匪夷所思的巨浪

我們還是回到甲板上吧，你和波摩爾教授一起站在欄杆邊，在風暴的怒吼聲中，你一點也聽不見他沉著冷靜的訓誡。他或許在說：「這浪可真夠大的。」或是說：「有人知道這浪叫什麼嗎？」你的心裡有別的擔憂。根據前面的說法，這裡本不該出現這種場面啊，但一切就活生生地發生在眼前，大海對著你掀起一道三十公尺高的參天巨浪，你詫異地想，它是怎麼從天而降的呢？

恭喜你！你很幸運，竟然和瘋狗浪（freak wave）不期而遇。

一九三三年，美國巡洋艦拉瑪波號（Ramapo）就遇到了這種瘋狗浪，當時的水牆高達三十四公尺，差點掀翻整條船。在此之前，有關魔鬼巨浪的傳言一直甚囂塵上，但人們總是一笑置之，把它當成水手杜撰出來的冒險故事。直到最近，一百一十公尺長的豪華遊輪不來梅號（Bremen）在南非附近遇到一道三十五公尺高的巨浪，在海面晃蕩了半個多小時，動力盡失，船體傾斜達四十度，最後幾乎九死一生地脫困後，這個事件很快就引起大家的關注，而人們也才開始嚴肅地探討這種帶有傳奇色彩的水牆。

緊接著，二〇〇五年又發生了幾起類似的事故。二月十四日，巨浪在撒丁島西部海域襲擊了遊輪旅行者號（Voyager）的跳板。幾星期後，一道瘋狗浪在邁阿密附近轟然撞上挪威的破曉號（Dawn），造成六十二間客艙沉沒入海，這艘二百九十二公尺長的船遭受這場重創，不得不改變航線，駛往查爾斯頓維修。塞巴斯提安．鍾格在他的小說《天搖地動》中也描寫過這種龐然大物，在小說的同名電影中，水牆吞噬了英俊的喬治．克隆尼，令無數女粉絲肝腸寸斷。

正常情況下，如果人們不幸碰到了瘋狗浪，一般很難逃出生天，因為瘋狗浪的形成幾乎沒有任何前兆，幾秒鐘之內一道水牆就能拔地而起，波長似乎並不驚人，但它的危險係數極高。本來人們對一般波濤的高度並不在意，只要能駕著船舒舒服服爬上去就行，然而世上沒有任何一艘船能征服陡峭的水牆，而瘋狗浪幾乎完全垂直於水面。

一位德國的海浪專家將巨浪比喻為不來梅的城市音樂家，他指出巨浪通常是由很多道熱情的小浪組成，當高大迅猛的暴風浪突然與一道強大的反向洋流相遇時，就有可能發生這種情況。它們的行程被阻斷，波長急劇加長，後續的海浪閃電般堆疊起來。在非洲東南部的好望角附近，暴風浪經常與東來的阿古拉斯暖流正面相遇，南美最外部的尖角——合恩角，也公認是危險的亂流好發地帶。

公海上，一道瘋狗浪（也稱詭浪 rogue wave）通常以每小時三十五至四十公里推進，最遠可達十公里，有些巨大瘋狗浪甚至可衝到數百公里遠。它們一般比較不穩定，大部分的生命十分短暫，有時只持續幾秒鐘。但如果不巧與它短兵相接，即使幾秒也很難逃命。

瘋狗浪的水牆前是一道深淵，也就是水手們常說的「大海洞」。為了築起水牆，瘋狗浪需要大量吸取海水，因此它製造了一具用來吞沒船隻的大海槽，當船隻在千鈞一髮之際反應過來時，後面接著有更可怕的事；有一種怪浪被稱為「三姊妹」，名字倒十分悅耳，大姊是成熟的畸形浪，由於波長不大，二姊就會緊接著跟來。如果我們大難不死逃過了這一劫，還得與小妹正面較量。小妹的速度非常驚人，此時我們必然會聯想到兀兒德、蓓兒丹蒂和詩寇蒂這三位在生命之樹的陰影裡紡著命運之線的日爾曼女神。詩寇蒂不把線剪斷，人類才可以活下來，真是陰險的女人！

不光浪尖是個問題，浪尖下那些又短又深的波谷也很棘手，它能把一艘中型集裝箱貨船完全壓彎乃至報廢。其實真正恐怖的地方是波谷，我們在提到浪有多高的時候，也得同時考慮到波谷的存在。大浪露出海平面上方的是三分之二，還有三分之一藏在水下面。假使我們面對的是三十公尺高的浪，那麼真正令人畏懼的是十公尺深的懸崖。你如果上過游泳池的十公尺跳板，看過腳下的那張「藍色郵票」——其實是一座不小的游泳池，或許才能對此有所瞭解。

還有一種巨浪的名字很親切：白牆。白牆的陣線能達到幾公里，它頭頂白色碎浪，力量巨大，陡峭無比，連前方的水沫都會掉下來。《天搖地動》裡不幸的捕魚船安德利亞號正是被這道水牆打翻，結束了自己的生命。電影的海報裡，這艘船徒勞地想攀上大理石般的浪牆。喬治．克隆尼後來又出演了《瞞天過海》，看起來他最終還是躲過了這一劫，然而真正的安德利亞號上全體船員早已喪生大海。「修士浪」也是一種凶惡的巨浪，又厚又胖，喜歡偷偷從側翼進攻，撥轉船頭，然後將船隻掀翻。順便提一下，「修士浪」名稱的靈感來自修道院高牆內養尊處優的生活。

不管是三姊妹、修道士還是大高牆，人們一定不喜歡在海上碰到三十公尺高的陡坡。人們最終接受了魔鬼巨浪的存在，但依然聊以自慰道：巨浪畢竟是極少見的現象吧。很遺憾的是，這種自我安慰並不正確，雷達衛星ENVISAT最近告訴我們，全世界的洋面上每天至少要上演兩次這種大戲。

如果統計一下船難資料，我們將得到令人難過的結果：瘋狗浪已奪走無數條人命。最著名的例子即一九七八年德國貨輪慕尼黑號在亞述群島北部悄然消失，這艘船極有可能成為巨浪的犧牲品。三十五公尺高的恐怖巨浪並不是什麼特殊現象，特別是在南非附近及非洲東部、阿拉斯加灣、佛羅里達沿岸、日本東南海域和北大西洋，很容易就會碰上一場。

這種海浪的頻發率，與人們過去篤信的線性波動力學理論有顯著的矛盾。線性是一種數學原理，一種有關接續性可測度的理論，牛頓的宇宙觀就表現了他對線性的熱愛，大概是天才的一點小瑕疵：**真實世界裡幾乎沒有什麼東西是線性的，但預言家和統計學家喜歡線性，因為線性有利於主觀臆斷。**比如說，在線性世界裡，人們很容易預知未來，只須將現況強化，就能以數學預測出未來趨勢。那時就不會有心肌梗塞造成的猝死，沒有會爆炸的太空船，自稱忠貞不渝的夫婦也不會發生一夜情，蘇聯也不會一夜之間就土崩瓦解了。

大家還記得「混沌理論」吧！系統中總有某些角落會出現異常現象，發生規律中的例外，例外不斷蓄積，直至系統最終崩潰。直到今日，我們對此瞭解依然不夠深入，無法完全參透其奧祕。因此，目前的科學也難以解釋瘋狗浪頻發的原因。如果按照流行的計算模式，哪怕算上各種意外因素，比如相逆的洋流、風向的迅速改變與重疊，魔鬼巨浪的出現機率也應該沒有這麼高。很顯然，這個世界並不如我們所願，它不是線性的。

義大利都靈（Turin）大學的艾爾·奧斯朋教授（Al Osborne）堅信自己已經發現了問題的祕密何在。他採用的模式是量子物理學，即非線性動力學，根據著名的薛丁格方程式，基本粒子會突然出現然後再次消失。儘管薛丁格方程式並不能應用到宏觀結構上，但奧斯朋仍認為，海浪的狀態發生突變時，其行為與薛丁格方程式有類似之處。

海浪的行為是無法預測的，它能火速聚集周圍海浪的能量，壯大自身陣容。奧斯朋在非線性空間中計算瘋狗浪，並重構了一九九五年摧毀多普那（Draupner）鑽油平台的那場巨浪。他的結論令航運業陰霾密布：海洋中既存在直線性、落差適度的平穩波峰，也有陡峭的水牆。海浪無法預測，常常帶有隨意性。

「光是想到世界上竟然有兩種不同的海浪，就已經很有趣了。」一道瘋狗浪每平方公尺的碰撞能量高達百噸，讓教授覺得很有意思，但若是船隻設計者聽到這句話，眼裡肯定噴火。不過，無論巨浪有多大，瑪麗女王二號遊輪依然堅不可摧，因為它的梯板足足有四十公尺高，超過任何巨浪的高度，而且船頭船尾都裝上了厚厚的盔甲。建造者說，面對巨浪，即使是大船也會有些顛簸，但瑕不掩瑜，它是不會被大浪擊垮的。

天佑女王！

按照奧斯朋的說法，一切可能因素都會觸發瘋狗浪，可能是逆向洋流，也可能是由於海底突然拔高，有時那些已知和未知因素會一起來個大合作，形成一個複雜冗長的方程式。海峽裡的海浪能像光一樣束集起來，有時風向的轉變並不連貫，甚至不同的波形也能在特定條件下形成瘋狗浪。小海浪速度慢，大浪則很快，這些波長不同的海浪相遇時，也可能突然促成類似效應。

此外，海洋工業也讓人們傷透了腦筋。一般情況下，海上鑽油平台一定超出海平面三十五公尺，而一般認為，每百年才會遇到這種達鑽油平台高度的巨浪，但統計資料卻沒這麼樂觀。因為與其相信這種說法，還不如相信一對夫妻生出一個半孩子、養了〇．六隻狗、開著一又四分之三輛車，或相信人類會淹死在十公分深的水裡。

瘋狗浪可不會提前告訴你它將在哪裡出現，出現的頻率有多頻繁。

鑽油平台的建造者應該知道，一年之內有時會出現兩至三次這種令人畏懼的大浪，但也有可能在隨後幾年裡消失得無蹤無影。很多鑽油平台上都裝配有雷射控制的海浪雷達設備，這樣能獲得一些珍貴的資料。遺憾的是，雷達只能通知我們：一道巨大的浪正朝平台打來，所以這樣的邂逅依然不可避免。當怪物從海裡浮現時，我們別無選擇，只能把自己捆在柱子上，或搭乘下一輛直升機逃得愈遠愈好。

沃夫岡．羅森塔爾（Wolfgang Rosenthal）對此卻很不以為然。歐盟在北德吉斯達赫市（Geesthacht）的GKKS研究中心共同策畫了一次「大波浪」（Max Wave）專案，好能更全面瞭解瘋狗浪。在北海的研究平台菲諾

（Fino）上，大波浪專案的協調人羅森塔爾和他的團隊一直忙著測量海浪的高度、坡度、碰撞能量和速度，希望探究巨浪的形成過程。波浪試驗槽（wave channel）提供了重要的輔助資料，它能產生許多頑劣的迷你巨浪，能掀翻玩具小船，拋出三公尺高的浪花。研究者在平台上測試了各種警報系統，船隻和海上平台的波浪雷達大顯神通，當然最有用的還是衛星資料。

ENVISAT衛星能清楚識別八百公里外的大浪，這顆衛星每天拍攝一千張照片，每張照片都能涵蓋五十平方公里的面積。不過即使如此，人們對海洋的精確觀測依然是一條漫漫長路，我們還必須再發射四顆衛星。

儘管如此，羅森塔爾還是很樂觀，畢竟在未來幾年內，船長將可以提前收到巨浪警報，他們至少會有機會緊急繞開：「看到衛星上顯示的海浪後，我們相信能夠設計出成功的預報系統。」在與波峰相會前及時關閉開採平台，也是研究者的目標之一，羅森塔爾的測量儀器目前已經能夠在五分鐘之內為平台營運商提供波浪高度的資料。這樣看來，他們還是取得了一些成果。對海洋工業而言，適時解除警報也十分重要。平台愈早回到正常的工作軌道上，經濟虧損也就愈小。

羅森塔爾還建議優質船隻的建造方式。回想一下，每兩條保險契約中就有一條是和打碎玻璃有關，尤其是住宅附近有玩足球的小孩時，客廳的玻璃壞了，人們只須換片新的；但如果船隻指揮室的窗戶碎了，就極有可能讓整條船粉身碎骨。因為目前船隻的指揮中心中塞滿了各種電子儀器，而電腦唯獨對水的入侵會表現非常情緒化的反應。這也是每年有一打左右的輪船在海難中沉沒的原因，其中還包括全長超過二百公尺的貨輪。不過，雖然魔鬼巨浪的陣容相當可觀，我們也不能把每次的不幸都算在它們頭上。

好在巨浪只會乖乖待在大海，某些人比較幸運，暴風天不必出門，可以待在家裡，瞟一眼大海，愜意地飲一杯熱茶，然後為那些可憐的水手們獻上最真摯的問候。

可惜，有時候大海也會反撲陸地。

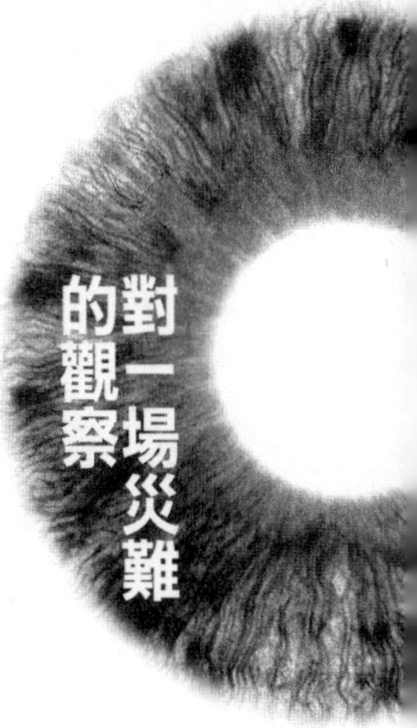

對一場災難的觀察

二〇〇二年，我開始著手寫《群》的時候，發現自己面臨幾個問題：按照演化論的思路，深海如何產生與陸地生物並行的智慧生物？它們的生化結構如何形成？彼此間又如何交流？人們應如何去理解這群名叫Yrr的高智慧單細胞生物的內心生活、邏輯以及價值觀呢？還有一個大問題：Yrr要爆發出什麼樣的力量才能徹底摧毀人類、海洋和海岸呢？在此之前，我所瞭解的只有海嘯，海嘯總是驟然出現，將擋在面前的住宅區全部夷為平地。可以確定的是，海嘯很能傳播恐懼與災禍，因此我把海嘯定義為Yrr武器庫的一部分，然後開始瞭解海嘯的形成過程。

就在書出版九個月後，一場真正的海嘯襲擊了整個南亞。世界震驚了，海嘯大大超出人們的承受能力。事實證明，大多數遭受災害襲擊的地區，以及中歐和北美的人們，對海嘯並不熟悉。太平洋沿岸的居民對此只有長歎，提醒我們：公民教育或許有些缺陷。

那些進行很多研究的作家常會陷入一個討厭的陷阱，他們會突然覺得，每個人都應該相當瞭解他的研究對象。這當然是一種謬誤，在研究海嘯前，我對海嘯又瞭解多少呢？如果不是為了寫出相關內容，那我今日對它的瞭解又有多少呢？應該是微乎其微吧！而該由何處著手瞭解呢？不去算近幾個世紀的話，這幾十年來大西洋地區、印度洋和地中海都沒有發生過大海嘯，太平洋則大為不同，但遙遠的歐洲人對那裡的悲劇向來是轉頭便忘。

實際上我們知道的情況不少，只是不一定都正確。我們或許是知道得太多，所以才洋洋自得，以為自己已經學識淵博，最後終於自食惡果：知道得愈多，懂得的就愈少。新聞媒體也並不能真正幫助我們，我們像聾子一樣，購買各種報章雜誌，把電視機的小窗口關了又開、開了又關，最終仍然不明白自己究竟看見了什麼。面對每天伊拉克的汽車炸彈事件，面對關於生物複製的爭論、威瑪颶風、伊朗的核武計畫、法國的騷亂，中國人、塞內加爾人、法國人、美國人、前東德人、前西德人等世界，我們有何感想？**如今我們已能用光速交換資訊，但我們的思想也能以光速跟進嗎？**不能。然而新聞一波波朝我們席捲而來，弄得我們頭昏腦脹，那好，請問什麼是海嘯呢？我能從「百萬富翁」節目中瞭解到這些嗎？我們國家會不會也面臨這種威脅呢？

我變成了預言家——南亞海嘯

經常有人問我：「你是怎麼預料到那場海嘯的？」這個問題每次都讓我火冒三丈，每次我都嚴正聲明：我的境界離神機妙算還差之甚遠。我並非預言家，不過是個恰好在研究海嘯的人而已，就像那些風箏專家、火山專家或養蠶專家一樣。然而在那段時間，蒐集的材料愈多，我就愈相信，此生或許會見證一場巨型海嘯。統計資料顯示，上次發生大海嘯的時間已經是很久以前，更何況海嘯本來就是經常性的地質活動。但我沒有預料到，現實中的海嘯來得比我猜測得還早。

從人們發問的方式來看，我們沒能好好理解自己生活的地球，這就像有人說下週會下雨，當雨真的落下來時，人們便說他是個預言家。火山噴發和海嘯儘管比傾盆大雨的規模更大，但其實都是再平常也不過的現象。

官方對災難的反應和災難本身一樣令我大為震驚：他們大吃一驚地揉了揉眼睛，彷彿海嘯是完全不可想像的事物。這也說明，在所謂的知識型社會中，人們反而遺失對世界的最基本認識。大多數人對人類史的主要進程都一無所知，在擁有前所未有的教育機構的時代，一個擁有眾多電視頻道、夜校和網路遍布的時代，在一個資訊爆炸的行星上，大眾的不知所措簡直令人感到滑稽。而這種「不知所措」甚至不是面對災難的沉痛，而是內涵的空虛。

我們似乎每天都在變得更加愚昧，我們不斷消費新聞、廣告、劇情片、報刊評論和紀錄片，直到頭暈目眩。**我們知道得愈多，對世界的整體洞察力卻愈減退。我們氣喘吁吁地追隨著一個不停運轉變化的資訊體系，一個博學的科學怪人，卻離他愈來愈遠。**我們沒有變聰明，卻日益心灰意冷，開始嚮往古老的舊石器時代。你還記得洞穴生活吧！不記得了？沒關係，你的遺傳基因還記得，它懂得穴居人類的幸福，穴居族群的每個成員都擁有相同的知識和才能，只有巫師懂得多一點，因為他們有通靈的本事。如果不是該死的進步從中作梗，我們本來還能幸福地生活。可惜，有人突然懂得別人不懂的事，這些專家愈來愈聰明，也愈來愈小氣，不願與人分享自己的知識。缺乏知識的人愈來愈難理解專家的知識，並開始依賴他們。

結果有目共睹。今天，我們面對日新月異的地球，必須瞭解過去與未來，領會各種形式的科技進步。遺憾的是，基因決定我們終究還是穴居動物，只是現在的我們是住在有網路的洞穴裡，但如果我們能像先前信賴巫師一樣信賴專家，這種情況本來並不糟糕。從前當穴居人茫然無措的時候，會跑去找巫師，巫師便會與神商量解決之道。今天的地球也充斥著「巫師」，每個領域都有「巫師」，但是這些巫師似乎很難和諧共處。如果將所有專家集合起來，共同為廿一世紀的人類寫一本用戶指南，那麼我們得到的將是一本比德國著名主持人薩賓娜・克里斯蒂安森（Sabine Christiansen）的討論晚會還晦澀的大雜燴。

人類的大腦就像是儲存量有限的硬碟，因此我們在儲存資訊時總會有所取捨。我們想知道什麼？我們又應該知道哪些事呢？

有一點不容置疑：沒有人能成為全才。古代的全才如亞里斯多德、哥白尼、伽利略也無法做到萬事通，但他們畢竟為我們勾勒出宏偉的藍圖。當著名象牙塔的建造者開始申請專利，教育事業才漸漸變成今天這副模樣。**專業「白癡」很難與時俱進，就算我們知道關於母牛的一切，卻不能辨認一隻活生生的母牛，這又有什麼用呢？**南亞發生海嘯後，我意識到教育的目的不應當是用繁瑣的科學細節來窒息人的靈魂，而是要喚起人類對建設美好未來、實現宏偉藍圖、探知地球運行方式，以及建立全球友誼的熱情。二〇〇四年十二月之後，關於海嘯的報導接踵而至，如果說在此之前海嘯對我們而言還是一個陌生的名詞，那麼二〇〇五年它就碰上了最佳機遇，奪取了年度關鍵字的桂冠（它的勁敵之一是「聯邦女總理」）。但到了明天，又會有新事件來吸引我們的注意力，大後天我們或許已把南亞拋諸腦後。如果知識的持續期只有短短幾年，那麼記住一個陌生名詞並無多大用處，而海嘯則是一項極為複雜的事件。

到底是什麼引發了南亞海嘯呢？

首先，海嘯（Tsunami）這個字源於日語（漢字寫做「津波」），其本身就包含了這種自然現象的特點。Tsu（津）是「港口」，Nami（波）則是「波浪」，因此海嘯就是指在港口或海岸附近形成的波浪。日本漁夫經常在出海捕魚安然歸來後，卻發現家園已成一片廢墟，這就是這個名稱的由來。很長一段時間裡，沒有人能解釋為什麼在極好的天氣裡也會出現這種大浪。如今我們知道，搗蛋的並不是神的孩子——風，也不是風暴引起的，而且它也不像風暴那樣只出現在海面。風捲起的浪，移動速度最快只能達到每小時九十公里，海嘯則會以每小時七百公里、甚至更快的速度呼嘯著飆進，海嘯的形成原因決定了它的速度與高度。

原則上我們把海嘯分為兩類。發生在南亞的海嘯則具備其中一種類型的特點：前仆後繼的排浪，在外海並不高，波長卻極大，直到靠近海岸的時候排浪才疊加在一起，這種類型的海嘯通常是板塊活動造成的。蘇門答臘島西邊為歐亞板塊和印澳板塊相交地帶，地殼活動劇烈，印澳板塊被壓在歐亞板塊之下，以每年超過七公分的速度下沉。板塊均勻地、一點點陷入軟流圈，海洋地殼溫和地推進著，偶爾會震動一下，於是就產生了小海嘯。專業的測量儀能探測出這種小海嘯。

二〇〇四年十二月二十六日之前，這一區域的海底世界並無異樣。

然後，一眨眼，地球裂開了。

引發這次災難性海底地震的原因或許不在蘇門答臘島附近，而是藏在印澳板塊的另一端，也就是它與南極板塊交界的地方。南亞海嘯爆發前兩天，這一地區發生了強烈地震，震波穿過整個印澳板塊，使之失去平衡，於是造成印尼附近五百公里長的地殼破裂，導致海洋地殼向上急衝三十公尺，後續的衝撞又接踵而至，使震動地區擴展至一千公里，大量海水瞬間受到排擠，一道海浪呼嘯而起，能量貫穿整條水柱。由於海嘯的成因產生於海底深處，所以從海水表面無法看到任何跡象，而且初期的浪高大概只有一公尺，加上斜度極小，所以當時站在船甲板上的人也很難意識到大難將近。

想像一道巨浪並不難，然而要想像海底深處的活動竟然可以翻江倒海，這就太難了，這一幕已經超出我們的想像。如果你想感受一下地震所產生的影響，可以做一個簡單的實驗：取一個水桶，把它灌滿水，然後踢一下桶底，很快你就會看到水面上激起的同心圓浪圈。在這個過程中，整個水體都受到了震動，激起的波浪無時無刻不在感受桶底傳上來的力量，這種力的傳送速度非常快，遠遠超過我們對著水面吹氣時所產生的力的傳播速度。

隨著地震的發生，衝擊從震央擴散開來，達至千里之外。請想像一下，這些海水是以每小時七百公里的速度衝向陸地，靠近海岸的海底地區立即受到了衝力，這些受到衝力的海水該往哪裡走呢？在此之前，海水仍有幾公里的前進空間，但頃刻間這個空間只剩下幾百公尺，且仍在繼續縮減，於是勁道十足的海水只好衝破水面，飛向空中。

於是海浪開始疊加，但由於受到海底的阻力，它的速度愈來愈慢。海浪像一個不斷長大的巨人，愈拔愈高，隨著速度降低，寬度也迅速收縮。當巨人勃然而起的時候，會在下方形成一個塌陷，海洋於是出現一個洞，這種現象也出現在瘋狗浪的形成過程中。海嘯帶給我們的是一個巨大的塌陷，因此最先到達陸地的並不是海浪，而是它所製造的深淵。在此過程中，人們看到海平面迅速下滑，以閃電般的速度出現退潮，從未露出廬山真面目的海底第一次向人們展示了自己的面貌。當時只有少數人知道發生了什麼事，很多不瞭解情況的人好奇地走進退潮區，驚奇地看著那些活蹦亂跳的魚，根本想不到潮水會捲土重來。

但是它來了。

海嘯的後果我們已非常熟悉，儘管如此，人們還是不斷追問：液體為什麼能產生如此巨大的破壞力？當我們優雅地潛入水中或輕盈地跳入水時，水總是表現得像一種友好的媒介。物體進入水體的時候，被擠走的水有機會轉移陣地；但是反過來，如果海水以每小時幾百公里的速度衝向陸地，它就有了巡弋飛彈的威力，且堅硬如混凝土。這種衝擊力帶來的強大壓力能當場奪取不幸者的生命，他們並非被淹死，而是被擊打致死。大水捲走巨輪與一幢幢大樓，抬起迷你巴士，並在幾公里外將它們拋下來，而對於海嘯來說，這些還只是小菜一碟。

很不幸的是，海嘯帶來的並不僅是一波浪潮。在外海，前浪與後浪間還相隔數百公里，愈接近陸地，間隔就愈小。儘管如此，兩波浪潮襲擊陸地的間隔時間足足有數分鐘，甚至一刻鐘，很多人因為不瞭解這一點而命喪黃泉。這些人都是在第一波浪潮過去後，跑到事發地點查看自己的房子，有些人則被撤回大海的海浪捲走，兩種情況的罹難者數目相當。海浪重回大海時會形成漩渦，面對這種漩渦，即便是出色的游泳選手也只能束手無策，如果你有幸在海浪重擊下逃過一劫，會希望可以找到堅固的堤壩或大樹求生。假使你幸運地找到了，那麼緊接著又得展開另一場較量——漩渦力量與肌力的較量，而在這場較量中，結局通常是後者敗北。

海底地震造成的後果還不止這些。美國國家太空總署的科學家觀測到：在海嘯這一天，地球的自轉速度略微加快了一點，板塊相互撞擊導致地軸傾斜了幾公分，這使得地球上的一天少了三微秒。當然這是科學家關注的事情，此時兩極點之間的球面距離與之前產生了十公尺的變化。令我們不安的是，根據以往經驗，一次超級地震發生後，隔幾十年將會再發生一次大地震。

海嘯發生前，南亞人不但毫無準備，甚至對此一無所知。有些官方人士知道有爆發海嘯的危險，但大自然將我們培養成喜歡把頭鑽進沙坑的鴕鳥，這種天性在人類發展史中雖然大大提高了人的生存機會，但是就今天的情況而言，我們不能將失職歸咎於人的天性。以往的紀錄顯示，南亞每隔二百三十到二百五十年就會出現一次類似規模的海嘯震災，而超級地震總是一再發生，三十到四十年後災難又會捲土重來。也就是說，我們還有三、四十年的時間為下一次災難做好準備，我們永遠在亡羊補牢。

雖然情況很糟糕，但我們還是要與某一個概念徹底揮手告別：災難。

「災難」總是一種事後的說詞，事發之前，「災難」並不存在。**災難這個抽象名詞隱含著一種評判，而這種評判會誤導我們，讓我們付出慘重的代價。這種評判就是，海嘯和火山爆發都是自然規律中的例外現象，它們是地球心情不好的時候對我們發動的突襲**。這是一種誤解。首先，所謂的災難無一不是自然現象；其次，災難本身就是自然規律。**我們必須知道，地球也需要伸伸腰彎彎腿，也需要發幾句牢騷，它這樣做的時候根本沒什麼惡意，只想讓我們理解它的生活方式**，就像一個老婦人一樣。日本人理解了地球的這種需要，並試著與這種需要和平相處。日本算得上是亞洲地震最頻繁的地區之一，日本國民對此心知肚明，但他們並不怨天尤人，而是順應天意，調整自己的房子，同時也清楚有些東西不在保險單的範圍之內。幾年前，住在海岸的居民就開始為他們的城市建造堤壩，彷彿在等待一場集體大侵略，但即便是數公尺高的混凝土堤壩，也並非萬無一失。然而人們依然不懈地修補堤壩，倒了就重建。有時堤壩能抵禦洪水，但多數情況還是自然力勝出。在每一次與大自然的周旋中，人類並非都能獲勝，但日本人並不因此灰心喪氣。他們難以理解的是，某些人明明知道災難發生的原因，卻還傻乎乎地在事後統計災難所造成的損失。

造成地球浩劫的大災難——衝擊海嘯

現在來談談海嘯的第二種類型。這種類型的海嘯很少見，但在地球發展史中卻引發了很多令人震撼的事件。巨型物體高速衝入大海時就會引發衝擊海嘯。兩億五百萬年前，也就是三疊紀與侏羅紀之間的過渡期，就發生過這樣的海嘯。這次海嘯是由隕石墜入大海所引發的，與前一種截然不同。相同的是，這種海嘯也產生了巨型水柱，由於海水表層部分受到排擠，因此這部分水直接撲向空中。根據遺留在蘇格蘭海岸的沉積岩，人們推測出三疊紀－侏羅紀時期的海嘯浪潮應該有每小時一千公里的速度，以及一千多公尺的高度。隕石的大小不同，所激起的水柱高度也不同，最高可達四公里。儘管這種海嘯所產生的巨浪在擴散過程中強度會減弱，但在它們到達陸地之前，人們還是應該把沿海城市疏散一空。比較安全的避難所是安地斯山脈和喜馬拉雅山脈，如果來得及趕到的話。

太空中的隕石十分常見，蜥蜴類的爬行動物出現後，隕石為了不再妨礙這種高等動物的發展，似乎也銷聲匿跡了。在很長一段時間裡，它們再也沒有「啪嗒」一下落到地球上，於是人們理所當然地將它們歸為在地球的蠻荒時代才會出現的東西。事實上，隕石經常與地球擦肩而過，但並沒有造成傷害。不過，小心宇宙這張大球桌上經常會發生撞球，如果再被隕石撞一下，我們就會唰地一下重新回歸太古代，而在此之前，我們根本無法採取任何措施以降低這種災難的影響，因此人類只好三心二意地研發隕石撞擊地球的防禦系統。但嚴格說來，他們也拿不到什麼研究經費。剛才說過，人類喜歡變成頭埋進沙坑的鴕鳥，這是大自然賦予人的本性，或許等到事態真的非常嚴重了，比如下一個宇宙酷斯拉正處於要撞擊地球的運行軌道上，且布魯斯．威利恰好有檔期拍一部此類題材的電影時，我們才有可能警醒。

有兩類人無暇顧及防禦自然災害，一類人忙於為戰爭籌款，另一類人則提醒我們注意社會上的不良現象，號召我們捐款給餓得無暇考慮隕石問題的飢民。這些行為我們都能理解，如果拿走那些原本要用來轟炸伊拉克的錢，那麼人們更願意把錢拿來研發軍事防禦系統，反正來自太空的導彈也一樣能把他們帶到他們的神面前，不管是基督徒，還是穆斯林。**神肯定也想知道我們生前都做了些什麼事，然後我們會回答：我們在打架，因為《可蘭經》上寫的東西與《聖經》不完全一樣。**這時，神會以我們聞所未聞的粗話大罵我們，並且質問道：為什麼我的造物會蠢得連最簡單的東西都搞不懂。我們不是有那麼多學習的時間嗎？我們傻傻站著，**神歎息了一聲，示意祂的天使給那位住在地獄的討人厭遠親打個電話，問他那裡還有沒有空**

房間給六十億個傻瓜住。

的確，上一次隕石撞擊地球已是很久以前了，但上一次衝擊海嘯卻還是最近的事。一九五八年，南阿拉斯加地區有一整片山體滑入大海，產生了一百五十公尺高的巨浪，巨浪打在海岸邊，高高飛濺到空中，從五百公尺的高度將樹木從山上全部鏟除下來，像在刮鬍鬚。第一種類型的海嘯與此相比簡直就是小巫見大巫，事實上，大海每週都會製造一次海嘯，只是大多數海嘯的威力都相當虛弱，等它們抵達岸邊，就連調皮地輕拍一下岩石的力氣都沒有了。如果有人一七五五年正好在里斯本，他就能領略大西洋的藍色奇蹟了。那次傳奇般的地震激起十五公尺高的巨浪。一八八三年印尼的克拉卡托火山爆發，產生四十公尺高的巨浪，吞噬了三萬六千條性命。火山爆發的多重震波繞著地球飛奔，又引發一些小型海嘯（如紐西蘭陶波湖的海嘯），因為氣壓的急劇變化也可以導致水體運動。一九六〇年的地震是有測量器以來所探測到最強烈的震動，引發了二十五公尺高的海浪，海浪傳到智利、夏威夷和日本，就連菲律賓沿海地區也受到潮水衝擊。如果有人看完上面的例子還嫌不過癮，那麼古希臘羅馬時代的聖多里尼火山噴發大概能讓他一長見識，這次的火山噴發引發了六十公尺高的海浪，衝浪天堂瞬間變成地獄。後人推測，聖多里尼火山這次的「打嗝」就是造成克里特島上米諾斯文明毀滅的元凶。

火山噴發時，麻煩的不僅是它們會吐出熔岩，來自地球內部的壓力也會讓火山劇烈爆炸。位在海邊的火山爆發時，上百萬噸熔岩會浩浩蕩蕩流入海中，火山灰以每小時數百公里的速度揚入空中。多年來一直有個傳言：不久的未來，將會有座美麗的火山島發生類似的噴發。嗯！很有可能。位於西非附近的拉帕爾馬島是加納利群島裡一座靜謐島嶼，它和姊妹島——特內里費島、大加納利島、蘭薩羅特島和福特溫吐拉島都是高大而陡峭的熔岩錐體。拉帕爾馬島上的火山群名為別哈火山，雖然旅遊局的人聲稱它們是死火山，但是一九四九年島上的火山曾經噴發，導致小島西面的部分山體滑落。火山爆發形成的裂縫一直延伸到小島內部，悲觀者認為，小島西側會在下一次火山噴發中完全崩塌，而他們並不是唯一這麼想的人。西側面崩塌的誘因並不是噴發出來的熔岩，而是環繞小島的海水，這些海水在受熱後會急劇膨脹爆炸，然後擊垮小島的西側。專家預計，如果島上的火山噴發，那麼將會有五百立方公里的岩石掉入大西洋，由於速度很快，使得岩漿產生氣泡，這又會擴大岩漿體積，造成更多海水被激怒。至於激起的海浪到底會有多高，看法雖然不一，但可以確定，拉帕爾馬島上一旦有火山爆發，其威力必然會把加納利群島和撒哈拉的邊緣掃平，再過幾小時後，就能攜帶五十公尺高的水牆將紐約席捲一空。

拉帕爾馬島的火山是否會爆發，已不再是個問號，真正的問題是它何時會爆發。為了使大家安心，我們還得澄清一個問題：所有的岩石是一下子全被炸開，還是分批炸飛？後一種情況也有可能，如果真的出現後一種情況，威力會小得多，或許附近的人都不會有生命危險。但這只是預測，沒有人知道之後會發生什麼事。

總而言之，很難有島嶼可以免於海嘯之害。對所有的地震區而言，海嘯都是一種威脅，地中海當然也不例外。但是話又說回來，只有當地震達到七級時才能引發有威力的海浪，在現在和未來，太平洋依然是高危險地區，它幾乎完全被活動頻繁的大陸邊緣包圍，因此人們在激烈的爭論之後達成了共識，在環太平洋地區設置海嘯預警系統。PTWC（太平洋海嘯預警中心）在一定程度上可以有效運作，它不會創造奇蹟，但有足夠的時間根據震央點及時發布警報給鄰近國家，令其展開撤離。如果PTWC確信探測到的震波會引發大海嘯，就會通知官方機構。

遺憾的是，這其中有個弊病，儘管預警中心有尖端技術，但大多數預警都是假警報。如果有誰接連三次聽到預警，然後狂奔到內陸，結果竟發現連剛搭起的沙堡都安然無恙，以後他可能就失去了撒腿逃跑的警覺性。可是偏偏在他不願跑的那一次，她來了——巨浪的魔鬼母親來了。

南亞地區沒有安裝海嘯預警系統，因為人們覺得沒有必要。如今德國已在南亞設置了一套預警系統。又有人問道：為什麼海嘯總是來得如此激烈，彷彿這世界從未有過相關紀錄和書籍似的。其實我們可以把《聖經》上的章節解讀為對海嘯的記載，大洪荒或許正是發生在麥加附近的海嘯，誘因可能是聖多里尼火山爆發，而諾亞方舟是被洪水沖到內陸的一條船，一位聰明的男人將所有物種各帶了一對上船，非常明智。至於壁蝨，他當然放心地把牠留在家裡。

這樣的話，我們是不是已經瞭解所有海浪了？基本上是的，包括退潮和洪水——月球的重力作用造成的海谷也是一種海浪——潮汐海浪。然而這種海浪極為廣闊，我們只有站在同一片沙灘，每隔幾小時遠距離觀察海面，才有可能看到它們。還有一種海浪叫羅斯比波，它和大多數海浪一樣由風力催生，但是又會被所謂的科氏力削弱。科氏力是由地球自轉產生的，我們在下一個章節會詳細介紹它，所以這裡就不再贅述。講了這麼多關於巨浪的知識，你可能也漸漸有點煩了，羅斯比波的寬度可達一萬多公里，但是別害怕，它的高度只有十公分。羅斯比波是海上大洋流的一部分，在洋流的形成過程中，上面所提到的科氏力也產生重要的作用。

順便再提一下洋流，你有興趣做一次短途旅行麼？不會太久，大概只需一千年。我們坐在漂亮的小潛艇裡，愜意地旅行遊玩，甚至不會受到發動機噪音的干擾，因為我們的潛艇根本沒有引擎。我們隨波逐流，搭乘環球旅行的免付費行程，我們要去見識水面和水底，還有最遙遠的北極、冰凍的南極和溫暖的中部海域。一路上我們有足夠的乾糧，至於航程，地球知道該怎麼走，你只須張大嘴表示驚訝就可以了。

我們有導航系統嗎？

你需要的話就裝設吧！

交通堵塞的好望角

目標：環球旅行

歡迎來到溫鹽大環流。

我們的旅行從加勒比海開始，這是墨西哥灣暖流的發源地。此處氣候宜人，充分吸收了熱帶陽光的北赤道暖流正穿過大小安地列斯島到達這裡，並延伸至墨西哥灣。我們能感覺有一股力推著我們往北走。那是一股來自北半球的力，像拉扯泡泡糖一樣拉扯著墨西哥灣暖流。就在說這句話的時候，我們正飛速漂過了佛羅里達角。

你的座位底下有速食，請享用。

我們目前待在水面上。全球的洋流系統由四種類型的海水構成，表面海水是其中之一，我們此刻之所以能在海面漂浮，有賴於適宜的海水溫度和鹽度。一般情況下，冷水比溫水重，因為冷水的密度高。其次，鹹水比淡水重，因為鹽分會增加重量。墨西哥灣洋流的含鹽量適中，且相當溫暖，能提供十億兆瓦的能量，這相當於二十五萬座核電廠產生的能量。因此這片溫暖洋流處於海水上部，於是我們也隨之在上層悠游。

慢慢地，我們漂到了紐芬蘭島，此刻我們沒什麼事可做，可以發表一下自己的高見，比如說，墨西哥灣暖流被冠上這個名字其實不恰當，因為這些美麗而溫暖的海水根本不是從墨西哥灣來的，至少不全都是，所以墨西哥灣完全沒有理由那麼囂張。我們暫且就稱這股暖流為佛羅里達暖流，它正以每小時九公里的速度，優雅地漂流過卡納維爾角（Canaveral），然後在哈特拉斯角（Hatteras）停下來。五萬立方公里的深藍色海水在我們四周洶湧翻滾，這是全球河流總流量的三十倍。

到了紐芬蘭島下方，這股暖流變寬了，寬了很多！現在稱它為墨西哥灣洋流就沒什麼問題——雖然還是有點不妥，但從前的海洋學家就是這麼叫它的。

注意：左邊有東西過來了

是的，這就是拉布拉多寒流，它從側面向我們衝過來，正好與墨西哥灣暖流狹路相逢，後者於是被前者解除了武裝，更確切的說法是，後者被分解成數道漩渦，也就是圓形的巨大渦流，我們稱之為北大西洋暖流。這些溫暖的漩渦朝北旋轉行進，我們也跟著其中一道轉過去，在這種情況下，我們一天只能行進十五公里。

探測儀顯示，海水正在將自己的熱量傳向大氣，善良的北大西洋暖流慷慨地將它的熱量分給歐洲，彷彿它的能量取之不盡一樣。於是其他渦流也以它為榜樣，此時溫暖的西風掠過海洋表面，使得部分海水受熱蒸發，接著水蒸氣凝結成液態水降落在歐洲。直布羅陀附近的雨量依然十分充沛，海水因此得以補充因蒸發失去的水量。愈往北走，海水的鹽度就愈高，重量也漸漸增加。

我們這股洋流到了挪威海岸又被冠上另一個名字，現在不叫北大西洋暖流，而是挪威暖流。到了這裡，洋流中的熱量大量散失，儘管如此，剩下的熱量還是足夠為斯瓦爾巴群島（Svalbard）營造一個比較像樣的夏天。也由於有挪威暖流，所以就算在冬天，船隻還是可以駛入斯匹茨卑爾根（Spitzbergen）和莫曼斯克（Murmansk）港口。從赤道帶來的熱量竟然能持續這麼久，真是令人驚歎，然而到了如此高緯度的北方，熱量終究會漸漸散失。天空中到處是布滿冰珠的灰雲，刺骨的大風颳著，我們只得打開潛艇裡的暖氣。死氣沉沉的崎嶇山脈在周圍連綿起伏，大風自顧自地吹著水泡，我們一路上顛簸不斷，直到抵達位於格陵蘭島和北挪威之間的北冰洋海域，這裡的海水冷得讓人打顫。

你能不能給我一杯冰箱裡的茴香酒呢？在這樣的地方、這樣的天氣下，我們實在該暖暖身子。

請繫好安全帶，關上舷窗，我們要墜落了

要是在飛機上聽到這樣的通知，你肯定會驚慌失措，但我們早料到自己會經歷這一次「墜落」。挪威暖流中的海水變得如此之冷，密度如此之大，以致我們的潛艇已經無法停留在海水表面，它下沉了。我們上方的大洋又晃晃蕩蕩地合攏了。我們在下沉。

不，我們在急墜。

急墜也在意料之中。在格陵蘭島西部，洋流像瀑布般衝向海底深處。那是洋流的冰冷支流在尋找寬敞的電梯，這些電梯的直徑可達五十公尺，但是它們行蹤莫測，因為海風和海浪會使它們轉移位置。每一平方公里的海面大約有十到十二部這樣的電梯，那裡波翻浪湧，而我們現在就處在其中一部電梯內，它載著我們急劇下降。在電梯裡，北大西洋的海水以每秒一千七百萬立方公尺的流量衝向格陵蘭島和挪威附近的海盆，這是全世界所有河流總流量的二十倍。我們在十足的寂靜和漆黑中不斷下墜，同時略帶疑慮：不知在電梯撞擊海盆底部的時候，我們是否能安然無恙。要不要再來一杯茴香酒？不過此時導航系統又傳來友好的聲音：

再過一百公尺，我們就要撞上海盆了。請儘快在此之前緊急剎車，然後緩緩在海底著陸

說來容易做來難，酒精暖和了肚子，我們已經到達海底二．五公里深處。忽然間，不知怎麼降落在一座水池中，池水冰冷刺骨，我們驚險地劃過海底山谷，晃蕩著越過位於格陵蘭島、冰島和蘇格蘭島之間的海底山峰。後面的地勢就像溜滑梯一樣。我們又漂過了龜裂僵硬的火山岩地和沙漠般的沉積岩。這地區真是貧瘠，但如果我們在南極附近的話，看到的地區肯定更加貧瘠。

危機解除了，我們可以靠在椅背上放鬆一下，來點輕音樂吧，欣賞一下德布西的《海》，或者聽現代一點的，菲爾．菲利浦的《愛之海》如何？

我們又看到紐芬蘭島了，不過這次是在右邊。我們還是把握時間來認識一下四種海水類型中的第二種吧，因為我們現在正置身這種海水中。它被稱為底層水，顧名思義，它是在滑溜溜的北大西洋底部流動的海水，準確一點說，它是表面海水蛻變而成的。

在大洋溫鹽環流中，從長時間來看，每粒小水珠都居無定所。現在我們又遇上拉布拉多寒流了，這回它會和我們作伴，因為它的路線與我們一致。它環繞在我們周圍，比底層水溫暖一些，密度也較小，因此這股寒流完全脫離了底層水，往上流動，進入海水的中間層。

我們此時身在深層水中（這是第三種海水），並向南方漂游。我們從水下經過了直布羅陀海峽，並多了個伴：溫暖、含鹽量極高的漩渦，這些漩渦發端於地中海，就像飛翔的茶托一樣，在西班牙和摩洛哥之間漂浮著。現在它們也加入了我們的隊伍。各種水混在一起，我們的旅行繼續，朝向大海的更深處，在這裡我們可以觀賞到一次令人咋舌的壯觀表演：火山噴發。

現在，我們抵達大西洋中洋脊地帶，這是全球海底山脈的一部分，全長六萬多公里。這片隆起地帶的最高處可達三公里，其上還有同樣高度的水柱。此處地殼已經被炸開，岩漿噴奪而出，落在山峰兩側的廣大海洋地殼上。海洋地殼以每年五公分的速度撕裂自己，分別奔向兩側的大陸邊緣。儘管此處一片漆黑，但我們還是能夠觀賞到岩漿噴發。

別擔心，深海處的火山爆發要比陸地壯觀得多，在強大壓力和極低溫的雙重作用下，岩漿與海水會結合成散發紅光的黏稠小湖和水流，水流在黑暗中蜿蜒行進。很快地，玄武岩地殼會蓋過岩漿，在這期間，我們還能透過百萬個小裂縫看到在下面灼燒的岩漿，不久之後，這些小裂縫也會合上。

請暫且關掉音樂——你聽到了嗎？悶悶的嚓嚓聲和咕嚕咕嚕的沸騰聲，這是海底重生時的痛苦呻吟。

一大群生物會在火山周圍紮營，這裡面充滿神祕與謎團。但是我們要往上游了，離開這塊隆起地帶和附近的荒漠，靠近一道巨大的湍流帶。我們的北面是赤道，剛才經過了非洲，這真是一場愜意而安穩的旅行。突然我們受到了湍流的侵襲，它把我們的潛艇往上沖，我們得緊緊抓住固定物，才不致於撞得頭破血流。

注意：你正在靠近環形的交通要道，請及時調整，跟隨環極流

有時你真不知道導航系統在想些什麼。及時調整！這就像在上班尖峰潮命令一個行人以平穩的步伐穿過埃托瓦勒廣場一樣。

在合恩角的南面，我們急速衝向海平面，被捲進一場怒氣沖沖的風暴中。藍灰色巨浪洶湧而起，浪尖上的泡沫幽靈互相追逐，我們被包在裡面，漸漸進入了亞瑟．戈登．平（Arther Gordon Pym）的世界，他是愛倫坡唯一一部長篇小說中的不幸主角，不小心誤入南極，這個地區留給他的最後印象是一個鬼魅般的巨人：渾身被床單包裹著，體型比地球上任何一個人都要魁梧，皮膚潔白如霜、毫無瑕疵。

哎喲！我們被捲進了南極環流，這是世界上最大的環形交通區域。它孜孜不倦地環繞著那片雪白的大陸，卻從不曾不小心撞上陸地。它夜以繼日地奔跑著，從不停歇。它有巨大的虹吸力，所有海水都捲進這座巨型旋轉木馬中，然後又被甩出來。不管之前屬於哪個洋流，是拉布拉多寒流的一部分也好，是地中海渦流的一部分也好，在南極的大嘴裡，大家都聚在一起，身分難以辨認，所有人都是無名小卒，直到它們又邁上新的航線，獲得新的身分。

現在我們進入了中層水，這是海水的第四種類型，我們讓海水馱著我們走一段，但願潛艇裡的暖氣不要在這時候故障。老天啊，這裡真冷！真希望我們現在正流向赤道，然後再流入大西洋的洋流中。新的海流脫離這個環流，向印度洋流去的時候，可憐的我們依然搖搖晃晃地坐在旋轉木馬上。我們忍耐著，最後終於轉到了邊緣地帶。啊，太平洋！全部下車！我們離開了。

請在海底八百公尺深處行進四千公里後上浮，然後向左急轉彎

四千公里，也就是沿著南美海岸向赤道行進的路程。漸漸地，周圍又暖和起來，直到向左急轉彎後，才完全擺脫了冰凍的感覺。洋流載著我們往上浮，終於又重見天日了！炎炎烈日，熱帶雨林區的人們已經適應了這種天氣。信風吹過，啊！迷人的南太平洋！嘿，那前面不是印尼群島嗎？

繼續五百公里後，請右傾並保持在婆羅洲和蘇拉威西島中間……該死！改往左邊走龍目海峽……

等一下。現在我們去哪兒呢？

經過帝汶島……呃……不，還是轉個彎，嗯，麻六甲海峽……然後……唔……我現在在哪兒呢？

毫無疑問，印尼是一團大雜燴，由亂七八糟的大島、小島、海峽、渦流及淺灘組成，在這種混亂的地方，洋流根本找不著北方。我們在這裡打轉，每種洋流的支流都在摸索出路，大家都想到印度洋去，可是這裡卻沒有寬闊的通道。

我們擠過婆羅洲和蘇拉威西島之間的狹小地帶，穿越印度洋，朝著非洲行進。在溫暖的阿拉伯海，海水的鹽度愈來愈高，因此我們周圍的海水也愈來愈重，由於我們已經歷過太平洋熱浪的考驗，所以在這裡依然能停留在海水表面。在東非的莫三比克沿岸，我們加快速度，在滾滾波濤中駛向好望角；但為什麼潛艇前進不了呢？

很簡單，這裡離南極環流很近，人們可以聽到海水咆哮的聲音，逆向的洋流在這裡撞在一起，至於之後會發生什麼，當然是不言而喻。在這樣的危險地帶，我們很難躲過被瘋狗浪甩到空中的命運，不過謝天謝地，我們總算有驚無險地繞過了好望角。剛剛送我們來這裡的洋流此刻又變成了渦流，我們在巨大的渦流中晃晃蕩蕩地行進，吸收著新的熱量，隨著赤道暖流朝西漂游。現在的行進速度很快，渦流帶著我們經過了巴西、委內瑞拉，然後是……

加勒比海群島。到達目的地了

就是這樣。

正如先前所說，這趟旅程花了一千年的時間，在這麼長的時間內，地球的水已繞著地球轉過了一圈。理論上，經過這段時間後，漂流瓶應該已回到了它的出發地，然而這一點無法得到證實，因為遇船難者無法在荒島上活那麼久，但我們卻有理由互相拍拍肩膀說，來瓶香檳吧，然後舉杯慶祝一下自己凱旋歸來，接著再來思考洋流是怎麼形成的。

正如其他的一切，洋流也是地球母親的孩子，而這位母親喜歡收支平衡。我們已經知道，海水的溫度和密度都會變化，鹽度高的冷涼海水往下沉的時候，海水表面就出現空缺，這個空缺需要有別處的海水來填補，這樣其他地方又會出現空缺，如此不斷循環，就形成環繞整個地球的洋流系統。還有一點，不僅地心引力會影響海平面的高度，溫差也會，例如太平洋的海平面就比大西洋高一點，而水總是從高處往低處流。還有一種可能性是海水蒸發後留下的空缺，壓力愈大，水分子與水分子之間就挨得愈緊密。自然規律告訴我們，一旦壓力變小，被壓縮的水會膨脹開來，而風在此時發揮了最關鍵的作用，因為它帶動了表面海水的運動。

就這樣，在海洋的發展史中，一個溫鹽環流形成了，它囊括所有的水域和水層，因此每一股洋流都不是孤立存在的，它們無一不承先啟後。洋流中最壯觀的當然要算格陵蘭島附近的環流圈了，在那裡，冰冷的海水急劇俯衝，製造了一道巨大的渦流，西愛爾蘭則從這道渦流中獲益匪淺。

向愛因斯坦致敬——海浪的相對論

總而言之，人們隨著洋流可以抵達任何地方，不過有一點卻令人困惑，如果風無法改變水分子的位置，那麼它是如何影響這股洋流運動呢？

很簡單，為了紀念愛因斯坦，我們就拿行進中的火車來打個比方。火車車廂中的乘客都在原地上竄下跳，卻不會改變自己的位置，他們能在空中翻筋斗，跳下來的時候卻總是落在列車上的同一處，換言之，他們一直在原地不動。然而事實上，他們還是被運到了遙遠的地方，比如說從慕尼黑到漢堡。對一個站在月台上看著火車呼嘯而過的人而言，車中乘客的位置明顯發生了變化。火車經過斯圖加特時，一隻小鳥落在車廂頂上，車廂內的人正玩著跳躍遊戲，這隻小鳥收攏雙腿，開始打盹，火車載著牠呼嘯而去；這當然是一個在田間勞作、偶爾抬一下頭的農民才能看到的情景，小鳥一直停在車廂頂的同一個地方。當我們把火車當作一個封閉系統觀察的時候，就能解釋看起來矛盾的現象了。在這個系統內，做空中翻轉的乘客和打瞌睡的小鳥都是原地不動的。

洋流就跟這項系統類似，它作為一個整體，在大海裡流動。在洋流內部，各個水分子的相對位置雖然保持不變，但它們也在做上竄下跳的運動，就像火車中的乘客一樣。以岸上觀察者的角度來看，洋流就像一只小紙船從他面前駛過，而小水珠就在這個過程中被運到另一個地方。把這艘小船當成封閉系統來看時，它的位置卻沒有發生變化，它下面的水只是在做上下移動。在這部分水分子的作用下，小船忽高忽低，但它下方的水對它不離不棄，從未改變過位置。

世界上最著名的火車是——對不起，說錯了。我是說世界上最著名的洋流應該是墨西哥灣暖流。需要補充的是，洋流運動要比火車運行複雜得多，如果真有人在火車裡上竄下跳翻筋斗的話，很可能會在下一個停靠站被扔出去。

洋流的運動有賴於幾個因素。以墨西哥灣暖流為例，它的形成受到了穩定風力的極大影響，如赤道邊緣的信風和季風。從古希臘羅馬時代起，航海家就懂得利用信風和季風來判斷洋流的走向。人們在駛向目的地的時候，不一定真的能到達那裡，而有可能偏東邊或西邊一點。至於會偏離多少，取決於洋流的流向及它的強度和速度。這方面的知識一向被視為祕密，因為它是無價之寶，且能帶來戰略優勢。瞭解洋流意味著人們能積極利用它的能量，而不是祈求大海放自己一馬。

直到一八五三年，人們才決定要跨國交流洋流的知識，並將這些資料儲存在水文站，如此一來，所有航海國家都可以利用這些材料。這些地圖具有極大的誘惑力，短短的時間內，坊間便出現了有關洋流走向的詳細地圖。有了這些地圖，即使是業餘的航海愛好者也可以真正付諸實行。除此之外，航海之所以具有如此大的吸引力，還在於人們可以在航行過程中欣賞到美景。一五〇〇年四月，如果葡萄牙航海家卡布羅在前往印度的路上沒有被赤道暖流沖離原來的航線，那麼他就不會發現巴西。而對那些友好的土著來說，還有什麼比被披盔戴甲的人發現更有意思呢！

今天，正確的洋流知識可以協助我們做預測，比如預測漏油會流向何處，另外還有一個妙處：如果有人因小新沒有把盤裡的東西吃完而恐嚇他說，不吃完東西，天公就要發怒了，那麼只會招來聰明的小新的嘲笑。因為小新在學校裡學到，洋流才能讓天氣變壞。

大海儲存熱量，也傳輸熱量。墨西哥灣暖流從熱帶吸足了熱量，然後把這些熱量送給歐洲，因此人們也把這股暖流稱為歐洲的遠端暖氣。拜這股暖流之賜，在溫暖的夜晚，法國人、西班牙人及德國人可以在露天喝啤酒。寒流則造就了沙漠，非洲西南部的納米比亞和智利北部的阿塔加馬就是很好的例子；福克蘭寒流在智利，以及本吉拉涼流在非洲，都創造了十分惡劣的環境——它們通常在緊貼地面的位置讓溫暖的信風冷卻下來。看一看高低壓地區的特點，我們就能明白，冷空氣與暖空氣之間無法進行對流，因為密度高而潮濕陰冷的空氣層處在下方，冷空氣無法流向上空，也無法凝結成液體，因此無法促成雲的形成，這些地區也就不會下雨。於是，一個雲霧繚繞的沙漠形成了，沙漠裡的霧氣倒是促進了風濕藥的生產。

在長久的歲月中，洋流似乎成了自己的發動機，這麼說來，它豈不幾乎是永動機了嗎？但如果有一天，所有的力量都互相抵消，這個洋流系統就會停止運行。那時怎麼辦呢？當然，風在吹著這輛滿載上竄下跳的乘客的火車，可是，如果有一天風也停了下來，我們又該怎麼辦呢？

一場公平的賽跑——科氏力

好，下面我們就要談到科氏力了。

一八三〇年代，法國的物理學家、數學家及工程師科里奧利（Gustave-Gaspard Coriolis）發現了一個令人驚奇的現象：在北半球，每一個運動的物體都會向右偏移，在南半球則向左偏移。他想知道是什麼導致這種偏移。根據牛頓的慣性定律，他發現問題的答案與地球上最大的陀螺——地球本身有關。

為了理解科氏力，我們得想像一下地球是如何在宇宙中旋轉的，想像它的旋轉會對地球上的人、汽車、網球、空氣分子及水分子產生怎樣的影響。分子在緯度八十度的極地地區跟著地球旋轉，要比在赤道地區時從容得多。

在赤道地區，如果分子想跟上地球自轉的速度，就得使出吃奶的力氣。為什麼會這樣呢？我們以運動場上的比賽為例，問題就會豁然開朗了。四百公尺賽跑永遠激動人心，但是橢圓形的跑道上有一個美麗的錯誤。原則上，占據內跑道的運動員非常占優勢，因為內跑道的長度要比在外跑道短，依此類推，占據最外側跑道的選手需要跑的路程最長，我們一般會建議他還是別跑了。於是為了公平起見，人們就把選手的起始點按階梯式排列，這樣大家就公平了。

地球表面的情況與運動場的跑步比賽類似，當然，地球表面沒有階梯式起跑線。地軸相當於運動場的中心，物體愈靠近地軸，軌道就愈短，離地軸愈遠，跟著地球完成一次完整的轉動（地球自轉一次需二十三個小時五十六分四秒）就需要走更多路，為了能在相同時間內完成一次轉動，地球上各個地區的物體都以不同的速度運動。赤道上的物體，比如說空氣分子吧，需要狠狠加油，才能不落後於離地軸較近的分子同胞們。然而它們總會稍微落後一點，因此身在赤道的空氣分子，就會產生一種與地球自轉方向相反的偏向。

這種偏向就被稱為科氏效應。北半球的物體運動時會偏向右邊，而在南半球則偏向左邊。海洋表面的洋流會跟著信風的方向走，直到撞上大陸邊緣，被彈回大海。而海水愈深，受風的影響就愈弱，但仍然受到科氏力的影響，它會一直偏轉，直到在幾百公尺深處轉成與海面流向相反的弱流。由此可以看出，洋流才是真正的機會主義者。

如上所述，南北半球的巨大溫鹽環流就是這樣形成的。不管在大環流圈還是在小環流圈，水體都遵守同樣的規律。信不信由你，在南非和芬蘭，浴缸裡的水流進出水孔時，會朝不同的方向打轉。一個人由東往西穿越澳洲南部，他的左腳鞋底會比他以相同方向走在西伯利亞時磨損得多，而如果他人在西伯利亞，就得提前把右腳的靴子送到修鞋匠那裡。從汽車輪胎、鐵路軌道，甚至電晶體或玻璃纖維導管使用情況研究證明，科氏效應在奈米世界也同樣存在。但英國人總是向左轉而非向右，卻不是因為科氏力，而是由於英國人長久以來的習慣。

也就是說，地球也會影響洋流的運動走向——只要地球繼續乖乖地轉著，這種作用就會持續。我們很容易把洋流當做一種固定不變的東西。的確，與人類的生活相較，它們要穩定得多，在地質的時間軸上，我們不過是滄海一粟。雖然四季風向會改變大洋渦流，使其流向發生一定程度的偏差，但其總體路線（也就是剛剛載著我們環遊世界的洋流所經過的路線）似乎是永恆不變。

很遺憾，這是個錯誤的假設。在地球發展史中，大陸位置的不斷變動已使洋流系統發生根本的改變，各式各樣的因素，諸如冰河期到來、隕石撞擊，都能使洋流改變流向。而溫暖的墨西哥灣暖流恰恰屬於整個系統中最脆弱的部分，每隔幾千年就會小睡一會兒——如果我們願意，也可以透過有效的干涉令它提前入睡。至於電影《明天過後》中所展現的恐怖場面，我們會在本書的最後一部分進行冷靜的評判。

儘管沒有搭乘我們的漂亮潛艇，漢堡－哈爾堡工業大學的吉瑟赫．古斯特（Giselher Gust）教授也已經進行了多次千年旅行。坐在這樣的潛艇裡，作家可以在紙上的海洋中瀟灑漫遊。我們所經歷的那次輕鬆旅行，古斯特已經多次在想像中體驗過。在全球溫鹽環流的吸引下，他和自己的團隊組裝了一個機器人，由它代替那些怕冷的教授們潛入洋流中，尋找問題的答案。幾年以來，人們開始利用流動聲波探測儀和固定探測針跟蹤洋流動向，而古斯特的「自力更生」漂浮器能完成更多任務，那是數公尺長的細窄管筒，上頭帶有球形玻璃促動器。玻璃球能使漂浮器漂浮在洋流中，隨著洋流前進。為了增加它的穩定性，研究人員在漂浮器尾部加上重物。聽起來似乎很簡單，但事實並非如此，在這裡古斯特利用了一個非比尋常的原理——水的可壓縮性。

一般說來，液體是不可壓縮的，但是人們依然可以把水體稍微壓縮一下，讓漂浮器隨意上升下降。這個管筒除了有一系列用於導航和測量的電子儀器外，還有一個平衡器，平衡器中有個水容量十分精確的容器，其祕訣就在於平衡器裡的水可以壓縮。裡面的水比正常狀態更重，占據的空間卻更少，也正因為如此，外面的水才可以流進管筒。藉助這一招，漂浮器在不改變容量的條件下改變了自身的重量，而這種變化完全不靠外力：管內水壓縮後，管筒就會下沉，水恢復原狀，管筒就會上升。下沉，上升，隨心所欲，一切都有程式控制，不用繫繩子。這隻電子警犬用這種方法可以長年隨著洋流漂流，並透過傳送聲波信號向主人講述它的精采見聞，人們時刻知道它的位置，而且能根據它提供的資料得知洋流的溫度、速度和流向。當小警犬在南極環流圈東嗅西聞的時候，人們便可分析大西洋的重要資料。

古斯特和其他許多海洋學家都期待，有朝一日人們會在所有洋流中放置這樣的漂浮器，如此一來我們對溫鹽環流就會更加認識。其實魚類對洋流的認識要比我們深得多，為了準確到達遠在幾千公里外的目的地，魚類會利用洋流的某些規律，就像交通導航系統一樣。但如果要讓魚類傳授點知識給我們，那可有得等了，因為眾所皆知，魚類是不會說話的。

好，到這裡我們要休息一下。又想做點運動？那就先背上氧氣筒吧。

為什麼細菌有姓無名?

你盯著混亂的光線。

似乎沒有上下之別，空間裡只有穿著潛水衣的你。毫無疑問，你在水中，但是周圍的水卻滑得奇怪，不像一般的海水。你開始活動手腳，沒什麼困難，跟平常一樣啊。你能聽到的只有自己沉悶的呼吸聲，你到底被打入了哪座冷宮？哪個不知名的大洋把你吞噬了？你究竟還在不在地球上？老天，從那邊朝你靠近的，到底是個什麼玩意呀？

它圓圓的，渾身長著長長的細刺，而且發著光，簡直像個太陽似的。或者它只是在反射照在它身上的光束？再靠近一點看，它身上的玩意兒其實更像聖誕樹上的裝飾物，這個傢伙以閃電般的速度竄來竄去，還轉圈，那些刺就一會兒閃爍銀光，一會兒閃爍淡藍光，一會兒又閃著深紅色光。看起來很美，但是你卻感覺自己好像被長矛戳中了，很不舒服。

你划動蛙鞋想離開這裡，移動的時候，忽然碰到一個透明的東西，它長著一圈短小的小手臂，你嚇了一跳，看見一個玻璃般透明的鋼絲圈之類的東西從面前移過，後面緊跟著一群錐形晶體般的東西。這些晶體呈淡青色，裡面還裹著灰色物質。你的周圍熙熙攘攘，愈來愈熱鬧，有手臂般長的綠色小梯子、抽搐式伸縮的橢圓形生物、透明的跳動生物、體內一閃一閃的橙色物質，然後又忽然來了個看起來似乎是一條尾巴和兩隻大角組合起來的生物。各種黏糊糊的條狀物和帶軟骨組織的觸鬚纏繞在你的腳上，球狀物划著槳呼呼地向你衝過來，還有一個活動的大袋子正在向你靠近，它把自己吹得鼓鼓地，似乎準備把你整個人吞沒，然後再運到什麼地方去。

該把你拉回來了。

為了讓你看得更清楚，我把你急劇縮小，這樣你就可以跟幾十萬個微生物、真核生物及藻類分享同一滴海水了，也可以親眼目睹，到底是誰在統治這個世界。在我們瞭解人類所能想像的最小生活空間——一滴水中的微觀世界之前，研究魚和鯨是沒有意義的。

這會兒，你剛好碰上一大群帶刺的聖誕樹裝飾球，也就是說你剛剛認識了一種放射蟲（Radiolaria）。這是一種有細胞核的真核生物，牠的細胞質裡包裹著球狀的空心骨架。細胞質為膠狀的細胞組織，是組成細胞的基本物質，但不同的細胞有不同的細胞核。細胞質內有酶和離子，它們在裡面進行高速的物質交換，化合反應生成了營養物質，然後被運輸到細胞核內。

放射蟲體內的原生質裹著一個由二氧化矽組成、布滿小洞的骨架，這個骨架稱為網殼，有時候網殼裡還有幾個同心的殼層，就像俄羅斯娃娃一樣。那些堅硬的長矛就來自外面幾個連環殼層，它們也同樣被細胞質包圍著，所以看起來才會像是一顆朝你漂來的閃爍太陽。它之所以能漂浮，就是因為那些小刺。順便提一下，這些小刺還能幫助它們進食，或過濾從水中分解出來的營養物質，或攝取在四周游蕩的可吃的小東西，在你身上肯定也有些好東西。

在所有海洋的表層水域，你都能見到這種放射蟲，特別是在太平洋和印度洋的溫暖地帶。它們的細胞骨架就像生物體內的太空站，事實上它們來自生命開始躍進的時代——寒武紀。第一批放射蟲或許在百萬年前就已經定居大海，證據顯示，那是進化女神打開自己武器庫的時代。如果有人想更深入觀察牠們的內部結構，那麼他可以到法蘭克福的森肯堡博物館，那裡有一系列能讓你留下深刻印象的模型。

現在，你已經恢復原形，所以你看不見那些活潑的小傢伙，也看不到幾十億個跟你分享同一顆水珠的其他微生物了。只有在螢光顯微鏡下，你才能重新跟它們會面，它們真是小得難以置信，然而它們在大海的化學反應中也扮演著令人難以置信的重要角色。放射蟲需要二氧化矽來建造網殼，而水中存在大量、甚至是過量的二氧化矽。它們把這些二氧化矽從水中過濾出來，然後加工成自己可消化的結構，帶著這樣的裝備，這些小騎士就可以一輩子悠晃在陽光充足的海水表層，它們死亡後，屍體會下沉到海底，這批新貨一到達，那些常見的食屍生物就會迅速圍攏來，將這些真核生物消滅乾淨。一陣風捲殘雲後，剩下的就只有網殼和細刺，而這些物質會慢慢壓進燧石裡，成為海底沉積物的一部分。

除了讓我們生病還更常救我們的命——微生物

除了放射蟲，你還遇上了矽藻和金剛藻。它們是豐富多彩的微生物世界的代表，這個微生物世界上幾乎每天都有新成員加入。

在加州大學聖塔巴巴拉校區教生態學、演化論及海洋生物學的克萊格．卡爾森（Craig Carlson）說：「人們一直在研究一滴海水中到底包含了哪些物質。」二〇〇二年，他在一滴海水中發現了一萬個SAR11類的浮游細菌，「微生物如浮游細菌，包含了生物化學領域的重要高效物質。」克萊格．卡爾森的同事羅伯特．莫里斯（Robert Morris）補充道。卡爾森、莫里斯，以及俄勒岡州立大學的史帝芬．吉奧瓦尼（Stephen Giovanni）一起主持了一項研究計畫，這項研究足以顛覆我們之前對世界的認識。

作為乖孩子，我們在學校裡學到大魚總是吃小魚，而微生物的存在只是為了使我們呼吸不暢，呼吸不暢也就意味著我們有咽喉炎，必須要吃藥了。

卡爾森說：「這簡直就是胡說，大多數人認為微生物會使人生病，但事實上只有極小部分的微生物是致病源，大部分微生物都是所有生物的重要支柱。可以這麼說吧，生物界的生死存亡就操縱在這些小傢伙的手中。」你可以不用氣喘吁吁地包在厚厚的大衣裡度過一生，得感謝那些小生物，它們為我們製造了可以呼吸的氧氣，為我們營造了適宜的氣候，解構了生物物質，將大大小小的屍體分解，使物質可以重回自然循環。正因為有這些生物，我們的地球才能免遭氣候突變之害。

想像一下這樣的情景：我們在墨西哥灣海底七百公尺深處，這裡住著一群細菌，它們把甲烷當早餐吃，然後排出硫化氫。一種名叫「冰蟲」（*Hesiocaeca methanicola*）的粉色小蠕蟲，在本書的第三部分會再提到，牠喜歡吃硫化氫*，會把細菌連帶吞下去，但並不會消化細菌，而是和它過著共生的生活。蠕蟲為細菌提供安全的棲身之所，細菌則為蠕蟲生產牠喜歡吃的化學物質。

就這樣，小蠕蟲一直過著與世無爭的生活，直到有一天，一隻食肉大蝸牛走錯了路，碰上小蠕蟲，把牠吃了。大蝸牛不但捕食小蠕蟲，同時還吃下了數十萬個單細胞生物，當然牠並不在意自己吃下多少單細胞生物，就像兩小時後會把牠吞噬掉的深海烏賊一樣，烏賊也不會在意自己同時吞下了小蠕蟲及單細胞生物。烏賊也會引起某些海洋哺乳動物的興趣，所以片刻之後，一隻抹香鯨一張嘴，這隻美味的烏賊及那隻肥肥的蝸牛連帶蠕蟲和單細胞動物，就成了牠的腹中物。

這條鯨在浮出水面的過程中，頭部突然撞上某個東西，這個傻瓜！我並沒有開玩笑，這種事情的確偶爾會發生。貨輪船長覺得很奇怪，為什麼他們開足了馬力，但是船還是拖拖拉拉地前進，直到船靠岸的時候，他們才發現原來船曾與一隻鯨相撞，所以船慢吞吞地拖了幾百公里才回到岸邊。

我們的抹香鯨剛剛撞上了一艘載運著香蕉的貨輪船頭而罹難，身子不斷往黑漆漆的海底沉下去，但身子還沒落到海底，海中的單細胞生物就吹起了奮鬥的號角，準備把這隻龐然大物碎屍萬段了。生物老師說得對，大魚吃小魚，但到了最後，最小的魚卻吃了最大的魚。對我們而言，這也是一件好事，如果不是這樣，我們周圍的屍體就堆得滿天高了。

弱肉強食的確名副其實。就在一滴海水中，大家也是你吃我啃，從上到下，或從下往上，誰都能消滅旁人，沒有任何紀律問題。這難道不像一場史無前例的大混戰嗎？聖地牙哥克里普斯海洋研究所（Scripps Institution of Oceangraphy）的法魯克·阿贊姆（Farooq Azam）教授對海水進行的精細研究無人能及，他不但發現海中有為數成萬上億的微生物、細菌、病毒和藻類生物，還發現了它們的生活區。這些小東西愜意地生活在一個大的網狀結構中，裡面有黏糊糊的醣化合物、聚合物、膠體。阿贊姆道：「在顯微鏡下，人們可以看到透明的纖維、皮和膜，這些小東西把水搞成了一種薄薄的膠狀物。」

哈哈，膠狀物。

海洋中所有微生物群都彼此提防，有些生物會主動掠食，比如紅潮毒藻。這是一種劇毒藻類，蜷縮在明膠組成的囊狀物中，在裡面變成僵硬一團，有時候能持續幾年，在這段時間它不需要任何營養物質，一直等到某天一群魚正好游過這個藻類殖民地，這些小強盜就會忽然活動起來，一窩蜂衝出安身之所，旋轉著靠近魚群，伸出兩支鞭毛，一支鞭毛旋轉著，另一支操縱前進方向，直到完全靠近魚群，然後大戰開始了。紅潮毒藻釋放出來的毒素能麻痺獵物的神經，分解牠們的組織，然後再從裂開的傷口吸吮富營養價值的物質，魚群則在痛苦中慢慢死去。紅潮毒藻吃飽喝足後又回到海底冬眠，等待下次大戰後再享受大餐。水中的大多數「居民」都有類似的狡猾掠食手段，它們並不是漫無目的地在海底漫遊，而是非常有效、目標明確地從事著自己的活動。

這些放射蟲的同伴並不明白自己在生態系統中發揮什麼樣的作用，其實我們人類能夠存在，還得感謝它們，沒有這些分布全球的藻類，我們早就死在自己每年向大氣排放的七十億噸二氧化碳中了，不然也得氣喘吁吁地生活在溫室中。勇敢的藻類吸收了至少三十億噸二氧化碳，它們就像小小環保警察，留下一些物質，對另外一些物質進行加工並投入新的循環。

每座大洋其實都是碳之海。大洋中含有大量生物所需的基本成分，是所有動植物體內物質總和的十倍。阿贊姆認為，**如果細菌忽然突發奇想，將溶解在海水中的二氧化碳的十分之一排放到大氣中，那麼我們的星球就會頓時變成一個高壓鍋**。值得安慰的是，細菌們目前還沒有這個打算，它們的反應也是無意識的，也就是說，我們似乎掌握了大局。

＊比較正確的說法是，冰蟲應該是靠共生的SOB（硫化物氧化菌）來氧化硫化氫，並獲得能量而賴以維生。

但正是這一點有可能成為大問題。人類改變現有條件的時候，這些勤奮的調解者會適應這些改變，基本上它們不會去思考自己的舉動會對人類造成什麼樣的後果。如果愈來愈多二氧化碳進入大氣，愈來愈多化學物質、工業廢棄物和有毒物質被排入海中，愈來愈多石油擴大自己的勢力範圍，人們愈發無所顧忌地將核廢料埋入所謂的安全深海中，那麼我們賴以生存的生態系統將日益陷入危險的失衡中。單細胞生物總是首當其衝，當然有些可能是自然死亡的。

科學家在加州海灘觀察到一個現象，那裡的浮游動物密度明顯下降，僅餘四十年前的二十％，在這期間，海水的表面溫度上升了二度，造成海洋深處的食物和礦物質很難上升到海水表層，浮游生物不來了，以浮游生物為生的鳥類消失了，以微生物群為食的魚群也不見了。

有些微生物卻能從這些變化中獲利，因為它們可以利用新的食物鏈，我們有理由相信它們能將我們的大氣翻騰一遍，而人類將落得一個可恥的結局。想想氧氣吧，氧氣對我們是生活必需品，但其餘生物卻不這麼認為，對它們而言氧氣是致命的，因此我們很難相信進化女神的母性本能，她並沒有母性的直覺。對自然界而言，人類是否能生存並不重要，人類無法毀滅世界，能毀滅的僅僅是自己的世界罷了。

我們必須重視水滴和其中的居民，這樣才能具體理解這些微生物的作用。如果想知道一個矽藻的重量，我們就必須用一具十分精確的天平，可是全海洋的藻類加起來的重量比所有樹木、蕨類、禾草和其餘植物的總和還要大。注意，這裡說的僅僅是海藻的重量，還不包括水滴中的真核生物，這下你知道了這些小東西的數量了吧，有興趣的話，你還可以數一下一公升的水中有多少水滴，而僅僅一滴水就含有數百萬個藍色的半藻生物，它們的身長僅有○．○○○七公釐。

再算算，所有海洋加起來有一，四○○，○○○，○○○，○○○，○○○，○○○公升的水。你看到了嗎？這就是細菌和其他的單細胞生物沒有名字的原因了。沒有人有能力一一觀察並記住它們。

然而微生物的群居密度並不盡相同。單單在海水表面下就有極大的族群密度，因為可愛的小生物們在那裡擁有足夠的陽光和氧氣。一直以來，人們認為微生物無法在不利於生命存在的深海生活，然而阿贊姆和卡爾森這些研究者讓我們獲得進一步的知識。事實上，在海底幾公里的地方，水裡依然充滿了我們所能想得到的微生物，而且一直以來都有新種類被發現。這些微小生物的抵抗力令生物學家大為吃驚，一些微生物在溫度很高的腐蝕性硫礦水中依然自在活著，就像德國永遠的硬漢演員漢斯·阿伯斯（Hans Albers）在浴缸中的感覺一樣。某些微生物根本不需要氧氣，比如說，古菌在幾公里深的海底中還能與甲烷發生作用，它們每年將三十萬噸海底甲烷轉化成生命的能量。這是個可觀的數字，否則每年我們將增加許多溫室氣體，如果沒有古菌的食慾，地球的溫度可能還會更高。另一種極端情況發生在南極，那裡所有的湖泊原本該完全冰凍，但位在維多利亞谷地（Victoria Valley）維達湖（Lake Vida）湖面下二十公尺深處卻有自由流動的水，因為太鹹了，所以無法結冰。

愛吃石油污染物的好東西——細菌

就在這座湖中，人們發現了嗜極菌。看起來，世界上似乎沒有任何一個角落是單細胞生物無法居住的，而且科學家幾乎每年都在重新估算它們的生物量，即使在岩石深處，在幾百萬年的沉積物中都發現有微生物，甚至在地中海底深處，也發現許多充滿異域風情的細菌群落。最近科學家猜測，地球上接近三十%的生物都居住在海底幾公里深的地方，在那裡硫酸鹽的作用一如我們在地面上呼吸的新鮮空氣一樣。沙中的世界帶給我們的驚奇如同水滴中的萬千世界，但是如果繼續描述沙中的世界，這一章節就會沒完沒了，鯨魚和鯊魚已經不耐煩了：到底什麼時候才輪到我們上場？

每個食物鏈的開端和末端都是微生物，它們是環境的守護者，清潔並保護我們的大氣，有時讓人類生病，甚至致人於死，人類如果想利用抗生素對付它們，就常會敗在它們的適應性面前。它們太微小了，小到人類無法看見，這就是最大的問題，因為我們無法發覺的東西就不會進入我們的觀念中，其實這些小東西能夠以各種方式服務我們。

海珊應該感激人們發現可以用細菌制止石油擴散，一九九一年，這位當時的伊拉克總統摧毀了科威特的輸油管，滲出來的石油在海灘附近變成黑色的瀝青，這時瀝青上出現了一種細菌，以驚人的速度將溢出的石油吃光光。這個表層由藍綠藻構成的細菌集團包含各式各樣的微生物，彼此間以一套複雜的規則分工合作。一九九八年，不來梅的馬科斯．普蘭科微生物研究所、慕尼黑科技大學、耶路撒冷希伯萊大學和加沙環境研究與保護所的科學家們，在德國科學家的帶領下開始研究這些細菌。目前科學家試圖在迦薩（Gaza）採取措施保護石油和植物，然而由於以色列和巴勒斯坦之間的衝突，這項工作進展十分緩慢。

人類知道，各種細胞組合的工作效率是不同的，就像各種藥品混合起來的功效也有所不同，這會造成很有趣的景象。如果人們把細菌群商業化，並出售給環境保護者，第一個問題就是：「每一百公里多少錢？」細菌吃掉的石油愈多，身價也就愈高。

汽車工業對此只能仰天長歎。

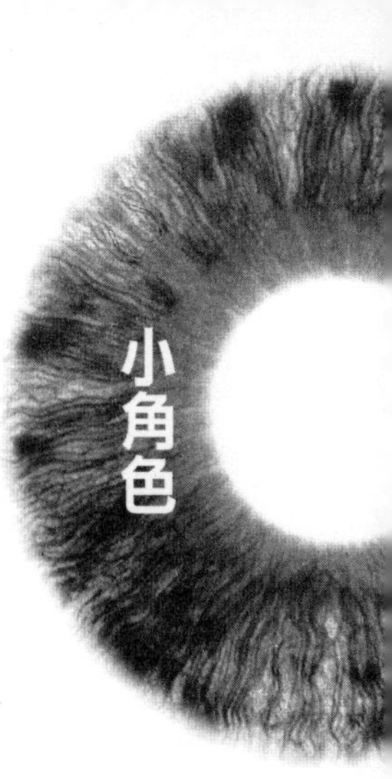

小角色

浮游生物，這個概念我們已經接觸過很多次了。

浮游生物到底是什麼？

美國後現代藝術家安迪．沃荷說過，每個人以後都有機會出名十五分鐘，他影射的是即將到來的媒體社會。塞西爾．迪米爾（Cecil B. De Mille）曾拍過一部偉大的電影，影片中無數小人物透過簡單的存在就贏得匿名的榮譽。安迪．沃荷大概就是看了這部電影才說出這句經典名言。電影中的小人物雖然只是一閃而過，卻承擔了極重要的角色：沒有他們就沒有羅馬大軍，沒有民眾大會；沒有他們，羅馬鬥獸場的看台上就不可能坐滿觀眾，也就無法體現群體的恐慌。

這些小角色是銀幕上的浮游生物，他們為了幾美元在布幕背景前跑動，讓別人在混戰中砍掉自己的頭，或者和一艘遠洋輪船一同下沉。他們中間不會產生第二個愛因斯坦，不會產生凱撒或瑪丹娜。浮游生物的命運是集體戲劇，他們生活的目的是讓別人能夠生活下去。在鐵達尼號沉沒、羅馬大火、銀河大戰時，他們愉快地走向死亡，這樣在芸芸眾生之中才會產生英雄，創造後來者，這些後來者又會繼續發揮重要作用。群眾創造英雄，統治者無法決定戰役的勝負，但一群小角色卻能決定誰是統治者。他們雖是無名小卒，卻不可或缺。

如果人們要為海洋中的小角色立一座紀念碑，那麼碑文應該這樣寫：無名的磷蝦，或者是：無名的海藻。這些都是英雄，卻無法逃避自己的命運，牠們是藍鯨和鯊魚賴以為生的基礎。

從人眼看不見到九公尺長——各種浮游生物

就像無數科學術語一樣，「浮游生物（*Plankton*）」這個概念也來自希臘語，意思是「四處亂走的」或「漂流的」。我們也可以說，浮游生物不買車票，在洋流交通系統中，它們並不知道何去何從，只是隨波逐流。雖然某些浮游生物能自己游動，在必要時甚至游得相當輕快，然而大多數浮游生物還是跟著流水走。與它們相比，螃蟹可算得上是跑步健將。

因此，浮游生物自主的移動多半是成群結隊在海洋中升降。大多數浮游動物喜歡在海面度過黑夜，白天則躲入深海，在這過程中，它得克服巨大的高度差。浮游生物耗費大多數時間在改變自己高度上，此外還得竭力不讓自己下沉。

除了高溫水域、急流和充滿化學物質的水域，浮游生物幾乎無所不在，只有密度高低之別而已。就像微生物一樣，它們的數量非常龐大。我們喜歡高樓大廈，然而即使如此，人類和陸棲生物依然屬於地球表層的居民。我們的擴張範圍僅限於經度和緯度之間，而浮游生物卻擁有深度，它們的居住空間和陸地的關係就像立方體的內部和表面一樣。

我們已經在水滴中認識了一些小角色。浮游生物中最迷你的代表——病毒和黴菌，被列為超微浮游生物，連離心機也無法把它們帶離老家。第二級則是微浮游生物，包括真核植物和細菌，只有一公釐的千分之幾那麼大，人眼無法看見，一個針尖上就有二百萬到三百萬個細菌，沒有任何一副眼鏡能讓人類窺見它們的真正面貌。超過〇．二公釐的被稱為中等浮游生物，仔細觀察的話，中等浮游生物看起來就是一個小點，但至少能辨認出形狀和顏色。老鷹不借助任何光學儀器就能察覺二公釐大的中等浮游生物，即使你視力欠佳，這些浮游生物還是「可見」的。第四級則是大浮游生物，個頭已達二公分。

提起浮游生物時，我們一般會聯想到以上這幾種。這些雲狀的浮游生物在海中游來游去，讓人驚奇的是，它們竟能滿足地球上最大的生物。但還有下一個等級，二公分以上的巨型浮游生物，不僅包括許多小魚，還包括九公尺長的水母。

什麼？九公尺？那還是浮游生物嗎？

是的，當然！我們回憶一下字面的意思。「浮游生物」本來就指四處亂走者，它們並無意違逆洋流，因為根本沒有這種能力，更何況它們也沒有自己的方向。浮游的水母不會熨襯衫，因為它們無法轉身向後看看熨斗是否關掉了。就這點而言，浮游生物的概念指的並非身體大小。簡單說來，所有隨洋流而移動的生物都屬於浮游生物，它們隨波逐流，沒有主見。那些頭腦聰明、有力量朝某一方向（逆著洋流）擺動鰭和尾巴的生物屬於自游生物，諸如魚、烏賊、鯨等，但這些是海洋中的少數民族。

小新發現，塞西爾．迪米爾電影中的小角色都擁有自己的意志，不是嗎？

小新說，這是個角度問題。那些為了幾塊錢便心甘情願「葬身大海」的人，他們跟隨的是另一種潮流，美元的潮流。至少他希望對這個世界說：看！背景裡那個可憐的傢伙，那個剛剛和另外三千個群眾角色一同淹死的人，就是我了。人們稱這種潮流為虛榮。在這一點上，小新和小丸子看法一致：從這個角度看來，每個人都是一種浮游生物。

我總是說嘛，聰明的孩子！

有一條基本法則：在相同體積下，單個有機體愈小，所含的個體數量就愈多。這樣看來，超微浮游生物遠勝於微浮游生物，微浮游生物又打敗中等浮游生物，以此類推，幾十億個單細胞生物的體積總和相當於一隻中型水母的體積。

此外，我們還得區分細菌類浮游生物、真菌類浮游生物、浮游植物和浮游動物。看到這麼多專有名詞，你大概開始不耐煩了，但我向你保證，這些玩意兒非常簡單。細菌類浮游生物是細菌類代表，也是所有浮游生物中最小的傢伙；真菌類浮游生物就是真菌；浮游植物指的是綠色的植物類浮游生物，它們可以進行光合作用，比如單細胞的矽藻類、溝鞭藻、在浮游性有孔蟲體內的共生藻……等等，這些生物總共提供了大氣中一半的氧氣。

海洋浮游植物消耗陸地二氧化碳的量，遠遠超過熱帶雨林，這讓人類產生了個想法，就是把多餘的二氧化碳送到深海去，這樣二氧化碳就完蛋了。可是，如果二氧化碳能使海藻*開胃，那麼暴飲暴食的結果會不會導致海藻瘋狂繁殖呢？如此看來，人類讓臭氧層破了個洞或許也有好處，因為對海藻而言，沒有什麼比陽光更有養分了，但太強的紫外線又會使浮游植物大量減少。

人們很喜歡浮游動物，因為牠們體格「顯眼」，而且過著動物的生活，這類浮游動物包括小魚、小蝦、大魚的幼體、剛毛蟲及其幼體、水母、海星等，牠們利用小鰭、蹼足、茸毛和剛毛，努力避免自己被海洋吞沒。除了浮游動物，浮游植物也會借助自己的茸毛、小刺和鞭毛來抵禦地心引力。

人們對浮游動物的普遍印象是有殼動物，事實上已知的一萬四千種橈足類動物便占據了浮游動物的大宗，這種介形類代表動物生活在各種水域中，無論鹹水還是淡水，就連地下水都有牠們的身影。許多在海洋深處生活的橈足類動物都不需要眼睛，生長的速度也非常緩慢，因此被看成同類中的長壽族。人們在海底也發現了這些動物，每平方公尺就有幾千個。大部分橈足類動物像小蝦一樣蜂擁著前進，牠們長著許多小足和長長的觸角，在被魚和鯨魚吃掉之前，牠們大嚼浮游植物。橈足類動物占據了地球生物中最大的一部分，和南極磷蝦的數量等量齊觀。

地球上最豐盛的大餐——磷蝦

第一眼看來，磷蝦和橈足類動物的區別並不明顯，前者似乎只是體格較大。磷蝦最長不超過六公分，已屬於巨型浮游生物。磷蝦看起來就像小蝦，牠的名字也很奇怪，但事實上磷蝦並非科學概念，只是挪威人對鯨魚飼料的稱呼。磷蝦可說是南極的救世主，居住在南極的動物都直接或間接以磷蝦為食，又以巨大的鬚鯨和長鬚鯨為主要客戶，牠們每年要吃掉四千萬噸磷蝦，另外兩千萬噸磷蝦則被南極魚類享用了。企鵝和信天翁也喜歡磷蝦。很多種磷蝦會發光，牠們身體和眼睛上的發光細胞散發著熒熒的綠光，在南極洲的夜晚，牠們的光讓海水看起來陰森恐怖。牠們的顏色主要來自於主食——綠色矽藻。烏賊也吃磷蝦，但海豹是最大的食客，有些海豹除了磷蝦什麼也不吃，牠們每年要吃掉一千三百萬噸磷蝦，因此磷蝦先生和磷蝦太太只好天天忙著繁殖後代。

在這一領域牠們很有效率！

我小時候怎麼也想不明白，一隻超過三十公尺長的鯨魚怎麼可能只靠吃這些小東西生活呢？但想一想，南極一地的磷蝦足足有七千五百萬噸重，我們也就能想像鯨魚的盛宴和牠飽餐後的樣子了：「還要一份磷蝦嗎？」「不，謝謝，吃不下了！」

南極磷蝦的數量超過了橈足類動物，而且沒有任何一種動物的繁殖速度比得上寒冷地區的磷蝦，其中一個重要的原因是洋流運動。還記得極地附近的洋流和循環嗎？洋流環繞著這片白色的大洲。還記得我們悠閒地途經阿根廷南部，被水沖得忽上忽下，後來被捲進了漩渦嗎？我們從海底浮到了海面，和我們一起到達冰層附近海域的還有大量營養物質，也有浮游植物。磷蝦對浮游植物的喜愛甚至超過了小新對油煎魚排的喜愛，而牠們只吃浮游植物。

浮游植物是許多水中居民的主食，為了吃它們，居民們還得準備一套特別的餐具。這些浮游植物個頭太小，我們很難用叉子將它們叉起來，但磷蝦有一種令人吃驚的能力，即便身處地球上最不舒適的地方，牠們也能吃飽。牠前方的兩條腿就像安全護網，能過濾水中極其微小的植物，這個安全護網非常細密，緊縮時沒有任何矽藻能夠逃脫。沒有任何一種動物能像磷蝦一樣以超高效率利用如此有力的工具，所以磷蝦從來不會挨餓，就像牧場上的牛一樣，磷蝦在冰層上孜孜矻矻，更確切地說，應該是在冰層底部，那裡生

＊ 正式說法為海洋藻類，包括了浮游植物與底棲固著性海藻。

長著密密的藻類，磷蝦對它們毫不容情。如果我們將一塊長寬各十公分、長滿了藻類的冰層送給磷蝦，那麼只要一分鐘的時間，磷蝦就能把它們風捲殘雲吃個精光。當然，磷蝦並不會真的吃光冰層中的東西，因為實在是太多了，多到讓磷蝦經常吃到胃無法消化。此時，一部分藻類大餐又會被排出體外，完全消化的、半消化的、沒有消化的，還有一些黏糊糊的小球。

上面的故事發生時，南極洲已開始下雪了。

下雪在南極並不是什麼新鮮事，但水下的雪卻不常見。磷蝦會製造很多緩緩下沉的白色小顆粒，人們稱為海洋中的雪。磷蝦吃東西的時候，全區都在下雪，這種雪是一種綿綿不斷的資源，洋流將這些營養豐富的小球沖到水面，餵飽許多小生物。這些磷蝦肯定沒有想到這一點，牠們也不知道自己的「雪」中帶有碳物質，而這些碳物質能夠在深海存在上千年。雪將這些大量的碳物質帶到海底深處，因此人們也稱它為「生物泵」。在下沉的途中，它又為一些海洋生物提供了食物，因此這些海洋生物也可說間接以磷蝦為生。

有磷蝦在的地方總是會下雪，有時雪很大，有時很小。南極洲地區經常下暴風雪，以致人們連魚鰭都看不見。

這種「浮游生物雪」以直觀的方式說明，吞食和被吞食並不僅僅意味著獵人與獵物的關係。生態泛神論者喜歡說：世界上所有一切都渾然一體，彼此相連，實用主義者也應該考慮一下這種觀點。沒有任何事物能比「食物」的概念更清楚反映這一點：陽光提供能量，浮游植物在葉綠素的協助下進行光合作用，製造出糖和澱粉，小小的浮游動物吃了浮游植物後排出體外，它的排泄物又是其他動物，比如魚、海參和蝸牛等的食物，這些動物又被比牠們大的動物吃掉。最大的動物最終依賴的卻是最小的生物，因此浮游生物在海洋中扮演著基礎供應者的角色。

如果要畫一張食物網的圖表，我們必須將浮游生物畫成一個大圈放在圖表中心，從中引出許多分支，通向其他生物，這些生物又以不同的方式彼此聯繫。魚喜歡吃大葉藻、海綿、蝦、爬行動物和其他的魚。

蝦不吃浮游生物，有時卻和海綿存在外共生關係。珊瑚蟲僅以浮游生物為食，同時自己在幼生期也是浮游生物。蠕蟲亦然，牠同時又是蝦的食物。

你覺得太複雜了嗎？一點也不複雜。除了魚之外，企鵝也吃爬行動物，而牠們又喜歡吃海綿。軟體動物是海膽的食物，同時也出現在海星的菜單上。海星和海膽的幼體與浮游植物和巨藻親密共處，但這些幼體長大之後就會吃掉這些浮游植物。此類例子不勝枚舉，如此一來我們就能明白，如果失去其中一道小環節，整個食物鏈都會受到重創。假如有一天，南極洲的磷蝦消失了，受影響的不僅僅是鯨魚，而是整個海洋生態系統，最後也會波及陸地上的生物。

但別怕，雪依然無聲無息地下著。

雪一直下著，直到人類開始不停消滅浮游動物，霍勒太太*的雪花用完了，生物泵也停止了運作。

我們不能不憂心忡忡，因為第一張黃牌已經出現了。在過去四百年間，南極磷蝦的密度有急劇下降的趨勢，或許和冰層消失的規模一樣。冰層的凹洞一直為磷蝦提供足夠的保護，使牠能夠在海中順利產下後代，如果沒有寒冷冰層的保護，磷蝦就會迅速被天敵消滅。磷蝦的天敵非常多，除了哺乳動物、鳥類和魚類，還有神祕的樽海鞘（Salps）。

怎麼會懶成這樣——世上最懶的生物樽海鞘

樽海鞘是什麼？

牠們是海洋生態系統中的重要代表，也是浮游生物，屬於被囊亞門，是很獨特的生物，並公認是與脊椎動物最接近的族群，但通常過著酒囊飯袋般的懶惰鬼生活……牠們的確長得像袋子，有些很小，但也有的像二十公分大的袋子，其中某些種類如海鞘類，定居在深海底部，有些則生活在大植物的表面，還有一

＊格林童話人物，抖落她床墊的羽絨，便可讓世界飄雪。

些結成很大的團隊隨洋流移動，這些就是樽海鞘。觀察這些透明的傢伙時，可能會覺得牠們剽竊了別人的工作方式，牠們利用氣管腮的幫助，慢慢將小魚小蝦從海水中過濾出來，然後用黏液將獵物裹起來，最後消化掉。被囊動物沒有肺、沒有腮，甚至幾乎沒有頭部，只有一個極小的心臟，其中某些種類還長著一條尾巴，其餘的連尾巴都懶得要。

進化女神問過被囊動物：想以怎樣的方式繁殖？她得到了典型的懶人答案：啊，我不知道。正是因為這個回答，今天牠們有時採有性繁殖，有時則採無性繁殖，樽海鞘也是這樣。牠們在被囊動物中算是比較漂亮的族群，看起來像五彩繽紛的玻璃小桶，身體的主要部分為腸部。牠們有一個很討喜的外型，數公尺長的光鏈構造，讓牠們看起來十分壯觀，就像個發亮的巨型吊燈，也像是緩緩前行的水晶鏈。像所有的浮游生物一樣，牠們也過著隨波逐流的生活，不過牠們稍微懂一些導航，肌肉能夠有節奏地收縮。牠們會將水吸進去又吐出來，利用產生的反作用力將自己推向前方，而隨著吸進體內的水，食物也被吸了進來。腸上的纖維網則將細小的浮游植物絆住，纖維不斷產生黏液，然後透過皮膚將黏液排除，於是黏液像磷蝦的雪一樣，徐徐地沉入海洋深處。

藉由這種方式，即使是樽海鞘這種懶得要命的動物，也對食物循環做出了自己的貢獻。

溫暖海域的海面有成群結隊的樽海鞘。牠們把這些熱帶海域變成了閃爍的膠狀體，排擠其他所有的浮游生物，所以鯨魚和其他大型海洋居民只能把怒火發洩在牠們身上。而且牠們體內的淡水含量很高，使得牠們頗受歡迎。在這點上，牠們和水母很像，體內除了水外，基本上沒有其他物質。不過，樽海鞘不喜寒冷，因為寒冷會阻礙牠們的繁殖能力，但是牠們偶爾還是會走訪極地，因為那裡的某種食物很豐富。

比如磷蝦。

一隻小磷蝦落進了天使般美麗的樽海鞘設下的陷阱之後，立刻就被黏液包圍住，然後慢慢被分解掉。面對這樣的進攻，磷蝦仍然可以承受，但是對於冰層不斷融化所造成的生存影響，又是另一回事了。商業上的考量也令人頗為擔憂，很多地區都在大量捕撈磷蝦，將其製成人類食品，但操作起來很不容易，大網沒法捕撈這種小動物，牠們輕易就能滑走，而網眼細密的網又不夠結實，捕撈物的重壓會導致漁網破裂。而即使人們成功捕撈了大量磷蝦，這些小東西也會因為自身的重量被壓碎。

捕撈公司並未因此洩氣，依然努力不懈地解決這些問題，製作特殊的漁網和管道系統，以便將磷蝦撈到船上。雖然還有許多技術上的困難待克服，但每年仍有超過十萬噸的磷蝦進入人類的漁網，主要在日本和波蘭海域。目前我們還不必擔心自己是否搶走了鯨魚的食物，因為到目前止，磷蝦的捕撈量之所以不太大，並非人們有遠見，而是因為消費者對磷蝦的興致不高。如果人們開始感興趣，磷蝦必然被端上世界各地的餐桌，美食家的菜單上會出現磷蝦小點心和磷蝦湯，人們會在夏天舉行磷蝦晚會，以大快朵頤。

聽起來並不美味是嗎？這只是口味問題。

比如說，我個人很喜歡牡蠣，但是我完全能理解有人將牡蠣視為「放鹽的鼻涕」。食物美味與否更多是取決於其標籤，如果著名的廚師跳出來說磷蝦好吃，那牠就會變成美食，接著小磷蝦只能狂奔逃命，但最後還是進了廚房。

目前磷蝦主要被加工做成魚飼料，這種行為無可厚非，但在徹底滅絕和徹底無為之間，磷蝦還是擁有很大的發揮餘地。日本人視磷蝦為美味食物，我們只能希望鯨不至於挨餓。無論如何，我得向日本的孩子承認，他們確實找到了一種體面的解決方法。孩子們說，鯨死了之後，這可憐的傢伙就不會再挨餓，那時我們再一起吃了牠——當然出於純粹的科學目的。

同胞兄弟大不同——鹹浮游和淡浮游

回到浮游生物的話題上，但如果要徹底詳細地介紹它們，那麼這本書就再也沒法談論其他的話題了，因此我們瞭解一些主要類別即可。

注意，專有名詞——警報響了！我們應該學會區別鹹水浮游生物和淡水浮游生物，以名譽擔保，我再也不會使用這兩個概念了，但最後再提一次：鹹水浮游生物生活在海洋中，淡水浮游生物生活在淡水中。從現在開始，我們將牠們分別簡稱為鹹浮游和淡浮游。

對我們而言，鹹浮游更有意思，因為種類較多，除了純粹的浮游生物外，牠們還包括動物的幼體，這些幼體發育完全後就會失去浮游生物的身分，而且反過頭來吃浮游生物。科學家經過多年研究發現，如果後代要經歷一段幼體時期，幾乎每一種在海底和海溝生活的物種都會將孩子們打發到浮游生物托兒所那裡去，讓牠們處於自由游動狀態。

人們或許會指責這些父母不負責任，因為那種地方隨時都有可能冒出一隻藍鯨將孩子們吞下，但事實上讓後代跟浮游生物混居一段時間是頗有益處的。像海綿、蠕蟲、蝸牛、海膽、珊瑚蟲、軟體動物和大蝦的幼體，都很適合浮游生活，牠們擁有微小的四肢，這樣就能和群體保持聯繫，等到成年之後，珊瑚蟲和海膽就會回到海洋深處，和自己的同類一起生活。

定居在海底的動物能捕捉的食物相當有限，牠們無法進行原始的追捕遊戲，只能守株待兔，對付那些沒有辦法逃跑的獵物。一隻大蝦就是以這種方式獲取食物，海參也是這樣堅持下來的，牠一公分接一公分地過濾沉積物。珊瑚蟲不能爬行，也沒有辦法奔跑，只好原地不動，伸長牠們的小胳膊，抓住從身邊經過的小點心。螃蟹和蠕蟲的幼體也無法適應定居生活，而蠕蟲媽媽也不會餵食小蠕蟲，那麼牠們如何免於挨餓呢？一開始小蠕蟲只能在海底到處亂跑，等到力量漸漸增大，捱過了這段過渡時期，來到浮游生物群的青春期後，就可以四處游蕩，過著豐衣足食的生活。

這些故事並非獨一無二，許多陸生植物也有類似的做法，牠們固定生長在一個地方，卻將自己的孢粉送入旅程中，由風將這些孢粉分送到各地。在海洋中傳遞的媒介則是水流，因此那些固著和不擅於行的物種才能夠散布到世界各地。

最後我們稍稍關注一下淡水。這個領域的情況並不樂觀，當河流和湖泊中的營養鹽過剩時，浮游植物就會因食物增多而大量繁殖，於是這片水域就會發生變化，在不行光合作用的晚上，水中缺少氧氣，魚和其他水中居民都失去氧氣，原本生機蓬勃的水潭一夜之間就可以變成黏呼呼的淤泥。

海洋的承受力雖然遠大於淡水湖泊，但這種承受能力並非毫無止境，波羅的海已多次向我們出示黃牌。這片世界上污染最嚴重的大海開始週期性地死亡，而丹麥的養豬場主人必須負起相當責任，因為他們將幾千噸的豬隻排泄物傾入大海，這些東西正是浮游植物的最愛，但也造成東德和斯堪地納維亞半島之間許多生物逐漸死亡。如此一來，海洋中的小角色終於贏得了一份悲劇性的榮耀——其持續時間將遠遠超出安迪．沃荷預言的十五分鐘。

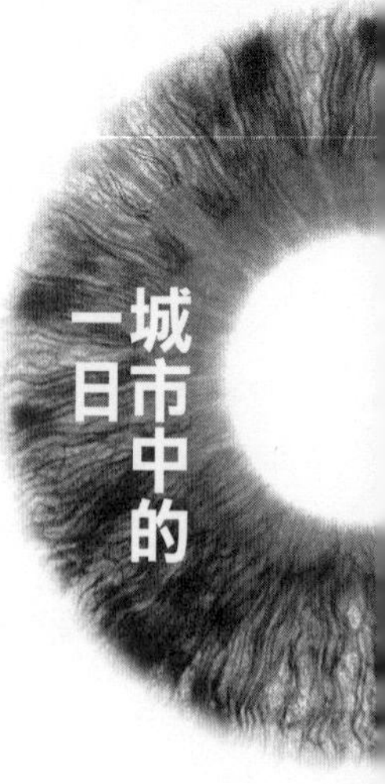

城市中的一日

海洋，一個美麗而完整的概念。這個概念非常適合描述這片覆蓋地球表面的巨大液態生存空間，就像「人類」這個字眼很適合表達福利打阿姨*的特點一樣。

地球上有許多深邃的大海，這是一片無邊無際的藍色荒漠。海岸則是完全不同的世界，居住在那裡的生物伴隨潮汐而生，在乾燥和潮濕兩個世界之間選擇最好的可能。地球上有冰海，也有熱帶海；有內海，也有大洋；有淺海、也有深海。每一片海和別的海都有所不同。亞馬遜河入海口處的生物多樣性和北海生物群體就有很大差別，就像深海凹地和淺灘上的生物也明顯不同。

在某些地方，人們能見到各種五彩繽紛的生物。為了到達這些地方，你需要一張飛往馬爾地夫或澳洲、紅海或加勒比海的機票，現在就缺一個為你準備潛水裝備、向你指出最佳地點的人了，你毋須深潛就可以欣賞到在陽光下才能欣欣向榮的珊瑚礁。

珊瑚礁是熱帶的大都市，是海洋中的紐約城，雖然空間狹窄，生活其間的生物必須摩肩接踵，但它是數百萬個建築師一同完成的傑作。不過，這些建築師對設計獎不感興趣，雖然牠們的作品完全有資格獲獎。現在就來參觀一下珊瑚礁。我們慢慢潛入海面下，時間還很早，第一縷陽光的柔和光線射入大海，此時大多數人正睡眼矇矓地看著鬧鐘，恐懼地想起自己的辦公室，媽媽被孩子的哭鬧聲吵醒了，單身貴族則被飢餓的貓咪從睡夢中喚醒。紐約、巴塞隆納、漢堡、莫斯科、新加坡，夜色褪去時，世界各地的人依次醒來。而在這裡，夜色褪去時，珊瑚蟲卻互道晚安然後睡覺去了。整個白天中，珊瑚礁只屬於魚蝦、軟體動物和棘皮動物，牠們困倦地離開自己的洞穴、縫隙和棲所，抖一抖鰭，伸伸觸角，揮舞一下，投入熱鬧的生活。這座石灰岩構成的城市已經為尖峰時間作好了準備，一座城市甦醒了，其華麗使任何一座人類建設的大都市皆黯然失色。

天才橫溢的建築師——珊瑚蟲

珊瑚貪睡嗎？

不可能。牠們是懷才不遇的天才！很多人一直以為牠是植物，因為牠那美妙的建築看起來很有植物風貌。然而這些看起來像灌木、花和樹的龐然大物根本不是珊瑚蟲，而是牠們的居住地。珊瑚蟲生活在珊瑚礁的內部和表面，這是一個活生生的例子，它告訴我們：想完成宏偉大業，並不一定要長得驚天動地。

珊瑚蟲很小，牠是刺細胞大家庭中的一員，水母和海葵也屬於這一族。珊瑚蟲看起來像是沒有眼睛的小烏賊，觸鬚的數量與烏賊不相上下，大多數時候更多。牠們的嘴是一個洞，嘴周圍有一組觸鬚，上面長著刺狀細胞，在顯微鏡下看起來像數百萬只裝著小鏢槍的袋子，這些刺能快速刺入獵物的身體，刺的後面纏繞著含有毒液的細纖維，纖維能麻痺獵物，然後獵物就被送進嘴裡吃掉了。珊瑚蟲沒有肛門，食物從哪裡進去就從哪裡出來。描述結束了，關於這些小建築師的身體結構，我講到這裡為止，但學界並不稱牠為「珊瑚蟲」，而是「腔腸動物」(Coelenterata)，由希臘語的「腸」和「洞」組成的名詞。

換言之，牠們也就是腸洞。哈，腸洞！近來好嗎？

還是叫牠珊瑚蟲吧！

珊瑚蟲的身體化學機制非常完美，體內居住著無數微小的單細胞藻類，每平方公分的面積上大約有一百萬個這種勤奮的單細胞生物，它控制光合作用，合成葡萄糖，並分解氧氣，珊瑚蟲從中獲利甚多，因為這兩項工作為牠提供了九十％的食物，並帶給牠足夠的能量去建造石灰房子。珊瑚蟲則為藻類提供二氧

＊ Tante Frieda，德國喜劇片角色。

化碳，並藉助水中的鈣離子，將其轉化成可當作石灰質礁體建材的碳酸鈣；剩下的二氧化碳又被藻類用於光合作用。藻類得到的二氧化碳愈多，碳酸鈣就愈快形成。這個利益共同體運轉得非常良好，在共生生物的幫助下，珊瑚蟲的建築速度比原來快三倍。由於藻類只有在陽光中才能進行光合作用，所以珊瑚礁都位於海面下五十公尺內的地方，只有在夜裡，光合作用才會暫時停止，這時珊瑚蟲細胞中合成石灰的工作也會暫緩下來。

我們對珊瑚蟲用碳酸鈣建造骨骼的過程並不十分瞭解，有些人認為，建造過程是在晚上完成的，這時珊瑚蟲將身體伸移出牠們的石灰房屋並將細小的觸手伸入水流。珊瑚蟲無法完全離開自己的公寓，因為每個個體是彼此相連的。夜晚活動期間，珊瑚蟲們會將許多白天合成的碳酸鈣排放出來，使其直接堆積在牠們的空房間裡並固結。第二天早上珊瑚蟲回家時，組成公寓的石灰又增加了一個薄層。這個由無數小動物創造出的龐然大物，即我們所謂的珊瑚礁，就是由這些小小的石灰薄層日積月累堆疊而成的。

適合珊瑚的理想環境，水溫不能低於攝氏二十度，理想狀況是比這個溫度稍高一些，只有這樣珊瑚蟲和牠的房客才能以最佳的條件生長。此外，也要有一定的含鹽量。熱帶地區是幾乎所有珊瑚蟲的家鄉，但如果有大量來自河流的淡水流入大海，或工業廢水被排入大海的話，珊瑚蟲就會銷聲匿跡，因為牠和遊客在某一點上很相似，兩者都喜歡乾淨清澈的水質。

具備了這些條件，奇蹟就能延續下去。今日已知的七百種珊瑚蟲創造了眾多規模巨大、豐富多樣的藝術品，那是一片眾聲喧嘩的場所。珊瑚礁占用的空間不到海洋生存空間的一%，但在任何其他地方，人們都找不到和珊瑚礁比美的生物多樣性。如果我們在珊瑚礁中度過一天，你一定會大開眼界，這裡甚至還有一間健身房呢！

我先走一步了。

太陽已高高在上，陽光和波浪描畫著水下數公尺深處的沙子和海藻風光。忽然，地面彷彿在動，一對圓鼓鼓的眼睛偷偷瞄了一眼，這是一隻魟魚，牠搖了搖尾巴，卸下身上的偽裝，掀起一團塵霧。原來牠藏在地下已經一個小時了，一直猶豫是要結束夜晚的捕獵，還是繼續覓食。對魟魚而言，這是個非常複雜的問題，因為牠已習慣聽命於自己的胃，再根據本能來回答這個問題。這一刻，胃顯然占了上風。牠慢慢朝珊瑚礁的方向游去，這就是牠的世界，此外的一切都是陌生的。從空中看下去，由二千多座珊瑚礁組成的大堡礁沿著澳洲東北海岸線綿延二千三百公里，和五百四十座小島共同構成地球上最大的「建築」景觀。

珊瑚礁有三種：某些島嶼周邊的珊瑚礁稱為裙礁，大堡礁則屬於第二種類型，我們從它的名字就可以猜到，它是一種堡礁。這種珊瑚礁會逐漸遠離陸地，被水道或海槽與陸地隔開。有時板塊運動會在外海擠壓出一個小島，珊瑚蟲就會在那裡定居。人們只有坐汽艇才能到達大堡礁最美的地方，通常需要幾個小時的路程。

此外，人們還發現了第三種珊瑚礁──環礁。幾百萬年來，在那些由火山爆發形成的小島出現了無數裙礁，隨著時間流逝，疏鬆多孔的火山熔岩坍塌了，珊瑚蟲為避免沉入無光照海域，只得向表層伸展，它們朝陽光生長，延伸到寬闊的大海上成了堡礁，環形結構的內部則是小島沉沒之處。當小島完全崩陷而沉沒後，中心地帶便成為砂質的環礁湖。環礁有入口與大海相接，一些底棲性的魚和其他動物很快在這座安逸的環礁湖中定居，環礁島就這樣形成了。印度西南角的馬爾地夫群島就是由一些巨大環礁組成，中間的環礁湖有二千座島嶼。

魟魚此時在做什麼呢？牠原先在淺水區睡覺，但睡意被胃酸破壞了，於是來到小島的岸礁上。這座珊瑚礁位在巨大珊瑚群的外圍，一直延伸到澳洲大陸棚。大陸棚的後面便是深邃的大海，大陸斜坡在此逐漸下降到二千公尺的深處。

島嶼另一面為五十公尺的海溝，那是水道交通網的一部分，那裡有許多大個頭的物種，特別是肉食性動物，牠們在珊瑚城裡到處悠游。魟魚謹慎地在自己最喜歡的泥濘窪地上覓食，這個窪地位於海溝邊緣，換句話說就是郊區，環境並不怎麼精緻，珊瑚也不像市中心那麼漂亮，但這裡住著很多美味的蝦、蠕蟲和小魚，以及魟魚最愛的軟體動物，牠只須搧動一下翅膀，就能把這些美味一網打盡。魟魚長著多排牙齒，被認為是鯊魚的近親，吃起貝殼就像老經驗的奶奶過年時嗑瓜子一樣沉穩俐落。魟魚本來就喜歡待在海底，在這裡牠可以隨時偷襲獵物，旁邊還遍布可供休憩的珊瑚枝。這時牠正用強有力的鰭來攪混沉積物，驚起兩隻躲在一邊的小蝦，一隻小蝦成功脫身，另一隻則遺憾地成了魟魚的早餐。魟魚和牠的胃終於心滿意足，於是慢慢游到珊瑚下方，直到黑暗退去時才會從陰暗的藏身之處出來。現在輪到別人出門覓食了。

這些覓食者很快就出現了，一些中小型魚群聚集在珊瑚坡附近，打算進攻擠滿生物的珊瑚叢。可惜的是，大蝦和其他大型浮游動物只有在晚上才會浮到海水表面。白天洋流中的東西很細小，大部分是透明的，捕食者必須瞪大眼睛尋找。二十多隻橄欖色的黃尾刺尾鯛過來了，牠們身後是交纏在珊瑚坡上的黃色水藻，由於黃尾刺尾鯛長著短短的嘴和放大鏡般的眼睛，因此只能察覺到離自己很近的獵物，而此時那些透明的小傢伙也已發現牠們。黃尾刺尾鯛嚴格維持著隊形，但有時會轉一個圈，和旁邊的同伴交換位置，而除了偶爾輕輕抖動魚鰭，或稍稍變動一下位置外，牠們幾乎不太消耗能量，只有看見嘴角迅速翻動一下，我們才會知道牠們正在吃東西。

珊瑚居民最看重的是效率和逃亡，牠們盡可能花最小力氣做最多事，此外還得注意不要落入別人的魔爪。條紋鰯也屬於守株待兔一族，牠們在珊瑚礁的溝壑中潛伏待食，珊瑚礁的巨大枝幹看起來彷彿是鹿角搭成的罕見藝術雕刻品，有人說那很像馴鹿角。鰯在坑窪中緊緊貼在一起，動也不動，這樣粗心的小魚一經過，牠們就能出其不意發動襲擊。在「鹿角」下方的陰影中，一群黑色條紋的雲斑魚正在打瞌睡，牠們也不動，卻不是在等獵物。白天牠們躲在珊瑚礁裡，直到夜裡才出場。

我想生活在一座不夜城中……*

上午快過去了，鄰近的藍色水道出現一大隊鰺魚，牠們正朝珊瑚礁游去。大家都知道這不是什麼好事，刺尾鯛立刻聚集起來，退回角落，現在也終於明白這些懶洋洋的食客身體為什麼都是流線型了。為了安全起見，牠們盡可能待在珊瑚礁附近，只可惜牠們沒有時刻表，也不知道什麼是停靠站。有時為了滿足自己的胃，刺尾鯛不得不離開保護傘，因此牠們的身體和叉形尾巴都發展成能立即溜之大吉的構造，而現在正是它們派上用場的時候。因為不是只有浮游生物在鰺魚的菜單上，牠們無所不吃。

我們眼中的珊瑚城似乎寧靜而安逸，但是對這裡的居民而言，小心謹慎是社區的第一準則。這座大城市危機四伏，穿越任何交叉路口，在那些軟珊瑚的叢叢分枝間隨時可能會衝出一隻長吻鰯（正鷹斑鯛，*Oxycirrhites typus*），牠的目的非常明確，和陰險的鸚嘴魚一樣，比如說，有著黃色條紋的石鱸夫婦正游向浮游生物商店，長吻鰯會偷偷跟上去，緊跟在石鱸太太尾巴所掀起的水流中，這樣即使離這對夫婦很近也不會被發現。到了合適的時機，牠就會擺脫之前的偽裝，緊緊吸附在其中一隻上面。鰺魚也會這種花招。**人們以為珊瑚是個左派世界，其實這裡的每一個生物都是賭徒和老千，否則無法存活下來。**

太陽熠熠生輝！

午飯時間到了，綠油油的鸚鵡魚開始吃珊瑚礁表面的海藻。這個地區長滿了綠色海藻，許多珊瑚礁居民，比如黃尾刺尾鯛、雀鯛和鸚鵡魚等都是大胃口的素食者，因此植物在珊瑚礁中的角色十分重要。褐色和綠色海藻覆蓋了石灰建築的表面，珊瑚礁邊緣的主角則是紅藻，它們一直蔓延到海中。綠藻構成了此地最豐富的食物源，它們遍布珊瑚表面，為素食者提供豐富的食物。珊瑚蟲很理智，牠們總是躺在床上睡覺，如果牠們出門，肯定會淪為別人的獵物，但不是每次都能溜之大吉。頭部狀似水牛的鸚鵡魚覺得小口小口吃沙拉太費事，總是將珊瑚一整塊敲下來吞食，交給牠們優秀的消化能力搞定。因為石灰塊中夾有海藻和珊瑚蟲，所有東西一起消化，之後又排出來。上個夏天假如你躺在加勒比海的夢幻沙灘上，你可能不知道，那些沙子正是鸚鵡魚的排泄物。

---

* *I want to wake up in a city that never sleeps...*，法蘭克・辛納屈的著名曲子〈*New York, New York*〉歌詞。

你的結束是我的開始——循環不息的珊瑚礁世界

你小時候是不是也問過：沙子是從哪裡來的？我那時花了很長的時間想這個問題，把每粒沙子拿到眼前仔細端詳，最後發現白沙也不是那麼潔白無瑕，而是摻雜著各式各樣的顏色：米色、褐色、玫瑰色、青色和淡黃色，而且沒有一粒沙子的形狀完全一樣。我那時認為，沙子是旅遊業的偉大發現，人們肯定需要找到一片大沙地，然後將沙地移到旅館前面。但是兩大旅遊公司耐克曼（Neckermann）和托馬斯·庫克（Thomas Cook）都沒有申請到這項專利。

沙子的形成有許多原因，其中之一是山體風化和火山堆積物，暗灰色的火山沙粒就是典型的例子。大部分沙子都是由堅硬且抗風化的石英構成，貝殼沙來自海洋生物破碎的外殼，珊瑚沙則是珊瑚的殘骸。最受歡迎的白色熱帶沙來自海洋生物的胃，牠們的胃會將珊瑚塊和其他碳酸鈣物質磨成碎粒。仙掌藻這種綠色海藻也是重要的沙子供應商，牠那薄片式的結構極易破碎，最後也磨成了細小的顆粒。珊瑚礁以多種方式促進了沙子的生產，沙子不僅為島嶼和大陸海岸鑲邊，還不斷向外堆砌巨大的沙島。在波浪和洋流的作用下，這些沙島最後浮出海面，鳥類是第一批抵達這些新島嶼的訪客，牠們的排泄物使沙子充滿營養，海藻就長出來了，蝦子等小動物也來了。紅藻長得尤其繁茂，在它的重量作用下，沙子聚合在一起，最終凝聚成石灰石。此時，形成裙礁的各種條件業已具備，一座新的百萬大都會將拔地而起。

那些被沖入海中的沙子又過得如何呢？

有些沙子沉下去，在珊瑚礁之間形成海底沙灘，但大部分被洋流和波浪不斷研磨，直到完全溶解，這樣水中就充滿了鈣離子。此時，海洋生態系統中最具吸引力的化學循環之一就正式啟動，這些鈣離子又被珊瑚蟲用來建造充滿藝術風格的建築。珊瑚礁的世界沒有起點，沒有終點，形成和消逝同時並進。

看著珊瑚，人們可能會認為它們的結構堅硬固定，這個印象其實並不正確。珊瑚有硬有軟，取決於構造方式。軟珊瑚蟲並不建造固定的住房，牠們製造出硬體組織——針狀晶體，並將之儲存在自己的膠狀組織中。這些珊瑚很漂亮，且具有彈性，但軟珊瑚蟲死後作品就很難保存下來。硬珊瑚則不然，最堅硬的珊瑚是黑珊瑚，這是唯一一類在深海也能找到的珊瑚。深海區的光合作用遠不如海洋表面，因此黑珊瑚生長緩慢，這也是優點，因為珊瑚生長得愈慢，質地就愈堅硬，而堅固的珍品珊瑚一直吸引著飾品業者的興趣。

不僅黑珊瑚喚起了人們裝飾的慾望，紅珊瑚同樣也受到人們的喜愛。在Google中輸入「紅珊瑚」一詞，首先出現的便是「漂亮的項鏈和手鏈」，還有一些健康小祕訣，因為紅珊瑚據稱可以治療關節痛和骨質疏鬆——當然，珊瑚含有鈣嘛。不過也有一些駭人聽聞的說法：「紅珊瑚能保護孩子和孕婦，讓他們遠離危險和巫術。」

原來如此！這種護身符或許真的有效也不一定，讓我們一早不用被麵包店老闆賞白眼；如果媽媽開車失控撞到樹上，珊瑚說不定還能保佑她平安無事。

還有呢？「珊瑚對我們的心靈有一種特殊作用，使用珊瑚能帶給我們光明和經驗。」

使用嗎？真有趣，我們如何使用珊瑚？放進體內嗎？放在哪兒？

「紅色珊瑚也被稱為上帝滴落在地面的血，它能增強我們的感情，加深我們對合作和友誼的需求。」

很明顯，如果一個人從早到晚對著珊瑚喃喃自語，那麼他肯定需要一個真正的朋友。另外還有一種登峰造極的愚昧看法：

「那些能察覺黑色力量、邪惡目光或法術的人，必須佩戴一節紅珊瑚或黑珊瑚。」

啊哈！一節珊瑚。因為：

「珊瑚的能量能影響人們的海底輪和生殖輪*。」

* 脈輪（Chakra，也音譯為查克拉）為瑜伽術語，意指人體各部位的能量匯集中樞。沿著脊椎從頭頂到會陰共有七個脈輪，其中海底輪位於會陰，生殖輪位於脊柱末端。

哈！怪不得！這才是人們將小珊瑚據為己有的原因——為了提高生活的「性趣」。為了這個目的，人們將幾十萬年才長成的珊瑚切成塊，賣出去。除了人類，洋流和波浪也折磨著珊瑚。軟體動物鑽入石灰層中，將自己固定在珊瑚裡；海綿為了安家樂業，用酸性物質腐蝕珊瑚。熱帶風暴能摧毀整片珊瑚礁，風暴之後雖然還剩下沙子，但是之前的奇境將變成歷史。如果水中的含鹽量超過某個值，或水溫過高過低時，珊瑚的情勢就真的很不利了。我們在下文中也會提到，空氣溫度和水溫是互相影響的，氣候變化既影響大氣也影響海洋，溫度異常會趕走珊瑚中的居民。當蟲黃藻發現自己很難再進行光合作用時就會退租，這種藻類也是珊瑚礁的顏料，沒有了牠，珊瑚就會開始褪色，最終消逝。此時，珊瑚礁社會將分崩離析，任由海藻覆蓋這座敗落的城市，隨著時間流逝，食草的魚和其他素食者來了，牠們大口吃掉剛長出來的海藻。這些傢伙從珊瑚礁的死亡中獲益，然而在這種情況下，新的珊瑚已無法生長。

來競技吧，看誰更高明——生物偽裝與武器

現在我們還是回到漂亮完好的珊瑚礁吧。

下午時分，一隻大石斑魚慢慢擺著魚鰭，從一片白色腦狀珊瑚邊經過（牠的名字得自於外形），這隻石斑魚給人的印象極好，就像和藹可親的叔叔。一隻藍環小章魚也是這樣認為，於是漸漸靠近石斑魚，但這隻石斑魚事實上並不可親，而是凶惡的狠角色，牠的策略是把自己偽裝成無辜善良的角色，好讓獵物完全失去警惕。就在這千鈞一髮之際，石斑魚竟一溜煙跑了，小章魚原本該命喪當場，但幸運的是，進化女神賜給牠的藍環標記是一種訊息：「誰吃我，誰就是傻瓜！」原來，這個小傢伙是有毒的。珊瑚礁的許多生物都以鮮豔的色澤來嚇跑肉食性動物，這種小章魚就是世界上毒性最強的動物之一，人類只要被牠咬上一口，幾秒鐘內立刻喪命。石斑魚對此心知肚明，所以逃命去了。這時，一些藻類引起石斑魚注意，它們隨著波浪搖晃，上浮、下沉，裡面有個東西也在沉浮著，卻不是藻類，只是偽裝成海藻的樣子，跟著上

浮、下沉，上浮、下沉。不得不承認，這是很不錯的偽裝，可惜還不夠好。偽裝者也是一隻小章魚，有毒嗎？這隻是無毒的，那表示牠的死期到了，石斑魚一口氣衝進那團生菜沙拉裡。

帶吸盤的海藻。嗯，味道不錯！

石斑魚再次扮演可愛叔叔的角色時，另一場攻擊卻悄悄逼近。一些以珊瑚上的藻類為食的小棘蝶魚驚恐地發現，一大群燕尾鱸正在逼近。草食性動物為了保護自己的小花園，常常拚死搏鬥，但面對占絕對優勢的敵人也只能在一旁乾著急，然後氣憤地衝進敵人的隊伍。有時固執會給牠們帶來好處，但是今天命運卻很殘酷，燕尾鱸根本無視小棘蝶魚的激烈抗爭，自顧自將珊瑚吃個精光，然後揚長而去。就在這時候，三隻鮮豔奪目的小蝦正將一隻綠色海星拖到珊瑚枝杈下面，打算一起分享牠。

不遠處有一塊枝節交錯的大型紫珊瑚，它已探出珊瑚礁的邊緣。在這數公尺高、狀似蕨類的珊瑚下方暗處，我們也看到了一齣好戲：一隻長吻鑷口魚引起一隻海鱔注意，海鱔長長的身體正從縫隙緩滑出來，緊跟在鑷口魚的下方。海鱔很清楚情況：一個黃色的小傻瓜莫名其妙地用尾部撞著珊瑚礁，在哀求自己把牠吃掉。這隻海鱔優雅地搖晃著尾部（牠的全身幾乎都是尾部）盤旋而上，開始攻擊這隻魚的頭部，但是令牠吃驚的是，獵物居然逃開了。等等，有點不對勁！我明明已經抓住牠了！海鱔無可奈何地回到縫隙中，拚命思考這個問題，但這已超出牠的理解範圍了。

原來海鱔是上了眼紋的當！

這隻長吻鑷口魚正如牠的名字，擁有一個長長尖尖、暗色的嘴，褐色的眼睛幾乎小到看不見。牠的身體從鰓部開始呈明亮的黃色，尾端有一個頗大的黑色斑點，乍看下會讓人誤以為那是牠的頭部。這是一個偽裝，四眼蝴蝶魚也有類似的偽裝。蝴蝶魚的頭側有著深色的條紋，眼睛就藏在其中，極難識別，尾部卻有兩個像眼睛的斑紋。七夕魚則總是圍著一個小洞打轉，遇到危險會將頭鑽進洞中，只留尾巴在外面。

牠的尾巴？小新放聲大笑：這條魚太蠢啦！小新很小的時候也曾相信，只要轉過身子別人就看不見自己。這隻七夕魚大概是頭腦不清，才會將尾巴留在外面，以為這樣別人只會抓牠的尾部！這個聰明的孩子這次卻錯了，因為七夕魚的尾巴和一種肉食魚的頭部外觀很相像，攻擊者看到這個尾巴常誤以為洞中的生物正貪婪地盯著自己，可能因此退縮。眼狀斑紋是進化女神最偉大的發明，因為魚都怕頭部受到攻擊，頭部一旦遭到襲擊，戰鬥力也會大失。所以，海鱔掠取的戰利品最多不過是條魚尾而已，而這次的經歷牠會銘記在心。

珊瑚礁是一個崇尚暴力的世界。

有些刺尾鯛的尾巴末端有兩塊時髦的尾梢，這可不是好玩的，因為在牠用尾梢擊打獵物時，尾梢的作用相當於手術刀，能擴大撕扯開的傷口。硬鱗魚身上披著甲殼似的厚厚鱗片；河豚體內充滿水，遇到威脅就會膨脹。有些魚與環境完全融為一體，以防止敵人發現牠，比如石頭魚，還沒等旁人發現，已將自己的毒刺刺進對方的鼻子。簡言之，這是一個缺乏信賴感的世界，而這一點我們完全可以理解。

除了清潔中心。

在清潔中心，人們表現得很有教養，甚至還會排隊。清潔魚和清潔蝦的生意十分興隆，只要礁石群還在，就顯得門庭若市。這時兩條燕尾鱸遇到一條大魟魚，白鰭礁鯊也躊躇地靠了過來，顯然還沒有下定決心。小清潔魚跳著奇特的舞招攬客戶，清潔場上的競爭十分激烈，宣傳和促銷相當重要。看來跳舞還是很有效的，因為最前面的燕尾鱸乖乖地張開了嘴，這回沒有作戰策略。剛才已經提到了，清潔場上有一些不成文的法律，即動物們不能吃自己的牙醫和美容師。此外還有一些儀式，只有在顧客張大嘴巴表示願意遵守規則時，清潔蝦才會離開自己的保護洞，開始進行清潔工作。如何進行呢？清潔師不僅僅清洗客戶的牙齒，還吃掉那些死去的鱗片、真菌和寄生蟲。寄生蟲是蝦的美食，牠們用鋒利的剪刀掏出這些長住不走的討厭鬼；魚醫生*也欣然參與這個欣欣向榮的服務業。在附近的珊瑚區，很多動物接受牠們的盔甲護理，一隻巨大的老海龜安詳地待著，讓醫生剔除牠背上那些腐爛的海藻。鯊魚把自己的牙齒託付給蝴蝶魚，因為蝴蝶魚能有效地去除牠牙齒裡的食物殘渣。鯊魚從來不吃蝴蝶魚，因為吞食牙刷只會危害自己。

這種繁榮的共存生活是奇蹟嗎？不是的，因為在這裡不存在友誼概念，這些景象只展現礁石世界的一項關鍵原則：

共生。

共生的群體間有一種持續付出和索取的關係，每個參與者都從中獲益，清潔師的好生意建立在客戶的痛苦上。寄生蟲則是一種自私的共生者，牠們不做任何貢獻，卻傷害寄主，掠取牠們的血液。寄生蟲長得愈好，寄主的狀況就愈差。但某些寄生物是沒有傷害性的，例如一種長著扁平腦袋的怪魚，牠們會緊緊吸附在鯊魚和大魚身上，跟著牠們走，這種寄生物沒有付出，但也不會造成傷害**。人們或許會將共生視為一種最理想的生活形式，然而它其實是狹小空間裡最高等的同居方式，各種共生方式豐富多彩，效果驚人。《海底總動員》中的小丑魚就住在海葵叢中，因此又稱為海葵魚，因為有海葵提供庇護，幫牠的領地劃下標記，使牠成為唯一能夠逃過掠食者毒手的小魚，所以牠總是在海葵附近覓食，一遇到危險可以隨時逃入庇護所。

在珊瑚礁的世界，領地是一種財富，沒有領地就沒有食物、沒有家園、沒有庇護。只有極少數珊瑚礁居民像流浪漢一樣居無定所，如綠刺尾鯛（*Acanthurus triostegus*），牠到處覓食，旁人卻奇怪地予以容忍。有規則就有例外，長久以來，我們對世界的理解一直很片面。此外，領地也需要守衛和安全巡邏，以防止野蠻人進攻，這也是經常發生的事。

天色漸漸暗了。

太陽很快沉到地平線以下，一切都變了，珊瑚礁城彷彿死去一般，許多動物居民都回到自己家裡，待

---

* 裂唇魚，是珊瑚礁區最受歡迎的魚，牠們會幫忙清理其他魚類身上的寄生蟲，即使凶猛的大型魚類也得乖乖排隊等候牠的服務。

** 有人稱這種型態為「片利共生」。

在角落邊、縫隙裡、岩塊後，有些傢伙則把身體的顏色變暗，希望能夠躲過橫禍。海蝸牛伸出細細長長的鼻子，刺進那些昏睡的魚體內，神不知鬼不覺地吸了些血。

不一會兒，幾條小金絲魚出現了。那群黑紋雲斑魚也活躍了起來，離開珊瑚底下的避難所。夜獵的時間開始了。陽燧足和海百合從皺巴巴的桶狀海綿中爬出來，海鱔*也變得生氣蓬勃，牠們離開岩縫，跟著自己的鼻子走。白鰭礁鯊追蹤其他動物的電場。在夜色的保護下，大型浮游動物上升到水面，但肉眼很難發現牠們，除非是寶石大眼鯛，而許多夜間獵人都長著明亮的大眼睛。鱸魚也不願意餓肚子。

這時，幾百萬戶珊瑚蟲的鬧鐘響了。

珊瑚蟲陸陸續續從住處爬了出來，伸了伸自己的觸角。活躍起來的浮游動物應該主動交稅，因為牠們每次上浮時必須經過珊瑚礁，這時數以萬計的小蟹和小魚就成了犧牲品，牠們被纏在蕁麻狀的觸角中，麻醉後被填進獵人的小嘴裡。珊瑚蟲進食的時候會促進鈣的生長，鈣又落回牠們的公寓上，奇妙的珊瑚世界就會繼續壯大。如果珊瑚礁衰落了，牠們成長的速度就不會這麼驚人。當然，「快」是一種相對概念，像枝狀珊瑚（例如鹿角珊瑚）每年約增長十五公分，其他種類的珊瑚則每年增長一公釐，這種速度已足以抵消外界的沖蝕。

珊瑚蟲有個很大的特點：擁有世界上最美的性愛！

許多珊瑚蟲都是雌雄同體，有些則有雌性和雄性之分。每年全世界的珊瑚蟲幾乎都在同一個時間產卵，整個過程井然有序，彷彿有人制定了一個計畫，並召開大會宣布：「好吧！第一個晚上腦狀珊瑚產卵，第二個晚上輪到火珊瑚，蘑菇珊瑚不可以插隊。」大家都遵守秩序，排隊產卵。

珊瑚女士的卵在春初就已成熟，卵為小圓球狀，剛開始是白色，在成長過程中漸漸變換各種顏色。日落後不久，珊瑚礁區開始出現奇景，珊瑚蟲同時生下了成千上萬個卵，有些一口氣生下來，有些斷斷續續，雄性珊瑚蟲則釋放出一團精子霧，此時水流很緩，卵和精子結合成受精卵的機率相對提高。珊瑚蟲的卵像閃亮的珍珠緩緩上升，這一景象美妙得令人窒息，首次成功拍攝到這個奇觀的是ＢＢＣ「藍色星球」系列的製作人。沒多久，這些受精卵便孵化出幼蟲來，牠們像水母一樣，先在水裡自由漂流幾天，然後才回到珊瑚礁區，建立自己的殖民地。

一切重新開始。

沒有任何一個世界像珊瑚礁那般嚴謹有序，沒有任何一個地方的資源如此持續回收利用，在食物匱乏的赤道荒海中，在湛藍的虛空中，竟然創造了地球上最豐富多彩的生命群體，一片生物多樣化的綠洲。如果沒有珊瑚礁，大部分海洋植物和動物都將永遠消失。

現在我們要離開夜色朦朧的珊瑚礁，繼續我們的旅行了。我們還有個約會。和「大吞」（Gulp）的約會。

＊一般指海鰻或鱘類的魚。

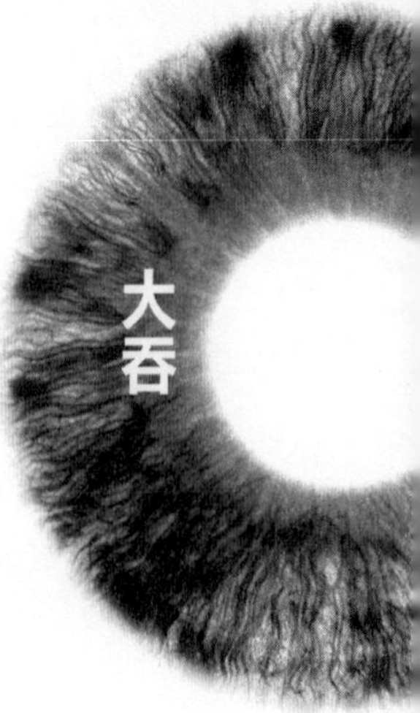

大吞

請問：什麼是大吞？

我到處問朋友和熟人：大吞到底是什麼？經過一陣長長的沉默，才有人謹慎解釋道：大吞可能是個小魔鬼，也可能是個小精靈，聽起來似乎嘴巴很大；大吞或許是電影《鬼靈精》中厭惡聖誕的鬼靈精，或是《魔戒》中傻呼呼的咕嚕。無論如何，牠只能激起一些令人不快的聯想：樹林深處住著凶狠的大吞先生？來自大吞星球的襲擊？

我提示一句：誰說大吞一定是一種生物呢？

哈！或許大吞只是個惡作劇：你想把我「吞化」？不是？那麼是一種噪音嗎？誰才能「大吞」呢？聽起來肯定很可怕：吞！吞！大吞的意思是指吞食了什麼嗎？他規規矩矩地吞了一口；喝了一吞又一吞的啤酒；龍吞了一口，公主就完蛋了。

好，我說，非常好，那麼繼續。誰吃飯時才能「大吞」？大個子還是小個子？

大個子。答案正確，小東西吃飯時只能稀里呼嚕，「大吞」則需要一個大喉嚨，所以原則上只有鯨魚才有資格做真正的大吞。

好！

每個小孩都知道鯨魚喜歡哼歌，但若鯨魚聽到這話，卻會嚇得臉色發白。自從無病呻吟的旋律成了時尚流行，鯨魚也有了自己的音樂排行榜，牠們每個季節都會改變自己的音律，喜好玄怪之說的人因此斷定海洋深處藏著無窮盡的祕密，然而有一點確定無疑，這些「夜間冥想」的音樂很適合水下的日常生活，因為它能震動鼓膜。研究者發現，公牛求偶或男性爭鬥時發出的，噪音在一五〇至一八〇分貝之間，這差不多是軍用飛機起飛跑道旁的分貝值了。

事實上，並非所有鯨魚都能唱歌，只有座頭鯨得以進入奧妙的金曲榜單，藍鯨和長鬚鯨只能唱一些基礎旋律，灰鯨的歌聲則像地板在咯吱作響。如今這些哺乳動物已建立一種文化交流機制，澳洲西海岸的流行歌曲能傳到東海岸。

此外，藍鯨、長鬚鯨、小鬚鯨、布氏鯨和座頭鯨等鬚鯨家族的各種成員，方言都不一樣，東太平洋的方言比西太平洋更通俗，大西洋的音律和印度洋的也有所不同。然而，不管這種語言的藝術性如何，人們總能辨認出來那是鯨的語言。正如安可・恩格科為《海底總動員》中的「多莉」配音時模仿鯨的語言一樣，不同地區和種類的鯨魚，彼此之間的語言有很大的差異。

令人驚奇的是，所有的鯨都有同樣的喜好——大吞。

英語中的「大吞」是指大大吞了一口，也指「下嚥、吞下、往裡灌」。在鯨魚研究者的語言中，「大吞」指的是鬚鯨進食的方式，也就是「濾食」。

鬚鯨是一個大家族，牠們的鯨鬚比露脊鯨的短，特點是有凹溝狀的喉腹褶，在攝食的時候，這些褶溝可以讓口腔大幅擴張。當鬚鯨遇上一群磷蝦時，會把嘴巴鼓成一個巨大的食物儲藏室，在很短的時間內，將自己變成一個有頜骨的熱氣球，這對頜骨在水面上大大張開，便可吞下一大口磷蝦小傢伙。頜骨重新合上時，水便透過鯨鬚噴出來，浮游生物則留在胃裡。「大吞」是鬚鯨共同的特性，成千上億的小蟹、小魚、樽海鞘、蠕蟲和水母都有相同的命運，被大吞了！

生食有個問題是，食物不僅不願意乖乖跳上盤子，還會試圖逃跑，這讓事情變得很麻煩。想像一下，如果馬鈴薯、蔬菜和紅燒肉也學會了四處逃竄，那麼你只能餓著肚子睡覺，或是隨便吃些東西果腹。鬚鯨也遇到類似的問題，因此牠們想出絕妙的點子，例如：座頭鯨會深潛到磷蝦群下方一邊繞圈游行，一邊從噴氣孔噴出氣體，再盤旋上升，製造出包圍磷蝦群的氣泡環。磷蝦因此全部擠在一團，就像被擋在氣泡柵欄前，無論如何都逃不出這個閃亮的氣筒。可憐的磷蝦還沒游出自己的影子，就慘遭「大吞」了。

欸，鯨嘛。

旗鼓相當的對手——重建《白鯨記》犯罪現場

沒有一種動物能像鯨魚一樣讓人抓狂。對不幸的船長而言，莫比．狄克是邪惡的白色惡魔，為什麼？因為這隻白鯨不願意被加工成魚排和魚肝油，誰要是覬覦牠身上的肥肉，牠就會咬掉那人一條腿，而且不接受客訴。莫比覺得這樣很好，船長的看法卻不一樣，當然他的下場也很出名：莫比最後撞倒了這位一心報仇的老人的捕鯨船，結果整條船都沉沒了。

《白鯨記》取材自一個真實故事。十九世紀初一艘來自南塔克特島的捕鯨船艾塞克斯號（Essex），不幸遭到一隻抹香鯨猛烈攻擊而沉沒。梅爾維爾自己就喜歡捕鯨，十分熟悉捕鯨的場景。在艾塞克斯號遇難的三十一年後，他出版這部小說作為對歷史的紀念。在他的作品中，全船只有一個人活了下來，但諷刺的是，這位英雄逃命時緊抓著的棺材，原本是夥伴為自己準備的。

在艾塞克斯號事件中，歷史並不如小說那般戲劇化，內容更為陰沉。

讓我們回到一八二〇年去看看吧。那艘三桅船約二四〇噸重，費盡九牛二虎之力出航後，在庫克群島艱難地晃蕩多日，最後總算有了一些收穫。面對只有半滿的儲藏室，船長猶豫了，要回家嗎？儘管冬天的暴風雨季即將來臨，但是區區八百桶鯨腦油——水手暱稱為「油膩膩的運氣」——對一段漫長而勞累的行程來說，實在太寒酸了。經過深思，他決定駛向太平洋之外的未知領域，當時正是魚群交配季節，他希望能發現一些奇特的大魚群。最後，在冬季到來前幾週，偵察員發現了抹香鯨，船長毫不猶豫地把三艘划槳船放下水，準備追蹤魚群。死裡逃生的大副後來回憶道，船下水後船員第一眼就看到一頭雄壯威武的雄鯨。

一開始兆頭很好，他們果真發現一個大魚群，但後來鯨魚頂翻了一艘船。一般情況下，鯨魚面對捕鯨船會試圖逃脫，有時會毀壞魚叉，甚至傷害人命，這是很常見的情況。遭襲擊後，叉魚手和划槳手死裡逃生，而且都沒有受傷，但獵捕卻陷入了僵局。大家焦急地修補著損壞的船，此刻一件令人訝異的事情發生了，那隻雄鯨既沒有逃走，也沒有攻擊其他小船，反而直接游向艾塞克斯號。船上的少年第一個看見了鯨，他聲嘶力竭地喊了起來，大副立即下令避開鯨，所有人都陷入忙亂之中。然而，晚了一步！

「船突然像瘋了一樣直立起來，好像要朝岩石跑去，」大副回憶道，「我們驚恐得一句話都說不出來。」

這件災難發生一百八十年之後，鯨類專家依然不太明白，那隻鯨的方塊腦袋裡到底在想些什麼。人們也不知道，牠被攻擊的時候是否受了輕傷、重傷或根本沒受傷，而事實是，牠掀翻艾塞克斯號的力量如此之大，連桅杆都顫抖著傾斜了。

難道那隻鯨魚明白，只要破壞了那些人「游水」的基本設施，他們就會一敗塗地嗎？牠的認知能力難道足以領會「擒賊先擒王」的道理嗎？第一次的碰撞是一場誤會嗎？萬分怒氣之外，那隻鯨或許很恐慌，但撞船之後，牠的頭應該也疼得要命。

雄鯨像被麻醉了一般，在捕鯨人旁邊愣著不動。大副想用魚叉結束牠的生命，卻又擔心如果有第二次撞擊怎麼辦？他必須一擊中的，才能避免一場生死之戰。他們現在所能做的只是瘋狂甩錨鉤，否則艾塞克斯號還會遭受更大的損失。

大副猶豫不決，因此他等待——等得太久了。

鯨魚沉入水中，消失了。大副幾乎有些失望，這時船員們個個鬆了口氣。他們從未聽說過對一整艘船下手的鯨，雖然大家不再信心滿滿，然而每個人都很高興度過了這次不尋常的經歷。有些人私下議論，這隻動物肯定是魔鬼的同盟，如果真是這樣，有人預言好戲可能才要開始；因為人人都知道，魔鬼不是那麼容易擺脫的。

可怕的是，接下來發生的事證實了這種說法。

雄鯨突然從深水裡射了出來，直衝到水面上的三桅船前，再次猛撞艾塞克斯號。在強烈撞擊下，船頭裂開了，船上一片混亂，船員們試圖封住船身的破洞。然而面對洶湧而入的海水，根本全無希望。叉魚手和划槳手坐在小船裡，目瞪口呆看著巨船消失在波濤間，彷彿有隻力大無比的手把它拉了下去。大家在浪花中漂流，拚命逃開艾塞克斯號沉沒時的引力，有些人游到逃生船上，甚至搶救出一部分繩索、武器和補給品。他們把同伴拉上了甲板，已千瘡百孔的捕鯨船則沉入海底。

有二十名船員奇蹟般地獲救，但他們只剩下逃生船，在距離陸地數千浬遠的廣闊海面上漂流著，沒有足夠的糧食和飲用水。地獄之門打開了，與這個地獄相比，雄鯨的憤怒襲擊彷彿只是一場小小的歷險。八十三天後到達智利海岸時，只剩下五名船員，說出令人毛骨悚然的故事。

捱過了災難後，船員們起初充滿希望。船長和大副從船上搶救了導航設備，但該往哪裡去呢？船長想去大溪地，大副擔心那裡有食人族，堅持應該去智利。船長承認，事後回想起來那是個錯誤的決定，因為大溪地並沒有食人族，波里尼西亞島也早就開墾了。無助的船員終於認識大海的殘酷，就像英國詩人柯立芝在一七九八年的《古舟子詠》（*The Rime of the Ancient Mariner*）裡寫的那樣：

小船兒，飛馳著，／泡沫兒，飛濺著，
艉流隨船急轉，
我們首次進軍來此
來太平洋的海域。

然而風止了，／桅杆折了，

再沒有比這更傷心的了。
我們艱難的談話無法中斷，
大海的沉默似吶喊。

天邊來自熾熱的金屬
正午豔陽當空照
豔陽如往常那樣站著，／小如月球，
桅杆上整個宇宙在顫動

日復一日，日復一日
我們躺著不動
就像畫中的小船兒／靜靜地躺著
在靜止的海洋畫面中。

水，到處是水，
木板兒縮水了發臭了，
水，到處是水，
沒有地方可以喝到一點水。

連深處也腐爛了——啊

哪來那麼多熱量？
黏呼呼的生物／一腳一腳地爬行
從黏滑的大海爬了出來，

我們被圍在幽靈似的圓舞中，
鬼火在夜晚跳舞，
水冒著火花／像油，蒸發著，
在綠色的、藍色的、白色的華麗下。
有些人在夢中見到了
鬼怪，他們如此折磨我們
他追趕著我們／九根線深深的
來自冰和霧的海洋。

由於可怕的乾旱
每個舌頭連根死去，
我們不能說話了，／再沒有麵包分了，
我們的喉嚨死了。

在海上漂流不到一週，水手已飢渴難忍，期間還遭到一隻虎鯨襲擊，船差點被掀翻。水手再次成功防衛這次的進攻。他們也一直試著捕魚，但毫無成果。後來，他們來到了亨德森島，那是一片夢幻般美麗的環形珊瑚島，本來以為得救了，但小島上的食物很快就一掃而空。有三個水手決定留在島上，等待上帝指引別人來救他們，其他人則繼續前行，再次回到茫然的大海上，目的地是永遠無法抵達的東方小島。然而小船卻偏離航線，極目不見一塊陸地，大海變得愈加洶湧，水手們又餓又渴，奄奄一息。

這時，一個幽靈般的想法浮現了，這個想法聞所未聞，在水手之間引發了熱烈討論。無論如何，「人畢竟是肉，」從事艾塞克斯號研究的心理學家蘇德菲爾德博士解釋道，「當人長期處於飢餓狀態，面前出現一百或一百二十公斤的肉時，他會立刻想去吃。」

剛開始時，水手只吃那些精力耗盡的死者，然而水手的生命力很頑強，因此食物又開始短缺。當大家離開艾塞克斯號七十八天之後，一些水手又提出新的建議。根據一位生還者後來的說法，這一刻意味著基督教義完全墮落。船長氣憤又心痛，因為那支「肉籤」落到他侄子身上，但他最終還是服從了表決，讓命運選出來的人被殺來吃掉。大副後來說，上帝的旨意在這一天失效了，上帝的規則被推翻了。

一八二一年二月十八日，這段迷茫的行程結束了。大副和船長的船先後到達南美海岸，幾個月後，有一艘船出發前往亨德森島去救援留在島上的水手。這段可怕的經歷一直伴隨著船長和大副直到生命盡頭，但惡運似乎一直沒有離開船長，他最後淪為南塔克特島的燈塔看守人，大副則重返捕鯨行業，在生命的最後幾年，他精神錯亂，一直住在備有儲糧的山上。

白蘑菇如何看待白蘑菇醬？——模糊的自然界線

我一直在思考，到了二〇〇六年我們應該怎麼寫鯨魚？該繼續把牠們神祕化，以便更加保護牠們嗎？或者，我們應接近牠們真正的本質，去除牠們的魔幻色彩？鯨魚目前生存狀況如何？是否應細細描繪鯨魚家族的每一位代表，呈現牠們令人印象深刻的多樣性？我們是該繼續譴責日本和挪威，還是呼籲和平與寬容呢？（順便提一句，這世界上還有其他捕鯨民族，包括印第安人和因紐特人。）

最後，我決定講述一段兩百多年前的歷史，因為這段歷史隱藏了一些鐵錚錚的事實。它告訴我們，在特定情況下任何人都可能成為獵物或純粹的「資源」，每個人也都能成為獵人。據我看來，其實沒有必要完全禁止捕鯨；相對的，無視一切道德和生態底限去屠殺生物，以經濟為藉口逃避責任，也是一種罪行。我們必須重新走近鯨魚，從笛卡兒的傲慢中、從神祕的虛華中解放自己。我們為海洋哺乳動物所做的善事既非出於冷酷的營利思想，也非關偽宗教信仰。大猩猩比虎鯨和海豚更接近我們，牠們早已擺脫了兩極分化，既沒有被人捕殺得乾乾淨淨，也沒有人將之奉若神靈。沒有人會認為一頭公牛的兩角之間藏著關於世界的奧祕，我們理所當然把牠們加工成牛排和皮衣，而豬更是從未擁有過鯨魚從捕鯨者那裡所受到的尊敬。哺乳動物到底做錯了什麼？竟分別成了粗俗與高貴的象徵，讓人們肆意玩弄。

如果我們回想一下，遠遠往回想，將會看到陸行鯨。牠不是坐在飛行船上著陸的，而是濕漉漉的陸棲動物。回想過去，我們的祖先兩棲動物，同樣也沒有太高的智慧，人類大概因為學會了跑步，顯得比鯨魚聰明些，但我們不能否認自己的獸性遺傳。鯨魚無疑比我們更具獸性，這點從牠的行為舉止和習慣中就可以看出端倪，但是牠們其中的某些成員，比如虎鯨，擁有很高的智商，甚至足以與早期的人類媲美。我們應該把界線定在哪裡呢？鯨魚到底有幾分是獸，以致可以被我們如殺雞般屠宰；又到底有幾分像人，以致我們得禁止捕鯨呢？人類如此血腥地對待自己的同類，與野獸又有何異？

我們又碰到了一個宇宙真理：自然界中所有的界線都是模糊的。至於人類殺戮的對象，人與動物之爭早已過時，幾乎是個騙局。我們必須承認，人是雜食動物，大腦高度發達，能夠解決複雜的問題，也能透過縝密思考，做出睿智的判斷。我們永遠找不到真正理性的解決方案，因為我們具有矛盾的情感，因此每個人都有自己的觀點。

比如說，我個人非常尊敬素食者，如果他們的信仰是不吃肉，那麼他們當然可以選擇過這樣的生活。然而，素食主義者沒有任何替代方案，也無法解決任何問題，素食主義宣言裡沒有提到人類需要多少額外的農業星球，才能以純植物食品來養活近六十億的人口。另一方面，我至今也不明白，當一把斧頭砍進樹皮的時候，樹有什麼感覺？胡蘿蔔被切碎時在想什麼？白蘑菇如何看待白蘑菇醬等等。我們靠吃某些生物來存活，不管是植物還是動物，但我們不知道這些生物在想什麼。我們的生存並不全賴這些有機物，但我們畢竟吃牠們，比如松露和牡蠣。我沒聽說過有禁捕牡蠣政策，也從來沒聽人說過我們必須保護這些奇妙的動物。

一切都很艱難。

或許我們可以一步一步來。人類是值得保護的物種嗎？是的。白蘿蔔是嗎？某種程度上是的。那麼牡蠣呢？當然也是。鯨魚呢？很明顯，鯨魚非常值得保護，是的！

同意。

再問一句：每個物種都值得保護嗎？肯定是的！但每個牡蠣都值得保護嗎？哦，這倒不一定。嗯——等等，有人在喊了：當然每個牡蠣都值得保護，因為牠也是生命！好，又有人要問：那麼胡蘿蔔呢？每根胡蘿蔔也值得保護嗎？

嗯，呃，其實……不是的。胡蘿蔔這個物種當然要保護，但每根該死的胡蘿蔔需要嗎？

那麼每隻鯨魚呢？

等等，我們在牡蠣和胡蘿蔔的問題多談論一些。提醒大家，微浮游生物和超微浮游生物很難界定為植物或動物，動物和植物其實也有共同的祖先。我提出這一點並不是為了分化單細胞，而是要提醒大家，一切生命都有可能源自於海底中洋脊「黑煙囪」筒壁上的一個硫化鐵水泡，因此大家都有共同的母親。

胡蘿蔔也是生命，當然，精神正常的人絕不會因此就嚴正反對吃胡蘿蔔的行為，但我們還是有必要反省一下自己隨意決定不同生物生死的作法。如果以道德為標準，那麼人類將被劃歸為錯誤的發展，並會自行消滅，而人們不能指責動物吃食其他生物，因為牠們沒有罪惡感的意識。嚴格來說，我們得微笑著餓死，才能避免吃的罪惡，不過這個主意並不好，我們不應讓人類背負太多罪惡感，失去生存的機會。

生態哲學家為此絞盡腦汁，成效卻極微小。我們不妨換個說法。第一，人類應該吃那些可以維持生命的東西，對此我們並無異議。第二，人類也可以享受不只用來維持生命的東西。第三，人類不能為了進食而讓生物遭受不必要的痛苦。第四，人類不能過度開發現有資源，以免造成無法挽回的損失。第五，低等和高等生物之間存在著一道界線，這仍是最棘手的問題所在。

一些演化生態學家和行為研究者相信自己已經發現了界線，儘管界線並不清晰。實驗證明，少數動物能意識到自身的存在，個體知道：這是我，牠能感覺到自己獨立的個性，反省自己的存在，其中最著名的例子是鏡像實驗。很少有動物能在鏡子中認出自己，然而有些猴子、海豚和虎鯨卻有這種能力。許多生態學家因此開始研究這些動物是否具有人類的特點：認知的、自我意識的思考，移情能力，亦即感同身受的能力，並以此調整自己的行為。在這一點上，人類無疑位於所有物種的頂峰，我們擁有某種程度的自主（但現在的大腦研究學者連這點都開始質疑），這和許多動物相反，牠們只是無意識地根據先天行為模式行動。當然這並不表示著牠們沒有感情，痛苦、幸福、悲傷和憤怒是情緒化的狀態，認知和移情並非這些情緒的前提。動物當然不像笛卡兒所說的那麼機械化，其中極少數具有同情心，而這一點非比尋常。

我們從同情心的天賦談到責任義務，兩者緊密相連。有責任心的行為至關緊要。這和教條主義、盲目信仰、非黑即白的武斷觀點完全不可相提並論。大家應該多花點心力，以各種角度來觀察事物，不斷重新檢視。擁有長久捕鯨史的加拿大馬卡印第安人把鯨當成禮物，感謝牠的犧牲，並透過宗教淨化儀式來為獵殺做準備。對於現代社會，敬仰和殺害一個生物可能有點自相矛盾，而在馬卡人看來，這種行為完全合情合理。當白種人坐在行駛中的火車廂中，抱持取樂心態掃射北美野牛時，他們已踐踏了印第安人的基本法律，受他們所鄙視。

艾塞克斯號的倖存者經歷了一個生物所能經歷的一切階段。起先，他們屠殺動物，視牠們的生存要求於不顧。對他們而言，捕鯨是一樁能養家餬口的生意。當然捕鯨人中也有些人不只是把哺乳動物看成游動的魚油庫，他們會讚歎鯨魚的美麗，會自問：這種動物在寂寞的深海裡有何感受？不過原則上，遊戲規則依然很明確：鯨魚是動物，屠殺是合法的。

很快，屠殺者變成了被屠殺者，他們的敵人想出了計策；當然我們不知道那是不是計策，抹香鯨是否真有那樣的心眼。人們知道，交配季節時雄性抹香鯨經常會發生鬥毆，在那幾個星期裡，牠們表現得格外好鬥，那頭抹香鯨有可能把艾塞克斯號當成了雄性競爭對手，雖然那艘船和抹香鯨的外形並不相像，但無論如何，水手們碰上了一個勢均力敵的對手。

在《白鯨記》中，梅爾維爾認為，船長的報復是一種隱晦的自白，他把鯨視為旗鼓相當的對手。在仇恨中，他提高了對手的水準，賦予牠智慧和意圖、狡猾的性格和自我意識。白鯨不再是一種資源，而是船長的私敵，具備了人的特徵；但船員卻不這樣想。當動物不再是動物，也不是真正的人時，剩下的是什麼呢？白鯨或許就是魔鬼，一個擾亂上帝秩序的生物，因此必須被消滅。**憤怒的捕鯨人不斷挑釁人類自我界定的界線，這種行為帶有一種深深的苦澀。**試想一個養豬戶怎會認為他養的動物比自己高貴呢？然而龐大的鯨如此深受喜愛，以致獵人們反而成了垃圾，被大海拋棄，被正派人士藐視。鯨魚是理想世界的寵兒，人類自己才是所謂的壞蛋——好，好吧，如果別人稱我們是流氓，那我們就是了。反正沒有人會聽我們的。

或許正因如此，鯨魚才會遭人瘋狂屠殺吧。有人稱鯨魚為進化女神的寵兒，甚至把牠們的命運看得比水手還重；而水手不捕鯨就會失業，無法負擔孩子的學費，因此捕鯨人遇到保育人士就會火冒三丈，幾乎要大打出手，他們的想法是：動物的價值如何能超過我的家庭呢？

只要前景艱難，任何討論都會陷入僵局。經過深思熟慮後，雙方代表最近都試圖平心靜氣地重新開始對話。然而還是有很多人在煽動情緒。雙方各執己見，卻是有溝沒有通，只將對方視為眼中釘。

再回到艾塞克斯號的話題上。被鯨魚攻擊而嚇得驚慌失措的船員駕著小木船駛向太平洋，隨著鯨魚離開，他們既不是獵人，也不是獵物了。當飢餓和困乏襲來，還有伴隨而來的可怕症狀：四肢水腫、肌肉萎縮、頭痛，人類心裡的獸性也漸漸甦醒了。等到若干船員筋疲力盡死去後，關鍵問題出現了：為了活下去，能吃他們的肉嗎？人，還是人嗎？

吃人肉雖不是謀殺，但無論如何，船員的自我意識已出現分裂。接下來還有什麼？很快就有了答案，有人被殺掉，被吃了，一切價值最後都崩潰了。有人思索著，他們怎能吃自己的同類，甚至為此而殺害他人，這種方式讓所有參與者都充滿恐懼和自我仇恨。幾天之後，這齣劇終於到了落幕時刻，人們最終還是被獸性占領：不再抽籤，而是直接攻擊最弱的弱者。

我們可以把艾塞克斯號的故事解讀成一部人類的崩潰宣告。我們會如何指責這些絕望的水手呢？飢餓比禁忌更強烈嗎？他們在生存之戰中，放棄了文明法則，難道是想體驗人類最大的不幸？他們並沒有變成動物，行為卻有如動物。獸性注入了每個人體內，因而採取了消除危機的原始方案。如果船員們打死一條鯨魚來止飢，沒有人會因此追究他們的責任，但若是這樣，他們也就不能看清自己了。

決戰數百年——捕鯨面面觀

捕鯨已經被討論了幾十年，在生態或道德的背景下，總是和一個問題聯繫在一起：無論我們將鯨當成動物還是對手、資源，人類可以占有動物到什麼程度？我們必須告別對統一和平解決方案的憧憬，我們一無所有，只能視對手的發展程度來衡量自己的行為，看牠們在我們眼中的「人性」程度。這種方法並不理想，因為事實上虎鯨即使可以比我們更聰明，能寫哲學論文、設計火箭驅動，卻不會因此而人性化，依然是虎鯨。牠們不會分享我們的價值，而是信仰牠們自己發展的道德觀。這就出現了一個問題，當某個物種突破了我們價值觀的框架時，人類或許根本沒有能力判斷牠們的智力和教養。

在一個高智慧的外星文化中，生命或許可以享用死去的同伴，甚至自己的孩子，而這種行為被視為是高貴進步的，是一種追憶或尊重，然而我們對此可能無法理解，只覺得噁心。我們無法想像其他的價值，只知道價值的缺乏。殖民主義的歷史已告訴我們，這條路會導向哪裡。人們曾多少次粉飾自己「野蠻的行為」啊！

第一次讀完佩利．羅丹（Perry Rhodan）的作品後，我就開始渴望結識來到地球的外星人，但我也很擔心，這樣的邂逅或許會以災難告終。人類無法平衡自己的智力、意識和情感，我們缺乏這些基因，人類無法理解異類，最多只會認為他、她或牠應該再多學點知識。

只要我們一直希望在異類身上發現人性化的東西，就永遠無法理解外星人或虎鯨。我們應該，且必須展現人性！這是一種分辨的能力、富有責任感、寬容和同情心的能力，體現了真正的智能，其中還包括接受自己無法領會的價值觀。外科醫生和大腦專家能夠打開動物的腦殼，但恐怕永遠也無法了解鯨到底有多聰明，以及牠有何感覺。

我們應該思考，面前的對手雖然陌生，但牠們是不是一種高智商、高素質，甚至遠遠超越我們的物種呢？當我們有朝一日去其他星球旅行時，這問題就會浮現出來。這些物種是否已高度發展成一定程度的文明，能反思牠們的環境和自身，能體會被追獵的痛苦呢？如果是，這一物種又屬於哪一意識階段呢？

第二個問題：無論我們做何決定，人類對整個星球的影響有哪些呢？

換言之要問：鯨魚究竟有什麼長處？

拋開情感不談，首先鯨魚是一個生態因子，發揮了重要的功能，否則進化女神也不會大費周章創造出這麼龐大的傢伙。我之前已簡要介紹了兩種鯨魚：鬚鯨（以座頭鯨為例）和抹香鯨，今天我們籠統談到鯨魚時，總是忽略了這個大家族中其他形形色色的成員。露脊鯨、侏儒鯨和鬚鯨屬於鬚鯨目，牠們該長牙齒的地方只有角質的帘幕，即所謂的鯨鬚，這些鯨鬚可以幫牠們過濾海洋中最小的生物和魚類。與鬚鯨相反，露脊鯨不能鼓起喉部，牠們張著大嘴在海洋中徐徐游弋，像個巨大的吸塵器，橫掃大西洋和太平洋的北極、格陵蘭和南極。介於露脊鯨和鬚鯨之間的是灰鯨，牠具備兩者的特徵，生活在近海一帶。

鬚鯨是海洋的大型篩檢器，幾乎全是龐然大物，最長紀錄保持者為藍鯨——三十三公尺，這也是地球上最大的動物。座頭鯨歌聲動聽，很早以前就開始唱「漫遊是磨坊主人的樂趣」，還發明了「氣泡捕魚法」。事實上鬚鯨是候鳥一族，牠們在夏季前往極區水域，在那裡吃得飽飽的，到了秋季又往赤道方向遷移，南下加州和夏威夷附近水域，這裡也是牠們最喜愛的交配地，小寶寶就在此出生，跟著爸爸媽媽在冰冷的海水中進行下一季的旅行。這是一段危險的旅程，因為途中有飢餓的齒鯨覬覦這些未成年的灰鯨和座頭鯨。

灰鯨是長泳的世界冠軍，牠的資質不在於速度，而是耐力。牠外貌平庸無奇，不如其他鯨魚那般美麗；也不像座頭鯨那樣，能用牠的長手得體地打招呼（人們視其胸鰭為手）；體長僅十四公尺，遠不如藍鯨，身上又有許多斑點，恰似蘇格蘭的古堡牆，而且身上長滿了寄生蟲，給人的印象欠佳。我們無法責怪牠，因為沒有任何鯨像灰鯨那樣深受鯨蝨和藤壺的迫害，成年灰鯨身上的寄生蟲可重達兩百公斤，而牠那謙卑的腦袋又小又尖，窄窄的胸鰭狀似槳一般。

灰鯨看似脾氣不好，與人類接觸時倒是大致友善，既好奇又可愛。觀察灰鯨時，只要輕聲輕氣，就可以近距離觀察牠們，若是站在小船上觀賞灰鯨，往往只須伸出手就能拍打這龐然大物的背部。灰鯨和人類交往彬彬有禮，因此如果我們聽到北美捕鯨人稱牠們是「魔鬼魚」時，或許會大吃一驚。

因為灰鯨並不總是溫柔可親，當子女受到威脅時，牠們會浴血奮戰，拚盡全力守護自己的寶貝。在捕鯨技術還不發達的時代，得勝的多半是灰鯨，能把捕鯨船打得人仰馬翻。如果說捕鯨業也經歷過一段浪漫時期——人和鯨魚的決鬥，今日的情況早已改觀。在現代捕鯨船面前，鯨魚完全沒有勝算，捕鯨人很少遇險，喪生的永遠是鯨魚。

一般情況下，灰鯨依然是溫順的動物，牠們吃磷蝦和小魚，尤其喜歡歐努菲蟲（*Onuphis*），這是一種瘦長的蠕蟲，成千上萬聚居在海岸的淺灘區。灰鯨喜愛在海岸附近活動，在一二〇公尺以下的水域很難看到牠們。鬚鯨是「大吞」一族，像挖土機一樣開墾海洋；灰鯨則是另一種風格，牠們很低調，喜歡在泥巴裡覓食，大小通吃，無論是泥巴還是活物，身後總留下長長一條溝壑和一團泥霧。牠們通常三五成群活動，有時也會單獨出行。灰鯨的行為舉止非常從容，進食時會讓人誤以為在睡覺，但有時會突然縱身一躍，跳到空中，把頭探出水面，視察周圍的動靜，讓人大吃一驚。灰鯨也是偉大的漫遊者，沒有任何一種動物像牠們那樣熱愛旅行，一隻成年灰鯨每年可以游行兩萬公里！

最近這些年，我們又能經常看到灰鯨了，比如在加拿大卑詩省，便常有灰鯨短暫棲息。十九世紀初期，灰鯨幾乎瀕臨滅絕，當時人們大肆獵捕灰鯨，甚至在只剩幾百隻時也未曾停止屠殺，直到一九四六年，才在自然保護的壓力下停止了獵捕行動。此後灰鯨的數量終於有所恢復，二〇〇一年，世界自然基金會估測全球共有二萬七千隻灰鯨，但依然還有一大部分無可挽回地消失了。儘管目前法律明令不得獵捕灰鯨，但仍有部分國家基於所謂「科學目的」恣意妄為。由於灰鯨常在海岸附近徘徊，很容易受到工業廢水的侵害，或落入漁網。某些「賞鯨」團體其實是在捕鯨，致使許多灰鯨仍面臨極大的生存壓力——轟鳴的快艇和遠洋輪船對牠們緊追不捨，船上的人透過無線電互通訊息，根本不像無害的賞鯨者。

大部分鯨魚類都沒有享受到聯合國保護措施的庇護，除了灰鯨，同樣列入保護的巨大南極露脊鯨也差點全軍覆沒。從前，南極露脊鯨的數量曾有七萬之多，今日存活下來的僅七千多隻（從大規模商業獵捕時期之後算起）。北極露脊鯨的處境也好不到哪兒去，格陵蘭附近的北極露脊鯨數量曾有二萬五千隻，如今頂多只有一百隻了。小鬚鯨是受保護的鯨類中唯一數量還有數十萬的種類。所有其他鯨魚的生存目前都受到嚴重威脅，三百年前，碩大的藍鯨還有二十五萬隻，現在只剩五千。想要看見這種世界最大動物的機率，幾乎比彩券中獎機率還小。

那麼，齒鯨家族中唯一的大塊頭莫比．狄克呢？

八〇年代之前，全世界都在獵殺抹香鯨。從前有三百萬隻，我們不知道目前還剩下多少，可能不到一萬隻。即使有一百萬隻抹香鯨逃過大屠殺，其後果也一樣怵目驚心。一種物種的數量縮減到原來的三分之一，其生態改變必然會導致重大的影響。

進化女神坐了冷板凳——生態適應期縮短

正如我們所見，進化女神已不再眷戀她的創造物。當然，在地球史中，物種的滅絕已持續了幾百萬年，這是一個綿綿不斷的過程，舊物種慢慢為後起之秀讓出自己的位置。巨齒鯊曾是海洋之王，世界需要牠的存在，這樣其他魚類和鯨魚才不會毫無顧忌地繁殖。最後，大白鯊向牠提出了挑戰，這是一場漫長的競爭。巨齒鯊的離去並沒有留下生態漏洞，牠的位置被其他鯊魚接替了：咳，你們這些傻瓜！我來自我介紹一下，本人是大白鯊，巨齒鯊已經完蛋了，從現在開始，就由我來負責吃你們。

好，吃飯時見嘍。

問題來了。人類瘋狂地加速一個物種的滅亡，卻無法帶來自然平衡，我們成功讓進化女神坐上冷板凳，這是一種史無前例的局面。如果我們在二十世紀讓所有國家繼續隨心所欲獵捕大鯨，那麼所有的鯨魚早已滅絕，結果可能導致磷蝦和其他浮游植物爆炸性的繁殖。我們知道，地球的環境非常敏感微妙，連最小的生物都發揮重要的作用，可以想見當大型動物消失時，世界會變成何種模樣。

齒鯨的情況亦然。迄今為止，我們只認識了十八公尺長的抹香鯨。抹香鯨是唯一遭商業性獵捕的齒鯨，牠們吃魚類和甲殼動物，主食則是生活在深海的烏賊。為了抓烏賊，抹香鯨的確冒著極大的「腦袋」風險，因為牠的腦袋裡有一種奇特的物質：鯨腦油，幾百年前，人們正是為了這種油，才開始大肆獵捕抹香鯨。

牠的腦袋與眾不同：頭部呈方形，形狀像盒子，長度占身長的三十%，狹長的下顎長著牙齒，上顎卻沒有牙齒，只有一些小溝縫，剛好夠下齒放進去。牠那巨大的頭部裡是重達十公斤的大腦，無疑是動物界最龐大的大腦，但卻不能以此斷定牠們是否智力超群。首先我們得知道為什麼牠的腦袋這麼大？負責哪些功能？齒鯨和鬚鯨不一樣，牠能回聲定位，而這需要神經系統的配合。

抹香鯨頭顱裡的主要內容物，便是上文提到的鯨腦油，這是一種黏稠的蠟狀液體，從前的捕鯨人認為那是精液，因此在英語中，抹香鯨依然被叫做「精液鯨」(Sperm whales)。嘿，恭喜啦！眾所周知，男人只會用下半身思考，可是兩噸精液也太誇張了吧？不是的，這種物質和射精的愉悅並沒有太大關係，但人類至今依然不清楚這種液體對抹香鯨有何用途。那可能是用來支撐頭部，以便讓牠能用頭撞倒情敵和船隻——激戰中的抹香鯨經常像公羊一樣用頭猛烈撞擊對方。另一種說法似乎較為可信：抹香鯨能透過導入海水改變腦油的中間密度，使自己的腦袋變重，然後迅速直潛入水，在永恆的黑暗之國找點心吃。牠能潛至水下三千公尺深，在那兒逗留一個多小時和大王烏賊進行鬥法。

有些鯨魚研究者相信，鯨腦油能幫助抹香鯨在潛水前抽空肺部，還可以吸收氮，因為在高壓的水下，鯨的血液中會形成氮泡。還有人認為，這種液體在回聲定位中發揮重要的作用。但一切都是猜測，唯一確定無疑的是，正是因為這種可以加工成蠟燭的鯨腦油，抹香鯨才遭到大規模獵殺。

抹香鯨四處為家，尤其喜歡熱帶和亞熱帶地區。人類開始捕鯨之前，大海中經常游盪著成百上千的鯨類大隊，如今這樣的兵團一般僅有二十隻，主要是雌鯨魚和小鯨魚組成。性成熟的雄性通常和其他雄性結成男士團體，只在交配季節才去拜訪女士們。雄鯨魚妻妾成群，這些先生垂垂老去後，又會搖身變成獨行俠，但腦子裡依然儲存著兩噸的「精液」。如此看來，身為老抹香鯨也不是一件易事。

抹香鯨一般能活到七十五歲，如果人們讓牠活那麼久的話。最近幾年的情況卻不太一樣，人們發現了一件非常奇怪的事，自一九八五年的捕鯨禁令生效以來（嘲諷派認為這道禁令只有一半的效力），抹香鯨的平均個頭竟變小了！親愛的，我把鯨魚變小了嗎？但鯨魚是不會輕易變小的。艾塞克斯號的倖存者大副認為，毀滅他們船隻的雄鯨有二十五公尺長，我們沒有理由不相信他，而且當時其他的捕鯨人也證實了此一說法。

這種現象可以如此理解：如果某一物種的國民代表突然變小了，那牠們肯定遭到了過度獵捕。也就是說，人類已開始屠殺未成年的，因為大鯨魚已全部罹難，因此鯨魚的下一代也受到牽連。這些小鯨魚在年幼時就被人類捕殺，因此數量日益下降。我們不知道抹香鯨的滅絕會導致生態環境發生怎樣的變化，但如果牠們完蛋了，烏賊肯定會舉杯歡慶，感謝烏賊國的上帝，然後大量繁殖小烏賊。或許這就是結果。但鬚鯨的消失卻會深深撼動人類的生存，整個大氣層都會受到影響，畢竟浮游植物對大氣層意義重大。

任何形式的濫伐和大屠殺行為不僅缺乏人性，而且愚蠢不堪。最新資料顯示，人類的愚蠢幾乎無以復加，在短短三百年間，人類將一個物種從三百萬隻消滅到只剩一萬隻，展現一種史無前例的愚蠢。我們摧毀了自己最應引以為傲的唯一能耐：擔當責任的稟賦，為了自己，為了他熱愛主宰的地球。然而人類卻因無知和傲慢而心滿意足，插手干預自己並不理解的世界，一知半解地爭論著，卻拒絕真正的資訊。

此外，我們還得面對另一個棘手問題：鯨魚擱淺。對此，所有人都在盲目地互相指責，推卸責任。目前我們依然不知道為什麼鯨魚會這樣死亡，然而某些證據顯示，人類至少要對一部分鯨類擱淺事件負起責任。我們製造的海底噪音讓這些動物忍無可忍，例如挖掘礦井的轟炸聲，或大公司為了開採天然氣和石油而引爆的氣彈，這些爆炸聲威力巨大，能造成嚴重傷害。證據顯示，鯨魚如果被兩千巴的脈衝擊中，會出現聽力障礙，甚或影響牠日後的生活。

我們不能斷定鯨魚是故意逃到陸地上來的（彷彿牠們是因為耳朵痛才決定終結自己的生命），然而值得注意的是，鯨魚擱淺經常發生在北約軍事演練和聲納系統運作頻繁的地區。很多人問過我，我在《群》中寫到的美國低頻主動聲納列陣感應系統（Surtass LFA），是否會導致鯨魚的鼓膜破裂和腦出血？Surtass LFA是一種偵察潛水艇的系統，九〇年代由美國政府研發而成，是重要的海洋軍事設備，能讓海軍監控海洋四分之三地區的動靜，因為水是極佳的聲音導體。

今天，沒有人會否認聲納對鯨魚的侵害，包括海軍在內。在擱淺的哺乳動物身上會見到出血的情形，這正是典型的噪音受害症狀。不幸的是，我們無法理解鯨魚的痛苦，因為這種噪音不會對人類的耳朵構成損害，絕大部分令鯨發瘋的聲響，人類並無法察覺。鯨魚發送的頻率是次聲，和我們不同。牠的聲音能快速傳送，歸功於聲波在水下的擴散速度。聲波在水中的平均傳速遠遠高出空氣，而且聲波愈長，在液體中傳播得就愈快，而低音比高音的聲波長。

抹香鯨的交流頻率在二十赫茲到二萬赫茲之間。牠們吼叫時，別處的礁石都會隨之晃動，人類的耳朵卻毫無知覺。相反，在牠們的耳朵中，冰川斷裂的聲音就像打雷一樣，水下爆炸的轟隆聲會令牠們的耳道痛苦異常，如果一不小心流落北海，各種聲響會讓牠們完全迷路，那裡的七百個海上鑽油平台將使牠們感覺身處地獄。

噪音令牠們痛苦。鯨類學家指出，一八〇分貝以上的聲音會震裂鯨的鼓膜，而在Surtass LFA的無數揚聲器中，任何一個都有二一五分貝，哪怕距聲源遠達五百公里之遙，感受到的聲音也有一二〇到一四〇分貝，正是這種聲音導致座頭鯨、灰鯨和北極露脊鯨放棄了生命。人類製造的聲音高達二三五分貝，甚至更高，這種頻率的聲音能藉海水傳到非常遙遠的地方。北約在加納利島從事相關試驗時，發生了大規模的鯨魚擱淺事件，人們剛把牠們推回水裡，牠們又湧向岸邊，直至斷氣。二〇〇〇年，又有十六隻鯨魚在巴哈馬擱淺，當時Surtass LFA正在附近從事實驗。

海軍鄭重聲明，為了不危及鯨魚，他們一直不計代價在改進系統，甚至專門開發一種特殊聲納系統及時定位海裡的鯨魚，以便在牠們靠近時關閉主系統。問題在於，海軍和獨立研究者得出的結論並不相同，他們認為鯨可以忍受一八〇分貝以下的干擾，但事實證明這是錯誤的看法，因為一五〇分貝就會令座頭鯨沉默，一八〇分貝會讓牠們徹底恐慌。打個比方，一顆炸彈的分貝是一七〇，如果你站在爆炸現場，整個頭顱都會被炸裂。

二〇〇二年底，洛杉磯根據各界人士的請願，制定了一項法律，強迫美國海軍根據物種保護法調整

Surtass LFA系統，當時英國、俄國和中國依然在進行相關實驗。這些人都是正直的科學家，為了有效工作，他們需要健康的睡眠，晚上離開四十分貝的辦公室，在七十分貝的街道上開車回家，在平均十到二十分貝的臥室裡安詳入睡。

擱淺的鯨魚幾乎全是齒鯨，這點正好驗證了聲納觀點。另外還有個問題是，影響齒鯨的不僅是噪音的強度，聲音的傳播也攪亂了牠的方向感。只有齒鯨會回聲定位，這是一種生物聲納，透過發出和反射細小聲音來定位，這種感官對牠們極為重要，可以藉此判斷距離、追蹤獵物、繞開障礙物，找到正確的路線。

鯨魚研究者擔心，外來的聲納會干擾這種生物指南針，就像人們在鋪路時使用了錯誤的路標一樣，鯨最終會抵達一個牠們最不願意去的地方：海灘。抹香鯨的行動說明，全球各國使用的Surtass LFA聲納系統極易影響鯨魚的生活，那樣的噪音會令牠們情緒惡劣；在類似的情況下，人類也會有相同的反應，聽到槍響時，人們根本無法進行正常的對話。

因此，我們就遇到了生態適應期縮短的問題。進化女神需要時間來改變世界，然而鯨魚卻沒有機會讓自己的聽力適應新的環境。不久之前，人類還在駕駛帆船航海時，海洋並不像今日這樣喧鬧，而今天海面充斥著油輪、貨船、渡輪、漁船、遊輪和汽艇，均無一不採用聲納導航，到處都在爆破、興建和鑽孔，短短幾十年內，海面已由世外桃源變成一個女巫的蒸鍋。所以說，只有人類才會冷落進化女神，迅猛地改變世界，進化女神完全沒有調整的時間。

所以，鯨魚才會不斷擱淺。

自然環境保護者很不喜歡以下各種說法：大規模的鯨魚擱淺事件在幾百年前就經常發生；鯨魚頭部的鐵化物令牠們擁有生物指南的能力，能夠根據地球磁場定位方向，所以某些擱淺事件很有可能是錯估磁場的下場；鯨魚和人類很像，人類習慣自相殘殺，鯨魚有時也會歇斯底里；很多擱淺的鯨魚是因為跟錯了嚮導，等意識到時為時已晚；有時人們辛辛苦苦將擱淺的鯨魚推回海中，牠們很快又會回到海灘，雖然那裡並沒有軍事聲納的隆隆聲；噪音會導致鯨魚的內傷，但統計每年擱淺鯨魚的總數之後，會發現牠們大腦和內耳出血的情況並不多見；幾十年來，擱淺鯨魚的種類幾乎沒有發生變化；鯨魚愈多，擱淺事件就愈多，鯨魚愈少，擱淺也就愈少。

聽起來很可笑嗎？的確。然而如果我們相信倫敦國家歷史博物館的調查資料，那麼不斷增加的擱淺事件會告訴我們，鯨魚的數目似乎又有增長。

我們依然不知道，人類應該為鯨魚的死亡負多少責任。因此許多人認為，鯨魚面對的最大風險依然是漁網，很簡單，因為這是唯一百分之百的明證。在漁網中喪命的鯨魚，自然不可能因為慢性支氣管炎而死。

還有一些說法也是鯨類保護者不願聽見的，例如虎鯨和孩子們熱愛的海豚並不那麼溫順善良。九〇年代末期，在蘇格蘭因佛尼斯附近的海灣中，發現了四十隻被沖上岸的鼠海豚，身體狀況很不樂觀：肝臟撕裂、顱底骨折、肋骨斷裂、椎骨碎開、傷口裂開。人們以為肇事者是船體螺絲、不道德的漁夫和海下發電站，每個人都可能是肇事者，然而沒有人猜到真正的罪魁禍首：

寬吻海豚。

寬吻海豚的家族很龐大，牠們和鼠海豚一樣以這個海灣為家，卻會對自己的表兄發動致命攻擊。顯然，這些蘇格蘭流氓根本配不上善良哺乳動物的美好世界。現在人們發現，必要時，寬吻海豚甚至會殺死自己的後代。牠們動不動就萌生殺意，或不懷好意地戲弄其他海洋居民，但有類似舉動的並不只牠們。海豚也很貪玩，有時候會出其不意咬住一隻小海獅，或把身邊的小海豚扔出海面，由另一隻接住，轉個圈後扔給第三隻遊戲參與者，因此造成這隻茫然無措的小海豚受傷，甚至在空中被撕裂，然後被大夥兒吃掉。這些傢伙就是以此為樂。

鯨群又開始歌唱了：「我們不能拒絕遊戲……！」

海豚難道是蓄意殺人犯嗎？不可能！有人立刻跳出來反駁，當然這是人類的一廂情願。事實是另一回事。在祕魯海岸獵捕海獅的虎鯨處理戰利品時，也喜歡玩類似的遊戲，這已是延續了幾百年的風俗。貓到底在和老鼠玩什麼遊戲呢？雖然有日內瓦條約，但有多少「老鼠」依然被凌辱致死呢？

至於不列入壞蛋行列的捕鯨者，也同樣不受歡迎。指責挪威人和日本人很容易，但加拿大的印第安人、原住民和位處北部高緯度的因紐特人卻抱怨說，他們捕鯨是生活所迫，面對這些人我們該怎麼辦？他們說，捕鯨並不只是他們的傳統，鯨還可以為他們帶來肉和錢。我們當然也要對此加以禁止，這樣一來，強者的驕傲感才能得到暫時的滿足：那些純粹出於經濟因素便將鯨魚拖上岸殺死的國家，正試圖保護最後幾隻鯨魚——保護牠們遠離那些不會傷害牠們的人之手。歷史悠久的捕鯨者，加拿大努特卡印第安人，於一九二〇年自願停止獵捕，在他們的努力下，一九九五年對捕鯨額度做了妥協。我們當然可以問他們：你們就不能不吃鯨魚嗎？但另一方面，努特卡人同樣也可以就歐洲家禽飼養場的問題來質問我們。然而如果無法獵捕一角鯨、白鯨和其他海洋哺乳動物，因紐特人將舉步維艱，因為他們以此為生。

應該強調的是，我們在這裡討論的並不是要弱化人類的影響，或將屠殺鯨魚合法化，而是進行全盤考量，以免因小失大。憤怒的反對者總是可以用特例來論證其觀點，但這是無濟於事的。有責任的行為意味著我們對物種的尊敬，意味著深入了解其生活環境、所有影響因素，以及各種已知的相互作用，只有在了解所有因素，將健全的理智置於一切爭議之上，我們才能解決問題。

我相信，鯨魚們也是這麼認為。

大吞！

被獵捕的獵人

如果沒有獅子，坦尚尼亞的塞倫蓋提國家公園會變成什麼樣？

羚羊放聲歌唱：天堂來了。角馬和斑馬也跟著一起唱：天堂，天堂！統治者下台後，犀牛和河馬也會很高興，因為國王曾吃過牠們的孩子。

塞倫蓋提國家公園的獅子、獵豹和豹子數量正在急劇減少，雖然牠們仍然統治這個有蹄類哺乳動物的王國，但這些哺乳動物的更大威脅還是來自盜獵者的卑鄙圈套。大型貓科動物只有一個訴求：素食動物的數量不能太多，否則會引發災難。但如果把這話告訴有蹄類動物，羚羊會說：「我們肯定不會這麼做，把這些愚蠢的獅子弄走吧。」

好的，把獅子弄走。

這時，羚羊、角馬、長頸鹿和斑馬要先大吃一頓，以示慶祝。牠們吃啊吃啊，胃是愛情的催化劑，於是牠們在盲目的愛情中拚命繁殖，但已經沒有大傢伙來吃牠們，牠們的數量立刻迅速增長，然後小傢伙也開始大嚼草莖和樹葉，直到沒有東西可吃為止。這些貪吃鬼瘋狂增長，其他物種受到了威脅，植物開始瀕臨絕種。植物消失後，重要的昆蟲也完蛋了，然後是鳥類，塞倫蓋提公園變成了荒漠。

漸漸的，大家開始呼籲盡快弄些獅子回來。犀牛認為，這些大貓其實也沒有那麼可惡，我們可以和牠們達成協定。角馬說，好吧，你們當然會安然無恙，我們卻會像從前一樣被吃掉，恕我無法答應。角馬反對犀牛的提議時，牠們的聲音是那麼低，因為牠們已非常虛弱，死亡遠比獅群離得更近。

犀牛說，這樣的話，只有一個辦法，你們必須死，死得愈多愈好。不然大家都得完蛋。

不，不，好吧！獅子在哪裡？

最後，所有動物都希望獅子回來，可是，糟糕！離開了就是離開了。動物面面相覷：什麼，再也不會有獅子了？眾生悲歎，牠們沒想到會這樣，這裡不再是樂園了。當大自然沒有生態管理者之後，一切都糟透了。

我們不能沒有魚翅？——只是視而不見罷了！

中國上海的胡先生是優秀的廚師，他坐在自己的小餐廳裡列舉了一大堆食材：雞胸和燻肉、切成薄片的生薑、洋蔥、一份上好的高湯。他解釋說，醃雞肉的滷汁很重要，由蛋白、花生油、米酒和香料製成，雞肉泡在醬汁裡的時間要恰到好處，最長半小時，然後加入油。除此之外還要火腿絲、豇豆、醋和芥末。

哎呀，差點忘了主料魚翅。

胡先生說新鮮魚翅和乾燥魚翅當然有別。如果是乾燥過的，必須浸泡一夜，再燜兩小時，軟骨必須燜斷，但不要太軟，然後把水瀝乾，將魚翅放進特調醬汁中，去掉殘餘的魚腥味。

每一位優秀的廚師都有自己的祕方。胡先生說，沒有新鮮魚翅時，他都是按照自己的祕方烹調，因為需求很大，多數時候他只有曬乾的魚翅。胡先生知道，自從他把招牌菜魚翅從菜單上撤走後，許多顧客就不再上門了，美食家也不再理睬他。但他也知道魚翅是怎麼運到市場，而身上長有這些魚翅的鯊魚，下場又是如何。

胡先生說：「其實每個人都知道，但都對此視而不見。」

當胡先生明白鯊魚是如何失去魚翅後，再也無法坐視不理，尤其是看過中國動物保護者的紀錄片後，他再也不喜歡喝自己做的魚翅湯了，甚至和顧客激烈爭論，但依然堅定拒絕再做魚翅湯。

一位面相和善、留著三分頭的矮個子男人說：「這是騙人的，我們吃很多東西，如果要這樣想，很多東西我們都不該吃。歐洲人吃鵝肝，日本人吃生魚片，我不認為鵝會關心自己肝臟的下場。誰能反對一切呢。只是，鯊魚這回事嘛……我們總得有個立場。」

鯊魚到底怎麼了？

看了上文，你的情緒還穩定吧？那好。設想一下，你是一隻鯊魚，漫遊在廣闊的大海裡，忽然看見一頓美食，一條美麗的大魚，奇怪的是，牠已經切成兩半。你不計較這些稀奇古怪的事，你餓了，於是吞下了這個誘餌，突然間你被吊在一根牢固的長繩上，開始掙扎。你嘴裡的某個部位插著一個鈎子，接著被拖行好幾公尺。你絕望地掙扎，試圖重返自由，同時繩子在你身上繞了好幾圈，身體傳來一股撕扯般的疼痛。你漸漸喪失力氣，眼前愈來愈暗，這時一艘大船出現在面前，你很快感到自己被拉出海面，愈升愈高，最後啪的一聲掉在甲板上。一個人狠狠地將魚鈎從你的頷骨裡拔出來，撕破了你的顎，另一人在一旁觀看，後來拿了一把長刀，將你從尾部一直切到頭部，迅速將魚鰭砍下。

你被重新扔回海裡。

你沒有死，只是殘廢了，你將以一種痛苦的方式死亡。如果有人迅速冒出來把你吃掉，結束你的痛苦，那你應該感到高興，可惜沒有。你沉到海底，因為已無法游泳而不能捕食，然後就嚥氣了。慢慢地，你到達了鯊魚的地獄。

趁鯊魚活著的時候將牠們的魚鰭砍下，這種方法叫做**採鯊魚鰭**。魚鰭在中國是傳統的美味佳肴，中式的婚宴、慶生宴、周年慶典中必然有魚翅湯。專家證明，正是人們對魚翅美味的興趣，令一些種類的鯊魚瀕臨滅絕。儘管如此，世人對魚翅這種軟骨食物的消費仍然與日俱增，不僅在中國，世界各地的餐館都有這道菜，所謂文明的歐洲人和美國人也吃這道菜，並且問道：這道菜有什麼特別之處？其實如果撇開調味料不談，這些蒼白的魚鰭碎片根本沒有味道。迪士尼公司在魚翅上就遇到一個棘手的問題。

《海底總動員》是趣味的海洋故事，電影中有三隻可笑的鯊魚成立了一個素食協會。這故事搬上銀幕後，香港迪士尼樂園一些餐館開始供應魚翅湯，綠色和平組織和世界自然基金會得知後表達了關切。但迪士尼僅表示要尊重中國傳統，畢竟魚翅湯就像這個民族的養生文化，德國人還在啃骨頭時，這個民族就已發展出各種美食。迪士尼公司並同情地表示，很難想像沒有魚翅的中國晚宴。

此話不假。根據中國大都市的調查報告，三十％到四十％的中國上層社會人士定期食用魚翅，對於為了魚鰭而獵捕這些動物，他們認為很正常。直到激進份子向迪士尼表示嚴重抗議時，這道有爭議的魚翅湯才撤出了菜單。這次事件說明，世界上很多事情發生的原因都是相同的，捕鯨的爭議，在討論鯊魚時也同樣存在。對很多人而言，最重要的問題還是：雖然有風俗習慣，但我們再也不能吃魚翅了嗎？

不，還可以吃。

問題是，人們該以什麼方法獲得魚翅，應該輸送多少魚翅到市場上才夠。在德國，人們從公牛身上活生生地切下牠最好吃的部分，如果在吃下肚前知情，德國人也會驚叫出聲。家常牛尾湯的確鮮美，值得推薦，然而公牛並沒有由於這碗湯而滅絕，牠們也不會殘缺不全地被扔進峽谷，悲慘死去。相反，人們以正常的方式對其進行屠宰和利用，從牠們的角到陰囊，以及尾巴，都扔進了湯裡。

所有人都在憤怒地瞪著迫害鯊魚的中國人時，德國人正在盡情享受「席勒牌」燻鯊魚小麵包，大吃角鯊肉凍，法國人看見魚子醬就喊噢啦啦！日本人見到旗魚排就興奮異常。日本人吃的旗魚其實是雙髻鯊；包在「席勒牌」燻鯊魚麵包裡的，當然不是被製成罐頭的大詩人席勒，而是星鯊。人們能指責那些對此一無所知的人嗎？即使他知道這些事，但若沒有明白星鯊面臨的嚴重威脅，他依然會堅持自己的飲食偏好。

其他民族也是這麼做，因紐特人食用曬乾的格陵蘭鯊，在愛爾蘭，這些鯊魚則在發酵後供人食用。**吃與被吃的規律對鯊魚和地球上的其他生物一樣適用**，動物是我們的基本食物，同時也是美味佳肴。吃與被吃都很正常。

不正常的，是某些墮落敗壞的行為。

然而這種行為不僅發生在中國，也早已遍布全球。比如，雖然美國明文禁止割取鯊魚鰭，但大家仍然進口魚翅，因為在美國華人圈中有許多買主。在西班牙，人們也大肆切割鯊魚鰭。魚翅很值錢，從事這項可惡買賣的生意人幾乎組成了一個魚翅黑幫，就像哥倫比亞的販毒黑幫一樣。這些來源可疑的美味佳肴賣出極高的價格，不僅因為它是美味佳肴，鯊魚數量減少也造成價格上漲。世界各國都過度獵捕鯊魚，還有更多國家悄悄加入屠殺鯊魚的行列，從這些淡而無味的魚翅身上撈取罪惡的高額利潤。

這種大規模獵捕的最主要原因是愚蠢，若形勢無法改變，鯊魚就會在某一天滅絕，接著，沙丁魚、金槍魚、鯖魚和海豹就會很開心，直到人們開始告訴牠們非洲大草原上有蹄類哺乳動物和獅子的故事。那時再想讓時光倒流，又是不可能的事情了。

塞倫蓋提公園的例子就擺在眼前，鯊魚是海中的獅子和老虎，是公共衛生警察，負責清理老弱病殘的動物，阻止其他物種數量劇增，其職責就和遠古的魚龍、蛇頸龍、滄龍或龍王鯨一樣。牠們的數量一直遠遠低於獵物的數量，這是自然界一項不成文的法規：生物愈小，數量便愈多，單一動物為了生存必須吃掉幾打甚至幾百個小生物，但這種大傢伙只能占少數。此外，還得有足夠的生物存活下來，以便繁衍後代。這條在浮游生物章節中提到的著名原理，在這裡也同樣適用，並產生了等級，最高等級是國王——獅子、老虎或鯊魚，若國王退位，整個國家就會分崩瓦解，因此就連布希總統也不敢以民主為由對鯊魚宣戰。

若要幫海洋的生命畫一張像，我們需要一幅巨大畫布，就算這樣，也無法將所有物種都畫出來（況且畫二十多種海參本身就是很無聊的事），因此我得鄭重向某些海洋居民道歉，出於上述原因，我不能對牠們在海洋中的獨特地位給予應有的評價。所以，這本書沒有關於龍鰧或石紋電鰩的章節，也是我第一次和最後一次提及臍蝸牛。無論如何，鯊魚屬於那種能夠影響全局的生物，少了牠們，海洋的生態結構就會癱瘓，所以我們必須重視並保護牠們。但是，全球鯊魚保護機構的鯊魚專案主管格哈德．魏格納（Gerhard Wegner）說，我們很難讓人類去保護一種令他們害怕的生物。

魏格納認為，唯一可以袪除恐懼的方法，就是更努力去瞭解這些動物。下面列舉一些事實。

有四種最大的鯊魚以浮游生物為食：象鮫、巨口鯊、蝠鱝*，以及平均身長十四公尺的現存最大魚類——鯨鯊。鯨鯊非常漂亮，背部為灰藍色或淡青色，鑲著淺色條紋和白斑，顯得很有時尚感。牠可以連續幾小時在海面捕食浮游生物。鯨鯊的性情非常友善，毫不反對人們抓住牠的背鰭並割掉一塊。體格排名第二、長達十公尺的象鮫也同樣溫順，在這兩種巨大的動物面前，人們無須害怕。即使在其他鯊魚面前，我們也不用擔心。

有一種說法是，鯊魚為了活命必須不停地游，否則就會窒息而死，這是錯誤的。正確說法應該是：鯊魚沒有推進的魚鰾，所以只能依賴多油的肝臟。一般情況下，每種魚在停止游動時都會下沉，但鯊魚得學得更靈活一點，有時我們會看見牠們趴在海底的沙地打盹，據說牠們會張著嘴睡覺，這是因為牠們不像其牠魚類那樣有鰓蓋，而只有鰓裂。一般魚類的鰓蓋會自動抽水，鯊魚則不然，牠們只能張開嘴，關閉鰓裂，然後吸進水，閉嘴時，鰓裂就會張開，水就排出去了，因此牠們不用待在水流中。當然，牠們的呼吸方法和其他魚類不太一樣，因此有些科學家認為，以鯊魚的特性來看，牠根本不是魚類。

鯊魚還有一個和其他魚類不同的地方：牠沒有骨頭，所以就像前面說過的，鯊魚鮮有化石，牠們死後只會剩下牙齒和皮膚碎片。如果你有機會得到一隻死鯊魚，那麼你會驚訝地發現，牠的軀體十分鬆弛。牠沒有骨架，卻能像長尾猴一樣撐住身體。鯊魚主要由肌肉和軟骨組成，這樣牠們可以快速靈活地游動；最快的鯖鯊游速達每小時八十公里，大白鯊只有每小時六十公里而已。

從各方面來看，鯊魚是一種不斷被研究單位重新發現的物種。從泥盆紀起，牠們就幾乎沒有改變過，就連法拉利公司也無法把牠們的身體塑造得更完美，這種流線型的體型讓牠們能在游動中節省能量，這也歸功於牠們特殊的皮膚，這一點前文已經提過：牠們的皮膚由細小的、齒狀的、層層重疊的鱗片構成，所以牠就像是張游動的砂紙，千萬不要去摩擦鯊魚的皮膚。而從嘴巴部位開始，鱗片愈來愈大，構成了鯊魚特有的六角形牙齒。

鯊魚吃人？——其實牠是不小心的

的確，有些鯊魚會吃人，我們沒必要掩蓋這一事實。落到鯊魚嘴中的風險和連續兩次中彩券頭獎的機率差不多。然而，即便落到牠的嘴裡，你也不一定會死或少幾斤肉。每年全球有將近一百起鯊魚攻擊事件，其中只有不到十起是有人死亡的。凶手是鯖鯊、雙髻鯊或平滑真鯊。大白鯊、長鰭真鯊和牛鯊的襲擊也會造成人類死亡，虎鯊尤其喜歡瞬間截肢手術，並不是因為牠們比別的鯊魚更有攻擊性，而是牠們的牙齒更鋒利，牠們咬一切活動的東西，包括人類。

是不是因為鯊魚吃人，我們就能說牠們很凶殘呢？是不是因為人類吃牡蠣，人類就很凶殘呢？被鯊魚吃掉的生物發出慘叫時，鯊魚能感受到牠們的痛苦嗎？牠們會把這種慘叫視為獵物新鮮的信號，就像我們把檸檬汁滴在牡蠣肉上，然後愜意地看著牡蠣顫慄一樣？

不是。

可以肯定，鯊魚並不比掉在我們頭上的椰果凶殘。牠們的行為並非故意，而是為了生存，而生存意味著必須吃東西。牠們既沒有遺傳基因也沒有科技手段得以先麻醉自己的獵物，再吃掉牠們身上發育良好的部分，鯊魚吃得肆無忌憚。

其次，人類並不在鯊魚的菜單上，這是公認的事實，卻一直遭到反駁，說葬身魚腹的游泳者和衝浪者就是反例。設想一下，假如鯊魚喜歡人肉，那麼我們的海灘上會發生什麼事？是的，什麼也不會發生。那時，海灘會杳無人煙，因為所有游泳者都害怕在鯊魚的胃酸中結束生命。那種認為海灘附近沒有很多鯊魚的觀點也完全錯誤，證據顯示，海灘勝地的岸邊有許多鯊魚在游動，但牠們吃了多少人？如果我們真是牠們的目標，那麼鯊魚的數量會在短期內增加十倍，因為所有食肉動物都會優先跑到牠們最愛的獵物所在之

＊ 燕魟目，為鯊魚近親，但非鯊魚。

處，只有神經錯亂的鯊魚才會慢條斯理地捕食。

說到這裡，人們還得改正一種錯誤的印象：鯊魚是寂寞的獵手。大家知道，某些鯊魚是獨行客，比如大白鯊，但更多鯊魚是成群出沒的，BBC的「藍色星球」系列節目中就有上百隻雙髻鯊在海面附近的影像，若鯊魚對人類有一定興趣，那我們的海灘將會跟《聖經》中提到的景象一樣：海會變成血。

至於鯊魚為什麼會咬人，我們現在也還沒完全弄清楚。有一種廣為人所接受的理論是，鯊魚把游泳者和海豹混淆了。聽起來似乎可以接受，然而從海水中看上去，一個游泳者和一隻活蹦亂跳的海豹很像嗎？鯊魚擁有驚人的感覺——不包括眼睛，鯊魚的視力很差，但對光線極其敏感；牠們有超強的聽力，內耳可以讓身體保持平衡，而且用來判斷獵物的正確方位。發出信號的頻率愈強烈，牠們的偷襲就愈有效率，信號頻率愈低愈好，牠們可以聽見一百到八百赫茲的聲音，受傷的動物亂竄時發出的震盪頻率在一百到一百二十赫茲之間，而鯊魚在二百五十公里外就可以察覺和定位這種頻率。鯊魚若長出耳朵，那麼看上去會很傻氣，牠們腦袋上方只有兩個微小的細孔，兩個細孔中有一條狹長的耳道通向內部，正由於有這條耳道，鯊魚才能對每一個接收到的信號進行空間上的座標定位，並確切地知道自己前行的方向。

海洋不是設有自動服務櫃檯的超級市場，誰想在這裡填飽肚子，就必須抓住每一個機會，對每一個動靜追根究柢。某地有船錨掉進水裡時，鯊魚都會湊來看個究竟，碰碎一塊珊瑚的潛水者可能就是因為這一點輕微的聲響而吸引了鯊魚的注意。鯊魚會游過來，仔細打量這個環境的破壞者，然後揚長而去，前提是破壞者得乖乖地動也不動。衝浪者也會製造聲響，一隻從他下面游過的大白鯊會看到一個模糊的輪廓，聽到水的飛濺聲、海浪拍打衝浪板的聲音，胳膊和腿在划槳時會造成不規律的震動，而凌亂的頻率正是受傷動物的特性，於是鯊魚漸漸游近，想看看牠要吃的是誰。牠看到的是一個和海豹形狀很相似的東西，於是一切就開始了。

真的嗎？魏格納想確切知道接下來發生的事情。他和瑞士鯊魚研究者埃里希・李特（Erich Ritter）博士一直不相信上述的「混淆說」。二〇〇四年，他們和機器人一起在大海上做了一連串引起轟動的試驗，遠端控制的胳膊和腿被安裝在一塊運動的衝浪板上，他們想知道，鯊魚是否會被活動獵物的剪影激起獵捕的欲望。第二樣專門為實驗設計的設備是牢固的游動箱子，可以發出一些鯊魚喜歡的頻率，如海豹的聲音。第三樣是水裡的誘餌，用來激發鯊魚的食欲，李特博士和魏格納偶爾會潛入水中充當誘餌。

資料顯示，「混淆說」是站不住腳的。大白鯊對剪影一點也不感興趣，人們需要放下誘餌才能吸引牠們的注意力。衝浪者模型一開始運作，就激起了鯊魚的好奇，牠們謹慎地用鼻子輕碰衝浪板，觸碰胳膊和腿，但並不咬它，而且很快失去興趣。

箱子發出聲響時，鯊魚的興趣變得更加強烈，牠們開始聚精會神聆聽，李特和魏格納多次改變聲音的頻率，凌亂的振動旋律吸引鯊魚開始輕咬箱子（輕咬就是很小心地咬，不會給獵物造成很大傷害，只是嚐嚐味道）。牠們毫不理睬旁邊活蹦亂跳的機器人，衝浪者模型不管怎麼舞動，也無法吸引任何一隻鯊魚，箱子卻一直吸引著牠們，牠們會不斷嚐試它的可口程度。

魏格納和李特以此證明，鯊魚首先會對聲響做出反應，他們成功地讓鯊魚去攻擊一個正方形、和生物沒有任何相似之處、只是會咯吱作響的箱子，剪影和可見的運動都不起作用。鯊魚咬箱子的時候，只是在試味道，或希望透過撕咬讓獵物變得虛弱。幾乎所有關於鯊魚攻擊的報導都將其描述成閃電襲擊，攻擊之後鯊魚會潛進水下，等待接下來的動靜。誰若是見過成年海象的長牙，就會知道牠們的威力，獨角鯨的虎牙也是可怕的武器。鯊魚不是膽小鬼，但牠們很謹慎，只有當獵物很鮮美時，牠們才會守在那裡；直到剛才咬的那一口令牠們感到滿意，牠才會再去咬第二口——這一次，牠們已繫上了餐巾。

許多被鯊魚攻擊的衝浪者都存活下來，而且沒有受傷。鯊魚對廚師帽和餐館的星級不感興趣，但牠們會喜歡衝浪板嗎？人們之所以會受傷，是因為某些因素的作用，比如在大量淡水浮游生物湧入海裡的河口，經常會發生鯊魚攻擊事故。這些地區本身就很吸引魚類，因此許多鯊魚都來到這裡，或許在獵捕中看花了眼，咬了一口衝浪板，但立刻又棄之而去。有時候食物豐富的水域裡能見度太低，鯊魚只好完全依賴自己的耳朵，閉著眼睛吃飯。鯊魚視力差並非自然界的錯誤，而是牠們生活方式合理的結果，許多鯊魚因此成了夜間獵手，視力在這裡起不了作用。只有在靠近獵物的時候，鯊魚的眼睛才會發揮一點識別作用。鯊魚要想看得見，就必須貼近獵物。

這一行為被很多潛水者誤解。我自己就喜歡在馬爾地夫群島的獅頭山潛水，獅頭山是水下的暗礁岩層，也是各種礁鯊的家園。在馬爾地夫看見鯊魚不必恐懼，牠們在其生活的自然領域已能找到足夠的食物，只有腦子不正常時才會去攻擊人類。此外，在安全的環礁，人們碰到的主要都是那些沒有危險的黑尖鯊、白尖鯊及灰色的礁鯊。但在初次見面之前，人們還是會擔心鯊魚是否知道他們沒有惡意。我在小船上也有類似感受，當時我剛考到潛水證，下潛到四十公尺深，並學會基本的逃生方法，其中包括在水中脫下潛水裝備再把所有裝備重新穿上，或搶救受傷的同伴。我已經和海鱔親密接觸，用手輕輕撓過牠們的下巴，海鱔很喜歡這樣，人們能聽到牠們舒服的呼嚕聲。我曾兩次遇到小黑尖鯊群，牠們沒有和我打招呼就游走了。但這次不同，我試圖直接接觸牠們，而我必須承認，從船上翻入海中時，我開始懷疑自己的理智。

但頃刻間，奇特的事發生了。潛過一次水之後，人們會忘記一切恐懼，人們身在陌生的美妙世界裡，這個世界並不是為了襲擊那些好奇的都市人而建的。在這裡，人類有時被視而不見，有時被嗅來嗅去，只要他們不犯下最糟糕的錯誤，或運氣不是太糟糕，那麼肯定不會被吃掉。當然還是有風險，但我們星期日在都市叢林裡慢跑時其實還更危險。

水下的一切都發生了變化。

之前，人們眼中看到的是一片危險、漆黑、波濤洶湧的海域，而突然間，他們置身於光的世界中，原來暗礁的結構並不是人們眼中看到的那部分，暗礁垂直地扎入海洋深處，高高聳立的岩石獅頭和天然的瞭望台為人們提供了方便的歇息地點。起先周圍沒有鯊魚，幾乎沒有任何動物，只有陽光在水中晃動。慢慢地，真核生物出現了，海面變成螢光閃爍的遊戲場，這是潛水最吸引我的一刻：周圍熟悉的環境迅速變成了幻境。人們到達暗礁後，發現自己邁入了新的世界，我在獅頭山也有同樣感受，驚歎自己來到這個水下大都市。突然間，牠們出現了：鸚鵡魚、燕尾鱸、玻璃魚、烏賊等等，獅頭山周圍的水不停地變化，對鯊魚來說，這裡太完美了。我們下潛到二十公尺深處，占據了一塊天然瞭望台，開始等待。

牠們來了。

我不清楚那天看見了多少隻鯊魚，估計約有十到十五隻，全是身長一．五到二．五公尺的灰色礁鯊。牠們在礁石前空曠的海水巡邏，一副毫不在意的模樣，雖然早已察覺到我們。正當我以為牠們對我們不感興趣時，一隻礁鯊從魚群中向我們飛速游來，繞著其中一位嚮導游了一圈，然後又離開。有了第一位勇士，其他鯊魚的好奇心也被喚醒，牠們一隻接一隻朝我們游過來，圍成一個圈，盯著我們，然後又轉身去做別的事。我們當時只有四個人，這是好事。

我前一次見到鯊魚是一九九八年在墨西哥的考祖梅（Cozumel），當時牠面對五十個日本潛水者，落荒而逃了。由於我們只有四人，所以訪客愈來愈多，在剛開始的困惑過去之後，大家開始感到興奮能接觸到鯊魚，我從頭到尾都沒有覺得危險。牠們對我感到好奇，牠們就像智慧生命一樣，打量著闖入牠們領地的不速之客。鯊魚暗示我們，牠們能容忍我們的存在，只要我們尊重牠們生活的地區。

當一隻食肉動物圍著人打轉時，人們當然會覺得危險。鯊魚之所以這麼做，其實是因為牠們的眼睛位在腦袋的側面。由於牠們天生弱視，必須靠近自己感興趣的物體，圍著它游一圈，才能知道對方的尊容。這麼做主要是為了滿足興趣，而不是想考察對方是否適合成為獵物。然而在業餘的潛水者眼中，這種親密接觸是一種發動攻擊前的訊號，如果這樣的話，那豈不是每隻嗅來嗅去的狗都滿懷敵意了嗎？其實不然，牠們只是簡單地問了一句：「你是誰？」有時鯊魚會用鼻子輕輕碰一下對方，這裡提一個小建議：你不要也禮尚往來，畢竟你不是在足球場上，如果你把這視作友好的歡迎姿態，那麼我相信，你會經歷一次永生難忘的潛水故事。

還有一點是，鯊魚也會害怕。澳洲虎鯊生活在海底，但經常去淺水區活動，人們不時就會碰到牠們的魚鰭。通常這些不速之客會自行離開，但有些時候牠們也會咬人，大多只是淺淺一口，意思是「此路不通，請回吧」。有時候，勇敢的年輕人會去拉鯊魚的尾鰭，他們的下場當然不太樂觀，就連溫和的大保姆鯊也不會把這當成遊戲。這點應該完全能夠理解，想像一下，你們喜歡在大庭廣眾之下被陌生人抓一把嗎？

就算鯊魚感到非常厭煩，也不會立刻咬人，而會先給一個警告；灰色礁鯊的行為和一隻狗沒有什麼區別，牠會彎下腰，放下胸鰭，再抬起頭，如果人們還沒有反應，牠就會開始用力甩尾巴，或露出牠的橫側面，然後開始進攻，撞擊入侵者或張嘴去咬。牠們通常張著大嘴，用上頜甩打，將入侵者驅逐出境。**順便提一下狗，從咬人的發生率看來，人類最好的朋友還沒有大白鯊來得友好。**

我們終於漸漸看清了這些獵手的真面目，但對於大多數人來說，牠們還是凶手。奇怪的是，海洋研究的先鋒賈克－伊夫．庫斯托（Jacques-Yves Cousteau）竟鞏固了鯊魚的這種壞蛋形象。庫斯托非常害怕鯊魚，只敢在水下的籠子裡接觸「凶手」。其實澳洲外科醫生維克托．科普森（Victor Coppleson）早在一九六二年就已得出一個大膽的理論：只有精神錯亂的鯊魚才會攻擊人類。事實上，動物也會得精神病，其程度從輕微行為錯亂到完全瘋癲都有，根據科普森的狂鯊理論，噬人鯊就是種精神病患，這些瘋子攻擊所有在牠們的妄想中顯得危險的東西。

第一個提出嚴正反對觀點的是奧地利的漢斯．哈斯（Hans Hass），以及行為研究學者亞伯－艾比斯菲特（Eibl-Eibesfeldt）。他們首次捨棄了保護籠，只帶著一根鯊魚棍，和鯊魚一樣置身寬闊的水域裡。庫斯托團隊用血腥的魚屑餵食鯊魚，以吸引精神失常的進食機器注意的作法，也是哈斯團隊所避免的。餵食是件棘手的事，但為了將鯊魚引到外海，而一般做法又已失去作用時，餵食還是最有效。設想一下，人們想研究你的行為，於是在大街上往你面前扔美味佳肴……

毫無爭議，鯊魚對進食的興趣極大，但食欲只有在用餐時間才會出現。在許多潛水勝地，遊客都會餵食鯊魚，當然，這個過程很刺激。一九八〇年代的獅頭山就常見這種景象，雖然許多潛水嚮導很謹慎，但很多人會玩一些危險的花樣，他們把魚的屍體夾在牙齒中間，鼓動鯊魚去咬——咔嚓，鼻子一下子就沒了。人們不能指責鯊魚，牠只是受邀來吃飯的客人，糟糕的是，鯊魚學會了把人類和食物畫上等號。一般人認為印度虎不會傷人，除非牠曾經吃過人，然後養成了習慣，鯊魚也是如此。許多由於鯊魚眼花而導致餵食者斷手斷腳的事故，可能會給鯊魚灌輸愚蠢的想法。漢斯・哈斯在他的《鯊魚的真面目》（*Wei Haie wirklich sind*）中寫道：在南太平洋中，索羅門的貝羅納島居民並不害怕鯊魚，因為牠們並不襲擊人類；瓜達爾卡納爾島卻不同，這個島距離貝羅納島只有幾浬遠，游泳者卻經常遭到致命攻擊。回顧歷史可以發現，卡納爾島在第二次世界大戰期間曾經發生過一次海戰，許多流血傷亡的士兵掉進海裡，從此之後，那裡的鯊魚就調整了自己的飲食習慣。

和鯊魚握握手？——認識鯊魚行為

只要不採用血腥誘餌，我們其實能瞭解鯊魚更多自然習性，牠們會給我們許多驚訝。人們很難相信，大白鯊的行為只是出於貪玩，人類也可以和牠們相處得很好，只不過鯊魚在短暫愉快的聊天後邀請你吃飯的時候，你千萬要小心地問一下，先弄清楚牠的意思。

目前許多人認為鯊魚不喜歡人肉，但我們發現，這些魔鬼在緊急情況下還是會吃人肉。無論用詞如何委婉，鯊魚也很難稱得上可口。牠們儲存氨氣，並分泌出不雅的氣味，但我們還是吃鯊魚。冰島人採用的是遠古時期的配方，以便把格陵蘭鯊加工得可口一些。人們把牠們放在空氣中發酵，然後裝進罐子或埋在地下，使其自然乾燥。醃鯊魚肉（Hakarl），正像雷克雅維克餐館裡的招牌菜一樣，是發酵後的成果，和挪威的鹽水醃魚*很像。毒舌派會說，冰島人吃醃鯊魚肉其實是為喝酒找一個理由，我才不信這種鬼話。至今我仍拒絕吃醃鯊魚肉，但吃過鹽水醃魚。我的一些好朋友是挪威人，他們告訴我，喝酒根本不須找理由，他們不用飲料稀釋，也能俐落地吃下一條臭發酵魚。相反，一個老實的萊茵人會把鹽水醃魚給吐出來，就好像鹽水醃魚想重新回海裡一樣。

可以確定的是，人類吃鯊魚遠比鯊魚吃人頻繁得多。為了不被指責偏頗，我得承認，鯊魚中也有冰島人和挪威人，也就是愛吃人的鯊魚，但這種鯊魚絕對是少數，或許是因為牠們沒有可以喝的燒酒了。我們知道，鯊魚的味覺能迅速告訴牠們什麼可以吃，什麼不可以吃。而牠們的嗅覺也很發達，想一想巨齒鯊跟蹤微弱的氣味線索時晃動的腦袋，今天的鯊魚並不比牠遜色。海洋中嗅覺比鯊魚靈敏的只有鰻魚，哪怕二十九億粒水分子中只有一粒香味分子，鰻魚也能找到自己的路。鰻魚的漫遊是動物界的一大奇觀，不僅因為牠們獨一無二的嗅覺，還有牠們長長的陣仗，橫越大洋，永不迷路。

藉由勞倫氏壺腹（ampullae of Lorenzini）的幫助，鯊魚的感覺器官更是如虎添翼。這些位在頭部和嘴巴附近的特殊細孔很值得我們細究，在它的幫助下，鯊魚能夠追蹤最微弱的電場。壺腹是由義大利解剖家斯蒂凡諾·勞倫茲尼（Stefano Lorenzini）發現的，一六七八年，他在其研究鯊魚的權威著作裡首次提出，鯊魚皮膚的側線分布著微小體孔，這些體孔透過頭髮般細的通道與體孔的開口相連。通道和體孔裡都充滿了一種傳導凝膠，可以將○·○一微伏特的電壓傳導到鯊魚大腦中。鯊魚體內每一個組織都由電場包圍，發射出脈衝，偵測其他生物的電場，所以不管獵物藏在珊瑚的突出部位下或埋在沙裡，電場都會洩漏牠們的方位。鯊魚甚至還能透過壺腹辨別生物的狀況。埃里希·李特認為，大白鯊對人類的態度之所以不盡相同，完全在於心臟跳動的速度；害怕不僅是一種糟糕的情緒，還會加快心跳頻率，而心臟是電力節拍的控制者，當鯊魚心跳劇烈時，牠們的獵捕本性會被喚醒。為了得到更多資訊，李特曾潛入水下並使自己神志昏迷，於是他的心跳頻率急速下降，這似乎激發了鯊魚們的好奇，牠們游過來貼著他，但沒有發動攻擊。最後李特抓住了一隻七公尺長鯊魚的背鰭，由牠領著自己漫遊。

壺腹還有另一個功能。在鯊魚的生活裡，它相當於導航系統。因為不僅有機體有電場，海水流也能傳播電流，而地磁場和電力地圖沒有什麼區別。此外我們還發現，壺腹對溫度的變化非常敏感，精確到千分之一度，因此鯊魚在偏僻的地方也能找到產卵場和有利的獵場。

鯊魚如何生活？牠總不會永遠吃個不停吧。長期以來，人們一直認為鯊魚行為有典型的社會性，目前的研究發現，鯊魚群有完整的結構和等級，體型和經驗決定了牠們在群體中的地位。高大強壯的鯊魚統治小鯊魚，鯊魚的個性特徵彼此不盡相同，個性特徵展現了物種的遺傳行為和個體的自學行為，以及其天資的界限，並反映鯊魚智商的絕對上限。

鮮血能強烈刺激鯊魚，一條正在大量流血的魚會引來飢餓的鯊魚群，這是牠們基因結構的結果。第一次面對人類時，鯊魚遇到的是全新的挑戰，因為基因沒有給牠明確的指示，於是鯊魚的硬碟裡又多了一份新的檔案資料。

問題在於，那些基因無法指導牠們，這時牠應如何處理外界的刺激。

正如我們瞭解，很多鯊魚的天資很高，也就是說，牠們能夠做出不同的反應，擁有極高的思考能力。目前一些鯊魚研究學者即認為人類可以和鯊魚建立友好、信任、共存的關係。魏格納和李特便曾以大白鯊為對象，做過衝浪機器人實驗，這一幕就像電影情節，看得人們目瞪口呆。大白鯊緊貼著船，將腦袋探出水面，李特輕輕撫摸牠的鼻子，這隻海中巨獸不太習慣這樣，困惑地縮了回去，一會兒又害羞地游過來，希望再被摸一下，這樣反覆了幾分鐘。我們很高興地告訴你，李特博士的手仍然完好無損，我們只能猜測鯊魚對此事的看法——牠肯定不會覺得不高興。

鯊魚之間也相處友好，調情行為不時發生。和鯨魚一樣，雌性鯊魚也會尋找安全舒適、溫度適宜的海

* Rakfisk，一種醃製的鮭魚或鱒魚，成品如同敷上鹽水，故得名。

灣和環礁湖，以便產卵或分娩（不同種類的鯊魚分娩方式不同）。幼鯊長得很慢，但是很早就能獨立，牠們大約到三十歲才有生殖能力，這也是為什麼過度獵捕會帶來災難性的結果。在一個人類大量掠奪鯊魚鰭的時代，鯊魚必須要努力活到三十歲。

鯊魚數目大量減少還有其他原因。牠們的肝臟含有大量油脂和維他命A，除了製成飛機液壓系統的潤滑劑，這些肝臟還用於潤滑膏、香水和藥物。此外，這裡還有權力鬥爭的問題，讀過海明威自傳的人都知道，《老人與海》是他個人航海釣魚經歷的寫照，海明威既是敏銳的觀察者，也是好強的沙文主義者，他以奇特的方式在兩者之間搖擺，後者把鯊魚當成強硬的對手。

自古以來，擊斃野獸一直是男人的事，成功的獵人會得到極高的社會地位，因此無數菁英一直將鯊魚視為新的挑戰。每年都有許多發福的經理人帶著年華不再的太太參加鯊魚旅遊團，向牠們亂扔纜繩和各種髒東西，導致鯊魚死亡。

許多所謂的釣魚客在看見鯊魚時，會立刻用爆破標槍獵捕牠們，或乾脆扔一枚手榴彈進水裡，至於後果不妨參考這宗發生在佛羅里達的事件：一隻大白鯊吞下了一枚榴彈，然後游到肇事者快艇的下方，結果手榴彈爆炸，把船體炸開一個洞，釣魚客全都淹死，其實他們應當受到更嚴厲的懲罰。

鯊魚難道是友好的生物嗎？當然。

但是!!

要是你有興趣，下次去海水浴場度假時與鯊魚來一次親密接觸，導致一條腿分家，千萬不要來找我，別說我沒有警告過你。自古到今，大自然一直是野蠻的，你絕不會愚蠢到在獵犬的耳朵上打洞。你得學會克制自己，在你不確定鯊魚的意圖時，要表現得很平靜，最好不要動。情況不妙的時候，就慢慢回到珊瑚礁那裡，因為鯊魚不喜歡去狹窄崎嶇的環境。千萬不要隨身攜帶流血的魚類殘骸或用標槍戳死的魚，因為不僅鯊魚會因此抓狂，就連梭魚也可能出其不意地對你下手。此時更不可亂蹦亂跳，在鯊魚看來，只有受傷的動物才會這樣做，如果牠不讓路給你，試著大聲喊叫也可以趕跑牠。如果你成功擊中了一隻進攻中的大白鯊或虎鯊的眼睛，你會驚奇地發現，這個大傢伙頓時就變成了膽小鬼，這件事還可以拿來在朋友面前吹吹牛。

為了防止極少發生的鯊魚攻擊事件，建議你帶上一枝鯊魚槍。有些長手杖的武器有裝設一根刺，有些則負責放電，鯊魚討厭電擊就和我們討厭瘟疫一樣，牠們體內的勞倫氏壺腹會因此抓狂，碰到這種狀況，鯊魚防衛設備POD的電脈衝會蓋住牠們的面部，使牠們痛苦地抽搐。

除此之外就沒什麼了，祝你玩得愉快！

不管你做什麼，無論如何都不要相信當地導遊，他會坐在酒吧裡吹噓他的外甥用一把刀殺死了一隻虎鯊。那些剖開鯊魚腹的「高貴野人」純屬虛構，沒人能比當地人更瞭解這一事實，遊客卻總是天真無知。

全世界每年平均有十人死於鯊魚之口，而全世界每年有一億隻鯊魚因為人類而死，鯊魚需要我們不帶偏見的關注，需要我們的保護。在四百七十種已知的鯊魚種類當中，有一百種目前正受到威脅，某些已減少到原有數量的十分之一。生物學上認定大白鯊已有滅絕之虞。如果所有的鯊魚都消失，整個海洋生態系統會在短短幾年內癱瘓。海洋會死去，海洋死去後，我們或我們的孩子也不會幸福，此時此刻我們應該學會克服自己的恐懼。

你可以從小事做起，比如說玩玩曲棍球。看鯊魚隊的比賽終究是很有趣的事。

大吊燈的帝國

我們下潛到更深處。

深不見光的水底也有鯊魚。大白鯊能潛至水面一公里以下，灰鯊（不要與灰色的礁鯊混為一談）最喜歡待在海面下二公里處，但我們大可不必下到這麼深的地方，僅水下幾百公尺便幾乎伸手不見五指了。

並不是因為黑暗。

而是因為光亮。

想像一下，一個黑漆漆的夜晚，你駕車行駛在路上，假設你剛參加完一場宴會，宴會上雖然有充足的飲料，吃的東西卻不太夠，於是你到附近的麥當勞吃了一個夾著奶酪等亂七八糟東西的漢堡，然後繼續上路，而且你還發著光。瞧，你多麼閃閃發亮！準確地說，其實是你胃裡的漢堡在發光，我們離很遠就能看見你。但我剛才忘記提醒你，你自己是透明的（反正是假設嘛）。

只是，這件事其實並不像聽上去那樣不可思議，至少在深海不是。深海中有許多會發光的生物，不管是掠食者還是獵物。

海平面以下一百至二百公尺處被稱為**真光層**，從水下四十公尺處開始，對陽光的轉化利用已明顯減弱，但這裡依然能進行光合作用。在熱帶珊瑚礁區，如果水位很深，那麼蟲黃藻的光合作用可能就無法維持珊瑚蟲的生長，但真光層基本上算得上是海洋的製氧工廠。

從水下幾公尺開始，顏色已漸漸消失，海水對光波有散射和吸收作用，首先是長波光，所以從水下十公尺起就看不到紅色了。接著海水會過濾掉橙光，然後是黃光，最後是綠光。藍光也會被海水吸收而逐漸變淡，但速度相對較慢，其短波能到達深水處，水深每增加一公尺，光的亮度便減弱近一．八%。水面約兩百公尺之下稱弱光帶，事實上，一公里的深海依然有光，但亮度太弱，光子寥寥可數。往下更深則是無光帶，這裡再也透不進一絲陽光。

儘管如此，許多弱光帶及無光帶生物的視力都出奇得好。雖說無光帶生物見不到貨真價實的陽光，但其他生物發出的光取代了陽光。遠方時而閃起一點微光，時而燃起焰火般的亮光，進化女神在深海創造了真正了不起的光亮，因為她給這些原本處在永恆黑暗中的孩子們配備了激動人心的特殊裝置：生物光。

生物發出的光大約九十%都是藍色。在海水中，藍光傳遞的範圍最遠，這一點我們已經知道。順帶一提，生物發光最有趣的例子之一不是發生在深海，而是水面。西元前五〇年，古希臘航海家和自然科學家阿那克西米尼（Anaximenes）提過一則奇妙的海上螢光現象：只要把手伸進水裡或用船槳把水撥開，水中就會亮起藍綠色的光。他還說，如果有人在夜裡從甲板上跳下水，那他自己也會神奇地發出微光。兩千年後，謎底終於解開，研究人員取了海水樣本放在顯微鏡下研究，發現那是一種充滿小生物的海水，由夜光藻及夜光梨甲藻組成：那是一些〇．二至二公釐長的渦鞭毛藻。有人觸摸它們的時候，這些單細胞海藻就會有節奏地發出光脈衝，也就是所謂的生物光（bioluminescence）。在希臘語中，*Bios*的意思是「生命」，*Lumen*是拉丁語，意思是「光亮」，合在一起就是生物光。

浮游藻只需輕微的波浪就可將體內的螢光素酶合成螢光素，螢光素與氧氣發生反應所產生的亮光，毫不誇張地說，能讓所有電燈泡黯然失色。因為生物光對能量的轉化利用率高達百分之百，而電光源的利用率則只有五%，因為電燈大部分能量都轉變成熱。而藻類發出的光是冷光，幾乎沒有熱量產生。觀測衛星在索馬利亞海洋拍到的照片中，可以看到一萬五千平方公里的洋面，海水連續三個晚上都如珍珠般閃閃發光，發光的區域隨著洋流逐漸移動。海水發光是浮游藻類在營養鹽豐富的水中大量繁殖的典型表現，衛星圖片則能幫助人們瞭解帶來營養鹽的洋流動向。

許多深水區的大型生物，如魚和海蜇，能在特定的細胞中生產螢光素，我們稱這些細胞為發光器。這樣描述真核生物可能有些畫蛇添足，因為它們本身就是一個發光器官。那些自己不能發光的魚類，例如琵琶魚*和一些烏賊，在發光細菌的協助下也能夠閃耀光芒。這些細菌寄居在魚身上狹窄的縫隙裡，以魚的新陳代謝為生。值得一提的是，這些深海生物無論是細菌還是魚類，並非隨時隨地發光，而是能自己做主，決定什麼時候被看見，什麼時候不被看見。自行發光的魚類能自行打開或關閉發光按鈕，而借助細菌發光的魚則透過張合身體的縫隙來決定發光與否。

來吃我啊，來吃我啊——誘食用發光器

那麼，這些藍色奇蹟（有時也呈黃色或綠色）有什麼意義呢？這種光顯然無法照亮大範圍的水域。在人類看來，生物光儼然是進化女神逗我們開心的趣味發明，然而這其實是非常精心的設計，展現了生物生活在永恆黑暗中的三條基本法則：

一、不用費力運動就能吃飽；

二、盡可能不被吃掉；

三、交配、交配、再交配。

現在來看第一條規則，也就是飯來張口。一般說來，獵物看到天敵就會迅速逃跑，因此這些肉食動物必須學會珍惜深海的有利條件，利用昏暗來掩蔽自己，這種局面給獵物造成極大的壓力，因此牠們只好也隱藏自己。理論上而言，最好的隱蔽就是不被看到。

真的嗎？小新插嘴問，但這樣的話，生物發光的理念不就是純粹的瞎胡鬧嗎？如果捕食者發光，就捕不到獵物；如果獵物發光，就會把敵人招來。

不，小丸子反駁道，這才不是瞎胡鬧。如果四處一片漆黑，對誰都沒有好處。黑不溜丟的夜裡，捕食者怎麼找得到獵物啊，又怎麼覓食？到那時候，所有魚類都癱瘓在漆黑的海底，餓得肚子咕嚕作響，聽到頭疼。而且到那時牠們也無法交配了。

看看，女孩子就是比男孩子想得多。

那麼只能二選一：要嘛都不發光，要嘛都發光！前一種情況已被排除，要真那樣，拉斯維加斯就會變成極夜之城了。

再說後一種選擇，比如說琵琶魚，這貪婪的傢伙有著氣球般膨脹的身體，血盆大口中滿是釘子般的尖利牙齒，生活在一公里以下的黑暗海底，並且能夠發光。準確地說，是牠的誘餌在發光。牠的額頭上會伸出一根能彎曲的長觸鬚，觸鬚末端閃著微光並來回擺動，像個小電筒。這個搖搖擺擺、發亮的「小蟲子」能在黑暗中吸引其他動物的注意，卻不知道在這個看似滑稽的小東西背後，竟是讓人不寒而慄的龐然大物。琵琶魚不動聲色地等待獵物自投羅網，小蟲子很能吸引一些動物的胃口，這些可憐的傢伙會游近，試圖抓住小蟲子，沒料想自己卻先被一口吞了去。

其實琵琶魚的「釣竿」是一根伸長的背刺，進化女神發明的釣竿花色繁多。某些琵琶魚的誘餌令人想起哆哆嗦嗦的小文昌魚。另一些誘餌則散發著流蘇般的燈光，像霓虹般閃爍，誘惑著獵物。還有一種誘餌是直接從上頜長出來的。某些琵琶魚搖動著胖胖的刺鬚前進，誘餌一會兒緊挨著牙齒，一會兒高高突起。樹鬚魚的光尤其明亮，因為牠有兩支「釣竿」，一支在頭頂，一支在下顎處。而「毛茸茸琵琶魚」**無疑稱得上是深海裡最古怪的魚。牠全身長滿醜陋的魚鰭，頭上和身上豎著十二根長長的刺和鬚，飢餓的時候活像乾癟的手提袋，飽食後又脹得滾圓，吞掉的戰利品往往比自己的體積還大。

* 正式名稱為鮟鱇魚。

** 正式名稱是多絲莖角鮟鱇魚。

如果把琵琶魚從水中捕撈到地面，牠那寒光閃閃的利齒頓時就失掉威懾力。琵琶魚的體積並不很大，有些身長僅幾公分，有的長一公尺，摸起來軟綿綿的，肌肉組織並不發達。在黑暗世界中，長距離追捕沒有太大意義，捕食者不需具備優秀的泳技，卻得要有高明的騙術。深海琵琶魚不會冷不防地用尾巴撲甩獵物，武器裝備也並不時髦，牠們的生活主要包含兩個內容：等待和節省力氣。在這樣的生活中，牠們用不著大眼睛，但要在琵琶魚的眼皮底下開溜幾乎不可能，牠們會在獵物躡手躡腳逃走時一口咬住，行動就像機器人一樣精確。琵琶魚的體側器官有感測器功能，就像電波接收器，注意著每一次細微的水波。毛茸茸琵琶魚幾乎連牙齒也一起武裝了。按理說琵琶魚幾乎用不著動彈也能懸浮在水中，可惜牠們體內沒有氣囊，所以還是得動一動，以免沉下去。

深海中還有很多其他的極端份子，如高體金眼鯛。牠們長著巨大的獠牙，以致上下顎無法閉攏，只能用吸的方式把食物送進嘴裡。巨口魚的身體比較長，不像琵琶魚那樣粗笨，頭很符合我們對龍的描寫*，主要生活在弱光帶與無光帶的交界處。大多數巨口魚能容身在巴掌大的地方，但下顎探出的釣餌可達幾公尺長。這根「釣竿」常常配上很多發光器引誘下方的獵物，一旦感覺有東西上鉤，巨口魚就會呼嘯而下。有些巨口魚更厲害，竟然在深海建起了「紅燈區」。

難道這些小強盜會興致勃勃地去約會嗎？

未必。其實巨口魚的眼睛後側額外長著兩個發光器，活像探照燈。發生意外時，牠們很適合當照明工具，不過只能為牠自己照明，因為牠們發出的是紅外光，這種光波只有巨口魚才能看到。紅色在深海一般呈黑色，這種光使牠們能看到獵物，但獵物卻看不到牠們，只有在受到攻擊的時候，犧牲者才會意識到巨口魚逼近了。不過，只有很少物種有幸享受這種被突襲的樂趣。另外，巨口魚彼此間能透過眼神祕密交談，別的魚看不懂這些信號：

——嗨，聽著，今晚去魯迪那兒吃對蝦怎麼樣？

——噢，好好，太棒了！還有誰去？

——羅西和伯爾德。

——太好了。

——別跟琵琶魚說，聽到沒？

——知道，我什麼都不說。

我從來不建議任何人下輩子轉世做巨口魚，不過，做巨口魚的好處是起碼你的身分是獵人。最無助的還是獵物們。

這回可嚇到你了吧——惑敵用發光器

下面我們就來看第二條規則：盡可能不被吃掉。假若命中注定你下輩子要投胎到深海做水母，那你得盡量保持一動不動，生物學家稱此其為「水雷戰略」。假設你搔癢的時候，有獵人注意到你，這時你要盡量冷靜地等著，等到即將被抓住的那一刻，然後突然亮一下，嚇對方一跳。一眨眼的工夫，你把自己變成了旋轉的燈籠，嚇傻攻擊者——獵人唾手可得的獵物猛然不見了，取而代之的是敵人的目光，這種行為的專業術語叫「掠食者警報（Predator alarm）」。如果有人坐潛水艇在深水中前進，經常可以看見如煙花般壯觀的光芒：水母，牠們生氣時不是發火，而是發光，遍體發光。如果有人不小心靠近了短手水母，牠們會朝來人拋出觸手，然後趁對方被觸鬚纏得無暇脫身時逃走。

歡迎來到大吊燈的世界。

在可憐的獵物眼中，八爪魚幾乎就是死神。在深海，我們會邂逅各種享有盛名的掠食性烏賊。很多十爪的深海魷魚能發出生物光，但目的並不是為了一邊怪叫著發光，一邊追趕獵物，而是讓天敵盯著牠們大

＊故西方亦俗稱龍魚。

吊燈般的觸腕，好迷惑天敵。螢火魷發光時身上會亮起點點光斑，原本的輪廓會變得很模糊。想想看，牠們在追捕者面前突然變身，眼前的大傢伙驟然變成一群發亮的小東西，獵人必然會摸不著頭腦，不知道自己應該朝哪個光點下手。號稱「神燈」的光眼魷也採取類似的手段惑敵，這種在水深三公里處安家的小烏賊，能發出彩虹般的七色光來模糊身體的輪廓。牠的表親紡錘烏賊的眼睛周圍有圓形的光斑，進犯者會覺得面前有兩隻水母而退縮，畢竟水母可是出了名的不好惹呀。

「大吊燈」家族中有一種烏賊被稱為「來自地獄的吸血鬼」。十九世紀末，一支德國的深海考察隊從太平洋中釣獲了這種烏賊，隊員給了牠這個帶點些歇斯底里意味的名字。惡魔般的吸血鬼烏賊身長不過十至十五公分，觸腕之間的皮膚宛如披風，彷彿穿上吸血鬼的夜行服。吸血鬼烏賊黑中透著暗紅，與巨大的大王烏賊同源，所以我們最好對這種烏賊友好一些，否則牠的大靠山會對我們不客氣。根據科學家的推測，吸血鬼烏賊在深海已生活了三億年，因而牠不僅是活化石，而且很可能是現存所有大王烏賊的祖先，真是個不折不扣的「老不死」。

在黑暗中，牠們無法以吸血鬼式的外貌恐嚇別人，所以只得靠生物發光的手段。牠那碩大、閃著紅光或藍光的眼睛瞪著周圍，從身體比例看來，任何動物都沒有如此巨大的眼睛。被襲擊時，牠會彎起鈎爪般的「手腕」護住身體，然後這些「手腕」會迅速亮起來，只此一招便能把攻擊者嚇得呆若木雞。不過吸血鬼烏賊的本領不僅止於此，就像淺水域的烏賊會噴墨一樣，吸血鬼烏賊也會拋出一團含有發光菌的光霧來擾敵視聽，等中計者好不容易從煙霧中掙扎出來時，小吸血鬼早已遁入黑暗之中。

蝙蝠魷的獨特之處也頗令人側目。很久以來，人類都不能確定蝙蝠魷到底是大王烏賊還是章魚。雖然牠與大王烏賊有許多共同之處，卻只有八隻觸腕，而後者有十隻。進一步觀察後，人們發現蝙蝠魷還有兩隻細細的、沒有吸盤的觸腕，這兩隻觸腕很可能是蝙蝠魷身上最美味的地方，因為牠通常會把它們捲起來藏在身體下面。然而真正讓人驚歎的是蝙蝠魷擁有各項獨特的能力，例如牠可以在缺氧的環境中安然無恙，新陳代謝緩慢時反應依然敏捷。如同正宗的吸血鬼，這些小傢伙的祕密也藏在血液中——牠們的血液不含血紅蛋白，卻有血藍蛋白。血藍蛋白令牠們在極端惡劣的條件下也能獲得氧氣。在黑暗中度日的吸血鬼烏賊顯得十分懶散，可是一旦開始行動，牠的動作會比飢餓的吸血鬼還要快。

在防禦藝術上，唯一能勝過吸血鬼烏賊的是哲水蚤。在危急關頭，哲水蚤會射出一團光霧，敵人一開始並不會察覺到這團煙霧，片刻之後煙霧才會突然炸開，閃閃發光，於是捕獵者立即朝光亮處狂奔而去——當然是追錯了方向。這就像是好萊塢女影星凱撒琳．麗塔瓊斯站在派拉蒙工作室的西邊，所有男人卻都衝向工作室東邊，因為她的香味從那裡飄來。

在黑暗中，僅有極少數生物完全沒有發光器官，比如吞噬鰻（又稱「寬咽魚」）身上就沒有發光器，但由於牠太過特立獨行，因此進化女神把牠創造出來後，又懊悔自己做得太過分，還是應該讓這個小傢伙發光。介紹這個小傢伙可不是件容易的事，這麼說吧，想像一個大腹便便的貝殼，外表是皮質的，突然間貝殼張開了，張得很大，只有一小塊肉將兩片殼連在一起。這時我們會看見一排尖利的小牙齒，大嘴上面是一些圓圓的小眼睛。基本特徵就這麼多，還差一項：一根長一公尺多的細管狀身體，吞噬鰻的上半身就長在這根管子上，彷彿這只貝殼梳著一根辮子。吞噬鰻就是這麼一種動物，上下頜骨僅由一片薄膜相連。如此聽來，牠游泳的樣子應該慘不忍睹。此話也不假，牠通常直直立在深水中，有東西靠近時就啪答一聲把下頜骨張開，水流產生的吸力就會把獵物送進牠的管子裡。比起琵琶魚，牠的管子更具彈性，所以也可以吞下比自己個頭還大的動物。

打起燈籠好把妹——求偶用發光器

不難想像，在黑暗世界，偷情變成一種普遍行為。我們正要談到這一點。你還記得〈岡瓦納古陸之前的潛水艇〉一節中提到的琵琶魚交配習性嗎？雌雄二態性：大個頭的雌魚和小個頭雄魚，雄魚連在戀人的生殖器上。黑暗世界中的覓偶和交尾也非易事，所以魚兒們孜孜不倦地用生物發光來表達自己的意向。

規則三：交配、交配、再交配！

雌性琵琶魚的誘餌在雄魚眼中是性慾的標誌，牠們迫不及待地想滿足前者的慾望。雄魚體積較小，且沒有「釣竿」，牠們可能畢生都無法享受「釣魚」之趣，只能四處亂甩那條肌肉發達的短尾巴，直到瞎貓撞上死耗子。為了辨別方向，雄魚還會散發出一種好聞的香味。對黑暗中的其他生物而言，這種生活習慣未免太複雜了，牠們寧可集兩性於一身，而水愈深，雌雄同體的現象就愈普遍。對此處的動物而言，在暗夜中終究只有自己才不會弄丟，此外也不用擔心伴侶會喜新厭舊。

眼不見，心不煩——深海的透明生物

在無光帶，只有強悍的生物才寧可隱身。比如抹香鯨，牠們偶爾會從上層水域潛到深海，享用一份發光的飼料——主要是大王烏賊，然後返回明媚的水域。相反，大王烏賊卻是深海的常駐居民，牠和鯨一樣低調，但兩者經常會發生激烈的爭執。抹香鯨時贏時輸，因為對手畢竟高大強悍，而且擁有令人望而生畏的烏賊嘴。大王烏賊連吸盤上都長有細小的尖齒，搏鬥時會把這些尖齒刺進對手的脂肪層。一九三三年，人們在紐芬蘭海岸發現了迄今為止最大的大王烏賊，身長二十二公尺，被發現時遍體都是傷痕。解剖擱淺的抹香鯨屍體時，常在其消化器官中發現大王烏賊的殘骸，這也說明了世界上還有更大的大王烏賊，沒有任何一家希臘餐廳有足夠的空間來油炸這麼大的食用烏賊。不過油炸烏賊並不是什麼好主意，因為大王烏賊的體液中有高濃度的氯離子，能讓所有想品嘗其美味的饕客倒胃口。

透明生物在無光帶並無用武之地，而在弱光帶，除了會發光的生物，我們還能發現一些透明的傢伙。當然「透明」其實是一種不想被別人看見的花招。有些巧戎*看起來彷彿是卓越的玻璃工藝品，閃著微光，眼睛碩大，腿腳修長，鉗子令人望而生畏。幸虧這些可怕的傢伙最長只有二十公分，某些類似小蟹的內部構造和透明的樽海鞘網很像，小桶狀的身體恰好為牠們提供理想的下蛋地點。這裡還有一些完全透明的章魚、大王烏賊，甚至帶殼蝸牛。有些生物的身上有金屬般的反光層。不過玻璃工藝中最為傑出的代表當然還是水母，而水母中的極致則是管水母。

管水母到底是什麼樣的動物？即使學識淵博的海洋動物鑑定專家恐怕也得猜上一猜。十九世紀中期，德國生物學家恩斯特·海克爾（Ernst Haeckel）因找不到更好的定義而把管水母稱為「個體」，當然，管水母肯定不是個體動物，那麼牠是集體動物嗎？也難說，現在人們把這個由千百個透明水螅狀的個體構成的生物視為超級有機體，這些個體因不同的功能而具有各式各樣的形貌和體格。有些個體只負責供給，並構成了整個機體的觸手，捕獲獵物，並把獵物送到負責消化的團隊手中；有些個體負責防禦，有些負責感覺，此外還有負責專門繁殖化的個體，以及負責推進力的成員。

鏈狀水母是最大的管水母，加上觸手可長達四十公尺。近年人們驚訝地發現這種水母的新生觸手發出青綠色光芒，老觸手則發暗紅光，顯然是為了誘捕魚類。人們之所以驚訝，是因為巨口魚曾教過我們，在一定的深水中，紅光只能被同類看見。顯然這裡還有個例外，然而人們對此尚無法作出完美的解釋。

最有名同時也是最危險的管水母被稱作「葡萄牙戰艦」，站在船上就可以辨認出牠們。這種水母主要由一個脹鼓的大水螅體所構成，水螅浮在水面上，帶動整個水母順風巡弋，就像一艘帆船。這種管水母並沒有被造物主棄於深海，然而牠那水面下的觸手很有破壞力，最長能深達五十公尺。如果有人撞入這個傢伙的觸手網中，幾乎必死無疑。管水母的力氣並不大，但觸手就像珊瑚蟲觸手一樣，有無數劇毒細胞，只須輕輕一碰就能使獵物中毒，繼而引發心臟衰竭和窒息。這種僧帽水母的犧牲品也包括人類，幾乎沒有人在遇上「葡萄牙戰艦」後全身而退，他們的皮膚被螫傷後會劇痛無比，且腫脹難受，如果受害者能及時被運回岸上，或許還有一線生機，但上岸後必須先用鹽水沖洗傷口，切不可用淡水，也不要試圖把黏附在傷

* *Phronima*，一種軟甲綱端足類的節肢動物。

口處的螯刺拔掉，應該用沙子敷在上面，再小心地用小刀將殘餘的觸手慢慢刮去。受傷者如果沒有昏迷，肯定會呻吟不止，大喊大叫，最佳的止痛妙方是將濃度五％的醋酸溶液淋在傷口上，然後趕緊去醫院——愈快愈好！

海水深處也有管水母的身影，牠們在水中張開閃閃發光的觸手，宛如蜘蛛網。同葡萄牙戰艦一樣，牠們也有一個負責推動前進的個體，但裡面裝的不是氣體，而是水。在深海裡，裝別的東西也不切實際。水的可壓縮度很小，氣體則不然：水深每增加十公尺，氣體的體積便減半，原因是外界壓力的不斷增加。海平面上的平均氣壓為一巴（bar）或一大氣壓，也就是海面上方空氣的總重量。確切地說，一巴氣壓是地表與外太空的壓差。但是水的密度比空氣大八百倍，水深一百公尺處的壓力已達十一巴，氣體也就相應地被壓縮。在水下三公里深處，身體表面每平方公分的面積要承受三百公斤的重壓，某些經驗不足的潛水員缺少此類物理知識，在水下二、三十公尺處上浮過快，結果往往賠上性命，因為他們的肺隨著壓力的迅速減小而成倍脹大，如果肺葉沒有被完全吹開，可能會爆裂開來。發生這種情況時，僅在肺部造成小裂口已是幸運，通常會一命嗚呼。

在黑暗中拋媚眼給誰看？——深海生物的大眼睛

因此深海生物的器官並不填充空氣，只要牠們待在適合的壓力區，就可以自由上浮或下沉，身體不會受到任何損害，進行垂直方向的追捕行動也沒有問題。鏈狀水母就會閃著定位燈向上追趕浮游的蝦蟹。如果人們以為水母是隨波逐流的一群，那就大錯特錯。水母有高度發達的器官，功能如同我們的眼睛，而且具備嫻熟的導航定位技巧。與大多數無光帶的動物相比，生活在弱光帶的動物都是貨真價實的大眼睛。冬魟魚是一種深海魚，筒形眼睛永遠注視著上方。從弱光帶望出去的天空並非黑色，而是介於藍色和暗藍之間，在這裡，獵物的形象只是一抹剪影。棲息在深海區的帆魷魚以獨特的方式加強了這種「剪影」印象，牠喜歡側著身子游，一隻眼睛向下看，以杜絕侵襲者靠近，而另一隻三倍大的眼睛則是翻向上面。

還有斧魚，外型名副其實，看起來彷彿一把斧頭。斧魚總是盯著上方，指望發現浮游生物。牠的眼睛對光極度敏感，但不幸的是，牠的身體構造決定牠無法朝下看，而下面是危險重重的深海。為了彌補這一缺陷，牠的腹部配有發光器，能發出藍光。奇妙的是，這種藍光的光波長為四八〇奈米，恰好是太陽光穿過水層到達牠所處位置的波長。再加上牠那銀光閃閃的體側，在藍天的映襯下彷彿變魔術般地消失了。我們都懂得——眼不見，心不亂。

如果肉食動物沒有一套洞穿獵物偽裝的本領，那還憑什麼自稱為肉食者呢？因此，某些魚能夠區分生物光與真正的自然光，所以不管斧魚再怎麼耍發光的詭計依然能被牠們識破。於是紅色女王又開始競跑，氣喘吁吁地比賽：偽裝、識破、再偽裝、再識破，比詹姆斯．龐德還累。

女王們競跑，燈魚們則閒庭信步。

夜幕降臨時，燈魚們從兩公里的深水區一直向上游到水面附近，每次游行三個小時。燈魚的發光器長在眼部下方，群游時就像成千上萬的小燈盞。牠們來到這些營養鹽豐富的水域，因為夜裡的浮游生物正趁著天敵入眠時浮到水面上。燈魚閃閃發光的小眼睛能吸引浮游的蝦蟹，牠們是燈魚的首選佳肴，遺憾的是，這些燈光也會吸引夜行的鯊魚。鯊魚接近小燈時，燈魚會迅速合上眼睛下方的一條縫隙，然後小燈便熄滅了。若能接受訓練，燈魚甚至能用摩斯電碼發報，但義大利人卻總是說：*Sei stupido come un pesce.*（你笨得像條魚）。

介形綱中的海螢堪稱最美麗的演員，雄海螢和雌海螢情意綿綿地結合時，發出的光亮就像小小的太陽！

老實說：這難道不叫浪漫？

在造物的深海宮殿

如果兩隻名喚維納斯花籃（*Euplectella aspergillum*）的海綿動物能聊天，牠們或許會探討這樣的問題：天空是什麼樣子，黑暗的那一頭是什麼？

由於深淵的黑暗無所不在，所以牠們的看法自然不會很有見地。儘管如此，牠們依然相信世界上有這樣的一個地方，因為不久前一對友好的小蝦剛從那裡遷居過來，現在就住在牠們的花籃裡。牠們也相信自己的世界是流動的，食物就是這樣流動著到牠們面前。這些構成維納斯花籃的世界觀，包括一個有趣的造物傳說：上帝花了七天的時間創造了整個世界，首先是黑暗的空間，然後是流水，之後是堅固的大地，隨後是所有的生命，也就是微生物、小蝦和其他生物，牠們總是緩緩爬行，要不就傻呼呼地在維納斯花籃上爬來爬去。最後還有嗎？那些團狀的東西透過黑暗像雨水一樣降臨，最後造出來的就是維納斯花籃。

因此維納斯花籃說，上帝累了，必須休息一天，因為在如此短的時間內創造出這樣複雜的世界，是要花費很多力氣的。如果有人問，上帝的長相為何，維納斯花籃很可能會考慮很久。上帝的樣貌對海洋深處的居民來說沒有太大意義，牠們猜想，也許上帝在無所不在的流水中，或以嗎哪*的形式昭示自己。另外，我們也可以假設上帝按照自己的長相創造了維納斯花籃，要不，一切就說不通了，好吧，上帝就是一個和維納斯花籃差不多形狀的東西。想像一下，一位神色威嚴凝望著遠處的維納斯花籃。

所以說每個人都有自己的看法。

歡迎新婚夫妻入住——偕老同穴

小蝦的上帝當然是一隻蝦，所以牠們講《創世紀》故事用的是小蝦的版本。牠們竊竊私語談論著，海底的那一邊是一個巨大的空間，在那裡牠們顯得如此渺小，那裡有大大小小各種生物，海底的物種其實已經不計其數，遠遠超出海底小花籃的狹隘想像。但如果再往上走，生命會漸漸迷失，所以那裡的生命很少，再往上就是一片永恆的虛無，那個地方叫做**空無區**，是未經創造的空間。

維納斯花籃根本就不信這套說法，甚至覺得不可思議。可是作為小人物，牠們沒有機會去檢驗這件事情，而且對於理智的海底小花籃而言，這些奧祕太過遙遠。誰能去追問那些高不可攀的真理呢？

海綿就是海綿嘛。

牠只是玻璃海綿，學名為「偕老同穴」，或稱「維納斯花籃」。牠不知道上面的水世界有各式各樣的生命，而且沒有止境，在水世界的另一端還有一個由大氣構成的世界，那個世界有更奇怪的生物——人。他們野心勃勃，想探索自己居住星球的每一個遙遠角落。幸運的是，維納斯花籃沒那麼瘋狂，牠們不會去討論有關深層海洋區和空無區的問題，如果說牠們缺少什麼，那就是大腦。

維納斯花籃是奇特的生物，住在海底五到六公里，有時甚至是七公里深的地方，外表十分脆弱，彷彿是矽酸鹽做成的高腳杯，也就是一種矽化物。看起來雖然一動不動，但牠們似乎隨著一種無聲的旋律不停地搖擺。即使是威尼斯的琉璃藝術之島——慕拉諾島的大師，也難以複製出精緻的維納斯花籃，因為這些多孔動物交纏一起，網狀交織的柔美隔膜呈純淨的白色，人們幾乎不敢把這種羽毛般輕盈的生物拿在手裡，因為害怕掉在地上摔壞。然而這些多愁善感的人卻錯了，維納斯花籃其實非常結實，畢竟牠們生活在

* Mana，上帝賜給以色列人的糧食，讓以色列人在曠野中活了四十年。而瑪哪是名符其實的「天上掉下來的禮物」，很符合海綿動物飯來張口的攝食型態。

地球上生存條件最惡劣的區域，即深淵帶和更深的地方——**超深淵帶**（Hadal zone）。

「超深淵帶」一詞源於希臘的冥泉黑帝司——世界上最荒涼的地方，一般人無法在這裡存活。人們把海底六千公尺以下的地方叫做超深淵帶，提到深淵帶和超深淵帶時，人們還會講到海底，聽起來彷彿「海底」是一個更深的地方。注意，這是概念的混淆，海底指的是所有海底的整體，它涵蓋內海或海岸區這些太陽能夠照射到的淺海底，以及陽光無法到達的深海底。海洋的平均深度是三．七九公里，包括淺海域和地球最深的地方——日本東南方的馬里亞納海溝，所以海底是一個很廣義的概念。

順帶一提，瑞士的深海探險者雅克．皮卡德（Jacques Piccard）和他的同事美國海軍少尉唐．華許（Don Walsh），兩人於一九六〇年一月二十三日乘坐自製的深海潛水器到達了馬里亞納海溝的底部，他們宣布自己抵達了一一三四〇公尺的深度。而依皮卡德的經驗，海溝應該只有一〇九二四公尺深，事後他承認犯了一個錯誤，他們在瑞士所做的測量儀校正是在淡水中進行的，而淡水和鹹水的密度不同，因此產生資料誤差。

目前人們認為皮卡德和華許當時到達的深度為一〇九一六公尺，這份資料也不正確，真正的深度應是一〇七四〇公尺。但無論如何，這都是一項非凡的成就，想一想，世界第一高峰聖母峰也不過海拔八八四八公尺。一九九五年，日本人派出了他們的深海機器人Kaiko下到海底，它的發現並不比皮卡德的精彩，甚至在海底淤泥中發現鰈魚的瑞士人很可能看到了更多東西。最近，美國木洞海洋地理研究所（Woods Hole Oceanographic Institute）最新發明的交叉遠端操控載體（Hybird Remotely Operated Vehicle）將重新探索這一終極深淵，去騷擾那隻皮卡德發現的魚。我們只知道，那條魚在最深的海底出現過，這意味著那裡存在高級生物。除此之外，我們對世界的最深處實在所知有限。

和馬里亞納海溝相比，維納斯花籃的世界簡直稱得上陽光普照，不過只有牠們被漁網或科學家俘虜時，我們才能一睹牠們的風采。牠們很受歡迎的一個原因是因為廣納房客，更確切地說是因為牠們的象徵意義。由於這種象徵，這種矽質海綿還有兩個綽號：洞房和婚姻牢獄，這兩個綽號來自同一個典故：兩隻相愛的小蝦在度完蜜月後立刻遷進海綿的身體裡，牠們新婚燕爾、情意綿綿，因此忘記了時間，不知不覺過了好久，小蝦的身體漸漸長大了，再也不能游到外面，只有牠們的孩子身體夠小，才能離開父母的房子，而媽媽和爸爸只能留在裡面，含情脈脈地望著對方，白頭偕老。

根據日本的傳統風俗，維納斯花籃是用來送給新婚夫婦的禮物。波茨坦的馬科思－普朗克研究所負責生物材料研究的皮特・弗拉策爾（Peter Fratzl）對這種二十五公分長的海綿抱著完全不同的興趣，他和美國加州聖塔芭芭拉貝爾實驗室的科學家正在一同研究矽質骨骼的驚人強度。事實上，想將維納斯花籃打碎絕非易事，牠們擁有膠合得天衣無縫的七層玻璃纖維，所以根本不必費心購買玻璃破碎險。弗拉策爾將那些纖維稱為微薄片，直徑僅幾微米，以這樣的裝備，海綿能夠優雅地應付鋒利的蟹鉗、蛸屬烏賊的大嘴和狂怒的激流。對弗拉策爾和他的同事而言，維納斯花籃中隱藏著現代工業技術的奧祕——如果在經歷了四億年的發展史之後，人們還願意稱其為現代的話。

對自然構造法則的好奇，激發了人類對超深淵帶和其上的海底世界的興趣。有趣的是，在希臘文和拉丁文裡，*abyssus*是「無底深淵」的意思，海底則是海洋的底部，在其下不會再有海洋。為什麼會這樣呢？因為在遠古人類的世界觀中，海洋是沒有底的。然而深海海底確實存在，只不過那裡沒有植物，植物只有在陽光下才會繁茂生長。

在開始考察深海泥漿之前，我們再次對這些概念作個總結：

海底帶：所有海底區域，包括平緩的海岸線、大陸坡一直到海洋的最深處。

淺海帶：陽光能照射到的海岸地表區到海面底下二百公尺，還能行光合作用的深度。

半深海帶：海下二百公尺到二千公尺的海域（有些定為二千五百公尺）；弱光帶也屬於這一海域，深度介於二百公尺到一千公尺。

深淵帶（深海帶）：海平面以下二千至六千公尺的區域。部分科學家認為海平面一千公尺以下就開始屬於深淵帶，包括整個無光帶。

超深淵帶（超深海帶）：海平面六千公尺以下。

這些資料也只是近似值，就像地質年代的劃分一樣，它們同樣也可能不精確。人類很難就統一的資料達成共識，比如說，可見日光的海水層範圍介於三百公尺和七百公尺之間，對這點大家看法並不盡相同。在海洋學專家派對上，或許會有人宣稱是五百公尺，其他人則會反對，也有人表示贊成，你最少總會找到一個和你英雄所見略同的夥伴。

世上最荒涼的住宅區──超深淵帶

我們潛入很深的地方，來到深海海溝的泥漿區，這裡是由鬆軟的沉積物和有機腐植質構成。由於巨大的水壓和自身的重量，這種有趣的混合物受到擠壓，內部變得堅硬，而上面又不斷有新的沉積物落下來──沙子、排泄物、碎片，以及各式各樣的有機物雪花。在這裡，看不到美麗的風景，地球上沒有任何一個角落比深淵帶和超深淵帶更荒涼無趣，然而對於在海底生存的物種來說，這裡卻是一個絕佳的好住處。深海底居住著各式各樣的生物，其多樣性不亞於巴西雨林。

海底的生活無論如何都不算最差，生物毋須時刻擔心自己掉下去，牠們開心地爬來爬去，在地面上定居，討論關於空無區的問題，甚至將房子轉租給熱戀中的小蝦。經過仔細觀察，可以在這裡發現種種生物：伸長手臂捕食的陽燧足、居無定所的海膽、最長達三十公分的巨型軟體動物、蝸牛和小螺、蚤蟹，各種帶鬚、片狀、長鱗和長毛的蠕蟲，以及難以想像的真核海洋生物，還有住在鈣質殼裡的單細胞變形蟲探出柔軟的觸手，連小蟹也不錯過──已知最大的真核海洋生物長達十二到十五公分，泥漿裡的變形蟲只有幾公釐或幾百微米長，還有頭髮粗細的線蟲和線狀蠕蟲，牠們會像吸血鬼一樣吸光獵物的汁液。海底淤泥中布滿了這樣的生物，每一個沉積物顆粒中都有一個或多個住戶。

所以海參很高興。

海參一餓肚子就不高興，所以一直在泥巴裡翻來翻去，把好吃的消化掉，把廢渣排泄出來。單細胞生物一旦進了海參肚裡，有殼變形蟲那快樂的單身漢公寓就翻修一新，打掃得乾乾淨淨，搬進新主人。如果說鯨是水面的篩檢器，海參就是海底的鯨。在海底，海參也叫做「爬動的腸胃」，屬於棘皮動物，非常龐大的一門，包括海星、海膽和海百合。海參最大的成就是頭尾分明，所以牠不會用尾巴吃晚飯，用其他部位排泄。牠那張忙個不停的嘴四周布滿了多肉的觸鬚。牠沒有腳，只有一些長得像腳的觸手，背部還有柔韌的管道。海參可以活動，牠有很多充滿液體的小腳，這些小腳也稱作管足，牠們靠著這些腳來探索世界。海參沒有骨骼，更確切地說，牠只有很少的骨骼結構。海參在亞洲當成美食，這其實很危險，因為有些海參體內有毒素，用來向敵人射出有毒黏液。水肺是動物王國中的異數，海參的腸中卻有水肺，牠懂得如何取捨。

牠必須學會取捨。和自游生物不同的是，自游生物揮著強有力的魚鰭奔向自己的獵物，而海參的狩獵範圍只限海底。科學家把深海底的居住帶稱為「集聚」，類似於水底城市。和地面城市不同之處在於，超深淵帶的城市之間緊密相連，沒有任何一個角落沒有生命。儘管如此，真正的繁榮大都市——較為密集地居住各式各樣生物的群落——依然只是遙遙相望。我們馬上就要到熱液噴口附近看一看，那裡才是真正的模擬都市。

還是回到吃飯的話題上吧。

不管微生物數量多麼龐大，單吃牠們很難填飽肚子。因此，超深淵帶裡的生物經常要幫自己找些補給品——也叫有機腐植質（Detritus）。如果你是篤信宗教的年輕人，或許會覺得奇怪，螃蟹、蠕蟲與海參和基督重金屬樂團怎麼會有關係。是的，有個樂團將自己命名為Detritus，也就是拉丁文「垃圾」的意思。

從事文學的人對Detritus的理解則是英國奇幻小說家泰瑞・普萊契（Terry Pratchett）小說中的角色。另外，Detritus這個字還有碎石和岩屑的意思，表示化石風化後的殘骸。

我們現在談的是生物死後殘餘的有機組織。海底是海洋殘屑回收再利用的場所，如果虎鯊吃了一條大馬哈魚，馬哈魚的殘體就會漸漸下墜，經過一條正在幫鱸魚或大海鱔清潔牙齒的清潔魚身邊，如果牠很幸運，沒有在路上被一張張飢餓的嘴巴攔住，最後會落到漆黑的深海洋底。如果是一條死去的鯊魚，牠的整具屍體會沉到水底，下層海域的住戶會紛紛撕咬牠的肉，但總有一些殘餘會抵達海底最深處。有機腐植質是所有懸浮物質的統稱，在潛水艇或遠端遙控攝影機的光柱裡，牠們看起來彷彿是一場暴風雪。牠們是總重數百萬噸的有機廢物，一部分被洋流攜帶漂流到很遠的地方，有時會被捲到高層水域，直到維納斯花籃、深海蝦和海參都從中分得了一杯羹。磷蝦、樽海鞘綱和其他清除者等排泄出來的「有機雪」也屬於深海有機腐植質。

哦，對了，清除者！這個概念是第一次出現。生物學上，人們把那些撿剩菜的微生物稱為清除者。在進食過程中，這些生物分解了分子，並且釋出二氧化碳和氧氣，因此對生態平衡具有非常重要的意義。一些菌類、蠕蟲和蟹類都歸類為清除者，在之前幾個章節，我們已經認識了很多種這樣的小小清潔工。

簡言之，在造物的海底宮殿裡，一切物質都得到最大限度的再利用：海底微生物腐質、海藻、死去的浮游生物。好運都從天而降，透過這種方式，能量載體（海面植物藉光合作用生成的能量）最終也成為底棲生物的食物。本來飢餓是牠們活動的一切根本動機，但這種說法並不完全正確，我們的維納斯花籃從洋流中過濾出營養物質，海參則一塊一塊吞食海底的土壤，不錯過每一口美食。在海底，幾乎每一寸土壤都留下海參或蠕蟲的足跡，一切都以極其緩慢的速度進行，包括超深淵帶生物自身的新陳代謝。在這個永恆的冰冷世界中，牠們別無選擇。

當然，海參和牠的朋友是不會被凍壞的。深海海底的生物並非恆溫動物，這就意味著牠們的新陳代謝使得牠們能夠適應環境的溫度。但無論如何，在這樣惡劣的環境中，人們應該學會儲備和節約能量，能大規模消耗能量的情況只有一種：來了一個大傢伙。

首先，大傢伙總會帶來致命的危險和毀壞。維納斯花籃不是一直都知道嗎？世界末日總有一天會來臨，只有正直的維納斯花籃才能進入天堂，而且那裡沒有經常動手動腳的壞螃蟹。一切從一道強大的浪壓開始，正當這些海底的小東西開始問自己的糊塗小腦袋，現在究竟該怎麼辦的時候，一頭巨大的抹香鯨從天上摔了下來。維納斯花籃、海百合和海葵，這些不幸住在這一區的傢伙都被壓得扁扁的，幾隻小蟹也遭遇同樣殘酷的命運。包括海參和其他腔腸動物、毛足蠕蟲，海星和海膽等在內，都沒能及時躲到一旁。

鯨剛摔下來，眾多生物就開始積極忙碌了起來。事情很快傳開，其實單是落地時巨大的響聲就足夠報信了。屍體很快吸引無數食客，靈敏的嗅覺器官為牠們指點了通往美食之路。首先到來的是小蟹，牠們的兩隻前爪是優良的切割工具。蚤蟹或端足動物遍布海洋中所有水域，牠們聚集在鯨四周，和食腐的盲鰻及步兵魚一起分享這條鯨。片刻之後，身材龐大的長尾鯊也來了，灰鯨也吃得很賣力。許久之後蠕蟲才開始上場。幾個月之後當所有的肉都消失了，大家又開始打起骨頭的主意。這具屍體為不同的生物提供整整一年份的食物。但當一般人都發誓這鯨已經被吃乾抹淨的時候，鰻魚還能在骨頭裡面發現一些小小的組織殘渣，而之後剩下的工作就交給清除者了。

當然，這種生活並不是那麼誘人，更何況這裡的風景一點也不吸引人，沒完沒了的平原不是深棕色，就是紅色，然後是坡勢平緩的山脈，然後又是平原，又是山脈緩解一下視覺疲勞，之後又是平原。算了，人們根本就看不到什麼東西，更驚人的是，在這種枯燥的環境中卻住著無比繁茂的生物。現在來看看黑煙囪，它也被稱為熱泉或熱液噴口。對我們來說，黑煙囪並不很陌生，因為我們的時間之旅就是從這裡開始，從硫化鐵水泡的內部開始。如果羅素和馬丁的理論正確，那麼這裡的煙囪就是我們遺忘已久的故鄉。某一天，我們的探險家從潛水艇「阿爾文號」的大眼睛朝外望的時候，發現了它。但人們幾乎不敢相信自己看到的一切，他們原本是想探索海洋中部的中洋脊。

結果卻發現了一顆陌生的星球。

活在水深火熱之中——黑煙囪的居民

一九七九年，所有人開始關注一種生境（niche/biotope），之後又做了多次相關報導，興趣十分濃厚，包括那座數公尺高、歷史悠久的「煙囪」。煙囪裡冒著熱呼呼的水、硫金屬化合物、鋅、鐵和其他礦物質。我們很快回憶一下，海底地殼裂開的地方有地下岩漿湧出來，凝固成了多孔的堆積層，海水從裂縫滲入幾公里以下的深處，最後到達岩漿庫的上方。那裡溫度極高，因此這些熱液又以攝氏四百度的高溫重新高速噴射回來。將地球內部的礦物質溶入近飽和後，熱液衝破了柵欄。由於深海的海壓，這些滾燙的水無法蒸發成氣態，只能保持液態，但礦物質成分一遇到深海洋底攝氏零度到二度的海水就會氧化形成懸浮固體，因此噴湧出的煙霧變成黑色，這就是「黑煙囪」的名字由來，當然也有淺色煙囪。沉澱的硫化金屬物質因自身重量下沉到地面，構成了煙囪的基座，時日一久，煙囪就形成了。目前已知的最大黑煙囪命名為「酷斯拉」，高達二十四公尺，稱得上是海底的東京。煙囪周邊住著適應這種極端特殊環境的微生物，種類數以百計。

探險家萬分驚訝地睜大了雙眼，注視著這個奇異的世界，過了許久才明白自己發現的結果和意義。他們當然知道，海平面二百公尺以下的地方缺少陽光，沒有光合作用，因此人們理所當然認為，這個深度以下的海底不存在複雜的生物群體，除了那些以有機雪為食物的生物，但這些海底數公里深的生物依然間接依賴著光合作用。而在中洋脊，情況卻恰好相反，熱液泉黑煙囪周圍的居民，食物都來自地底，牠們從地球內部獲取自己的食物，牠們的存在成為沒有陽光也能形成生命的鐵證，這個事實為羅素和馬丁的假設提供了基礎。

接下來幾年，人類踏遍地球的每一個角落，四處尋找這種古怪的生命群體。在東太平洋小角上的加拉巴哥群島，研究者在海底二千公尺的深處找到了。在美國西北部海岸胡安．德富卡的中洋脊上，也有這種豐富資源。一九九三年，人們在北大西洋海深一千七百公尺處發現一塊區域，面積約一百五十平方公里，這裡的噴口泉湧著大約攝氏三百三十三度的熱液。這座名為Lucky Strike的黑煙囪，是人類迄今為止所發現最大規模的海底熱泉噴口。這裡的食物鏈從細菌開始，這一點並不令人驚訝，因為只有細菌才能坦然面對高溫。它們是透過化學合成而非光合作用，將地球內部取之不竭的能源轉化成可利用的物質，這種物質也能滿足更高級物種的需要。有免費午餐供應時，必然就會湧來大批生物，諸如貝類，以及前面提到過的蟹類、魚類、蠕蟲和軟體動物，大都市於是開始崛起。

所有住在黑煙囪周圍的居民當中，最引人注目的是大管蟲（Giant bearded worm）。這是一種巨大的管狀蠕蟲，就像一個生殖崇拜的大怪物，最長可達三公尺。煙囪四周布滿了大管蟲的長管狀小房間，看起來彷佛白色的絕緣管。不需要掩護的時候，蠕蟲就是透過這種管子觀察外面的世界。大管蟲本身的顏色是血紅色，沒有眼睛，長著兩片凸起嘴唇，用以感知周圍環境。實際上，大管蟲根本沒有嘴巴，也沒有肛門和腸道，這種動物的前端是輕盈的氣管腮，布滿特殊的血液，即使在充滿硫化氫和大量重金屬的環境中也能生存。體內含有血紅蛋白的生物幾乎都會因大量的硫化氫而窒息，因為硫化氫會阻止氧分子和血紅蛋白分子結合，但大管蟲的特殊血液卻能分開氧和硫，只要這兩種物質不混合，就能避免中毒。

大管蟲的腮管間住有數百萬個硫化菌，它們全部加在一起差不多就占了蠕蟲總重量的二分之一。黑煙囪為我們提供了一個共棲生存的絕好例子，蠕蟲用牠的腮為細菌捕獲大量硫化氫分子，這些細菌就依賴硫化氫而活，它們會分解這種有毒的東西，留下自己愛吃的部分，而合成的有機物質又可再被蠕蟲利用。如此一來大管蟲就可以從清潔工那裡得到所有維持生命的重要物質。這是一條深海蠕蟲對幸福生活的需求，牠甚至不需要獨立的腸道來消化這些食物。

噴口附近群居著龐貝蠕蟲（Pompejiwurmern），從本質上來講，牠們是大管蟲的同類，和後者一樣住在白色管道上，但個頭小一些。牠們最顯著的特點就是花朵般的頭部。在蠕蟲王國裡，牠們算得上是高溫紀錄保持者。在水溫達到攝氏六十度甚至八十度的時候，牠們還能像人類一般洗個熱水澡，花狀頭部伸入滾燙的熱水中，尾部就插在低溫水區裡。牠們旁邊還棲息著一種鰻魚般柔韌的魚類，名叫墨西哥暖綿鳚（*Thermarces cerberus*），牠們靠捕食海綿身上的小蚤蟹為生。深海溫泉蟹像警衛一樣，拖著強有力的大剪刀在大管蟲的領地來回巡邏。這裡還有小蝦和海葵，大管蟲領地的周遭是白色的泡蛤（*Calyptogena*）和紅棕色的熱液貽貝（*Bathymodiolus*）的領地，泡蛤和細菌也像大管蟲一樣過著共棲生活，但泡蛤偶爾會吃掉細菌。沒有眼睛的鎧甲蝦打泡蛤主意的時候，泡蛤會及時關上家裡所有門窗。鎧甲蝦則成群結隊出擊，到處惹事生非，還會不時騷擾大管蟲的管狀房子，想把這些血紅色的小東西擠出來，可是小蠕蟲早就閃電般地躲到管道裡去了。

太平洋和大西洋的熱泉共棲生物群在很多方面都很像，只有細微差異，例如太平洋那裡沒有大西洋的大管蟲，而有成群的灰白色小蝦。看到這裡可能會讓人聯想到蜂群，在詳細研究過小蝦之後，科學家發現小蝦的習性確實和蜜蜂一樣，社會結構和蜜蜂王國也有驚人的相似性。小蝦並不是全瞎，而有小小的視覺器官，因此能夠認識新的生活環境。儘管海底深處是一個黑漆漆的世界，但科學家最近發現，熱泉會釋放一種非常微弱的亮光，成為移民的指引路標。

擁有一身發現活躍熱液噴口的本領，對熱液噴口生物群至關重要，因為這決定了這些生物能否繼續存活。這些深海大都市並非永垂不朽，一座黑煙囪可以活躍百年，之後會進入休眠。許多黑煙囪在活躍了十年或十二年之後就會熄滅，還有些會受到頻繁的火山活動和海洋地殼構造活動的影響，最後被夷為平地，賴以為生的生物群就會淪為祭品。由於缺乏房地產經理人，那些災難後倖存的生物還得自力更生，轉而尋找其他適合的新住處。細菌依然是動作最迅速的一群，似乎永遠都比別的生物更早到達，其實它們一直都在那裡，就在海底地殼上等候著，直到新的熱液噴口出現。

大管蟲和龐貝蟲經常和城市同歸於盡，然後又奇蹟般地重新出現。

令人驚奇的事還不只這些。八〇年代中期，科學家發現了黑煙囪的表兄弟——冷泉（Cold seep），那裡同樣棲息無數種寄生蟲。冷泉通常是一片周邊群居著貝類的海底鹽湖，就在金色海灘下方的水域，那裡是貝類的群居地。奇特的是，當你凝視湖面時，會以為可能有鴨子來這裡戲水。這些湖就像深色鏡面，鑲嵌在深海的底層，沒有任何氧氣，和其上的海洋各自獨立。鹽湖的湖水十分厚重，密度極大，富含碳氫化合物和礦物質，因此不會和上層的海水混在一起。鹽湖內部的壓力是地表的四百倍，這裡也生活著一些真核生物，它們對這裡的環境相當滿意。這裡沒有含硫的熱湯，卻有四處流溢的冰冷甲烷，一部分甲烷和水結合後冷凝成了水合物。這些水合物上棲居著許多小個頭的胖蠕蟲——冰蟲，牠們白天幾乎很少活動，偶爾會蹦蹦跳跳一下，但單單這種活動就已經足以讓牠在冰層裡挖出凹洞，為自己營造舒適的房間。牠們和以甲烷為生的細菌共生，但這些細菌得向冰蟲繳稅。冷泉的世界裡還有大管蟲的苗條兄弟，後者比住在熱液噴口源頭的親戚長壽得多。熱液噴口附近的生活轉瞬即逝，因此生物必須快生快長。冰泉則相對穩定，蠕蟲也生活得悠哉游哉，可以活到兩、三百歲，在全世界長壽紀錄名單上占據榜首。

底棲生物的世界其實還是很融洽的。除了永恆的覓食，牠們只有一個困惑——性。不是說那裡的生物對此不感興趣，但在如此漆黑的地方，大家又都行動緩慢，而且身體不發光，可能的對象或許就因此擦肩而過，無緣相見。因此有些地表居民經常和有意交配的同伴一起出遊，比如說陽燧足、蠕蟲和海膽，如此一來，伴侶總在自己身邊，可以一起進食和交尾，毋須培養更進一步的共同愛好。

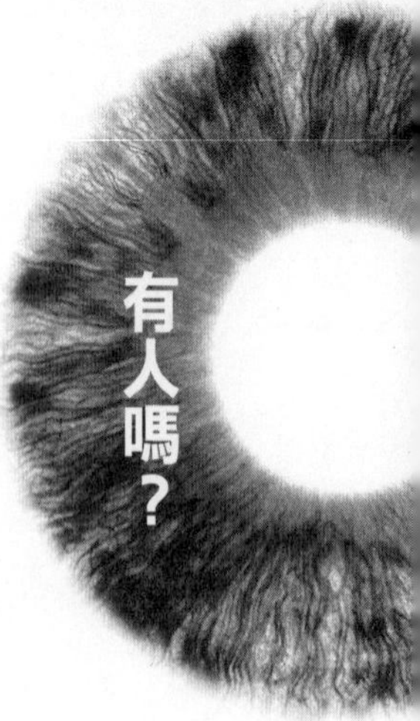

有人嗎？

嗯，誰住在這裡？

「我們不知道。」德國人口發展研究院長萊納．科林霍茨（Reiner Klingholz）歎了一口氣，顯得很無奈。資料太少了，人們對這個區域的知識實在乏善可陳，已經掌握的少數情況也非完全可靠。單單那裡生存的生物名稱就尚未統一，常出現各種筆誤。科林霍茨和其他學者一同起草了一份關於這種情況的詳細報告，並建議德國將民意完全透明化。

德國？

啊，是的，科林霍茨談的不是海洋裡尚未被發現的生命，他談的是德國。他研究人口和發展，然後向總理梅克爾女士提供人口普查報告，了解一下每個人的行業。按照現有資料，人們對此實在是所知甚少，連對外國人的統計都困難重重，只有那些微笑著挨家挨戶發問卷的人才能得到最真實的資料。

內政部長對這項提議很感興趣。綠黨正在為憲法爭論做準備。誰要是還記得上次大型人口普查（更確切地說，那簡直是一次圍繞著公民透明化的司法拔河賽）肯定會打個冷顫。這次不會又是「二五五、二五六、二五七……唉，我數到哪兒了」吧。另一方面，大家都知道我們不能做抽樣調查，否則又會出現一個媽媽「生三分之一個孩子」的恐怖資料。人口普查是件麻煩事，雖然我們有陽光、出生證和公共措施。

誰要是出主意說，我們應該在海底進行生物普查，他肯定會被認為是神經病。在淺水域或許還有可能普查某座珊瑚礁上的生物，雖然海馬和珊瑚蟲之類的傢伙既沒有登記註冊，也沒有固定住址。海底一百公尺以下的世界如此陰暗，人口統計學家也無計可施，只能試探性地問一聲：「有人嗎？」他當然得不到回答。在海底五公里的淤泥中悠閒散步的海參必然會躲開這種普查。但是，和牠們被發現的機率相比，海參向政客提出上訴的機率可能更高，即使你會問牠：「你叫什麼名字？」

針對這一問題，二〇〇〇年初，一千七百位科學家共同啟動了「海洋生物普查計畫」（簡稱 CoML），總部設在華盛頓，他們希望建立一個資料庫，裡面不僅登記有每一種海參的名字和綽號，還包括所有生活在海洋裡的生物。

回憶一下：地球表面積的三分之二都被海洋覆蓋，其中的五分之四屬於深海，總體積為三．一八億立方公里。如果你更喜歡百分比，海洋占了地球表面積的六十二%，而所有大陸的面積總和也差不多只占這個廣袤陰冷的海底世界面積的二分之一。雖然地球上九十五%的生物都生活在大洋和海裡，但其中只有不到〇．一%的生物曾經被近距離觀察過。更令人慚愧的是，探勘過的海洋地殼面積，所有那些潛水機器人和人類實地考察過的泥濘的海底地殼加起來，總面積才五平方公里而已。只有五平方公里！和海洋的總面積相比，這個數字只占〇．〇〇〇〇〇一六%。

我們要在一個未知的國度做生物普查嗎？

正是，CoML 的專家說，他們並沒有被別人的說法誤導。九〇年代中期，這個專案受到美國史隆管理學院的啟發而成立，到目前為止專案已經涵蓋七十三個成員國，且享有政府津貼。為了確定海洋魚類和浮游生物的總數量，人類投入大約十億美元。此外科學家還有其他任務，他們必須詳細描述大洋裡的所有生物，包括生活在海裡的哪個區域、生活場所有何特點、喜歡吃些什麼、誰是牠們的天敵、海底水流、氣候，特別是人類活動對牠們的生存有哪些影響等等，諸如此類。簡單來說，重點問題只有三個，在二〇一〇年之前，CoML 將致力於回答這幾個問題：

過去，海洋棲息過哪些生物？

現在，海洋棲息有哪些生物？

未來，海洋將出現哪些生物？

從任何一個角度來看，這些生物普查員面對的其實是一顆完全陌生的星球。根據生物學家估計，目前我們才剛剛發現地球上所有物種的十分之一，超過九十%的物種還沒有被發現和描述過。當然，反駁者提出合理的懷疑：既然那些物種還沒有發現，我們怎麼能知道牠們的數量呢？但也有專家認為，我們不能這樣看問題，我們雖然還不知道海洋裡有什麼物種，但是根據牠們長期為大氣層輸送氧氣，我們仍然可以推測深奧的海裡蘊藏了多少臣民，我們未知的生物還有多少。

這麼說也不無道理。然而卻與人們猜測的結果大相逕庭。有學者認為，這個黑糊糊濕漉漉的世界生活著幾十萬種生物，有人卻相信有幾千萬種，甚至更多。只有一點沒有爭議：到目前為止大多數海洋居民都還沒有被發現。我們至少還能看到淺水區的動靜，但海裡愈深的地方，能看到的東西就愈少。換句話說，如果有人去一趟海底，運回一立方公尺大小的淤泥，那麼他很有可能就會在淤泥裡發現一種陌生的生物，甚至好幾打。

儘管這個專案似乎彷彿是那塊希臘大力士薛西弗斯（Sisyphus）永遠推不完的巨石，CoML研究人員給人的印象還是很踏實，不會憑空說大話。如果前往CoML位在蘇格蘭的總部參觀，你肯定會覺得很踏實。「當然，我們也會考慮那些無法探索的領域。」海洋科學家表示，言下之意是：「雖然我們很大膽，但還不是神經病。」

所以，海洋生物普查並非艱難的猛獁計畫，而是許多子專案的綜合，每個子專案都有一個限定的調查領域。法蘭克福森肯堡研究所也參與了這個專案，負責在非洲海岸上探索深海世界。在二〇〇五年十一月的會議上，學者們出示了第一份卓然有成的報告，即每一平方公尺經考察的海底所擁有的生物最高達五百種，重點在於**這些被發現的物種中，只有十%為我們所知，其餘那些未知生命恰好驗證了一句名言：我們對海洋的瞭解還不如月球背面。**森肯堡專案組長布里姬特．希比西（Brigitte Hilbig）抱著保守的樂觀主義態度說：「我們當然永遠不會真正知道海洋裡有多少種生物，但我們能不斷加強自己的認識。」

那麼海底究竟有什麼呢？我們知道有海參、維納斯花籃、盲鰻、單細胞生物、鯨屍體、生物煙花、巨型水母，和披著吸血鬼長袍的烏賊。另外，別忘了還有鯊魚、哲水蚤，以及一些稀奇古怪、玻璃小桶般的生物。

「太美妙了，」森肯堡研究所的海洋無脊椎動物專家迪特．菲戈博士（Dieter Fiege）說，「如果人們把一隻深海剛毛蟲放在酒精裡，牠會變得很難看。可是在天然的生活環境裡，牠總是光彩奪目，有著奇妙的顏色和形狀。」菲戈曾多次親自到海底參觀這種剛毛蟲的住處，並為各個水域和水深的小傢伙們拍了許多照片。幾年前他還舉辦過攝影展，引起不小的轟動，因為照片裡的生物美得出奇，優雅宛如名模。科學家幾乎每天都發現新的蠕蟲，因此愈來愈多人決定不當火車司機，要改當蠕蟲專家。某種程度上，這位善良的博士也在為鯨類保護和鯊魚的去妖魔化做準備工作。那時，不為人知的蠕蟲也會成為優雅的代言人。

嗨，蠕蟲。

未知生物，人們總會聯想到海蛇或巨螯蟹，想起三頭六臂、牙尖嘴利的大怪物，或聯想到其他智慧生物、深海裡的都市。無論如何，肯定都是大傢伙。是的，寒武紀有巨獸，泥盆紀也有巨獸，地質期的每個時代都有過巨獸。今天也有，只不過我們是在大銀幕或舞台上看見牠們：看，鯊魚！鯨！而大多數未知生物只有在顯微鏡下才會綻放自己的美麗，這點你大概也已認識到了，在非洲海岸發現的多數生物都只有幾公釐大而已。

二〇〇二年，研究船聯合果敢號（Joides Resolution）在深達五千公尺的海域，往海底沉積物下鑽探了四百二十公尺，一直抵達玄武岩的表層。有些脈岩形成於漸新世，距今三千六百萬到二千四百萬年。那裡也有很多生物，這些石頭居民心平氣和地以碳化物——生物的殘餘骸體為生，經歷了無數滄海桑田。這也再次說明，深海是一個緩慢的世界，細菌們不帶手錶，也不定鬧鐘。

水下世界繁多的生物種類讓CoML的研究者驚歎不已。挪威CoML專案海洋生態計畫的負責人歐德・貝格斯塔特（Odd Bergstadt）帶領他的專案小組於二〇〇四年乘坐考察船G. O. Sars號往返於冰島和亞速群島八個星期。兩座島嶼都是火山島。他們的目的是考察地中海洋脊沿岸的生物多樣性。來自世界各地的六十多位科學家研究各種表皮、鱗片和甲殼，派出遙控機器人攜帶攝影機和測量儀到四千公尺深的深海，借助水中聲納系統，聆聽「寂寞」深海的動靜，收集浮游生物及其他生物。這項耗資八・三億歐元的計畫使科學界多認識了八萬種魚類、水母類和頭足綱動物，從極小的幼蟲到四公尺半的鯊魚，無所不包。人類一度以為海洋就像平壤的夜晚般荒蕪空蕩，科學家卻在這裡發現了一塊跨文化的綠洲，裡面有大量前所未見的生物。我們瞭解深海熱泉邊的部分生物群體，如發光生物和海參，知道牠們很適合製成日本宴會的料理，但新物種依然陸續被發現，而且幾乎都是微生物。

科學家還發現了一些奇特的章魚，牠們長著巨大的眼睛和翅膀狀的巨型觸手，這些漂浮的觸手也是牠們的防撞氣墊。分子遺傳研究顯示，這些軟體動物能生出長達七公尺的觸手。海洋生物普查計畫的研究人員則用聲納測位儀發現了迄今最大的浮游生物群，在海流的影響下，這群生物形成了一個直徑達十公里的完美圓環。在極深的海底，研究者還看見好幾公尺高的珊瑚，它們與自己的熱帶親屬同樣美麗動人，而且顯然對攝氏二度的海水相當滿意。這些珊瑚固定在海底山脈的岩石上，從海流中過濾出小生物。迄今為止發現的最大珊瑚礁位於挪威的羅弗敦群島，面積約一百平方公里，生物種類和澳大利亞珊瑚礁一樣繁多，尤其單細胞生物（哈欠……）的種類數量一直在不斷翻新。

除此之外，還有什麼有新意的新聞嗎？

當然有。貝格斯塔特一直想研究清楚一件事，就是遙控機器人在亞速群島海底北部一座兩公里深的山坡上發現的東西。攝影機拍下了一些筆直排列的神祕建築群，每個建築上都只有一個小小的開口，沒有任何城市規畫師能設計出更精確的住宅區。這些建築宛如大型社區，有成百上千排。雖然做了深入觀察，但研究人員還是沒發現有關建造者的蛛絲馬跡。貝格斯塔特甚至不知道這些建築是不是個案。它也可能是通向一座龐大地下建築的通道。是瞎眼小蝦的傑作嗎？或是一些我們無法想像的其他生物？真令人毛骨悚然。不過CoML的研究者對此興趣並不大，他們想要的資料是：嗨！你們這些傢伙，快從該死的小洞裡爬出來，報一下數！按照大小和年齡排成隊，好了嗎？一……二……三……四……五……

雖然掌聲不斷，但研究者還是承認，他們無法統計看不見的事物。CoML探險的聲納測位儀經常發現大面積的物體，科學家卻不知道這些從船下經過的是魚群還是未知的巨大生物。理論上，水中生物在個頭上是不受限制的，但龐然大物並不支援人口普查，而浮游小蝦不會注意到自己被統計了，牠們還未注意到計數器就落入統計者的大網中。反之，真正的大傢伙已學會遠離機器人的探照燈。想像一下：一隻二十五公尺長的大王烏賊躲在光柱一邊挖鼻孔，我們卻不知道牠們的存在，這情形真讓人懊惱。數牠們甚至比數沙子還困難，沙子至少不會愚弄人們。

即使如此，CoML的研究者依然非常樂觀，畢竟拓展海洋知識的目的是為了更妥當地保護海洋。CoML不僅促進世界各國科學家及科學研究機構的團隊合作，還公開自己的成果。所有參與者不僅不能隱藏自己的發現，而且必須將成果登記在海洋生物地理資訊系統中。目前這個網路資料庫已有五百萬條紀錄，詳細記載了四萬多種生物及其生活狀況，而且資料每天都在更新。在專案啟動之前，我們只知道二十五萬種海洋動物及植物。

專案的下一站是南極地區，那裡也是一個熙熙攘攘的世界。想想冰層下百萬磷蝦大軍吧！到目前為止，科學家只考察南極大陸棚的邊緣部分，誰知道那裡生活著什麼呢？展現在人類面前的豐富生物世界委實令人怦然心動，可是誰願意去一公里深的冰層下面呢？阿爾弗雷德·魏格納學院提出「黃色魚雷」方案。仔細看，這些優雅的黃色魚雷其實是一具水下自動機器人，簡稱AUV，它們帶有攝影機和測量儀，能夠自行前往七十五公里外的冰層，潛到三千公尺深的水下，所拍攝的影像可以即時發送到考察船上。

CoML的樂觀主義者期待能有新發現，悲觀主義者卻把AUV譯成「中止和失敗」，因為自行活動的遙控機器人本身就是個捉摸不定的東西，它們經常會對一些陌生現象視若無睹。

二〇一〇年，CoML將向人們展示一幅海洋生物的廣角圖，這是不宜人類生存的世界。懷疑論者將研究者的工作視為「外星人」的努力，他們就像想記錄加州海灘勝景的外星人，每年只在那裡拍一個小時的照片，而且總是在冬天。無論如何，我們還是應該期待他們的成果，看他們最後數出多少種生物，發現多少種。從法律角度看，他們的行為無可指摘。

誰知道呢？或許統計端足類動物真的比統計聯邦公民還簡單。

貝格斯塔特一直幻想著這樣的場景：深海山脈的可疑洞穴中爬出一些前所未見的古怪生物，對著水下機器人說：

「帶我去見你們的老大！」

為什麼不呢？海洋中的生物比陸地上的要古老得多，陸地生物的腦袋卻聰明得多。太奇怪了，我們是不是忽略了什麼？「我只知道自己一無所知」，每個海洋研究者都銘記蘇格拉底的名言。誰能宣稱深海中沒有智慧生物呢？比如說狡猾的烏賊，當牠躲在一旁時我們根本無法覺察。說點正經的，認知研究領域的學者認為人類很難認出智慧程度遠勝於自己的生物，就像狗眼中的主人都是「狗人」一樣，小狗只能理解牠行為範圍內的事物。人類的思維太過複雜，狗兒只覺得很混亂。在路經地球的銀河系外來客眼中，統治我們世界的其實是老鼠，牠們強迫我們為其服務。這些靈敏的小畜生，思維也很複雜，我們卻以為牠們是因為愚蠢才被貓吃掉。事實並非如此，一切都是一個高級計畫的一部分，例如海參，海參或許是這個星球上最有智慧的生物。也可以這樣想：比較海洋四十五億年的歷史與人類區區六百萬年的歷史時，我們不由得會懷疑：為什麼海洋深處沒有出現更高等的生物？

這有三點說明：

第一，我們已經說過，時間長短並不重要。自宇宙誕生時起，時間就是一個無關緊要的概念，某個事物存在多久並不有趣，有趣的是，是否產生了，又是在怎樣的條件下產生了？周邊條件必須符合要求才行，這些周邊條件通常是重大變化的結果，剛出現時往往不受歡迎。

第二，把陸地生物與海洋生物分割開來是毫無意義的。生命的歷史是共同的，生命史中不斷湧現新的物種，這些物種不斷轉換媒介，離開海洋，又回到海洋，直到完成更高級的變形。烏賊原本也能統治地球的，可惜牠們沒有，嘿，真倒楣。

第三，我們還得與「進步」的生命史揮手道別。如果人們滿腹牢騷地問進化女神：為什麼她需要四十五億年才能變出一個會說話和思考的物種？這位女士只會聳聳肩告訴我們，她並沒打算創造這個物種。聽到這句話，人類可能會打個冷顫，事實上，進化女神的確沒有遠大的理想，如果情況需要，她會一巴掌把所有生命打回到單細胞狀態。達爾文早已清醒地意識到這一點，想必不會樂見「演化」這個概念被維多利亞時代的生物學暨社會哲學家赫伯特．斯賓塞*所曲解。就像當時很多學者一樣，他們都在尋找可以通行世界的定則。英語中「evolution」這個字同時帶有「進步」和「發展」的雙重含意，因此斯賓塞將「進步」視為一種自然規律，而這讓達爾文很為難。達爾文使用這個詞只是因為它比「有變化的起源」或「強者生存」更順口，他相信的是「發展」與「選擇」。在自然中，達爾文無法、也不願意看到進步，他肯定很同情《愛麗絲鏡中奇遇記》的紅色女王，她只要不落後就能活下來。然而達爾文死後，紅色女王已成了物種競爭的代名詞。

我們之所以將日趨複雜性和進步畫上等號，是因為人類一直有個誤解。歷史進行了四十五億年後，人類抬起頭開始追溯自己的歷史，他們似乎看到了某種確鑿的跡象，這些跡象讓他們更確信自己就是生產線上的終極完美產品。因為人類發現，一切生物都是從原始的單細胞有機體開始發展為多細胞，然後開始武裝自己，種類日益繁多，勢力日益增大，漸漸擴散到整顆星球上。這樣看來，自然界明顯呈現出向高等發展的趨勢，不是嗎？就連創世論的信徒也承認，上帝在創世紀的頭幾天只擺出舞台，然後創造了一些跑龍套的角色，最後出場的才是主角，而主角是不可超越的。

事實上，自然界只是在為現有的世界添加新的內容而已。有些內容很複雜，有些卻很簡單。有些物種消失了，然後被更好、更壞或差不多的角色取代。整體看來，演化的基礎是不可逆轉的，粉墨登場的都是主角。多細胞生物出現後一直存活到今天，甲殼類生物亦然，奇蝦卻滅絕了，牠將位置讓給別的甲殼類生物。後來世界上又產生了脊椎動物，例如頻頻登場的魚類。恐龍轟轟烈烈死去，但蜥蜴活了下來。昆蟲、魚、哺乳動物、猴子、人，這些生物都在上演自己的歷史，如果自然中真有進步，這種進步也只是四十五億年來生物種類增多了，物種名冊變厚了。的確，但量多即意味著進步嗎？

設想一下，在一場宴會上，五十名賓客正在盡情狂歡，這時你來了，之後人們會說你的到來讓宴會進入一個新紀元嗎？眾賓客會只以你為話題嗎？因為你跟大家一起喝了一杯酒，就會因此帶起宴會的另一波高潮嗎？

我們對世界的理解就是如此。每當一個聲稱有著「進步的演化」的新種發表時，我們就會高呼萬歲，彷彿其他物種根本不值一提。上文已提到，單細胞生物的種類不斷翻新，CoML的研究人員每天都發現新物種。進化女神的工作千頭萬緒，她只能這樣工作，因為她的產品同時也是周邊環境的一部分，所有物種根據周邊環境調整自己的生存——若它們不想完蛋的話。產品愈多，周邊條件的網絡就愈複雜，多樣性就不斷增多。一直到某一天，在不停適應世界的過程中，一種具有自我意識的生物產生了，他們開始使用自己的手，然後直立行走，大腦容量漸漸增大，最後還出現了語言。

恐龍本來也能夠演化成這樣的智慧生物，掠奪成性、智慧過人的迅猛龍或許也會演化成直立奔跑、長兩三公尺的蜥蜴，然而外在環境並不眷顧牠們，最後智人踏進了宴會廳，滿心期待所有人圍著他轉。看一看賓客名單，人們或許會自問：鏡像自我辨識的能力，是否就像過度修長的脖子一樣，真的不可或缺？我們加入宴會之前，眾賓客都玩得很開心，但突然間玻璃碎了，食物下了毒，大氣熏臭了，整場宴會陷入混亂。被臭罵一陣後，我們或許會被其他賓客給扔出宴會，他們則繼續狂歡，這樣世界就會少了一種複雜生

* Herbert Spencer，人稱「社會達爾文主義之父」。

物。這複雜生物與一切擦肩而過，很快消失得無影無蹤，但世界依然豐富多彩。**回首歷史，人們會說：我們陷入了一種複雜性危機——我們高度發達，卻無法適應社會。**

儘管如此，人們還是固執地認為自己是進步趨勢的代表。好吧，我們暫且接受這一說法，接下來得問一句：什麼是趨勢？開放的百科全書維基百科將其解釋為一種「可以統計的基本傾向，發展前進的方向」，還進一步解釋：「趨勢是社會、經濟或科技中出現的新觀點，可以引起一場新運動或引導一種新的前進方向。」這說明趨勢是不斷交替的，有的趨勢很短，只能稱為潮流，但它們產生時我們依然稱之為趨勢。其他的趨勢理應得到一個名稱，我們可以認為自然界有一種修改生命藍圖的趨勢，超迷你裙也是一種潮流，這種潮流則是女性意識趨勢的一部分。

事實上，沒有任何一種發展能持續幾十億年，沒有任何一種趨勢能夠持續強化某一現象。任何一種複雜性的加強都伴隨著複雜性的危機。而且，如果人類把迄今為止的一切趨勢都存進電腦，電腦也無法以此預知未來的趨勢，或預言某一趨勢的持續時間。混沌理論告訴我們，預言在大多情況下只能是草案，條件不同，草案也會發生變化。此外，所謂的趨勢常常在人們最措手不及時煙消雲散，歷史中曾有一種趨勢告訴人們追隨超人，但尼采的這一美夢卻化為泡影。不管是天氣還是證券行情，人們都很難對此作出長期預言，更何況物種的發展和變化程度。人們只知道，在特定的條件下，複雜性的加劇是無法避免的事實。

美國古生物學家史蒂芬·古爾德（Stephen Jay Gould）在《生命的壯闊》*一書中談到這種邊緣現象。他描寫一個醉漢蹣跚回家的狀況：醉漢右手邊是房屋的牆壁，而他不斷跌倒在排水溝裡或車道上。在不斷跌倒的過程中，他總是靠左走，在這裡我們能推算出一種趨勢，認定醉漢摔在排水溝裡的次數大於摔到車道上的次數嗎？這是一個很天才的比喻，讓我們不由得聯想到一位蜘蛛研究者，這位研究者推著蜘蛛大喊：「跑呀，蜘蛛，跑呀。」於是蜘蛛開始跑，這時他拔掉蜘蛛的兩隻腳，再次重複這個實驗，蜘蛛依然在跑。即便少了兩隻腳，蜘蛛還是能前進。所有的腳都拔掉之後，蜘蛛終於無法回應他的命令，於是這位學者在報告中記下：「沒有腿的蜘蛛是聾的。」蜘蛛的腿愈少，聽力就愈差——世上沒有這種趨勢。世上也沒有醉鬼摔跤地點的趨勢統計，這個醉醺醺的傢伙並不想向左或向右摔，他更喜歡一頭倒在床上，由於右邊是牆壁，所以他只能跌跌撞撞地靠左走，因為那裡沒有牆會擋住他的路，所以他總是跌在排水溝上。

自然界的牆壁或邊緣也是這樣，不停更迭出現的新物種並不比一個單細胞更優越。假設一場災難扼殺了地球上的所有生命，只有單細胞生物存活下來，那麼整個生命發展又會從頭開始，世上又會出現更大更複雜的生物，因為這是進化女神唯一的前進路線。生物不會愈變愈小，因為這裡有一堵牆限定有機體的最小體格，但我們還是喜歡說，進化女神喜歡大傢伙。

如果大個頭真是一種優勢，腕龍應該比猛禽更先進。還記得石炭紀幾公尺長的蜈蚣和巨型蜻蜓嗎？大氣中氧含量提高，引發了生物的巨人症，這是一種延續了幾百萬年的趨勢。而氧含量減少之後，生物相應變小了。

順便提一下，此一原理也說明了為什麼二次大戰後的德國人取得如此大的成就。**很簡單，一無所有的人不用擔心自己失去什麼**。因此那些高度發達的國家不應輕信盲目樂觀的說法，九一一事件就是很好的例子，地區性事件能改變整個地球的周邊條件，令眾多國家陷入危機。

世上並沒有邁向更智慧、更大和更複雜的進步趨勢。從演化的角度來看，兩棲動物的登陸也不是什麼進步，只是一種變化：水裡很好，陸地上也不錯。有人問，為什麼海洋中沒有產生智慧生物？

誰說沒有？

鯨就提出了許多我們無法解答的問題：在不斷過渡的世界中，我們如何去測量和定義智慧？無論如何，智慧不能被限定在某個物種的價值觀上，但一種我們無法辨識的智慧型態，只會讓我們感到陌生而怪異。寫《群》時，有個想法一直吸引著我：早在人類以前，這種陌生的智慧生物或許已誕生了，人們永遠

＊ *Full House: the spread of cxcellence from Plato to Darwin*，中文版於一九九九年由時報文化出版。

不會想到單細胞生物也有高智力。正因如此，《群》的主角才不是鯊人或大烏賊，而是微生物，它們強迫我們意識到自我感知的危機。

這世上存在《群》裡頭的Yrr生物嗎？

當然有！不過只在我的想像中，其他情況我不瞭解。但我認為，其他行星上完全有可能出現Yrr這樣的生物，牠們也是具有自我意識的生物群。螞蟻當然不在此列，雖然我們平時也會稱讚牠們「聰明」，但那是一種無意識的智慧。動物並不聰明，但作為一個爬行社會的精巧母體，整個螞蟻家族是智慧的，只是由於生物原因，牠們無法變成真正的智慧生物。但在特定條件下，這種最渺小的生物或許也能創造出具有自我意識的超級大腦，令牠們的才能得到更大的發揮。

這些我們只能猜測，人們也可以選擇相信自己願意相信的事物。這裡列舉出一些最受歡迎的名言：「人不必什麼都瞭解」、「不是一切事物都能解釋」、「我覺得這些動物能感到愛」、「螞蟻當然有感覺」、「科學是冷漠的，它無法解釋這個世界」、「海豚注視著我時，那真是一種神祕的體驗」，諸如此類。恕我冒昧，這些都是屁話。我們再回到海豚的話題上，當海豚跳圈時，我們說牠們真是聰明的小傢伙，但這就表示牠們是智慧生物嗎？與狗相比，海豚的聲音更優美，但這就是語言嗎？當然，牠們具有高級聲納系統，絕對是生物工藝學的傑出成就，但由此就能認定牠們有智慧嗎？

六〇年代，美國心理學家及意識研究者約翰．里利（John Lilly）興奮地發現，海豚能運用複雜辭彙交流多種資訊。在他看來，這種程度的智慧足以證明海豚是智慧生物。事實上，如果對比海豚和人類的腦容量占其身體重量的比例，我們就會發現海豚的腦袋比例更大，或者說牠們更有頭腦，但這有什麼用呢？除了在吃魚或遊戲時表現獨特的禮貌，牠們還有其他了不起的行為嗎？牠們不寫書，也不創作流行音樂。拋開人類在評判智慧生物時的偏見不談，海豚壓根兒沒有好好利用過牠們的大腦袋。

或許是因為牠們敏感的聲納系統需要占用大量神經元儲存空間。

第一批電腦誕生於六〇年代，以其微薄的計算功能看來，這些電腦簡直是龐然大物。資料整理工作得在大廳進行，屋裡還必須堆放無數亂七八糟的櫃子。今天，一台筆記型電腦就能完成同樣的工作，甚至功能更強大。海豚的大腦就像以前的巨型電腦，因為聲納系統需要同時進行無數次計算，並在瞬間處理大量資料。更深入的研究顯示，雖然海豚的大腦構造比黑猩猩更精細，但相比之下，牠的大腦皮層較薄，腦溝也更淺。人類的自我意識，如學習技能、建立語境、模式思考、事先計畫，這些活動都藏在我們的大腦皮層下。不能否認，海豚幾百萬年後也能發展出這麼厚的大腦皮層，達到類似的水準，但毋庸置疑，雖然牠們已跨越了懵懂獸性的某些階段，但依舊還是動物，腦殼裡的神經元還不足以讓牠們更上一層樓。

對此，英國物理學家、諾貝爾獎得主、遺傳工程的先驅法蘭西斯．克里克找到絕妙的答案。他如此解釋海豚的大腦袋：因為海豚很少睡覺，幾乎不做夢。在夢中，我們可以擺脫自己往日的經歷，克服消極的聯想，海豚的大腦則沒有這種彌補作用，因此牠們需要儲存空間來處理每天遭受的過度刺激。牠們對自己的經歷進行分類存檔，而這需要巨大的腦袋。

到底什麼是智慧？

我們得學會區分智慧（處理事物的能力）和智能（學習能力），這一點也不簡單。比如說有人認為智慧是一種深謀遠慮的才能，但如果你提供充分的資料，電腦也可以事先得到結果，因此智慧絕不止如此。聯想力、制定計畫的能力、設想情境、概括抽象事物、自我批評、客觀評價他人、恨、愛，以上的任一點都是電腦無法達到的智慧。

但海豚與電腦不同，牠有感覺，和人類一樣，牠們在海洋中也能感受到友好和親近的意圖，我們可以說牠是一種敏感的動物，但不能因此說牠是智慧生物。海豚只能機械地重複牠所學過的東西，像鸚鵡一樣模仿。牠們不知道這些動作的意義和目的，即使教會鸚鵡說公式 $E=mc^2$，牠也不會把這句話和光速聯想起來。高級社會行為甚至可以透過基因遺傳給下一代，就像我們上文提到的蟻類。

但我們不能由此斷定大海裡就不存在著有意識的智慧生物。在這裡，我們不能不提到一種尖牙利嘴的海洋物種——虎鯨，也稱劍鯨。智慧生物研究者對牠們特別有興趣。

如果問一位西加拿大印第安人：虎鯨是否為智慧生物，他們肯定會回答是。在他們的神話中，好人會轉世成為虎鯨。這個神話流傳久遠，最近的例子是一隻出生於一九九九年的虎鯨，名叫露娜，牠在二〇〇一年離開了自己的家庭，孤零零地出現在溫哥華島的努特卡海峽。露娜沿著穆查拉特灣，於二〇〇三年到達穆哈拉湖，這裡的人發現這條鯨非常面善：狡猾的眼睛、流線型的下頦、頻繁的冷笑……對了！原來牠是他們去世不久的酋長！太棒了！安布羅斯不是一直希望以虎鯨之身重回這個世界嗎？

現在他滿意了。

露娜很溫順，允許人們撫摸牠，牠戀戀不捨地跟著小艇，最後溫哥華水族館和漁業部決定把這條奇特的鯨送去研究。印第安人溫和但堅定地阻止了這項嘗試，酋長怎麼能去那種地方呢？漁業部指出，露娜會給遊客或水上飛機造成危險，同時也有可能傷害自己。印第安人反駁說，這頭鯨會在合適的時機再度消失。我所知道的是二〇〇六年三月之前的情況，那時人們對印第安人的敏感表示理解。無論如何，露娜畢竟是一隻與眾不同的鯨*。

虎鯨的名字可譯為「來自陰間的」，各大洋都有牠們的身影，不管是赤道還是南極。庫斯托將牠們歸類為最殘忍最危險的鯨類，但迄今為止，我們還未聽到任何有關牠攻擊人類的新聞。即便牠的叫聲被稱做「劊子手的呼喚」，我們也沒有理由去懼怕牠。相反，人類應該喜愛虎鯨，雖然牠們有充分的理由對人類懷恨在心，因為二次大戰時飛行員曾把這些動物當作練習靶子，把牠們的身體炮轟得四分五裂，而這些殘忍的屠夫卻大聲叫著「棒極了！」「好！」和「天哪！」海軍潛水員也一直把牠們當作頭號敵人，漁民也恨虎鯨，因為捕魚時牠們常會來搗亂——雖然他們捕的魚已經夠多了。

在《威鯨闖天關》上演之前，人類的觀念已發生轉變，大家開始轉向另一個極端。虎鯨的角色搖身一變，從小丑到精神醫療師，應有盡有，唯獨沒有牠自己。這幾年間，人們才開始研究這種神祕的動物，並發現一些令人驚歎和疑惑的結果。

虎鯨是除抹香鯨之外最大的齒鯨，其實牠應該算巨型海豚，雄性虎鯨長達七到十公尺，雌性稍小一些。雌鯨的壽命幾乎是雄鯨的兩倍，因此守寡的鯨夫人要比硬朗的鯨鰥夫多。在加拿大西海岸，特別在溫哥華島，這些鯨建立了一種獨一無二的社會結構。虎鯨是賞鯨者和行為研究者的寵兒，這些人把虎鯨的日常生活劃分為四個領域：捕獵、休息、旅遊和社會生活。

鯨類學家則把虎鯨劃分為三類：一類是近海虎鯨，住在近海一帶，捕食一些魚類，彼此間交流頻繁，對這類虎鯨，人類目前所知甚少；第二類是過境型虎鯨，以小型群居方式在西海岸過著居無定所的生活，牠們也靠海豹和其他鯨類為生；第三類是定居型虎鯨，這也是最配合研究的一種虎鯨，整個夏天都待在加拿大西海岸的特定區域，而這得歸功於牠們對鮭魚的喜愛。位在溫哥華島和加拿大本土之間的約翰斯頓海峽是鮭魚的交通要道，這裡河道密集，鮭魚每年一次聚集於此產卵。為了達到這個目的，鮭魚鍛鍊出各種看家本領：逆流而上和跳高，有一幅著名的畫作就是描繪鮭魚跳進大熊嘴巴的景象。定居型虎鯨很少吃其他魚類，因此需要大量鮭魚食品，但由於過度捕殺和工業污染，鮭魚數量正大量減少。

定居型虎鯨是居家動物。我們用群體或次群體來稱呼那些社會規則較強的鯨群，這是一個母系社會，一個群體大約五至五十個成員，牠們聽命於一隻地位最高的母鯨。更大的群體會出現四代同堂的現象，即便最不認同鯨類社會行為的研究者也不得不承認，這些家庭成員間的關係相當密切。首領去世後，位置就由原本坐第二把交椅的母鯨接替，新的首領並不會把前任的子女驅逐出去，而是充滿愛心地照顧牠們，就像公正的教母。可以這麼說，虎鯨具有其他動物群體幾乎沒有的責任感，這不僅僅是受到基因左右，而是

＊不幸地，露娜正好於二〇〇六年三月十日在努特卡海峽遭一艘拖船的螺旋槳擊斃，而諷刺的是，正因為牠親近人類才會想上前嬉戲，因錯估拖船的馬力而發生意外。

自覺的社會感知的結果。雄鯨同樣忠誠於母權制，牠們只在配對時才離開自己的群體（因為虎鯨家族禁止近親繁殖），之後便會返回。

虎鯨有時會舉行嘉年華會，很多鯨家庭都會前來參加。這種超級集團秀是縱情狂歡的日子，是孩子們的節目。而且不止如此，虎鯨酒會就像北美印第安人的大型儀式，大家一起跳舞、遊戲、履行儀式、交流資訊。鯨在水中激情洋溢地跳躍著，就像芭蕾中優雅的旋轉，伴隨著拍鰭和浮窺，把小腦袋伸出水面，窺視周圍的動靜。與座頭鯨倍受讚揚的歌聲和海豚快樂的叫聲相比，虎鯨之間的交流顯得更高級，拍嚓聲、吱吱聲、咕隆聲、嘎嘎聲、汪汪聲、咕咕聲和嗥叫聲此起彼落。

這是語言嗎？

學界對此看法不一，但傾向否認。無論如何，這種聲音不像人類語言。發聲主要是為了尋找伴侶、合作捕獵和確定方位。人類的語言卻更為複雜，如「今晚做什麼？」或者「去買些香腸，我去賣魚的櫃檯。」或者「請問去潘科區*該怎麼走？」

虎鯨在交流時會發出斷斷續續的聲音，但每一種鯨的語言都不太一樣，說不定是因為方言。愛說笑，難道虎鯨語言中也有上巴伐利亞州或薩克森方言嗎？在一定程度上，是的。不僅虎鯨會講施瓦本方言和咿呀學語，某些鳥類和猴子家庭之間的語言也有所不同，「嗨，窩要呵水！」或「尼又水嘛？」

是語言嗎？或只是動物的小節目？

說到這裡，我們可以做一個有趣的思想小實驗。想像外星球的一種生物，他們和我們長相不一樣、想法不一樣、溝通方式也不一樣。他們試圖從更高的語言適用性上研究人類的語言，最終，懷疑論者占了上風。他們先給學生們播放一些原始錄音：

首先是醉醺醺的男士聲音，他向一位女士問好：「妳真有錢。」這句話在外星老師看來並非創造性語言，只是覓偶的老把戲。接著又來了一位男士，他打了這名醉鬼幾個耳光，喊道：「別騷擾我太太，不然就打死你！」老師認為這些聲音是兩位有求偶需求的雄性動物之間的儀式性對抗。這名醉漢不敢硬碰硬，最後偷偷溜走了，於是男士對女士說：「我給了他點厲害看看。噢，我肚子餓得直響，服務生，兩杯啤酒，還有菜單。」於是老師又從遺傳學觀點解釋了一番：雄性動物的求愛行為和覓食。客人與服務生之間的互動則視為一種共生關係：服務生給先生和女士提供食物，這位先生大快朵頤後付帳，服務生提供服務後則用這筆錢去夜總會。在此之前，他對吧台邊兩位親切的老先生說：「我們馬上要打烊了。」這是警告，也是在保護自己的領域。老先生們點點頭，在回家的路上繼續談論康德哲學，其中一大段引用黑格爾和海德格的觀點。支持語言說的學者依據這些複雜的語音交流，大膽宣布：這是一種清晰的資訊交流，他們不以特定的行為模式為基礎，聲音組合之間的差別很大，我們還未聽過類似的語言組合。懷疑論者則反駁道，這種看法不一定正確，人類顯然能夠改變其聲譜，有時他們只是用同樣的語音組合成新的結構，這種所謂的聊天或許恰好展現了他們對交際的需要：人類就是貪玩。

嗨。相關研究仍在繼續，以無言的方式。

定居型虎鯨最大的社會成就反映在牠們放棄了權力爭奪。雄鯨不會彼此毆打，同類也不會自相殘殺；牠們不會爭奪領土，也不搶食物。一切平分，戰利品分配給較弱小的鯨。家庭成員盡其所能互相協助，有時甚至跨越家族界限。年輕的鯨經常讓座給老年雌鯨，幫助牠們穿越海峽。幾乎沒人想去擁抱虎鯨，雖然牠們是帶鰭重生的印第安人，性格寬宏大量，但是請小心，雖然我們受到感動，但別忘了過境型虎鯨和近海虎鯨性格迥異，牠們沒有攻擊人類的傳統，但牠們的捕食方法依然令人毛骨悚然。

BBC曾記錄過以下驚人的一幕：三條過境型虎鯨把一隻小灰鯨從母親身邊奪走，追捕了數小時後，這對母子筋疲力盡，最後牠們撲向小鯨，撕碎牠的下顎，但只吃了舌頭，屍體的其他部分則沉入海底。這就是過境型虎鯨。在牠們的殘忍習性中，我們很難想到牠們智慧的一面，但殘忍和智慧並不互相抵觸，如

＊位於德國柏林北部的行政區。

果外星生物想報導人類，我們只能希望他們繞過土耳其或北韓監獄，並盡可能避開古巴關達那摩灣恐怖監獄。

值得一提的是，虎鯨能開創新的捕殺戰略，然後傳授給下一代，而這並不是基因給予牠們的。南極的虎鯨群會一起掀起海浪，把海豹從冰洞中沖出來。毫無疑問，是因為牠們知道其中的因果關係，因此鯨類學家猜測，虎鯨已經從本能的動物行為跨越到自覺的計畫階段。溫哥華水族館海洋科學中心的負責人約翰·福特（John Ford）對鯨類智慧的看法最保守，他認為某些鯨擁有文化財富，「學習與傳授對動物的影響比基因排列更大。」新斯科細亞省哈利法克斯市達爾豪西大學教授的海爾·懷特赫特（Hal Whitehead）對此表示贊同：「在我看來，我們有理由認為大部分的鯨類行為都是文化，是牠們從其他動物身上學來的行為。」

虎鯨與早期人類的相似性問題一直飽受爭論。實驗證明，虎鯨有個體意識。當然牠們不是人類，也絕不會成為人類，或許某一天當大隕石迎面而來時，虎鯨會搭著飛行的高科技水族館飛向外太空，留給我們一句友好的「好，再見啦！謝謝你們的魚！」就像道格拉斯·亞當斯在《銀河便車指南》中預言的那樣。或許牠們不會害怕地球滅亡，因為對於尚未發生的事，牠們並無概念。

只要人類的價值觀對智慧還沒有明確的定義，我們就很難去定義或懷疑海洋智慧生物的問題。與陸地相比，海洋適合成為高級意識的發展空間，在此之前，海洋中所有生物最應得到的是人類的尊重。

哥倫布籌備他的首次大型探險時，考慮了各個層面。他花了好幾年時間向西班牙皇室提出申請，請求從法國出發開始他的探險。他贏得了國王夫婦的寵愛，終於在一四九二年四月十七日簽署了《聖塔菲協定》，批准他去打通一條通往亞洲的西部航線。皇室給他高額工資及顯赫頭銜，萬事俱備後，船於八月三日動身啟航。

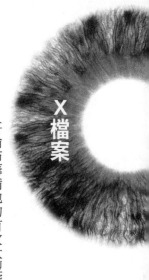

接下來：

「但是！先生！你們難道不知道大海裡到處是怪獸和海蛇嗎？黑暗之海盤旋著地獄的惡靈！我們經過的磁山會吸走大舢板上所有的鐵釘，我們會悲慘地沉沒，假如在此之前撒旦的惡魔還沒吞噬我們！」

諸如此類的話。

黑暗之海當然是大西洋。不久之後，哥倫布明白，要想讓這些膽小的水手忘記「但是」，他只須提議利潤分紅就可以了。水手終於同意出海，儘管如此，他們還是堅信：不相信有海蛇的人就是傻瓜。本來這種事情就時而發生。

在一切可以想像得到的怪獸中，海蛇占據著永恆的位置。巨蟒在北歐神話中環繞地球，在日爾曼神話中則環抱著整個世界，雷神托爾曾兩次試著用祂的大錘敲擊巨蟒的腦袋，但每次都自己掉進海裡。出賣特洛伊人的勞孔受到懲罰，他的兒子被一條從海裡爬出的巨蛇纏繞致死。神話裡還有一條咬自己尾巴的世界之蛇，安徒生把這則神話改編成諷刺童話。在這個童話故事中，魚和鯨試著和這條龐然大物對話。這個大傢伙是條沉甸甸卻瘦巴巴的蛇，牠曾經環抱著世界，對前來搭訕的魚和鯨不理不睬。最後證實，這條蛇原來只是一根深海電纜。

今天我們經常還能碰到這種披著鱗甲的惡魔，尤其在北方海洋。**神祕動物學**（一門研究傳說中的動物的學科）認為，這種海蛇的長度能達三十公尺，且種類繁多。在基督教傳說中，這種海蛇本來就有神祕意義。就這個領域，十六世紀瑞典大主教馬格努斯（Olaus Magnus）的作品《北方民族史》（*Historia De Gentibus Septentrionalibus*）頗值一讀。這本書記錄了他的一趟瑞典長途航行，沿途遇到的漁夫向他講敘他們在暴風雨夜的經歷，或真正看到的景象。地理學家馬格努斯以精繪北歐國家及海洋地圖而聞名，對民間傳說也很感興趣，尤其對斯堪地納維亞地區的傳說更是好奇。許多時期的風景畫家都喜歡畫戰爭場景、異國風情和野獸，但馬格努斯具有啟蒙意識，過於荒誕的傳說只會引發他的懷疑，不過他對海蛇的存在深信不疑。他曾在一幅圖中畫了一條巨大無比的海蛇，具有爬行動物的節狀身體和龍的頭部，這條海蛇正襲擊一艘商船，津津有味地大肆吃人。在人們普遍相信有這種海蛇的時代，敢出海航行的人無疑是勇士。

神話奇獸現場鑑證——海馬及海蛇

幾乎所有描述鱗甲巨獸的人都會提到牠們長著如龍似馬的頭部。而提到海和馬，我們自然會聯想到另一種不可怕而可愛的動物——海馬。以名譽擔保，海馬並不是這樣誕生的，牠來自太平洋島，史前時代生活在陸地上，長著蹄子和鬣毛，從一處海岸疾馳至另一處海岸。有一天，牠受夠了島嶼的狹窄，於是決定只用後腿奔跑，縮回前腿，但這辦法並不很有效，然而島上實在太擁擠了，於是有一批海馬決定搬到水中居住。現在看來，這個提議實在太棒了，終於有了夠大的空間，於是牠們漸漸變成了巨型海馬，後腿幾乎不再使用，慢慢長成了尾巴的形狀，鬃毛則直立起來，構成美觀的視覺效果。

加勒比海的海馬有六公尺長，所以海神波塞頓才強迫牠們拉車。北方的海馬個頭卻不大，相反，冷水引發收縮效應，因此這些在水中行走的生物漸漸變成了眾所皆知的小海馬。不知何時起，牠們開始厭煩北方的寒冷，於是遷往赤道，自此以後一直定居此地。

如今世上依然有巨型海馬，但居住在海底深處，麵包和方糖都不能逗牠們出來。水下麥克風有時會錄下牠們的嘶鳴，在科學家的額頭上烙下深深的皺紋。

你當然不會以為我在向你描述一匹馬。像所有傳說一樣，這個故事也隱含令人難以置信的真實。比如說，陸地動物返回海洋後肢體收縮，直立行走導致前肢縮小，關於這一點，任何一隻直立行走的蜥蜴都能作證。後肢變化為適合海洋生活的尾巴時，鯨就出現了。甚至流傳了若干世紀的神話奇獸──雪白美麗的獨角獸，在海中也有對應生物──獨角鯨。幾個世紀以來，獨角鯨一直在為獨角獸的傳說注入養分。當然，這對牠們來說很可惜。世界各地都有獨角獸的傳說，牠們象徵著才智、純正、善良和強壯，這些都表現在那支紡錘狀的角上。中世紀的人們熱中於描述獨角獸的神奇力量，只要擁有牠的角，死去的人能重獲生命，湖泊河流及日常飲食也會散發出香氣。中世紀的人喜歡互相下毒，因此宮廷中的人都瘋狂地想擁有從獨角獸那支角上刮下來的粉末，或者乾脆吃牠的角。

機智的水手早已發現北方海域有一種長達數公尺的齒鯨，這些鯨就長著一支角，但不是長在額頭上，這支角是上頷骨的左門牙，比一般的門牙長很多。有些鯨甚至有兩顆這樣的門牙，向外突出，長達三公尺，看起來就像真正的獨角獸。這是一種風靡世界的暢銷貨，可以加工成護身符、酒杯和首飾，因此齒鯨被捕殺得近乎滅絕。直到今天還流傳這樣一種恐怖的傳說：亞洲人一直很珍惜由磨碎的齒鯨……哦不，應該是磨碎的獨角獸製成的粉劑。

回到海蛇的話題上。

神祕動物學中的X檔案便是海蛇，史卡利和穆德探員對此應該感到很高興。一七四六年挪威船長勞倫茨．馮．費瑞（Lorenz von Ferry）曾看到一種生物，像一匹海中的馬，有飄動的白色鬣毛，但軀體很長，而且身上有多處拱起。一八一七年，有人在美國麻州格洛斯特市看見有如尼斯湖水怪的巨大蛇怪。有一半的格洛斯特市人都宣稱自己曾見到一隻長達十五公尺的怪獸，為了檢驗這些多不勝數的目擊資訊，當地甚至成立了一個專門委員會，但至今沒有獲得任何具有說服力的結論。

英國人也是巨型海蛇的堅定信徒，一八四八年他們在好望角與一隻長達十八公尺的怪獸進行了一場賽跑，四年之後，此一說法似乎得到證實，但事實上是兩位捕鯨人遭到一隻巨型生物的攻擊，激烈爭鬥後巨獸被擊斃，原來是一隻四十五公尺長的海蛇。人們完全無法把這麼大的海蛇拖到港口，只好砍下牠的頭，腦袋剛好塞滿船的貨艙，但在返航途中這艘船沉沒了，這便是怪物的詛咒，牠會給所有遇上牠的人帶來惡運！

按理說，隨著時間流逝，這些目擊報告會漸漸減少，但事實恰好相反。**在一個夢想和理想雙重匱乏的時代，人們對海中怪獸的想像大幅增加**。到了平凡的二十世紀，人類把最後的神話放在海洋，那裡有無數聞所未聞的生物。一九〇六年，有人在大西洋冰層上發現了一條十公尺長的蛇。一九三七年，中國海域出現一隻長達七公尺餘的長頸怪獸。一九六四年，澳大利亞胡克島的水下出現一道長達二十五公尺的蛇影。一九八三年，加州的海岸邊來了一隻長達三十公尺的巨蛇，並刻意擺出各種姿勢。文明人經常在河流湖泊中目睹帶鱗的爬行動物，數量日益增多，在瑞士馬喬列湖游泳的人都得小心翼翼地避開一隻馬頭怪物。瑞典的斯道斯約恩湖（Storsjön）住著一隻蛇頸龍，據描述很像是尼斯湖水怪的表親。挪威的摩月薩湖（Mjosa）和塞爾尤爾（Seljordsvatnet）這兩座深湖據說也住著怪獸。

神祕動物學家霍伊維爾曼（Bernard Heuvelmans）打算將所有目擊資料整理成冊，這份文件可以證明海蛇物種的多樣性，並消除人們的各種誤解。霍伊維爾曼的紀錄中出現了水中生物長頸海馬，泳速可與世界紀錄媲美，還有身上帶著氣囊的多駝獸、恐龍魚，以及大水獺、海蜥蜴等。霍伊維爾曼並無意搗亂，但人們不應該把生命力依舊旺盛的鸚鵡螺登記成已滅絕的物種，被認為已消逝的物種生命力往往很頑強，然而動物學家卻一直在固執地尋找那些「仙逝」的祖先。

霍伊維爾曼的理論如下：災難來臨時，如果一個物種還想活命，牠只能逃往水下。這樣看來，蛇頸龍不但存活下來，而且在之後的幾百萬年裡還發展出其他旁支，因此人們對牠們的描述才會出現差異。現代最有名的蛇頸龍無疑是尼斯湖中的巨獸，絕大多數目擊資料符合對一隻上龍、蛇頸龍或薄片龍的描述。雖然蘇格蘭人並不吝嗇資訊，但直至今日，依然沒有確鑿的科學證據能夠證明某支海蜥蜴族在某座湖泊中活了下來。霍伊維爾曼和其他神祕動物學家反駁指出，這片水域通往海洋，但即便如此，人們依然很難想像一隻蛇頸龍會住在湖泊中。

人們依然各執一詞，其實這種爭論具有很強的浪漫主義色彩。試想一下，如果《美女與野獸》中沒有野獸，故事會是什麼樣子呢？那將會是一種無聊的美麗，而尚．馬赫*則會錯過飾演主角的機會。

等會兒，我們來檢驗一下。

我們的確遇見了海蛇。某些海蛇甚至將近三公尺長，牠們是真正的蛇（而不像鰻魚只是蛇的親戚），就住在海裡。在浮出海面吸取空氣之前，海蛇可以潛伏深水中達兩個小時。牠們的尾巴呈扁平狀，這樣有助於游水。不管是野生海蛇還是觀賞型海蛇，其環狀花紋都十分美麗，但幾乎全都含有劇毒，因此人們只能謹慎地遠觀。並非所有的海蛇都是危險角色，但就像森林裡的蘑菇一樣，我們最好不要招惹牠們。

如此我們的認識又多了一些，但真正的海蛇並不是一切可怕故事的罪魁禍首。不過沒關係，我們還有更好的：皇帶魚！

這種偶爾浮上海面的深海生物有十一公尺長，背部有鬃毛狀的突起，外形像馬。皇帶魚很少見，但資料證明，幾乎所有海域都有牠們的身影。這裡只有一個小困惑：絕大部分有關海蛇的傳聞都說海蛇把頭伸出海面，但皇帶魚如果這麼做只會窒息，所以牠們只會縮著腦袋待在水下。但只要人們願意，有什麼東西他們會看不見呢？

* Jean Marais，法國演員及導演，從影代表作就是「美女與野獸」。

從海妖賽倫到小美人魚

水手們很愛談論美人魚，海上的長時間航行使得水手的腦袋僵化，而且必須忍受荷爾蒙的困擾，種種因素造就了許多這類傳說。不過，美人魚並沒有受到嚴肅的公正對待，生物學家乾脆否認她們的存在，唯一真實的美人魚只能安靜地坐在哥本哈根港口的石頭上。為了解開那些被灌了迷魂湯的水手口中的海妖之謎，我們得先回到古希臘羅馬時期去看看海妖賽倫。

賽倫脖子以上是女人，下半身是鳥，如果女士喜歡穿輕便鞋和緊身裙，或許看起來就和她差不多。賽倫與鳥身女妖截然不同，但有一副好歌喉，歌聲誘人，男人聽見了會如痴如醉，船隻經過賽倫所在的山丘時，聽到歌聲的人都會茫然跌入水中，或淹死，或被吃掉。萊茵地區的山丘上也坐著一位和賽倫相像的女妖羅蕾萊，只是她沒有鳥腿。幾個和賽倫女妖有關的名字都與其奇特天賦有關，如魅音（Thelxiope）的意思是「咒語」，華聲（Aglaopheme）意為「甜言蜜語」，歌曲（Molpe）則是「歌謠」。賽倫只要開始唱歌，就連英雄奧德賽也得繳械。美貌聰慧的女巫瑟西及時警告了他，正如我們從《伊利亞德》中所讀到的：

你會首先遇到女妖賽倫，
她們迷惑所有行船過路的凡人；
誰要是不加防範，接近她們，聆聽賽倫的歌聲，
便不會有回家的機會，不能給站等的妻兒送去歡愛。
賽倫的歌聲，優美的旋律，會把他引入迷津。
她們坐臥的草地，四周堆滿白骨，
死爛的人們，掛著皺縮的皮膚。

討厭！如人們所知，詭計多端的奧德賽一點也不笨，卻對賽倫非常好奇。他用蠟封住同伴的耳朵，再讓同伴把他綁在船桅上，自己傾聽賽倫的歌聲，這使他成為除了奧菲斯之外唯一可以抵抗這些醜鳥鴉誘惑的人。奧菲斯是用自己的琴聲蓋過賽倫的歌聲。

歌聲響徹海面，如果附近沒有陸地，也沒有山丘，又會怎樣呢？

賽倫的神話開始變形，根據目擊者的描述，她突然不再是人頭鳥身，而變成人頭魚身。美人魚被看作希望的象徵，賽倫則是精靈和惡魔的代名詞。一八八二年，一位街頭藝人帶著一隻據說是打撈後死去的美人魚在美國巡迴展出，這個所謂的美人魚其實是他用鮭魚的後半部和猴子的身體縫補起來的。和神話相比，他這個版本的美人魚顯然身長不夠。在儒勒．凡爾納的小說《海底兩萬哩》中，主人公在「鸚鵡螺」號的瞭望台上發現了一隻長形的黑色生物在紅海游泳。

「我眼花了嗎？」尼德．蘭突然喊道，「牠在游泳，好像一隻鯨。但不是鯨，見鬼，鰭看起來好像殘缺不全的人的四肢……牠在仰泳……牠的胸部伸展開了……」

「那是一隻海牛，」康塞爾喊道，「一隻真正的海牛！」

「一隻儒艮！」我說。

「海牛種，哺乳類，脊椎動物，脊索動物。」康塞爾說。

是的，儒勒．凡爾納在這裡描繪一隻接近神話的美人魚，只有色欲薰心的人才會從畸形的儒艮身上看出美人魚的影子，據說航海者甚至會姦淫這些肥胖醜陋的生物。儒艮是一種心地善良的生物，牠發出咕咕聲，想像力豐富的人從遠處看去，會以為那是在波浪中起伏的人。雖然牠們的身體曲線很難稱得上誘人，但有一點太誘惑男人了，就是儒艮的胸部長在前面，有肘關節，當牠激動時眼睛裡會流出眼淚，這些都足以迷惑愚蠢的水手，這樣當夜晚的激浪拍打船舷時，他們才不會感到孤獨。

海中怪物情結

霍伊維爾曼堅信一定有其他證據證明神祕生物存在，他最可信的證據不是儒艮或皇帶魚，而是傳說中的大烏賊。凡爾納也精確描述過這種生物，並利用古老傳說去證明牠的真實性。一隻坐在岩石上、伸出八條如蛇般長臂去捕捉水手的巨獸，除了大烏賊還能是什麼呢？西元前七〇〇年，荷馬描述了兩隻外形很像烏賊的巨獸——斯庫拉（Scylla）和卡律布狄斯（Charybdis），這兩個女妖凶狠地折磨奧德賽的手下，因此今天希臘人依然懷恨在心似地大量捕食烏賊。古羅馬作家老普林尼描寫過一隻手臂長達十公尺的大烏賊，十六世紀的瑞典大主教馬格努斯也聲稱他見過這種恐怖的魚，牠張著一雙可惡的銅鈴大眼，身子像移動的樹根。如果馬格努斯不是直接引述自想像力豐富的水手，那麼他遇見的就是一隻大王烏賊。

凡爾納描繪發生在「鸚鵡螺」號上的戲劇性爭鬥，靈感來自博亞船長在一八六一年講述的故事。他在Ackleton vor Teneriffa號船上的瞭望台發現一隻巨大無比的漂浮生物，無論是捕鯨用的大魚叉還是槍擊，人們都無法傷害這隻大怪物。根據描述，那傢伙應該是隻烏賊。最後當人們用繩索將牠拖上甲板時，牠的身體裂開，大部分殘骸消失在深海中。

一九九七年，漁民通報在美國俄勒岡海域發現一群三公尺長的大赤魷（*Dosidicus gigas*）。專家證實，這些原本居住在中低緯度的食肉動物活動範圍已向北延伸，而原本在淺海狩獵的習性也改變了。大赤魷也稱洪堡魷，因為牠們也會棲身在流經南美智利－祕魯沿岸的洪堡寒流（Humboldt Current，又稱祕魯寒流）之中。與傳說並不完全相符。傳說中的大型烏賊長度有不同版本，在適宜條件下可長至二十公尺，重達二百五十公斤。（在下一章中，我們將認識一些小型烏賊。）

大赤魷被認為極具攻擊性，上半身呈管狀，彷彿潛水艇的後半部，鰭則像翅膀，並有一雙巨大的眼睛和十隻手臂，其中兩隻較長，宛如鞭子，前端還有抓蹼。智利海面也曾出現成千上百隻這種紅白相間的烏賊，牠們瘋狂捕食那片海域的魚。造成這種局面的罪魁禍首是南美西海岸異常的海流現象，及由此引發的氣候變化。德國Mariscope Chilena海洋工程技術公司對此解釋道：「溫暖海水湧入，這些烏賊棲身於暖水團所包夾成的透鏡狀冷水團中，因此被帶來到這片海域。」研究者熱烈歡迎大批稀有生物來訪，漁民則叫苦連天*。

本章將近尾聲，我們還剩一個有趣的小理論，用來解釋海蛇及其他惡魔生物目擊現象。我們知道，諾曼人用龍頭裝飾他們的船頭，並非出於審美考慮，而是由於北方海域煙霧繚繞，濛濛霧氣中顯現在敵軍面前的船頭就像一隻逐漸逼近的怪獸，這其實也是各種傳說的一個來源。有人說，哥倫布虛構了許多受驚水手的傳說，並四處張揚人們對深海生物的恐慌心理，因為哥倫布不是唯一尋找黃金的航海者，其他人也在努力組織遠航隊。早在古希臘羅馬時期，人們已開始用可怕的海獸來裝飾船旗，不是因為見過牠們，而是為了嚇退其他的海上競爭者。如果此言不虛，那麼哥倫布應該算得上是美國特工的老祖宗了。

而他終於也到達了美洲。

---

* 外號「紅魔鬼」的大赤魷分布範圍改變的可能原因，是氣候與海流異常（如聖嬰現象）導致熱水團盤據其棲息地的表層，使得牠們的主食沙丁魚也受到影響，迫使大家一同逐「冷水」而居。但最近的研究認為，水溫不是限制大赤魷活動範圍的重要條件，食物來源可能才是主因。也有專家懷疑大赤魷的天敵——旗魚、鯊魚、海豚、抹香鯨等等——數量銳減，也增加了牠們拓展領域的機會。大赤魷挺能隨遇而安，即使時機歹歹的時候數量少一些、體型小一點，一旦到了高緯度的新家之後，牠們似乎就賴著不走了。

明天
MORGEN

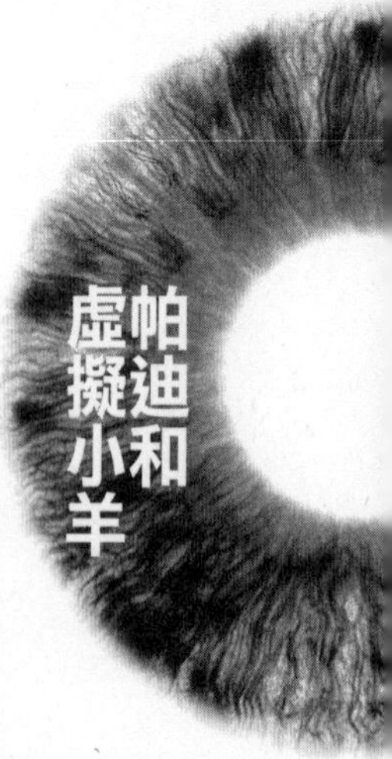

帕迪和虛擬小羊

他看上去跟人們印象中的愛爾蘭人沒什麼兩樣。一頭黃中帶紅的頭髮，鬢角已經花白，而且有些蓬亂，圓圓的臉上有著一雙澈藍的眼睛，與紅色的臉頰相輝映，手邊不遠處放著一瓶健力士黑啤。我們就坐在都伯林的「戴維．拜恩」(Davy Byrne's)酒館裡，這是喬伊斯崇拜者的聖地，而他們熱愛的這位作家彷彿正以犀利的目光注視著玻璃後的眾生相。

「它算得上是世上最有名的酒館之一。」帕迪．奧東尼爾說道。他的名字在愛爾蘭人中多到氾濫，但他還是叫這個名字。「可是《尤里西斯》裡幾乎沒有提到這個地方。只有四句話：『他走進戴維．拜恩酒吧。道德酒吧。他不喜歡聊天。有時在那裡喝杯酒。』真沒勁，不是嗎？但這幾句就夠了，足以讓人們從這裡一直排隊到聖詹姆斯門。」

聖詹姆斯門，健力士啤酒廠就在那裡。我把上唇浸到白色的啤酒泡沫裡，吸一口底下的黑啤，等著聽下文。

「你知道嗎，只有四%的愛爾蘭人是紅頭髮？」帕迪終於開口了，「只有四%！」

「不知道。」

「真的。其他人的頭髮都是深色的。我們的祖先是居爾特人，但他們後來和北方那些稀奇古怪的原始人通婚了。」

「你們的行為總是讓一般人難以捉摸」，我說，「你們這裡滿街都能看見小羊，但酒館裡卻只有紐西蘭小羊肉。」

「這個，」帕迪不以為然的笑著，似乎不太高興，因為他很清楚我的言下之意是什麼，「你不會懂的」。

實際上這件事並非那麼難懂。它來自於人類的開拓精神。現代人一直堅持不懈地探索一個問題：怎樣才能征服浩瀚的大海，把自己的文化擴展到世界其他角落。游泳這種方法顯然不在考慮之列，就算人們想吃到附近海島上的椰子，採用這種方法也很困難。有一個很有趣的現象是，很多海島居民都患有恐水症。我認識一些馬爾地夫的漁夫，他們根本就不會游泳，每次出海打漁都心驚膽戰。穆斯塔格察覺到了我懷疑的眼神——他是一位以捕龍蝦為生的漁民，我們在一次潛水旅遊團裡相識並結為朋友——他聳了聳肩。

「你真的相信，只是因為你居住的地方四面環水，就必須愛上它嗎？」他說，「你是城市人，一天到晚在高速公路上跑來跑去，你會覺得它很有意思嗎？這些該死的東西還都那麼危險！」

的確，人們和水之間的關係多少有點不尋常。一方面，任何陸棲動物都不像人這樣擁有高超的游泳技巧，而且游的時間這麼長；另一方面，我們只要沒看到陸地，就會產生一種與生俱來的恐懼感。如果考慮到與航海旅行相伴的種種危險，我們就應當向那些敢於探索未知領域的人致敬。正如波里尼西亞人所說的，「(海洋)是會把你吞噬的土地」。**航海探險史也是一部人類自我超越的歷史，它甚至比航空史讀起來更讓人難以忘懷。幾千年來，人們從未在航途中看到其他道路，但卻也從未放棄。**北美或南美的印第安人、澳洲土著或是其他地方的原住民，也許更希望哥倫布及其夥伴把他們的精力用在國內航行中，但最終，仍有很多人從這些探險家的行為中獲益。

而如今，航海已經逐漸成為一種奢侈的旅行方式。要是對紐約進行一次商務訪問，就不得不忍受劇烈的顛簸，在飛機上看那些自己絲毫不感興趣的電影，在平淡無味的麵條中撥來撥去，同時還得違心地誇獎現代交通的優越性。而那些退休的老人和富豪們卻可以悠閒地翻閱遊艇活動表，乘著瑪麗二世女皇號在北半球上飄來蕩去。可是有什麼辦法呢？飛機早已取代了笨重的輪船，這是毫無疑問的！很難想像柴油燃料終將耗盡。我們甚至還以為世界的未來，就在頭頂的天空裡。

我們的未來在空中？——無可取代的海運

錯了。

首先，柴油肯定會耗盡。但人們仍然可以乘坐飛機，比如說改靠電能。波音公司已著手進行這方面研究。有些航線已成功加入輕型飛機，其螺旋槳所使用的燃料電池功率為二十五瓩，當然它們的運輸能力也小得多。但波音公司對這項研究十分有信心，無論如何，人們總不希望有那麼一天，必須因為輸油管乾涸而把美麗的大型客機改裝成家庭旅館。而且燃料電池也更環保，它產生的只有水和熱。不過，大型客機的油箱難以儲存足夠的氫燃料。至今為止，人們還在苦苦探索節能方案。

人們對船舶動力的替代品也進行很深入的研究，因為未來不僅是在天空中，而且更可能是在海裡活動。人們在利用飛機進行洲際旅行的同時，幾乎忘了世界上的物資供應主要還是透過海運完成。在全球航空運輸中，人是最經濟的貨物。因為克服重量是要花錢的。例如要想把一千克的物品運送到太空站上，人們得花費一萬五千至兩萬五千美元，而最初的預算只有兩百美元。由於重力原因，太空人甚至無法攜帶他們最喜歡的Nutella榛果巧克力抹醬。在一般過境旅遊中，遊客們也會被重量問題所困擾。既然爸爸們常會在潛水裝備和高爾夫用具包之間猶豫不決——因為兩者不能同時攜帶——那麼我們自然可以想像，用航空運輸汽油將是怎樣的一種情形。首先，海上再也不會出現翅膀黏在一起的海鳥了。不過，這倒是好事。第二，上百萬輛敞篷跑車停用，以後人們簡直可以在裡面種牽牛花了，還有鏽跡斑斑的豪華轎車，再加上不堪重負的短途交通。誰會滿意？如果以空運取代海運，不僅九十八％以上的商品都會漲價，而且還會造成物資嚴重匱乏。不管誰的未來在天上，反正世界經濟的未來肯定不會在那裡。

所有的預言都集中在海上。預言家為了挽回自己的顏面，聲稱迄今為止，他們對海上貿易所做的預言基本上都是對的。統計學家在八〇年代中期時預言，到上世紀末，按照總登記噸數計算，九〇％以上的貨物運輸將透過海運完成，而事實也正是如此。不僅是空運，包括鐵路運輸都被遠遠地甩在後面。由於海運更加環保，相對來說成本也較低，所以上百萬輛馬自達、豐田和三菱汽車透過海運方式運到歐美；與此同時，同樣數量的福斯和福特汽車送往中國，這個國家正在自我提升，把兩個輪子換成四個輪子。貨物運輸方面的預言家很快地調高了他們的預測數字：早在一九九九年，就有九億噸的貨物是由海運來負擔的。隨著發展中國家的汽車需求量不斷增加，汽車運輸顯得更為急迫。如果把每年從德國出口到中國的汽車都裝到一列火車上，那麼火車的長度得從德國的沃爾夫堡一直延伸到北京。同樣的，為了滿足中國人的胃口，美國的農產品也正透過巴拿馬運河輸入，如果透過空運，即使動用世界上最大的機組，恐怕也只是杯水車薪。

海面上的沉默羔羊——為什麼要把本地的農產品運到半個地球外？

海運的低成本，帶來一種奇特的繁榮現象——譬如在愛爾蘭充滿田園風光的西海岸，這裡的一切還算正常，氣候也風調雨順。在這裡，我可以跟帕迪一起在酒館裡喝酒聊天，在一群咩咩叫喚的蘇格蘭羔爾羊群裡，品嚐來自紐西蘭的小羊肉。而愛爾蘭的小羊卻正在出海，好極了！

但是為什麼？

因為這樣可以為所有人帶來更多收益。帕迪就是一位農場主，同時也是出口商。很多年前，當愛爾蘭的經濟還不太景氣時，他就想到，人們把最好的東西吃掉，這樣到底划不划算？結論是：太奢侈了。所以帕迪開始將比較便宜的紐西蘭羊肉運到本地，一邊在他的健力士酒館裡咒罵，一邊數著掙來的錢。他的罵聲很輕，主要是為了拉攏那些沒有從中獲益的人。海面上從此增添了沉默的羔羊。牠們被掛在貨倉裡，被切成兩半、冷凍起來，這一切都在帕迪的算盤之內：**要是他把這些牲口運到都柏林，比運到半個地球以外的地方還花錢。**

雖然聽起來有些難以令人置信，但這就是現實。所有奧祕都藏在貨船上。將來這些貨船規模還會變得更大，人們將運用它們運輸更多來自亞洲的筆記型電腦。九〇年代初期，你每買一台新力牌隨身聽，十%至十二%的錢都是付給海運公司。如今的費用已經降到當時的十分之一。根據漢堡港口與倉儲股份公司調查，目前一輛摩托車的海運成本已經低於一百美元、電視機為三十美元、影碟機為兩美元。當你帶著愉悅的心情品嚐一瓶純正的中國產李子酒時，只不過為它的海運成本支付十三美分。與此相比，帕迪過去將貨物從戈爾韋運到都柏林的費用就顯得極為奢侈。而在紐西蘭，也只有將羊肉透過海運出口，才能真正做到有利可圖。

專家們認為，到了二〇一〇年，運輸成本還會進一步降低。貨櫃行業能在短時間內取得這麼大的成功，也要歸功於一個天才的構思：幾乎所有商品都被打包裝箱。沒有什麼東西會比箱子更能節省空間了。

經由漢堡經濟與勞工部門的檔案，我們瞭解到過去幾十年遠洋運輸業的快速發展。八〇年代初期，一艘超巴拿馬級貨櫃船（吃水深度逾十四公尺）長二九五公尺、寬三十二公尺，重量可達五千TEU（Twenty Feet Equivalent Unit，TEU，二〇呎標準箱的大小）。到了九〇年代，貨輪級別又有所提升，長度超過三百公尺。而到了上世紀末，已經超越三五〇公尺大關。到二〇一〇年，人們將會看到長三八〇公尺、寬五十五公尺的超大型貨輪。比較一下就能更清楚：科隆大教堂的北塔高度為一五七．三八公尺，這表示可以將兩座世界上最大的哥德式教堂首尾相連地放在貨船上運走，而且還多出六十公尺的空間，可以用來放置其他構件、橋樑，甚至為大主教準備一個小居所。但是科隆方面可能不會允許將教堂拆開、分裝到一萬兩千個標準貨櫃裡，雖然超級貨輪完全能容納這些貨櫃。或許科隆市會這麼記載：約希姆．梅斯納大主教就是坐在這種箱子裡來的，他在風暴裡迷了路。

從一九九七年開始，大型貨櫃船隊的貨船數量從五十六艘增至兩百多艘。在上世紀末，沒有其他任何行業的增長速度可以與其相提並論。這些巨型貨輪可不像小型車那樣，可以靈巧地倒車泊車，它需要大容量的船塢提供泊位，因此，**將來我們衡量一個國家的經濟實力時，只需要比較其港口的吞吐力**。貨櫃的一大優點就是極易利用火車和貨車運輸，但是它對鐵軌和公路網路的要求也更高。誰能像漢堡和鹿特丹那樣，在這方面進行大規模投資，就可把規模變為經濟效益，這就好像把水釀成酒一樣。

經由陸地運輸小羊肉的時代已經過去了，一方面因為陸地運輸能力有限，所以往返次數會增加十倍之多；另一方面，由於每次都是滿載而去，空車返回，也不符經濟效益。如今人們送貨完畢，回程還會滿載其他貨物。不僅載貨量增加，物流業也在不斷發展變化。除了在牧場上吃草的小羊、貨倉裡沉默的羔羊，現在還可以對第三種羊進行貿易：虛擬小羊。

虛擬小羊肉線上交易——網路帶來的全新商機

www·咩·com？

差不多就是這樣。不久以前，羊還是羊，船還是船，但現在，一切都是數位化。所有一切物品都可以在網路上找得到。漢堡的GloMaP公司將貨船旁油膩膩的握手變成網路交易，供應商和採購商也可在網路虛擬空間裡談生意。人們以電子郵件發布訂單，在線上討價還價，以滑鼠進行利潤分析，並透過光纖尋找合適的海運公司。GloMaP成為大批創新服務提供商的代理人，他們將傳統的貨船帶進光纖時代。半空的貨艙已經成為歷史，誰的貨船上還有空間，或者誰願意尋找一點空間來運送一架祖母的鋼琴，又或者五百箱紅酒，都可以在GloMaP公司的平台上找到合作夥伴。對裝載能力的充分利用，進一步壓縮了運輸成本。GloMaP宣稱，僅透過電子商務，海運行業的成本就降低了二十％。帕迪·奧東尼爾也會在網上閒逛，並在電子貨艙裡銷售他的資料，偶爾也會殺價，如果價錢合適，他就會到船上去完成交易。

作為遠道而來的小羊肉消費者，卻不一定會為自己買的那塊肉少花些錢，儘管所有商人都擔保，他們所節省的費用會使更多消費者獲益。事實上，真正從中賺錢的是生產商、海運公司和批發商。在今天這個時代，這些幾乎是微不足道的小事，畢竟我們每天生活的視野中，充斥著就業率下降和自殺等新聞。無論人們如何質疑網路，但網路的確能治療經濟——在不斷彈出的視窗背後，是一個又一個的就業機會。

與此同時，大型海運公司結合成了虛擬聯盟。帕迪．奧東尼爾為住在都柏林的朋友安排送羊肉的事情，完成交易後，還會與朋友去戴維．拜恩酒館喝一杯。「私人關係，」帕迪說，「在網路時代顯然已經不復存在了，倒是我跟銀行之間的關係愈來愈不錯了。不過，多少還是有些遺憾。來，喝一口！」

帕迪舉起了杯子，但他並不是真心覺得遺憾。

從伯恩．威德（Bernd Wrede）的身上則絲毫感受不到這種懷舊的情緒。根據這位赫伯洛伊海運公司（Hapag-Lloyd）前總裁的預測，到二〇一〇年，公司超過五十%的業務將在網路上完成。在他看來，與客戶之間的距離不是拉遠，而是更近了：「連結全世界的客戶，是赫伯洛伊公司長久以來一直遵循的標準，而且這點還會得到進一步改進。作為一種新型媒介，網際網路讓我們也有機會為小客戶提供相應的服務。」

這句話有一定的道理。這種新科技不僅讓大型集團的經濟利益得到更多保障，也讓小客戶從中獲益，譬如祖母的鋼琴和五百箱紅酒。但是，像赫伯洛伊這樣的大型公司，儘管是全世界最大的海運商聯盟成員，但它們是不是真的完全在聯盟旗幟下經營，卻很值得懷疑。因為大供應商還是會被優先考慮，且承運商也想從中分一杯羹。所以赫伯洛伊這樣的公司，透過這種方式建立一張水平供應鏈。誰要想統包全攬，就必須獨自面對各種風險，德國的戴姆克萊斯勒汽車公司就是一個典型。第三個千禧年的頭個世紀如果能夠取得經濟上的飛騰，在很大程度上要歸功於業務外包的發明。至少理論上是這樣的。不過，在現實環境中，行業中的巨頭們仍然會面臨各式各樣的風險，他們得像河豚那樣把身體鼓起來，抵禦各種入侵。

日不落國的美夢——下一場航海業革命

這裡就又出現了一個問題。

每個人都有自己的脾氣，在經濟高人指點下，愈來愈大的貨運海輪朝著愈來愈大的港口前行，一切看來都非常完美，只有小新表示懷疑。他完全不能理解這一切，他甚至無法讓浴缸裡的橡皮鴨按照他希望的路線前進，但這些人難道沒有從地球發展史中學到什麼嗎？赫伯洛伊公司的人難道忘了長頸鹿的遭遇嗎？複雜性危機！人們不能永遠不停地生長，就拿小新的媽媽來說，她就氣得要命，因為小新的衣服一天比一天短。在她的眼裡，成長需要付出昂貴的代價。

全球化肯定會帶來快速成長。除此之外，海上貿易也推動了全球經濟的發展，而且實現了超乎預料的成長。當亞洲、歐洲和美洲聯手共同生產汽車和咖啡機時，全球市場將在供應品的繁榮中爆炸，過量生產和低價銷售愈頻繁，人們就必須透過海運傳輸更多的商品。最遲約在九一一事件發生後，市場就開始急劇成長，海運公司也嗅到此一商機，他們遇到了貨運能力瓶頸，於是拚命生產貨櫃和貨輪。二〇〇七年，大型油輪船隊的規模將再增長十％，而貨櫃業也發出同樣的訊號。全力前進！哦，金色的地平線！

與此同時，二手油輪和貨輪的市場正悄悄地崩潰。

另一方面，海運公司的股票卻面臨著令人絕望的蕭條。對趨勢的信仰，帶來了經濟過熱，而繁榮更像是一種短暫的流行，而不是趨勢。實際上，「風箏船」的發明者史蒂芬．瑞吉（Stephan Wrage）認為，繼續用傳統的方法建造超級油輪和貨輪，與人類為延長壽命至長生不老的努力並無區別。在他看來，**九八％的貿易船運輸內容中都包括它們自己需要的燃料，這是一種自相矛盾的現象。**瑞吉的SkySails公司將一股新風氣注入了這個行業中：海風。他與航空工程師史蒂芬．布拉貝克（Stephan Brabeck）合作，共同實現了讓輪船乘風而行的夢想。

二〇〇五年十月，凡是看到波羅的海上空那只巨大滑翔傘的人，都會目瞪口呆：一個充滿壓縮空氣的大風帆後面，竟拖著一艘十八噸位的船！駕駛帆船並不是什麼稀奇事，但面積高達五千平方公尺的帆布以纜繩拖著一艘貨船，這就有點非同尋常了。一般來說，就算是再好的帆船，帆布能升到海平面以上五十公尺就不錯了。但瑞吉的帆布比一般位置高了一百到五百公尺。纜繩綁在軌道上，根據需要，它可以圍繞整個船身移動，如此就能夠盡可能地將風能轉化為船的動能。它與傳統帆船的區別在於，船體幾乎沒有發生傾斜。

「由於高度增加，可利用的風能也大大增加了」，瑞吉說，「上面的風不會與水面發生摩擦，所以風能損失很少。因此，即使是在所謂的赤道無風帶，也會有足夠的能量來驅動船隻。」

這種方法乍看是一種倒退，實際上卻可能會為航海業帶來一場革命。瑞吉用不了多久時間，就可以向海運公司證明這當中的好處：一艘兩百公尺長的貨船滿載時，如果採用SkySails公司的方案，就可將速度提高二·二五節（海里／小時），且每小時減少七百升燃料的耗損。為什麼還需要燃料呢？因為有時候也會出現逆風前進的情況。在這種情況下，風帆的作用就大大降低了，儘管自動導航裝置仍會不停地進行計算，並將船身與風向的夾角調整為五十度。複雜的操作也可以透過傳統方式來完成，比如駛入港口，在交通繁忙的海峽中進行導航等等。SkySails畢竟是一種遠洋航行的解決方案。

對很多人來說，用大風帆將一艘長度三八〇公尺的巨型貨輪在海面上拖來拖去的確太瘋狂了。瑞吉卻不這麼看。從中期來看，用SkySails驅動超級油輪是有可能實現的，但這需要裁減員工。這位預言家說，在遠洋航行中使用SkySails的導航系統非常簡單。船上有一個按鍵，上面寫著「開」和「關」。你無需知道更多的東西。

未來會在天上嗎？

不管你用的是柴油、槳、滑翔傘還是海鳥模型，有一點是肯定的：海洋上的船隻會愈來愈多。歐盟宣稱海洋上的超級高速公路不會是免費的，將來的高速船隻都會在這條公路上面飛馳。無論如何，早已厭倦了飛行的經理們已在懷疑，雲層之上的自由是不是真的那麼美好。如今，側壁式氣墊船（Surface Effect Ships）已為他們提供一種新選擇。儘管高速船隻的速度仍比大型噴射式飛機或空中巴士要慢，但是，最新開發的

Seabus-Hydaer已有能力在外海達到時速二二〇公里。這種介於輪船和飛機之間的運輸工具，有著光潔明亮的外表。它利用噴射式飛機的某些技術，但是並沒有離開水平面。它不僅可以運送數百名乘客，而且可以運輸商品。側壁式氣墊船不僅乾淨，而且安全。如果真的發生了什麼，那麼航海資料記錄器——一種黑盒子——就會記錄所有細節，供日後查明事故原因，並做出改進。在此之前，在尋找傳統輪船上的黑盒子時，都以失敗告終。人們總是說，在飛機的碎片中，比在幾公里的深海裡更容易找到黑盒子。但是這個論據現在也不成立了。我們發明機器人是幹什麼用的呢？

海運巨頭們仍然占領著海洋，他們的貨櫃就像一個個超大的彩色樂高積木一樣，堆積成山，而且愈堆愈高。傳統的超級油輪在全世界傾倒合法的頭號毒品——石油。儘管一群夢想家還在憧憬著高速和風能，但現實生活中，僅不到一半的油輪擁有雙層船殼。一次又一次的油污染衝擊著我們的家園，而海鳥的命運更是堪憂……。

「別再說了，」帕迪抱怨道，「別再憂國憂民了。我們對海洋所做的事情，根本沒那麼糟糕，難道不是嗎？別到處說嘴了，人也不是只會吃喝拉撒而已。有些人真的會有一些好的想法，比如世界貿易、環保動力、替代性能源等等。相信我，我們中間有的傢伙真的很棒！」

「當然，」我的馬爾地夫朋友穆斯塔格附和道，「雖然大多數人都不會游泳。」

「我不是為了指責誰，」我辯解道，試圖告訴帕迪，我的懷疑只是為了讓大家在頭腦發熱之餘能夠稍微冷靜一點罷了。「如果Seabus-Hydaer或者飛機帆船能源成為現實，我將是第一批乘坐這些交通工具的人。我相信這些都是非常偉大的發明。即使我面前擺的是口味糟糕的紐西蘭羊肉，我甚至也可以諒解。但是你不能強迫我喜歡它，對不對？」

帕迪朝我靠了靠，竊笑著說：

「你可以預訂啊，」他說，「我今天早上剛剛出貨了一批愛爾蘭的戈爾韋小羊肉。」

我的身體也向前探了探。

「但是帕迪，」我慢條斯理地說，「這樣你的利潤不會受影響嗎？」

「你知道嗎，」帕迪對我耳語，「**世界貿易就是個婊子。你會傾盡一切去擁有她，但是你會跟她結婚嗎？**」

「但是我以為……」

「你以為的太多了。閉上你的臭嘴，喝酒吧。」

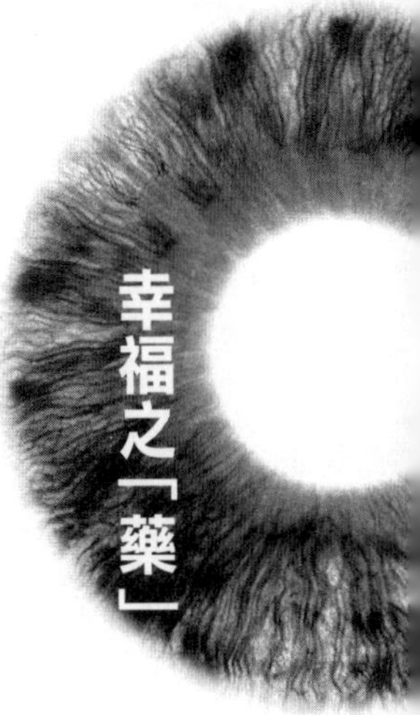

幸福之「藥」

你知道獨角獸嗎？

一種奇特的生物，當你走近看時，牠可能會是一隻獨角鯨。但是獨角獸，甚至牠的一部分，能為我們帶來什麼呢？牠能吸出河流、食物和人體中的毒性，馴化野獸，為心臟充血。這聽起來是不是太離奇、太危言聳聽了呢？

是的，但有些人說，效果非常好。

但是如果拿它跟頭號靈藥比起來，那就根本不算什麼了。老普林尼（Plinius）是一位自然研究者和作家，同時也是羅馬艦隊的海軍上將。他肯定是飽受落髮的困擾，否則他就不會推薦人們把煮熟的豬尾巴、水、熟豆子和烤海馬混合在一起敷到腦袋上，或者在上述混合物裡添上一點香料和豬油，然後吃到肚子裡。老普林尼也相信中國人傳承了幾千年的海馬茶特殊功效。古時的中國人認為，醃漬、曬乾、磨碎、烘焙、在陽光下漂白或者用其他手段折騰過的海馬，能夠治療噁心、大小便失禁、動脈硬化、甲狀腺疾病、皮疹、蛇毒、蚊蟲叮咬、頭痛、肝臟損傷和狂犬病等各種疾病。

中世紀的西方醫生們也認為，將海馬與玫瑰油混合後能夠退燒。菲律賓人認為，喝海馬湯可以治療呼吸困難，前提是要用海馬的嘴熬這種湯。還好不是用牠那蜷曲的小尾巴！據說牠那小尾巴可以消除腎結石和膽結石。至於疲倦的人要是吃了海馬的脊骨，一定會鼾聲頓起，安然入睡。它還能產生催奶的作用，這是十八世紀英國醫生的觀點。此外，醫生們還認為海馬血可以治療痛風，比新鮮的金絲雀心臟更有效。在德國和法國，人們認為瘸子吃了海馬腦袋後，立刻可以健步如飛，要是吃了黃色的海馬，前列腺就能煥然一新。而在台灣，海馬被稱為海裡的「蠻牛」。人們只需把尾巴割掉，然後就像喝能量飲料一樣，把海馬身子一吮而盡。

我們遺忘什麼了嗎？

哦，對了，海馬當然也是一種可以為人們帶來好運的護身符。時髦的亞洲女孩把牠們做成飾品掛在耳朵或脖子上。孩子們用牠來玩遊戲。如果你知道，全世界每年有二千五百萬隻海馬被製成藥材，你一定會問，進化女神為什麼不直接把牠裝到藥品包裝裡送給我們呢？大約有三十多個國家的人，每天都會把海馬當成蜂王漿那樣的補品服用。在香港的夜市，海馬被倒掛在小攤上，每隻賣十二美元。請想想：**十二美元就可以買到能治百病的神藥！誰又問過海馬的意見呢？**

但是，人們現在已有了一些擔憂。是嗎？為什麼？這些小傢伙會滅絕嗎？牠們在世界瀕危物種名錄上排名如何？我們其實只是出於科學研究的目的才……呃……而且由於我們的文化……不管怎麼說……算了吧。

另一個問題：吃了海馬以後到底有效果嗎？那些對性能力自卑的中國人經過這番治療後，也許真的生龍活虎了，但是德國遊客吃了海馬後，竟出現胃痙攣、冒虛汗、臉上出水痘、腎絞痛等各種症狀。人的尿也是一種仙丹。就算哪個歐洲人對亞洲醫術佩服得五體投地，大概也想像不出，東方人曾在他們的藥酒裡撒尿：童子尿也是一味藥引。

你必須容忍這些事情，並且相信它們。堅信不疑！只有這樣，瘸子才能像小馬駒一樣健步如飛。

信則靈，現代醫學也講究這一套。但這裡指的不是那些不可思議、從頭到腳都可入藥而且十二萬分靈驗的神奇祕方。人們已經逐漸認識到，傳統醫學的很多說法都是無稽之談。所謂的海馬文化，其實是因為人們自己的抵抗力發揮了效力。歐洲的生物醫學業收集了來自亞洲、非洲、美洲的各種藥酒、藥膏、油膏、藥粉，並在放大鏡下進行仔細研究。而傳說從來不重調查，有些人以為一切陽具狀的東西都可以壯陽，事實證明這只不過是意淫罷了。令研究者感到驚奇的是其他東西：雜亂無章的分子中或許存在著某種能夠抗癌的物質。目前可以肯定的是，自然界的確是一個大藥箱。人們要做的，就是睜大眼睛去發現，當然必要時還得戴上潛水鏡。

那些自稱是生物探勘者的冒險家在藥材的天堂——熱帶雨林、西伯利亞大草原和大海裡不斷尋找，也不斷有令人振奮的發現。樂土果然存在，但不能說是「土」，而是水面以下那個充滿未知的世界。

鯊魚身上應該要有說明書——海洋藥物的高研發成本

為什麼偏偏是海洋成為尋找藥材的焦點呢？威廉・凡尼克（William Fenical）教授以極大的耐心和熱情對此做了一番解釋。凡尼克領導著位於美國加州的克里普斯海洋研究所，他有足夠的理由心情愉快。每年化妝品巨頭雅詩蘭黛在他的帳戶匯入七位數的款項，資助他進行具有抗發炎作用的Pseudopterosin的研究，這是從一種稱為「海鞭」的柳珊瑚目動物體內提煉出來的物質，發現者正是凡尼克教授。採用它精製而成的潤膚用品不僅可以緩解日曬性皮膚炎，而且還能夠治療牛皮癬。Pseudopterosin還可以成為可體松（cortisone）的替代品，而後者一直飽受詬病。

「海洋裡的生物必然演化出一種完全不同於陸地生物的生存法則，」被稱為神奇生物探勘者的凡尼克說，「海洋裡絕大多數都是共生體，尤其是與微生物共生的共生體。所以那裡的生物所形成的化學物質遠比陸地上要多。道理很簡單，因為牠們生活在水環境中，而水是一種有效分配的介質。」

沒錯。但沒有任何人會因而同意使用化學武器。海洋中有很多動物，比如海綿，就是活體毒藥工廠。化學物質是它們唯一的防衛武器，因為它們不會逃跑。海綿既沒有鋒利的牙齒和爪子，也沒有堅硬的外殼、尖銳的螫針，能夠抵禦來自海螺、螃蟹乃至各種魚類的襲擊。人們也沒有在它們身上找到骨骼結構。在敵人把它吞進肚子之前，它的毒液就足以讓敵人倒盡胃口了。海綿本身是不會產生毒液的，它只是為上百萬隻細菌提供一個很舒適的居所，而細菌則為它提供防禦武器。海綿不僅用這些武器自衛，也用它們來覓食。它就像個篩檢程式一樣，對靠近身邊的物體進行篩選。因為浮游生物在水中不停移動，而且游動得非常快，所以海綿必須擁有這種本領，否則就只能餓肚子了。它不是透過接觸來捕食，而是用毒液麻醉獵物。還有很多其他生物也採用類似方法，比如珊瑚蟲、海鞘、苔蘚蟲和海葵等等。總而言之，都是一些定居海底的生物。

很遺憾的是，老普林尼於西元七九年被埋在維蘇威火山之下，所以海馬泥到底有沒有讓他的頭髮再生，已經無從考究。但我們還知道，他曾信誓旦旦地說，橙色馬勃海綿（*Tethya aurantia*）具有鎮痛作用。它和加勒比海海綿（*Discodermia dissoluta*）一樣，都產自加勒比海深海中。而瑞士諾華藥廠正是從後者之中萃取一種抗癌物質，名為Discodermolid。幾乎所有海綿體內都蘊含著珍貴的有效物質，具有抗濾過性病原體和抗菌的作用，而且在臨床試驗中成功抑制腫瘤。西班牙的科學家目前已經發現超過四十種新型海綿和海藻的成分，並用它們製成防火材料。僅從海綿身上，人們就萃取了兩千多種有效物質。

儘管醫學界對這些醫療物質很感興趣，但若考慮經濟效益，就未必那麼吸引人了。例如，熱帶海綿（*Cymbastela hooperi*）可以提煉出一種治療瘧疾的特效藥，瘧疾也是全世界傳播最廣的一種傳染病。儘管製造這種藥物並不困難，但是沒有人熱中於此。因為瘧疾是一種窮人病。它的市場雖然大，卻不像過敏、牛皮癬、癌症市場那樣有利可圖。藥品業宣稱，我們必須考慮到研發成本。實際上，只有大約十分之一經過臨床測試的藥物最後能夠成為醫生的藥方。很多海洋藥物經過多年辛苦研究，耗費大量資金之後，又會悄無聲息地沉入大海。

這一切都是進化女神的傑作。也許熱帶海綿身上應該空出一塊地方，用來存放詳細的使用說明。每種海洋生物的身上都應該有這樣的設計，當然也包括鯊魚——也許應該放在魚鰓中間，當人們把牠捕撈上來時就能一目了然：啊，肝裡富含魚油；骨膠原可以製成運動員使用的軟膏，或者製成能夠激發潛能的藥劑；體內的有效物質MSI-1436有減肥作用，因為它能夠抑制胃口。這肯定是一條角鯊——呵，那就別吃了！拿來做藥吧。

目前看來，大海裡遨遊的鯊魚並沒有隨身攜帶說明書。竽螺（*Conus magnus*）是一種錐形螺，牠的硬殼上也沒有標明：我的八十種毒素中，有兩種可以製成鎮痛藥，療效要比嗎啡強一千倍。其他五百種海螺也有各式各樣的毒素噴射器官，體內都蘊含著各種神奇的祕方，但誰也沒有帶著說明書在深海裡穿行。海藻們似乎也不怎麼配合。沒錯，它們太小了。難道它們就不能把說明書印在微縮膠捲上嗎？那樣的話，至少人們在放大鏡的幫助下就可以看到：紅藻可以降血脂，綠藻可以製造多醣、從而抑制胃潰瘍，褐藻具有抗凝血作用，而所有藻類都具有抑制風濕和抗感染的作用。**「請把我碾成藥粉吧！」海藻背上的說明書應該這麼寫，「這樣就可以把我用在你的面膜、敷泥和沐浴乳中。」**

但現實並非如此。一切都需要人們自己去探索。這樣就只有一種方法：試驗、試驗，再試驗。

一公噸的海鞘——才能治療一公升的眼淚

有時候我們也會歡呼雀躍。

馬爾製藥公司（Pharma Mar）是一家中等規模的西班牙企業。其生物技術方面的專家來自西班牙化學企業塞爾提亞（Zeltia）公司。該公司自創立以來，經營狀況一直不錯，但也並非聲名顯赫。直到二〇〇〇年情況倏忽一變，塞爾提亞開始慶祝他們的成功。原來他們的子公司馬爾製藥成功研製出一種抗癌藥物，它的有效成分完全產自大海。這種藥品的名稱是Yondelis，它在一系列試驗中都獲得成功：一旦獲得批准，便將迅速產生鉅額利潤，正如它遏制癌細胞擴散的速度一樣，特別是乳癌、肺癌和前列腺癌等等。歐洲的銷售體系愈來愈大，最後美國強生公司也獲得海外銷售許可。要知道，一旦進入美國市場，就等於手裡握著一張空白支票。

「迄今為止，Yondelis研究第二階段的結果顯示，這種藥物在臨床上已經獲得成功。」米顧爾・伊茨奎多（Miguel Izquierdo）博士在二〇〇四年美國臨床腫瘤學年會上發表了上述結論。伊茨奎多博士是馬爾製藥公司的臨床研發部主任，他對這種藥物的研發進程感到非常滿意。Yondelis中的有效成分ET 743來自於一種海鞘，屬於脊索動物門，既沒有眼睛，也沒有心臟和大腦，現在卻吸引了所有人的目光。牠為億萬癌症患者帶來了希望。而研究這種藥物的成本早已被人所遺忘。要想提煉一克ET 743，必須從礁石和深海層中捕撈一噸的海鞘。其他的海底藥物看起來也非常吝嗇。生產十八克生物抗癌藥Bryostatin A需要消耗三十八噸苔蘚蟲（Bugula neritina）。誰來採集呢？醫藥業想要打開這個市場，就必須解決兩大困難：第一，突破人的能力極限。第二，一旦海鞘和苔蘚蟲滅絕，人類就需要對它們進行人工培育。

然後呢？

目前看起來還不會出現這種情況，馬爾製藥的專家說。在此之前，人們一定會找到人工繁殖的方法。到那時，我們就必須飼養海鞘了。在佛門特拉島周圍，已經有人開始著手這項試驗。某些細菌正在人工環境下迅速生長，但是大多數並未像人們預期的那樣進行繁殖。到目前為止，貝類、海螺、苔蘚蟲、海鞘和海綿只能在特定海水環境中生長。與此同時，製藥公司與研究所的船隻在熱帶海洋礁石之間游走，在北海的海脊中穿行，並在那裡進行大量新型試驗，每天透過由機器人控制的分析儀器，對三十萬種物質進行掃描。人們不斷對各種分子圖譜進行化學混合，期待著，直到有人發出「*Eureka*！（我找到了）」這樣的歡呼。

「每平方公尺的熱帶礁石上都會有上千種物種，」威廉・凡尼克為我們解釋生物探勘者所遇到的困難，「估計海洋裡共有上千萬種海藻，而我們只研究了其中的十分之一。除此之外，還有三百萬種細菌和五十萬種動物，我們未來的路還很長。」

化妝品業也沉浸在狂熱之中。「來自海洋的美麗」，化妝品公司向人們許諾。在蔚藍海岸，人們忙著將海藻製成粉末，以便從細胞核中完全萃取維他命、礦物質、蛋白質和胺基酸。岱蔻兒公司（Thalgo）不斷推出各種使皮膚緊緻、淨化、充滿活力的產品，而且一直強調，所有產品都是純粹的生物製品，可以確保不會產生副作用。

它們可以讓四十歲以後的肌膚保持平整光滑。不過，前提是它們能為公司帶來利潤。

正當人們把熱帶地區稱為動物界的藥箱時，位於德國不來梅的韋格納研究所工作人員，卻希望能在地球上冰雪覆蓋的區域中找到寶貴物質。受漢高集團的委託，「極地之星」考察船（Polarstern）正致力於從極地生物體內提煉出高效的防曬祕方——在北極的夏天，這些生物一直在強紫外線的環境下生存。當然，人們也對南極生物自行生產的天然防凍劑展開研究。很多生活在這裡的魚類，尤其是冰魚，都能夠在體內對多達八種物質進行合成，從而產生降低冰點的作用。北極的微生物還能被加工製成食品營養添加物，透過添加物提高或改變食品中的自然營養成分。優酪乳中的菌類就是一個例子，雞蛋裡的魚油、混合在麥片裡的鈣，都屬於這個範疇。

海洋裡的產品似乎無所不包，藥品、化妝品、殺蟲劑、船漆，甚至效果更好的洗衣粉。

這家德國研究所希望在二〇一〇年開發出新的分子模型技術，不僅包括以基因工程改變微生物，使其分泌出人們所需的有效物質，也包括在實驗室裡合成天然物質，以避免物種滅絕導致相應的產品消失。他們的目標不是利用海洋生物本身進行批發生產，而是對它們進行大量複製。海洋從原料供應商變成創意產業。想起來都讓人覺得好笑：**研究者面對優質的軟體動物和原生動物，絞盡腦汁地想著怎樣才能用牠們來治療偏頭痛**。其中一位突然有了天才的想法，立即從中分離出某種高濃度的物質，而實驗室裡的其他人則開始進行複製。

「現在我們急需一些新的藥物，」威廉．凡尼克總結道，「我們需要新的武器來對付那些病原體，它們已經對現有的藥物產生抗藥性；我們還要對付腫瘤和阿茲海默症，到目前為止，人類還沒有找到治療它們的良藥。海洋裡的生物是未來藥品發展的方向。對於這一點，怎樣樂觀的估計都不為過。」

與此同時，他的內心也在考慮怎樣保護這些物種。儘管已經很有成就，凡尼克仍然保持著理想主義者的態度。他並不想把自己的研究所改造為一個跨國製藥公司，他更願意和英國的藥廠巨頭葛蘭素史克（GlaxoSmithKline）合作，繼續安靜地從事他的研究工作，同時能有更多的時間在水中度過。

這也是一種共生現象，是大型藥廠所樂見的。事情總是這樣進行著：當靈活的小公司努力尋找煉金石時，大集團往往扮演旁觀者的角色，同時對各式各樣的探索行為予以資助。一旦煉金石被發現，他們就開始介入了。

聽起來不錯，實際上也確實不錯。來自海洋的藥物能夠而且必將給予人類很大的幫助。那麼，每個參與者都應該得到必要的保障：生物探勘者、製藥集團、海綿，以及病人。一個多麼幸福的世界。不過我們應該考慮到發展中國家的復甦，因為他們正在大量出售自己的生物資源。新開發的藥品對他們來說，可能只是苦果。他們無法以適當的方式參與其中。

也許生產一種能夠適應市場的瘧疾藥將會是個不錯的開始。

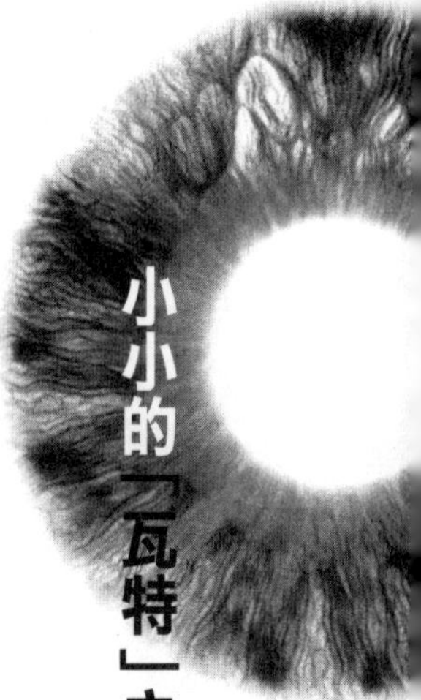

小小的「瓦特」之旅

藉由讀傳記，我們知道，德布西本來想成為一名水手。後來，他用另外一種方式在海洋上航行——管弦樂。對此我們應該感到慶幸。沒有別人能像他那樣，用一種不可捉摸的方式創作出如此充滿天賦的音樂作品。當德布西長久地沉浸在美好的海洋中時，海明威的表達卻顯得那樣簡潔，《老人與海》展現的是海洋冷酷的一面。海洋讓一個老人經歷了最殘酷的考驗，他有足夠的理由放棄，但最終失敗並沒有降臨到他身上。達利對這部小說傾心不已，並為它畫了一幅速寫。梅爾維爾也把海洋看作是一個幽暗的決鬥場所，而華格納則認為它是地獄的象徵。

每個人都有自己的觀點。這其中也包括威廉·赫倫姆斯（William Heronemus）。他認為海洋是：一顆電池。

這位彬彬有禮的老先生是麻州大學的教授，全然沒有什麼思鄉情緒。你要是問他，人類歷史上最偉大的發明是什麼，他一定會說是風車。赫倫姆斯與風，這將是場持續一生的戀愛，而且會在新的想法和預期中不斷達到新的高潮。「任何一種產生能量的方式都需要風的參與，」這是教授的口頭禪，在美國，他被奉為風力能源之父，學生們也正沿著他的足跡前進。「風是人所需要的一切——同時人也需要夠長的壽命，來獲得正確的想法。」

早在七〇年代，赫倫姆斯就推出了一種理論，即將風力渦輪從陸地上轉移到海上，比如大輪船上，或者近海平台上。石油大王們對他抱持懷疑態度，他們認為這個人完全是在搗亂。

但是到了一九七二年，形勢驟然改變了。隨著石油危機的降臨，所有人都為之一驚，然後開始傾聽赫倫姆斯的聲音。這位教授告訴大家，海洋是一個巨大的加速泵，洋流每年所傳輸的太陽能足以為幾千個地球供電。他比後來的英國海洋預報專家提前精確地預言，所有海洋能源儲量的五千分之一就可以滿足全球能源需求。在赫倫姆斯的設想中，海洋只扮演了區位的作用。要將它與永恆的海風結合起來，才能變成取之不竭的能源。赫倫姆斯說，人們要做的，就是將它收集起來，並且加以利用。

只是……

這裡同樣也存在問題。怎樣才能收集風呢？赫倫姆斯不厭其煩地用圖像來描繪他的構想：人們可以看到巨大的桅杆——綁在浮標上——桅杆升得很高，船隻看上去就像玩具一樣。每個桅杆上都裝有大型風力渦輪，最多達三十多個。即使從美學角度來看，這些大傢伙也不一定難看，赫倫姆斯教授為此努力了一輩子：不，風力渦輪機不會很醜陋，只要我們別把它造得太醜就行了。最後他認為，從目前的狀況看來，把它們建在海上要比建在陸地上好得多，因為它們在海上能提供更多的能量。

實際上，海上風力設備能比陸地設備多獲取四十%的能量。另外，風也不是一個很值得信賴的合作夥伴。有時它會呼號不已，橫衝直撞，有時候又會一連幾天沉默不語，此時渦輪桅杆也無能為力。如果你乘火車從漢堡出發前往敘爾特島，路過尼比爾，鄰近北海，就會在海邊看到風力發電機，它一會兒愉快地轉個不停，一會兒又像個廢物一樣傻愣著不動。而在海面上，它們會一直不停地轉動，當然，所產生的電能也會不斷變化。

赫倫姆斯瞭解這個問題。在他生命中的最後幾年，他一直在思考如何利用海洋獲取能源。他設計多種海上風力發電的方案，其構想大大超出當時的科學水準。然而二〇〇二年十一月，這顆充滿智慧的頭腦停止了轉動，赫倫姆斯因為癌症與世長辭。目前，一些後繼者正在繼續著他的事業。從現狀來看，這項事業的前景無可限量。無論在美國還是英國，風力發電事業都突飛猛進中。自九〇年代起，歐盟內共有三十個研究專案致力於推動風力發電，更多專案仍不斷湧現。

現在的人們把水力發電當作一種新發現來兜售，實際上只是一種重新發現。水磨坊不是今天才有的，水能也不是在人們尋找環保替代性能源之後才被發現的。早在幾百年前，亞洲人和中東人就已在使用水車進行農田灌溉。美索不達米亞地區被認為是水能的搖籃，早在西元前一二〇〇年時，那裡的人就開始使用水車了。古羅馬人對水力的利用，已達到很先進的水準，比如他們會利用水能製作升降機。從中世紀開始，水磨坊已經成為歐洲各大河流上的一道風景線；而在工業化的年代裡，它們也同樣發揮巨大的作用：在採礦業中大顯身手的水泵。

將傳統水力技術推上舞台的，是十九世紀末水力渦輪機的發明。水車能夠產生十至五十瓩的能量，但它無法解決全世界對電能的渴求。如今，水力資源的應用主要在中國和非洲，在那裡，它對農業生產發揮了無可替代的作用，不僅生產出幾百萬兆瓦的電能，而那些偉大的工程也引發了人們攝影的衝動。

瓦特的瓦特中的一瓦特是什麼意思？——國際標準單位的發明

瓦特？兆瓦？什麼玩意兒？

OK，在我們進一步深入探討這個話題之前，讓我們重溫一下少年時在課堂裡的情景：「現在來問一個很白癡的問題：什麼是瓦特？」

瓦特其實應該念成「沃特」，因為瓦特是一個英國人的名字。請准許我這麼說，瓦特。瓦特是一位蘇格蘭發明家，參與發明了現代蒸汽機，而物理學功率的SI也是以其名來命名的。SI的全稱是*Le Système International d'Unités*，即國際標準單位。我們應該感謝標準單位：在墨西哥喝下一升啤酒，跟我們在巴伐利亞喝一升啤酒沒什麼區別，因為液體的容量是相等的。

如果國際單位沒有統一的話，那麼全世界交流起來將存在很大的困難：從這兒到火車站有多遠，年輕人？大約五百公尺，仁慈的夫人。啊，步行就可以了。這位女士已經起身出發了。如果問的是鄰國朋友，那麼答案將變成：「噢，不太遠，大概六十施納克吧」或者「嗯，大約兩千維普烏斯吧」。一個維普烏斯可以表示一公尺，也可以表示一公里，誰能知道到底有多遠？那麼多少維普烏斯等於一個施納克呢？要是都這麼表達，那麼在地球村上生活簡直太痛苦了。

於是，一九五四年，國際單位體系誕生了。從那時開始，全世界都用「公尺」作為距離單位，以「秒」計算時間，以「千克」作為質量單位，以「安培」來確定電流強度等等。除了這些基本單位之外，還有很多其他的SI單位，比如赫茲是頻率單位、攝氏度是溫度單位、巴是壓力單位等等。很多情況下，一些科學家的名字最終成了國標單位的代號，比如牛頓作為力的單位（用來向艾薩克・牛頓爵士致敬），而功率的單位，正如我們提到的，是瓦特。

那麼瓦特（這個人）的瓦特（這個單位）中的一瓦特究竟是什麼意思呢？

瓦特表示的是能量在特定時間段內轉換的情況。嚴格地說，瓦特表示的是單位時間內所做的功。物理學認為，能量是永遠不會消失的，只會發生轉換。比如風能可以轉化為電能。為了對轉化結果進行定量表達，人們用某一個值來表示所轉移的能量，也就是瓦特。

因此我們可以像對待「公尺」那樣來對待「瓦特」。如果在顯微鏡下觀察一公尺長的物體，那它簡直就是一頭恐龍。因此人們把公尺又分為公寸、公分、公釐、微米等等，最小的單位是攸米（yoctometer，一公尺的10^{-24}）。而當我們想用公尺來表示地球和月球間的距離時，因後面添加的零太過壯觀，所以我們又發明了公里這個單位。而當距離更遠時，我們就用光年來表示。光速在任何情況下都是恆定不變的，每秒三十萬公里。因此每光秒就相當於三十萬公里。要是你想用數手指頭的方法來算清楚光一年到底要走多遠，恐怕得長幾百根手指頭吧。

能量轉換的度量與長度比較相似。當原子內的最小成分夸克發生反應時，只會產生極其微小的能量。而要是一顆星星發生爆炸，它的能量級別則遠遠超乎我們的想像。對於這兩種情況，我們都需要使用某種刻度來描述它們，而這樣的刻度也確實存在，共分為十六個級別。

最小的能量單位是仄瓦（zeptowatt），這是最小的能量級。當一架遙遠的太空探測器向地球發射無線電訊號時，一座接收器所接受的能量就約等於一仄瓦。比仄瓦高一級的是阿瓦（attowatt）、然後是飛瓦（femtowatt），這是接收超短波所需的最小能量，然後是皮瓦（picowatt），相當於生成一個體細胞所轉移的能量，之後是奈瓦（nanowatt）、微瓦（microwatt）和毫瓦（milliwatt）。

接下來才是瓦特，排在第八位。人類心臟的功率約為一．五瓦。一個一百瓦燈泡的發光功率約為五瓦（剩下的都是熱功率）。冰箱運作時需要一百四十瓦的功率，如果爸爸、媽媽和兩個孩子在家裡待上一天，打電話、看電視、做飯、聽音樂、洗澡，而且一直開著燈，他們所耗的電功率約為五百瓦。如果和全世界所有人的需求相較，這也算不上什麼。光是爸爸開車上班消耗的能量，就比全家人用掉的還多，因為一馬力相當於七三五．四九八七五瓦特。著名跑車布加迪（Bugatti）的發動機功率正好是一千零一馬力。

排在瓦特後面是瓩，也就是一千瓦特。儘管我們的游泳健將弗朗熙．阿爾姆西克（Franzi Almsick）常與金牌失之交臂，但她的運動功率在很短時間內就能達到一．五瓩。這已經相當不錯了——歐洲最強大的太陽能發電廠，工作功率為五百瓩。弗朗熙只需要來回游上三百三十三次，就可與發電廠媲美了。

一千個瓩等於一百萬瓦，一個大型風力發電設備需要達到這個量級，才能實現經濟效益。德國鐵路的城際快車需要八百萬瓦的動力才能運行，而美國海軍的航空母艦則至少需要二〇〇百萬瓦的能源支援，才能前往中東服役。一千個百萬瓦等於一吉瓦（gigawatt），一千吉瓦等於一兆瓦（terwatt）。目前測量到最強的雷射光束為一．二五拍瓦（petawatt）。

接下來，每次乘以一千倍，還有艾瓦（exawatt）、皆瓦（Zettawatt）和佑瓦（yottawatt）。親愛的太陽公公以三八六佑瓦的能量照耀著我們，但如果拿它跟銀河的光芒相比，那就又不值一提了。兩者相比就好像是昏暗的燈光跟伽瑪射線暴的對比一樣。

你還記得嗎？從奧陶紀過渡到志留紀時，就是因為伽瑪射線暴的出現，導致大規模的生物滅絕。我們不知道還有什麼比它更強，至少我們從未觀測到更強的光。

不過可以肯定的一點是，從宇宙大爆炸那時開始，我們的宇宙就已釋放了難以用瓦特這個概念來計算的能量，就好像《米老鼠與唐老鴨》裡面那位吝嗇的老鴨叔叔，他的財產究竟有多少，也是無法用十億或者萬億來計量的：這位世界上最富有的公鴨財產，只能用無數億來描述了！

再說一點點跟物理有關的內容，然後我會就此打住。

我們總是能看到「瓩．時」這個概念。瓦特表示的是功率，而「瓩．時」則表示所做的功，也就是一小時所轉換的能量。一個連續運轉的發電廠，每天廿四小時都為我們提供恆定的電能，但是風車卻無法做到這一點。如果沒有風的話，這些設備也會停止運行。此時人們使用一種輔助手段，比如平均功率是指這台設備每天提供若干瓩的功率。也就是說，根據磨坊主一家人每天所需的電量，可從風力發電廠獲得八、十二或十六瓩．時的電能。

國際標準單位本來是科學界推動的一項發明，但後來卻成為經濟學上的一種基礎語言。當然，特立獨行者永遠都不會消失。美國幾乎只在科學研究方面使用國際單位，英國用哩和碼來計算距離，用華氏來計算溫度，當人們需要喝點健力士黑啤酒時，他們會要上一品脫。「半品脫，」小老闆常常會說，「是給娘兒們喝的。」

德國：零分——海洋能源方案比一比

據推測，到二〇五〇年，全世界人口會消耗三十兆瓩．時的能量，如果那時的人口數量增加至一百億的話。這還不算是大問題，我們可從海洋中獲得足夠的能源。但現實上要達到這點要求並不簡單。儘管水力發電廠能夠產生大量電能，例如，巴西的伊泰普水電廠，總發電功率為一二六〇〇百萬瓦，相當於十座中等的核電廠。到二〇〇九年，中國的三峽水電廠，發電容量可達一八二〇〇百萬瓦。但是這些發電廠都是內陸電廠，它們利用的是河流的能量。海洋的情況與河流不同，它沒有穩定的水流，因此，到目前為止，能源業一直忽視海洋。目前有五種方案還是值得我們討論的。

請跟我來，我們一起來研究一下瓦特。

潮汐發電站

利用的是漲潮和退潮時所產生的水位差。人們找到某個入海口，在水中建起一道牆，將河流與海洋分開，並使其通過渦輪井。在此過程中，渦輪井會轉動兩次。第一次是漲潮水流進入時，第二次是水流流走時。動能驅動渦輪，而渦輪則產生電能。

但是，這種方法存在三個困難。

一方面，漲落潮是週期性的。當水位達到平常狀態時，電源槽內就不會有電流通過。第二個困難是，只有在潮汐落差達五公尺以上的地方，才能興建潮汐發電站。對德國而言，這是個壞消息。因為德國的潮汐落差不超過三．五公尺。

第三方面，環保人士還指出，以圍牆將河流與海洋用人工隔離開來，會產生很多不利的後果。整個生態系統都會受到威脅，因此，人們找到一種替代方案——不再修建隔離牆，而是隔一段距離建一個人工的渦輪島，這樣魚兒就不會再次經歷德國人的圍牆噩夢了。

海浪發電站

平均來說，每公尺海岸線可產生三十瓩的能量。要是你利用五十公里的海岸線建設海浪發電站，就可以省下興建一座大型核電站的力氣。可惜——或者謝天謝地——不是每條海岸線都適合建設發電站。就算我們可以忍受笨重的儲藏室把海邊變得不那麼美麗，海裡的居民也會抗議：螃蟹、浮游生物、魚、貝類、海藻等等。因此，只有特定地區可以考慮。

儘管如此，全世界十五%的能源是可以透過海浪發電站來提供的。然而德國同樣無法參與其中，或者準確地說，參與程度極為有限。在全球海浪能源的一覽表中，德國排在後三分之一的位置，每公尺海岸線只能產生十至二十瓩的能量。

相反的，我們在好望角的岩石周圍可以獲得一百瓩的功率，北非的情況也差不多。澳洲南部海濱，每公尺可產生七十瓩的功率，那裡是海浪發電站的天堂。西班牙、蘇格蘭、挪威和南非也很適宜建造海浪發電站。與此相反，加勒比海地區的海浪能源甚至比德國還貧瘠，那裡的功率只能達到十瓩。

很棒的技術——前提是你得擁有海浪才行。

在外海上不會有任何的不足。歐盟正在推行一項充滿希望的計畫：海浪之龍（Wave Dragon）。設備被安裝在距離海岸線很遠的海上，其中帶有一個高於海平面的儲水器，水流進入儲水器中，再經由傳統的渦輪機轉化為電能。為了充分利用海浪的動能，人們利用兩個很長、非常平整的坡道，將水引入儲水器中。海浪之龍與傳統海浪發電站根本的區別，在於它的停泊方式——整套設備會根據風向旋轉。海浪之龍被設計成一個停泊場，所有元件都在這裡聚集。在測試過程中，這條巨龍的表現的確令人刮目相看。

但蘇格蘭人卻認為，龍並不屬於水，它們會把人們鍾愛的陸地上騎士和少女當成美食。聰明伶俐的蘇格蘭設計師們想到了一個老朋友，它更適合海洋：黑背海蛇（*Pelamis platurus*）。

在希臘文中，*Pelamis*是海蛇的意思。黑背海蛇是一種分布很廣的爬行動物，幾乎所有熱帶海洋都是牠們的棲身之所，此外，在南非和馬達加斯加附近海域，甚至巴拿馬運河中都能尋覓到牠們的蹤跡。根據動物學家的描述，牠的最大體長可以達到一公尺半。但等到出現一百五十公尺長的「海蛇」之後，此一紀錄將被改寫。從二〇〇四年八月開始，人們已經開始談論這條「海蛇」了。在奧克尼島的水域中，人們爭相一睹它的真面目，包括嚴肅的科學家們。這個大怪物閃著紅光，直徑達三公尺半，胃口大得驚人。

不要恐慌。

黑背海蛇只是這個浮在水上的發電站名字而已，這沒有什麼稀奇的。它是由愛丁堡大學的理查・耶姆（Richard Yemm）發明，由四個彼此相連的長形鋼製氣缸組成，當海浪出現時，它們就會做簡諧運動，並透過重纜與海底相連，每個部分都會不斷地晃動，同時將振動能量傳遞給一個模組，再由模組為液壓發電機提供能源。

海蛇發電站最多能將八十%的波浪能量轉化為電能，每個模組可以產生七五〇瓩左右的能量。海蛇現在仍是唯一一個示範，但是很快它就會有伴了。

不過，蘇格蘭人總算可以慶祝一番。經過多年向世人推廣尼斯湖水怪確實存在的辛苦過程後，蘇格蘭人終於可以讓人看見一條活靈活現的海蛇了。

雖然它只會吞噬海浪。

潮流發電站

潮流發電站是由全世界動力最強的發動機驅動的——也就是海流。它與風力發電機的原理比較相近，但是它的驅動輪卻藏在水底。從理論上來說，它的桅杆可以安置到任意一個深度，但在實際使用中一般不會低於二十五公尺。

潮流發電站贏得很多人的讚賞。水的密度是空氣的八百倍。只需使用很小的轉輪，在很低的轉速下就可以得到驚人的能量。當潮流速度達到每秒二至三公尺時，所獲的能量就相當可觀了。而且與風力發電站相比，它還避免了一個非常重要的不利因素，那就是重力。風力渦輪是一個龐然大物，但沒有什麼比渦輪桅杆的不穩定更為致命的。儘管水流渦輪也對靜力學家提出很高的要求，但是在水中驅動本身就已降低重力的影響。人們只需要對付潮流就可以了，它會扯動設備、造成腐蝕、帶來造成堵塞的海藻，或者將沉積物捲揚起來。

二〇〇三年，在距離德文郡北部海岸三公里的海面上，出現這樣一個潮流發電站，人們將根據其模型建造一系列渦輪泊位。這一「海流計畫」（Seaflow）是由德國和英國的工程師共同設計的，但是迄今為止還未提供過一瓦特的電能——原因僅僅是它還沒有和電力網相連接。除此之外，一切都很令人滿意。

海流計畫不僅累積了經驗，而且能夠提供三百瓩的功率，這已經大大超出設計者的期望。轉輪是由碳纖維和鋼材製成，非常牢固；桅杆長五十公尺，錨定在水下二十公尺深處。你很難從海流工程上看到什麼，除了一根大柱子，一個大箱子，和上面的一個維修平台。轉輪葉片可以進行一百八十度調節，因為漲潮和落潮的方向是完全相反的，總而言之，這是一個完美的設計。

海流工程設備擁有完美的安裝地點，這是沿著歐洲的大西洋海岸不斷尋找後才發現的位置。第一個完全運轉正常的渦輪工程，如今出現在北愛爾蘭和蘇格蘭之間的海面上。這種新一代設備名為SeaGen，到了二〇〇七年，每根桅杆的功率會達到一百二十萬瓦。與單轉輪的海流塔相較，這裡共有兩個轉輪同時工作。SeaGen桅杆特別適宜安裝在停產的海上鑽油平台。**這真是一個歷史的諷刺：過去用於開採石油的鑽油平台，如今卻參與了完全環保的再生能源經濟。**

然而德國依舊一無所獲，正如我們在歐洲電視網金曲大賽上的表現一樣。我們缺乏資源。海流太弱了，潮汐落差太小。我們的電視名嘴史蒂芬·拉布（Stefan Raab）對此也無能為力——就算他是工程師又怎樣？

在英國的另一項重要計畫中，海面產生不了什麼作用。他們透過所謂的「魟魚技術」（Stingray），將一種古怪的機構固定在海底，這種機構由千斤頂和踏步機組成，形成一個十字交叉的形狀。在四根粗壯的支撐腳頂部，有一個凸起的短桅杆，其頂端有一個活動葉片安置在鉸鏈中。水流不斷上下沖刷葉片。

這台測試設備就在昔德蘭島附近，它不僅可確保充分的能量平衡，而且動物們也能適應這些四條腿的大傢伙，它們上上下下的運動速度很慢，顯然不會嚇到這些海洋的原住民，當然更不會傷害到牠們。無論環保主義者如何熱愛那些漂亮的大風車，有一點是他們始終無法迴避的，那就是來自飛鳥行業公會的質疑：每年有數以千計的小鳥遭遇風車劫，最終成了人們盤中的宮保肉丁。

海洋熱力發電廠

這個理念很早就有人提出來，但長期以來一直被認為無法實現。但是近年來，隨著科技的進步，熱力發電廠重新成為人們談論的話題。如今它們被稱為OTEC（Ocean Thermal Energy Conversion，海洋熱能轉換系統），可以利用不同水層的溫差獲取能源。

在熱力發電站中，人們需要一種液體的運作介質，並要求它的沸點盡可能低。比如說，氨氣和溫暖的表層水混合後，很快就會蒸發和膨脹。蒸氣可以產生壓力，並且驅動發電機，然後產生電流。當溫度較低的深海水進行充氣時，氨氣就會重新液化，然後發熱，然後再次液化，如此循環往復。總之，至少在深度超過一千公尺，且水層溫差超過攝氏二十度時，才能發揮足夠的效用。

可惜，這仍不適合德國。

滲透發電站

滲透發電站別具一格的是，鹽的含量在這裡產生了決定性的作用。在入海口，淡水和鹹水發生了交會。此時液體會相互混合，以平衡它們的濃度差。如果不讓它們混合，會出現什麼情況呢？你只需製作兩個容器，並用膜從中隔開就可以了。這種膜的特性是，淡水可以通過，但濃度較大的鹹水則無法通過。也就是說，水只能向一個方向流動。假設是從右往左。左邊容器內的水平面開始上升，此時就產生一定的壓力，而這種壓力即可驅動渦輪機，一個滲透發電站也就建成了。

它的優點在於原理非常簡單。數十億年以來，進化女神一直進行著滲透實驗——在人體、動物和植物的細胞內部。問題不在於原理本身，而在於滲透膜。要想產生百萬瓦級的能源，它的面積就必須達到二十萬平方公尺。怎樣才能做到呢？纏繞起來，放在管道模組裡，這樣才能做到美觀，否則一個二十百萬瓦的發電站看起來就像一堆廢墟。現在出現一種新的設計，將滲透發電站建在地下。如果這能發揮最大效益的話，那麼歐洲每年即可獲得兩千五百億瓩·時的電能。這是德國每年用電需求量的四倍。

順便提一下德國……

不，我們仍然一無所有。可惡的波羅的海不夠鹹，而北海出海口又不存在明顯的淡水和鹹水分界線。德國：零分。

上述所有的發電站都有一個共同特點，那就是它們無法儲存電能。它們所生產的電能必須直接投入使用，而且除了個別特例之外，大多是不太穩定的，因此也不能完全取代傳統的發電站。

但是，如果將它們與其他一些環保型的能源結合，比如太陽能等等，那就還是可以發揮愈來愈重要的作用。我們必須繼續努力。正如前面所說的那樣，直到七〇年代石油危機以後，再生能源才引起人們的注意。而隨著石油價格的下跌，人們對它的興趣也迅速減弱。如今，由於二氧化碳的問題愈來愈嚴重，人們對水力發電站的熱情也逐漸高漲起來。

另外，在德國也是如此。即使我們沒辦法好好利用這些方法，但我們仍可在技術方面不斷地開發、輸出、提供服務。因為，德國的工程技術就是一流的再生資源。

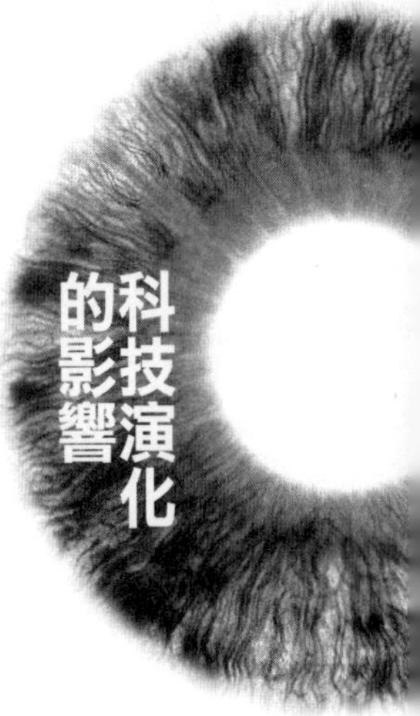

科技演化的影響

美國藝術知識份子中的權威雷・庫茲威爾（Ray Kurzweil）在他那部充滿爭議的《現代智人》（*Homo s@piens*）書中寫道：

「演化過程正以幾何級數的速度向前發展，而技術的進步也始終與它保持一致……技術終將發展出新技術……因為技術其實是另一種形式的演化，因此它的增長速度也是幾何級數的。」

如果我們自認為可以與進化女神平起平坐，也許是錯誤的，因為即使沒有我們，她也會不停地為這個世界操勞。但在人類的發展過程中，我們已從進化女神那裡分到一杯羹。我們盡量做到謙虛、寬容，但仍然追求「科技演化」，我們要以技術的手段來延續自然的建構和功能，這就是我們的理念。

什麼？僅是因為我們的大腦讓我們擁有這樣的能力嗎？這顆由進化女神創造的大腦？

好吧，好吧。

不管怎樣，科技演化一定會對我們未來的生活產生重要影響，不管我們在哪裡停留，也不管我們將來要做什麼。它前進的腳步將愈來愈快。科技演化是一個不可逆轉、強制性的過程。凡是想得到的，就一定能做得到。一旦付諸實施，科技演化的過程就會不斷加速。

過去一百年的科技演化，抵得上過去一千年的成就，而接下來十年的發展，又肯定能與過去百年的進步並駕齊驅。電腦的計算能力遵循著摩爾定律，在過去二十年中一直呈幾何級數增長。我們有理由期待，在不久的將來，電晶體的分隔層厚度只會相當於幾個原子。摩爾定律將在一個新的加工技術中找到它的立足點。在想像和實踐的世界裡，螺旋上升的速度日益增長。

幾十年後，西半球可能沒有人能夠離開電腦義肢而生存，大量的神經植入體將取代我們的器官，幫助我們聆聽、觀看、思考。電腦病毒將會超過心肌梗塞和癌症，成為人們健康的最大風險；隨著基因技術的進步，人們會一個一個克服這些疾病，但稍具天才的恐怖份子也會躲在某個暗室裡，不斷生產出新的病毒。有錢人的小孩都是經過精心設計的，而且為了預防萬一，他們還會再複製一個。人類將對大腦進行分子掃描，奈米技術和超微技術的迅速發展，也讓長生不老不再遙不可及，前提是，我們必須離開自己的身體，將自己與人工智慧進行連結。**機器產生了意識，愈來愈人性化，而人則愈來愈像一部機器。**這是人類的前景。

然而現實生活中的調查顯示，多數美國人和歐洲人對科學根本沒什麼興趣，幾乎一半的人不相信科學家和政治家所說的話。**曼哈頓的小孩把母雞畫成六隻腳，因為他們的媽媽總是會買六隻裝的雞腿回家。**科技演化不是一場共產主義的喧嚷遊行，所有人都席捲其中，明明是在我們眼前發生的，但同時又讓人難以察覺。

科技演化可以是一副助聽器，是對天生感官的一種技術性擴展。它也可以是一枝雷射筆，就像人們在課堂上使用的那樣，是我們的食指在光線上的延伸。當我們看電視時，我們所使用的眼睛本來最多只能看到幾百公尺遠，然而此時卻超越了國界。不管我們是否願意，我們已經成為百分之百科技演化家庭中的孩子，沒有了她，我們甚至無法生存。她過去是、而且現在也是我們適應自然或人工環境條件的途徑。

好的設計就像大自然——仿生學

在演化與技術的結合中，目前最能引起人們興趣的，恐怕要算是仿生學（bionics）了。它清楚地展現未來發展的方向。一般來講，仿生學原理是仿照自然界中的各種形狀和運作原理，來為人類的需求服務。尤其是海洋仿生學最受關注，因為海洋中的生命體歷經數百萬年大自然的磨練，已經創造出很多令人歎為觀止的能力和解決問題的方法。比如飛魚就長著分岔狀的尾鰭，因而能像離弦之箭般在空中滑翔。而烏賊也引起高科技產業的興趣，因為牠們的色素囊可開關自如，而且能夠閃電般地適應周圍環境。這些小囊可以對溫度變化產生反應，自行收縮或膨脹。此外，烏賊還豐富了電腦顯示器的生產技術，並且能夠應用在隧道的警告板上，因為它能對有毒物質產生反應。具有自我清潔功能的洗臉盆，也要感謝人們對超光滑的海豚皮膚研究。

海豚為仿生學家帶來愈來愈多的驚喜。比如在水下進行資料的無線傳輸就曾讓聲學家們幾近崩潰，因為在水面下，信號會發生多次反射，從而相互重疊。但海豚之間並不存在這個問題。牠們會「唱歌」，也就是說，牠們能不斷更改自己的發送頻率。柏林科技大學的科學家們以仿生學權威魯道夫・巴納什（Rodolf Bannasch）為核心，開發出一種歌唱式的發射模組。從此人們可在沒有干擾的情況下相互交流。感謝海豚。

仿生學如此新穎，仿生學又如此古老。

潛水員身上的橡皮潛水鞋，就是在觀察研究鯨和魚類之後，模仿牠們的尾鰭製造出來的。而在仿生學的時間軸上，人們還可以繼續向前追溯。早在西元前五百年，希羅多德就已介紹過潛水裝備。他提到一位先生，從某種意義上說，這位先生是一位偉大的仿生學家和科技演化的先驅。他不僅瞭解象鼻的作用——他花了很長的時間去觀察大象潛水，發現牠們能夠用這種天然的進氣管道呼吸——而且還對這種原理加以抽象化，為達到自己的目的，而對此進行改造。

他的名字叫西里思（Scyllis），是克里西斯一世旗艦上的一名奴隸。

有一天，西里思聽說他的國王正準備進攻希臘人的船隊。西里思吃了一驚。他本身就是希臘人，於是他開始擔心同胞的安危。他應該用某種方式向他們發出警訊。他策畫好幾種方案，又全都放棄，直到最後，他決定偷一把刀，然後從甲板上跳入水中。事情並非如他所想像般神不知鬼不覺。但當看守者衝向船舷時，西里思已經消失了。也許他已經淹死了，克里西斯國王的部下們這麼想，於是繼續準備入侵。他們完全沒有料到，此時剛剛逃出去的西里思正趴在船身下。當他確認人們不再關心他的去向時，就立即潛入水中，游向距他最近的岸邊。

克里西斯打算第二天出海啟程。西里思感到勇氣正逐漸消失。他要怎樣才能提前通知希臘首領呢？他跑得很快，游泳時耐力也很強，但是距離太遠了，再快也來不及。他只有一條路可以走：搞破壞。不管怎樣，他手裡有把刀，這是他完成一切英雄壯舉的全部武器。最大膽的辦法就是割斷克里西斯船隊所有拋錨用的纜繩，這樣就會讓船隊在海浪的作用下撞成一團。國王將浪費很多的時間。但是他必須先悄悄地把船集結在一起。要想在水下游這麼遠、做這麼多事情，顯然是不可能的，僅僅是各船間的距離，就足以讓他肺裡的空氣消耗殆盡

他的目光落到蘆葦叢上。

突然，他靈機一動。西里思咧嘴笑了，他驕傲得就像整個希臘軍隊的統領。他找到一根特別結實的蘆葦管，將它截斷，然後向裡面吹了幾口氣，確保內側沒有堵塞。然後他就等著天黑鑽進水裡，嘴裡叼著這根管子，潛在水面下，游到錨定的船隊中間，一根錨索接著一根錨索地實施他的計畫。最後，希羅多德寫道，他游了十五公里才上岸。

人們完全有理由相信，是西里思發明了潛水用的進氣管。在他之前沒有紀錄表示其他人也曾有過同樣的想法。

一百五十年後，亞里斯多德描述了用陶罐當作頭盔的潛水員，而亞歷山大大帝對水下的生活也非常感興趣。據說這位統帥曾使用一個由木頭和玻璃製成的大桶，潛到水下二十公尺處，就是想看看那裡有什麼可以占領的。當然，他的所見所聞應該非常有限，因為空氣儲備非常少，在深水處會被壓縮。儘管如此，傳說中仍有這樣的說法：

「這位偉大的國王坐在他的玻璃船中，在深海裡待了七十天，他看到海底的各種奇景和龐然大物。有一次，他發現了一條巨大的魚，他花了三天時間，才從魚的身旁駛過。」

這條魚或許只是一隻鴨子，深海的魅力無法否定這個事實。一五一五年，達文西設計了一艘潛水舟，但是這些都無法打破海面下的昏暗。直到一六二〇年，荷蘭人科納利斯・德雷伯（Cornelis Drebbel）才發明了第一台機動潛水裝置，而呼吸問題則被哈雷（Edmund Halley，世界上最著名的彗星就是以其名命名的）解決了，他的方法是用一根軟管將潛水鐘和一些充滿空氣的大桶連接起來。當時的玩意兒當然稱不上真正的潛水艇。直到十八世紀中葉，潛水裝置仍然只應用在帆船和帶槳的小船上。

海龜到深飛——從用爬的潛艇，到會飛的潛艇

一七七六年，美國發明家大衛・布希內爾（David Bushnell）的「海龜號」潛水艇終於改變這一切。在手搖柄的操縱下，兩根螺桿相互運動，這樣人們就無法在水面上看到那個單人航行的笨傢伙了。很快地，美國海軍部隊全部使用海龜號，並在紐約港開始服役，以便應付英國戰船的威脅。他們試圖在船身打孔、安裝炸彈，但是最後沒有成功。同樣地，一八〇一年由美國人羅伯・富爾頓（Robert Fulton）設計的三人潛艇「鸚鵡螺號」，在戰場上也沒有建功，它看起來更像一隻跛腳鴨。

那時候，根本沒有人意識到，**將來也許會出現潛水艇的戰爭。**

到了一九六〇年一月二十三日，潛水艇開始被應用於和平事業。雅克・皮卡德和唐・華許將「第里雅斯特號」潛艇開到馬里亞納海溝底部。在此之前人們從未到過這麼深的地方。儘管威廉・貝博（William Beebe）和奧蒂斯・巴爾頓（Otis Barton）曾在三〇年代用他們的潛艇——一個兩噸半重的大鋼球——來到九百公尺的深海，但是直到有了皮卡德的第里雅斯特號，整個世界才真正陷入深度癡迷中。從此之後，一些結構相似的仿造裝置也被用於深海考察。後來，雅克－伊夫・庫斯托（Jacques-Yves Cousteau）發明了小型可移動式潛艇，而這種潛艇也成為他的「卡呂普索號」*的基礎。

* Calypso，希臘神話的海之女神，將奧德賽困在她的島上七年。

然後，羅伯特．巴拉德（Robert Ballard）開創了新的時代。

迄今為止，巴拉德的「阿爾文號」（Alvin）應該是見聞最廣的潛艇：大西洋中海脊上「黑煙囪」裡的深海綠洲、鐵達尼號、俾斯麥號……這個清單可以列得很長。這位最受歡迎的海洋學家，早在一九六四年就建造了這艘潛艇，但直到今天，阿爾文號仍然可以潛入深海。它的結構在當時是革命性的，因為巴拉德使用了鈦這種材料，不僅更加牢固，重量也比鋼材輕了一半。由於阿爾文號裝設了機器人手臂、電腦、攝影鏡頭和各種測量儀器，因此，對科學探勘而言非常理想。這條長達七公尺的潛艇（剛剛好）可以容得下三個人，水箱裝滿海水，這樣就可以讓潛艇像一塊大石頭一樣，沉入四千公尺的深海。

直到四十年後，依然很少有潛水艇的潛水深度會超過三千公尺。與阿爾文號齊名的是俄羅斯的雙子潛艇：MIR I號和MIR II號：好萊塢導演卡麥隆就是乘坐它們前往海底拜訪鐵達尼號和俾斯麥號的。這兩艘潛艇的觀察窗比阿爾文號的大，而船艙的直徑為兩公尺，卻比阿爾文號小得多。這倒無所謂。當外面的發光水母跳著深海芭蕾舞時，誰還會在乎座位的大小呢。這兩艘潛艇可以潛入六千公尺的深海，它們是世界上最大的科學考察船*凱得什號（Akademik Keldysh）的配備，而座位往往早在幾年前就預訂一空了。日本的深海號（Shinkai）和法國的鸚鵡螺號（Nautile）也能潛到六千公尺的深海處。這些船隻有一個共同點，那就是它們都依靠蓄水倉的進出水讓潛艇下降和上升。潛艇前進依靠的是電動馬達，但是速度就不值一提了。

格拉姆．霍克斯（Graham Hawkes）對此並不滿足。

幾年前，這位美國的深海潛艇設計師開創了一種全新原理，試圖以此徹底征服大海深處。他的深飛（Deep Flight）結構，與飛機原理、運作方式有著驚人的相似之處。在「真正」的飛機上，動力是由機翼提供，而在深飛號上，也是依靠縱剖面提供動力，而且還會向後噴出煙霧。它可以進行垂直轉彎，也可以像噴射式飛機那樣曲線飛行。

由於霍克斯的潛艇上沒有蓄水艙，因此他的潛艇非常小，這樣就能更容易適應逐漸升高的水壓——對於深飛I號和II號而言，實際上並沒有深度的限制。這種時速可達每小時二十公里的深海快艇非常靈活，而且由於潛艇擁有耐磨的陶瓷外罩，讓霍克斯實現了他最大的夢想：美國人其實也想抵達馬里亞納海溝的底部。而在海底著陸的那一刻，他顯然比皮卡德表現得優雅許多。

笨重的漂浮水箱時代終於走到盡頭了。也許有人駕駛的潛水航行也會逐漸退出人們的視野。**親身體驗陌生的世界或許是唯一的、真正的冒險，但是如果從健康考慮，這種作法卻不會受到表揚**。取而代之的，是新一代仿生潛水裝置，是它們征服了無利可圖的深海：

微型機器人。

幾年前，無線的遙控探測器——也就是所謂的AUV（水下自動機器人）——的控制範圍還只有兩、三公尺遠，現在人們卻已有大幅進步。連遙控器也不再是必需的設備。將來，程式控制式機器人將在海底游走，自行做出決定，相互交換資訊，並將資料透過無線電傳送給衛星。德國的機器人系統DeepC可在六千公尺的深海自主工作六十個小時。另外兩種典型的新一代機器人系統，「桑瑟斯」（Xanthos）和「馴鹿」（Caribou）外形都比較像魚雷，不久也會被改裝成魚的形狀，包括它們強勁的尾鰭，因為這樣不僅可以明顯減少能源消耗，還能將駐留海底的時間延長四倍。

未來的趨勢是艇身愈來愈小。目前，美國的Nekton研究公司正在測試一個長僅七公分的微型潛艇艦隊，這些機器人可以相互協調，還能互相通訊。無論是石油公司、環保人士、科學家還是通訊業，都對它相當感興趣。

然後呢？讓我們用實際的眼光來看吧：當海裡游動著一群群微小的、長得跟魚一樣的機器時，我們將會得知一些全新的知識——而漁夫們也會釣到一些罕見的、無法食用的漁獲。

＊這個紀錄已經被日本的「地球號（ちきゅう）」打破了。凱得什號全長「只有」一二二・二公尺，遠不及地球號的二一〇公尺。

我們要是早點知道就好了！

有這樣一種深海烏賊。多年以來，我們只能看到牠那支離破碎的遺體——斷裂的觸鬚和令人毫無食欲的軀體殘骸，身旁圍滿了蒼蠅，發出陣陣惡臭。現在，終於有日本人拍攝到這種神祕怪物的近親。牠在水面下九百公尺處吞食誘餌時被捕獲。在奮鬥四小時逃跑未果後，這個貪吃的傢伙頗不情願地弄斷一根手臂逃走了，即使如此，對於研究者而言，這也是相當重要的一份戰利品。

為什麼我們要等待這麼久，才讓這位八面玲瓏的拳擊高手——第九和第十根手臂實際上根本不能算是手臂，而只是鞭狀的肢體——出現在我們的鏡頭前呢？僅僅因為牠太罕見了嗎？基本上是正確的。不過主要原因非常複雜，同時也體現了水下探勘眾所周知的兩難境地。

要不是聖經裡從來沒提過海洋深處，我們也許早就發現更多令人驚奇的東西了，不過，我們並不是深海魚類。我們開著咕嚕嚕冒著氣泡、而且發出嘟嘟響聲的潛艇駛往那個未知的世界，試圖有所發現；潛艇的鹵素前照燈也許可以照亮二十到三十公尺的距離，但我們對那裡的情況卻仍一無所知。我們早已確信存在這樣的大烏賊，但始終緣慳一面。我們唯一知道的就是牠不會發出抱怨。一位美國的研究者為此大吐苦水：「下面的生物多得嚇死人！問題是，一旦我們來了，牠們就迴避了。」

一無所獲的不僅僅是深海裡的探險者。即使是在淺海裡，人們也常常無功而返。儘管海洋生物對游動的物體有著不小的好奇心，但如果這個笨手笨腳的物體試圖接近牠們，情況當然就不一樣了。現在的潛水裝置會產生噪音，移動起來一點也不優雅，而且一旦出現緊急情況，人們就不得不浮出水面：當你遇到有趣的東西時，往往會屏住呼吸，但總不能為了一飽眼福就從此停止呼吸吧？機器人可以潛得更深、待的時間更長，但是它們顯然並沒有得到烏賊的信任。當你允許不明潛游物體靠近自己時，你會得到什麼？也許當你為此而失去一條觸鬚時，你一定會把這個消息告訴夥伴們——只要你還有機會這樣做。

因此，我們對海洋生物的瞭解甚至還不如我們對月球背面的瞭解。這種狀況令一個人感到難以接受：雅克．胡耶里（Jacques Rougerie）。

重建失落的亞特蘭提斯大陸——水下科學工作站

當大家稱這位法國建築師為瘋子時，他大概會認為這是一種奉承。他本人就認為作家凡爾納是一個瘋子，但他依然為凡爾納感到癡迷。對於胡耶里而言，瘋狂是對保守和缺乏想像力的反擊。大約三十年來，這位自認為是現代尼莫船長*的建築師一直住在塞納河上的一艘遊艇，堅持設計他的先鋒派潛艇和海底住宅。

一九七三年，NASA（美國航太總署）委託他設計一個完整的「海底村落」，不久後，美國人實現了他的「水村落」（Aquabulle）計畫，這是一個位於水下三十五公尺處的透明住宅，胡耶里的這個設計理念來自於肥皂泡。

另一個專案是一九七六的「小石屋」（Galathée）計畫，有六位科學家在這裡居住、工作了半年之久。這個建築的結構一目了然：胡耶里用了五十六噸鋼材和玻璃建造了這個地方，它了無生氣，就好像英國科幻小說家H．G．威爾斯（H. G. Wells）的火星車跟一隻青蛙配對後的產物。對於胡耶里而言，採用這種設計的原因很簡單：在陸地上，我們總能憶起幾百年來的建築傳統，對於建築大師而言，就好像在便利商店裡探囊取物般。而在這個世界裡，壓力不斷增加，水流沖來沖去，空氣嚴重不足，任何歷史都無從談起。胡耶里說，我們應該向誰學習呢？難道不應該向那些英勇地適應環境的生物們學習嗎？

* Nemo，小說《海底兩萬哩》當中的角色。

因此，這位法國人後來把精力投入仿生學中。他所模仿的不僅是外表，還包括功能。結果往往是讓人驚訝的簡單，比如說：既然海洋生物們對機械驅動物體很不歡迎，那為什麼不拿掉馬達呢？因此就產生一個小型的水下實驗室，它可以利用水流在海中漂浮，就好像水母和樽海鞘綱生物一樣。在觀察海洋（Ocean to Observe）計畫中，這種裝置的自然運動方式使胡耶里可以更加接近觀察的物體，因此他的想法愈來愈大膽。他設想一種有人駕駛的潛水站，能夠二十四小時不間斷地工作，非但不會嚇著動物，反而會吸引牠們。他一直在探討水母和冰山的動力原理，研究海馬和NASA的航空飛船設計，他的製圖板上出現一種前所未有的東西：胡耶里設想著一種海洋飛船的模型，「海衛星」（SeaOrbiter）——這種美妙的未來形象，足可讓史蒂芬．史匹柏嫉妒至死。

現在，「海衛星」還只是一個三．五公尺高的模型，但是只需幾年時間，這個水中工作站就會投入使用，並且引發海洋研究的一場革命。專家們喜歡把「海衛星」比喻為龐大的海馬，但是又很難對它進行歸類。它像一艘能夠穿越克林貢*的旗艦，又像是一座浮動的大教堂。它高達五十一公尺，由直徑達十公尺的圓形纜繩進行固定，而漂移的特點又很像一座冰山。在一個超大的浮標之外，還有兩個模組。通過舷窗和全景窗，人們可以隨時觀察水面上下的世界，因為這個白色的鋁製結構只有三分之一浮在水面上。剩餘三十一公尺隱藏在水面下。整個結構共有八層工作空間，看上去跟一座大廈沒什麼兩樣，只是大部分都泡在水下。

那裡的一切都非常有趣。共有十八名工作人員，其中十位都生活在枯燥乏味的環境中。除了廚房、起居室和臥室之外，這些深海探勘隊員們還要整天待在裝備齊全的實驗室內，進行聲學和生物學方面的長期研究。最引人注目的還是海洋飛船的多層高壓模組，它可以讓水下空間的內壓與周圍水域的壓力彼此適應。研究者在下水之前，無須再浪費時間進行減壓操作，他們只須鑽進一個塑膠圈裡，穿過一道閘門，滑到外面就可以了。潛到水下三十五公尺變得易如反掌。

科技的便利當然也需要人們付出代價，那就是隔絕。這裡的隔絕指的並不是囚禁。人們可以向上移動，但是得付出一定的代價；高壓區與「海衛星」露在水面上的區域是密封隔離的。在海平面以上，氣壓為正常值，那裡的工作人員主要從事後勤物流工作。這裡不時吹來涼爽的海風，有導航與通訊儀器，人們可以站在艦橋上瞭望遼闊的大海，或在寬闊的露天平台上觀賞鯨魚、海豚、海浪和天邊雲彩。整個龐然大物是由空氣驅動的。就理論上講，「海衛星」可以無限期地待在海上，在實際運行時，人們可以在船上度過三個月隱士般的生活，尤其在高壓區。

燃料不再是問題。「海衛星」不需要動力。它只有兩台電動機，有時用來調整方向。除此之外，胡耶里的設計理念是，完全由水流驅動這個工作站，這一點很像「觀察海洋」計畫。「海衛星」可以靜悄悄地穿過各大洋，只有運轉不息的洋流才會影響它的節奏。

儘管這個浮島看上去很大，但它對動物世界卻不存在任何威脅。作為自然體系的一分子，它甚至還會吸引一些海洋生物——胡耶里希望在「海衛星」的周圍逐漸形成一個生命的綠洲，一個完整的生態系統，就像我們在礁石和廢棄船隻上所看到的生態圈那樣。這個想法也許不算新鮮。早在西元前兩百年，一位希臘詩人俄比安(Oppian)就曾寫過漁民的故事，他們在海邊類似礁石的結構上養魚，這樣就不用頂著惡劣的天氣每天出海。

正如當年的人工魚礁一樣，「海衛星」上也形成一個由微生物組成的外罩，有一些小蟲和魚苗會把這裡當成一個不錯的避難所，並依靠這裡的微生物存活。接下來是一些小魚，牠們以吃小蟲為生，而自己又成為大魚的腹中之物。鯿魚和金槍魚也被吸引過來，身後跟著鯊魚。這裡如此熱鬧，所以海豚也就不請自來了。除此之外，以浮游生物為食的魚類，包括鬚鯨，也會沿著「海衛星」的航行軌跡游來游去——總之，過不了多久，這個工作站就會呈現一片欣欣向榮的景象。

除了這裡，海中生物難道還有更好的約會地點嗎？遠洋是一片藍色的單調景色，沒有任何固體結構存

＊ Klingon，著名科幻影集《星艦奇航記》中的外星帝國。

在。有時候風暴會把折斷的棕櫚葉吹到遠洋上，而這些葉子成了某些生物共棲的場所。每個安居樂業的機會都能得到積極回應，只要對象不會發出吵鬧的雜音，也不會耀武揚威地來回擺動讓動物們覺得反感。「海衛星」靜靜地滑行著，它可以成為一個真正的國家組織，而且可以為研究者提供一個無與倫比的機會，在水中生物的自然生活空間內，對它們進行觀察——永不停歇，日以繼夜。

深海探勘隊員們還可以潛入水中，與海洋生物零距離接觸，他們還可以使用兩艘船承載迷你潛艇和線控機器人照相機，將其推至水下六百公尺深，讓同伴們看到即時拍攝的內容。一個大功率的天線系統可與衛星聯繫，記錄目前的位置、天氣和海浪運動，同時進行研究資料的傳輸。

「這將是一種全新的觀察水下世界方式，」胡耶里謙虛地說。他說得很保守。在廿一世紀，我們面臨的最大挑戰就是如何更瞭解海洋，畢竟它占據了這個星球七十%以上的面積。「海衛星」讓我們有幸能夠看到海洋空間裡感動人心的每一幕——胡耶里夢想發現新物種，而國際海洋生物普查計畫的調查員對他的專案表示濃厚興趣，這已經說明了一切。然而這個法國人躊躇滿志，從海底山體結構的研究到海洋生物化學的調查，乃至藥品適應性等等，他都希望無所不包。與此同時，「海衛星」還是海洋與大氣層的一個介面，它可以估測全球二氧化碳增加所產生的後果，研究海水溫度升高對全球氣候的影響，測定有害物質濃度，並記錄「生物放大作用」*的過程。

胡耶里不厭其煩地強調自己計畫的教育意義。與過去不同的是，研究結果現在不再保留於專業圈子內部，而是在電視上現場直播，輸送給學校、上傳到網路，就像它們的榜樣——國際海洋生物普查計畫所做的那樣。胡耶里尤其希望讓年輕人接觸到海底的未知世界，並讓他們對敏感的生態平衡真正敏感起來——現代人一直不停地在破壞生態環境。

有人批評說，「海衛星」只不過是一個浪費錢財的怪物罷了，而這位凡爾納的追隨者只是在自娛自樂，對此，胡耶里嚴厲地駁斥道：「我可不是為了逗自己開心。如果我的夢想成真，那麼我只有一個目標，那就是用它真正的價值為全人類服務。」

要上太空前，請先下水——未知宇宙的太空站

至少NASA認可了這一點。他們讓未來的太空人在休士頓的水下執行太空任務，讓他們在這樣一個大游泳池裡體驗失重的感覺。

NASA深海科學專案NEEMO（NASA極限環境任務操作）的負責人比爾・托德（Bill Todd）說道：「在水中，運動與人體工學條件都和太空中的情況比較接近。」不過，由於水下情況一目了然，因此很難類比出太空中那種致命的無限感。「你很難讓一個游泳池變得兇險莫測」，前太空人史考特・卡本特（Scott Carpenter）表示。一九六五年，他曾在加州海灘的一個深海工作站Sealab III上待了整整一個月，以便對船上太空站進行測試。「我們需要更大的空間。『海衛星』對我們的目標將產生無可估量的作用。」

實際上，高壓區也發揮了太空人訓練中心的作用。這有兩個原因。一方面，在地球中，廣闊海洋的環境最接近所謂的「永恆性」。誰要是離開了披著太空外衣的「海衛星」，就再也找不到土壤和牆壁，只有無盡的遙遠，消失在黑暗的盡頭。

另一方面，高壓區內的條件與太空艙或太空站裡的條件，也高度相似。深海探勘隊員們生活在隔絕且狹小的空間內，生理條件也發生劇烈變化。這就使得「海衛星」有機會看到研究者自身的靈魂深處：**當這些來自不同文化圈的人們每天摩肩接踵接觸時，他們彼此相處得如何？會產生責任感、團隊精神和友誼嗎？人們是否會產生謀殺和蓄意傷人的念頭？**當然也包括：海洋高壓會對人的健康帶來多大的影響？

NASA對這些問題有著濃厚興趣。他們擁有一個水下實驗室，這是全世界服役時間最長的實驗室之一。三十年來，NASA一直在這裡進行長達數週的訓練課程。「寶瓶座」（Aquarius）實驗室位於佛羅里達礁

＊ biological enrichment，環境中的化學物質在有機體內部無法分解、不斷累積而濃度增加。

島群外六公里的水下二十公尺處。這裡的裝備比較簡陋，空間也只有四十五平方公尺，算不上充足。多年以來，似乎正是為了證實胡耶里的設想，「寶瓶座」已經逐漸與周圍環境融為一體，上面長滿了海綿和珊瑚礁，而且物種豐富。

每年，NEEMO都會讓研究員整天待在水下，告訴他們：這裡的實際生活可不像科幻小說裡那樣迷人。空間和社交上的狹窄，扯動著每個人的神經。這裡不存在任何私密空間。網路攝影鏡頭即時跟蹤人們的行動。在NASA控制中心，老大哥悠閒自得地坐在老闆座椅上，對水下居民們發號施令，就好像在太空中一樣。此外，隊員們始終生活在昏暗的光線中。到了夜晚，焦油狀的黑暗逐漸襲來，此時發光水母就成了他們最好的夥伴。有時候，他們感覺時間好像靜止一樣，或者流淌得極為緩慢，就如同無處不在的海參一樣，誰要是想起了豐富的美食，那麼他只能去畫餅充飢。這絕對是為了更高的理想而進行的魔鬼訓練。

佩姬・維特森（Peggy Whitson）也很欣賞這種折磨。她是「寶瓶座」實驗室中的培訓負責人，佩姬本人曾在國際太空站（ISS）上待過一百四十八天，她對水下類似的太空漫步醉心不已：「我們完全可以讓自己保持平衡，然後就像在太空裡一樣四處行走。但是最大的相似之處還是生活空間和隔絕的環境。」有人擔心太空人無法完成嚴肅的海洋研究活動，她卻不這樣認為。NASA訓練中心的太空人還額外承擔一些水下研究任務，比如對珊瑚石和海洋生物群的行為進行研究。她並不擔心自己無法進行海洋研究，而且正好相反：「我覺得『海衛星』上的生活一定很有意思，因為我們最近剛製作了一幅珊瑚暗礁的地圖。在水下測繪暗礁非常有趣。」

要是佩姬能在「海衛星」上進行下一次訓練，她一定會發現「海衛星」比「寶瓶座」更先進，但不一定更人性化。在這裡，人也會感受到孤獨和心理壓力。潛水員很少能上浮到九公尺深的水域，更別提把腦袋探出水面了——太空中也是這樣的。在幾週中，他們的天空一直是液體。

胡耶里希望「海衛星」能在二〇〇八年完成其處女秀，藉助墨西哥灣暖流向北出發。它將創造人類在水下生存時間的最長紀錄。之後「海衛星」將對印度洋和太平洋進行科學考察。胡耶里希望它能在二〇一二年之前穿越所有大洋。「海衛星」的服役壽命約十五年，它就像是海上的國際太空站，也就是國際海洋站。它曾在歐洲最大的海水池裡進行長達六個月的測試，證明自己能夠承受十五公尺高的巨浪。只要再籌足區區幾百萬歐元，這個偉大的計畫就將現實——「區區」這點數目已讓胡耶里頭疼不已，因為他的絕大多數幻想都未能實現：

「七〇年代，人們對海洋研究的興趣實際上已日益消退。太空飛行顯然更能引人注目。對全世界的廣闊海域進行研究，不再是人們津津樂道的話題，他們更願意談論太空。」

也許這一點正在發生變化。未來仍是一個未知數，但是我們絕不能永遠對海洋一無所知，而海底深處的一切也跟太空裡一樣，這個未知的世界足以令我們激動萬分。當地外生物學家在香檳裡沐浴時、當他們在火星上發現單細胞動物快樂地爬來爬去時，海洋深處也聚集了數不清的生物，其中大多數仍有待我們去發現。國際研究的結果同樣令人振奮，但是阮囊羞澀的現狀仍然沒有改變。此前也有一些財團向這個領域灑了一點及時雨，比如法國的建築與能源集團 Vinci，就對專門從事水下技術的馬賽企業 Comex 公司以及 NASA 進行資助。兩千五百萬歐元被用於「海衛星」的建設和首航。至於現在還差多少資金，建築師出於禮貌保持沉默。胡耶里含糊地宣稱：「該計畫已接近完工，本來幾乎可以下海了。」

本來……

「我們在海面上忙碌了幾百年，直到二十年前，人類才開始有意識地發掘海底的生態、工業以及科學潛能，」我們這時代的尼莫船長——胡耶里總結道，「我們的目標是：用尊敬、理解和知識來面對這個巨大的生存、希望與能源空間。」

就是這樣！為了崇高的目標，我們確實應該從國庫中抽出幾百萬來進行投資，難道不是嗎？

兩棲動物的回歸

「十……九……八……」

你還記得迪特馬・動赫爾（Dietmar Schönherr）的銀河計畫嗎？還記得他扮演的麥克蘭指揮官和太空巡邏隊嗎？在六〇年代末期，多少德國人坐在電視機前的沙發裡為〈太空巡邏隊〉（*Raumpatrouille*）這部電視劇而著迷？那時的德國人真心相信，獵戶座號太空巡洋艦、德國戰後經濟奇蹟時期的時髦髮型、以及夏娃・普夫盧格的制服，就是第三個千禧年的象徵。在當時人們對未來的幻想中，時髦的瑪戈・特羅格爾將統治「婦女星球」，時尚教主將成為上流社會關注的焦點：「什麼，讓一個女人來領導我們？」簡直很難想像。在所有能夠想像得到的創意中，一位來自東德的婦女成為聯邦德國的女總理，從未成為人們的話題，俗話說，科幻小說是美好的，先生們，但是它至少總該有那麼一點點的可能性吧。

「七……六……五……」

電腦的聲音構成了未來的冷靜節奏。要不是從一個科隆人的口中說出，人們大概會把它當成合成人聲。這個科隆人以萊茵河區的輕快口音，為太空巡洋艦進入軌道倒數計時。三呼萬歲之後，巡洋艦將被一隻幸運之手推向遙遠的銀河，這是一個光怪陸離的世界。特羅格爾女士和她的同伴們一起（都是些勇敢的太空人），帶著可怕的武器和滿腔的信心開始了太空歷險。

不得不承認，我挺喜歡這部電視劇的。當然，我也很害怕那些蛤蟆，以及那些暴走的機器人，它們的手總是讓我聯想到五金材料行裡的貨物。我對爆炸的星球很感興趣，後來我才知道，它們是用裝滿麵粉和咖啡粉的錫箔球製成的，而每一個真正的粉絲也肯定知道，獵戶座號的操縱器是一個反過來的熨斗。或許人們應該把它們託付給危機四伏、經費不足的NASA。

「四……三……二……」

〈太空巡邏隊〉後來成為戰後人們自我陶醉的一個象徵。但大家卻錯怪了這部電視劇的製片人，讓那些偉大的創意飽受指責。我們應該注意到，麥克蘭與他的同伴們提出了一個很有意義的問題：既然條件符合，為什麼智慧生物就不能生活在海底呢？不管怎樣，我們原本就來自大海。那為什麼我們不能回到那裡去，讓我們的太空飛船從那裡啟航呢？水能夠載重，所以它也應該可以載著我們前往其他星球。那時，我們將一邊伴隨著美妙音樂翩翩起舞，一邊可以看到晚餐的美食在廚房窗外的水中漂來漂去。人類的未來在海洋——顯然，早在六〇年代，人們就已經覺察到這一點了。

這部電視影集的片頭十分有趣：一塊閃爍的鐵餅從急劇膨脹的海洋漩渦中漸漸升起，就好像從氣泡中誕生的維納斯一樣，然後很快達到了光速。多麼令人浮想聯翩！每當解釋我們這個種族為什麼會進入大海繁衍時，未來學家首先想到的就是〈太空巡邏隊〉。

預言家們不厭其煩地推銷著海底的城市建設。在海底生活的原因有很多：比如在一次核戰後，地球表面完全被污染了。臭氧層遭到破壞，迫使我們必須找到一個受保護的地區；隨著世界人口的增加，人們需要更多的生存空間；外星人將我們趕到了地下，我們不得不生活在海洋裡。兩棲動物，我們所有人的祖先，此時發揮了自己的作用。

其實，剛出生的小孩本來就很能適應水中的生活。在長達九個月的時間裡，他們一直呼吸著液體，直到有一天他們來到這個充滿新鮮空氣的環境裡。醫生在他們的屁股上拍了一巴掌，通常情況下他們會感到很不情願，於是哇哇大哭起來。

海上炒地皮——填海造地

如果未來在海裡，會是怎樣一種情形呢？

凡爾納於一八九五年創作了諷刺幻想小說《機器島》（*L'île à hélice*）。他認為一切都是機緣巧合。在這部小說裡，一個由音樂家組成的軍隊，原本想去聖地牙哥，結果由於遭遇了一連串不幸，而來到了一個人跡罕至的地方。他們在一個看上去極盡奢華的城市中找到過夜的地方，但是後來發現，這原來是一個漂浮的大島嶼。它的驅動裝置是功率高達一萬匹馬力的渦輪機組，整個島嶼由二十七萬座浮橋首尾相連而成，每座浮橋高十七公尺，長和寬都是十公尺。

這裡的居民把它稱為「模範島」，這個海上獨立王國總面積為二十七平方公里。它是一群美國富翁的傑作，而它的首都也很自然地被稱為「億萬城」。這裡一切應有盡有：舒適的居所和廚房、廣闊的公園、花園和劇院、高級的飯店和著名的娛樂場所等等。

儘管他們是被劫持到這裡來的，但是他們仍願意和這些富翁們共同度過接下來的十二個月。幾個星期後，他們路過了一個又一個知名或不知名的海岸。兩個億萬富翁家族，湯克頓和庫弗利家族一直在爭奪模範島的統治權，最後也終於分出了勝負。他們還救起了一些落水者，事實證明這是一個嚴重的錯誤，因為這些傢伙全是些無賴，他們帶來的野人讓島上的居民飽受驚擾。一場歷時長久的大屠殺讓很多人成為犧牲品。最後出現了領土糾紛，在此過程中，群體和整個島嶼都分崩離析。自然的力量沒有做到的事情，卻由愚昧和傲慢完成了。

長時間以來，人們把凡爾納描繪成一個技術的追隨者，但實際上並非如此。他的懷疑態度其實更加令人印象深刻。寫作《機器島》這部小說的目的，無非是為了滿足那些信仰浪漫冒險精神的人們虛榮心，他們乘坐砲彈飛向月球、他們坐熱氣球環遊世界、他們鑽向地球的中心地帶、他們會花費更多時間考慮怎樣穿著更得體，或去遵守一些很愚蠢的賭約，而不是去考慮同時代的窮人能從他們的成功中得到什麼。毫無疑問，凡爾納是一位幻想家。但是他總是在描繪一些瘋狂的厭世者或頹廢愛胡思亂想的人。模範島之所以存在，就是為了將它的居民帶到一個氣候宜人的地方。但是歷來器量狹小的湯克頓和庫弗利家族卻始終沉溺在家族的糾紛中，他們根本無法成為進步的代言人，只會引起無休止的爭鬥。

凡爾納對海底有著明顯的偏愛，但他只是用海底來比喻人類的墮落。《海底兩萬哩》中的鸚鵡螺號沒有兌現開創人類生活新空間的諾言，且最後還成了國際恐怖組織的樂園，在維多利亞時代的賓拉登手中沉沒了。占領者羅布林和鋼鐵城市中的舒爾策教授都因為自己的天才而獲得了成功，但同時也走向最終的失敗。凡爾納一方面毫不掩飾他對創造性的讚歎，另一方面又對創新者的道德人品發出嚴正質疑。

無論是飛行的奇蹟還是漂浮的奇蹟，創新者在技術上都遙遙領先於自己的時代，但是人的理智卻遠遠落在後面。最終，先前的進步成為一片廢墟，只有老實人才能從中倖免。庸才成為煙囪裡始終溫暖的火焰。很無聊，但是不無道理。鋼鐵是建造各種龐然大物的材料，它是冰冷的，但用來製造砲彈卻再合適不過了。

這位十九世紀末的作家，道出了人類定居海底最重要的一個問題。想一想深海的紐約是什麼樣的，很有趣。但可能沒有人願意居住在那裡。

不過這樣的幻想絕不應該隨意扼殺。一九七五年，德國海洋生物學家漢斯．哈斯（Hans Hass）告訴我們，他看到了未來。它就在東京南部的水面下，是由日本建築師菊竹清訓（Kiyonori Kikutake）為一位醉心潛水的商人建造的。為此成果而眼淚盈眶的人不僅僅是哈斯。

這片綠洲位於水下十二公尺處，只有穿上潛水衣才能抵達，它擁有時尚的大門、精心設計的家具、雞尾酒吧、電視和電話。自豪的主人為哈斯舉行了一場宴會。紅酒、晚禮服和套裝都是免費提供的，十六位客人跟著主人潛入水中，然後浮出水面，將橡膠材質的潛水服換成西裝領帶和低胸禮服，享受各種美味餐飲、跳舞、睡覺，在夢中想像海底的一切。海底生活展現了它的全部魅力：魚兒在房間外面游來游去，由於壓力發生了變化，啤酒不會有泡沫，所以人們又可以省下一筆錢。第二天早晨，女清潔工來了，脫掉潛水衣，摘掉潛水鏡，收拾好碗碟，清洗乾淨。所有的一切都證明，海底生活可以像陸地生活一樣正常，唯一不同的是，陽台上長滿了珊瑚礁，而且為你把信叼來的不是狗，而是飼養的鯊魚。

菊竹清訓是優雅烏托邦的專家。他是一位享譽世界同時又充滿爭議的建築師，他屬於一個自稱「代謝主義」的建築學派，他們將建築比喻為生物的代謝，隨著時間經歷出生、成長、繁衍和汰舊等生命週期。菊竹設計了一個漂浮城市，能夠容納兩百萬人居住。當哈斯來參加他的一個小型聚會時，他正在為沖繩國際海洋展建造一個模型。

當時，水上城市被看成是海洋自治的教科書。

如今，這個小島卻成為一堆荒廢的殘骸，在它面前，任何一個海上鑽油平台都像是希爾頓酒店。但從那時起，這位被人們尊稱為海上城市之父的菊竹清訓就開始不斷探索新的深度。在很多大都市出現了一些永遠無法完工的專案，一些高於海平面二十公尺的超大平台。另一個計畫就是固定在海底山脈上的大浮橋。菊竹並不僅僅沉醉在幻想之中。他設計的東京EDO博物館就稱得上是現實主義的傑作：它停靠在岸邊，洪水來臨時，卻能像諾亞方舟一樣游動。

作為一個狹小國家的典型子民，這位幻想家一直在設想一種線性都市（LinearCity），也就是一個長達一千公里的超大城市，正好位於東京和南部的九州之間，由浮動的居住構件和機場共同組成，它們透過鋼纜與真正的島嶼連接起來。由於整個城市的每個部分就像項鍊上的珍珠一樣彼此相鄰，因此需要與噴射機一樣快的磁浮列車，將人們從一端運輸到另一端。一開始，線性城市看上去要比二十公尺深海處的小城市還要荒誕不經，但實現起來卻更容易。因為烏托邦主義者想出來的水下生活，肯定無法在現實生活中得到人們的認可。

至於水上生活嘛……

「一九五八年時，我是第一個畫出浮在水面上建築物的人，」菊竹回憶道，「我突然想到，在日本，有很多工廠和工業企業都建在沿海地區，這不僅破壞了風景，也對環境帶來不利的影響。那時候我就想，應該想一種辦法，讓工廠和機器都搬到海面上，這樣陸地上的人們就可在更好的環境中生活了。這就是我最初的想法。但當我真正開始做這件事情時，我的想法又發生了變化。我發現，海上的環境是多麼的美麗迷人。這時候我就想，應該讓人們到海面上去生活，而讓工廠和機器繼續留在陸地上。這就是我設計出第一座海上城市的原因。」

不僅菊竹有著跟水有關的夢想。英國建築師諾曼・福斯特（Sir Norman Foster）也有同樣的想法。要是他的千禧年之塔（Millenium Tower）建成了的話，我們將會看到一個高達八百四十公尺、全世界最大的摩天樓。地基寬一百二十六公尺，固定在東京灣水下八十公尺處。福斯特已經遠遠超越了虛無的理論。他的高塔在設計過程中歷經無數次修改，已經可以付諸實施，這個直沖雲霄的大都市將擁有一百萬平方公尺的居住區、商業區、劇院、電影院和飯店，完全可以抵禦地震和颶風的襲擊。

可惜，九一一事件的發生，讓這個摩天大樓的建設擱置了。據說，中國對這個冒險的設計很感興趣。福斯特的聲望不僅在於他的案子被列為計畫，而且還獲得實施。他用世界上最美麗的冷杉毬果——瑞士再保大樓——妝點了倫敦，他為香港赤鱲角國際機場設計建造了一座人工島嶼。自一九九八年落成以來，赤鱲角國際機場已經成為亞洲最重要的機場之一。福斯特向我們證明，大海並不是只會侵蝕我們的海岸，就像席爾特島的狀況*，我們也可從海洋那裡奪取更多的土地。

同樣引人注目的是日本關西機場。建造者在距大阪五公里的海域裡，傾倒了大量碎石、沙子和垃圾，總體積相當於吉薩金字塔的七十五倍，他們喊著這樣一句口號：「哪裡沒有島嶼，就要在哪裡造一個。」

＊ Sylt，德國北方小島，曾經連結著大陸，後來因連結處逐漸被北海侵蝕而成為島嶼，目前面積仍在縮小中。

無數的樁基打入了海底，環繞在一座大壩的周圍，以便對那些填充物進行加固。大型水泵將多餘的水抽出，然後平整地面，建造航站大樓、停車樓和火車站，並且最終建成了日本吞吐量最大的航空港，同時也成為世界第三大機場。

這些人工島嶼的建成，解決了一系列的問題。比如關西機場：陸地上根本沒有空地來建造這麼大的機場，而且機場的噪音也肯定會招致指責。而現在，頂多那些海鳥會感到耳鳴吧。現在，第二航站已經出現在大阪灣裡。至於第一航站——仿義大利一座著名環礁湖上城市而建的——每年都會下沉五公分。水是沒有橫梁的。

不過，建造者說，我們的水是有橫梁的。我們內建了一種校正系統。飛機跑道和建築物始終處於同一個水平面上。包括地下彎彎曲曲的管道系統，我們也採行了靈活的設計，請問還有什麼問題嗎？

「海洋本身就是問題，」約翰．卡文（John Craven）博士回應道。卡文教授是來自夏威夷的海洋專家，他發現一個令人擔憂的趨勢：人們低估了海洋的活力：「當人們在陸地上使用碎石和填充材料時，一切都還正常。當人們在海面上這麼做時，所鋪設的地面就完全受制於海洋了。而一旦新建成的陸地受到某種震動，比如發生地震時，原本牢固的地面就會變成流沙。」

卡文和菊竹一樣，都屬於海上建築物的贊同者。他指出神戶大地震對所有地面上的建築物，比如橋梁、鐵路和公路都造成巨大的危害。「但是地震對海上建築和船隻沒有造成任何危害。」

海島建設的另一位導師，來自麻省理工學院的恩斯特．弗蘭克爾（Ernst Frankel）也得出相似的結論。他發現堤防技術對整個生態系統是一個很大的威脅。在堆積如山的建築材料下，所有生命體都面臨相同命運。灌注了水泥的海底不再免費提供任何營養，而且這種狀況還會蔓延到周圍的大片地區。

與此同時，在大阪灣中，人們還在不斷地往裡面傾倒碎石。不僅如此。面對交通困境，人們又想到海底隧道。將來會有長達一百二十公里的海底隧道穿越整個海灣，屆時，火車和汽車會從這個多層隧道中呼嘯而過。不過，與自然的生存空間消亡相比，這個隧道也許有所不同。它還可以將淡水輸送到工業化程度較高的淺水區，從而拯救那些化學腐蝕的受害者。

打造海上大都會——浮動島嶼

在摩納哥，凡爾納的機器島已經成為現實了。

儘管「島城」(Isola)並不會穿越整個地中海，但它其實正是以此為目標。凡是瞭解這個地中海曼哈頓的人，都會知道摩納哥人空間緊張的狀況。這裡的人口密度高達每平方公里一萬七千人，是全世界人口密度最高的地方。熱那亞的格力馬爾蒂家族(Grimaldis)在十三世紀以其掠奪性而著稱，他們當時絕對想不到，自己的後代會在地中海中間建造一座島嶼。然而摩納哥實在是太擁擠了，而法國又不肯從「偉大的國土」中割讓一塊給它。

所以就輪到菊竹了。根據他的設計，人們得在一個離岸很遠的船塢上興建一座大浮橋，將人工島嶼拉向摩納哥，並在那裡進行軟著陸，這點原始民族已經辦到了：將建築物放到空心柱上，然後趁漲潮時放到水中，並固定在海底。

但是真正拍板的是法國建築師讓－菲利普・佐皮尼(Jean-Philippe Zoppini)。他的「島城」是對凡爾納的一次致敬。這個環形的漂浮城市將為四千位居民提供豪華居所，它的直徑可達三百公尺，除了直升機停機坪、泊船碼頭之外，還可以有一些漂亮的附屬設備，比如配有玻璃的水下林蔭大道等等。整個建築有二十五公尺位於水下，十五公尺在水面之上。在小島的四周建有防波堤，即使外面波濤洶湧，裡面的居民也可以安然入睡。

佐皮尼把「島城」看成是整個世界的窗口，一個全新的、面向未來的摩納哥象徵，它的大使是作風前衛的摩納哥親王艾伯特二世。當這座豪宅還只是藍圖時，它的綽號就已不脛而走。有人稱它為水上太空船，有人說它是巨型蛋糕。它有著傾斜的立面，內部設有遊艇碼頭，並帶有一些中世紀風格，如防禦性的城堡，可以將暴徒、竊賊以及一般人的嫉妒擋在億萬富翁的城堡之外。

這不是摩納哥人第一次走到海上了。早在七〇年代，摩納哥王室就透過填海的方法，建起豐特維耶城區。目前，豐特維耶二期工程正在規畫中，它建在一個一百公尺長的高埠上，被稱為「小威尼斯」。要知道，格力馬爾蒂家族在威尼斯過得很開心。這是他們迄今為止最漂亮的一個專案，它本身就是一種儀式，一個可以居住五萬人的漂浮城市，位於國土之外一．五公里的地方，擁有純地中海式的宮殿和風景如畫的運河。鋼筋混凝土製成的柱子有六公尺厚、一百二十五公尺高，它們支撐著彼此勾連的平台。

事實上，在所有海上建築設計中，浮動島嶼取得了最可觀的成功。它們既可由單獨的元件組合而成——尤其是鋼筋水泥的浮橋——也可直接建成一個整體的浮動城市。理論上它的大小不受任何限制。它們用纜繩固定在海底，能夠適應海洋的活力。這樣一個海上倫敦或海上巴黎的好處是，它們可以暫時與整個城區分離，在某個船塢上進行維修。海洋生物不會像大阪海域那樣受到打擾——大阪的魚兒和螃蟹突然發現腦袋上多了個龐大的機場。洋流受到的影響微乎其微，海底的營養成分可以繼續進入水中；所有人都感到心滿意足。

日本在這方面也走在尖端。九〇年代中期，Mega-Float公司在東京進行了有關浮動模組的試驗。人們計畫使用三百乘六十公尺的平台構件，連接後固定在海底。生產地是一個由機器人控制的船塢，設計師最感興趣的一點就是，這個由模組建成的城市，在長年累月變幻莫測的海浪沖刷下，會有什麼樣的表現。海水有一個特點，就是會不斷地沖撞、拍打固定的物體，直到使之解體為止。

除此之外，鹽分和礦物質的腐蝕作用也是不可小覷的。Mega-Float公司透過鈦塗層和精心設計的控制系統來抵禦腐蝕。這個模型至少能維持一百年，居民不僅可以自在地生活，而且不用擔心暈船。當漂浮城市的規模達到一定級別時，它的穩定程度就和紐約、柏林、羅馬沒有什麼區別。理論上，當風力達到八級時，你仍然可以安穩自如地玩撞球。

但是，如果遇到海嘯怎麼辦呢？這一點目前還沒有明確解答。當海嘯從小島下方穿過時，會撞擊到那些鋼索。前提是，這些小島都經由鋼索與數百公尺乃至數公里深的海底相連。不過，「島城」、Mega-Float以及類似工程，都是針對平靜的海面而設計的。假設出現二十公尺高的巨浪，足以將岸邊的林蔭大道撕成碎片時，小島的命運會怎樣？誰也無法想像。也許小島的彈性設計可以抵銷一部分碰撞的能量。然而小島最終的命運可能和《機器島》的命運一樣。或者也不一定呢？

是的，菊竹說，海嘯當然是個問題。但是在海上，這個問題就沒那麼嚴重了。當外面的波浪非常高時，浮在水面的物體是否會像船那樣到達波峰，這一點值得懷疑。如果確實如此，那麼它只能隨波逐流了。但是至少上面的人是不會被沖走的。真正會發生斷裂的，還是固定的船塢。

實際上，現在已經幾乎沒有人再去懷疑水上生活的可能性了。人們只是對這種生活的狀態存在疑慮。優雅的凡爾納先生在他的鸚鵡螺號裡，還與時俱進地設置一個吸菸室，那裡不提供哈瓦那雪茄，而只提供含有尼古丁的海藻。凡爾納再一次用他那獨特的方式，向我們提出一個問題：我們應當營造哪些基礎設施，才能讓人類這種陸地生物適應海上的生活呢？怎樣才能讓他們樂不思蜀呢？也許將來菸民們會看到萬寶路潛水員做著這樣的廣告：請到萬寶路島來。用另外一句廣告語來說：我游過千山萬水，只為一支駱駝牌濾嘴香菸。

下文引自《機器島》：

「這裡是太平洋上的明珠。每當船頭或船尾抵達小島頂端時，平查特和佛拉斯科林都同意，這裡缺少的是海角、海岬、沙嘴、海灣和沙灘。這裡的海岸線，只不過是一條由千萬個螺絲和螺母組成的、閃著銀光的斜坡。如果這是一幅畫，那麼畫家為什麼沒有畫風化的岩石，展現它那大象皮膚般的褶皺？為什麼沒有畫海藻，讓它在微風中輕拂著浪花？的確，技術的作品再完美，也無法取代自然的美麗。」

儘管距大陸只有幾公里之遙，而且還用筆直的橋梁或鬆散的鋼索與大陸相連，我們的生活習慣依然得做出極大改變。尤其是飲食方面。當然，這裡也會有紅酒、燒牛肉和烤豬肉串，但更多的恐怕是海藻和蟹肉做成的漢堡。海洋城市肯定會嘗試更多新型的養魚、水中栽培和水中養殖法，當然也要考慮到環保因素。城市的海水淡化設備可以自行生產淡水，從海洋中萃取食物的產業，將會提供新的就業崗位。這裡的居民肯定不會滿足於自給自足，他們肯定會朝著擴大出口的方向發展。

「我們可以設想一下將來的海上技術型社會」，法國工程師蒂埃里・戈丹（Thierry Gaudin）說，他的專業是浮動島嶼的基礎設施問題。「這裡擁有科學研究、學術工作和頻繁的資訊交流。」

在問到成本問題時，戈丹表示，在海面上建設要比陸地上成本更低——至少原材料使用海上運輸就可以節省一筆經費：「你應當考慮到，現在生產的模組將來會組成一座城市；你可以繼續設想，生產這些模組的企業都擁有現代化大規模生產的優勢和靈活性；所以生產這些模組肯定要比陸地上的產品便宜很多。」

約翰・卡文對海洋中的能源生產進行了可行性分析，他認為，這裡存在著取之不竭的資源：低溫、清潔、富含營養成分，非常適合進行冷凍，生產淡水或作為水中栽培的肥料。風、海浪和陽光都可以充分利用，而不必擔心造成持續性的生態破壞。海洋城市甚至還可為沿海的沙漠地區供應生活用水。人們可以通過數公里長的管道系統將冰涼、脫鹽的甘霖輸送給大陸地區，引入長期曝曬的土地裡，或者蒸發後形成雨雲，增加當地的降水。

那怎麼處理垃圾呢？

循環利用，卡文認為這是一個方法，或者是燃燒。因為沒有其他的方法。既不能用貨櫃運送到陸地上，也不能直接倒進海裡。這樣很好。問題是，是不是所有人都能遵守這樣的規定。肯定會有人往海裡倒垃圾的，不久前有位德國工程師這樣開玩笑。也許他說到了問題的關鍵。

現在的海上城市還只是一些模型，住在上面的都是些富有想像力的人，或者是真正的科學家。海上生活正一步步走向現實，但歸根究柢，人還是一種陸地生物。他們不願意總是被水圍繞。人們總是認為島上的居民性格偏於乖戾，這並非沒有道理。當然，陸地上的人們可以任意遷徙。他們可以步行、可以騎自行車，也可以開著汽車上山下海。他們總是把目光投向遠方。也許在我們的內心深處都有一種擔心，所以隨時都要準備好退路，即使這種擔心只是一種心理上的需求而已——當原子彈爆炸來臨時，就算你擁有百米衝刺的速度，恐怕也是在劫難逃吧。

另外，喜歡冒險的中歐人熱中前往馬爾地夫。就算兩個星期以後就得離開那裡，他們也會感到心滿意足。如果花五分鐘的時間繞著小島走一圈，也足以令他們感到開心——在這個幾平方公里的小地方度過一段時光，四面環水，這也是一種心理需要。我們是不是有一種與生俱來的島民心態呢？這種遠離技術的生活不也很舒服嗎？

對啊，小新說。他每天都會想像自己在海上城市的沙灘上嚼著冰塊的情景，那兒還有飛機呢。要是我們想去看看爺爺奶奶，坐下一個航班就可以了。

這個想法很有吸引力。爺爺奶奶當然會住在一個全是爺爺奶奶的小島上，那裡到處都是漂浮的農場，養著雞、牧著馬，開著各式各樣的雜貨店。在小新的幻想中，應該還會有一個遊戲島——而且還是用魚肉塊和復活節彩蛋做成的！當然也有不那麼令人開心的學校島，但是無所謂了。反正當風暴來的時候必須停飛，飛機都得入庫了。

對不起，小新。到那一天，飛機早已過時了。

新．海底兩萬哩——這次不搭潛水艇，改搭高鐵

至少麻省理工學院的法蘭克．戴維森（Frank Davidson）是這麼認為的。對於短途交通，人們可以選擇空中巴士——其實我們應該放棄那些耗費柴油的笨傢伙了。在戴維森眼裡，飛機就像是一隻笨拙的鴨子。快

艇也許更有效。但是戴維森最欣賞的還是海底隧道，就像大阪灣裡的一樣。為什麼還要飛越太平洋呢？坐飛機時，首先要不停地爬升，在一根大管子裡待上好幾個小時，吃著碎裂的小麵包，一邊吃一邊撒麵包屑，當氣流來臨時，你還得當心空姐端來的熱咖啡。更何況，上帝造人的時候，壓根兒就沒有給我們飛行的本領。

說得有點道理。你可以看看那些飛來飛去的生意人。每個人都拿著一份報紙或商業雜誌，一直不停地看著，他們讀的永遠是同一個標題，而且壓根兒就沒有讀進去。當我自己坐飛機時（當我想起飛行的時候，額頭上就開始冒汗了），我曾發現一位經理把他手裡的《金融時報》拿倒了。所有人只有一個願望：快點著陸吧。當然也有一些人非常熱中於飛行，我想他們上輩子大概是隻黃蜂或鸚鵡。

戴維森的設想其實就是英法海峽隧道的跨太平洋版本。假設我們在洛杉磯附近，登上火車，開進一個隧道。這個隧道穿越大洋，直達東京，大約在水面下一百公尺處，建在一個高埠上、固定在一個平台上。隧道內部是真空狀態，這樣火車就可以順暢地通過。在兩萬五千公里的時速下，你只需要刷個牙，就可以抵達亞洲了，然後吃頓早餐，肯定可以準時喝到倫敦的下午茶。當然這個網路可以穿越所有的大洋。「只須」以音速五倍的速度，你就可以在一小時內從漢堡抵達波士頓。摩納哥王室肯定會為這種系統開拓新的前景。在兩百哩區域之外，海洋就不再屬於任何國家了。但是人們可在大西洋上建造一個摩納哥二號，並通過隧道穿越直布羅陀海峽。二十分鐘，從摩納哥到摩納哥，戴維森認為做到這一點幾乎沒有什麼難度。

平心而論，真的可以實現嗎？

當然。被堵在法國十字路口動彈不得的人一定會舉雙手贊成高速隧道。同樣地，交通規畫把四線道變成了單行道，內城堵得一塌糊塗，卻沒有考慮修建環城公路，這簡直是最愚蠢的邏輯錯誤。真想不明白是誰搞出這麼複雜的東西。難道事情本來就該這樣嗎？是不是存在著某種潛在的定律：把法蘭克福十字路口那幾百立方公尺的柏油碾平竟比登月還難？

「從技術上講，這種設計是完全可以實現的，」戴維森說，「問題不在於它的可行性，而在於人們是否真的會實施這樣的計畫。」

不管怎樣，這樣做是很有意義的。凡爾納曾經預測，到二十世紀末，地球上將有六十億人。目前地球人口已經超過六十五億了。向你致敬，凡爾納先生！你要是去亞洲的某個大城市旅遊，一定不會找到任何尚未開發的土地。那些摩天大樓在挑戰兩公里的高度，甚至更多。你只能祈禱那裡的電梯永遠都不會壞。有一點我們得銘記在心：對高度的崇拜必須適可而止。未來的方向還是大海，當然這算不上什麼革命性的發現，因為幾百年前人們就已經這樣做了。木樁上的建築、浮動的市場、帆船上的村莊——一切應有盡有。

回歸海洋——不，其實人類並不想

那麼深海裡的生活呢？

神祕莫測的海底城市呢？人們可以在那裡無休止地建設嗎？在凡爾納的《海底兩萬哩》一書中，尼莫船長，這位充滿幻想的建築師說道：

「跳入水中，你會發現海洋裡每一層的生命都更具有活力，比所有大陸上的生命都要強。有些人說，它是死亡的要素，而對於成千上萬的動物，也包括我來說，它卻是生命的要素——這裡的生命是最純粹的。我突發奇想，為什麼不在海底建造一個漂浮城市呢？這是海底的居所，正如我的鸚鵡螺號一樣，每天早晨鑽出水平面去呼吸空氣。這是多麼自由的城市，這是獨立的城市！」

啊哈。要是漢諾威或威斯巴登也這樣沉入海底，那麼當它們浮出水面呼吸空氣時，將是多麼壯觀的場面，就算藍鯨在它們面前也顯得那麼渺小！或者你可以想像一下科隆：當科隆大教堂的塔尖從水面下升起時，多麼偉大！我們必須跟海洋飛船之父——雅克・胡耶里先生——談一談這種設想。但是答案很出人意料：

「不，我不認為海裡會出現這樣的城市。將來會出現一些小型團體去海洋中從事某些特殊任務。可以預見，這群人的數目不會超過三百……人們每次只能在有限的時間裡完成特定任務。海上城市：可以。海底城市：不行。」

天哪！深海城市？生活和海洋緊密聯繫，不可分割？我們是不是兩棲動物的孩子？牠總是幻想著回到自己黑暗的宇宙中。

反問：牠為什麼要回來？

兩棲動物需要奪回某種元素，牠已經很長時間沒有接觸過它了。你可以反駁說，演化已經使得蜥蜴和古鯨重新回到大海。沒錯，但像陸行鯨和魚龍這些原始鯨類，根本無法選擇自己將來的樣子。即使牠們能夠做到這一點——**假設你告訴陸行鯨，牠只是一種過渡階段，那麼在氣沖沖地吃掉你之前，牠也許會問，我是什麼東西的過渡階段呢？**每種生物都處於某個演化鏈的末端，比如藍綠藻、三葉蟲、鄧氏魚，在它們自己的時代，難道不是這樣嗎？**巧人和尼安德塔人都不應被視為過渡階段的人。他們用棒子就能把你的達爾文主義打得靈魂出竅。**也許他們根本不懂你在說什麼。尼安德塔人和細菌有一個共同的特點：作為百分之百的進化女神寵兒，它們都還沒有學會如何去反駁你的話。

即使是現代人，也只能算是演化過程中的一環而已——有一個不同點：由於他有著高度發達的意識，因此他學會了怎樣去欺騙進化女神，或者自己決定去哪裡旅行。比如我們可以在水裡待上一段時間，而不用因此改變自己的生活方式和外貌，因為我們擁有一些陸行鯨所沒有的東西：

技術。

它讓我們發明了潛水服和氧氣筒。我們不需要長出鰓就可以潛水。我們誰也沒有長出翅膀，但我們可以透過空中航線進行長途旅行。在這兩種情況下——在水下和機艙裡，我們都不會感到太安逸。沒錯，潛水很有趣，飛行很迷人，甚至待在太空裡也是一種挑戰，太空人就很樂意接受這種挑戰。但是不管怎樣，在某個時候，我們還是想腳踏實地，呼吸新鮮的空氣。

陸行鯨、海蜥蜴、蜘蛛、千足蟲和蜻蜓，早期哺乳動物，包括後來的猴子，所有這些物種都缺乏質疑自己生活方式的能力。怎麼可能呢？牠們永遠不會用另外一種方式來生活。我們卻不同，我們可以千變萬化，變成魚或鳥，根據我們所在的位置。**我們不需要花費無窮的時間來長出羽毛、長出尾鰭、放棄雙手或改變新陳代謝的方式。我們適應種種變化的方式就是技術進步。我們的鰭和翅膀就是仿生的義肢。它們不是由細胞組織構成的，而是由碳纖維、鋼材和矽製成的。**

也許這就是我們與地球上所有其他生物的根本區別：我們把二擇一的兩難問題，變成了兩個都拿的「既有……又有」。飛機就是我們飛行的肢體，潛水艇就是下潛的肢體，要是視力不好，還可以配副眼鏡。我們的新型新陳代謝是微型晶片，我們的尾鰭是螺旋槳，我們的羽毛是噴射推進裝置，而我們依然是我們自己。只要環境沒有迫使我們必須鑽進水裡，我們就不需要自己去適應海洋的環境，我們可以透過快艇、漁網、潛水衣、潛水艇、水下住宅和無人駕駛的探測器從海洋中獲得我們想要的東西，而大王烏賊卻還為此丟了一隻手。

現在我們適應海洋的方式不再是進行身體的改造，而是不斷改進我們的替代工具。可以想像一下五百萬年以後的人類（要是那時候人類還存在的話），我們會發現，人類所剩無幾的毛髮將會完全脫落，我們的腦容量會進一步增加，而咀嚼器官則會退化。事實上，這種情況可能並不會出現。只要人類還繼續生活在地球表面，我們的後代看上去就不會和我們有太大區別。現代人類可以征服海底世界，而不用像鯨類那樣發生突變。最後他還是他自己：在另一個生存空間裡作客，而不是把那裡當成家。沒有人願意戴個潛水罩去買麵包或肉。

「人類沒有理由到海裡去生活，」胡耶里總結說，「陸地生活是人的天性，他們可以暫時去海裡工作，可以暫時待在太空裡，但這並不意味著他們要退回大海裡……我不相信。」

這是一個夢，但常常是一個噩夢。

目前，現有五十六個載人的水下實驗室中，五十五個都是空著的，這並非偶然。現在，愈來愈多的潛水任務被交給我們的下一個親戚，也就是機器人（真的，說不定什麼時候，它們和我們的相似程度會超過黑猩猩）。新型的材料可以抵禦腐蝕和洋流。浮動的控制中心，代替了固定的海上鑽油平台，因為人們想從深海裡鑽取石油。自動化的深海工廠從沉積物中將石油抽出，由智慧自動裝置負責監控。在浮動控制中心裡，我們已經很難看見人類身影。

不管怎樣，我們只需在岸上發號施令就可以了，在伸手不見五指、充滿危險的深海裡，各種設備會和我們隨時通訊聯繫。這裡有著完備的虛擬等級，比如機器人清潔工、機器人修理工、機器人裝卸工、機器人主管，還有一些機器人專門負責將損壞的機器人送到機器人醫院裡進行治療，最後還有自動化的機器人護士，她們會為鐵皮病人朗讀機器人童話。所有這些，都比直接派遣人類更具可行性。數千名石油工人可能會丟掉他們的工作機會。這是一定的。但是，說真的，這難道不是一份糟糕透頂的工作嗎？無非是工資高點罷了。

如今，隨著光纖、衛星等遠端通訊和遠端控制技術的發展，機器人幾乎可以被用在任何地方。它們可以在船塢上打掃船身，在深海裡進行地震觀測，探測適當的地點用於建廠、打造地基，傳輸關於水流、植物和動物群落、水污染與其他任何可能的內容。人們透過虛擬裝備，可以對機器人進行精確指揮，讓它們在五千公尺的深海裡，進行精確的機械操作。

人工智慧走得愈遠——它們會漸行漸遠！——機器人就愈能自行做出決定。這種現象引起的不僅僅是歡呼。因為它有一個缺點：我們已不是真實的自己。

另一顆水行星——我們在尋找的陌生海洋

儘管如此，只有在為環境所迫時，我們才會長時間待在水裡。一旦出現那種情況，地球上就不會再有人類這種生物了。因為水這種萬能的溶劑在別的星球也有。海洋可能已經產生其他形式的生命，而它從未上過岸。原因很簡單，因為那裡沒有任何陸地。另一方面，某些水域或許確實適合人類居住。如果有一天，我們搬到其他星球，也許會在那裡建設一個水中的文明，在一個部分處於水下的城市中生活，那將是對胡耶里「海衛星」的致敬。地外生物學家認為，在富含水分的星球上出現生命的可能性，要比充滿天然氣和液體硫磺的星球大得多。

然而即使在那樣的情況下，生命也是有可能產生的。我們對生命的起源瞭解已不算少，但還遠不足以排除其他生命形式。一般而言，生命起源對溫度有特定的要求。這個行星不能太熱，也不能太冷。比如金星就距太陽太近了。火星又太遠了。地球在中間，剛剛好。儘管有些地方被冰雪覆蓋，但對於生命的發展而言，它已經很合適了。它既不那麼熱，導致所有的水分蒸發，也不那麼冷，把所有的東西都冰封。

第二，這個星球還不能太大，這是出於引力方面的考慮。如果一個行星相當於地球的五倍，那麼其引力也會是地心引力的五倍。那裡的生物都會變得跟比目魚一樣扁平，也許根本就不會有生物。

第三，轉速也有重要作用。我們已經透過「單球」瞭解這一點。如果行星轉得過快，生物就會從曲線中被拋出去。要是它轉得過慢，又會在漫漫長夜中迅速冷卻，然後在同樣長的白天裡急速升溫。

第四，沒有生命能夠脫離大氣層而存在，因為沒有大氣層就沒有氧氣，沒有氧氣就無法呼吸。這就要求行星的體積也不能太小。因為如果體積太小，重量就輕，過輕的行星無法讓大氣層始終圍繞在自己的周圍。最後，固體的表面也是必要的，這樣人們才能走來走去，不斷向前發展。

這是傳統的理論。

英年早逝的美國太空人和科學家卡爾・薩根（Carl Sagan）卻認為，這都是無稽之談。這些條件對於地球上的生命體或許是不可或缺的。比如人類在木星上肯定無法生存。

但是還有其他的生命。

目前，木星被認為是宇宙中人類最不想拜訪的地方。這是一個充滿有毒氣體的龐然大物，比地球重三○九倍。內部深處是金屬內核，表面是固體，但是人們絕不願意在那裡著陸、散步。否則，我們要不被那裡的氣體壓成肉泥，要不就會被可怕的熱量烤成肉串。大自然在這裡創造一個完全不適宜於生命的環境，就算薩根也同意這一點。

但是氣體層的高處卻完全有可能產生生命。木星大氣層裡充滿各種有機分子，對於產生光合作用的生物而言，這裡有極佳的原料，然而它們必須在極短的時間裡，完成進食和繁殖的過程，因為很快的，強大引力會將它們吸入地面。我們人類的死亡原因很多：年老體衰而死、被汽車撞死、在喜馬拉雅山上凍死、在浴缸裡淹死、或被魚刺卡死。但木星上的生命卻無一例外地被引力拉向地面而死，並且注定要被烤成糊狀。

薩根把這種形式的生命稱為「沉淪者」。某些浮游生物在演化過程中學會了儲存氫氣。這樣它們就變成了「浮游者」，像齊柏林飛船那樣漂浮在木星的大氣層裡，看上去就像是一個個大型水母。這些生命的體格龐大無比。地球上的太空人駕駛著太空船，焦急地尋找出口時，或許會驟然發現，自己原來被什麼東西吞下去了。我們當然更願意假設浮游者不會吞噬太空人。它們應該更像地球上的鬚鯨，一種溫和的龐然大物，只靠吃一點有機體為生。某些小型浮游者則走上另外一條道路，它們不斷提高自己的思考能力，逐漸變成了獵捕者，到處追逐著其他溫馴的同類。與此同時，一些微小的生物又會寄生在浮游者和獵捕者身上，這樣就逐漸形成一條複雜的食物鏈。最後，我們可以想像出大氣層表面和鐵核中的「單細胞嗜極生物」，以及依靠從天而降的動物遺體為生的「分解體」等等。

不管薩根的幻想故事顯得多麼誘人，有一點是無可爭議的：擁有水分的行星為生命的演進提供豐富的競爭者。而陸地——請不要與固體表面相混淆——則是一種純粹的奢侈品。所以，太空人和地外生物學家才那麼熱中於尋找含有水分的星球，並且設想出種種激盪人心的畫面。

讓我們最後一次從機艙中開出獵戶座號太空巡洋艦，把熨斗操縱器擦亮，傾聽那帶有萊茵地區口音的倒數計時。數到零時，飛船一陣顫抖，然後被人工製造的漩渦吸入高空。突然出現一道日光！我們在漩渦中升起，一個接一個地穿越對流層、平流層、中間層、熱電離層，最後來到逃逸層，而且一直伴隨著有節奏的主題音樂。

你知道嗎？那是啪……啪……啪啪啪……！

管風琴的聲音！這些現在都已經沒有了，只會出現在未來。

星星閃爍著寒光。

那顆藍色行星不停地轉動著。我們看著，看著，突然湧起了一陣鄉愁。與此同時，我們對自己的物種產生了無比的憤怒！吹毛求疵的笨蛋，總是無緣無故相互爭鬥，永無休止。**在這顆閃耀的明珠上，此時正有一個人身上綁炸藥走進地鐵站，僅僅因為他的信仰與其他人有那麼一點點不一樣。**

而我們卻在尋找陌生的海洋，尋找我們可以生存的地方。

如果不受阻攔的話。

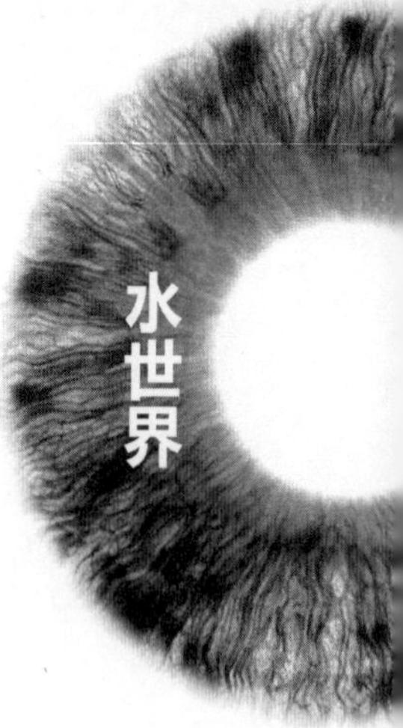

在最後一章裡，我們將回到古代，然後進入中世紀，並從那裡直接進入太空，不斷尋找水的存在。現在我們已經瞭解了地球上的海洋，也瞭解我們很有可能會有一天飛向其他星球。所以預先對那裡的環境做一點瞭解，至少沒有什麼壞處。不管我們在哪裡著陸，如果周圍沒有水，我們就不需要出艙了。

但是這個地方比我們想像的要近一些。就在我們的太陽系內部，只隔兩個行星而已。我們用不了多久時間就可以到達那裡，只要幾年就夠了。航行途中，我們可以講講奇聞軼事來打發時間。

把妹達人——天文學家幫衛星取名字的方法

讓我們聊聊愛情。

一對夫婦坐下來開始聊天，聊到熱烈時，他們往往會回憶起剛認識的場景：他們怎樣散步，發生了什麼有趣的事情，他們最後是怎麼走到一起的（「你知道嗎，當時我就在十字路口，他開車從我身邊經過，我一下子就覺得他怎麼那——麼可愛！」），後來發生了什麼，接下來——如果聊得高興的話，你還會聽到他們呵呵的笑聲。也許情況還會更好。在大多數情況下，敘述者往往比傾聽者更投入，而後者的版本也許更加荒誕不經（「哎呀，一開始我還覺得她怎麼那麼弱智，但是幾杯烈酒下肚之後……」）。有沒有人在你面前講過類似的故事呢？

「嗨，知道嗎，海蒂每個月都在他老爸的汽車店裡打工。這是我的一個兄弟告訴我的。我一直覺得海蒂挺正點的，至少她不會裝可愛說著『哈，我不知道欸』，或者『我們一定能再見面』之類的蠢話。我走進汽車店，看見海蒂正忙著擦那些豐田車，我就鑽進一輛白色的保時捷敞篷車裡，慢慢地開進院子。海蒂當然看見我啦。那車可真棒！我用右前燈朝她一眨眼，把車門那麼一推——哦，哥們兒，你們絕對想不到，她直接就上車了！香車配美人，一點兒都不錯！她上車後，琢磨了一陣儀錶板，又摸了摸座椅，還把她的嘴唇嘬向化妝鏡前。她突然又想下車了，我可不管，關上車門，把車門一鎖，一溜煙就跑了！我在大草原上連續幾個小時一路狂飆，最後到了一個很荒涼的地方，真是一個鳥不拉屎的地方。我把車停在那兒，這時我才有空喘口氣，好好地跟她親熱了一番。然後她很快就懷孕啦！後來我就把那個地方叫做海蒂。對了，你們是怎麼認識的？」

當你把它當成純粹瞎編的無聊故事時，你得當心了。你應該知道，人們常以這種故事自我陶醉。赤裸裸的大男人主義和愚蠢的胡言亂語，鑽進別人的保時捷，然後就可以隨便命名土地了。

你不相信嗎？那麼再來聽一個羅馬版本吧：

腓尼基曾有一位公主，她長得漂亮極了，名叫歐羅巴。她的父親是一位有權有勢的統治者，擁有數不清的子民和牛羊。有一天，歐羅巴引起主神朱比特的注意（準確地說，她引起的不僅僅是他的注意）。戀愛中的朱比特找到了神的使者墨丘里。他說，聽著，墨丘里，你得幫我個忙，把腓尼基的牛群趕到大海裡。歐羅巴和她的玩伴喜歡跟這些牲口待在一起，她們也會跟著到海邊。這又有什麼用呢？墨丘里問道。關你屁事，朱比特說，快點照我說的辦。

墨丘里只能遵命。而且辦到了。沒多久，歐羅巴和她的同伴們就在海邊玩起來了。突然間，在牛群中鑽出一頭健美無比的白色公牛。牠友好地看著歐羅巴，而她也深深地被牠打動了。她親切地撫摸著牠，對牠的溫柔感到很是驚奇，最後她跨到牛背上。

也許她不上去的話，結果會更好。

這頭公牛立刻開始狂奔，一頭跳進海裡，背負著驚恐不安的公主游到了克里特島，然後牠變回了朱比特。原來這頭牛正是朱比特變的。我們可以猜想，歐羅巴一開始肯定把這位神祇臭罵一頓。而當他要求她寬衣解帶時，她也猶豫了很久。也許他向歐羅巴承諾，把周圍的這塊土地和那塊土地用她的名字來命名，這才讓她安靜了下來，後來的進展就比較順利了，他們很快就有了九個孩子。

這就是真正的故事。這個老騙子竟獲得一個行星的稱號。在西方，木星就是用朱比特來命名的，它是太陽系的第五顆行星。但是，歐羅巴也聲名遠播。事情是這樣的：

一六一〇年，義大利學者伽利略用他的望遠鏡觀察木星，發現周圍有四個物體圍著木星在轉。他很快認定這就是木星的月亮。這個發現在當時是大逆不道的，因為它證實了當時不為人所接受的哥白尼學說，即宇宙不是以地球為中心，而是以太陽為中心的，也就是說，各種天體都是圍著太陽轉的。這種目擊證據證實了哥白尼的猜想。伽利略證明，聰明的哥白尼是正確的。那四個月亮很明顯不是圍繞著地球在轉，而是圍繞著另一顆行星。伽利略公開發表了自己的這些發現和其他一些觀點。很快的，宗教法庭下令讓順從的信徒收集柴薪，堆積起來燃成熊熊大火。誰要是還敢抗令不從，就讓他嚐嚐火烤的滋味。伽利略不得不收回自己的言論。

儘管如此，四年後，德國學者西蒙留斯（Simon Marius）還是發表了《木星世界》（*Mundus jovialis*）一書，自稱是這四顆衛星的發現者，並宣稱他發現的時間比義大利同行還要早幾天。不出所料，所有這一切引發了激烈爭論，後來的歷史學家做出英明的裁決：今天人們仍然會把它們稱作四顆伽利略衛星，但是它們的名字卻是西蒙留斯取的：歐羅巴（Europa，即木衛二），愛莪（Io，即木衛一），克里斯多（Callisto，即木衛四）和加尼米德（Ganymede，即木衛三）。

冰海美人歐羅巴——冷凍櫃裡要怎樣演化出一片葉子

木星共有六十三顆衛星，有些很小，有些很大：比如加尼米德比水星還要大，而克里斯多則明顯小得多。這些在外太空環繞木星旋轉的衛星主要是由冰組成的。而愛莪和歐羅巴則距木星近得多，因此它們的密度也要大得多。

我們對木衛二非常感興趣，它是伽利略衛星中最小的一個，直徑為三一二一．六公里，比冥王星要大一些，但是質量僅相當於地球的〇．〇〇八倍。它圍繞大氣層以每秒兩公里的速度旋轉，平均距離為六十七萬零九百公里，每轉一周所需精確時間為三天又十三小時又十四．六分鐘。它的內核應該是由冰和鎳組成的，四周是矽酸鹽岩石。

它的表面上是一望無垠的海洋。

僅從光學角度來講，歐羅巴就已經是太陽系所有衛星中最閃耀的一顆了，因為它的亮度很高，透過普通的望遠鏡就可以觀測到。它的表面可以反射六十四%的陽光。人們對它格外關注，原因也很清楚：它的表面全是冰層。除了少量的矮丘陵之外，它幾乎是一片茫茫的大平原，但是上面還覆蓋著一層不尋常的纖維狀結構。

人們曾經猜想，這是用來幹什麼的。很顯然，這是壕溝。有時候相互平行，有時候彼此交叉，長可達一千六百公里，寬達二十公里，它們橫越過整個表面覆蓋層。有些已經變紅，邊緣比較模糊，但中間有明亮的條紋。隨著時間的推移，人們對它的瞭解也日漸增多，它應該是一個由地質運動造成的斷裂地帶。很顯然，某些冰塊在強大的對流作用下發生了移動。它們應該在某種物體上漂浮過，就好像地殼在岩石圈上漂浮一樣，這種物體應該就是水，或者呈糊狀的冰塊。

此外，人們發現歐羅巴上似乎還有冰火山存在：那裡爆發出來的不是岩漿，而是寒冷的冰塊，冰塊填滿了下面的縫隙，就好像流動的岩漿湧入中洋脊的擴張中心一樣。歐羅巴上的其他地區也能讓人聯想起南北極解凍時的浮動冰層。最後，人們發現了兩個地區，那裡的冰層潛伏在其他板塊之下：潛沒！那裡的一切都在不停地運動，因為木星具有強大的潮汐能，甚至能引發三十公尺高的洪峰，所以冰層被完全破壞了。冰層繼續運動著，直到衛星圍繞主星旋轉一周為止。然後會出現暫時的寧靜，直到下一次洪峰來臨。然後衛星上又會出現一道道裂縫。現在我們已經知道，那裡每半小時就會出現一道新的裂縫，因此歐羅巴的地質運動是最活躍的。

但活躍是否意味著是活的生命呢？

人們首先預測冰層的厚度以及冰下海洋的深度。「伽利略號」與「旅行者號」太空探測器發回的資料提供了幫助。現在我們已經基本上可以確定，它的表層厚度可達十九公里，而下面的深淵足可讓地球上所有的大洋看上去就像一個魚池。歐羅巴上的海洋深度介於八十公里至一百公里之間，在太陽系內的各大天體中，它的水含量是最高的。但奇怪的是，它的表面沒有發現任何隕石坑，這證明了兩點：第一，這個衛星比較年輕，也就是說它產生時，木星已經存在很多年了。第二，早期歐羅巴的表面應該是流動的。就在五千萬年以前，歐羅巴上面應該還有海洋。當時的水應該比今天的溫度高一些，並且包含各種小行星和彗星所含的有機物質。

水、溫度和有機物。事實上，進化女神所需的基本元素已經準備就緒。究竟發生了什麼事，使得歐羅巴的表面完全結冰呢？

我們的南極圈裡有一片湖泊，沒有人能夠跳進這個湖裡。不是因為它太冷。沃斯托克冰湖（Lake Vostok）隱藏在冰層下四公里處。儘管它的水溫很低，僅為攝氏零下三度，但卻沒有完全凍結，因為冰層產生了巨大壓力。長時間以來，人們認為，這裡大片的水域（二百五十公里長，差不多與加拿大的安大略湖一樣大）從未見過太陽，因為它的位置只能接受地面的溫度。因此，在沃斯托克湖裡幾乎不可能有生命存在。

然而根據新理論，沃斯托克湖實際上是幾百萬年前，甚至幾十萬年前才結凍的。因此人們至少可以找到某些生命的印記。經由在冰層上鑽孔和取水樣等科學方法，終於證實了這種說法：下面存在著生命！主要是單細胞生物，但無論如何也是生命。對泥濘的湖底進行研究是非常困難的，而且耗資巨大，但研究者猜測那裡應該會有數百萬年高齡的細菌培養基。

自從人們發現密封的水域中也存在著生命體以來，地外生物學家就對歐羅巴給予更多關注。很多著名專家都認為，木星的衛星上存在生命是完全有可能的。一方面，木星的潮汐能讓歐羅巴不停地顛簸、不斷地變形，這對水域的充分攪拌是很有益的。另一方面，在此過程中，水的溫度也逐漸升高。它們不斷膨脹，最後在斷裂區形成一條道路，並且向上凸起。這樣有機生命體就可以在水底生存了。

克里斯多福・奇巴（Christopher Chyba）是美國加州SETI（搜尋地球外高等智慧生物計畫）的教授，他認為歐羅巴是太陽系中最有可能出現生命的天體。持懷疑態度的人當然會問，那些生命在漆黑一片、冰冷無比的海洋中靠什麼來維持生命呢？

奇巴用兩個模型回答了他們的問題。一方面，位於木星磁場中的高能量微粒會不斷聚集和加速，最後在歐羅巴的外殼中發生爆炸，從而導致表層的分子發生分裂，進而釋放出氧氣和過氧化氫。地球上的生物是透過光合作用來完成此一系列變化的。分裂所產生的物質可能會經過裂縫區進入海洋深處，從而成為初級的能量源。這種模型要求斷裂層必須橫越整個冰層，而迄今為止我們並沒有發現這方面的證據。事實上，可能性更大的一種情況是，那裡不斷湧現一些新的糊狀冰塊，在表面與斷裂邊緣發生摩擦。如果是這樣的話，那麼營養成分的傳輸就需要很長的時間了。

沒關係。歐羅巴上的微生物可以忍飢挨餓度過上千年的時間。據我們所知，單細胞生物的生命力強得驚人。它們可以在寒冷的季節裡一連數百年僵硬不動，看起來跟死了一樣——一旦生存的條件得到改善，生命又會重新復甦。

奇巴指出另一種獲得能量的方式。假設歐羅巴的海洋中含有特定的鹽分——那麼其中就會存在某種放射性的鉀40同位素。這種射線或許足以使流動的水發生裂解，從而分離出氧氣和過氧化氫。即使是在冰層中，也會發生這種反應，當然，與能量充沛的微粒發生的表面爆炸相比，這種反應肯定沒那麼劇烈。但是它也足以產生大約一萬噸的生物量，奇巴估計說。這跟我們的海洋所產生的生物量相比，簡直是九牛一毛。在歐羅巴的海洋中，生物量的濃度應該會低一些。但是，奇巴也不排除另外一種可能性，即冰洋中釋放出來的氧氣要比地球上的氧氣更容易沉積下來，這反而會導致生物量的濃度更高。

一般而言，我們想像中的外星生物是以能夠自我複製的鏈式分子為基礎的。但是奇巴卻搖頭拒絕這種想法。他可不願意去和電影上常常出現的外星異形打交道。他已經想好了第三種情況。

在這種情況中，斷裂區也扮演了某種角色，這一次不是作為由外而內進行傳輸的通道，而是由內而外的通道。水位不斷升高，直到冰層表面下方很近的地方，甚至到達冰層表面。此時歐羅巴上的空氣極其稀薄，就像二次大戰結束後的咖啡一樣。它們當中含有一定的氧氣量。當遙遠的太陽發出紫外線，使冰層表面融化，並破壞那些能量充沛的微粒時，這些氧氣保留了下來。釋放出來的氧氣繼續留在歐羅巴的引力場中，而輕一些的氫氣則消失在太空裡。

在幾乎是真空的區域中，冰發生了汽化、液化，然後重新結冰，汽化、液化、凝固，循環往復。水的流動使得斷裂層愈來愈大。所有一切都不斷地重新混合，水、有機物質、表面的分子等等，都被紫外線破壞，從而產生高能的化學反應。光合作用很有可能會出現。各種生物有可能在複雜的環境下逐漸成長，長長的根扎進冰塊中，並用它們微小的葉片捕捉偶爾閃現的光子。我們應該怎樣為它們命名呢？小葉片體？歷史上有過比這更愚蠢的名字嗎？

歡迎光臨「小葉片體之家」。

葉片體並不是簡單的葉片體。有些葉片體是固定生長的，有些則在水中漂浮，甚至主動搜尋獵物。進化女神發現自己面臨著很大的挑戰，葉片體先生和夫人必須學會如何周遊世界。歐羅巴在旋轉。儘管速度很慢，但是仍然不停地旋轉，因此它與木星相對的那一面也是不斷變化，正如我們看到的月亮一樣。這就導致木星上的潮汐有時會影響歐羅巴的這個地區，有時會影響另個地區。有些充滿葉片體的冰裂縫會閉合，有些則會打開。如果葉片體民族不想滅絕的話，就必須學會搬家。如果永恆的流浪令它感到厭倦，或許它會自己去海洋中尋找安寧，或者穿過斷裂地區向海洋深處前進。在水下，它也許會有各式各樣的發現。或許曾有多細胞生物在歐羅巴上定居，也並非完全不可能。

懷疑者提出了他們的疑問。有些人直接認為，歐羅巴上太冷了，不可能形成DNA這樣複雜的物質。另一些人提出其他疑慮。有證據顯示，歐羅巴的表面存在大量過氧化氫和高濃度的硫酸。這些具有腐蝕性的液體覆蓋在冰面上，尤其在有水從下方湧出的地方。這樣我們可以推測出兩種情景：第一種是，海洋中形成了硫酸鎂，硫酸鎂與空氣接觸後，發生反應產生了硫酸。第二種（更糟的）情況是，整個海洋都由硫酸組成，因為海底存在的含硫火山不斷噴出毒氣和毒液。在這種環境中，生存會變得極為艱難。酸具有腐蝕作用，無法提供穩定的生命體存活園地。

有些人會反駁上面的意見，因為有些單細胞生物在pH值等於零的情況下也存活得很好。比如NASA噴氣推進實驗室天體生物學小組負責人肯尼斯・尼爾森（Kenneth Nealson）就認為，完全沒必要對硫酸反應過度。「硫和硫酸也許會成為生命體的能量來源，因為它們可以將其他物質氧化。酸性環境中也可能會產生生命。」

如果觀察一下熱液中的生命體，或許就會贊成尼爾森的話。一切都會令人興奮莫名。這種興奮會一直持續到二〇〇八年，到那個時候，人們會製造出一種耐硫酸的機器人，它將登陸歐羅巴，鑽到冰層下面去，看看到底誰住在那裡。

有人建議，它應該帶著足夠的備用鑽頭。因為即使是在歐羅巴的赤道上，溫度也不會高於攝氏零下一六三度。在這種溫度之下，冰的硬度可與花崗岩相比擬。還有人設計出另外一種方案，那就是穿冰機器人，可以融化冰塊，鑽到冰層下，並在那裡投放一艘微型潛艇。當然，最理想的情況也許是，人們在冰層上就能聽到「嘿，你好！」和「最近怎麼樣？」的招呼聲。友好的葉片體會帶領地球來的客人抵達海洋深處。它們會打開最亮的燈，因為那裡比地球上所有的海洋都要黑暗。

也許在泰坦（土衛六）上登陸會更容易一些。

泰坦是土星眾多衛星中的一個。它的表面環繞著一層橙紅色的稠密煙霧，彷彿早期的大氣層一樣，所以很難看清它的廬山真面目。我們所知道的一切，都來自於卡西尼（Cassini）探測器。它透過雷達對土衛六進行探測，讓我們看到了它的真貌：這是一個看上去比較年輕的天體，沒有隕石坑，但有山脈和峽谷，可能還有河流、湖泊和海洋。人類如果選擇在這裡定居，那就注定是一個巨大的錯誤。在攝氏零下一八〇度的環境中，你肯定找不到任何流動的水，有的只是流動的沼氣。但是生命仍有機會。正如我們自己的星球告訴我們的，生命的存在並不完全依賴於流動的氧氣。

不管未來登陸歐羅巴的是人還是機器——**結局都可能是毀滅性的。毀滅的不是我們，而是曾經生活在這裡的居民。所有的登陸工具必須是百分之百無菌的。即使是地球上最細小的微生物，也不應當進入一個陌生的環境。這就等同於一次外星生物入侵**，只不過受侵略的不是地球。最無傷大雅的結果可能是，我們把來自地球的有機物質當成外星生物。H·G·威爾斯在小說《世界大戰》中預言道，火星入侵之後，存活下來的不是人類，而是感冒病毒。

某些由冰組成的天體，地質運動非常活躍，同時又會在其他天體的引力作用下發生劇烈變形，在它們的冰層下發現流動的水可能性非常大。這些寒冷漆黑的地下海洋到底在多大程度上適合人類居住，此點姑且不論。正如我們說過的那樣，人類心理上並不適應這樣的環境。即使在地球以外存在著其他的規則，人們也很難想像歐羅巴上的海底城市到底是什麼樣的。殖民者們也許更願意在其他星球的水面上建立自己的文明。

我們不只是猴子，還是泡水的猴子——人從水猿而來？

你還記得《水世界》嗎？

凱文．科斯納的這部電影票房慘遭滑鐵盧，難道是因為他非要在龍捲風區拍攝，所以電影布景一次次地被風撕破？科斯納為了這部講述鰓人奇譚的電影花費一億七千五百萬美金，片中的角色看起來卻一點也不賞心悅目。整部影片相當扣人心弦，但也有一些前後矛盾的場景，比如那些被稱為「吸菸者」的壞人從早到晚都叼著菸不放。在這個被洪水淹沒的星球上，人們哪來那麼多的菸草呢？好吧，就算是有人送的吧。影片的中心思想有一種世界末日的魅力：當人們腳下的土地被剝奪時，他們是怎樣生存的呢？還會產生文明這樣的東西嗎？**人們離開了陸地，真的可以繼續生存下去嗎？**

在地球上，人們不會提出這樣的問題。即使當我們有一天在漂浮的島嶼上生活時，我們也會把它當成自然生活空間的一種人工延伸。要是我們厭煩了，就可以到陸地上去度假。但是在由水組成的星球上沒有任何陸地，既然沒有人能有幸得到一塊固定的陸地，這些漂浮島嶼上的居民們就會逐漸把它當成理所當然的一種生活狀態。

海洋生物學家亞利斯特．哈帝（Alister Hardy）認為，所有的問題都是發展的問題。他於一九六〇年在《新科學家》雜誌上提出一種有趣的假想，認為那些發抖的猴子並不會簡單地從樹上掉下來，然後學著怎樣在陸地上用兩條腿直立行走。哈帝提出了水猿論，認為我們的祖先首先移民到了水裡。牠們在海濱水域、河流和湖泊中繁衍生息，在水中覓食生活，並在濕潤的環境中演化成為最早的人類。

難道兩棲動物的作用比我們想像的更大？

哈帝的猜想來自於一項科學發現，即人類皮下脂肪組織與皮膚結合的程度，遠遠超過所有其他陸地哺乳動物。我們的脂肪層具有更強的保暖性，而這種特性只有海洋哺乳動物才具備。哈帝的結論：很顯然，皮膚細胞與脂肪細胞的緊密結合，是人類曾在水環境中生存的結果。

他的文章〈過去的人類是否更接近水生動物〉（*Was man more aquatic in the past?*）引發一系列討論，並且重新提出一個問題，我們的演化過程到底有多脆弱？兩棲動物難道如此強大嗎？從牠上岸一直到舊石器時代，生命以各種形式存在著，在內陸地帶高度發達，有些生命甚至一輩子也沒見過大海——儘管所有生命都源自於大海。但是猴子生活在樹上，誰摔落到小溪裡，牠的唯一下場就是被吃掉。

「說對也不對」，哈帝說。在靈長類動物的「人類化過程」中，一切皆有可能。但凡有可能的，往往都會出現。

科學家把靈長類動物的人類化過程稱為人類演化（human evolution）。在這個過程中，唯一可以排除的可能性是我們曾學過飛翔。除此之外，沒有任何一種理論能夠令人信服地解釋人是如何成為人的。每種理論都試圖用它們的方式去填補當時的情景。這其中也包括我們在本書第一章中介紹過的場景，也就是大草原假說。人類其實並不情願從樹上爬下來，他們是被樹枝搖落下來的，因為雨林逐漸消失，陸地變成了草原。

在人類演化過程的目錄中，有些東西是令人信服的，而另一些則令人費解。演化史就像一層薄冰，而人類學家一直如履薄冰、戰戰兢兢。人類出現得太快。早期人類沒有留下日記本，只留下了骨頭。要想證明我們的祖先曾在水中生活，便需要他們的皮膚、肌肉和脂肪組織。木乃伊和冰人太少了，所以持水猿論的科學家們只能從現代人身上尋求幫助。而這種皮膚－脂肪組織的結合只出現在陸地人類身上，黑猩猩、大猩猩和其他靈長類動物身上都沒有這種現象。風吹來的時候，我們都會習慣性地顫抖，因為我們身上已經沒有長毛了。而在水中，我們卻比很多長毛的生物更能抵禦寒冷。

哈帝認為，這個論點為他的理論找到了佐證。但是批評者卻認為，他的觀點太過片面化。他們認為人的脂肪層中有一層額外的營養物質儲備區，這樣才能為我們複雜的大腦提供足夠能量。

令人注意的是，人類的嬰兒包在一層厚厚脂肪中，這在小黑猩猩和其他猩猩屬的幼仔中也從未出現。

或許這是進化女神為了讓我們在水中出生而準備的襁褓。有些從未經歷過水中發展歷程的哺乳動物，一出生就能適應水的環境。因為所有哺乳動物都經歷過一段水中時光：在子宮裡。未出生的動物應該感謝這種機制，因為這樣牠們就不會在胎囊中嗆到了，無論人還是其他動物都是這樣。

但人類的嬰兒是所有幼仔中最厲害的游泳健將。在生命最初的幾年裡，他們在這方面展現了最優秀的天分。還有：新郎為新娘戴上戒指時，戒指所在的位置，恰好是我們手指上的蹼膜退化後的殘餘部分，是它們把我們的每根手指連結在一起。哈帝甚至認為，人類的直立行走也與水有關——事實上，黑猩猩很少進入水中，當牠們蹚水的時候，的確是用兩隻後腿站立行走的。

很好，但這一切還沒有足夠的說服力。比如古鯨就選擇另外一種方式。牠們沒有像海獺那樣演化出可以抓東西的前肢，而是讓四肢完全退化，最後形成一種流線型的體型。沒錯，哈帝說，但這並不重要。有人選擇了海洋，有人選擇了陸地。但真正具有決定意義的是，我們在某種程度上與鯨魚更加相似，而不是猴子。首先是皮膚和脂肪組織之間的關係。其次，我們是沒有毛的，這和陸地上大多數哺乳動物都不同，除了裸鼠（一種非洲的齧齒動物，看起來就像是沒有毛的老鼠，當然我們也不太情願和牠們攀什麼親戚）之外。鯨魚也沒有毛，因為毛髮在水裡會阻礙前進。

那麼海豹呢？海狸呢？這些都是生活在海裡的動物，牠們長著毛髮，但依然生活得不錯。

迄今為止，哈帝還沒有就此做出回應。水猿論的支持者和反對者在激烈的爭論中，彷彿從一棵樹跳到了另一棵樹上。哈帝派說，人類的嗅覺曾經很差，因為在水裡根本不需要嗅覺；而反對者說，要想失去嗅覺，需要在水裡度過很長的時間，那麼應該會長出尾巴了。也許並非所有人類的先祖都曾在水裡生活，也許游泳健將的祖先是水猿，而登山家的祖先則是高山猿。也許還有其他可能？

有一點是肯定的，現代人的很多基本特徵不能解釋為他們對嬉水的一時喜愛。也許我們更可能是所謂的「拼貼演化」（mosaic evolution）的結果，我們不斷嘗試著適應環境，經歷過各種變化，最後才成為今天這個樣子。同樣可以肯定的是，大多數人類都生活在海邊，或者乾脆生活在海上、河岸邊、湖泊周圍，我們和其他陸地動物相比，游泳和潛水的技能都更強。

或許只需要幾代人的努力，我們的後代就可以對漂浮島上的生活習以為常了。要是島嶼夠大的話，我們也可以為登山家梅斯納的後裔堆出一座人造懸崖。

瑪麗蓮夢露的魔鬼三圍變形了——著陸水行星

只是，我們對水行星的感覺如何？

請保持耐心，歐洲太空局（ESA）已在努力地搜尋：這個探測水行星的計畫被稱為愛丁頓（Eddinton）計畫，而水行星這個概念則是由法國天體物理研究所的天體物理學家阿蘭．雷格（Alian Leger）提出的。他認為，水行星的重量應該是地球的六倍，而體積至少是地球的兩倍。它應該像地球繞著太陽轉一樣，以同等距離圍繞著自己的母體星系旋轉，並擁有大氣層。它的地質構造應該和地球一樣，呈洋蔥型，內部是由金屬組成的核心部分，直徑大約為四千公里，外部是一層岩石地殼，雷格估計厚度約為三．五公里。在此之上還堆積著五公里的冰層，混合較重物質的冰，這些物質會阻礙冰塊上升。而冰殼上還有深達一百公里的海洋，海洋的上方還有一個由各種氣體組成的大氣層。

誰、或者什麼生物住在這裡呢？

愛丁頓計畫的研究者說，原則上，任何生物都可以在這樣的海洋裡生存。基本的生命要素都已存在，甚至連光合作用所需的光線也不缺乏。

最重要的是，究竟怎樣才能在那裡形成生命呢？在地球上，根據羅素－馬丁的觀點，熱能是最初的動力。在它的協助下，分子會結合成較高等的形式。但在一個海底全是冰的星球上，火山或者其他熱源都是不大可能出現的。由於缺少陸地，也很難有礦物質會進入水中，因為不會發生沖蝕現象。此外，在無邊無際的大海上，那些愛好交際的分子們卻各據一方，相聚甚難。某種熱力活動也許能產生輔助作用。

這就需要冰層的某些部分發生破裂，然後開始漂流，需要那裡存在一個黏稠的輸送層。但雷格卻為我們勾勒出一種岩石上的冰層圖景。地球上，儘管冰河在移動，但是它們依然有足夠的空間可以擴張。與此相反，在雷格的星球上，冰塊間始終不停地在相互擠壓。當然，在水世界裡形成生命還是很困難，但進化女神非常有創造力。她總能找到某種方法，因為原則上來說，水世界中的環境是最理想的。

我們的太陽系中有兩顆行星很可能曾經是水世界，或者有可能會變成這樣的世界。海王星和天王星都是擁有厚冰層的水世界，至少外部是這樣，在它們上面，太陽看上去就像是閃著微光的火苗。但是有些行星很喜歡改變位置。我們知道，在其他一些星系中，有些行星會不斷地靠近它們的恆星。與此相似，當冰行星的表面開始融化時，它們也會逐漸移動。此時進化女神的電話鈴就響了。我們可以動手了，上帝說，海洋已經是液體了。請裝好胺基酸，我想跟你五百萬年後再見！

即使水行星上不會產生任何生命，我們也可以從其他星球上移民過來。

對於專業人士而言，這種想法已經具有足夠的誘惑力，讓他們啟動一項雄心勃勃的計畫。儘管資金有那麼一點點緊，但是歐洲太空局還是信心十足。人們希望盡快發射愛丁頓探測器。它的攝影鏡頭對亮度十分敏感，可以捕捉到千萬分之一的光線變化。因為只有這樣才能探測到行星。由於行星本身不發光，因此只有當它們進入恆星的黑暗區時，才會露出一點兒蛛絲馬跡。當它們從恆星旁經過時，會投射出自己的陰影，而靈敏的探測器就會立刻記錄它們的痕跡。

愛丁頓不會是唯一的宇宙偵察員。行星獵人們已經陸續做了很多工作。到二〇一四年之前——情況允許的話也許會更早——達爾文計畫將向太陽系外的空間發射八艘太空飛船，去搜尋可能存在生命的世界。目前，沒有人指望它們會在那裡登陸。光速為我們的擴張欲望設定了一個自然的極限。

但達爾文計畫中的飛船還可透過頻率分析來探測水行星或其他行星。設想一下，某個行星擁有大氣層。那麼光線在那裡會發生多次折射。透過收集反射回來的波長，電腦就可以計算出那裡的大氣層含有哪些化學物質，以及它們之間會發生哪些反應。僅僅透過光譜分析，就可以斷定某個行星上是否覆蓋著由水組成的海洋，甚至知道它上面是否存在生命。在八艘飛船中，有六艘被設計成飛行的超級望遠鏡，它們會把相關的光學和電子資料傳送給第七艘飛船，由它對資料進行整合後發送回地球。第八艘飛船負責在星際船隊和地面指揮中心之間進行通訊。

設想一下，如果船隊撞到了水行星。然後呢？收拾游泳褲嗎？

別著急。

它們可以進入長眠狀態，上好鬧鐘——比如二十萬年後的早上六點半。或者我們也可以找到一種克服光速的方法。怎樣做到這一點，那得再寫一本書了。作為有經驗的虛擬冒險家，我們假定自己已經掌握這種技巧。現在我們已在水世界的軌道上運行了，由於它的質量很大，因此對我們產生很大的引力，我們看到了漂浮的城市就在我們腳下，然後我們著陸了。

根據這顆行星的厚度與大小，我們在降落的時候就需要穿著防護服，裡面包含了各式各樣的設施，比如人工肌肉等等。要是這顆行星不同於我們的預期，質量比較輕，那麼一開始我們的呼吸會變得困難一些，但是經過數代人的努力之後，也許我們會適應那裡的條件。當然，我們的身體會發生明顯的變化。我們的曾曾曾孫們會比我們矮一些、結實一些。水行星上的瑪麗蓮夢露的魔鬼三圍或許是：七五－二四－七五。

潛入那裡的陌生海洋時，我們會發現什麼？

一無所有，有些人說。水行星上沒有任何生命。那裡荒涼一片，空無一物。

應有盡有，另一些人說。既然這麼多參數都符合要求，那麼這裡應該會產生某種形式的生命。

好的。我們假設樂觀主義者是對的。那麼水行星上的生命在起源時也跟地球上的一樣，非常微小。主要的物種應該是微生物。更高級的生命體不太可能出現。這樣一個星球既不會噴射火焰，也沒有極端的天氣，也不會出現劇烈的氣候變化，所以生命不需要進行高度發展。生命都是重大自然事件的產物，這一點在地球上已經表現得極度明顯。自然條件的劇變，迫使生命必須適應變化，促使單細胞生物聚合成多細胞生物，並且發展出進攻和防禦機制。那麼在一個海底全是冰層、形狀亙古不變的海洋裡，這些生命面臨的壓力又是什麼呢？

點上火炬吧。

我們完全有理由相信，水世界的內部深處仍有殘餘的熱能。我們可以設想那裡還存在火山，或者至少有熱區。有時候那裡還會發生短暫的沸騰。第二個設想，化學物質能夠促進貝殼的形成。第三，隕石會砸入海中，改變整個體系，帶來外星微生物，引發一系列事件，使得某些物種或者毀滅，或者獲得新生，如此等等，不一而足。我們所需要的一切，就是多細胞生物和有性生殖。

現在生命可以演化了。由於球體上的海洋沒有邊界，因此它可以不斷生長。水行星上的生物可以長成龐然大物，牠們吞噬一頭藍鯨就像吃魚子醬一樣輕鬆。這就必須要有足夠的原料。不是每個人都可以身材高大、體格強壯，也就是說，從微生物到和一座城市差不多大小的生物，各種形態都應該具備。

個體愈碩大，它的問題就愈麻煩，我們從恐龍和史前鯊魚身上已經看到這一點。水世界中最大的生物，應該是由很多生命體組成的混雜物，這是一個可以根據需要組合或分離的聯盟。這種群居生物也許會發展出一種在我們看來比較冷血、陌生的集體智慧。水世界中的知識份子很有可能不會去討論個體的自我實現。或許我們可以說服它們浮出水面，成為人類殖民者的島嶼，讓我們在它們的背上建造巨大的動物山脈，同時用可口可樂和其他美食來滿足它們的需要。在水行星上，這些都是稀有商品。

其實，我們只要好好觀察一下自己星球上的海洋，就可以對外星海洋中的生命多樣性有一點概念。外星海洋生命不會和地球上的海洋生命相差太多。在外太空，我們也會碰到類似魚的生物，碰到長著觸鬚和很多手臂的傢伙，碰到掌握了反作用推進和爬行技巧的動物。只有鯨魚恐怕不會出現，因為那裡沒有陸地，不會讓這個傢伙先爬行一陣子，再鑽回海裡。

要是水世界的居民能建造出太空船的話，那麼它們必須帶著充滿水的容器去旅行，就好像我們背著氧氣筒去潛水一樣。光合作用可以讓各種生物在海面下很淺的地方生存，同時深海區也可能會出現生物，它們可以經由自身發光來進行交流。最好的一種情況是，海底也是光明一片，就好像詹姆斯·柯麥隆的電影《無底洞》中描繪的那樣。我們會不會受到長著魚腦袋的異形們友好歡迎，來到它們的高科技堡壘中，看它們伸出那金絲製成的手臂，與我們來一個黏糊糊的握手呢？這樣的可能性很小。在高壓海洋內的腐蝕性區域中，人們很難建造出漂亮的城市。最大的可能性就是讓自己變成城市，然後盡量讓它的形狀隨心所欲地變化。或許那裡會有一座紐約城，但是柔軟得跟橡膠一樣。法蘭克·辛納屈也肯定不會為它唱頌歌了。

我們應該怎樣跟它們相處呢？這些……異形們？

友好相處。大部分生物會和我們相安無事，因為我們的群落生境（biotope）差別很大。我們會和深海生物保持一種外交性的接觸。淺海生物也許會成為我們的食品。或者反過來說。水世界會為我們帶來一些意外，浮動島嶼的傾覆或許可以算得上是其中之一。陸地變得愈來愈傾斜，然後猴子就摔落到了水中，然後有什麼東西游過來，一下子咬住了牠的屁股。

跟地球上的情況完全相同。

其實知道這些也挺好的。

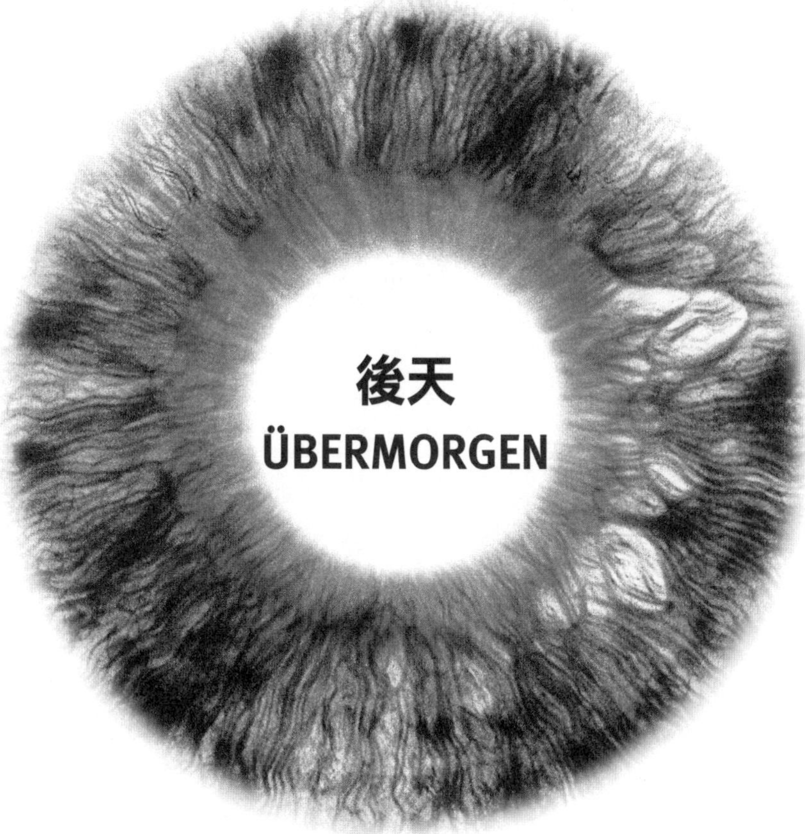

後天
ÜBERMORGEN

後天奶奶過生日。後天駕訓班要考試。後天德國跟阿根廷有場比賽。後天鱈魚會滅絕。

總之，在四個例子中，有三個例子都能讓人感覺到有即刻行動的需要。也許老爸的汽車會被開到溝裡，也許該準備一份禮物了，也許應該囤積點啤酒。人們在倒車時會壓壞草地，奶奶會抱怨白蘭地巧克力不好吃，或者當球門被攻破的那一剎那，沒有人有喝酒的衝動。後天就在轉眼之間。

但是很難想像，小新說，後天就吃不到魚塊了！

即使是在遠離海岸的大城市裡，人們也知道魚塊不是在冷凍櫃裡長大的。牠們本來也有頭有尾，而且也不是從小就裹著一身食用油在海裡游來游去，這些知識也是廣為人知的。我永遠不會忘記生命中的某一天，那天我決定帶一條鱈魚去祝賀我最愛的人。為了買到牠，我去了一家大商場有名的食品區。我旁邊有一位女士正在買扇貝，她的女兒應該處在青春期吧，大概有十四歲，正在跟售貨員開心地聊著她在敘爾特島騎馬旅遊的情景。媽媽仔細地挑選著扇貝。而我緊盯著一個水族箱，裡面有各式各樣的動物，當然也包括鱈魚。我是一個狂熱的鮮魚愛好者，所以我請售貨員幫我從水箱裡釣一條上來，解除牠生存的煩惱，最好再把牠的內臟掏乾淨。

我差點脫口而出，我還想把那個十四歲女孩兒的坐騎弄過來大卸八塊。因為接下來的情景讓我後來真想這麼做。小女孩的嘴唇突然開始顫抖，她用一種極其厭惡的眼神盯著我，就好像看著一堆爛泥，溫柔的表情一下子消失得無影無蹤：

「這條魚現在就一定得死嗎？」

「是啊，牠也是一條生命哪，」媽媽吃驚地說道，「嘿，你說說，年輕人，你就沒有點羞恥感嗎？這兒到處都是上等的商品。你大可不必殺了這隻小動物！」

「這條可憐的魚，」小女孩開始顫抖，甚至還掬一把同情的眼淚。

其他人也開始看著我了。

「你可真是面善心惡，」一位老先生搖著頭說道，「有必要這樣做嗎？」

「可是……既然……我只是想……」我辯解著。

「就是，你可真是面善心惡！」那位老媽又摻和進來，「聽說過過度捕魚嗎？你為什麼不買那些出售的東西？」

「可是這裡確實賣鱒魚啊，牠們……」

「糟透了。」這位大法官的目光投向了售貨員，「這種經營方式令人無法接受。對了，請拿給我兩百克金槍魚，要上好的，可以做壽司的。」

該說什麼呢？我覺得這一切真是難以置信，**原來人們只要去買那些切成段放在冰塊裡面冷凍的魚，就可以不用背上殘殺動物的罪名了？就可以宣稱他們是多麼地關注環保了？**我知道，那對母女一定是出於最崇高的動機，才把我看成一個魔鬼的。那匹馬一定充滿活力，鼻子裡噴著熱氣，在敘爾特島的沙灘上飛奔而過，把腳下多少小蟲和螃蟹踏為齏粉。小女孩會為牠梳毛、輕撫牠、擁抱牠。我斷定那位媽媽肯定是哪個動物保護協會的成員。在對我的審判過程中，她已經說明了自己的立場。我羞得滿面通紅，手裡拿著那隻剛殺好並已掏空內臟的鱒魚，悻悻然走了。直到把鱒魚扔進鍋裡時，我才重新找回了內心的自信，我們倆吃得很愉快。

也許人們會問，為什麼一定要吃鱒魚呢？為什麼不吃普通一點的、價格便宜一點的、通常都能買到的魚，比如……鱈魚呢？

是的。鱒魚嚐起來不錯。最重要的是，我們還能買到。嚴格來說，現實中並沒有什麼鱒魚，牠們是虹鱒魚，肉色發紅，是人工控制的淡水和海水中養殖的魚類。儘管我們在八〇年代受到水污染的威脅，溪流鱒魚和湖泊鱒魚的數量卻大幅增加。而鱈魚一直被稱為窮人魚，很多人覺得就算人類滅絕，牠也不會滅絕。可是這種富含蛋白質的生物在海洋中卻近乎絕跡了。二〇〇五年，歐盟漁業與農業政策委員會宣布，一些食用魚類的存量已經岌岌可危，而海洋中許多區域正變得更加荒涼，鱈魚也面臨了滅絕的威脅。

可以肯定的是，這種英國人最喜歡吃的魚，數百年來一直是水手和士兵的家常菜，但以後牠們或許也要列入奢侈品了。你會發現牠漸漸出現在美食家餐館的菜單上，變得愈來愈稀有。但牠原本也是最好的大眾食品。正因如此，從一九五〇年到一九八〇年，冰島人為此發動了三次所謂的鱈魚戰爭。他們不斷擴大自己的捕魚區——每次都是因為原來的區域遭到過度捕撈，每次都會和英國的漁民發生衝突，甚至出現鬥毆死亡事件。聯合國和北約委員每次都出面干涉，但每次冰島都能達到自己的目的。僅僅幾年的時間，他們就把捕魚區從三海里擴展到兩百海里。一九七七年，兩百海里成為歐盟所有成員國必須遵守的規定。為了彌補禁漁區縮小帶來的損失，人們又引進捕撈定額的概念。

定額？聽起來不錯。但是身在遠洋地區的人記性總是不太好。因此，現在的鱈魚幾乎和童話動物一樣稀少。除此之外，像比目魚、鯛類、狗鯊、金槍魚和琵琶魚等等，都出現了緊缺的情況。比斯開灣的挪威龍蝦已遭過度捕撈，無可挽救。鰻魚也近乎絕跡。而這只不過是冰山一角。全世界三分之一的漁場已經遷移到無人地帶，這也打破了生態系統的平衡：海狗、企鵝、齒鯨和海豚就要挨餓了。食物鏈斷裂了，複雜的生態群落逐漸消亡。德國曾試圖加強保護的力量，但是二〇〇四年十二月，歐盟漁業與農業政策委員會宣布，不再建立任何鱈魚保護區。畢竟人們不能剝奪漁民們的生存基礎。

尊重的結果：出海的船愈來愈多，捕到的魚愈來愈少。**如今已經開始捕捉魚苗了。當一個物種失去牠**

的孩子時，牠已經踏上了前往博物館之路。儘管歐盟信誓旦旦保證漁民的生存基礎，但其實正以一種愚蠢的方式破壞著這種基礎：歐盟為漁民的捕魚船隊提供津貼，使他們的謀生工具得以保留。這樣還不如啟動一項福利專案，使失業的漁民不至於一無所有。類似建議遭到嚴辭拒絕，畢竟海裡還有那麼多魚呢，說實話，究竟有多少魚，誰也沒有數過。一切都是杞人憂天，都是「綠色環保」的廢話。但這種掠奪式開發的支持者並非一無是處：我們的確不知道世上到底還有多少鱈魚、帝王鮭魚、金槍魚、鱘魚和小蝦。問題是：既然沒人知道，也就無法設定一個捕魚定額。但是沒有定額限制是不行的。漁民們希望估計值愈小愈好。但是在捕魚業中，如果估計值太小的話，肯定得不到足夠的支援。

漁民們兩頭沒著落，非常無助。他們會失業的！今天，明天或者後天。有些人曾經鼓勵他們武裝起來，但是現在又拋棄了他們。他們也是過度捕魚的受害者，這一點我們也不能忘記。這是一個自我毀滅的族群。

近來，歐盟希望捕魚船隊能根據魚類的存量調整捕撈工作。簡而言之：毀船上岸。西班牙擁有歐洲最大的捕魚船隊，那裡的人很難吞下這個苦果。現在西班牙的漁民唯一可以信賴的不是漁網，而是社會保障系統。他們與非洲的塞內加爾或摩洛哥簽訂協定，把那裡的水域洗劫一空，使得塞內加爾和摩洛哥的漁民頓時陷入貧困，而國家顯然不能為他們提供足夠的社會保障。漁業的衰退完全應當歸咎於錯誤的建議。當然，人們可以延緩痛苦，他們總是可以找到一小片捕魚區，或者某個尚未被開發的物種，這時所有人都會一擁而上。當然，有人懷疑人類是否真的能夠讓某種魚類滅絕，因為當一種魚急速減少時，大家就會把目光投向其他魚類，而這種魚就可以贏得喘息的機會，從而再次興旺地繁殖起來。但是繁殖不是朝夕之間的事情，而且那些有所恢復的物種，數量也沒有回到過去的水準。也許牠們能夠滿足物種多樣性的需求，但是仍達不到可供利用的標準。一切都還在，但已不值得人們為牠們而啟航了。

現在，很多地方的人們已經意識到了這種瘋狂的狀況。但類似的口號依然存在：撈吧撈吧，一起撈鱈魚。明天也許還能撈到；後天就要朝遠方搜尋了。

要是後天連遠方也沒有呢？

其實，我的最後一章是獻給遙遠的未來，也就是一億年後的生活形態——到那個時候，非洲大陸會與歐洲大陸連在一起，地中海將會消失。在熱帶海域中，成群的魚追逐著昆蟲，魚和鳥雜交產生了新的生物，這些都是德國電視二台的紀錄片《野性的未來》中的場景。大烏賊將會來到陸地，而小烏賊則會演化成智慧生物。既然我們在〈明天〉此一章節中已經移民到了海上或者其他星球的海洋中，那麼在〈後天〉這個章節中，我們除了觀察鱈魚之外，是不是還應當考慮多一些？

然而後天是一個相對的概念。從個人角度出發，後天有著絕對的優先地位。它會進入我們的思想，展現出一幅幅五彩斑斕的圖像，提醒我們未雨綢繆。這種「後天」對我們有著直接的觸動：奶奶的生日、足球決賽、駕訓班考試。**但是從集體角度出發，後天就缺乏一種「體溫」**。我們必須相信冰冷的數位和統計資料，讓那些圖形、曲線和表格，來引導我們的行為。

只不過我們距離鱈魚還不如奶奶那麼近，至少在天然的生存環境上是這樣的。當人們聞著盤中鱈魚的香味時，誰會想起銀光閃閃的魚群呢？誰又會想起那一張張宛如停機棚般大小的拖網呢？誰會身歷其境地想像那成千上萬的小魚呢？一支足球隊，不錯，那是一群挺棒的傢伙。駕訓班教練鼓掌的情景，也能隨時浮現在我們腦海中。當我們思考一些主觀、個人的問題時，我們是全世界最棒的。但是我們缺乏集體觀念、抽象思考的能力和先見之明。除此之外，我們還有一個缺點：進化女神已經賦予我們集體感知的能力，但是我們在思考和行動時，究竟有沒有從全面的角度出發呢？上週奶奶看起來不太舒服，或者她的眼袋又變大了，我們對此往往感觸頗深，**而對一種魚類的滅絕，我們卻又常常無動於衷。這並不能說明我們缺乏同情心。一片空空如也的汪洋大海看上去是什麼模樣？我們其實也不知道一片充實的大海看起來又有什麼不同**。而且，如果大海真的已經枯竭了，那我們餐桌上那麼多的魚又是從哪裡來的？

是的，小新在呼喊，那煎魚塊呢？

牠們來自水產養殖場、食用魚和貝類的大型養殖企業。我們今天食用的魚類大多來自養殖場。原則上來說，這是件不錯的事情。養殖的鮭魚也許吃起來沒有野生的那麼鮮美，但牠至少還是鮭魚。人們透過發展水產業，完全可以擺脫過度捕魚的風險。難道不是嗎？

小丸子對此表示懷疑。她家裡就有一個水族箱。裡面游著一條小金魚。小丸子說，你得經常餵牠。那麼養殖魚類吃什麼呢？是的，魚。要是養殖的魚愈來愈多呢？當然吃的魚也會愈來愈多。那麼作為養殖魚類飼料的魚又該從哪裡來呢？

過度捕魚牽扯到無數問題。

與某些地方雞和豬的大規模養殖相比，水產業或許還不值一提，但它依然無法解決自己的兩難困境。適度經營是一種良好的期望，只有這樣，人們才能避免物種滅絕，讓牠們繼續為人類服務。一旦過度利用，肯定得不償失。

後天是一場夢魘，是距離我們最近的一場審判。誰曾經違背捕魚定額，竭澤而漁，試圖以此維持自己的生存基礎，那麼他就會在後天遭到懲罰。過度捕魚只會導致生存毀滅。大集團的利益考慮，個人對失業的擔憂，人們有太多的理由，把理性思考拋諸腦後。我們知道，有些溺水者在水中掙扎，而另一些人則在水下努力地自救。

二〇〇三年和二〇〇四年，西班牙是歐盟成員國中過度捕魚率最高的國家。愛爾蘭在海裡撈得也不少。儘管歐盟捕魚委員會對每個成員國的捕魚額度做出明確規定，但在監控方面顯然做得不是很好。根據委員會的報告，很多國家都違反規定。而三年來，英國、丹麥和瑞典曾先後拒絕就他們遵守義務的情況進行舉證。二〇〇五年，當歐洲法庭決定給予英國、比利時、愛爾蘭、丹麥、西班牙、葡萄牙、芬蘭和瑞典等國家嚴厲懲罰時，他們的反應不是認罪伏法，而是相當惱怒。在歐洲發生的一切，同樣出現在美洲和亞洲。情況都差不多，大家都一樣浮躁。

掩耳盜鈴究竟會有什麼結果呢？紐芬蘭的大沙洲可以告訴我們。那裡曾是絕對的鱈魚天堂，而到了九〇年代中期，漁業已經徹底崩潰了。環保分子現在想把過去的捕魚區變成環境保護區。他們依然任重道遠。

漁業所做的事情，就好像在鋸一根大樹枝。樹枝上棲息的，不只是海裡的魚類，還有六十億地球人。要是我們明天建造的水上城市，後天就不得不在荒漠中漂移，那麼我們的生存根基顯然岌岌可危。加拿大達爾豪斯大學（Dalhousie University）得出一個階段性的結論：五十年的時間足以讓幾乎所有的大型魚類數量銳減九十％，其中包括鱈魚、大比目魚、鯊魚、金槍魚和箭魚。全世界的生物多樣性已經降低一半。由於大型魚類基本都是掠食者，因此，牠們的大量減少可能會導致生態系統的不平衡狀態。目前，世界海洋幾乎百分之百遭到過度捕魚、污染或其他形式的破壞——只有大約〇．五％的區域還處於嚴格保護中。

後天……

對於漁業而言，這是一個可怕的辭彙。但是其他領域也未能倖免。跨國石油公司在海底鑽探，試圖尋找儲量豐富的油田，而能源公司則希望找到埋藏在大陸邊坡下的壓縮天然氣，專家認為，它可以供應給全球的存量比陸地上的還多，能夠解決我們所有的能源問題。壓縮天然氣當然不僅僅分布在沿海地區，有些甚至位於大西洋中部。愈來愈多的化學物質被排放到沿海水域中，遠洋地區的工業化導致海洋毒素不斷增加，生物群落遭到破壞，所有這些都對我們產生深遠的影響，比如大氣層的變化，甚至氣候變化等等。與此同時，全球氣溫的升高也引起海平面的上升，從而使得很多魚類對性行為失去興趣：「寶貝，我興致很高，」鱈魚女士對鱈魚先生說，後者回答：「真抱歉，親愛的。我剛剛喝了一點化學物質雞尾酒，不小心變性了。」實際上，這種情況的確發生了。

儘管如此，每一個在黑暗中摸索的人，都試圖能在深海撈上一筆。你能想像在漆黑一片的地方進行心臟外科手術嗎？

這樣的結論是不是很虛偽？

絕不是這樣的。**我們並不是要永遠停止工業化，停止對資源的開發、禁止捕魚、禁止捕鯨，我們只是希望一切都能保持適度。我們應當更瞭解這個未知的世界，更瞭解我們與它之間的關係。**觀察、理解、行動，這就是國際海洋生物普查計畫研究者提出的要求。他們建議在海底建立類似於坦尚尼亞塞倫蓋提國家公園那樣的自然保護區。這樣人們就可以更清楚地觀察那裡的動物，欣賞牠們、研究牠們的生活方式，同時對食用魚進行圈養和捕捉。而石油公司和能源公司也應在指定區域內進行鑽探、採集等工作，他們也不會因為塞倫蓋提而失去什麼。這種建議看起來各方都能接受，但是仍然存在問題：海水是流動的，其他區域中的資源也許會流到國家公園中。

是的，聽起來有點令人沮喪。另一方面……

你還記得硫化鐵小氣泡嗎？它們是一些活躍的大分子。當地震出現時，中洋脊的「黑煙囪」就會被摧毀，而它們也會化為烏有。

我們應該放棄嗎？這些大分子問道。

當這些可怕的毒氣占領大氣層後，又該氧氣提出這樣的問題了。

我們應該放棄嗎？數以億計的單細胞生物問道。

然後是全球性的冰凍。我們知道嗎？地球會變成一個大雪球，那是我們能想像到的最不適合生存的地方。

我們應該放棄嗎？第一批多細胞生物問道。

然後是可怕的隕石雨！

我們應該放棄嗎？寒武紀的生物問道。其中包括盾皮魚、海蠍、菊石、海蜥蜴和巨齒鯊。

每一次，進化女神都思考許久。

不，最後她說，你們不應放棄。你們或許只須輕輕地放手。放棄你們已經養成的某些習慣。比如現在，這些習慣不合時宜了。只要你們改變了自己，適應了環境，那麼一切都會恢復正常。也許還會比過去更好。你們知道嗎？我們正在進行一些創新。嘿，誰想來點裝備？鉗爪和螯針？誰想要尾鰭？誰有興趣直立行走？

生命就是這樣產生的。生命演進了三十五億年之久，也許還要更長，直到最後才出現了人類。

我們應該放棄嗎？

不。我們應該挽起袖子。讓我們睜大眼睛，在未知的世界裡遨遊。未知世界的魅力在於，它不僅隱含著風險，更孕育著答案。到目前為止，只要努力尋找過的人，都會有所收穫。與過去幾十億年中的動物相比，我們還擁有牠們所缺乏的一點：智慧。

我願意以此作為本書的終章。本來，我也可以再添上一章，列舉出環保分子乃至工業集團立即應當採取哪些行動，才能得到積極的結果。

但是你必須自己去尋找答案。

請相信我，這樣做很有意思。我是說下一次的時間旅行。你去安排你的，我來安排我的。請原諒，這本書要跟你說再見了，但是我很願意再寫一本書，我們一定會再見面的。在此之前，我對你的一路閱讀陪伴表示衷心感謝。

稍等！進化女神似乎又做了點什麼了，她一定很樂意在未知世界等著你的光臨。後天，或者任何時候，任何地方。

這位女士當真有感情嗎？

名詞解釋

三葉蟲　trilobite

三葉蟲最早出現於寒武紀，一直延續到二疊紀，距今約二億五千萬年前。牠們全副武裝、身穿盔甲，與甲殼綱相似，此外，還繁衍出多樣種類，以各種體型、有眼或是無眼（眼部已經消失）形態出現。三葉蟲是物種極為豐富的節肢動物，由於發現的化石數量龐大，因此成為古生代的標準化石。

大爆炸　Big Bang

目前宇宙誕生的主流理論，描述宇宙源自一個物理定律無法測量的點所發生的巨大爆炸，隨著這場大爆炸，宇宙開始衍生出時間、空間，和物質。我們可以藉著大爆炸的理論，來描述極早期的宇宙。但單就這場大爆炸本身，目前連現代物理學也無法描述。

小行星　asteroid

繞太陽公轉的小型天體，大小和形狀不一。大多數的小行星，直徑小於一百公里。有些小行星運行時可能接近地球，而對其造成威脅，過去也曾發生小行星撞擊地球的事件。

內共生　endosymbiosis

一般對共生的理解為，彼此互相利用的生命共同體，如較高等的生物和細菌之間的共生現象。而內共生則是，較小的共生生物生活於較大的共生生物體內，例如：共生在生物體的腸子裡。

內骨骼　endoskeleton

將生物由體內支撐起的骨頭以及與其可相互類比或對照的結構。例如，人的脊椎骨和魚的刺。

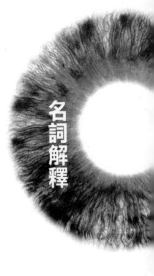

文德階生物群（埃迪卡拉生物群） Vendian fauna ／ Ediacara fauna

無法明確歸類為動物、真菌或是植物的生物化石。一些科學家推測，有四分之一的生物於埃迪卡拉紀進行演化，埃迪卡拉生物群則完全、徹底絕種。部分科學家認為，即使如此，這種生物，也應該能夠經由觀察化石，而將其歸類於已知的生物分類門。

古生物學／古植物學 Palaeontology ／ Palaeobotany

研究古地質時代生物的科學。古生物學主要是以發掘出的化石為依據。古生物學主要分支之一為古植物學，其研究對象則是古代的植物。

古菌 Archaea

自古以來類似細菌的單細胞生物，可生活於無氧狀態，而且常見與其他微生物共生，如硫菌。

外共生 exosymbionts

參考內共生。相異點：外共生，為較小的共生生物生活於較大的共生生物體外，比如說，共生於其外皮上。

外骨骼 exoskeleton

骨骼結構位在身體的外部，生物靠其堅固性而撐起身體。所有的節肢動物全都具有外骨骼，就好比是牠們的盔甲一樣。

生物光 bioluminescence

生物自然發生的光。許多海洋生物會製造自己的發光物質，其他不具這項特質的生物則與會發光的細菌共生。在矇矓黑暗的海域，生物光有助於獵食以及偽裝，另外也利於辨識及尋找配偶。

仿生學 bionics

科技與生物的結構和功能原理相結合。幾乎各個領域都有仿生學家，例如：工程界、生物界、醫學界以及建築界，他們試圖將生命演化現象運用於各領域的技術革新。

光子　photon

物理學將基本粒子區分為實的（非零質量的）和虛的（零質量的）。光子屬於虛的粒子，而且是電磁輻射的基本組成部分。一般光子也稱為光量子，即依照量子原理之最小可測量的光量。

冰火山活動　ice volcanism

極冷的液體或是冰岩漿會從地隙中噴出，形成類似火山噴發的活動。在木星衛星上，例如：歐羅巴和泰坦便發現有冰火山活動的跡象。歐羅巴和泰坦雖無高溫酷熱的核心，不過，卻顯示有地震和地質構造的活動存在。

冰磧岩　tillite

由冰河移動時碎石屑堆積而成的。冰磧岩層是研究過去冰河時期的重要依據。

伽瑪射線暴　gamma-ray bursters, 簡稱 GRBs

當巨型恆星崩解，即巨型恆星的核心塌陷而且外層爆開時，即成為「超新星」。至少一部分的「伽瑪射線暴」是經由超新星爆炸過程產生的。「伽瑪射線暴」的能量極高，有些相當於自地球形成之後太陽放射出之總能量。即使超越極大距離，這種高頻能量仍然十分危險，有人認為是造成奧陶紀物種滅絕的原因。

忒伊婭行星　Theia

另一譯名為思婭。這是在研究「月球形成」的過程中，所假設的一個和火星大小相近的小行星，可能存在於距今四十五億年前。當時這個天體撞擊地球。撞擊後散入太空的破碎殘骸在運行軌道上聚合，形成現在的月球。在希臘神話中，Theia是月神Selene的母親。

忒修斯海　Tethys

即古地中海。中生代東方開啟的新大洋，屢經陸塊移動而逐漸縮小，最後成為地中海的前身。

奇點　singularity

奇異性、獨特性的集合名詞。一般來說，奇點是數學和宇宙學的概念。物理學方面，黑洞內部稱為奇點，在此所有物理的數值單位都失效。根據大爆炸理論，宇宙的初始狀態是一個奇點。

空無區　Nadal

如果深海海底的動物會思考，牠們將認為，在牠們上方的空間無邊無際；是一片空蕩蕩、無法度量的虛無。牠們也將稱之為Nadal（空無區）——與自身棲息地Hadal（超深淵帶）對稱。然而，這些動物思考時所引發的談論，從未有人聽說，因此，Nadal（空無區）的概念只是作者自己的臆想。

科技演化　technological evolution

科技與演化的結合。藉由科技進步帶動持續演化。

科里奧利力，簡稱科氏力　Coriolis force

一種僅在旋轉體系中產生的假想力。在靜止體系中，所有的力量都是直線性的。當加速度與體系運動方向不同，而產生座標位移時，科氏力便形成，比方說，由於地球自轉，當地表物體自北極向赤道移動時，即會同時產生向右移動的科氏力。

穿冰機器人　cryobot

一種探測機器人，能夠降落在冰凍星球上，並且鑽進冰層，直到觸及液態水後，再釋放一迷你潛艇，或是由它自行潛入水中，可以用來收集難以到達的未知世界的數據。穿冰機器人在南極周圍地區也能執行具有珍貴價值的任務。

重力（萬有引力） gravity

物理的四種基本力之一。重力為物體之間所產生相互吸引的作用力，例如，地球和月球，而這種行星規模的重力場，也被稱為「地心引力」。所有的重力現象，就如蘋果掉落到地上，都歸因於地心引力。

原始大洋 Panthalassa

原始時代，從前寒武紀一直到侏羅紀，地球上單一海洋的名稱。

原始細胞 protocell

原始的細胞，不具有核膜。生存於海底黑煙囪的縫隙中。

原核生物 Prokaryota

細胞核和胞器都沒有膜包著的原始單細胞生物。

埃迪卡拉紀 Ediacaran

地質時代，直到前幾年才在地質年代表上取得一席之地，並且標記為距今六億三千萬年前至五億四千二百萬年前，也就是緊接在寒武紀之前的時代。在這期間，曾發展出完全特有的、卻已消失的生命形態。

弱光帶 disphotic zone

光線微弱、殘留的地帶。雖然在此仍有光線透入，但是已不利於行光合作用。因此，在這地帶沒有植物生長。

海洋無脊椎動物 oceanic invertebrate

「生活在海洋中沒有脊椎骨的動物」之科學用語。在海洋中，除了魚類、爬行動物和哺乳動物外，幾乎都是無脊椎動物。

海嘯／衝擊海嘯　Tsunami

海嘯並非風吹起的風浪，而是海底地震或是隕石撞擊引起的突來巨浪。海嘯的波浪能量來自整個會移動的水柱。當海底地震導致海嘯，一開始，在廣闊的海面上只是低平的水波，但是，卻以極快的速度急速前進。在海嘯抵達海岸淺水處時，海水會突然升高到具有毀滅性的高度。如果是天體撞擊海面或是巨型海底滑坡所引發的，則稱為衝擊海嘯。衝擊海嘯同樣也是速度快得驚人，而且一開始形成的水牆就非常高聳。不過，經過一段極大距離後，衝擊海嘯的巨浪高度會降低，即使如此，仍足以摧毀大部分的沿海陸地。

浮游生物　plankton

希臘文有「四處游動的、漂流的生物」的意思。浮游生物為隨著海流漂動的眾多小型生物集結。由於缺乏有效移動能力而無法靈活改變方向。最有名的浮游生物代表為磷蝦和橈足類，也是鬚鯨主要食物來源。

真光層　euphotic zone

陽光能穿透的水體表面層，在其間能夠進行光合作用。

真核生物　Eukaryotes

具有核膜包覆細胞核的單細胞生物或多細胞生物。所有較高等的生物都是由真核細胞構成。

真細菌　Eubacteria

即所謂真正的細菌。而古菌，又稱古細菌，卻並非真正的細菌，而是一個獨立的生物分類門。

神祕動物學　cryptozoology

一種專門研究傳說中或是不明動物的偽科學（只有部分被承認為正規科學的學科）。

彗星　comet

太陽系中的小型天體，主要成份為固態水、乾冰、凍結的甲烷，以及和隕石類似的塵粒，亦有「髒雪球」之稱。彗星在靠近太陽時，表面會蒸發，內部物質也會噴出，釋放出的氣體有些在彗核周遭形成「彗髮」，也些則受太陽重力影響或是太陽風吹襲，而形成可長達數十萬公里的「彗尾」，通常會產生「離子尾」和「灰塵尾」兩條彗尾，「離子尾」因為受太陽風中帶電粒子的影響，永遠都指向背離太陽的方向。

彗星結構有三個部分，分別是彗核、彗髮，和彗尾。彗核是彗星的主體，即所謂「髒雪球」部分。彗髮是彗核接近太陽時，釋放出的氣體環繞彗核所產生的結構，有些氣體受太陽風吹襲，形成長尾巴，稱為彗尾。

遠在古希臘羅馬時代，彗星被視為不祥使者。另外，引領東方的三王，卡斯帕爾（Caspar）、梅爾希奧（Melchior）和巴爾特撒爾（Balthasar），到伯利恆朝拜的，有人認為是哈雷彗星。

清除者　decomposer

生物，特別是微生物，將動植物死亡後的屍體，或是糞便，腐化分解為無機的礦物質。也有人將微生物稱為「分解者」。

深淵區（或深海區）　abyssal zone

水深兩千至六千公尺之間的深海生活區。

軟流圈　asthenosphere

地球內部，約兩百公里厚、熔融狀的岩層，在這之上則是冷而硬的岩石圈，即移動緩慢的地殼板塊。

軟體動物門 Mollusca

主要包括雙殼綱、腹足綱（螺類）與頭足綱動物（例如鸚鵡螺與烏賊），除此之外，無殼綱和單殼貝類也包含在內。

勞倫氏壺腹 ampullae of Lorenzini

鯊魚頭部和嘴部的特殊小孔。透過這些小孔，鯊魚可以感知極其微弱的電波及壓力波動。因此，壺腹對鯊魚在辨別方向和尋找獵物時絕對有利。

無光帶 aphotic zone

陽光完全照射不到的水域。

筆石 graptolite

微小的，類似珊瑚蟲的動物群體，生活於鈣質骨骼中。因為曾於奧陶紀占領整個開放性水域，所以擁有重大意義。已絕種，岩層中保存為化石的是其硬殼。

腕足動物門 Brachiopoda

並非軟體動物門中的雙殼類，然而其外形卻易與雙殼類混淆。雖如同雙殼類，具有兩枚殼瓣和一個鉸合部位，但兩者的構造也不相同。例如：腕足動物門多了一隻末端呈細絲狀的肉質莖。這隻肉質莖向外伸張，以附著於物體上。

著生的 sessile

即固著的，定居的。著生生物全都永久附著在一地或是某固定結構中，也就是以此與附著物生長在一起。單靠自身的力量，著生生物無法變更原來的生長位置。

菊石 ammonite

頭足綱動物，最早出現於泥盆紀，至白堊紀末期絕跡。眼及觸手可見，後半部軀體則居住在螺旋狀或是尖長形的硬殼裡。

超深淵帶　hadal zone

水深六千公尺以下到深海海溝的海洋生活範疇。

超新星　supernova

巨型恆星的死亡。恆星終會耗盡能量，並且核心在自重作用下塌陷。塌陷中可能會形成黑洞，此外還會發出強烈的爆震波。

集聚（斑塊狀）　patch

生態學上，生物分布的情形常成一小群一小群的情況，類似小型城市或是社區，這些小聚落便稱為集聚。藉由集聚的概念，科學家可以有效率地分析海洋生態。

黑煙囪／熱液噴口　black smoker ／ hydrothermal vents

深海火山噴泉，多處發現於中洋脊。噴口深處的水溫可高達攝氏三百度、含硫等礦物質的熱液，由地底噴出。礦物沉澱物在噴口附近堆積，形成所謂的煙囪。在黑煙囪周圍的環境，有種類繁多的生命體群聚，小從細菌、貝類、魚類、甲殼類，大至巨型蠕蟲。這些生物全都不需要陽光就能夠生存。其生命能源並非與光合作用有關，而是與微生物的生化反應有關，也就是由微生物的活動中獲得來自地底礦物質的化學能，再為其他生物利用。

嗜極生物　extremophile

有些生物的特性能夠經受住極端的環境條件。例如：某些蟲和細菌可以或是需要生活在水溫高達攝氏三百度的深海熱泉周圍。另外，在極冷或是含鹽濃度極高的水域，以及地心深處，也能發現嗜極生物存在。

溫鹽環流　thermohaline circulation

所謂溫鹽環流，即因海水溫度和含鹽密度不均勻所驅動的全球洋流循環系統。全球洋流以及其相互作用之總體洋流結構，又稱全球海洋輸送帶。

隕石 meteorite

一般對隕石的了解為，從太空掉落到地球上，由岩石或是鐵鎳合金構成的堅硬天體。細微差異：以d結尾的Meteorid（正式英文：Meteoroid）一字，指的是「隕石體」，是還未墜落而仍游離於太空中的同一天體。一旦「游離」隕石經過地球大氣層，其周圍會發光，稱為流星或是隕星。大部分的隕石都屬小型而且因高速摩擦生熱而燒燬。曾經有巨型隕石撞擊地球，導致早期生物滅絕。

漂浮器 segel

浮標的一種，隨海潮漂流，並且提供有關水溫、水流速度、深度、含鹽量以及其他參數的數據。由吉澤爾黑爾．古斯特（Giselher Gust）教授所研發的自主漂浮器，能夠自行浮出海面再潛入水中。以此方式，自主漂浮器可以經年累月在海流裡漂行，並且傳送訊息。

盤古大陸 Pangaea

三疊紀龐大的原始陸塊。Pangaea字面上有「全陸地」的意思。事實上，在那個時期（二億年前）所有陸塊是合在一起的單一大陸塊。

箭石 belemnite

中生代頭足綱動物，最晚出現於石炭紀，距今大約三億年前。如同菊石被視為槍烏賊始祖，具有十隻觸手，然而觸手上卻無吸盤，而是鉤子。

樽海鞘 Thaliacea

屬被囊亞門，於開放性水域生活的浮游動物。透明，經常會發光，呈小桶狀，而且互相聯結形成集群。以浮游生物為食。

環極流　Circumpolar Current

持續不斷地繞著南極洲循環的環流。全球海洋都有洋流流進環極流，然後又再度流出。

磷蝦 krill，euphausiids

原為挪威文，意思是「鯨的食物」。極微小的甲殼綱，以超大量，估計約八億噸，成群在海裡漂流。最著名的磷蝦為南極磷蝦（*Euphausia superba*）。

隱沒作用　subduction

地殼板塊不斷地在移動。當海洋板塊插入大陸板塊下方，被地核的高溫再度熔化，這個過程稱之為隱沒作用。

藍綠藻　Cyanobacteria, blue-green algae

也稱為藍細菌、藍綠菌、藍菌或氰細菌。由於不具有真正的細胞核，因此不是真核藻類植物。藍綠藻有別於其他細菌，它具有行光合作用的能力，因此在地球生命史上扮演著重要的角色。

蟲黃藻　zooxanthellae

與珊瑚蟲、巨型貝類以及珊瑚綱動物共生的微小藻類。蟲黃藻經由行光合作用，供應宿主醣類和其他光合作用產物。而宿主則為此給予棲身之處，提供藻類無機養分，並且擔負保護之職。（宿主通常用來指共生關係中較大的成員，較小的成員則稱為共生體。）

羅斯比波　Rossby wave

海洋和大氣中的一種低頻長波，又稱行星波。風和氣壓的波動可引發海洋產生羅斯比波。人類無法感受到這種波。流動的海水會受到科氏力牽引。

地質年代表

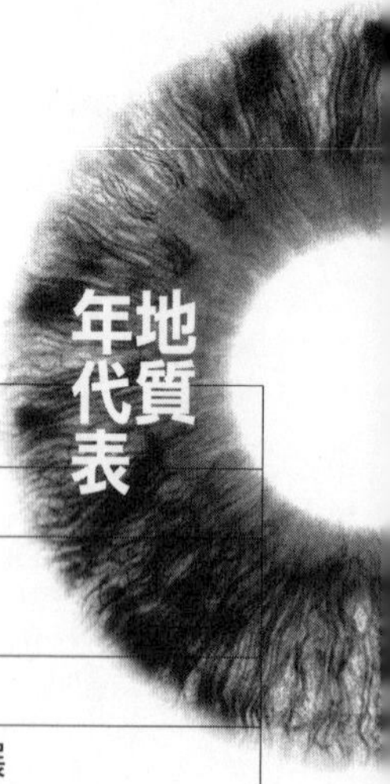

百萬年	時間表／時代		時期	紀元	什麼東西出現了！
0.01	顯生元	新生代	第四紀	全新世	智人
1.8				更新世	尼安德塔人 直立人
5			第三紀	上新世	南方古猿
23				中新世	靈長類動物的發展
34				漸新世	有蹄動物的繁盛期
56				始新世	最早的馬
65				古新世	恐龍滅絕；最早的靈長類動物
146		中生代	白堊紀		第一批顯花植物
200			侏羅紀		最早的鳥類
251			三疊紀		最早的恐龍和哺乳動物
299		古生代	二疊紀		爬行動物繁盛期， 大多數昆蟲生物出現
359			石炭紀		最早的爬行動物；最早的樹木
416			泥盆紀		硬骨魚的形成， 最早的兩棲動物和昆蟲
444			志留紀		多種無頜骨脊椎動物； 最早的陸生植物
488			奧陶紀		最早的魚類
542			寒武紀		最早的硬體組織有機物(如三葉蟲)
630	前寒武紀	元古代	埃迪卡拉紀		最早的多細胞生物 (如蠕蟲、水母、海藻)
			成冰紀		地球變成一顆大雪球
2500					無核細胞
3500		太古代			大氣中的自由氧氣
		冥古代			最早的細菌
4600					地球的誕生

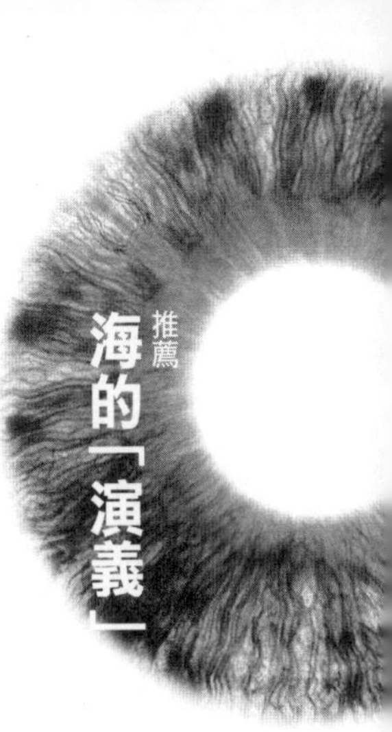

推薦
海的「演義」

吳明益（作家、東華大學中文系助理教授）

去年我讀到薛慶的《群》，撇開對小說的具體評價，薛慶將真、偽知識（偽知識並非貶詞，人類神話史和小說史上都創造了為數可觀的迷人偽知識）交替運用，使得我在閱讀時，享有大量「平行的閱讀樂趣」。作為一個也是寫作者的讀者，我很清楚知道無論成功與否，一部小說要對治「海洋」如此複雜的空間，作者的想像力勢必與現實知識拉鋸，絕非一件輕鬆的事。誠然每個人閱讀小說的要求不一，我倒是在讀到小說裡像是海的知識百科全書的段落讀來特別有興味，甚而常常闔上書，去打開架上另一本可以啟發我對話的海洋相關書籍。

如果《群》中的「非小說」部分，獨立衍生出另一本書呢？畢竟，小說的讀者和非小說讀者的期待與口味都大不相同，作者要面臨的也幾乎是兩種敘事技藝。因此，當我收到這部直譯應為《來自未知宇宙的訊息》的《群》姐妹作時，倍感好奇，一開始翻閱不免就想起過去曾讀過的類似海洋「科普」作品。

「科普」並非是將科學知識轉化為一般讀者所能接受的文字而已，它擺明了就是寫作者將科學用文字包裝成可消化、消費的閱讀模式，因此擇材、用字，敘事技巧，甚至行銷方式，乃至於出版的時機，對像我這樣的讀者來說，無一不是有趣的觀察點。「科普」是一種橋樑性的讀物，它並非專業材料的「業餘版」，而是一種要求「得兼」（專業背景知識與說故事技藝）的獨門功夫。

海的科普書向來比海的研究要少，原因不只是人類對海洋的認識還極其有限，還因為這極其有限的認識中已經容納了非常大量的資訊與難解的疑點。我以為卡森（Rachel Carson）女士的「海洋三部曲」或許可以說是某種典範。卡森的筆下博學、睿智，而且還「迷人」，從《海風下》（*Under the Sea Wind*, 1941）、《周遭之海》（*The Sea Around Us*, 1951）到《海之濱》（*The Edge of the Sea*, 1956），無一不是如此。《海風下》先以虛構筆法寫海濱生物，藉這些生物視野的變換，從潮間帶、極地之海、海底、河口……不斷流轉，呈現出海濱生態、海中生態以及海底生態的複雜面貌。整本書的文字風格似有所依循，又像是隨興所之，一如海風。《周遭之海》則強調信而有徵的自然史敘事，卡森強調她試著把一九五一年以前人類對海洋「最重要的新資訊」，都寫在此書裡。從海洋的形成、深海生態寫到海底火山、島嶼生態以及波浪與洋流，最終談到海洋與人類的關係，其間大量引用研究者的論文、航海日誌，以及關於海的文字文本（從達爾文到康拉德），使得整本書就像一部豐富的海的自然／文化史。《海之濱》則貼近了人的視野，在形式上，這是一本通篇用「我」為敘述的傳統散文，卡森稱海岸為「我們祖先起源的朦朧之地」，書中以塑造和決定海岸生命的力量為敘述主體：大浪、洋流、潮汐、波濤、岩岸、沙灘和珊瑚礁的世界，她描述不同海岸的生物相，並以晨昏、朔望、高潮、低潮為界線進行觀察，呈現出所有生命相互依存的概念。

讀過「海洋三部曲」，我一方面覺得海的科普書寫的「技藝」幾盡於此（事實上，日後出版的海的科普書，知識量與新穎度容有過之，但寫法恐怕都不出這三本書），一方面又清楚地知道，海是一個無窮無盡故事的疆域：海既虛構又寫實，既有力量又抽象，既是舞台也是演出者。海不只創造生命，她甚且創造了傳說、神話、詩人、漁夫、小說家和海洋學家；她是《金銀島》、《白鯨記》、《吉姆爺》……，足以囊括人類文化所創造出來的無數形容詞與想像力。因此，在讀過形形色色海的作品而重新面對海的時候，讀者已然不是一個純粹的「看海的人」，而是帶著這些複雜的視野去認識我眼前的「未知宇宙」。

而為《群》花了三年的時間，訪問三十餘位作者，讀過許多海的專門論著，自己也深愛海洋活動的薛慶，將會帶給我們什麼樣的一本「海之書」？

薛慶本身既非海洋學者，也並未投入時間進行海洋研究，因此這部作品顯然不能和海洋學家卡森所寫的「三部曲」用同樣標準來觀察。而我在讀過之後，感覺這本書恐怕也不能算是典型的「科普」。不是科普，那又是什麼？我以為它的角色較接近於人類建構出的「海學」的「傳」，或者是王道還先生在評論薛慶也引用過的「水猿假說」（這個假說也有諸多疑點）時所使用的「演義」。它依循某種「正史」，但手法多元，旁通各種資訊，成功與否的重點在作者蒐羅了豐富資訊的基礎下，如何藉由「說故事技巧」帶給讀者知識震撼卻又不摧折他們的閱讀興致？如何提出假想又讀來看似言之成理？

這點恰可說明薛慶何以在這部「非小說」中反其道而行，使用許多小說手法的可能性。薛慶除了用「全知式鏡頭語言」來演出海的「過去」（讀者注意，這個「過去」從未有人類目睹），以史詩語法來旁觀演化史，有時則穿插和朋友之間的談話與切身經歷，或扮演導覽者，帶領讀者上天入地，甚且把讀者當作談天對象閒話家常。《海》以一種近乎「散焦」的方式剪輯、鋪展，卡森在「三部曲」裡用到的寫作手法薛慶幾乎都用上了。（請容我再次提醒，這並不是把兩書並置評價的意思）讀者在這部書中或許應注意的不是學術上的邏輯性（當然有這方面喜好的讀者，也可從其中豐富的引書循線閱讀），也不是質疑時而「述而不論」，時而「夾敘夾議」的寫作模式，而是去享受一個善長說故事人所帶來的一齣精采的海洋演義。

薛慶在這本書中展示了他散文寫作的功力，和說故事的魅力，以及偶爾出現的，在小說中不那麼應該出現的「提示忠告」……，這點在非小說裡顯然自然得多，也動人得多。於是這樣的一部「衍生之書」終究展示了它獨立的生命，就像演化小姐不動聲色所創造出的一切，如此精采，值得展卷。

國家圖書館出版品預行編目資料

海，另一個未知的宇宙：百萬小說《群》姊妹作 / 法蘭克．薛慶 (Frank Schatzing) 作；丁君君，劉永強譯．-- 三版．-- 新北市：野人文化出版：遠足文化發行，2020.06
面；　公分．--（地球觀；7）
譯　自：Nachrichten aus einem unbekannten universum : eine zeitreise durch die meere
ISBN 978-986-384-427-3(平裝)

875.57　　109004871

野人文化 官方網頁　　野人文化 讀者回函

海

線上讀者回函專用 QR CODE，你的寶貴意見，將是我們進步的最大動力。

地球觀 7

海，另一個未知的宇宙：

百萬小說《群》姊妹作【首創驚悚小說手法，刻畫45億年海洋史】

Nachrichten aus einem unbekannten Universum: Eine Zeitreise durch die Meere

作　者　法蘭克．薛慶 Frank Schätzing
譯　者　丁君君、劉永強

野人文化股份有限公司
社　長　張瑩瑩
總編輯　蔡麗真
主　編　鄭淑慧
責任編輯　徐子涵
協力編輯　簡至暐、梅菲比、徐慶雯、賴淑玲、黃暐鵬、石曉蓉、陳嘉音（名詞解釋　譯者）
校　訂　魏秋綢
行銷企劃　林麗紅
封面設計　井十二設計研究室
內頁排版　黃暐鵬

讀書共和國出版集團
社長　郭重興
發行人兼出版總監　曾大福
業務平臺總經理　李雪麗
業務平臺副總經理　李復民
實體通路協理　林詩富
網路暨海外通路協理　張鑫峰
特販通路協理　陳綺瑩
印務主任　黃禮賢

出　版　野人文化股份有限公司
發　行　遠足文化事業股份有限公司
地址：231新北市新店區民權路108-2號9樓
電話：（02）2218-1417　傳真：（02）8667-1065
電子信箱：service@bookrep.com.tw
網址：www.bookrep.com.tw
郵撥帳號：19504465遠足文化事業股份有限公司
客服專線：0800-221-029
法律顧問　華洋法律事務所　蘇文生律師
印　製　成陽印刷股份有限公司
初版首刷　2008年04月
二版首刷　2015年08月
三版首刷　2020年06月

【致謝】感謝編輯過程中，協助部分資料確認的老師：
陳文山（台大地質所教授）、郭重言（成大測量及空間資訊學系助理教授）
盧重光（國立海洋生物博物館助理研究員、東華大學海洋生物科技研究所助理教授）

廣　告　回　函
板橋郵政管理局登記證
板橋廣字第143號

郵資已付　免貼郵票

231
新北市新店區民權路108-2號9樓
野人文化股份有限公司 收

請沿線撕下對折寄回

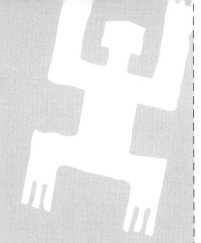

野人文化　讀者回函卡

感謝購買《海：另一個未知的宇宙》，煩請費心填寫

姓　名 ＿＿＿＿＿＿＿＿ □女□男　　年齡＿＿＿＿

地　址 ＿＿＿＿＿＿＿＿＿＿＿＿＿＿＿＿＿＿＿＿

＿＿＿＿＿＿＿＿＿＿＿＿＿＿＿＿＿＿＿＿＿＿＿

電　話 ＿＿＿＿＿＿＿＿ 手機＿＿＿＿＿＿＿＿

Email ＿＿＿＿＿＿＿＿＿＿＿＿＿＿＿＿＿＿＿＿

□同意　□不同意　收到野人文化新書電子報

學　歷 □國中(含以下) □高中職　□大專　□研究所以上

職　業 □生產／製造 □金融／商業 □傳播／廣告 □軍警／公務員 □教育／文化 □旅遊／運輸 □醫療／保健 □仲介／服務 □學生 □自由／家管 □其他

請沿線撕下對折寄回

◆你從何處知道此書？

□書店　□書訊　□書評　□報紙　□廣播　□電視　□網路　□廣告DM　□親友介紹　□其他

◆你通常以何種方式購書？

□逛書店　□網路　□郵購　□劃撥　□信用卡傳真　□其他

◆你的閱讀習慣：

□百科　□生態　□文學　□藝術　□社會科學　□地理地圖　□民俗采風　□休閒生活
□圖鑑　□歷史　□建築　□傳記　□自然科學　□戲劇舞蹈　□宗教哲學　□其他

◆你對本書的評價：（請填代號，1. 非常滿意　2. 滿意　3. 尚可　4. 待改進）

書名＿＿封面設計＿＿版面編排＿＿印刷＿＿內容＿＿整體評價＿＿

◆你對本書的建議：

＿＿＿＿＿＿＿＿＿＿＿＿＿＿＿＿＿＿＿＿＿＿＿

＿＿＿＿＿＿＿＿＿＿＿＿＿＿＿＿＿＿＿＿＿＿＿

＿＿＿＿＿＿＿＿＿＿＿＿＿＿＿＿＿＿＿＿＿＿＿

野人文化部落格

野人文化粉絲專頁